KB237348

朴 常 隆 장편소설

七 祖 語 論 3

제Ⅱ부 進 化 論
—프라브리티(Pravritti)

1992

차   례

〈序〉

童話 한 자리

사람들이, 자기네들의 말(言語)을 침에 이겨, 구워 만든 벽돌로, 하늘에 닿는 城을 쌓기 시작했다는, 풍문이 있은 지는, 하매 오래 전인데, 그런 후부터 오늘까지, 깜냥으로는 모두, 자기가 '말(言語) 놀이(遊戲)의 名手'라고 믿어 그랬겠지만, 그런 자들이, 사람의 말 (言語)의 城은 대체 얼마만큼이나 높이 쌓여져 올라갈 수 있는지, 그것도 좀 알아보려니와, 뭣보다도, '붉은 龍'이라는 이름으로 불리 우는, 그 城主와 '말놀이'를 하여, 서나 이겨, 서나, 그가 내건(賭) '열엿새달' 같다고 이르는, 公主의 손을 잡아, 그 城의 城主의 자리 에 앉아보겠다고, 글쎄 그런 목적으로, 모험을 떠나는 일이 끊이지 를 않고 계속돼오거니와, 문제는 그럼에도, 떠나는 자만 있고, 돌아 오는 자가 없다는 데 있다. 그런즉, 그 城은 대체, 얼마나 먼 고장 의, 어디쯤에 있으며, 그리고 사람의 말은, 얼마만큼이나 높이(와 거 의 비례하여, 깊이도 깊어져야, 그 높이가 버텨진다는 것은, 상식일 터이다.) 쌓여올라갈 수 있는지, 그것은 아직도 밝혀진 바가 없어, 알 수가 없다.

헌데도, '말의 遊戲'에 관심이 있는 사람들이, 모여앉기만 하면, 어 디라없이 내어다보며, 중얼거리는 소리를 따르면 "말(言語)이란 눈 에는 보이지가 않는데도, 거기 어디에 분명하게 있어, 그 보이지 않 는 것(言語)이, 심지어는 보이지 않는 것들(즉슨, 추상적이며, 초월 적이라고 이르는 것들)까지도, 肉眼에 환하게 보이게 하는, 그런 힘 을 가진 것"인데, 그렇다면, 그런 것을, 침에 반죽해 구워 만든 '벽돌' 이란, "거기 분명히 있음에도, 빛까지도 그것을 보지 못해, 빛까지도 환하게 그것을 통과하는, 琉璃 말고, 또 무엇이겠느냐"고 했는데, 그 러고 보면 '말의 城'이란, 달리 말하면, '琉璃城'이랄 그런 것이지, 무 엇이겠느냐고 했으며, 그 탓에, 그것이, 바로 자기네 가까이, 또는 자기네들을 둘러서, 거기 있어왔다 해도, 못 봐온 것이나 아닌가, 하 기도 했다.

아으 그렇다면, 道流들임세, 이 모험은 용이한 것만은 아닐 성부

르네. 그렇다면 道流들임세, 公들의 야망은 커서 좋되, 公들은 게 서
게라, 서게라, 그 자리 서게라, 그 琉璃城을 가린 琉璃숲이, 그 숲을
둘러 흐르는 琉璃江이, 公들의 눈앞에 보이지 않는다고 해서, 公들
의 생각만으로는, 아직도 훨씬 더, 돌밭 가시숲을 헤쳐나가야 된다
고, 무작정, 한 발자국이라도 더 내디디려 했다가는, 아뿔사, 저런,
여게들, '시타(Sita, skt.)'라는 이름의 이 琉璃江에서는, "배까지도 뜨
지를 못해 가라앉아버린다" 하던 것을, 것을. (렇다면 이 江물에는,
새의 깃털이라도 적셔지면, 그 당장 돌이 되어버리는 까닭일 것이
냐?) 런데도, 公들이, 두 발자국이라도 더 내디디려 했다가는, 아으,
그 같은 이름을 가진 琉璃숲에서는, 무엇이거나, 그림자를 가진 것
이 지나면, 그 그림자를 북 찢어내, 먹어 사는, 입들이 산다고 하던
것을, 것을. (그림자를 잃으면, 道流들은, 그 숲속 사는, 魔女네 우릿
간 속에 갇혀 있게 된다. 그럴 것이, 짐승은, 그리고 초목도, 입어진
그 몸이, 그것들의 '運命의 記號'며, 동시에, 그 '運命의 內容'이어서,
그래서 畜生道에는 '그림자'가 없기 탓이다.) 그리고도 公들이, 어떻
게어떻게, 세 발자국을 내디딜 수가 있게 된다 해서 내디디려 하면,
헤헤헤, 公들은 자신들도 모르는 사이 어느덧 그 같은 이름으로 불
리우는, 琉璃城 속에 들어져 있음을 발견하고, 우선 희희낙락해할
것이다. 마는, 그곳은, 한낱 하늬바람까지도 한번 들어졌다 하면, 아
물론, 저 城主와의 '말놀이'에 이기기만 한다면야, 뭘 더 보텔 말
도 있을 수가 없겠지만, 그 육신을 입고는 되돌아나오지 못하는
곳,—왜냐하면 그 城은, 그 붉은 龍의 입과 항문이 연접해 있는, 그
중간(바르도), 창자가 돼서 그런 것을. 그런즉, 만약 公들이, 저 '말
놀이'의 비결을 잘 알고 있지 못하다면, 公들은 저 琉璃江을, 건느려
말게라, 琉璃숲을 헤치려 말게라, 그러지 않는다면 公들은, 말(言
語)의 肉身(記號)만 먹고 사는, 저 毒龍의 뱃속에 담겨, 꿀꿀거리거
나, 멍멍 짖게 되기가 쉽다.

　그리고도 어떤 道流가 있어, 조금쯤 '琉璃구슬놀이'를 익힌 바 있
다고, 굳이 이 모험을 떠날 것이라면, 누구의 나아가는 길 앞에나
앉아 있어, 그 모험에 필요한 꾀를 가르쳐주려 하는, 저 백발동안의
노인네의, 또는 노파의 일러줌을, 비웃어, 귓등으로 들으려 할 일은
아니다. 라는즉슨, 公은 그 발을 내딛기 전에, 公이 장차, 배고파 죽
게 되거나, 또는 그와 유사한 위기에 처할 때, 그것쯤 떼어내 팔아,

그것으로 역경을 모면하려 그렇게 단단히 달아뒀을 것이지만, 그런 금단추로 번쩍이는, 公이 신고 있는 그 가죽신발을, 앞을 보건대 험한 毒蛇밭인데, 그러기는 싫은데다 아까울 터이다, 마는, 벗어, 버릴 일인데, 그런다면 公은, 거기 있어, 만대를 깊이 흘렀어도 보이지 안 했던, 시타라는 이름의 그 琉璃江을, 눈밑에 보게 될 것이다. 그러면 그 두 신발짝은, 그 江岸에다, 보기 좋게코롬이나, 짜란스레 놓아둘 일이겠는가, 그래서는, 公이 그 江을 건넜다는 표지를 삼아두는, 인 연을 남겨두면, 되돌아오는 길은, 훤해 좋을 것이 아니겠느냐. 그리 고는, 公은, 밑이나 뒤를 내려다보거나, 뒤돌아보려 말며, 용기 있게 도, 또박또박 맨발을 디뎌나간다면, 배까지도 가라앉는다는 그 江물 이 반석이나 된 듯하여, 오래잖아 公은, 그 같은 이름의 숲에 이를 것이다. (벗겨진 신발이란, 해골과도 같겠거니, 빠뜨려져들 발이 없 는데, 무엇으로 무엇 속에를 빠뜨려져들겠느냐?)

숲에 닿아서는 公은, 역시 몇 개씩의 금단추를 달고 있는, 그 옷 을 벗어, 맨 먼저 公의 이마를 부딪치게 되는, 그 나뭇가지에 걸어 둘 일인데, 그러면 公은 햇빛이 아무리 말로, 섬으로 쏟겨내려도, 그 림자를 드러내지 않게 될 터이다. (그렇잖느냐, 公은 그 숲의 외곽 진 데서, '記號'만을 벗어, 거기 어디 남겨둬버렸으니, 그것을 강제적 으로 벗긴 뒤 畜生道[우릿간]에 든 자와 같이, 그럼에도 그와 반극 되는 쪽에서, '그림자'를 드러내지 않게 된 것이 아니냐.)

그런다면 이제 公은, (다만 '意味[念態]'뿐인 것의 萬能스러움을 짐작할 수 있느냐?) 琉璃城 속에 들어져 있음을 발견하고 놀랄 것 인데, '들어져 있음'을 알기에 의해서, 만약에 公이, '안'이라든 '밖'에 의 想念을 일으켜내지만 않는다면, 나오기 또한, 들어가지기나 마찬 가지일 것이지만, 분명한 것은 헌데, '안/밖'에의 想念에 의해 道流 는, 琉璃窓에 묶이고 갇힌, 똥파리보다도 더 단단하게 '안'에의 想念 에 묶이고, '밖'에의 偏見에 갇혀 있게 된다는 그것이다. 글쎄, 없는 (無) 門은, 찾아져지지 않으며, 열려지지 않지 않느냐. 오르페우스는 암흑 속에서, '뒤돌아보기'에 대오를 범했으나, 公은, 밝음 속에서, 앞을 내어다보기에 대오를 범하게 된 것이다. 아으 그럴 때는, 말한 바의 저 '놀이'에 잃(敗)어, 쫓기지 않을 수 없을 때는, 道流여, 道流 는, 없는(無) 門은, 글쎄 말이지, 아무것도 막지를 못한다는 것만을 생각할 일이다. 글쎄 말이지, 없는 문이, 무엇을 어떻게 가두겠느냐? (그래두 이 썩을누마 오살누마, 빈손으로 줄행랑이나 치려면, 워짠다고 남의 陰戶만 호부작일 일이었느냐.)

'말(琉璃)놀이(遊戲)'는, 그것에 이기는 비결은, 그럼에도, 아무도 가르쳐줄 수 있는 것이 아니다. 그래도 公이, 저 '붉은 龍'을 이기겠다고 내닫거든, 의기소침치 말고, 내달을 일인데, 그러면 거기 희망이 없는 것만은 아닌데, 저 '붉은 龍'이 애써 감춰두고 있는, 그 '뒤꿈치'를 열어 보여준다면, 그는, 이기기만을 좋아해, 그리고 모든 용감한 젊은 피에 취하고 싶어, 그 '놀이'를 장치해놓고 있는 것만은 아니며, 사실은, 이기면 이겨서, 뜨거운 젊은 피에 취하고 싶으면 싶은 만큼, 그는 동시에, 무참히 참패하고, 그리고 장렬하게 죽고 싶어하고 있다는 그것이다. 그렇다, 그는 죽고 싶어, 그런 '놀이'를 장치해놓고 있는 것이다. 그가 왜 죽고 싶어하는지, 그것은, 公이 이기고 났을 때만, 그 뜻이 밝혀지기는 할 것이어서, 이 자리에서 그것은, 말할 수 없다.

그리하여, 그의 이 '뒤꿈치'를 치기로, 公이, 저 '말놀이'를 이기게 된다면, 그러면, 모든 '말의 탐색꾼'들이 탐냈던, 그렇다, '열엿새달' 같은, 저 公主의 손을 잡게 될 것인데, 그 순간 그러면 公은, 琉璃로 이뤄졌던, 城이, 숲이, 그리고 江이, 그것을 덮어씌웠던, '琉璃'라는 呪術로부터 풀려나, 그 본디 상태에로 되돌아감을 보게 될 것이다. 라는 그것은, 그 '붉은 龍'의 죽음에서, 그 껍질을 벗고 일어난, 열엿새달 같은 公主, ⁽¹⁾"裸身, 성숙한 처녀, 열여섯 살 나이, 전신이 홍옥처럼 빛나는 붉은 색깔, 얼굴 하나, 두 손, 세 개의 눈, 오른팔은, 시퍼렇게 번쩍이는 낫을, 머리 뒤로 높이 쳐들어 있고, 왼쪽 손은, 더운 피에 넘치는 人頭骨을 가슴에 받쳐들고 있으며, 다섯의 마른 人頭骨을 끈에 꿰어 머리장식으로 둘렀고, 목거리로는, 피를 뚜둑이는, 쉰 개의 人頭骨을 끈에 꿰어 둘러 있는, 열엿새달 같은, 성숙한 처녀, 춤추는데, 오른다리는 구부려, 발바닥을 까올리고, 왼발은, 시꺼먼 송장의 가슴을 딛고 있다.

緑　色

緑　色

(2)배꼽 만지기 頌 1

　한번, 꾼, (3)'엄지손가락 크기'의, 蓮, 뿌리의, 봄 꿈도 같고, 그 줄
기, 끝에, 아침에, 피었다, 저녁에 진, 그리매(幻)도 같으며, 저절로
일어났다 스러진, 그 저녁 蓮, 언저리의, 한, 물거품도 같고, 여름 불
새의, 그 蓮 위에로, 시들어져 내린, 한, 그림자(影)도 같으며, 한, 방
울, 가을 볕, 그것이, 어려 엉긴, 이슬도 같고, 그 뿌리 속으로 스며
든, 겨울 날빛, 짧은 것, 저승서쯤 울어 번져온 (4)번개, 그, 꿈틀거리
는 마늘의, 엄지손가락 크기만한, 잠도 같게,

　　〔色卽是空〕
　　그러나 (5)空中에도 아니고
　　色中에도 아니다
　　水中으로
　　거기로 통해진, 그럼에도
　　젖지 않는 小路
　　를 통과해 내려가면
　　純化를 통해
　　그 아래서는 누구든,
　　(6)숨겨진 돌
　　(7)有情 無情을 받침하는 것
　　(5)잊어버렸던 것이 무엇이었든
　　그것을 되찾아낼 수 있다
　　는, 곳,
　　그것은 그래서 말하자면 骸骨,
　　태어나본 적 없는 죽음,
　　아무것도 스러지지 않누나
　　일어나본 적이 없으니,
　　모든 것이 깨임 속에 잠들어

잠속에 깨어
빽빽하게 비어 있다.

〔空卽是色〕
그것 속에 우리는
지난 겨울,
태어나본 적 없는 아버지들이
도란거리는 말(言語)로 켠
엄지손가락 크기의
한 촛불꽃 형상의
빛돌을 심어넣었으니,
오는 봄은
빛돌의 꿈,
그 줄기 끝의 蓮
[4]한 수포,
한 그림자,
한 이슬 방울,
이승서 운 천둥이
저승에로 번개쳐 번져가기.

아흐, [8]늙은것이 죽었네라우!
羑里에서는 그래서, 개를 죽여 祭肉하고, 그 피를, 그 '늙은' 송장
에 붉게 칠한 뒤, 푸른 저고리 다홍 치마 입혀, 상여에 태워서는, 哭
婢들 哭해쌌는 중에, 상두꾼들이 어깨에 메고, 빈 들에 나가, 그곳에
파 바윗돌로 벽해놓았던 墓窟 속에다, 그 한 '숨'을 묻고, 바윗돌로
문을 굳게 막아버렸다. 한 '횃불'을, 땅굴 속 더운 암흑 속에다 심어
넣어버린 것이다. 그렇게 그 뿌리는, 어떤 苦行꾼의 春困의 根 끝을
튀어나온, 한 방울 法水모양, 찐득하게, 땀과 苦行의 냄새를 비리게
풍기며, 옴팡하고 아늑해 좋을, 地肉 속으로 스며들어가버린 것이
다. 거꾸로 발음되어진 말——아파나, 홍. 흙 밑에서 땅을 떠받치며,
위쪽으로부터, 방울져 내리는, 그런 말(言語)의 부스러기들만을 음
식으로 먹고 사는, 유황으로 비계하고, 불칼 불槍으로 이빠디하여,
먹어도 먹어도 배가 고파, 제녀러 비계까지 태워 먹는 불羅刹, 下地

菩薩, 님들이 물론, 저 뜨끈한 말뿌리(語根)도 빠르게 혀를 대볼 것이며, 그러면 이승서는 그것을 두고, 그 한 넋의 이승에 쌓았던 德과 不德이 (조금 묘하기는 하지만, 하필 저승에서) 가림받는다고 알게 될 것이다. (이승 남은 자들은 그런즉, 저 넋을 위해, 그 액수를 크게 쓴 종이돈이라도 천냥 만냥금으로 태워, 나찰님들 전에 人情 쓰기를, 인색해하지 말그라.) 가라지죽정이는 물론, 그 불의 입 속에서 태워지고 말 것이고, (불쌍한 나찰님들은, 죽정이 타는 불에 불알이나 구워 늘이고 말 일이겠구나.) 타지 않아, 그 재 속에 남은 것들은, 어느덧 굴뚝을 뚫고 내려온, 어떤 검센 손에 움켜쥐임을 받아, 굴뚝을 빠져 오르게 될 것이다. 나찰들은 이래서도 제길헐녀러, 노상 배가 고프다. 버려진 말(言語)들, 저 가라지죽정이들은 그래서, 그렇게 燒滅하고 마는가? 바다와 달리, 헌데 대지는, 排泄을 못한다. 대지는 肛門을 갖고 있지를 않은 것이다. (그렇다면, 무엇이 解脫이나, 심지어 消滅을 바라서는, 이런순, 아으 이런순, 大地를 통과해야 함에도, 大地를 통과하려 해서는 안 될 듯하다. 모든 '生命'들에 대해 大地는 그렇다면, 극복되어져야 하는 모순이며, 함정이고, 저주로구나. 왜냐하면, 그럼에도, 어떠한 '生命'도, 出口가 없는, 이 함정을 통과하지 않고는, 彼岸에 닿을 수가 없기 때문인데, 大地는 그러면 은총이다.) 大地도 肛門을 갖고 있다면, 그것은 요니이다. 그 요니는 그리고 동시에, (먹는) 입인데, 大地는 그렇게 억만의 요니, 억만의 입이어서, 子宮, 그렇다, 宇宙的 創造力의 聲帶——大地. 가라지죽정이까지도 그래서 그 요니를 통과하면, 흐르릉 몸을 입어 저 어미의 목구멍을 되넘는다. 그러나 그것은, 그 ⁽⁹⁾색깔만 옛 숨이며, 그 형태는 이미, ⁽¹⁰⁾옛것은 아니다. 아마도 천공 어디, (란, '궁창이 나뉜 뒤'의, 저 어미의 子宮 속 말이겠지만,) ⁽¹¹⁾月宮이 있다는 데는 많이도 시원한 듯하다. 타며 나라카에서 氣化했던 말(言語)들, 그 가라지죽정이들은, 그 서늘함에 닿는 대로, 별수없이 液化하고 말 것이다. 불은 毒蛇, 머리를 쳐들어 오른다고 오르며, 그 꼬리는 나라카에 되사려놓고 있다. 오르기는 그러면 내리기, 내리기도 그리하여 오르기. 천정에 방울져 있는 습기는, 백조 얼굴의 피 빠는 박쥐——천정에 그 발톱을 박고, 내린다며, 거꾸로 매달려 있다. 어둡게 타며 내리는 불. 호르륵 타오르는 것은, 흐르릉 방울져 내리고, 호르륵 올랐다 흐르릉 내리기, ⁽¹²⁾호르륵 흐르릉, 흐르릉 호르륵,

<u>호르호르</u>.

[13]태어나지 마라 죽기 어렵니라,
죽지 마라 낳기 어렵니라.
말이 많구나
낳기나 죽기가 다 고통이다
말이 많구나
苦.

제 1 장

　　그렇게 그렇다 羑里에서는, 불의 씨눈 하나를, 그곳의 마른늪 가운데, 달궈진 모래의 한가운데를 열고, 묻어놓았다. 철이 이것은 그 철이어서, 심긴 씨눈을 휘감는 羊水, 같은 안개비의 철, 그래서 이 철새의 암놈들이 와, 그 天衣 포르름해 안개비, 그 날개들을 벗어, 저 둔덕, 나지막한 하늘 덤불에 걸어두고, 그 늪에 발 잠그고, 허리 잠근 뒤 가슴도 잠과 내려와, 젖빛 하늘몸(天身)에 끼인 곱도 씻으며, 거기 묻힌 불씨 하나를 젖의 情으로 품에 안아, 아직 없는 이름으로, (그 재〔灰〕 가운데 溺死한) 그 水夫의 혼백을 불러내고 있다. 邑에서는 모두, 그 水夫님을 '촛불중'이라고 불렀더랬는데, 글쎄 그는, 자기 할아비 村長이 거기서 잃었던, 그 經(링가)을 찾겠다고, 그 '마른늪' 속에로 潛水해 들었다고 쑤군대고들 있었다.

　　──그러고 본다면, 邑에 사는 사람들께는, 羑里는, 어째선지 六祖의 추억만을 불러일으켜내고 있는 것이나 아닌가, 하는 것을, 새로 고려하게도 한다. 羑里는 이제부터, '촛불중'이라는 法名을 가졌던, 浪癖의 뒤꿈치에 火傷을 입어 잘 걷지도 못하게 된, 한 (자칭하여) 품바꾼(이라고 했던 자)에 의해, 그 '爲'의 有/無가 가름되어지게 되어 있는데, 그럼에도 邑에서는, 六祖를 내어다보았던, 그 꼭같은 돋보기를 한번 더 콧잔등에 얹고, '촛불중'을 건너다보고 있는 듯하다. 그러나 六祖는 불새(火鳥)였었더랬는데, 헌데도 촛불중은, 자기를 두고, 불의 물고기(火魚)에의 夢想을 가져오고 있는 흔적이 역연하지 않던가. 그래 그 발바닥에 그는 과연, (제기럴, 이런 식의 修辭學도 가능할 수가 있다니!) 그 풍랑의 바다(苦海)를 火印으로 찍힘받고 있다. 六祖는 그래서, 불의 漁夫王새(註──이, '漁夫王새'는 "king-fisher"라는 英名의 直譯인데, 까닭은 무엇이었는가 하면, 그 같은 새의 國語名은, '漁夫王새'라는, '直譯 이름이 일으키는' 것과 같은, 夢想을 수반하지 않는 듯하기 때문이다. '쇠새,' 또는 '물총새'가, 저것의 우리말 이름이라고 알고 있다)로서, 그 늪에서 고기를 낚으려 羑里에를 왔었는데, 떠날 때는, 거기 출렁댔던 물이, 재가 되어버린 그 재 속에다, 알을 하나 낳아 묻어놓았었더니, (그리하여, 七祖의 鰱魚에의 夢想이 시작되었을 터이다.) 그 알 속에서는, 새(鳥)도 말

고, 한 마리 불(沙漠)의 물고기가 부화했었다. (물고기는 바다를 송
두리째 삼키거나, 토해낼지라도, 낚시질하지는 않는다.) 邑에 사는
사람들은 또한, 六祖가 治水에 밝은 불의 漁夫王이었던 것도 모르
지는 않는다. 불새(火鳥)가 헌데, 물을 꿈(治水)꾼다? 이 문제와 더
불어서는, 누구든 잘 추측하는 것이 이것이겠지만, 또는 전혀 추측
하지 못하는 것이 이것이겠지만, 사막 사는, 한 불의 漁夫王이 물을
꿈꾸기 시작하면, 그것은 그때부터, 生命의 나무에 매달린, 죽음의
열매 맛을 보아버린 것이다. (이런 修辭學이, 인식에 분명치 안해,
이마를 찌푸린 채 꾸무적거리는 道弟가 있다면, 도제는 아직, 모험
을 찾아, 세상 찬바람 가운데로 나설 만하게 속이 여물어 있지를
않으니, 面壁하여, 九年手淫질이라도 해보는 것이 권고된다. 행여라
도, 法輪을 굴리려 한다든지, 世音觀音이라도 해보려는, 가당치 않
은 野情은 일으키지도 말 일인데, 그러면 한 들에 野狐들만 벅시글
대게 된다. 입이 많아 배가 고픈 것들이, 어찌 法身이라도 물어, 찢
어 덤비려 하잖겠느냐? 한 들 벅시글대는 野狐精.——)

  (邑은 물론, 村落들도 휩싸아잡아 말이지만,) 羑里에서는 헌데, 아
무도, 倦怠가 무엇인지를 모른다. 물론 그것들도, 삼복에 당해서는,
솜 같은 북더미 털을 많이 뭉글여 벗어놓고 있기는 하지만, 삼복에
도 털을 (입고 있다니?) 입고 있는 野狐에게, 그 털의 불편함을 들
어, 시원스레 한번 벗어보라고 누가 이른다면, (아으, '털'과 '無明'!)
그누무 들개는, 그렇게 이르는 자의 껍질을 짓찢으려, 표독스럽고도
오드락스럽게 덤빌 터이다. '털'은 벗었으되, '껍질'은 입고 있는 자
여, 그 털을 벗으면, 삼복에도, 그 들개는 몸이 시리다. 그것을 입고
있어야 그것은 편하다. (이때의 이 '편하기'는, 그것의 '몸'인가, '마
음'인가?) 무엇보다도 그것은, 野狐인 것이 편하다. (두꺼비며 지렁
이까지도, 두꺼비며, 지렁이인 것이 편한 것이다. 어느 능구렁이에
게라도, 자네 능구렁이인 것이 저주스러운 것이 아닌가, 고 누가 물
었다가는, 그 능구렁이는 그 대답 대신에, 그 묻던 자의 대가리를
물어놓고, 그 턱뼈 넓히기의 만족스러움, 그 부듯한 황홀함에 대해
생각하고 있을 것이다. 정작에 있어 불쌍한녀러 것들은 그렇다면
佛者라고 이르는 녀러것들뿐이겠는가.) 羑里에서는 그리고 (누구에
게나) 권태가 편하다. 권태야말로 그리고, 죽고 싶어도 죽지도 못하
게 운명지어진 神들과 仙들이 마시는 술이다. 羑里에서는 그래서,

神仙들만 살고 있다. 그 술은, 취기를 통해, 처음에는, 끈적이되 부드러운 송진이나 꿀처럼, 그들의 땀구멍으로 흘러나오는데, 아으 부는 바람 가운데서는, 습기스러운 모든 것은 별수없이, 그 습기의 젖을 빨리고 굳게 마련이다, 그래서 그것이 굳기 시작하면, 그 굳은 피부 속에로는, 時間까지도 침투치를 못하게 된다. (아담이) ‘바위’라고 부르는 것들은, 또는 ‘老松’은, 그렇게 仙酒에 취한 것들인데, ‘털’은 벗었으되 ‘가죽’을 입고 있는 자여 바위를 향해, 아흐 바위여, 자네는 바위라는 털을 벗으라, 그렇게 일러줄 것인가? 바위여, 그러면 모든 無重力의 自由가 자네 것인 것을, 이라고? 咄. 羑里에서는, 사십 주야씩만 비가 오지 않거나, 사십 주야씩만 안개비가 내리지는 않는다. 삼복에도 그것을 벗어서는 몸이 시려질 들개의 껍질, 바위 같은 털을 벗고, 뻘거벗어, 아주 드물게라고는 해도, 가다 한 번씩, 헌데 말이지, 어떤 버령떨어진 시래비자슥이 있어 하나씩, 그 권태 속에로, 밤 안개비 속의 흐린 등불모양 지나는 수가 있어, 羑里의 무량겁 권태에 火傷을 일으킨다. 글쎄 그런 얘긴데, 바로 요 얼마 전에는, 六祖라고 이르는 불새 한 마리가 그렇게 날아내렸는 고로, 羑里에서는 그 등에다, [1]산을 하나 크게 짊어져주어 단단히 동여매서는, 나뭇가지에다 대룡대룡 매달아버렸었거니와, 그러고 난 뒤, 羑里가 손 씻고 돌아서려는데, 이번에는 七祖라는 것이, 세상의 精液과 소금이 녹아 흐르릉한 속으로, 헤엄쳐 거슬러 슬러올라, 羑里에다 그 냄새의 騷音을 일궈내고 있는 것이다. 이런너러 것은 그렇다면, (일찍이, 산은 뿌리까지 뽑아, 말한 바의 저 어떤 날으는 새의 등에다 짊어줘버렸으니) 이번에는, 어쩌겠는가, 제너러 것이 헤엄쳐다녔다는, (아으 민물도 바다에 닿으면 짜가워지거늘.) 그 짠 바다라도, 왼통 하나 그 발에 신겨, 도저히 못 벗고, 제놈 신은 그 신발 속에나 溺死토록이라도 해주는 수뿐이겠는가. 그러지 않는다면, 이제껏 仙酒 같던 권태가 써져, 砒霜 같아지고, 日常에 非常이 섞여, 無常의 고장에 霧霜이 뿌려 덮게 될 것이다. 어떤 벌거벗은 것들은 그냥, 자기네들 바깥 골목을 ‘들어가고’ 있을 뿐인데, 쓰디쓴 물은 어째서, 자기네들 안에서 괴어오르는지, 羑里 사는 사람들은, 그것을 알지를 못한다. 안개비가 내리기는 밖에서 내리는데, 적시우기는 안에서 적시운다. 여기 어디, 밖과 안 사이에는, 균열이 간 대목이 있는 듯한데, 羑里 사는 사람들은, 그것을 알지를 못한다. 혹간, '幻'(더 강조해서는,) '夢幻'이라고 이르는 것은 그것이 무엇이든, 저 균열을 통해, 그 습습함 속에 뿌리 두고, 바람 가운데로 돋아 올라오는 것은 아닌가? 듣건대는, (莊子라고 이르는) 어떤 늙은네 하나가, 양지에나 앉았다 춘곤에 못 이겨, 설풋 잠에 들었다가, 나비가 되어 날아다녔다는 꿈 얘기가 있어, 인구에 회자해온다고 하거니와, (가맜자 제기럴, 人口 하나가, 그저 말해, 일생을 통해 꿈 하나씩만 꾼다 해도, 이 땅에서 솟았다 가라앉아버린 인구 수가 얼마인지 모른다면, 그 꿈의 수도 또한 무수일 터인데, 어찌 하필, 저 '나비꿈'만 꿈이어서, 인구에 오르내리는지, 이 의미에서만도 그것은, 최소한 일별의 가치는 있음에 분명한가.) 유독 저 한 꿈 얘기는, '밖'이 따로 있다고, '밖'이 있으니, '안'도 있다고, '안'이 따로 있다고, '안'이 있으니, '밖'도 있다고, 그것이 논리적이라고, 그렇게 믿는 사람들의, '밖'과 '안'과, '안'과 '밖', 마음과 몸, 몸과 마음 사이의, 어떤 벽, 또는 균열, 또는 그런저런 어떤 중간 상태(바르도——촛불중의 '말〔言語〕의 영지'), 바로 그만쯤 되는 데서, 한 意識이, 또는 精神이, 들고 나기에 좇아, 어떤 일들이 일어나서 스러지고 있는지, 바로 그 비밀을, 그중 간결히 보여주고 있는 듯해, 그럴 것이다. 그 꿈은 아직은 물론, 虛無主義나, 運命論에로까지는 발전을 못 보이고 있는 것도 사실은 사실이다. 저런 꿈이 닿는 곳은, 이렇게나, 저렇게나, 종내는 하나뿐인데, 그 꿈을 꾸는 자의 知覺者, 또는 無明까지라도 否定性의 쬐꾸만 푸른 毒蛇에게 물려, 그 독이 번지는 탓에, 視力에 장애를 일으키고 있으면, (테레시어스여, 자네가 본 內光은 그래서 무엇이었는가?) 그는 虛無라는 절벽 위에서, 그 낭떠러지 쪽을 향해, 몇 하늘걸음을 떼어놓고 있으며, 그 반대인 경우는, (그는) 그 같은 절벽의 뿌리께 되는데, 그 같은 절벽이 거기서는 運命의 이름을 입어 있는데, 데서 이마를 맞대고, (거기서는) 배까지도 뜨지를 못해 가라앉는 ('시타'라는 이름의) 한 바다를 왼통 둘러 마셔, 배가 부른, 그 무거운 몸을 이끌어, 그 역 몇 하늘걸음을 떼어놓고 있음에 분명하다. (투박하게 말하면,) 하나는, 天路에 올랐다 떨어져내리고 있으며, 하나는 오르고 있다. 虛無主義나 運命論은, 그 다른 쪽 대가리 하나는, 事實主義라는 벼슬을 달고 있어 아름다운, 바룬다새〔鳥〕이다. 헌데, 입에서 귀에로, 귀에서는 입으로 전해지는 사이, 유명해진 것이 분명한, 말한 바의 저 '나비의 꿈'은, 그 꿈을 꾼 자의, 見性·

解脫과도 관계된, 썩 좋은 꿈이나 아닐 것인가, 그렇게 넘겨짚어도 좋을, 그렇게나 너그러운, 봄날 한 뜰에 담겨 있기는 하되, 실제에 있어서는, 사실 말이지만, 그보다도 더 위험한 夢遊도 없을 듯하다. 위험하다, 하으 위험하다. 그럴 것이, 그 見性은, 詩學的으로 이뤄진 것이어서, 봄뜰의 나비만큼은 아름답되, 그런 만큼 그것 자체가, 위험 가운데 드러내져 있는 것이다. (물색이 좋은 계집이, 여러 달이나 뭍에 내려본 적 없는, 해적들 가운데 내팽개쳐져 있다?) 見性, 또는 解脫과 관계된, 그렇다, 禪家네 나비는, 天鳥(가루다)라든, 龍, 그리고 (巫家네 나비로서는) 쇠로 된 부리와 날개와 발톱의 독수리나, 白鳥 등으로 나타난다. (이렇게 되면, '나비'와 '原型性'이라는 문제도 고려하게 하는데, 마음을 너무 좀 헐하게 써버린, 莊子公의 저 '나비'의 위험성은, 그것이 '原型性'을 획득하지 못한 데 있어 보이며, 그래서 그것은 詩學에 머문 듯하다.) 그래서 저 禪的(巫的) 나비들은, 아무 거침새 없이, 삼세를 주름잡아 날은다. 허지만 저 '詩學的 나비'도 물론, 아름다우며, 그리고, 한 마리의 자벌레가, 나비에로까지 탈바꿈하기의 그 아픈 노력은, 禪的·鍊金術的 苦行이 아닌 것은 아니로되, 그것은 그럼에도, 그 꿈을 꾸고 있는 자가, '날것'을 이번에는, 어떻게 '익히는지,' 그 文化的, 또는 二重的 鍊金術에 눈 띄운 바가 없는 듯하여, '날것'을 날것인 채, 모든 배고픈 날것들 가운데다 풀어넣은, 실수를 범하고 있다. 그가 할 수 있는 일이란 이제, 自然(날것) 돼가는 것에서, '無爲'뿐이다. ('無爲'까지도 그러면, '날것'이 있다. 허긴 그것도 한 '원초적 질료'란 것이기는 하다.) 저런 위험한 꿈을 의연히 꾸고 있는 자는, '자벌레⇄나비'라는, 그 날것(自然)的 修辭學的 壓力 밑에서 잠이 들어, 그것으로부터 도저히 벗어나지를 못하고 있음을 증명하고 있는데, 그럼에도 그것을 解脫 (나비)이라고 이해해야 한다면, 그 解脫인즉은 다름아닌, 修辭的 宇宙 안에서의 解脫, 이라고밖에 달리는, 생각할 수가 없다는 것을 부인할 수가 없는 듯하다. 詩學的 解脫. 안됐지만, 虛無主義나 運命論은, 글쎄 여기서부터 시작될 것이다. 누구라도 아는 바대로, 天鳥며 龍은, 畜生道를 극복하려는, 인간이라는 有情들의, 모진 노력을 통해, 그 畜生道의 굳은 알껍질이 되어 있는, '自然'을 깨뜨리고 孵化해, '위에로 날아오른 것'들이며, 말한 바의 쇠부리 쇠발톱의 독수리나 백조도, 그 같은 알에서 까이었으되, '밑에로 날아오른 것'들인데, (그것들은 그리하여, 三世無敵의 陽力性을 드러내는바, '魂〔어머니〕의 靈〔아버지〕化'를 우리〔衆〕도, 莊子처럼, 그러나 저렇게 꿈꾸어 오는 터이다.) 한 마리 똥파리와 비교해서라도, 조금도 그 우월성이 드러나보이지 않는, 한 村老의 夢泄의 낱말 하나, 거의 天鳥에나 맞먹도록 이름이 높아진, 저따위 '나비'란 도대체 어쩌자는 有情인가? (우리는 이제도, 저 꿈꾼 자의 夢想이, 한 마리 자벌레의 탈바꿈과, 그것의 解脫이라는, 그 畜生道的 文法體系를 못 벗어나, 그 자신 저런 위험 가운데 처하게 되었다는 것을, 기억하고 있어야 할 것이다. 그럼에도 莊子여, 한 마리 지렁이가 龍에로 둔갑해서는 왜 안 되며, 한 마리 자벌레 속에서 코끼리가 걸어나와서는 왜 안 될 일이 있던가? '解脫'이란, 自然 法則에 좇는, 그 탈바꿈과는 아무 관계가 없어, 그것은 突然變異이라든, 力動的 飛翔〔날개도 없는, 龍의 登天!〕 등과 관계가 있다는 것을, 公이 몰랐던 탓이었을 터이지만, 그래서 公은, 解脫을 성취하기로써, 還俗해 있도다. 쯰! 그런고로, 公 같은 자를 일러, 벌거벗고 굶주린 늑대들 가운데 서 있다고 하며, 몸에 상처를 입어 피를 흘리며, 상어들 가운데로 가라앉아 들고 있다고 하고, 섶을 지고 불 가운데를 지나고 있다고 하는 것이다.) 다행하게도, 公의, 봄날 낮잠이 짧아, 설핏 깨었더라마는, 그 꿈이 깨었기 전에, 어디서 날아온, 제비든, 참새든, 그런 날쌘 것이, 것이 말이지, 그 한 마리 나비를 쪼아먹어버렸더라면, 아차, 어찌 되었을 뻔하였더냐? 글쎄, 이 어리석은 村老여, 그거 얼마나 위험한 상처를, 바람도 매운 바람 가운데, 열어놓고 있었더냐? (村老여, 이것이야말로, 面壁九年을 하고서라도 생각해볼 만한 문제가 아니겠는가? 村老가 나비를 꿈꾸었느냐, 그 나비가 村老를 꿈꾸었느냐——村老는 다행하게도 그것을 자문하고 있었다마는, 보게여, '꿈'이란, 잘 알려져온 한 명제를 좇으면, 이러하다네여, "밤의 魂은, 낮의 몸과 같으며, 낮의 魂은, 밤의 몸과 같다"고 하거늘, '꿈'이란 그런즉, 밤의, 魂의 그 분방한 作爲라고 이해될 것이기도 한 것이다. 이때의 '밤'과 '낮'은, '잠'과 '깨어 있기'에 대한 일반적으로 이해되어져 있는 상태에 대한, 일반적 이름인 것이다. 〔'일반적으로 이해되어져 있는 상태' 너머 쪽을 절시하기로 한다면, '깨어 있기'란 다름아닌 '꿈'인데, 그렇다면, '낮'도 '밤'이 꾸는 '꿈'에 불과하여, '낮'이란 幻의 相이라는 얘기를 할 수 있게도 될 터이다. 빛이 있기 전에, 깊음 위에는, '혼돈과 공허와 흑암'뿐이었었다.〕 그래서 저 村老가 '나비'의 꿈을 꾸었다면, 〔꿈[몸]'이 이번에는, 그 자기를 꿈꾸는 자[魂]를, 逆으로 꿈꾸어내고 있어도 보이는데〕 그 '나비'를 그런데, 어느 종달새가 날칵 채먹고 말았다면, 그 村老는 살아 있으되 죽지도 못하는, 만년의 잠이라도 자고 있을 것이 예상되기도 하며, 그러면서도 물론, 그 신체기관의 노쇠에 의해 風化를 회피치 못한다는 것도 예상된다. 반대로는, 그 '나비'가 그 村老를 꿈꾸었다면, 그 村老에게서는 이제 바르도가 일어나, 이웃간에서 숙덕여 말하게 되기로는, 그 늙은탱이는 이날껏 잘 살아오다가, 하루낮 새우고 미친닥이가 되었다고 할 것이다. 어쨌든 그런 여러 단계의 바르도를 거쳐, 이제는 저 종달새가, 저 늙은탱이를 꿈꾸기 시작한다는 것까지도 추측되지 않는 것은 아니다, 아니라도, 이것은 장차, 촛불중의, 새로운 三世閱世行을 통해, 그 細事가 밝혀질 것으로 여겨지므로, 이 자리에서는, 저것은, 풀어져질 매듭으로 남겨둬둘 일인 듯하다.) 그러면 그 解脫은, 오히려 解脫 탓에 輪廻의 바퀴에 끼어들어, 용신치 못하게 된다. 다시 낳고, 늙고, 병들고, 그리고 죽는다. 解脫을 통해, 제기럴, 重力의 바다에로 빠져든다? 그것은 이해키에 매우 어려운 듯하여도, 헌데 法則的(달마)으로 그러한 것을, 어쩔 것이냐? 말하지 아니하였더냐, 저 村老는, 자벌레도 나비를 胚胎해 있다는 것을 알고(見性!), 나비에로의 轉身(자벌레의 解脫!)은 가능하게 했으되, 프라브리티를 훌쩍 뛰어넘는, 그 力動性의 눈까지도 틔운 것은 아니어서, 法則的, 정연한 修辭學的 宇宙내에 머물 수밖에 없었던 탓이라고, 말하지 아니하였더냐? 알 속에서 까이어나온 구렁이며 새가, 일차적 解脫을 성취치 못한 것은 아니로되, 苦海를 벗어나지는 못하여, 그곳을 선회하거나 꿈틀거리다, 거기로 돌아와 죽는 까닭을, 그런즉 알 만하지 않느냐? 이런 의미에서는, 胎生만을 제외한, 化生·濕生·卵生의 모든 有情의 '살입기'는 '解脫'에 근본을 두고 있다는, 희한하고도 빼꼼한 얘기를 할 수 있게도 된다. 그 '나비의 꿈'의 村老의, 한 우주를 賭한 실수와 실패는 글쎄, 저것을 들여다볼 눈을, 아직 틔우지 못한 데 있었던 듯하다. 그는 意識만 人間的인 것을 고수하며, 解脫은 자벌레답게 이루려 한 것이다. 과연 靈長이 자벌레化한다? 잘못된 夢想을 떠난다면, 근본에 있어 靈長은 헌데, 그것만의 靈氣에 의해, 아무리 해도 자벌레化하지는 않는다. 그럴 때 그러면, 그 '자벌레化'란, 비유라겠는가. 그러면 그 자벌레 속에서 이번에는, 天鳥(가루다)며 龍, 독수리며 白鳥가, (글쎄 그 千足의 벌레 속에서) 날아나오게 된다. (이것은 그러고 본다면, 아무리 늙다리였다 한다 해도, 철이 그런 철〔생식철 말이지.〕이어서, 양지에 조금 존다고 하며, 늙은것이, 그 늙은 가지에다 꽃을 터뜨려올리지 안했는가, 그 夢泄을 절시케 한다. 그것을 그는, 매우 근엄한 음성으로, 히히, 後生들의 귀를 틔우는 說法에 쓰고 있놀로고. 허긴 어떤 젖은 꿈은, 그 꿈을 꾼 당자까지도, 그것이 젖은 꿈이었다는 것을 전혀 모르고, 이상스럽게도 꿈이 승했다고, 〔이튿날〕 어디에서, 공짜로, 떡이라도 한 넙데기 얻어걸리게 될 수를 점치기에로 이른다. 모든 오르는 꿈, 날으는 꿈, 逆重力的 꿈들은 허기는, '性'과 관계된, '쾌감의 변용'이라는 투의 해몽법도 없기는 없잖아, 있기는 있던 모양이더라마는. 그럴 때, 저 禪木 가지에 펄럭이는, 허으이어헌 빨래는, 무엇의 탓인가, 바람 탓? 마음 탓?) 어으쨌든, 그것은 으어쨌든, 어째도 상관없을 것이다. 저 봄뜰에서는, 무엇이 수확되어져야 할 것인가 하면, 한 有情의, 특히 靈長이라고 이르는 것의, '몸'과 '마음' 사이에는, 무슨 흐르룽한 中間, "이것도 아니고 저것도 아니며, 이것이 아닌 것도 아니고 저것이 아닌 것도 아닌데도, 이것이나 저것이 아니며, 이것이나 저것이 아닌 것이 아닌," 그런 상태, 時中이랄 것이 있는 것이나 아닌가, 하는 것이 假定, 考慮된다는 것이다. 이것이, (촛불중의 믿음에는,) '말의 영역'이나 아닌가 하는데, 여기에서, '無時'며, '時體'가 屈折을 당하는 듯하다. (이 상태는, 얼핏 매우 抽象的인 듯해도, '모래시계'를 한번 염두해보기로, 저 '抽象'은, 대번에 肉化하여, 누구나의 눈에도 환하게 보일 것인데, '모래시계'의 아랫房, '未來의 時間'이, '現在의 時間'을 分娩한 뒤 소롯해져, '未來의 時間'에로 쌓여가는 '過去의 時間,' 그것의 집적——그것이 '時體'며, '無時'는 그러니, 그 反極 쪽 房에 쌓여 있는, '過去의 時間'이 '잠들어 있는, 未來의 時間'이 될 것이다. 이 時間이 그리하여, '現在의 時間'化하는 것인데, 이 '모래시계'는 저렇게, 〔촛불중의 세 개의 宇宙〕 '마음/말/몸'의 구조를 밝힌다.) 주목해둘 것이 있다면, ('자기의 본의'와도 상관없이, "혀끝에서 미끄러져내린, 失言까지도, 無意識에 연결되어 있다"는 주장도 있거니와,) 앞서 얘기된, "여기에서, 無時며, 時體가 屈折을 당하는 듯하다"는 글귀 속의, '屈折'이라는 어휘일 것이다. 그것은, 이란 말은, '屈折'을 가리켜 한 말인데, '時中'이란, ('말로써 꿈꾸는 자'들의 귀에는,) 혹간, '水面'과도 같은 어떤 것이나 아닌가, 하는 것을 연상하게도 하기 때문이다. 이 '水面'은, 즉슨 그 原初的 水面은, "……땅이 혼돈하고 공허하며 흑암이 깊음 위에 있고 하나님의 靈은 水面에 운행하시니라(「創世記」Ⅰ : 2)"의, 그 創世적 '水面'인데, 이 '水面'은 그리고, 母胎 속에 출렁이는, '羊水的'이라는 것을, 간과할 수는 없는 듯하다. 인용한 구절에서 읽혀지는, 創世적 '땅(地球)'은, 生命이 될 '씨앗(精蟲)'을 받아들일 준비가 다 되어 있는, 子宮 속과 조금도 다름이 없지 않는가, 하는 것을 고려하게 하기 때문인데, 이것에 연유하여 일어나는 생각은, 그리하여 확신을 갖게 하는 것은, 이 '땅(地球)'이란 다른 아무것도 말고, 宇宙라는, 그것은 분명히 兩性一體인, 저 거대한 한 '原人'의, '子宮'이라는, 그 器官이 아닌가, 하는 것이다. 그렇다, 그런고로, 그것의 입은 肛門이며, 肛門은 입이라고 한 것인데, '거듭 태어나기(重生)'를 통해, ('땅〔地球〕'의 양미간이든, 아니면 옆구리를 터서라도,) 이 '子宮'을 벗어나지 못하는 한, 한번 生命을 가졌던 것은, 죽었어도 또 돌아오고, 돌아오고(輪廻) 하기를 멈추지를 못한다. 그것이 '子宮(母胎)'의 生成力이던 것이다. '子宮'을 이루는 細胞는 그리고, '時間(프라브리티)'이라는 것은, (춧불중에 의해) 누누이 강조 설명되어온 바대로이다. 반복하지만, '原人'이라는 宇宙가, 머리며, 눈, 귀, 코, 염통, 항문 등의 기관을 갖고 있는다면, '땅(地球)'은, 그것의 '子宮'이라는, 그 器官의 이름이다. 그런고로 거기에서는, 非生理學的 어휘로 말해온 바의, 저 '屈折' 현상이 일어날 수 있던 것인데, 바로 저 原初的 水面—時中에, 어떤 '뜻(하나님의 靈)'이 담기면, 거기서 '살(四大)'과 '이름(言語)'이 이뤄진다. 그래서 저것(時中—水面)은, 새로운 夢想을 일으키는데, 거울, 그것은 거울, '말을 꿈꾸는 자'여, 그렇다, 子宮벽에 걸리워진, 거울에로, 道流를 데리고 가, 그 앞에 세운다. 그러면 그 거울이, 자네를 벌거벗기운다. (이 '거울'은 그리고, 거울廛의 거울들과는 반대로, 어떤 '뜻'을 수용하여서는, 存在며 事物들을 먼저 分娩해내고〔그것이, 神의, 肉聲으로 말하기일 것.〕 그런 뒤, '이름'들을 發說〔그것이, 人間의, 宇宙創造하기일 것.——그래서 神과 人間은, 한쪽에는 物形을 입고, 다른 쪽에는 이름을 입었다는 그 다름을 제외한다면, 서로 다름이 없는, 같은 한 존재이다.——여기에, '時中'에 든, '無

時'와, '時體'의 '物/時相'化, 그리고 물론 '이름 입기'의, 그 '屈折'의, 또는 轉身의 비밀이 있다.] 한다.) 꽃, 거울에서 피어오른 꽃인녀러!

꽃, (이 '꽃'은, 꽃 자체로서는 '用'임에도, '거울'과의 관계에서는, 'Signified'인 것에 주목할지어다.)──佛者는, 시나껏 있다가, "會中을 향해, 꽃 한 송이를 들어 보여주었다." 저런, 가맜거라, 저런, 보거라 헌데, 그의 손의 한 송이 꽃은, 한 마리의 싱싱한 '물고기'여서 '거울' 속을 유영하고 있었다.

거울, (이 '거울'은, 거울 자체로서는 '體'임에도, '꽃'과의 관계에서는 'Signifier'인 것에 주목할지어다.)──벌거벗고, 거울 앞에 선 자여, ("하나님의 靈은 水面에 운행하시니라.") 당신은 그리하여 무엇을 보느냐? 아흐, 神의 자기 도취(나르시시즘)? 허긴 그랬었던가, 神은 자기의 형상대로, 한 有情을 빚었었더라니, 그것이 人間(아담)이었었다던가? 水仙花 한 송이, 그리고 두 송이째, 핀 것은, 그 같은 水仙花의 갈비뼈에서 망울 튼 것이었더니, 그러던 어떤 날, 저 水仙花들은, 스스로 뿌리를 뽑아, 그 거울을 떠나버렸더라 했다. 그리하여 동쪽으로 떠났다는데, 걷는다마는 정처 없는 발길, 땀내 나는, 羊水 냄새 나는 꽃, 꽃들. 그랬으므로 그런 후, 저 아버지는, 그 水面에 어렸던, 그 자기의 얼굴이, 언젠지 그 水面을 벗어나버려, 없다고, '人間'이라는, 이름의, 잃어진, 자기의 얼굴 찾기에, 向方 모를 苦行 길에 오른다. (이래서 歷史는, 그 向方이 분명치 않는데, 사실 저런 종류의 나르시시즘에 의해, 그 '괴로움'이, 擬人化하여, '地獄'이 分娩된다.) '人間'은 神에 대해 무엇이었는가 하면, 말이지만, 神 자기에게도 자기의 얼굴(存在)이 보이지 안해, 이전, 한번도 '自己'를 성취해볼 수가 없었던(제길헐, 記號를 못 입은 어떤 意味!) 한 勝利──肉身(記號)을 입어 '自己(意志)'를 성취해준, 한 言語, (神의 나르시시즘! 人間은 神의 나르시시즘!) 헌데 거울은 비었는가. 아으 아담(사람)아, 네가 어디에 있느냐? 神께서 그 사랑으로(나르시시즘!) 人間을 애절히 불러, 동산의 모든 곳으로 헤맨다. 그의 눈에 물론, 무화과나무 잎을 엮어, 치마를 하여, 아랫도리를 가린, 그 '사람'들이 보이지 않은 것은 아니지만, 그 '사람'들께서는, 더 이상 자기의 '얼굴'이 보이지 안했을 것이었다. 자기가 지은 바 없이, 새로 나타난 '사람'──그것들의 아랫도리는 짐승이어서, 무화과나무 잎으로 가리고 있었는데, 그리하여 '사람'의, 獸皮벗기의 苦行이 시작될 것이었다. 이 '獸皮'는 그리고, '죽음'과 '羊水'——두 언어의 同音語일 것이었다. 어디에 있느냐, 네가 '사람'아, 어디에 있느냐? 그렇게 불러 헤매는, 그 맨발의 아비에게 동산은, 다만 가시쟁이의 숲이었을 것이다. 해골의 골짜기.

물고기 그리고 ('獸皮'를 벗어버린 '사람'.) 이 '물고기'는, 그것 자체가 '體'며, 동시에 '用'이어서, (이 해석은, "그것은, 물을 담는 容器며, 동시에 그 물 속에 사는 生命"이라는 것은, 널리 알려진 대로이다.) '거울에 핀 꽃,' 하나의 완벽한 '말씀'(神의 勝利)——옴.

(이왕에 나온 얘기니 말이지만,) '거울'에의 夢想은, (꾀 있는 匠色들에 의해, 그것이 여러 모양으로 발명 제조되고 난 뒤에, 왜냐하면 그것은 그러자, 記錄化된 經典 같아서일 것이지만, 보다 광범위하게 보급되었거니와,) 헌데 꼭히, 저렇게, '자기 도취(나르시시즘)'만을 저변하고 있는가 하면, 반드시 그런 것만은 아니다, 그럴 것이 왜냐하면, 그들(人間)이 아랫도리를 가린 뒤부터 비롯된 것이 분명하겠지만, 그 반대편에서는 차라리, '자기 혐오'가, 그 주성분으로 되어 있는 것이 診候되기도 하기 때문이다. (문제는 이렇게 되자, 저 양자 중, 어느 쪽이 肯定的, 또는 否定的 국면을 나타내는가, 그것을 가려낼 수가 없다는 데 있는 듯하다. 그럴 것이, 그 까닭이 될 것을 한 가지만 밝혀보기로 한다면, '자기 혐오'란, 어째도 否定性을 띠고 있는 품목인데, 그래서 그것은 종내 자기 파괴를 일으켜버릴 수도 있음에도, 다른 편에서는, 人間의, 잃어버린 '원초적 자기' 찾기의, 王路에 이어지는 그 첫걸음은, 거기서부터 시작되기도 하기 때문이다. 어찌되었든,) 자기의 추악한 얼굴(자기 혐오)을 비춰내는 이 '거울'은, 羑里의 '존자스님'이, 잘 들여다보고, 그러는 동안에 그 속에 빠져들어 허우적이느라고 하느라, 딴에는 후생들을 경계하는 설법을 하기도 했는데, (모순당착인 것은, 그는 溫肉派 사미였음에도, 그 설법은 語禪派的으로 하고 있다는 것이다. 그 탓에 장차, 語禪派네, 실한 한 불머슴께 거웃을 몽땅 그을려버리기는 한다.) '존자'가 밝혀낸 것을, 溫肉派네 方言으로 말한다면, 이 '거울'의 水面 바로 아래쪽에는, 六道 중에서도, 특히 畜生道가 잠복해 있는데, 누가 人面을 쓰고, 그 '거울'을 들여다보려 하면, 저 水面 아래에서 느닷없이, 저 이무기가 내달아, 저 人面을 짓찢어놓으려 한다고 했다. (이런 '거울'은 그렇다면, '바르도' 자체가 아니겠는가.)——이것은, 슬프

지만, 약간은 異端的이라도 좋을, 한 의문을 제기하게 한다. 는즉슨,
人間은 그래서 사실로, 사랑(agape)할 만한가? 그들을 위해서, 身布
施라도 할 만한가? 헌데 그 대답이 얼른 만들어지지 않는다는 일
은, 그런 의문을 제기한 심정을 슬프게 한다. '약간은 異端的이랄 의
문'이었었으니, 만약 그런 입장을 취해서, 대답하기로 한다면, 人間
은, 감람잎으로 아랫도리를 가리고 있는 그 상태로는, (현재의 人間
그 자체로는) 조금도 사랑(agape)할 만한 것이 못 된다. (는 대답을
하게 된다.) 그래서 누구든, 저 人間에 대한 자비심 탓에, 그들을 사
랑하려 하면, 종내, 그것의 독아에 물리고 마는데, 그렇다면 人間은
改造, 또는 純化를 성취해야 할 어떤 것, 즉슨 그런 質料인 것이지,
'金(重生)'을 성취했거나 하여, 靈長이라고 하는 것은 아니다. 人間
은, 자기의 짐승이라는 病 탓에 몹시 고통하고 있지만, 이때도 사랑
할 수 없는 것은, '人間'이지, '짐승'은 아니다. 그래서 人間은 고뇌한
다. 그러던 어떤 날, 그것이, 그 고뇌를 멈추면, 天路를 다 올라 있
거나, 그 반대편의 끝간데까지에로, 떨어져내려 있을 것이다. 병적
이게도 人間은, (모든 것을, 소박한 어휘 속에 뭉뚱그리기로 하여
말하면,) 비교적으로 바랄 만하다고 이를 그런 환경 속에서는 떨어
져내리고, 약간은 어려운 듯하다고 이를 그런 환경 속에서는, 기를
써서 오르고 있다. 이 탓에, 최초의 인간이, 천국을 잃었었던가 어쨌
던가, 그것은 달리 따져보아야겠지만, 어쨌든 이 탓에 人間은, 현재
그대로서는, 天國이라는 불, 모든 我執을 태우고 드는, 그 大洋 같은
無我의 불 속에 던지어져, 그것을 감내하기에는 조금도 적당치 않
다는 것은, 불 속에 던져넣어져 괴로워하는 毒蛇를 두고 보아도 알
듯하다. (만 마리의 毒蛇가 한 반편이 人間의, 한 방울의 唾液에도
못 당하는 것을.) "게으른 자여, 네가 어느 때까지 눕겠느냐, 네가
어느 때에 잠이 깨어 일어나겠느냐." 헌데, 허, 허지만 헌데, 神의
한 '勝利'라고까지 이해되어져온 '人間'은, 왜냐하면 그(神)가 자기를
肉身的으로 顯現하는 場所가 '땅'이므로, 그 '땅'을 운영하라고 (자기
가) 창조한 것이었지, 그것들이 죽게 되면, '天國'이나 그 반극 쪽에
데려다두기 위해서가 아니었었다면, 글쎄, 그러고 본다면 '人間'은
여전히, 언제나의 현재 그대로의 '人間'이, 그(神)에게는 사랑스러운
것이 아니겠는가? 그런고로 그는, "대낮에, 켠 등을 들고," 자기가
한번 잃었던 얼굴, 그 '人間'을 찾아, 人肉을 입어 人間이 되어와,

(아으, '거울' 속을 유영하는 물고기.) 人間 속으로 지날 것인데, 그런즉 그렇다면, 창조주에게 있어서는, 加虐과 被虐, 殺慾과 性慾, 낳기와 죽기가 어기차게 갈아드는, 그 苦痛의 세계 자체가, 그의 삶 자체가 아니겠는가. 살 입은 神은 짐승이구나. (그리고 피조물들을 위해서는, '天國'을! 그 반극 쪽의 그리고 '地獄'을.)——이런 자리에 이르르면, 아마도 그래서, 촛불중은 여전히, 羑里派에 소속된 중(僧)인데, 그럴 것이, 중의 '땅(色)'은, 그 시작이야 어떻게 돼서든, (이 부분에 의하면, 촛불중은, '존자스님'의 문하생인 것이 분명하다.) 한번 일어난, '自己'라는 羯磨를 여의기 위해, 오히려 그 羯磨의 힘을 빌어, 自己가 이뤄낸 그것(이란 '땅〔色〕'을 가리켜 한 말인데, 그러니 어떤 有情이 羯磨를 여의기 위해서는, 그런 정진을 가능하게 하는, 두 가지 조건을 구비해야 하는 것이 필수적이라는 얘긴 것이다. '場所'와, '〔그런 進化를 가능하게 하는〕 몸.') 말고, 다른 아무것도 아니던 때문이다. 羯磨를 여의면 그러므로, 그것을 여읜 자에게는, '땅(色)'도 더 이상 땅이 아닐 것이다. 그것은, 그가 지었다(예를 들면, '고치') 훨훨 날아나가며, 그가 구멍내버린 것(헐어버린 것)이다.——(아 그러고 보니 이것은, 몇 마디쯤 더 말의 꼬리를 달아도 좋을 얘긴 듯한데, 그러려 하면, 이 얘기를 여기까지 이끌어오게 한, 그 話頭에다 틀린 話尾를 매달 수가 있으므로, 먼저, 그 '話頭에 그 話尾'라는 식의 짝을 찾아주고, 그런 뒤, 새로 되돌아가, 엉치뼈나 무릎뼈가 까지지 않게, 방석 잘 해 깔고, 해오던 말지랄을 계속해볼 일일 것이다.)——이렇게 되면, 人間은 참으로 사랑(agape)할 만한가 어쩐가는, 더 따져볼 재료도 못 되는 듯하기는 하다. 그럼에도 人間은, 苦痛(은, '魂의 場所'라고 이른다.)과 苦行을 통해서만 純化를 성취하는 '불순한 짐승'이라면, 저 '사랑하기'를, 자기 순화의 鍊金液(머큐리)으로 삼는 것은, 이 우주간 무엇보다도 먼저, 그리고 마지막으로도 권할 만한 것이라는 것은, 말하기조차 번거로울 것이다. 地獄에 가장 가까운 苦行이 憎惡라면, 天國에 가장 가까운 苦行은 사랑뿐이기 때문이다. "너희는 원수까지도 사랑하라."——(그리고 이런 권고의 본의는 분명히, '自己否定'에 두고 있을 터이다.) 하려 해도 사랑할 수가 없는 것, 그래서 일어나는 괴로움. 그것은 타는 불, 天國에 타는 불, 鍊金液.

그러던 날, 어디로부터였던지, 그을음도 없이 타는 불 속에서 깨인(孵化) 불새(火鳥)도 같고, 어디 밖으로부터 羑里圈 속으로 뚫고 든, 무슨 뻘건 惑星도 같은, 사내 하나가, 저 '존자스님'의 '거울'을 一喝치기로 깨뜨려버리고는, 스스로 '六祖'라고 선언키에 이르렀더니, 그 '一喝'인즉은, "본디 거울이란 것이 없다면, 무엇을 근거로, 그림자들이 비춰나겠느냐?"는 것이었다. 그런 결과로 '존자스님'은, 그 '마른늪'에서 낚여져올라, 모래바닥에 부득쓰러진, 한 마리 물고기 모양, 그 '거울' 속에서 토해져나와, 모래밭에 혀를 박고, 뻐르적거렸다.

　그러나(그로부터 몇 철 지나고 난 뒤 얘기지만,) 촛불중에 의하면, ('色卽是空'의 '空', 또는 '本來無一物'의) '無'라는 話頭는, '존자'나 '六祖'가 따로따로 터나간 대로, 어느 길이든 그 어느 한 길(道)에 의해서만 通하는 것이기보다는, 이왕에 닦여진 대로, 그 두 길을 좇아, 다 통한다는 것이었다. 존자처럼, '거울(은, '體/用'論에 좇으면 '體'라도, 言語學에 좇으면, 'Signifier'인데, 이 경우는 그래서, 言語學에 좇는다면, 法恩이 있을 듯하다.)'은 놔두고, '그림자(signified)'를 지우기에 의해, 결과적으로는, 無意味한 '記號'만 남기기,──라는 즉슨, '거울'도 지우기, 그리고 六祖처럼, 아예 시작부터, '거울'을 깨뜨려 부숴버리기에 의해, 어떠한 '그림자'도, 어디에고 못 어리게 하기. (주목해둬야 될 것은, 그렇게 '깨뜨리기' 위해서는, 매우 모순당착적인 것이 그것이지만, 거기 '거울'이 있어오기는 있어와야 된다. 여기 어디에, 七祖의 六祖 殺害가 있었던 듯한데, 그리하여 흙밭에 구르는 아비의 대가리를 딛고, 자식이 꼬끼요── 일어선다. 七祖의 羑里가 밝는다.) 無. (촛불중은 이미, '두 面을 가지고 있는 듯한 單面, 또는 無面〔뫼비우스의 고리〕'이라는 투로 하여, 앞으로 말하게 될, 그 '兩面'性을, 그 나름으로는 극복해놓고 있으되, 이제까지 되어온, 얘기의 指針이 가리키는 방향에 좇기로 한다면,) 존자는, 어떤가 하면, 그 자신이 '거울' 자체이면서, 동시에 그 '거울'에 비춰져 있어, '거울'의 '안'쪽에 있었는데, 반하여 六祖는, 어쨌는가 하면, '거울'의 '밖'에 있었다는 것을 넉넉히 짐작하게 하는바, 누가 (촛불중모양으로) 그 '두 길'(또는 '두 眞理')을 다 인정하려 하면, 매우 바람직하지 않게도, 그 자리에는, 불의 혀(말)가 갈라진, 맹독한 구렁이가 한 마리 또아리를 치고, 그 꼬리를 따르르 따르르 떨고 있음을 보게 되어, 경악하게 될 것이다, 그 두 혀의 이름은, '안'과 '밖.' (그것은

분명히, 七祖宣言으로 행해졌었던, 그의 두 번에 걸친 說法을 참조
한다면, 촛불중에 의해서는, 저 양자의 一元化, 심지어는 無元化까
지도 이미 이뤄져 있다고 보여지는데, 그렇다면, 걸 어쩌자고 새로,
이 자리에서, 제기럴 실답잖기는, 반복할 필요가 있겠는가? 그렇다
면, 아무리 百益無害라 한다 해도 이미 지나온 길을 되돌아보려 할
일은 아니며, 그런 대신, '거울'의 夢想과 관계되면, 저런 '안/밖'은,
그 夢想꾼을, 어떤 새로운 〔아으, 비 오는 밤의 서낭당 앞길, 비 같
은, 밤비 같은 산발로, 저쪽 앞에 희게 앉아, 慾情 탓에 잠을 못 들
어, 우니는 엔니,〕 길을 열어, 살큼 열어, 열어 보이며, 흐흐흐르릉
녹는 가슴, 아으 저 핏방울이 뚝뚝 듣는 눈웃음, 뻐등이는 하초, 젖
어 붉은 아랫도리, 열어 보이는다, 는지, 그런 것이나 살펴보는 짓
은, 흥미로울 터이다. 물론, 서낭당 처자귀신이 시래비자슥들을 호
리는 데도, 방법은 여럿일 터이다. 터이라고 한다 해도, 원 제기럴,
실답잖기는, 걸 뭐하겠다고, 꼽히는 깟것, 다 말해볼 필요는 또 있겠
는가.)

　(大喝一聲, 흐아흐하흐핫, 네 이눔 존자나부령이여,) 글쎄, 본디
없던 데다, (사내를 접촉해본 일이 없는 비구니를 생각해보라,) 쩔
러, 구멍을 뚫어, 뭔 지랄헌다고 '안'을 만들어놓으니, 그녀러 '안'을
들여다보겠다고, '밖'이 千眼을 해박아 내닫는다.

　갇혀진 空間. (그 房에는, 바람 한점도 없다는, '폭풍의 눈'을 보
면, 空間을 가두는 것은 헌데, 壁만은 아니다. 그것은, 모든 〔암컷들
의〕 羊水에도 갇히고, 그리고 神들과 人間의 想像力에도 갇힌다. 이
두 '空間'은 물론 같은 것은 아닐 것인바, 神들의 그것은, 有情들의
肉眼에 호소되는 것이라면, 人間의 그것은, 그들의 心眼으로써만 보
는 것이 돼서 그럴 것이다. '羊水 속에 갇힌 空間'은, '숨'이라고도 일
러, 달이 차는 대로, '죽음,' 또는 '原罪'라고도 이르는, '살'을 입어, 空
間이 空間 가운데로 까여져나오고,——아으 그렇걸랑 '空間'이여, 我
執을 여의기가, 解脫을 성취하기이겠는가. 지붕이 내려앉고, 벽이
무너난, 古家, 보게라 한 채.——말한 바의 '想像力에 갇힌 空間'은,
生成力 따위와는 관계가 없는 듯하여, 그것 자체로 解脫을 성취할
수도 있다거나 하는 성질의 것은 아닌 듯하여도, 〔神들의 想像力에
갇힌 空間에 관해서야, 人間인 자들로서는 무엇을 말할 수 있겠는
가?〕 人間의 그것은, 그런 채로, 그들의 그 想像力을 차지해 있다

가, 〔空間이 과연, 무슨 물체나처럼, 어떤 곳을 차지해 있을 수 있다
니!〕그들 눕게 될 때, 볼모였던 그것도 함께 무덤에 들었다가, 훤
하게 저승을 열 것이다.)——이렇게 되면, 竊視症 얘기를 좀 하지 않
을 수가 없게 된다. 어디엔지 몸을 떼어내놓고 내달은, 千眼의 절
시. 處容이 글쎄, 밝이 달 아래 노닐다 제 집에 당도해서는, 그것이
제 집인데도 펄썩 들지 않고, 제 집 방안 일 돼가는 것을 알아내려
하면, 거기 그 절시행이 따르기 탓이다. 절시증과 관계되면, 뭐 별로
비밀이 못 될 것들이라도 비밀화하는데, 그것은 분명히, 그 절시꾼
당자가, 비밀한 자리를 지키고 있는 까닭일 것이다. 處容들은, 竊視
症의 '銀 서른'에 눈을 팔아버리는데, 그러고 본다면 그것도, 일종의
뜨거운 '몸 일'인 듯도 싶으다. (어쨌든 이 '竊視'와 관계되면, "자기
는 잘 입었다고 믿은 임금이, 입은 백성들 가운데를 활보해나가는
얘기"가 떠오르지 않을 수가 없게 된다. 그 얘기를 따르면, '竊視를
통한 쾌감'을 계발하기는, '童貞떼기'와도 맞먹는 듯한데, 어쨌든 한
번 衆面이랄 것을 걸치게 된 자들의 비극은, 그들은 언제든, 군중의
'竊視'의 눈들이 모두어드는, 그 한가운데, 벌거벗어 서 있다는 그것
이다.) 性交로서의 竊視症의 특성은 그렇다면, 이 性交에 있어서는,
그 자리에 對相者만 남기고, 主體者 쪽에서는, 할 수 있는껏 자기를
지워, 그 현장에 있으면서도, 없게 하려는 그 노력, 또는 태도랄 것
이다. 그러고 본다면 處容들은, 자기들만 옷을 입고서는, 남은 벌거
벗고 있는 것을, 보기를 즐기는 듯하다. 이 특정한 '竊視症'과 관계
되면 이 '옷 입기'가, 실제에 있어서는, '지우기'化한다는 것을 觀해
내면 좋은데, 그럴 것이, 이런 '입기'는 다름이 아니라, '隱匿'하기의
은유이기 탓이다. (이렇게 되어, '입기/지우기'가 같은 것으로 이해
되어질 수가 있다면, 까짓것, 이미 불리워진 '處容歌'의 再唱보다는,
이쪽 일 돼가는 것을 절시해보는 것이, 더 흥미로울 일임에 틀림없
을 것이다.)

그래서 옛부터, '妖術반지'라든, '魔職의 帽子'(등은, '자기를 안 보
이게 지우기' 위해, 그 '안 보이게 하려는 몸'에다 더 끼우거나 써,
보탠다는 것을 관찰하고 있어얄 것이다.) 등, 處容 자기들 입은 몸
을 지워, 보이지 않게 하려는, '지우개 科學'이 연구되어오는 것은,
주지하는 바대로이다. 그러나 그것들이 성공적이었는지 어쨌는지
는, 잘 알려져 있지가 않은 것도, 주지하는 바대로이다. 그럼에도 處

容들은, 자기들의 절시증을 통해 배우고 느끼기로는, 處容들 자기들만 모르고, 모든 다른 사람들은, '자기들을 지워 안 보이게 하는' 그 비밀을 알아, 자기네들 일거수 일투족, 심지어 하루에 측간 길을 몇 번이나 올랐는지, 그것까지도 지켜보아 알고 있다고 느낀다. 그렇게 되면 세상은, 자기의 것은 아닌, 눈(眼), 눈, 눈들로 왼통 도배가 되어 있다. 그리고, 그렇지, 그래서 말인데, 훌쩍 건너 뛰어넘고서 그래서, 그렇지, 그리고 말인데, 堯舜은 桀紂에 비해, 이 科學에 능했던 자였던 것을, 그런즉 알겠나라. 백성은, 저 보이지 않는 눈, 눈, 눈들의 주시 아래, 처음 감람잎으로 가렸었으나 그것도 모자라, 짐승의 가죽으로도 가리고, 여러 겹 옷으로도 가린 그 사태기가 불편하여, 꼬아대며, 자꾸 숙어질 수밖에는 없던 것이다. 눈(眼)들을 주렁주렁 꿰어엮어 만든 사슬보다도, 더 옥죄이는 제약, 또는 억압은 없다. 人爲的(또는 文化的) 억압. 아으 그래서 누가, 그것을 끊어, 저런 식의 제약이나 억압이 없는, 그 본디의 세계에로의 복고, 또는 재구현을 도모하려 하면, 公은 분명히, 先知者的 虎吼를 했다고, 칭송하는 소리를 듣게 될 것인가. 허긴, 고양이도 虎科 짐승인즉, 고양이 울음도 虎吼가 아닌 것은 아닐 것이다, 마는, 先知者여, 公은 틀린 백일몽에 잠겨 있도다. 公이 복고하려는, 또는 재구현하려는 그 세계란, 살 입은 有情이 처음서부터 마지막까지 처해야 되는 곳이 그곳이다 보니 말이지만, 自然이 아니겠는가, 그렇다면 말인데, 自然은 그것 자체가, 비등하는 高壓솥이어서, 한 티끌 크기의 증기도 새나갈 틈을 열고 있지를 않아, 거기서는 죽어서도 새로 태어나오고, 태어나와서는 죽어가기의 윤회가 멈추지를 못하던 것이다. (그래서 그것이, 우주라는 한 原人의 子宮으로 이해되는 것이다.) 그래 다시 보면, 自然은 하나의 완벽한 政府이던 것을. 公이여, 제약이나 억압이 없는 세계는, 프라브리티 속에서 찾으려 할 것이 아니던 것을. 풍요하고 어기찬 子宮 속에 심긴 씨앗이, 그곳을 무덤 삼으려 하기의 誤夢. 프라브리티란 머무는 곳이 아니라, 흐르는 곳이다. 히히히, 그런즉 人世는, 그 나쁜 형태까지라도 포함해서, 현재 운영되어지고 있는 그대로 그것은, 최선이랄 것인가. 그 '가장 나쁜 형태'도, 어디 다른 혹성에서라도 떠들어온, 무슨 우국적 불한당이 꾸며낸 것은 아니던 것이 아니냐. 말하기에 히거, 허허, 좀 안된 구석이 없잖아 있지만, 그 '나쁜 형태'도, 그들이 바랐지 안했다 한다 해도,

(小子여, 누가 밤의 침상에서, 악몽에 시달리기를 바라 잠에 들겠느냐? 그리고 그 악몽은 누가 꾸느냐? 만약에 말해, 그런 악몽이 쳐들었다 한다 해도, 어째 그 악몽이 하필 그 특정한 자에게 쳐들어야 되었겠느냐? 아니면, 꿈도 偶發이거나, 椿事겠느냐?) 실제에 있어서는, 그리고 결과적으로는, 그들이 모두 가담해서, ('꿈'이란, '꿔지는 것'이냐, '꾸는 것'이냐? 헌데 그 대답을 모른다 해도, '꿈꾸기'가 부정되는 것이 아닌 것을 보면, 이런 자리에, 그 '꿈'이라는 단어가 매우 적합하다는 것을 부인할 수가 없는 듯하다.) 꾸는 '꿈'이던 것이다. (촛불중에 의하면) 集團(은 '잠'인데,)이 꾸는 凶夢. (다시 六祖의 '遺傳된 陰氣'論이 거론되어져야겠지만,) 이상스럽게도 어떤 특정한 시대민은, (투박하게, 한 경우를, 예로 들어보기로 한다면,) 아픔을 갈망하여, 그것을 위해, (그 '잠〔集團〕'은,) 가시몽둥이를 들 자를 召命해낸다. 이래서 보면, '集團'은 個有情들과 달리, 그 자체가 '바르도/逆바르도'이다. 그렇다, '잠(바르도)' 속에로 내려가는 '꿈(逆바르도)'과, '잠'속에서 올라오는 '꿈'들의 어지러운 갈아듦(易)이 歷史일 것이다. (그들〔'잠'〕께는, "보여도 보이지가 않는다"고, 보이지 않는 몸으로 무엇인가가, 자기들을 모든 방향에서 지켜보고 있다고, 그들이 의구심 함께 건너다보는 자〔'꿈'〕는, 그들〔'잠'〕을 입은 까닭에〔'지우개科學!'〕 보여도 보이지가 않을 것인가? 그 재료가 썩 좋다 보니, 이거 반복되지만, 말이지, 어느 고장의 임금이 되는 자가, 어디에서 龍袍를 벗기웠든, 〔지우기의 科學에 의하면, '입기'가 '벗기'와 동의어라는 것을 염두하고 있어얄 것이다.〕 아직 불알이 덜 여물어, 절시의 즐거움을 계발치 못한 어린 것이 보았기로는, 뻘건 몸에, 누런 하초를 내놓아 덜렁이며, 백성의 한 가운데진 데를 누렁 뚜벅 꺼먹 뚜벅 걸어가고 있었다고 하는데, 치사하게, 히히히, 임금인 것이 개새끼 같구로!――헌데, 저런 광경은, 〔말해오고 있는, '거울'에의 夢想에서〕 '竊視/지우기'라는 '꿈'의 풍경이, '거울'에 비춰들기 전, 그러니 '陽畫〔positive〕'에로 계발되기 전의, '陰畫〔negative〕'라는 것을 觀하고 있어얄 것이다. 그것의 '陰畫'를 들여다보는 것은, 歷史와의 관계에서는 언제든, 저 얘기 속의, '절시의 쾌감을 모르는 아이'로 대표되는, 후대민인 것이다. 그것에 대해서야 무슨 석명이 더 붙을 필요가 있겠는가. 그리고, 이것은 매우 불필요한 얘기가 될지도 모름에도, 덧붙여놓고 싶은 것이 있다면, 그러니 저 '陰畫'가

‘陽畫’에로 계발된다면, 그 ‘陽畫’ 속의 임금은, 천이백 폭 치렁거리는 홍포를 몇 겹이고 가려 입어, 자기를 획 지워버린 뒤, 헐벗은 백성을 훔쳐보며, 그 竊視의 仙酒에 취하고 있을 것이다. 그러는 그의 눈은 두 개라도, 백성께는 많다, 너무 많다, 그 視線의 무게를 감당할 수 없을 정도로, 그리고도 많다.)

이제쯤은 허기는, 해온 얘기(‘거울의 夢想’)의 꼬리(話尾)를 사리든, 쥐어내든, 어쩌든 할 때도 됐을 듯한데, 그러기로 해서 말이지만, 요 얼마 전, ‘눈썹道’네 道場에서는, 무슨 전쟁을 한바탕 치렀든, 勝戰鼓를 높여, 羑里 천지를, 그 북소리의 黃塵으로 싯누렇게 덮은 일이 있었더니, 그 얘기나 보태볼 일이겠다. 그래서 羑里가 일제히 내어다보고 알았었기로는, 그들은, 그 허허한, 사유시방 아무것 하나 막힘도 없는 空地에서, 예의 그 勝戰鼓를 울리며, 五色 六色 깃발을 높이 쳐들어올려 黃塵을, 올리고 그 지랄이던 것이다. 그 깃발들은 헌데, 천이 하나같이, ‘無門’이라는 글자 둘을 휘날리느라 펄럭이고들 있었다. 히히히, 눈썹을 뽑아 채버릴 잡녀러 것들, 空터에서, ‘無門’에의 意念을 일으켜낼 수가 있었다니? 히히히, 그러는 것이란 혹간, 식구들끼리 삼복다리미를 한다고, 한 폭의 犬公 그림을 사다가, 서너 날 정성스레 삶고, 식구들끼리 둘러 마시고는, 힘이 뻗쳐 역적질이라도 해도 남겠다고, 왈가닥거리기나 같은 짓은 아니었는가? 아마도 그러나, 꼭히 그런 것은 아니다. 그들은, 저 ‘無門’이라는 旗幟 외에, 다른 아무 무기도 지참한 바도 없이, 모든 對敵的인 것들, 예를 들면, 사랑과 미움, 싫은 것과 좋은 것, 苦와 快, 이것과 저것, 안과 밖이라는 따위, 의 옻나무 竹林 속을 뚫고 나가, 그 空터에 닿은 것이다. (그리하여 누구든, 이 ‘無門’軍에 투항해버리기로 한다면, 더 씨부려댈 얘기도 있지는 못할 것이다. 마는,) 바르도/逆바르도에 떨어진 村卒로서, 무엇의 이끌어줌을 얻지 못하는 한, 과연 몇이나, 거기 어디에 있음에 분명한 ‘生門’을 찾아, 그 陣圖로부터 벗어날 수 있을 것인가? 묘한 것은 그럼에도, (이것은 그런즉, 陣規라든 戰法에 맞지 않음에도) ‘無門’의 기치를 든, 저 愚兵으로 보이는 것들은, 부나비모양, 아무 두려움을 내보이는 일도 없이, 모든 ‘死門’들을 향해 내달려 부딪치는 데도, 아으아으지못케라, 그들 몸의 어디에고, 상처라도 한군데씩 입기는커녕, (입어 있었던 상처가 있었다고 한다 해도) 도리어 치유되어설람에, ‘死門’들의 옆구리를 터나오고 하던 것이다. (이것은 그렇다면, 저들이 '無門'을 열어, '저쪽'에서 '이쪽'에로 나왔다는, 그런 얘기겠는가? "단 하나의 병정도 죽은 일이 없다"는, 十萬六千行의, 大戰譚『마하바라타』는, 그러면 어디에서, '十八파르바〔권〕'에 달하는, 피비린내의 오류를 범하고 있는가? 說한 八萬經을 깡그리 지우기 위해, 새로 보태서 說해진『金剛經』에 의하면, 불타의 혀의 팔만 오류는 어디에 있었는가? 〔쓴 것을 지우려는 목적의 '지우개'에서, '글씨'를 찾으려 하면, 그 徒弟는 아직 좀더, 手淫으로 얼굴이 놀롤해져야 쓸 듯하다.〕 헌데, 촛불중에 의해 누누이 반복 강조되어져온 것이 이것이지만, 修辭學的 宇宙는, 그것의 정연한, 修辭學的 달마에 의해 운영된다.) 그렇다면, 그 陣圖에 있어야 되는, 그 진짜배기의 '生門'은 어디에 있었는가? 그런 것이 실제로, 라는 말은, 풍문이나 환상으로 말고, 있기는 있었는가? '無門'軍의 저 愚卒들의, 두려움 모르는 내닫기를 좇아 밝혀진 실다움대로 한다면, '死門'이 다름아닌 '不死門(生門)'이던 것이 아닌가? (저 無門卒들은, 무덤의 옆구리, 또는 아랫도리를 열어 나온 새, 또는 물고기였던 것들? '새'에의 夢想은, '무덤'을 '알〔卵〕'이라고, 〔알은, '옆구리'밖에, 下門이 없기 탓인 것.〕 그리고, '물고기'에의 그것은, '무덤'을 羊水 넘치는 '子宮'이라고 알게 한다.) 그렇다면, 바르도/逆바르도의 '生門'이란, 모든, '生門'들을 '死門'化하기 위한, 幻陣──그런 풍문에 불과한 것은 아니겠는가? '生門'이란 그렇다면, 열림은 열림이되, 그 陣圖 속에는 없는 열림이 아니겠는가. 그 陣圖에 떨어져내린 병졸이, 자기의 처지의 극난함에 겁을 내고, 거기 어디 한군데가 열려(生門) 있다는 풍문을 좇아, 그 없는 열림을 찾으려 하면, 그 병졸은 별수없이, 실제에 있어서는 그 陣 전체가 훤한 열림인, 그 '열림' 속에, 꼼짝도 못하고 갇혀버리게 될 것이다. 그러는 그 순간부터 시작해, 푸르던 하늘에서는 우박이 내리퍼붓고, 그 병졸의 피냄새를 맡아, 배고픈 늑대떼가, 범위를 좁혀 스름스름 내달을 것이다. '生門'이라는, 하나의 구원이 있다는 풍문이야말로, 저 한 陣圖를 완벽하게 구축하게 한, 전관건이었음을, 그러면 알게 한다. 다만, '無門'의 旗幟를 든 병졸들만이, '生門'이라는 풍문을 좇으려 하지 않자, 즉슨, 아무 門도 열려고 하지 않자, 본디 해골이 있던 그 陣은, 새로 그 풍문의 의상을 벗기워 해골에로 돌아가버렸으며, 死門들도, 해골의 아랫도리여서, '죽음'을 분만치를 못하고, 그 자체가 죽음 가운데로 떨어져, 주검이었다.

(그러나 장년기에 들어선 황소에게나 메울 멍에를, 염소에게 메워, 짐수레를 끌게 하려 하면, 염소를 죽인다. 그리고 고래란 힘이 좋다고 하여, 밭갈이에 쓰려 하면, 또한 고래를 죽인다.) 난파선의 사공이, 망망한 바다의 풍랑의 한가운데서, 허겁지겁 자맥질을 해대기는, 그렇게 하면 자기가, 그 바다를 다 헤엄칠 수 있다는, 그런 무슨 신념이 있어 그러는 것은 아닐 것이지만, 그 바다를 포기하고 체념하기가 헌데, 결코 쉬운 일이 아니던 때문일 것이다. 그 바다도, 그리고 사공도, 프라브리티에다 運命의 脈을 이어놓고 있기 탓이다. 가엾은 자여 水夫여, '열림'은 헌데, 水面의 위쪽에뿐만 아니라, 그 아랫녘 水壁되는 데, 또는 바닥에도, 두들기거나, 마룻장을 뜯고 보면, 거기들에도 있다고 하는 것 같던데, 「춤추는 열두 公主」라는 얘기가 밝혀주는 바를 좇으면, 그러하던 것이다. '열림'은, 늘 空間을 향해서, 밖으로만 뚫려 있음만도, 그리고 보면 아니다. 그것은 또한, 空間에 反向해서, 안쪽에로, 無空間 속에로도 뚫려 있음에 분명하다. 그렇기에, 羑里의 (六祖라는 사내가, '空間'에 '구멍을 뚫어' 나아가버린 것에 반해) 七祖라는 사내는, 하필이면, 저 ⁽²⁾'人無空間'으로 알려진 곳에로의 閱世를 떠난 것인데, (그러니 그의, 羑里의 밖으로부터 돌아오기는, 羑里의 안쪽에로 들어가기였던 모양이어서, 그 각설이가, 고향이라고 여긴 자리에 돌아왔어도, 그 閱世가 멈춰졌다거나 한 것은, 아니었던 모양인가.) 이 ⁽²⁾이야기는 그래서, 이 行僧의 뒤밟기, 그러며 그가 무슨 짓을 하는가, 그 훔쳐보기를 통해, 읽은, 그 行錄인 것이다. (羑里가 낮에 꾼 꿈속에서 날아나간 새가 만약, 六祖였었다고 할 수 있다면, 그 같은 羑里가 밤에 꾼 꿈에 구멍을 내고, 그 밤의 환함 속으로 헤엄쳐나간 물고기가 七祖라고 말할 수 있을 것이다. 宇宙的 陽根〔스바이암부〕의 뿌리를 찾아, 내려오르는 氣. 아파나.) 거기서 그는 그래서, 무엇을 찾자는 것인가? 아니면, 무엇을 잃자는 것인가? 아으 허기는, 왜냐하면 그가 내려올라 가려는 곳은, '空間'에 대해 反向的인 고장이어서, 모든 것이 뒤집힐 것이기 때문인데, '찾기'의 뒤집히기는 그렇다면, '잃기'일 것이다, 그렇지 않은가? 그렇다, '잃기'——아으 그것이, '純化'라는 말로 환치되었음일 것? 것! "大地의 한가운데로 내려가보라, 純化를 통해 그러면 그대, 숨겨진 돌을 찾을 것이다. (V.I.T.R.I.O.L.: 'Visita interiora terrae; rectificando invenies occultum lapidem.')"——모든 것을, 다 갈아(磨)치우고 난 나머지는(무덤 속에 묻힌 시체의 분해, 逆으로 몸입기의 과정을 살펴볼작시라.) 그러면 무엇이겠는가? 自我? '엄지손가락 크기의 自我'? 不滅?

　佛者는, 시나껏 있다가, 會衆을 향해, 꽃을 한 송이 들어 보여주었다. (저런, 천둥 같은 침묵!) '거울'의 夢想. 그 꽃꿈 자리에는 무엇이 누워 자며, 저런 꿈꽃을 피워내고 있는가(羑里의 七祖가 그리하여, 그것을 알아보려, 그 여로를 떠나고 있다.)——잠, 영구한 잠, 깨일 줄 모르는 깊디깊은 잠? 그 잠을 방싯 열어, 거울 앞에 나앉아, 끌 수 없는 慾情으로, 살기스러운 웃음을 웃으며, 그 얼굴에다 분가루를 바르고 있는, 아으 저렇게나 요염한 계집은 누구인가? 꽃인녀러? 아으 꽃, 그리고 거울인녀러? 아으 거울. 꽃은 어디에다 뿌리를 두고 피어오르는가, 거울(signifier) 속에, 속에서, 꽃(signifier)은 피는가, 피는 꽃, 꽃은 말(言語), 한 송이, 그리고 옴.

　오줌 마려운 놈은 그리고, 오줌 가고, 똥 마려운 놈도, 똥 가구라, 갔다가 씨버갈, 귀까지 다 누어버린 통에, 귀가 없어 올 필요가 없는 놈은 안 와두 되구, 오는 놈은 오는 길에, 어떤 놈 누어놓은 귀라도 보거든 주워 달구, 둘도 달구, 셋두 달구 귀 달아오믄, 시작만 해놓구는 시작도 못 헌 얘기, 그 얘기 새로, 시작하여 꾸역 꾸역, 들리줄꾸마, 오줌 매립도록, 똥이 미어져나오도록, 실폭하도록 들리줄꾸마, 오줌 갔다 오구라, 똥 갔다 오구라, 허기는 귀(耳)도 누되, 오줌에라도 뽀독뽀독 캐칼히 씻어, 그것만은 잊지 말구 달구 오구라, 얘기 한 자리 들려줄라구든.

　옛날에, 옛날에 옛적에, 羑里라는 데에, 촛불중이라고 불리운 돌팔이중이 하나 살았는데, 희한하고도 빼꼼한 얘기는 뭣인가 하면, 그, 글쎄지, 문이 훤하게 열린 빈방이 하나 있어설람에, 그 중님 들어, 하룻밤 새우고 난 뒤, 그 문이 훤하게 열려 있는 것을 자기 눈으로 훤하게 봄시롱도, 그 門을 못 찾았다던가 어쨌다던가 하여서나, 날이 샜어도 그 방을 못 벗어나고, 꽉 갇혀버렸었다는 그 얘기라 시방, 그러잔즉, 문이 활짝 열린 그 방이 그만, 그 돌중에게는 감방이 돼버렸었을 수밖에, 에끼, 웃는 놈은 누구냐, 누가 웃는댜? 徒弟는 과연, '활짝 열려져,' 문이 없어, 열 수가 없는 문(無門)을, 열어 나올 수가 있겠느냐? 과연 무슨 수로, 열려져, 활짝 열려져, 없는 문을, (徒弟는) 열어 나온다고 하는고? 허기는 그랬었다, 시작만 해놓고 시작도 못 했던 얘기의 시작은, 저만쯤 되는 데를 끝으로 하고 있었드랬다, 그랬었지 안했었댔나?──꼬리 잘린 얘기의 도마뱀의, 꼬리 길러내기.

사실로 헌데, 그날(이란 어느 날을 가리켜 말이냐구? 喝! 이눔 狗子여, 너는 어제가 섣달그믐이라고 헤아리다 보니, 내일은 새해 초이틀이 된다고 알아, 나이를 처먹는도다. "매일이 그날, 그날은 좋은 날," 날짜는, 누구네 계산법으로 바뀌는 것이던고? 해를 보게라, 그것은 만년 제자리를 지켜, 측간 한번 가보는 일이 없음에도, 항간에서는, 그것이 뜨고, 그리고 진다고 이른다. 돌라믄 돌거라마는, 땅 돌기가 헌데, 어찌하여 이눔, 나이 먹기와 관계가 있다고 이르는고?) 아침에는, 그 문 열린 감방에, 촛불중이 유치된 후 처음으로, 그 감방수에게 官食이라는 것이 주어졌었다. 촛불중은, 그것을 받아놓고, 그 음식을 가져온 젊은 官人께 합장해 보인 뒤, 그가, 자기의 발바닥에다, 불의 실로, '苦海'를 꿰매어주었던, 그 官卒들 중의 하나였었다고 기억해내고 있었다. 예의 그 (판관겸직읍장이 총애하는) 면(男姿)이었다. 헌데 그는, 얼른 되돌아가려고도 하지 않고, 그런 대신, 문이 열린 그 문턱에 궁둥이를 대고 앉더니, 책상다리에다 두 팔꿈치를 대서 턱을 받치고는, 소나무가, 더울 녘에, 상처받은 자리에다 흘려낸 송진이, 서늘할 녘에 굳어지듯, (젊은 나이에 대해서는, 그만큼의 時量도 많은데) 오랜 세월을 두고 그렇게 굳어진 듯한, 구역질 섞은 더러운 웃음을 물고, 촛불중을 건너다보았다. 말똥말똥 건너다보았다. 지겨운 듯이 건너다보았다. 멍하니 건너다보았다. 꾸먹 꾸먹 건너다보았다. 잠이 모자라 그랬든, 치질이 불편해 그랬든, 어쨌든, 그것은 모르되, 그 官人은, 나이나 뼈대에 비해, 훨씬 더 늙은 피로를 분위기로 해갖고 있었다. 면業이 그의 生業이거니와 그래 그 젊은네는, 땀만이 아니라 정액까지도, 살기라는 祭火가 타는 화로에다, 뿌려넣고, 부어넣고, 비워넣기로써만, 그 불을 꺼뜨리지 않게 할 수 있던 것이다. '살기'라는 宗敎야말로, 누구에게나 허기는 그렇게, 殉敎를 강요한다. 어느 使徒가 그런 殉敎를 거부하려 하면, 그 祭火는 꺼지고, 재는 식으며, 그 祭煙에 코를 굽던, 크고 작은 精靈들도 떠난다. 그 한 宗敎의 종언. 그래서 그랬을 터이지, 그리고 게다가 독주며, 아편에 취하기, 젊은네는, 촛불중이 밥숟

갈을 쥐어들었기도 전에, 시들시들 잠 가운데로 끓아떨어져 내리고
있었다. 이 우주간에서, '잠'모양 안일함을 보채는 귀신도 없을라. 그
것은 그것의 사지오체를 편안히, 잘 부축을 받아서라야만, 자신을
지탱한다. 흐흐흐, 그런고로, 누가 "잠을 잠으로 정복하려 하여, 더
자려고 들면," 그 사지는 더욱더 무겁게 늘어져버리는데, 그럴 것
이, 重力에 대해서, 잠보다 더 미약한 것도 없어, 흐흐흐, 그래서 잠
은, 땅 밑에로 내려간다. 편안치 못한 자세의 잠은 그래서, 그 잠든
것을 자꾸 헐어내리고, 떨어뜨리는데, 저 官卒의 대가리도 그런 까
닭으로, 걸핏하면 툭 떨어져내리고, 툭 떨어져내리고 했다. 그럴 때
마다, 잠에다 넋을 빠뜨린 녀석은, 넋떨어진 웃음을 싯뚝 웃고, 대가
리를 새로 챙겨; 시렁 위에 얹고, 얹고 하다가, 문턱에 됐던 궁둥이
를 아예, 방의 안쪽에로 미끄러내리더니, 그 문턱에다 팔을 얹고, 팔
위에다 볼을 누여, 重力에 반은 걸맞는 자세를 꾸몄다. 도끼자루야
썩을라믄 썩을 일이구…… 시래비저슥 같으니라구, 가시쟁이에 날
갯죽지를 걸어두고, 흘러빠져나간 새.──촛불중은, 그 연상이 재미
있어, 한두 번 시석시석 웃었다.──글쎄, 제기럴, 그 문이 열렸거나
어쨌거나, 감방에 몸을 부리자부터 단잠에 들기는.……그러고도 본
다면, 肉身은, 꼭히는, 自由의 조건이 못 된다. 그것은, 꼭히는, 自由
을 '위한' 조건일 것이다.
　허기야 무슨 식욕이 돌았겠는가, 마는, 官食은 촛불중을 몹시 우
울하게 했으며, 官卒은, 구역질이 나도록 불쾌감을 일으켰다. 그래
서 촛불중은, 그 官食을 먹어치우고, 그 官卒께 빈그릇을 쥐어 돌려
보내는 대신, 오히려 그것들을 앞에 두고, 그날치의 자기의 얼굴을
찾아 꾸미기 위해, '거울' 앞에 앉았다. 蓮坐 꾸민 뒤, 호흡을 조절하
여, 흐트러지는 意念들을 한 곳으로 모으고, 즐겁다든지 우울하다든
지, 또는 좋다든지 싫다는 정을 일으켜내는 것이 무엇이든, 그것을
'거울에 덮인 먼지며 티끌'로 알아, '털고 닦아내려는 것'이다. (촛불
중은 그러니 이 아침, '無[를 말함은 왜냐면, 그것이 羑里派 沙彌들
께 맨 먼저 주어져서, 맨 마지막까지 입 안에 남아도는, 公案이라고
한다기 때문이다.]'를 禪題로 정해, 그것을 살펴보려는 禪定에 잠긴
것이 아니라, '有' 위에 端座하여, 그 '일어남'을 觀하려 하고 있는 것
이다. 이 觀法은 동시에, '스러지기'를 觀하는 것까지도 포함하게 된
다는 것은, 덧붙일 필요도 없는, 당연한 귀결일 것이다. 그것보다는

차라리, 이왕 '無'〔편리를 위해 이것을, '禪的 無'라고 해두기로 할 일이다.〕라는 話頭가 쳐들어졌으니, 이것을 기회로 삼아, 덧붙여둘 것이 뭐든 있다고 한다면, 그것이나 아니겠는가 하는바, 그럴 것이, 말한 바의 저 話頭〔無〕도 還俗을 하여, 여기서 저기서 얻어 입은, 百結法衣의, 여러 군데 해진 데로마다, 뭘 불거져나오게 하기로, 시주를 바라는 일이 흔하게 보이기 때문이다. 〔念誦과 개좆글. 이 '無'는, 文學的 鍊金術에 의해 文化化를 치러 있어 보인다.〕 이 경우의 '無'는, 나름으로는 생각이 깊으다는 자들에 의해, 먼저 그 語意의 뼈대를 차린 뒤, 빌린, 百結法衣에 입혀져 있어, 그것 나름으로는 현란해 보이기도 하여, 한 마리 禪병아리라도 까여져나와 있는 것이 아닌가, 하게도 바라보게 하지만, 이 '無'는 헌데, 그 필요 없는 과정을 겪어 文化化하는 중에, 니그레도〔黑〕에로의 退調轉移를 치르고 있어, 한마디로 말하면, 곪아버린 것이다. 곪은 禪─巫. 〔巫鳥─上天下界를 날으는 새. 그래서 그 새는 현란하도록 아름다워 보이는데, 明界와 冥界가, 그 새의 두 날개의 이름이다. 苦海의 *此岸*에서 *此岸*으로 날으는 새.〕 이런고로 촛불중이, '無'를 話頭삼기의 위험에 관해서, 누누이 경고해오고 있었을 것이었다. '無'는, 말〔文學〕의 솥에서 鍊金할 수도 있던 그런 質料가 아니던 것인데, 이 '말의 솥'에서, 누가, 그런 무슨 質料를 끓이려 한다면, 권고해두거니와, 公은 먼저, 손쉽게 모아들일 수 있는, '有'라는 質料를 택해서, 그것의 '有性'을 열심히 觀한 뒤, 〔이것은 함정인 것으로 주의깊이 보아둘 것이지만,〕 할 수 있으면, '有'야말로 모든 '실다움' 자체라는 것을 증명해보이려, 모든 노력을 다 기울일 일이다. 〔글쎄, 이것은 함정이지만.〕 그리고도 금물은, 그러한 노력을 중도에서 중두무이하는 일인데, 그러면 "실다움이란 무엇인가?" "아으 그것은, *存在*하기─그 자체이다!"라는 식으로, 그것의 포착이 매우 용이해지는 듯함에 반해, 앞서 문제가 되었던, 그 '無'라는 質料가, '黑〔니그레도〕'에로의 退調轉移를 치러버리는, 매우 바람직하잖은 결과를 초래한다. 똥! 그리하여 이 '無'는, '有'에 相對하여, '밝음'에 대하여 '어두움', '뾰죽함'에 대하여 '움푹함'이라는 투의 뜻을 드러내는 것으로서, '쌍〔二元論〕'을 이루는데, 이런 투의 '無'는, 누구에게도 낯설잖은, 늙은 '巫'面을 까발겨내고 있어, 정답되, '巫'가 '禪'과 쌍되는 것이 아니라는 것을, 이해하기로 할 일이다. 그런즉슨, 부디, "三十輻共其轂, 當其無, 有車之

用……故, 有之以爲利, 無之爲用"의 '無'의 개념을, 이 자리에다 끌어넣으려 할 일은 아닐지어다. 왜냐하면, 이 '無'는, '四大'에는 제휴되어 있는 것은 아니로되, 第五大〔空〕, 즉슨 '비인 有'이기 때문이다. 그렇다면, '비인 有'로서의 이 '無'는, '有'의 '無性的 형태를 띠고 있는 '無有,' 元素로서는, '소리'라는, 元素 아닌 元素, 이 '無'는 그래서, '谷神─玄牝'에로도 轉身을 치르는 것일 것이다. 어찌 되었든, 별세한 장로네서 가졌던, 두 集會에 참석하여, 촛불중의 雜說에 귀를 기울여본 일이 있는 자라면, 그러면 '非巫的 無'란 그러면 무엇인가, 라는 투의, 이제는 불필요한 물음을 물으려 하지 않을 것이다. 만약에, 그의 귀 깊은 속의 '솥'에, 개〔狗〕라도 한 마리 들앉아, 제 사태기에 제 대가리를 묻고, 모든 것을 듣는 잠에 취해 있다면. 그럼에도 꾸역 꾸역 묻는 자가 있는다면, 이번에는 그럴 일이다. 그누무샤깽이의 쎄빠닥을 서발 늘이고, 자지도 서발쯤 늘여, 그것으로 오랏줄을 삼아, 그누무샤깽이를, 다른 아무것에도 말고, 하필이면 그 '無'라는 話頭의 말뚝에다, 꽁꽁 묶어 처매놓고 볼 일이다.)

　자기를, 자기 스스로 '거울'로 삼고 촛불중은, 물론 먼저, 자기를 비춰보려 했으며, 그러다가는 쿨쿨거리고 웃었는데, 그 특정한 '거울' 속에서는, 자기가 현재 입고 있는, 옷이 보이지를 안해, '거울' 속에는, 털을 벗은 수캐 같은 것이 하나, 추접하게 웅숭크리고 있던 것이다. 옷의 가림을 못 입은 그것은, 짐승이었다, 그리고 촛불중은, 자기가 '짐승'을 빌려 입고 있다는 것을, 언제부터도 알아오고 있기는 있는 중이고, 그것이 그를 쿨쿨거리게 한 것이다. 그 짐승이 佛者던 것이며, 쿨쿨, 佛者가 짐승이던 것이다. 쿨쿨,──그러다 촛불중은, 자기라는 그 짐승 말고, 다른 佛面을 하나 더, 그 '거울' 속에서 해후했는데, 그 얼굴은, 자기에게 官食을 가져와서는, 아침 잠에 시들시들하고 있는, 그 젊은 官卒의 그것이라고 읽어졌으며, 그래 촛불중은, 얼굴을 찌푸리다, 天花를 흐트리며 활짝 폈다. '거울'이 '꿈'을 꾸고 있었는데, '거울'은 그렇게, 三千大千世界를 '꿈'꾼다고, 촛불중은 깨닫고 있던 것이다. 촛불중은 그렇게 '거울'을 들여다보는 중에, 물론 그 '거울' 속에서는 時間의 흐름이라는 것이 없어, 時間의 三世가 공존하고 있었는데, 자기에게 그중 친근했던, 두 얼굴이 차례로 떠올랐다가, 쑴먹쑴먹 사라짐을 보았다. (대낮이라고 하여, 별들이 그 별자리를 떠나 없는 것은 아닌 것.) 그 얼굴 하나는 '존자

스님'의 것이었으며, 그 다른 하나는 '六祖'의 것이었었다. '존자스님'
을 해후했을 때 촛불중은, 그 '거울'에 떠올라 있는, 저 官卒의 얼굴
이 '먼지나 티끌'처럼 여겨져, 그것을 '쓸거나 닦아내고' 싶은, 무슨
性慾과도 비슷한 욕망을 느꼈었으며, '六祖'의 얼굴에 의해서는, 그
'거울' 자체를 바싹 깨뜨려버리고 싶은, 무슨 殺慾도 같은 충동에 당
했었으나, 깜냥껏 無爲를 지켰더니, 하나의, 두렵도록 넓고 깊은, 그
것은 天空과도 같은 것, 그것만 남기에 이르렀었다. 아으, 다키니
(天女)들의 房. (촛불중이 이르는, "한 有情의 無意識은, 그 한 有情
의 몸을 포함한, 밖 자체"라는, 그 '밖'이 활짝 깨이면, 아마도 저런
상태가 드러날 것이었는가. 텅 비었으되, 모자람이나 남음이란 없는
비임. 自我/非自我의 경계가 어디에 있는가? 〔부디, 이 상태를 '풍
경'으로 이해치 말게랍. '無意識의 '全意識'化가, 아으, 친애하는 道流
여, 어찌 '풍경'일 수가 있겠는가? 말한 바의 '풍경'이란, '意味'를 捨
象당한 '記號' 같은 것이 아니겠는가. 그러나 저 상태는, '記號〔풍
경〕'와 '意味〔點──비쟈. 한 '만달라'의 시작도, 이 '點'에서부터라고
알려져 있다〕'가 하나로 녹아져 있는, 만달라인 것, 옴──, 無──〕
그러면 '밖/안'의 경계도 어느덧 스러져버렸음을! '밖'이란 그러니,
'밖'을 완전히 '비워내지' 못하는 한 '밖'에 머무는 것일 것이다.)
　　그날치의, 자기의 얼굴을 찾아 꾸미기 위해, '거울' 앞에 앉았던
촛불중의 얼굴은, 해가 뜨기에 좇아 꽃잎을 여는 蓮처럼, 밝아지기
시작해서는, 활짝 핀 蓮이었을 때는, 그 '거울'의 水面에 고요히 펴,
三千大千世界를 열고 있었다. 그때쯤은 그랬으니, 官食이 준 우울감
이라든, 그 官면(男娼)이 일으키는 구역질 따위라는, 흙탕이, 묻었었
더라도 씻겨, 맑고 환했다. 그는 그리하여 그 상태로, 그 官卒이 깨
어, 官食을 담아온 그릇들을 챙기려 하여, 중께 그릇 비우기를 재촉
하고 있었을 때까지, 지켜 있었다. 그러는 동안의 그 감방 안과, 주
변은, 볕이 몹시 따스하고 두터운 까닭에, 약초꽃들이, 그 정을 못
견디고 활짝 활짝 터뜨려져 피며(꽃은 요니.) 암내들을 풍겨내자,
그 냄새에 미친 꿀벌들이 모여 붕붕거리는, 그래도 그냥 조용하기
만 한, 약초꽃 피는, 어떤 밝은 날이었을라랐. 이 세상의 아무것도
존경할 줄을 모르는 그 官卒은, 밤 시달리기의 피로에 의해, 잠은
제놈이 자놓고도, 깨어서, 잠투정이랄 것은 촛불중께다 부렸다. 어
찌하여, 이제까지도 그릇을 비우지 않했느냐는 둥, 물론 그런 음식

을 먹고서도 살아 남은 중은 없는 걸로 자기도 알지만, 그 官食에
그래서 독약이 섞여 있는 줄로 알아 먹기를 회피했느냐는 둥, 어째
서 빨리 삼키지를 못하느냐는 둥, 입이 구린 대로, 왼갖 벌레들, 전
갈이며 지네, 황충이며 거머리, 회충이며 똥구더기 따위를, 수물수
물 꾸역꾸역 뱉아냈다. 뱉아내어진 대로 그 벌레들은, 촛불중의 전
신에로, 끈적거리게 들러붙어, 그의 땀구멍에마다 빨대를 찔러넣었
다. 그의 약초밭에로, 똥의 우박이 찌뜨려져 덮인 것이고, 그러자니
촛불중의 밝던 얼굴도 저물어, 슬픔으로 어둑살지고 있었다. 번뇌의
벌레들이, 처음엔 밖에서 쏘고 들어서는, 종내는, 안쪽에서 파고 나
왔더라, 번뇌, 벌레, 벌뢰. 촛불중도 물론, 그 官食에는, 法의 소금이
석섬이나 섞여 있어, 그 음식을 한번 건너다보기만 했다 해도, 自由
에의 그리움으로 혼신이 짜가워져, 쪼들아져 죽기에 이른다는 것쯤
알고도 있었다. 그렇다고 해서, 그 '소금'이 두려워 아직껏, 그 음식
에 손을 대고 있지 않은 것은 아니었었지만, 그 까닭이야 어찌 되
었든, 저 官卒을 보내기 위해서도 촛불중은, 시작해, 할 수 있는껏
부지런히, 그 官食을 먹고, 빈그릇을 내어주려 했다. 하며, 중은, 받
은 공양을 두고, 고맙다는 정을 일으키지 않는 乞士라고 하되, 이
음식에 대해서만은, 그 정을 꼭히 좀 일으켜냈으면도 싶어, 맛을 생
각하려고 했다. 하면서도 촛불중은, 자기가 어째서 그런 分別心을
일으켜내려고 하고 있는지, 그것도 잘은 몰랐으되, 다만, 이 아침나
절의, 자기의 '거울의 偈頌'은, 이것 저것들에서 찢겨진 것들로, 百結
이 되었다고만 알았다. 아까, '존자스님'의 얼굴을 해후했을 때 촛불
중은, 무슨 性慾도 같은 욕망에 의해, 저 면놈을, (물론 자기의 부친
힘으로는, 그의 팔 하나에라도 당하겠는가마는,) 한 발길에 냅다 걷
어차 바깥 뜰에다 굴렸으면 했었으며, '六祖'를 상봉했었을 때는, 무
슨 殺慾도 같은 것에 의해서, 녀석을 한 발길에 짓이겨 죽여버렸으
면 했었는데, 숙어들었던 그 雜慾鬼들이, 새로 머리를 쳐들기 시작
한 것이다. 그래서 그랬을 것으로, "고맙습지, 고, 고맙습, 습지," 촛
불중은, 그런 소리를 우물거려내기 시작하고 있었는데, 허긴 그것도
일종의 偈頌이었을라. 官食에 의해서 촛불중은, 새로, 우울함에 당
해야 했으며, 官卒도, 촛불중께, (이 경우는 그러니, 촛불중이 官卒
의 얼굴을 꾸며도 있다.) 촛불중 자기가 자기에게 구역질이라는 것
을 깨우쳐주고 있었다. ('몸'에 억류된, 어떤 '知覺者'여, '몸'이라는,

羯磨의 쓸 板〔예를 들면, 白紙랄지, 漆板 따위.〕은, 저렇게 되어, 더 좋게든, 혹은 더 나쁘게든, 三生 九生을 써(記)온 것까지도, 再校正, 또는 再修整할 수가 있는 것이구나. 몸을 벗은 채, 저 상태를 통과했었더라면 촛불중은, ‘거울’을 통해 ‘다키니의 房’을 들여다보고 있었을 때 이미, 그 ‘다키니의 房’에 들어져 있었을 것이며, 그랬었기 전에는 물론, 나라카에 떨어져, 그곳을 헤매고 있었을 것인 것을, ‘몸’이, 한 덩어리의 지구처럼, 그 ‘知覺者’에게 매달려 있어, 그를 다시 ‘몸’ 속에로 끌어들여온 것이다. ‘몸’이라는, 이 ‘쓸 板’에 씌어진, 좋지 않은 羯磨를 지우는 지우개는 물론, ‘善에의 갈망’이라는 것으로 알려져 있거니와, 그러나, 解脫을 위해서는, 善業까지도 장애라고 하거늘, 그것까지도 말끔히 지우는 것은 무엇인가? 아으, 六道를 송두리째 지워 없애는 것? ──옴마니팟메훙! 〔어쨌든, ‘官食과 官卒’을 앞에 둔, 이 부분의 촛불중의 심경의 불편함은, 이제는, 저 ‘官食이나 官卒’이 아니라, 그것들에 의해서, 그렇게도 쉽게도, 자기 마음의 평정이 깨어져버리고, 흔들리게 되는, 그 자신에 대해서라는 것이, 밝혀지면 좋을 것이다. 그러니, 이번의 이 ‘우울증’과 ‘구역질’은, 그 대상이 자신이라고 불리워져오던 그것이다. 이런 것이, 한 수도꾼의 俗性의 變質을 돕는, 毒인 것도 부인치는 못한다. 그래서 중은, ‘가진 것이 없음에도’ 자꾸 出家한다. 한 수도꾼에게서, 非俗性만을 찾으려 하면, 道流여, 그대는, 古木에게로 가거라, 바위에게로 가거라, 소에게로 가거라.〕) “고, 고맙습지, 그저 고맙습지,” 헌데도, 촛불중의 혀에서, 음식은 단맛을 내지 안했다. 입맛을 따지기로 하여 말한다면, 이 아침나절, 촛불중 자기의 목구멍을 넘는 것은, 숨쉬어든 공기까지도, 말똥 타는 냄새를 풍기는 데다, 싸아하니 맵기까지 하여, 재채기를 일으키려 하거늘, (촛불중의 믿음에) 자기의 육신적전자유를 저당하고 얻은, 한 그릇 官食의 맛에 대해서야, 뭣을 더 말할 것이 있겠는가. (헌데 이 官食은, 읍에서는 오로지 하나, 일등가는 홍루 수도청에서, 그중 손끝이 달고 짜다는 수도부가, 심신을 깨끗이 하여, 정성으로 지은 그것이었다는 것만은 밝혀두자.) 마른 음식은, (촛불중의 혀에) 마른 쇠똥을 씹는 맛을 연상하게 했으며, 젖은 음식은 또한, 젖은 쇠똥을 퍼먹는, 맛을 떠올렸다. 여기에는, 뭣인가가 잘못 되어 있음을 짐작케 한다.

   ──홀로 암자를 지키는 중들은, 수염 깎기야 뭐 말할 것도 못 되

지만, 가다끔 한 번씩, 제 削髮을 제가 하지 않으면 안 되는데, 그래서는 날씨 좋은 날을 가려설람엔, 明鏡을 더욱더 맑게 하여, 寺川가 솔가지에 걸어두고, 明鏡 속 풍경도, 밖 풍경도 즐겨가며, 삭발을 시작한다. ('거울'의 '속'으로 들어간, '밖'의 풍경은, 그 '거울'의 '밖'에 있느냐, '안'에 있느냐?) 그러는 때 헌데, 건듯, 하늬바람 머리 한 끄뎅이가 스쳐지나가며, 그 솔가지 걸린 명경을 흔든다, 그러자, 삭발 중의 중은 가만히 있는데, 중의 얼굴이 셋으로, 넷으로, 일곱으로, 열둘로, 반으로, 세깐 중의 한깐으로, 하나도 없기로, 그래도 하나로, 반으로, 여러 개로 헛갈린다. 그때마다 중은, 수염 밀기나 삭발하기가 매우 어렵다는 것을 알아, 명경을 고정키에 이른다. 중이여 그런즉, 그 삭발은 대체 누가 하였던 중이었던고? 명경 밖 비구가 그 짓을 하였었더라면, 건듯 부는 바람에 흔들리우는 것은 거울이며, 비구네는 아니었었는데, 거울이 흔들리는 까닭이라며, 흔들리지도 않는 비구가, 하던 삭발을 못 하고, 군데군데 버히고 한다는 일은, 이해할 수가 없게 된다. 그렇다면, 흔들리는 것은 명경이 아니라, 비구 당자가 아니었던가? 허기사 우리는 물론, 바람부는 날 펄럭이는 기폭, 또는 기폭이 펄럭여서 부는 바람 등과 관계되어, 두셋의 다른 비구들이 모여, 대체 무엇이 흔들리느냐는 논의를 했던 얘기도 들어, 모르고 있는 것은 아니다. '"아, 바람이 깃발을 흔들고 있구나. (또는, "그 사내가 뱀에 물렸다.")" "흔들리는 것은, 바람이 아니라 기폭일세. ("뱀은 물려 하지 안했는데, 저 사내가 뱀에게 물렸다.") "흔들리는 것은, 바람도 깃발도 아니고, 道流들의 마음이다. ("뱀은 물지를 않는데, 자기가 그 뱀에게 물렸다고 생각하는 사내의, 그 생각이 뱀에게 물린 것이다.")' 한 弓手가, 시위에 살을 메어, 과녁을 겨냥해, 활을 쏜다, 그러며 그는 과녁을 보고, 第二의 弓手는 화살을 보며, 第三의 弓手는 활을 본다. ——보게들, 그러나 만약, '마음'이라는 것도 있는 것이 아니라고 한다면, 흔들리는 마음은, 무슨 바람을 마주해, 펄럭이는 기폭이랄꼬? 그렇다면, 저 셋은 다 틀렸거나, 모두 옳았다. 그럼에도 유독, "마음이 흔들리는 탓에, 바람도 깃발도 흔들려 보인다."는, 세번째 중의 대답이 隱釘이 되어, 모든 중들의 마음의 평정을, 바람 센 날 기폭처럼 뒤흔들어대는 귀신의 낮잠을 누인, 그 관뚜껑에 박힌 뒤, 그 펄럭임의 귀신이 어느 밤에도 일어나 쏘다닌다는 소문이 없는 것을 보면, 그 隱釘이야말로,

'미류나무'로 깎았던 것이 분명하다. (어째서, 이런 것은 살펴지지 않았느냐는, 있을 수도 있는 비방을 미리 방비키 위해, 지적되어질 수 있을 듯한 것으로, 한 가지쯤, 이 자리에 삽입해두기로 할 일인가. 보게, 가을날 부는 바람에 시달리는, 누런 잎이 슬픈 것은, 바람인가, 누런 잎인가, 아니면 보는 자의 마음인가?) 허나 어느 중이든, '마음'이라는, '길들지 않은 말(馬)'을 묶어두고 있는 고삐며, 재갈이며, 말뚝 같은 것으로서의 말(言語)과 관계된 暗號, 또는 象徵 따위에 대해, 약간만이라도 이해를 하고 있었다면, 저 셋째번 비구의 대답이, 무슨 펄럭귀신이라거나 '벌뢰' 따위의 염통을 찔러 잠재우는, 무슨 隱釘이라거나 그런 것은 아니며, 사실은, 자기의 '눈썹'을 뒤 줌 으드득 뽑아채, 그 바람에 휘붙어내기 말고, 다른 아무것도 아니었었다는 것을 알게 되었었을 것이었다. (그렇게 通譯하면,) "천공은 마음의 비유이다."(라는 전제에서,) "거기로 부는 바람은, 일어난 번뇌나 잡념이며, 펄럭이는 깃발은, 그 잡념이 이뤄내는 여러 幻影이다." ——그렇다면 저것도 또한, 촛불중이 매도하는, '修辭學的 道通'의 범주에 속하는 것이어서, 山水圖 속 줄기차게 쏟기는, 폭포에 멱감아, 땀을 씻은 뒤, 시원해하기나 같은 것으로나 여겨지지 않는가. "四大로 空에 의존한다"고 한다면, 하기야 그런 山水圖의 바깥쪽에서, 실제로 흘러 넘친다는 물도, 젖은 것은 아니다. 그러나저러나, "바람부는 날 펄럭이는 깃발"과 관계된, 저 중들의 대화를 정직하게 분석하기로 한다면, 처음 두 중들의, 일상적 대화의 주제가 되어 있는 것은, (보이지 않는 바람을 보이게 하는 깃발, 또는, 무엇의 흔들림에 의해서 자기를 드러내어 보이게 하는 바람) 五官 중에서도 특히, '視覺'과 관계되어 있다는 것은, 쉽게 짐작된다. 말하는 저 '五官'은, 그 거대한 '뿌리'를, (有情들 입어 있는) 살속에 깊이깊이 두고 있는데, 그래서 이제, 조금 더 修辭學에 밝은 자라면, 그 '둥치'는 말(言語) 속에 두고, 그 '잎과 꽃'은, 마음속에서 피운다고까지, 그 생각을 진행시킬 수도 있을 것이다. 세상나무 우둠바라! 그래서 보면, 처음의 두 비구가, '視覺'을 주제로 말을 주고받는 자리에, 그 뒤쪽에서든 어디에서든, 가만가만 발소리를 죽여 나타난, 제삼의 비구가, 뒤에서, 그들의 눈을 가리고, "아웅——" 하고 소리치고 있는 광경이 보인다. 그러자, 저 두 비구에게는, 모든 것이 갑자기 흐려져, 잘 보이지 않는다. 촛불중이, 語禪派的 求道의 한 방법을 두고, 감탄과 구역질을 함께 섞어 못 참는 것이 있다면, 그것이 바로 이것인데, 저들은 무엇을 잘 살펴나가다가, 어느 대목 쯤에 이르르면, 저 잘 달려온 말(言語)에다, 느닷없이, '마음'이라는 魔職裟를 덮어씌워버리는데, 작것, 이것이 그것이다. 그러고 나면, 일례를 든다면, 이제껏, 밭 가운데 있는, 큰 바위를 하나 두고, 그것을 뽑아내려 애써오던 일꾼들이, 왼통 헛걸음질을 치다, 허옇게 나 자빠지기에 이른다. 왜냐하면, 밭은 다름이 아니라 마음, 즉슨 心田이라고 한다면, 그 한가운데를 떡 차지해 있어, 장애가 되고 있는 바위란, 世慾이라거나, 我執이라거나 할 그런 것이어서, 그것은 뽑아낼 수도 있다거나 그런 것이기보다는, 쓸고 닦거나, 지워버릴 종류의 것이기 때문이다.——모든 것이, 대개 이런 투로 모양을 바꾸거나, 증발해버린다. (實物에서도, 그것의 事實性——냄새, 색깔, 부피, 强/軟度, 輕重, 모양 등——이 捨象되어져버린다.) 거기 물론, 실로 경탄할 만한, 위대한 도약이 가능되어져 있으되, 헌데 문제는, 대부분의 경우 그들은, '마음'을 質料로 한 鍊金術師이려다가, 자기들의 의지에 반해, 魔職師에로 退調轉移를 치러버렸다는 데 있다. 자기 몸의 털 한 개와도 바꿔서는 안 된다는, 바람직하지 않은, 그 말(言語)의 함정 속에 빠져버렸다는 것이다. 그에 반해 溫肉派네서는, 그 밭에서, 장애가 되어 있다는 그 바위부터 제거해버리려 덤빈다. 溫肉的 고뇌는 여전히 무엇인가 하면, 한 有情의 가죽 밑에는 사실로, '마음'이라는, 第六臟이거나 第七腑 같은 것이 있는가 없는가, 그런 것이 아니라, 어디서 일어난 바람이 어디로 불든, 그리고 그 바람에 알맹이나 뿌리가 있든 없든, 이 현재 자기가, 그 바람에 옴 걸려, 몹시 가려워 송신해, 못 살고 죽겠는, 바로 그런 것이다. 그것은 그래도 아마, (生老病死라는, 원초적 고통에 대해) 지극히 日常的 아픔이다. 그리고 한 삶은 헌데, 다른 아무것도 말고, 바로 저 '日常的 아픔' 탓에 천국이 못 되고, 사실은 그 탓에 낳기며, 죽기가 괴로움인 듯하다. 이것이 다름아닌, 존자스님의 '거울'에 꼈던, 그 '먼지며 티끌'이었던 듯한데, 그렇다면, (저 원초적 '四苦'란 깨뜨려버릴 것인가 어떤가는 몰라도,) 이 '먼지며 티끌'은, "때때로 부지런히, 털고 닦아내야 할 것"인 것이 분명해 보인다. 가, 가만, 가맜자, 이, 이렇게 되자, 하나의 우주적 주제랄 것이, 어쩌면 그것이 너무도 컸던 탓에, 그의 肉眼 속에 다 접어져 들 수가 없어 그랬었을는지는 모르되, 六祖에 의해서 잘못 살펴진 것이나 아니었는가 하는 것을, 갑자기 새로 고려하게 한다. 라는 것은 무엇인가 하면, '日常的 아픔—그 먼지며 티끌'이 가라앉는다는, 그 '거울'인데, (그렇다고 하여 존자스님도, 그것을 다 보고 있었다는 믿음은 없으되, '저승'이라는 것이 있다고 믿는 판수가, 그것이 얼마나 광활하고 깊은지도 모르며, 자기의 배후에다 풍경으로 병풍 쳐두고, 이승 양지 반 평에 졸 듯이, 존자스님도 그렇게, 그것에 의지해, 자기를 비춰낸 것이나 아니었는가, 하는 것을 짐작하게 하는데,) 그것은 혹간, 일러 말하는, '원초적 마음(또는 빛)'이나 아니었는가, 하는 것이다. '달과 계집'이 '月候'라는 썩은 피로 꼬여진 줄에 의해 밀접하게 연결되어 있거나, 같은 하나이듯이, 존자스님이 자기의 얼굴을 들여다보았던 그 '거울'과, '원초적 빛(또는 마음)'도, 그러면 그런 관계나 아니었는가 하는데, (이렇게 되면, 존자의 '거울'은 原型性을 획득할 터이다.) 그렇다면 그것은, 한 有情의 독 섞인 타액에 얻어맞는다고 하여, 스러져버리거나 깨뜨려져버릴 수도 있는, 그런 품목은 아닌 듯하다. 六祖가 깜냥으로는, 모든 것을 파괴하고, 그리고 본, '本來無一物'의 상태는, 사실은, 바로 저것이나 아니었겠는가. 삶의 행위는 그리하여, 거기에서부터 시작한다면, (그리고 거기로 다시 되돌아간다면, 그 삶은 完成된 것이라고 이를 것인가.) 존자스님의 偈頌도, 새로 시작이다. 깨어질 수도 있는 '거울'은 그렇다면, 무엇이나 되겠는가?—'거울'도 그렇다면, 한 종류만 있는 것은 아닌가? 六祖가 깨뜨린 '거울'은 그렇다면, 누구의(존자스님의? 또는 자기의?) '거울'이었었는가? 六祖의 誤讀? 咄, 서근의 삼. 존자스님 편에 가담하기로 하여 인정하기로 한다면, 日常的 고뇌는, '六祖的 마음'이 있느냐, 없느냐와도 상관없이 일어나는 바람이며, 그것이 프라브리티岸이라는 것이다. 하늘을 볼라믄 보구라, 거기 '하늘'이라는, 아담의 입김이 지나간 흔적만 있고, 실제로 그런 것이란 보여도 없는데도, 거기로 바람 가자, 구름 따르고, 구름 따르자 눈비가 내린다, 없는 데서—. '바람 부는 날 펄럭이는 깃발'은 그래서, 존자스님으로부터 手淫의 禪定을 배워 익힌 촛불중 같은 자에게 걸리면, '솔가지 걸어놓은 明鏡' 같은 것으로 바뀌게 된다. '깃발' 속에는, 그것을 보는 자의 얼굴의 반영이 없는데, 거울 속에는 그것이 있다. 그리하여서, 그것을 들여다보며 면도 삭발을 하려는 중은, 그 자신의 五官에, 바로 그 자신이 속

임을 당한다는 것을 발견하기에까지 이른다. 글쎄 그는, 흔들리는
거울을 들여다보면서는, 자기 자신이 몹시도 무질서하게 흔들려지
고 있어, 아무리 해도 면도나 삭발을 할 수가 없고 있는 것이다. 그
건 왜냐하면, 글쎄 다시 말이지만, 그 중이, 그 거울 속에서 몹시 흔
들리고 있기 탓이다. 五官이, 그것을 소유하고 있는, 그 장본인을 속
인다. (그런즉 알 만하다, 俱胝의 '한 손가락 뻗치기 禪'도 알 만하
다. 누가 무엇을 물어오든, 헛, 저 민대가리는, 츳, 니기미 수풀을 쑤
셔라, 손가락을 하나 불쑥 솟구쳐 보이곤 하는데, '空'이 과연 視覺
에 호소된다!) 헌데 촛불중은 이 아침나절, 청명한 날, 삭발이라도
하려고, 솔가지 걸어놓은, 明鏡 속에 갇혀, 도저히 용신도 못 하고
있는 듯하다. (이왕 나온 얘기니 얘기지만, 니기미 수풀을 찌를, 여
민대가리꾼이여, 道流는 헌데, 면도나 삭발이라도 하기 위해, 거울
을 들여다보지 않으면 안 될 때마다, 거 뭐, 몹시 발정해 수컷을 찾
아 헤매는, 암노루 한 마리 꾀어들이지도 못할, 별로 필요해 보이지
도 않는 얼굴을 가졌다는 것에 대해 수치를 더해 느낄지언정, 그것
외에, 자기 얼굴의 요모조모, 눈 생김새며 코, 입술이며 귀 생김새,
얼굴 빛깔 같은 것을 살펴보며, 찡그리고 쨍그려, 히히히, 이쪽으로
웃어보고, 저쪽으로 눈 흘기며, '서른두 가지 大人相'이라도 찾는 따
위 짓을, 아서라 말아라 네 그리 말아라. '서른두 가지 大人相'을 갖
춰 있다 한다 해도, 글쎄, 말하지 안했더냐, 발정한 암노루 한 마리
꾀어들이지도 못하던 것을. 어디 그뿐이겠는가, 배고픈 암호랑이의
똥구녁도 못 비켜나는 것을. '서른두 가지 大人相'을 구비해 있음의
수치! 헌데 저런녀러 '수치'가 한 마음을 넓히면, 그것이 三千大千
世界라고 하여, 人世랄지, 아수라界, 또는 獸界라는 식으로, 마음을
오그려쌌기에 의해 나타나는, 地方色이나 方言性을 극도로 저어하
는 부처의 全色身에 끈적 끈적, 서른두 가지 것이나 덮여 있다고
한다면, 아흐, 부처란 수치로구나, 서른두 가지의 수치러라. 치사하
게도, '정백이에 상투같이 내민 살'을 인 자여, '길고 넓은 눈'에 아흐
어여쁘도다, '초생달 같은 눈썹'을 둘러놓고 있는 자여, 활이나 칼을
쥐어, 멧돼지를 사냥하거나, 적병을 물리칠 일에 말고, 見性 解脫을
위해서라면, 어찌하여 '두 손은 무릎 아래까지 내려'오도록 길어야
필요가 있는고? 이런 말은 왜인가 하면, 말한 바의 '서른두 가지 大
人相'은, 〔그저 한 예만 들기로 하지만〕 다른 方言의 '龍의 相'과도

같지가 않아서인데, 이 '龍의 相'은 어떻게 알려졌는가 하면, "비늘을 얹은 뱀의 몸뚱어리에, 네 개의 발을 갖고, 사슴의 뿔에, 귀신의 눈에, 소의 귀를 가졌다"고 이른다. '大人'의, 이를 데 없이 예쁨에 비한다면, 이 〔여러 有情들의 이것 저것의 百結인〕 龍이라는 짐승처럼 누덕져 추악한 것도 더 없을 듯하다. 그러나 이것이다, 그렇다, 이것이야말로, 그 생김새가 얼마나 혼돈이며 추악하든, 글쎄 그것이야 어찌 되었든, '뱀'이라는 둥, '사슴'이나, '귀신'이라는, 어떤 個有性〔또는 個別性〕, 즉슨 方言性이나 地方色을 벗어나버린 것이 또 무엇이 있겠느냐, 그런즉, 여러 말 할 필요도 없이, 저것이야말로 우주적 짐승인 것을 알게 하잖느냐. 그것인 것이다! 그런대로 부처는, 그 예쁜 色身을 갖고도, 히히히, 발정해, 몸이 뜨거워 못 견뎌하는, 암노루 하나의, 뒤를 얻지도 못했었더라데. 왜냐하면 부처는, '人間'이던 까닭이라. 펴 늘이면, 三世를 휩싸아 안는다는, 그 '마음'은 그러면, 누구의 것이었는가? "須菩提 於意云何, 可以三十二相 見如來不, 不也. 何以故, 如來說三十二相 即是非相, 是名三十二相."——프라브리티에 끼어든, 니브리티의 모순당착은, 그래서 저런 것이다. 아 허기는 그러고 보면 알겠다, 道流는, '거울'이라는 '이름'이 일으키는, 修辭學的 羯磨의 센 바람에 불리우다, 語籠 속에 갇힌, 羯磨의 한 갈마기인 것을, 그것을 알겠는 것이다. 그런고로 '相'을 운위하는 것을. 그러나 만약 누가, '거울'이라는 이름이 있는 자리에서 '거울'을 지워버리고, 대신 '마음'이라는 이름을 써넣기로 한다면, 道流여, 이제껏 '相'이라고 알려졌던 것에는 무슨녀러 우거지相이 나타나 있겠느냐? 혹간 그것은, 〔그 같은 空門用 方言에서, 그와 엇비슷하다고 여겨지는, 단어를 하나 더 빌리기로 한다면,〕 '性〔本〕' 같은 것으로나, 性轉換을 치러버리고나 있을 일은 아니겠느냐? '體'形을 떠었던 말의 '用'態化.〔이것, 즉슨 '性'에다, 人世의 홍진을 많이 덮어씌운 뒤 촛불중은, 이것이, '사람'이라는 한 종류의 有情의 前生, 또는 살아온 삶에서 이뤄진, '羯磨의 總和'나 아닌가 했다. 複合性이라고 이르는 괴물, 바르도의 여섯번째, 또는 열세번째 방에, 거꾸로 매달린 잠을 자며 밖이 저물기를 기다리고 있거나, 사슬에 묶이고 억류되어, 천년의 갈증에 당하고 있는 것.〕 원초적으로 '相〔體〕'은, '거울' 자체거나, 또는, 그것에 비춰질 品樣을 갖는 것이어서, 거울을 통해 그 반영을 볼 수 있을 것임에도, '性〔用〕'에로 전환을 해버리기에 좋아, 별수없이 그것은, '거울'이 구획하는 영토를 떠나지 않을 수가 없게 된다. 顯宗的으로 그것은, "如來說三十二相卽是非相 是名三十二相"의, 反語態랄 것을 취하고, 密宗的으로는, '相'이 '이승'이라는 '거울'에 비춰진, '五蘊'이라면, '性'은 저승에 처한 '念態'의 〔相에 대비하는〕 이름인 듯하다. 그리고 물론, 촛불중이, '正統的'이라고 定立되어온 것을 되묻자고, 이런 자리를 빌리고 있는 것이 아니라면, 그리고 '正統'이란 '王位'나 같아서, 세습적으로 대를 물리기도 하지만, 동시에 찬탈되어질 위험성 자체이기도 한데, 그래서 덧붙일 것이 있다면, 그 '相'에 제휴되어진 자, 즉슨 한 求道者의 '見性'은, 그런즉 다름이 아니라,──크리슈나의 모친되는 이가, 그 자식의 입을 열어, 그 속을 들여다보고 경악한 일이 있는, 바로 그 古事대로──그 '相'을 用器, 또는 거울로 알아, 그것에 담긴 것, 또는 비춰진 것을 보는 일인데, 그 상태에서는 그 求道者가, 아무것도 '쓸고 닦으려' 하거나 '부숴버리려' 하지도 않고, 있는 그대로 모든 것을 둬둔다면, 그 求道者 당자가, 통째로 한 六道인 것을 보게 될 듯하다. 열심히 行하며──저, '거울' 속에, 질투며 증오, 교만과 시기, 살욕과 성욕 등으로 부글드글 끓는 한 우주는, 저 求道者 당자의 욕망의 化現인 것을!──行함이 없는 그는 그러면, 此岸에서, 저그들 쪽에서 엉덩이를 틀어대고 다가오는, 암노루는 물론, 호랑이의, 독사의 암컷, 天女들은 물론, 나무들의, 바위들의, 바람들의 요니들을 지져, 씨를 배게 하며, 꼭히 人間도 아닌 얼굴로, 彼岸에 비시기 누워 있다. 몸에는 얼룩 덜룩한 범의 털을 돋과 있어 보이며, 허기야 왜 비늘을 돋과 내지 말라는 법은 또 있겠는가, 염소의 뿔, 대신에 장닭의 벼슬을 달아도 誤文 현상이 일어날 일이란 없는 것이 저것이다, 쥐의 눈, 토끼의 귀에, 닭의 부리, 개의 혀에, 龍의 如意珠를 물었고, 말의 목덜미에, 원숭이의 손, 돼지의 배때기에, 소의 뒷다리, 그리고 뱀의 꼬리를 해갖고 있다. 그것이 원숭이 꼬리나, 쥐꼬리면 또 어떻겠는가. 그는 '서른두 가지 大人相' 중의 무엇 하나도 드러내보이지 않은, 百結의 짐승인데도, 사람이다. ──'中道'라는 것이 있을 수 있다면 龍樹여, 그럴 것이다, 이것이 그것이다.)──
"참 지엔장헐, 두고 볼랑개시나 시방, 俗人도 아녀 시님이랄시나, 개도 안 허는 짓을 허능만, 소도 안 허는 짓을 허능만, 돼지도 안 허는 짓을 허능만, 끼적 끼적, 끄으룩 끄으룩, 넘우 손으로 정성딜이

지어설람 바친 공양을 두고, 워쩌 시님이라는 이가 입맛을 갖촤갖
고실랑은, 입속끄장 밀어넣은 것도, 버글버글 홀림선, 끄작끄작,
……밥 속에서 밥을 찾는댜, 뭣헌댜?”
“흐, 홋, 홋, 흐, 흡습지,”
“고렇거니나 영 묵고잡들 안허면, 기냥 밀어내놀 일이겄는디……
반찬 속에서 반찬을 찾그나, 숭늉 속에서 숭늉을 찾을라는 짐성도
안 허는 중지랄은, 참말이제 허지도 말았으면 싶은디, 참말이제 뵈
기가 안됐다고”
“아 말입지, 道弟입지, 말하면입지, 중은 음식에 당해, 맛을 생각할
일은 아니라고 허는뎁지, 村僧은입지, 사실을 말하면입지, 그 입맛
을 생각하려 하는데도 말입지, 말이라 말입지, 그 입맛이라는 것이
영 돌지를 안해, 이러고 있다굽습지.”
“허이, 머시라고요? 허으! 입맛으로 따질작시면, 고것이 쎄빠닥 끄
텡이나 목구먹에 있는 것인디, 고것이 워째 생각 속이나 젓그락 끝
에 있다고 허능 것요 시방? 나도 시방, 몇 달째나 잠이 부족험시롱
도, 그런 헛소리는 안 허고 있다고요 허으 꺼으 꺼이.”
“아하, 말입지, 道弟는 성을 내고 있돕다, 그렇잖는갑?”
“아니 시방, 중이라고 허면, 우리 속물허고는 달분 줄 알았더니, 사
람을 놀리는 중이란겨? 정 묵고접들 안허면 말요, 고 젓끄락을 놓
우쏘 시방,”
“아하, 道弟는, 성을 내고 있돕다,”
“치엔장, 한 발질 참을랑개, 속에서 두두레기가 쫙 돋는구마는. 나
불거리는 중의 쎄빠닥은, 암캐끄장도, 샅에다 찔러놓기를 싫어허드
란 소리가 있어.”
“성내기와 슬픔은, 횡경막 부위에다 말입지, 똑같은 불편함을 일으
켜내는 것을, 말입지, 道弟는 觀할 수 있느냡?”
“머쇼?”
“만약 그러하다면, 道弟여, 아으 하기야, 道弟에게사 ‘空’을 說하겠
느냐? 말입지, ‘분노’를 ‘슬픔’으로 바꾸기는 참으로 어렵잖을 일일놀
다, 그렇잖은갑?”
“허?”
“道弟입지, ‘슬픔’도 ‘사랑’과 마찬가지롬, 어쩌면 ‘슬픔’은 그 비계가
더 두터울지도 모르지만 말입지, 살기의 밭을, 거름지게 하여섭지,

그 뿌리가 되어 있는 '魂'을 살찌우고, 그런 뒤에는, '靈'이라는, 큰
열매를 맺게 하는 거름이며, 젖인 것읊. 道弟가 입고 있는, '사람'이
라는, 縱으로 모락모락 피어오른 氣木은, 三世를 劃하는뎁지, 道弟
도 (그 열매를) 여물게 할 수 있는, '靈'이라는 열매는, 道弟가 天國
에서 수확하는 것일레랍."
"커?"
"그것에 반해서, 이것이, 醫術꾼들이 진맥하여, 丹田에서 그 아래
쪽, 肛門에로 이어지는 부분의 기관이 일으키는 下向性 感情이라고
하는 것인뎁, 말입지, 道弟엽, 성내기, 미워하기, 시기, 질투, 저주 같
은 것들이 그것이랍지. 이런고로시나 地獄은 아래쪽에 있다고 하는
뎁, 저런 下向的, 또는 否定的 감정이란, 말한 바의 '살기의 밭'에 대
해서는, 모질은 가물음이며 뙤약볕인데, 어쩌다 그 밭에로도, 무슨
水分하고 관계된 것이 내리는 수도 있다면 그것은, 우박이며 된내
기, 피의 눈물……"
"쳇, 고, 고라고시나 묵을 맘이 씨이덜 안허면, 그륵들이나 내밀라
고요 시방. 워디서 똑, 썩은 밥만 얻어 자셨는지 시님은 말이제, 흐
흐, 흑, 고 뭐 뼐랑 실생활에도 응용해묵도 못헐, 그라장개 고것이
썩은 밥이 맹글아낸 지혜라는 것인디, 고런 삭아니리는 소리만 해
쌌고 있다고요, 흐, 흐으끄. 고랄 시간이 있으면, 나 겉으면 잠을 자
던지, 씨비 아니면 비역을 허든지, 허다 못허면 쌍소리라도 해보고
말 일인디,…… 허, 헌디도 요거 좀 가맜어봅세요, 흐흐으 크으, 큿
큿, 하기는 말요, 생각해본개, 생각나는 것이 있는디, 하기는 고 탓
에, 시님을 한번 만내볼라고 해왔는디 말요, 머시냐면 말요, 갖다가
시나, 머시냐면 말요, 혜헥 요거 무신 얘기라까, 워처키 들으면 넘새
시럽다까 워짜다까, 허단대도 우리 둘 사둔 빼놓고는 벽밖에 귀 단
것은 없은개, 것도 뭐 넘새시럴 것도 없기는 없겄는디, 말요, 글씨
말요, 험시롱도 요거 천상에 있을 일이 아니라는 것을 몰라서 요라
는 것도 절대로 아니지만, 그래도 징인 당자가 요 읍네에 있다는디
워짤 것이냐는 생각도 들고, 말요, 그래서 말인디, 글씨 말요, 드, 든
잔개, 시님 입으로 고런 소리를 밝혀 말했담시롱, 머시냐면 말요, 머
시냐면, 든잔개, 시님 말했다는 소리를 든잔개, 말요, 머시냐면, 시님
말을 든잔개, 말요, 육, 육조시님이라는 이가 있어설람에 말요, 시님
헌티 말요, 크게갖다가시나, 고 소문이 요만침이나 퍼질라먼, 고 일

이 월매나 컸겄는그라우, 말요, 크게갖다가시나 비, 비역을 히었드
라고 허는디, 말요, 문제는 그라장개 거그서부텅 시작을 헌 것이요,
머시냐먼, 든잔개, 시님 말허는 소리를 들었다는 사람덜헌티 든잔
개, 말요, 시님, 말소리를 든잔개, 헤헤헤, 시, 시님헌티 고란 뒤부통
胎氣가 있어, 말요, 애를 뱄다고 허는디, 헤헤, 내가 알고저픈 문제
들은 인재 거그서부터요, 말요 뭣들인고 허먼, 고것이 혹깐, 시님 말
을 누가 잘못 들어갖고, 꾸며낸 거짓소리나 아닌가 허는 것이고, 말
요,"
"아닙지, 그건 누가 꾸며낸 거짓 얘기는 아닙지, 그것은 밝혀둡
지,"
"아, 그랴요이? 사설 이약을 허먼 나도, 고것이 거짓소리가 아니기
를 월매나 바랬겄는그라우, 말요. 아 그렇개, 사나도 애를 밸 수가
있구만이라 말요? 만약갖다가시나 그랄 수만 있다먼, 말요, 말인디,
헤이히히, 알았어라우, 알았구만이라우, 넘우 첩살이허기의 서름 중
에서도 기중 큰 것은 아매도, 애를 못 낳는 것일 것인디, 헤헤, 애만
하나 달뎅이 겉은 것을, 앞산 겉은 것을, 터억하니 하나 낳아놓기만
허먼은, 말요, 햇덩이 같은 것을…… 시, 시님, 여 대사시님, 내 절
좀 한 자리 받으시겨요, 받으시구서나는, 제발 부탁 부탁 거듭 부탁
드리는 말씀인디, 워쳐키 허먼 사나도 애를 배는지, 고 비결을 좀
갈치주셔기라우, 자 먼첨 절 한자리 받으시겨요, 두자리 받으시겨
요, 세자리 받으시겨요, 그라고시나, 남자는 월후를 안 허다본개 요
런 것을 묻게 되는디요, 무신 날을 잡아 영감을 받아야 되는지, 고
거부통 알키주먼, 참 아심찮겄구만이라우."
"그런즉 무슨 날을 가릴 건 없겠습지. 주위가 조용하여섭지, 방해
받을 일이 없는 시각이 좋을 것입지. 남자는 월후로 子宮을 씻어내
지 않는 이상, 마음으로 월후를 대신해야 되는뎁, 그러기 위해서는,
그 결합을 宗敎로까지 고양해야 할 것입습지. 자기가 情 바치는 이
를 神으로 모시고, 그리고는, 情을 제물로 한 祭祀를 드려야 되는뎁
지, 그러며 그 祭祀에 [3]'마음'을 모으기뿐만 아니라, 숨에도 가락을
얻도록 해야겠습지. 자지가 그러면 줄어들고, 丹田의 아랫부분에서,
氣의 둥근 광채가 솟아오르는 것을 보게 될 것인바, 그러면 道弟의
몸은, 生産을 위해, 충분한 준비가 되어 있음을 알 일입지."
"아, 거 매우 이치에 맞는 것 겉으신 말씸인디, 그란디다 벨랑 에

럽운 것 겉지도 않은디,…… 아까는 요 쇠인뇌미 몰루고, 글씨, 못
배왔다본개 그랬는디, 무례에 방자함을 부린 듯허지만, 비는 장수
목 못 빈다고 허잖든개뵤이, 용서허셔야겄습니다. 그라고시나, 더
좀 갈키주시얄 것이기는, 그래갖고 애가 들어섰다먼, 첫째 무신 징
조가 있으며, 두째는 뱃속 워디에 애가 들았으며, 세째는 몇 달이나
걸리면 배가 불러졌다가, 워디로 애를 낳는지, 고것 좀,"
"喝! 道弟는 말입지, 오늘 저녁에라도 애를 낳고 싶어하고 있는뎁,
거 좀 너무 성급헌 듯싶습제."
"하, 히거, 사실은 그러헙제요."
"百日祭를 드린단 말도 못 들어봤음메? 계집도 아닌 사내가, 애
하나 낳기를 그렇게 쉽게 생각할 수 있겄납?"
"기양갖다가시나 목만 빼니리고 있겄습니다. 부디——"
"그런즉 본중이 허기는, 길게는 말하려 하지 않겠습. 어쨌든, 말해
오던 것을 계속하기로 하면, 저 상태를 일러, ⑶'불이 물 속에 잠기기
라고 하는뎁, 그러면, 丹田의 아래쪽 복부의 물의 元素가, 이 불에
의해 들끓게 되곱지, 그것에 의해, 眞氣가 나타난다고 합습지. 道弟
는 재빨리, 이 眞氣를 모아야 되는뎁지, 그리고도 道弟가, 모은 이
眞氣를 어떻게 할지를 몰라하고 있으면입지, 陽氣가 뻗쳐, 자지가
일어섬을 느껴, 性慾에 당할 것인뎁, 그럴 때는 서둘러, 숨을 들이쉬
고 내쉬어, 陽氣의 숨을 죽여야겠습지.' 모은 眞氣를 쏟아, 허비해버
린다면, 道弟가 이제껏 해온 바처럼, 약간의 육신적 쾌를 제외한, 아
무 결과도 있을 수가 없을 일입지. 숨쉬기에 좋아, 머리를 쳐들었던
그 陽氣가 안쪽에로 새로 숙어들면, 이제 그 氣가 애(道兒)의 씨앗
이 되는 것인뎁, 이 씨앗은 流失해서는 결과가 없는 것. 道弟의 경
우는, 이 씨앗을 밖으로부터, 매우 쉽게도 얻어들이는 듯한뎁지. 그
것을 流失치 않는 비결을 가르쳐주기로 합지. 라는즉슨, 이 修業중
에 있는 道士들은입지, ⑶'나무로, '凸'형의, 그러나 둥글어 모남이 없
게, '마개'를 깎아, 부드러운 천을 씌운 뒤, 그것을 肛門에 받쳐 앉
아, 肛門을 닫는다.'고 하는뎁,"
"헤헤히요, 고, 고것이라면 뭣 땜시 나무괭이를 써야겄는그라우?"
"그런즉 道弟는, 그렇게 하여 '眞氣'를 이뤄, 그렇게 하여 '眞氣'를
소모치 않는, 그 修業부터 해볼작시라. 그런 뒤, 그것에 성공적이라
는 믿음이 들거든 다시 올작시랍. 그러면 남의 空門前에서 얻은 찌

꺼기밥으로 살아온 이 돌중이, [3]‘五龍秉(?柄?)聖(우룽펑쉥——다섯
龍이 한 聖者를 모셔 오르기)’에 관해 說해주겠노랍.”
“요 쇠인놈 말입제요, 백번 절을 허겠은개요, 또 아니시고, 요 쇠인
놈이 시님께 쬐꿈이라도, 예, 예쁘다고 예기시면, 예기시면 말입제
요, 글씨, 영감님은 새로 수도부 끼고 늦잠에 들었고, 나는 여그 혼
차 있은개 말인디요,…… 워째도 좋은개, 고 ‘다섯 용’이 워짠다는,
고 비결만 좀 배왔으면 싶응만이라우, 예?”
“허허히, 道弟는, 백번 절할 필요도 없고, 後門이 비었다고 해서 그
것을 빌려줄 필요도 없습셉. 行道에는 차례가 있는 것, 그래서 그런
것입지, 본 돌중이 값을 바라 일러주려 하지 않은 건 아닙지. 그리
고 아까 물었던 몇 가지 것에 대해서는, 지금이라도 대답해줄 수가
있습지. 애를 배고 나면, 첫째 무슨 증조가 있느냐고 했는뎁지, 몸이
깨끗하고, 마음이 전에 없이 화평하다고 느끼면, 그것이 그 증거이
며, 둘째로는, 어디에 애가 틀어앉느냐는 물음이었었는뎁지, 丹田
말고 또 어디겠는갑지? 셋째로는 몇 달이나 걸려 분만을 하되, 하
면 어디로 하느냐는 의문인 듯한뎁지, 그것은 行道者의 열성에 달
렸으며입지, 낳기는, 道弟의 머리의 숨골이라고 이르는, 거기를 열
어 낳는다고 일러줍습지. 이제는 돌아가봅습지.”
“시님은 그래서, 말요, 주지승이, 말요, 떠나서, 말요, 암자가 비었는
디, 말요, 잠깐이라도 안 들리보고, 말요, 말요, 씨버랄, 중 좋은 중이
아니라서, 예쁜 것을 보고도 꼴리덜 안허는 중이란댜?”
“道弟는 이 아침나절엡지, 아무것도 가진 것이 없으니, 배도 부를
까닭이 없는 돌중 하나가, 진수성찬을 만나서도 말입지, 끼적 끄으
룩, 해작질에 토역질을 하고 있는 것을 보고 있는뎁지,”
“나는 썽이 나요. 그라고 또 고뿐만도 아니고, 말요, 웁네서는 지
끔, 시님의 葬禮 쥔비를 허고, 있는디, 말요, 쇠인놈의 영감께서, 말
요, 자기 첩허는 것을, 말요, 자기의 옛친구헌티 가만히 보냈을 때
는, 말요, ……말요, 핫따나 요것, 깜빡 잊어뿌리고, 못 일러디릴 뻔
히었는디, 말요, 영감님께서 말씸이, 시님을 만내글랑, 잊어뿌리지
말고, 요런 소리를 허랬는디, 말요, 머시냐면, 말요, ‘시님 앉아지시
는 방의 문은, 훤하게 열려 있을 뿐만 아니라, 또 아무도 파수 보는
사람도 없다’는, 고런 소리였구만요.”
　촛불중은 그런 뒤, 생각에, 자기가 失語症에라도 걸려 있는 것이

나 아닌가 했다. 애써 생각해내려 한 음식 '맛'에도 체하고, 억지로
몇 알캥이 삼켜넣은 밥알에도 체했으며, 그리고 그 면놈 상대로 몇
마디 주억거린 자기의 말에도, 또 그가 뱉아낸 소식에도 체했다고
했다. 그를 체증에 당하게 하는 그 '소식'은 물론, 그 면사니가 官食
을 갖고 왔기 전에, 초조하게 다녀간, 별세한 장로네 청지기늙은네
로부터도 들어 알고 있기는 있던, 그것이기는 했었다. (그 청지기
늙은네는, 자기가 읽게 되었던 그 '壁官報'의 내용을, 되도록 빠르
게, 자기의 여자 상전께 알리려 했음은 물론, 역대 읍장이며 판관이
었던 집안을 의지해, 그 일을 두고, 자기가 무엇을 어떻게 손써볼
지, 그런 이유로, 〔촛불중께 왔다가는〕 바쁘게 떠나버렸었다.) 四大
(몸)가 非四大(말이며, 소식 따위)에 체하고, 非四大(마음·말)가,
四大(음식, 말의 형태를 입은 '비역') 때문에 체한 것이라고 했다.
(소화불량이 울화증을 일으키고, 울화증은 새로 癌腫 따위를 일으
키기.)──촛불중은, 시꺼먼 수렁에 잘못 내려앉았다가, 그 뻘에 발
목을 묶인, 어떤 불온한 白鳥를 떠올리고 있었다. 그 백조가 푸드
득, 그 뻘 속에서 한 발을 뽑아내려 하면, 다른 발목에다 힘을 주게
되는 탓으로, 상태는 더욱더 나빠져, 그 발목은 물론, 정강이까지 더
깊이, 수렁 속에로 박혀들고, 항쇠──그 뻘 속에서 다른 발을 뽑아
내려 하면, ……그런 노력이 계속되면 될수록, 白鳥는 더욱더 깊이,
그 수렁 속에다 자기의 검은 무덤을 열어 들게 된다. (그러고 본다
면, 불과 새는, 같이, 重力을 거슬러 날아오르는 것들이라도, 저래서
도 같지 않다. 불은 아무리 작아 새끼불이라도, 그것이 타오를 때
보면, 그 발목에다 지구를 꿰어차고, 중심도 변도 없는 공간을 날아
오르되, 새는 아무리 커서 白鳥라도, 〔비록 날은다고 해도 橫行커니
와──도저히 지구를 못 벗어나는 비행.〕 지구에 의지해 살고 있는
한은, 그것에 억류되어 있다. 알려지기로는 헌데도, 양자는 공히,
'사람'이라는, 有情들의 '말〔言語〕'과 관계를 갖고 있는데, 〔그렇다면,
지구라는 이 한 혹성 안에는, '사람'이라는 有情 말고도, 다른 有情
이 있기는 있는가? 이런 의문이 寓話를 치른 것이 있는데, 그것은
이렇다. 그러기 전에 기억해둘 것이 있다면, 무엇의 '寓話化'란, "낮
에, 〔별 빌어먹을놈 같으니!〕 켠 등을 들고, 무엇을 찾아, 저자를 헤
매는 자"를, 그 저자 사람들이, 산 채, 매끄럽게 가다듬은 바위로 만
든 무덤에다 埋葬하기랄 것인데, 이 '돌무덤'의 이름이 '寓話'랄 것이

다. 그러고 나면, 그 '돌무덤' 속에서는, 鬼哭이 일어나거나, '빛 속에
서 빛을 밝혀 다니던 자'의 귀신이 일어나, 만나는 자마다, 그들의
목덜미를 물어, 피를 낸다.——"제우스의 下命을 받잡고, 프로메테우
스가, 사람과 짐승을 지었다. 본즉은, 짐승의 수가 사람보다 월등 많
은지라, 제우스가, 그 지은 자에게 명하여, 짐승 중의 얼마를 새로
짓되, 그것들로 사람이 되게 하자고 한즉, 그렇게 된지라. 문제는 헌
데, 본디 지어지기를 짐승이었다가, 새로 지어져 사람이 된 것들은,
사람의 형태를 입고도, 본디 짐승이었던, 그 獸性을 버리지 못하고
있다는 것이었다." 아담 프로메테우스! "짐승 중의 얼마가, 사람에
로 뒤바뀐 것"으로도 이해되어지는, 이 寓話에서, 홑겹 寓衣를 벗겨
버리기로 한다면, 말한 바의 '짐승들'이란, 프로메테우스라는 다른
方言의 이름을 가진, 최초의 사람[아담]의, 想像力을 細胞로 하여
태어난 것들인 것을 알게 되는바, 그렇다면, 그것들은 다름아닌, 모
두가 하나같이, 꾸어진 '꿈'의 형태인데, '꿈'의 子宮은, [인체상의]
'목구멍'이라는, 기관인 것을 염두하면, 저 '짐승'들도, 결국은, 그 '목
구멍'을 통해, 發音을 입은, 여러 짐승의 '이름'들 말고, 다른 아무것
도 아니라는 것을 알게 된다. 그러니, 그 '짐승性'은, 그것을 發音하
는 자의, 心理에 제휴해 있을 것이다. 촛불중 나름의 '無意識'論이
서는 자리도, 여기 어디에 있음이 분명하다.) '불'은 '말의 元素'로,
그리고 '白鳥'는, '發音되어진 말의 象徵'으로 이해된다. 그렇다면, 이
런 말[言語]의 縱橫의 一元化, 또는 그 만나는 일점에, '人間'이라는
有情의 呱呱가 있다, 우주적 위대한 모순, 苦苦, 사람!)
　촛불중은, 시꺼먼 수렁에 잘못 내려앉았다가, (아니면 고의적으로
내려앉았다가,) 그 뻘에 몸을 묶인 하나의 自由, 또는 흰 "아——"
語, 白鳥를 건너다보고 있었다. ("말씀이 肉身이 되어, 사람들 가운
데 거하시며……") 그때쯤 그 새는, 날개까지도 흙탕에 젖어, 무거
워져 그랬겠지만, 더 퍼득이지는 안했으며, 그런 대신, 지치고 괴로
워, 슬퍼진 눈을 내리며, 자기의 몸을 휩싸고 있는, 시꺼먼 陰府를
내려다보고 있었다. 빛도 닿지를 못하는 곳, '복 있는 삶'에의 희망
이 꺾인 것들이 '죽음'이라는 幻衣를 벗어놓은 곳, 썩는 피가 고이는
고장,——거기로 저 白鳥도 괴롭게 괴롭게 가라내려앉고 있었는데,
별 일이다, 그러기에 좋아, 그 암흑 속에서는 혼돈이 일고 있었던
지, (여기에, 한 코끝에 불어넣어진, 우주적 '숨,' 또는 '말씀'의 '니그

레도〔肉身〕'에로의 하강, 와해하기의, 退調轉移의, 고통의 迷路가, 어둑스레 내어다보인다. 조악한 물질의 밭에 심겨진 法種. 그래서 그것은 그렇게, 한없이 退調만 할 것인가?) 그 수렁의 모든 곳에로, 문둥병의 종창들모양, 부글부글 거품이 괴어올랐고, 올라 위쪽의 공기에 닿아 익어, 톡 터지면 그 거품들은, 그 문둥병 같은 주머니들 속에서, 저 白鳥의, 눈빛처럼 흰, 깃털을 하나씩, 둘씩, 열씩, 토해냈다. 蓮— 흰 '아—' 語! 蓮— 흰 '아—' 語들은 그리고도, 그 날개들에서 수분이 마르기를 기다렸다, 나비들이 되어 날아올랐는데, 그 나비들은, 그 수렁 밑에 누운, 깊고도 무거운, 검은 잠으로부터 날아나온 것들이다. 하나의 法種이 심겨들어, 고통스럽게 심겨들어 싹트기로 하여, 아직 한번도 깨어져본 적 없는, 그 깊은 잠이 뒤집혔음을!

촛불중은 그러다 그래서, 沙漠을 그리워하기 시작했다. 어디쯤엔 안개비가 묻었던지, 그래 그럴 것으로 촛불중은, 으스스 떨며, 춥다고 느꼈다. 오늘까지도 羑里의 하늘은 밝았으며, 푸르다 못해 황회색이었는데, 그런 하늘의 저쪽, 시선이 닿지 못하는 데라도 쯤에는 지금, 안개비 늑대떼 같은 것들이, 스름스름 그 범위를 좁혀, 羑里를 둘러 있다는 것을, 촛불중은, 으스스해하는 뼈로써 느껴 알고 있다. 으스스흐, 수렁 속에는, 축축한, 수물수물하여 가려운, 뿌리에다마다 싹을 돋과내는, 그런 더운 잠이 있는 데, 반하여 모래 속에는, 글쎄, 촛불중을 그리움으로 단근질하여 되돌아오게 한 촛불중의 모래 속에는, 가슬가슬한 靜止가 있으며, 몹시 찌고 무르익는 철의, 藥草밭 같은, 배부른 獅子, 그 倦惰가, 있다. (아니 모르지, 그의 그리움이 거기 머물자, 촛불중은, 썰레썰레 체머리를 저었다. 그랬을 것이, 촛불중이, 羑里를 떠났던 그 저녁부터 오늘까지, 느끼고, 때로 꿈도 꾸고, 짐작해오기로는, 그 자기의 沙漠—羑里는, 자기가 없는 사이, 〔앞서 말한 바의 그 같은, 그러나〕 배가 몹시 고픈 사자, 그 倦惰에 혀를 빼먹히우고, 창자를 터뜨려, 죽어 있다고, 황폐해 있다고, 그래 그런 것이다. 五祖의 '바위'도, 그 獅子에게 창자를 터뜨려 있을 것이며, 六祖가 낚아냈었던 그 물고기는, 그 살을 잃어, 뼈만 고스란히 남겨놓고 있을 것이라고 했다. 〔否定的으로 觀해진 '無'라는 話頭, 法種.〕) 거기서는 누구든 그러나, "水分을 그리워하면 病이다." (이런 말은, 뒤집으면, "수렁 속에서는, 건조함을 그리워하면, 病"이라는 말일 것인데, 그러면 그 病이, 病든 자를, 보다 빠르고도 무참하게, 그 수렁 속에다 밀어 처넣어버리기 때문이다.) 헌데도 수상할 일은, 어떤 사람들(이란 촛불중 같은 자들을 가리켜 하는 말이지만,)은 '마을'을 떠나, 다른 아무곳에로도 말고, 하필 거기(沙漠)로 머리를 두르려 하는데, 그래서 뒤에 남은 자들 쑥덕대기로는, 그들은 오히려, 그 '病'을 찾아, 앓기 위해 거기로 가는 것일 것이라고도 했다. 그러며, 자기네들 듣기로는 허기는, 어떤 종류의 病은, '영구한 젊음의 샘' 같은 것이 있어, 누구든 그 病을 앓고 나면, 새로 젊어져, 새사람이 되어 있다고 하는데, 그럼에도 아무도, 그런 '샘'이 어디에 있는 줄을 몰랐더니, 저들을 보면, 혹간 그 '젊음의 샘'이 沙漠 가운데나 있는 것이나 아닌가, 그러기도 했다. (그 '샘'에는 헌데, 누구라도, 발을 잠가 들았기만 했다 하면, 그 전신의 살이 썩어, 철철 녹아 흘러, 흰뼈만 고스란히 남는다고 하는데, 저들이 그것을 아는가 몰라? 그러다 열엿새만큼이나 달[月]이 淫慾에 차[滿] 암캐가 되면, 벗은 몸, 벗은 발, 고픈 요니로, 저 한 무더기 흰뼈를 디뎌 춤추며 골을 빨아, 죽어 시꺼먼, 송장의 根을 꼴려 세운다는데……) 만약 그래서, 어떤 사람들이 '病'을 찾아, '마을'을 떠나 羑里에로 향한다면, 그 '病'을 이제는 혹간, '目的'이라는 어휘로 바꿔도, 거기에 무슨 무리는 없을 듯한가. 한데, 듣기로는 또 이렇다, 는즉슨, '病을 찾기'라는, 그 '目的'은 하나인데, (그 '病'을 잘못 앓다 곪아버린 환자들을 제외하고 말한다면,) 그 '病'으로부터 '새 봄'을 회복해내어 일어서기에는, 두 종류쯤이 있는 듯하다고도 했다. 그것은 왜냐하면, 어쩌면 그 '앓기'의 방법이 달라서일 것이라는데, 한쪽에서는, 자기 입은 '濕氣'를 말리려 애쓰고, 다른 쪽에서는, 그 건조한 모래밭에서 '濕氣'를 낚아내려 애쓴다는 것이다. '沙漠에 가서, 濕氣를 벗으려는 자들'은, '濕氣'를 습습하게 입어, 그것에서 더러운 냄새('濕氣'는, '豐饒'와 관련된 元素인데, 그래서 그것에 의해, 生産이 가능한 바, 그것[濕氣]을 벗고 싶어하는 자들께 그것은, '道德的 墮落의 象徵'이라는 것을 상기할 일이다. 그래서, 사람들이 '濕氣'에 집착할 때마다, 先知者들이 일어난다. 왜냐하면, '濕氣'는 어째도, '살[肉身]'과 관계된 것일 뿐만 아니라, '生産'과 관계된 元素이기 때문이다. 제기랄, 肉身的 輪廻를 돕는 濕氣란 그런즉, 詛呪가 아니겠는가, 비옥한 어머니라는 詛呪)를 맡아낸 자들이며, 샘에로도, 바다에로도 말고,

하필 "沙漠에로 가서, 濕氣를 낚아내려는 자들"은, '濕氣를 잃어, 그
자신들이 '沙漠' 자체인 자들일 것인데, (이런 기괴한 病은, 꼭히 人
間에게만 일어나는 듯하지만,) 그들이 그렇게 沙漠이 되어져버린
까닭은, ('漁父王'이라고도 불리웠던, 羑里의 第一祖 村長과 관계된
傳說을 통해) 잘 알려져 있으므로, 되풀이할 필요는 없을 것이다.
생각이 있는 자들께는 헌데 특히, '沙漠에서 濕氣를 낚으려는 자들'
의, 그 이상스러운 苦行이 그러자, 일견 모순 자체인 듯이도 보이게
될 터이다. 그럴 것이, (이미 羑里의 인구에 널리 회자하는 바에서,
되풀이하여 읊을 필요는 없겠으나, 그곳의 第六祖며, 七祖라는 자들
의 偈頌이거나, 說法 등에 의해 본다면, 저들은 그 沙漠에서 '濕氣'
를 낚는다며, '空'이나, '無' 따위, '濕氣'의 元素와 더불어서는, 매우
매우 생소하다고 이를 것들을, 낚아내어 보여준 듯하다고, 이해하게
되다보니, 그런 것이다. 그렇지 않은가? 이렇게 되면, 말한 바의 저
'濕氣' 중에서도, 그것을 '낚시질하려는 派'네 '濕氣'에 대해서, 다시
생각해보지 않을 수가 없다고 알게 된다. 저 두 '濕氣'는, 사실로 그
래서 같은 '濕氣'인가? 만약 같은 것들이 아니라고 한다면, '濕氣'에
도 종류는 여럿인가? 헌데, 헌데 어쩌면, 저 두 '濕氣'는 같은 것들
은 아니라도, 종류가 그렇다고 해서 하나보다 많은 것은 아닐지도
모르겠다는 것을, 고려하게 한다. (물론 이것은, 매우 이상한 修辭學
이다. 그럼에도 불구하고, 저런 투의 모순당착적 修辭學이 쓰여지고
있음은, 그것이 수상쩍은 내용을 담고 있는 것이나 아닌가 하여, 누
구나의 귀를 솔깃하게 하는 것이 분명하다.) 그렇다는즉슨, '濕氣를
벗으려는 자들의 濕氣'에 관해서는, '濕氣'를 벗어버리기로 해서,
"肉 속에 억류된 靈의 해방을 성취하려 한다"는, 그 이미 너무도 잘
알려진 얘기밖에는, 더 덧붙일 것도 없을 듯하니, 차치해두기로 하
되, 그러면 이제, 하필 沙漠에서 濕氣를 낚으려는 자들의 (제기럴녀
러) '濕氣'는 어떤 것인지, 하다못해, 그것의 머리끄덩이라도 좀 끄
셔보는 일이 필요할 듯하다. 그것을 위해, 일견 反語法的 夢想을 통
해, 잡종으로 태어난 듯한, "梵海의, 그중 깊은 곳에 잠겨 있다는
불"도, 이 자리에 끌어넣어, 對喩를 삼는다면, 좋을 듯하다. 어쩌면,
불 중에서도, 이 불이 그중 뜨거운 것인 듯하여, 이 "불은, 末世를
위해 준비된 것으로, 말대가리 형상"을 해갖고 있다고 알려져 있다.
홋홋홋, "물의 안방에서, 물의 이불을 덮고, 잠들어 있는 불," "건조

한 탓에 모래가 돼버린, 모래로 轉身한 물(그래서 美里派 중들이, 그 濕氣를 해방시키려 한 것이었는가?)"——이것들은 그래서 과연, '反語的 夢想'이 잘못 이뤄낸 雜幻이 분명한가? 아마도 그것은 그러나, 그런 건 아닐 것이다. 정작에 있어서는 저것들은 분명히, '바다'라고도, '沙漠'이라고도 이름을 입어진 것들의, 한가운데진 데 '숨겨진 돌("땅의 깊은 속으로 내려가보라, 純化를 통해, 그러면 그대, 숨겨진 돌을 찾게 될 것이다")', 그렇다, '숨겨져 있는 돌,' 그것일 것이다. 누구든 그리고, '돌'이 어떻게 형성되는지, 그 과정을 살펴 아는 자라면, 저런 주장에 대해 이의를 제기치는 않을 것이 분명하다. "터져오른 火山을 통해서 보면, 공기가 타서 불이 되고, 그 불은 물이 되었다가, 그 물은 종내 돌이 되던 것"이다.——이런고로 앞서, "저 濕氣들은, 같은 것들은 아니라도, (공기→불→물→돌) 그렇다고 해서, 그 종류가 하나보다 많은 것은 아니"라고 한 것이다.——헌데 잘 알려진, 創世와 관계된 우주적 사실 하나는, 먼저 '흑암과 水分'이 있었고, 그런 뒤 '빛'이 있었다. (水分만 있고, 따뜻함이 없는 創造力은 상상되어지지가 않는다면,) 누구라도 용이하게, 이 創造力은 '熱'을 같이하고 있었던 '빛,' 그러니 (불이) 열을 내며 발하는 빛이었다는 것은 짐작할 수 있게 된다. 그래서 새로 고려하게 되는 것은, 이 '빛'은 그렇다면, 앞서 말한 바 있는, "공기가 타서 불이 되었다"는, 그 '공기'와 꼭같은 것이 아닌가 하는 것인데, 실제로, (저 잘 알려진) 創世의 얘기 속에는, '빛'과 '공기(숨),' 그리고 '생명'까지를 동일한 것으로 취급해놓은 대목이 없잖아 있다. 이런 견지에서는, '생명'은, '물(공기→불→물)'의 영역에 속한 것을 알게 한다. 그러면 이제, '돌'이 된 '공기,' 또는 '돌'이 된 '불,' 아니면, '돌'이 된 '물,' 즉슨 '돌'은 무엇인가? (아마도 이것은, 〔촛불중의 어휘를 빌면,〕 希臘人 아도니스의 敎義〔즉슨 '物活論'〕가 지배적이던, '살의 宇宙'에 소속된 얘기겠지만,) 전에는, "하늘에서 떨어져 내린 돌(별똥 따위), 그것이 生命의 根源"으로 이해되어졌었다는 얘기가 있다. 아마도 그것은 그리고, 저 '돌의 형성 과정'을, 거꾸로, 되짚어 올라가기로 한다면, 매우 잘 통찰한 결과로도 이해되어진다. 그러나 그짓(거꾸로, 되짚어 올라가기)은, 매우 필요치 않을 터이다. '떨어져내린 돌'은 그리고, 떨어져내린 것이다. 그렇다, 그런 뒤 그것은, 누구든 눈을 밝혀 뜬 자에게는, 언제든 그 자리를 지켜, 그것 자신을 요연히 하고, 결코 어떤 변화도 보이지 않고 있음에도, 무슨 천재지변이 있었던지는 모르되, 어느 때부터인지, 특히 인식하며 산다는 有情들이, 그것을 못 보기에 이른 일이 있어버린 것이다. (촛불중 짐작에는) 아마 그때, 식물이나 동물에게는 없는, '안과 밖'이, 유독 저 인식의 눈을 떴다는 有情들께 생겨버린 것이 아닌가 하는데, 그래서 뜬 눈으로, 그 有情들이 내어다본 '밖'에는, 기괴할 일이게도, 저 '돌'이 보이지 않게 되어버린 것이다. 그들의 눈앞에서만은 그렇다면, '돌'은, 그 자신을 숨겨버린 것이다. 그리하여, 이 인식하며 산다는 有情들께는 혼돈이 일어나는데, 그 罪를 그들은, "동산 가운데 있다"는, "지혜의 열매를 따먹은 아담"에게 돌린다. 그리하여 아무튼 시작되어, 이 有情들간에서는, '돌,' '숨겨진 돌' 찾기의, 끊임없는 순례, 그 苦行이 시작된다. 그 '돌'을 훤히 보고 있는 자들로부터는 물론, 이 '돌 찾기'에 나선 젊은 王子들께, 그 '돌 찾기'의 비결이 說해지기도 할 것이다. "空中에도 아니고/色中에도 아니다/水中으로/그럼에도 젖지 않는 小路를/통과해 내려가면, 純化를 통해/그러면 그대/숨겨진 돌을 찾을 것이다."——이 '돌'을 훤히 보고 있는 자들이 가르쳐주는 바에 의하면, 그것의 크기는, 그 有情 각자의 '엄지손가락'만 하다고 하고 있다. 그러며 그것이 '不滅'이라고 이른다. '돌'이며 '공기,' '공기'며 '불,' '불'이며 '물'——그것이 '不滅'이라고 이른다? 그렇다, 그것이 '不滅'이라고 이른다. 그렇다면, '沙漠'과 '濕氣'에의 夢想이 일으켜낸, '공기'며 '불,' '물'이며 '돌'인 저 '不滅'은, '物'인데도 '物'이 아닌 것은 아닌가? 허나 '物'은 '物'이지, 어째서 '物'이 아니겠는가? 그럼에도, 어느 有情이, 이 '物'을 다 깨우치고 나면, 궁극적으로는 그러니, "色이 즉 空"일 것이며, "空이 色과 다름이 없는 것"일 것이어서, ('物'을 예로 들어, 龍樹식으로 말한다면) 色도 아니고, 空도 아니다, 色이 아닌 것도 아니며, 空이 아닌 것도 아니다, 色이나 空이 아니며, 色이나 空이 아닌 것도 아니게 될 터이다.——羑里派 중들이, 그래서 羑里에 가서, 저 '病'을, 또는 '濕氣'를 낚으려 하기는, 矛盾인가? 못케라, 아지 못케라. (꼭히 덧붙여둘 것이 있다면, 말한 바의 '숨겨진 돌'은, 그것을 숨겨갖고 있는 것, 즉슨 '體〔記號〕'에 대해서, '用〔意味〕'이라는 것, 그것쯤일 것이다. 거듭되고, 거듭되지만, 여기에 또한, 촛불중의 '無意識論'이 서 있다. 탁 깨놓고 말한다면, 저 '돌'이란 무엇이겠는가, '自我,' 그렇다, '엄지손가락’ 크기의, 빛이며 불멸인, 自我〔푸루샤〕 말고, 또 무엇이겠는가? 〔이 ‘小我〔아트만〕’가 ‘大我〔브라흐만〕’에 歸依 合一할 때 드러나는 것이 혹간, ‘空〔순야타〕’은 아니겠는가? 꽉 채워진 비임.〕 그런고로, 저 ‘돌’은 한번도 감춰져진 일이 없음에도, ‘無明’ 탓에, 有情들이, 그 것을 못 보는 것일 것이다. 그렇다면, ‘빛〔은 그리고 ‘돌’〕인 自我〔도 그리고 ‘돌’〕—用—意味’에 대해서 ‘無明—體—記號’란 무엇이겠는 가, 밝혀내야 하는 어두움, 또는 깨워내야 하는 잠, 다시 말하면 그 것은, ‘無意識’이 아니겠는가?)

　오늘 아침나절 촛불중은, 훗훗훗, 문이 훤히 열린 감방에 갇혀 앉 아서는, 병든 사자며, 날개만 태워지고 몸은 아직도 성한 불새(火 鳥)를, 개구리며, 물病(狂犬病)든 암캐를, 독 잃은 독사며, 땅(地)지 렁이를, 누구의 꿈에다 바람(風)구멍을 내고 날아나온 ‘나비’며, 몸 이 철철 삭아녹아져 없어져버린 독수리의 날개 따위를, 토해내고, 버글버글 토해내고 있다. 글쎄 촛불중은, 이 아침나절, 失語症에 몹 시 당하고 있는데, 말(言語)에 몹시 체한 모양이다. 이런 체증은 물 론, 그 체증을 일으킨 말(言語)의 종류나, 환자에 따라, 그 나타나는 증세도 다양할 터이지만, 催眠術이라고 이르는, 人工的 製幻術을 부 리는 자들로부터, 失語症, 특히 ‘말에 체하기’의 한 증후를 잘 나타 내고 있다고도 여겨지는, 이미 밝혀져 있는, 흥미로운 例를 하나 빌 릴 수 있을 듯하다. 는즉슨, 자기의 환자에게 催眠을 걸려는 催眠術 師가, 환자를 催眠 가운데에 떨어지게 한 뒤, 반복, 또는 암시법 따 위를 응용하여, “하나, 둘, 넷, 다섯……”이라는 식으로, 셈하기를 새 로 가르쳐, ‘셋’이라는 수의 관념을 주입하지 않거나, 뽑아내버린 뒤, 그 催眠으로부터 환자를 깨워, “당신의 한 손의 손가락 수는 몇 이나 된다고 여기는가?” 묻는다면, “다섯이오”라고 대답을 하는데, “그러면 한번 헤아려보시겠소?” 명한다면, “하나, 둘, 넷, 다섯, 여 섯,……여, 여섯? 여섯?”이라고, 매우 경악한다고 한다. 거기서부터 저 환자의 난함은 시작될 터이다, 자기의 지식으로 알기는, 자기의 한 손의 손가락은 다섯이 분명한데, 헤아려보려 하면, 갑자기 손가 락이 하나 더 불어나서, 여섯이 되곤 한다, 그럼에도 그는, 어디에 그 오류가 있는지를, 아무리 해도 알 수가 없다. (‘抽象的 眞理’라는 것에 대해서 잘 思考할지를 몰라, “볼 수도 있고, 들을 수도, 냄새 맡을 수도, 맛볼 수 있으며, 만져볼 수도 있는 것,” 즉슨 모든 堅固

한 것만이 事實性을 지닌 眞理라고밖에, 달리는 어떻게 이해할지를 모르는 정신들이, 당면해야 되는, 事實性의, 그리고 合理性의 정체의 이면은, 일례를 들면 저런 것은 아니겠는가? 정상적인 손의 손가락은 '다섯'이라는 그 합계도, 이렇게 되면 오산이며, '여섯'도 오산이다. 그러면 어떤 경로를 겪어, 그 환자의 손가락들이 갑자기, 抽象化라도 겪어버렸는가?) 이 환자는 앓고 있는 것이 분명하다. 글쎄, 촛불중식 진맥법에 의한다면, 체했는데, 말(言語)에 체한 것이고, 그리하여 그는, 말에다 括弧, 또는 空白을 남겨놓고 있다. 그 환자는, 자기의 白日夢 속에서 날아나가버린, 어떤 單語가 '나비'가 된 것의 歸巢를 기다리지 않고, 꿈을 깨어버린 것이다. 어디선지 잃어버린 말——그래서 (歷史에다가, 또는) 한 認識 속에다 구멍을 남긴 그 말(言語)은, (그 歷史에다, 또는) 어떤 認識에다 지리멸렬을, 와해를, 무의미를 일으킨다. (촛불중은 아까, '창과 방과 거울'이라는 따위 소품들을 정리하던 자리에서, '反映'과 '屈折'에 관해서 관심을 가졌었거니와, 바로 그때 觀했던) '受容—屈折—反映'이라는 변증법에서, 認識하며 산다는 有情들의 '말에 체하기'라는 병증은, 특히 저 '屈折'의 과정에서 나타나는 것이나 아닌가 하는 것을, 고려하게 한다. 그리고 어쩌면, 이 '屈折'의 겹의 수에 좇아, 말하자면, 나이테에 의해, 나무의 나이가 헤아려지듯, '文化'와 '野蠻'이 가름되는 것이나 아닌가, 하는 것까지도, 고려하게 한다. 그 '겹'의 수가 많으면 많을수록, 보다 더 文化的이랄 수가 있을 듯도 싶은데, 이런 견지에서는, 野蠻人은 畜生과 마찬가지로, 좀체로 '말'에 체하는 증세를 드러내지 않는다는 것도, 추측해낼 수가 없잖아 있을 듯도 싶으다. 그러면 그래서 사실로, 그런즉, 語禪門의 沙門들이야말로, 그중 文化的 동물이래얄 것인가, 라는 의문도 만들어지지 않은 건 아닌데, 그도 그럴 것이, 그들이 소속해 있다는 무슨 大刹이란, 다른 아무것도 말고, 하필 말(言語)에, 급성·만성의 체증을 일으키고, 九生을 바쳐서라도 살고 못 죽겠을, 이쪽의 호꼰한 세상까지도 어설프고 괴롭다고, 그래 모여든 말病쟁이들의 수용소, 병원 같은 것이 되어 있다보니 그런 것이다. 오늘 아침나절 촛불중은, 그 속에서 반쯤씩 삭혀지던 것들이 되어, 여기 저기가 물크러지고, 떨어져나간, 푸른 지렁이에, 흰 고양이며, 호랑나비에, 검은 남생이 등속을 토해내고 있다. 헤헤헷, 그것인즉, 그가 文化人이라는 증거이다. 畜生과 蠻人은, 숨을 쉬어도, 숨을 쉬었다 숨을 뱉는고로, 독수리가 숨을 쉬었다 그 숨을 뱉는다 해도, 그 숨의 모양이 독수리가 아닌 것모양, 뱀도 또한, 뱀 모양의 숨을 뱉아내지 않는 것모양, 똑같이 소나무도, 숨을 뿜어낸다고 하여, 하늘로 날아오르는 소나무 모양의 숨을 뱉아내지 않는 것모양, 蠻人의 뱉아내는 숨도, 그냥 숨이지, 숨보다 다르지는 않는데, 文化人의 그것은, 특히 말에 체한 文化人의 그것은, 그 어느 모퉁이에서 그 숨이 체했느냐에 따라, 호랑이로도, 개구리로도, 고슴도치며, 미꾸라지로도, 그 숨이 형태를 입어 토해져나오는 것이다. 그 탓에 이 중은, 먹기는 일반적 음식을 먹고, 토해내기는, 꺼진 불과 죽은 사자를, 무더기 무더기 토해내, 깔아뭉개고 앉았는 것이다. '屈折의 겹'의 수에 좇아, 그것이 엷어 홑겹에 가까우면 그래서, 蠻人 處容은, 蠻勇에 북받쳐, 대번에 도끼를 쥐어 내달아, 저 姦夫·姦婦를 다치게 하려 덤빌 터이지만, 그래서, 文化人 處容은, 달밝은 바깥 거리로 되돌아나가며, 청승노래나 한 자리 불러젖힌다. 그러며, 그 '겹'의 수를 더해갖고 있는 자는, 방금 전에 자기가, 훔쳐본, 자기 안방의 풍경을, 하나의 꿈으로도 돌려, 그 姦淫을 즐기려 할지도 모르는데, 그것이 만약, 꿈으로 돌려질 수만 있다면, 處容 자기가 본 그 姦淫의 광경은, 姦淫이 아니라, 자기가 어떤 客의 얼굴을 빌려, 자기의 마누라를 상관하고 있어, 그것은 매우 승한 꿈이라고, 할 수 있게 될 것이다. '꿈'을 좇으면, 그 '꿈'에 가득한 한 우주가, '꿈'을 꾸는 당자 말고, 다른 아무것도 아니던 때문이다. 그리고 이 尺法을, 촛불중들은, 일러 말하는, '生時'에다가도 적용하려 하는데, 문제는, 궁극적으로는, 그것을 어떻게도 부인할 수가 없다는 데 있다.――그것은 그렇다 하려니와, 아까 하다 만 얘기에로 돌아가, 그 話尾를 보기로 한다면, 어쩌면 '蠻人處容'까지라도, 혹간 어쩌면, '畜生'보다는, '屈折'의 '겹' 數를 더해갖고 있는 것이나 아닌가, 하는 것이다. 그럴 것이, 畜生道를 내어다보면, 거기 노상, 畜들의 處容歌가 불리어지고 있다고 해도, 그 어느 處容이고, 무슨 질투심이나, 믿는 돌에 발이라도 찢인 듯한 분노 탓에, 姦夫를 물어 죽이려 내닫거나 그러는 것 같지는 않은 듯하니 그렇다. 알다시피, 畜處容은, 제놈의 암컷의 간통을 두고, 힐난하는 일도, 그 도덕적 타락을 징계하는 법도 없으려니와, 마을의 다른 畜民들을 불러, 그 부정한 암컷을, 돌로 쳐 죽이라고도 하지 않는다. 헌데 사람이라는 有情에 이르면, 蠻人

이라고 불리어지는 자들까지도, 일어난 질투심 때문이든, 뭣 때문에든, 못 저지를 일을 저질러버리고 만다. 프라브리티 쪽 우주의, 그 幻의 날과 올은, 여기서부터 복합해질 뿐만 아니라, 그 幻의 무늬에로 色相이 드러나기 시작할 것이다. 홑/겹, 홑/겹겹, 홑/겹겹겹,——몸/말/마음 사이사이에, 치렁치렁 드리워진 幕. 그것은, '잠/꿈꾸기/꿈'이라는 식의 그 幻의 鍊金(術的) 順調/退調轉移의 과정에서 이뤄진 것일 것.——畜生은, 이해되어져오기로는, '無明' 자체에서, (필시, "아직 알려져본 적이 없는," 또는, "化現해본 적이 없는," 무엇인가가 자는) '잠'이며, 그 '잠'은 헌데도, 그것 자체로 움직이는 '잠'이어서 동시에, (무엇인가가 꾸는) '꿈'인데, 畜生은 그러니, '잠/꿈' 사이에 구별이 없어, 말하자면 '홑꺼풀'인 데 반해 (白痴〔는 물론, 大悟徹底한 정신과 같은 상태를 드러내는 듯도 싶으지만〕와, 蠻人, 그리고 幼兒 등은, 아직도 原初的 質料에 머물러 있어, 제외해야겠지만,) 사람이라는 有情은, 자라기와, 경험하기와, 배우기를 통해, 어느날, 저 '잠=꿈'에다 구멍을 희게 내고(莊子가 꾸었던, 그 꼭같은) '나비'가 되어, 빠져 날아나온다. 그것(나비)은 그래서는, 그것을 꿈꿔냈던, 그 어떤 수물거리는 '잠'을 내려다보며, 그 '잠'을 즐기기도, 또는, 그 '깨었음'을 즐기기도 한다. (이것은 그렇다면, 사람들이 자며, 그 잠속에서 知覺者가 눈을 떠, 자기의 잠속에서, "자기가 이뤄내는" 여러 행위, 즉슨 '꿈'이라는 것을 보며, 그 꿈의 내용에 의해, 이리로도 저리로도, '느낌의 바람〔바르도에서의 羯磨의 바람〕'에 불리어지기와는 다르다. 강조하기 위해, 한번 더 반복해두기로 하면, '莊子'도 물론, '자기가 꿈꾸는 나비'를 보며, 그것이 "즐겁게 봄 뜰을 날으고 있다"고 보지만, 그 '나비'도, 봄날 볕에 고개를 떨구고 자는, 그 '잠'을 내려다보며, "누가 누구를 꿈꾸고 있느냐?"고 묻고 있음에 분명하다는 그것이다. 이제 서로는, 서로에게 客體거나, 客觀者들이다.) 헌데, 어떤 '꿈'속에서, 어떤 한 '꿈'이 빠져나와, 그것만의 한 主體를 꾸미려면, 이 '빠져나온 꿈'은, 무엇을 의지하여, 그 '잠'의, 또는 '꿈'의 사립짝을 여는 것을 가능하게 하는 것인가? 허기야 누가 그것을 알겠는가마는, 마는 그럼에도 뭔가를 상정해볼 수라도 있다면 그것은, 그 '마을나온 꿈'은, 그것이 마을 나온 그 '꿈'속에다, 새로, 다른 잠을 하나 뉘어놓고 있는 것은 아닌가, 하는 것이다. 왜냐하면 그럴 때만, 그 '본디의 잠'과, 그 '본디의 잠'에서 일어난 꿈이 새로 자는 잠에서 일어난 꿈과의 사이에서, 그 잠과 꿈을 연결짓는, 因緣의 粘質帶가 細弱해져, 그 '본디 잠'의 治手가, 이 중첩된 꿈에까지는 잘 미칠 수가 없을 것이라는 것을 추측할 수 있게 되기 때문이다. (덧붙여둘 것은, 저 잠과 꿈은, 千幕萬幕으로 중첩되고, 복합화해질 수 있다는 것이다.) 저런 중첩에, 말한 바의 '屈折'과 '文化'化가 있는 듯한데, 그런고로 이런 식으로 중첩, 복합적 屈折을 겪었거나, 겪고 있는 정신은, 그것 자체로서 하나의 우주화를 치러놓고 있어, 그런 정신이 '나비'를 생각하며 낮꿈에 잠기면, 그 '꿈의 거울' 속에서 실제로 '나비'가 날아나가고, 체증 탓에, 끄륵 끄륵 뭘 토해내면, 삭다 남은 龍이며, 天鳥며, 거대한 황소 따위들이 버글버글하게 된다. '동그라미(圓)' 그리기에서 배울 일인 듯하지만, 이라는 말은 뭣인가 하면, 그 始發點에서 가장 멀리 떨어져나간 일점이, 글쎄 '동그라미 그리기'에 있어서는, 그 始發點에 가장 가까운 일점이라는 말인데, 그래서 이런 경우의 '文化'化란, 그 原典이 무엇이었든, 그것으로부터 자꾸 멀리 떨어져나가기로, 더욱더 가까워져가는 것이나 아닌가, 하는 것을 고려하게 한다. '중첩된 잠' '중첩된 꿈'이란, 그 '잠' 쪽에서 보면, '잠'이 더욱더 깊어져, (이 경우는, 늪의 어디 가운데쯤의 바닥에 구멍이 있어, 물여울이, 멀리, 둑으로부터 시작해, 중심을 향해 모여들었다, 그 일점 속으로 '쏟겨내리는' 것을 염두해보면 좋을 것인데, 그때, 가늘고 컸던 물여울이, 점점 작게 좁혀지며 두터워지는 과정도, 함께 떠올려보면, 法恩이 있을 터이다.) 그 '본디 잠'에로까지 되돌아가고, 그 '꿈' 쪽에서 보면, (이 경우는, "중심에 구멍이 있는" 저 늪을, 套袖〔토시〕 뒤집듯, 안을 밖에로 까내고 보는 일이 권고되는데, 그러면, 늪 바닥 쪽의 물여울이 뒤집히며, 묻어 '쏟겨 올라가는' 것을 목격하게 될 것이다.) '잠'이 '꿈'의 형태로, (깨이는 잠!) 그 '본디 잠'에로 또한 돌아가는데, 글쎄, 이 '잠'은 뒤집혀 있는 '잠'이던 것이다. '뒤집혀 있는 잠'──꿈. (그리하여, 저 두 '잠', 또는 두 '꿈'을 놓고, 매조지를 해야 될 자리에 이르렀다면,) 그리고도, 말한 바의 저 두 가지 假定的 眞理가, 같은 것인지, 아니면 서로다른 것인지, 그것은 말하지 말기로 할 일이다. (어쨌든, 인식한다는 有情들의 프라브리티의 우주는, '잠'이고, 동시에 '꿈'이라는 것이다. 그러면 이제, 영구히 잠〔非化現〕인 것은 무슨 경로에 의해서 꿈〔化現〕에로 轉身하는가, 하는, 흥미로운 의문이 일지만, 龍樹가 뒤돌아

앉아만 있고, 내달으려 하지 않는 것을 감안컨대는, 그런 의문이 접합되기에 이것은, 꼭히 적당한 자리는 아닌 듯하다는 것이다. 그러니 두고 볼 일이다.)

 (“밤의 魂은, 낮의 몸과 같다. 〔밤의 몸은, 낮의 魂과 같다.〕”라는 명제에서——) 앓기란, 몸의 惡夢이다, 惡夢이란, 魂의 앓기이다. (라는 病名 같은 것도 끌어낼 수 있을 듯하다.) 촛불중은 이 아침나절, 말하자면 저 두 가지 病을 한 몸으로 앓은 것인데, 그러느라고, 뭘 토한다며, 노루 발이며, 고양이 털 따위를 버글여낸 것인데, 官用娼男이 가고 난 뒤 다행하게도, 심한 통증은 좀 가시기에도 이르렀으나, 그런 후부터는, 지리멸렬에다 권태가 밀어붙여, 촛불중은, 한낮에 떠 있는 달처럼, 자꾸 희미해져가고, 납작해져가고, 모가 나갔다. 촛불중 앉은 자리에서는 물론, 해가 보이지는 안했지만 그러는 중에도 그날치 해는, 그날 품을 들이느라고, 오전의 중천까지 떠올라 있었고, 파리들이, 그 별로 냄새가 좋지 않은 감방 바닥의 여기저기에, 무리 염소떼모양 엉겨붙어, 살기는 즐거움이라고, 그 즐거움을 빨기뿐만 아니라, 그런 살기를 물림하지 않을 수가 없다고, 쉬까지 슬어놓고들 있었다. 촛불중은, 삶의, 그런 한 흥청거림을 보며, 체머리를 젓고 있었는데, 그는 혹간, 다시금 각설이의 한을 깨우쳤던지도 모른다. (거두절미하여 말하면,) ‘각설이의 한’이란 ‘周邊感’이다. 그는, 모든 장통의 한가운데로 다니며, 저 ‘周邊感’을 느껴온 것이다. (“It is painful to leave the world; it is painful to be in the world; and it is painful to be alone amongst many.” 「THE DHAMMAPADA」) 咄, 깨닫지 말거라, 그러면 상사라란 고통이 아니다. 깨달으려거던 모두 깨닫거라, 그러면 상사라란 고통이 아니다. 제길헐, 그, 늘 같은, 그런 시간이 흘러가고 있었을 것인데도, 그날치 시간 중에서도, 무슨 허리 휘고, 눈이 삐어진 것이라도 있었던지, 촛불중께 (시간이) 보여지기에는, 그 감방을 멀리 둘러, 그것은 더듬 더듬거리며, 나아가지도 물러나지도 못하고 있어, 촛불중께 보여지기에는, 시간도 납작해지고, 흐리꾸리해진 데다, 모가 져 있었다. 세모가 져 있었다. 폭풍의 한가운데모양, 어쩌면 시간의 한가운데에도, 폭풍의 눈 같은, 시간의 눈이라는 것이 있어, 거기(無風帶)는 바람이 없다고 이르듯, 여기(無時帶)는 시간이 없는가 몰라. 失語스러움, 지리멸렬, 권태, 세모(三角)스러움, 납작스러움, 하품——

72

품바꾼들에게 그런 느낌은, 뒤꿈치를 물려 덤비는 맹견이며, 겨울 독사모양, 몸을 사려앉아, 禪이라는 毒을 구으려는 중에게 그것은, 이겨내기 쉽잖은 魔羅이다. 각설이들은 그러면, 풀어 널어 말리고 있던 감발을 다시 매며, 길 가운데서 돋아 부르는, 아마도 그것은 무지개 같은, 그래서 아무리 달려가 붙들려 해도, 하면 할수록 그만큼의 거리 저쪽에로 옮겨져 있는, 손들을 건너다볼 것이라도, 다른 중들은 어쩌는가 몰라도, 촛불중은 그러면, 몇 나이나 훨씬 더 젊었을 때엔, 촛불꽃 속에다 자기를 넣어 태우려 했거나, 어떤 수도부의, 탄력이란 없어 그역 납작스러운, 요니를 열어 들어가버렸거나, 하다못하면, 긴 수음을 하며 失語스러움으로 울기도 했었다. 그렇다고 해서 촛불중이, 흐름이 멈춰져버린, 이 세모지고 납작한 시간 속에서 자기를 일으켜세워, 그것을 밟고 넘어, 읍을 벗어나, 이 읍의 먼지를 털어버리려는 의념을 일으키고 있는 것도 아니며, 수음을 생각하고 있는 것도 물론 아니다. 물론 그 탓에도, 못 떨쳐 돌아왔었을지도, 그 자신도 잘은 모르되, 중이라며 촛불중도, 여자를, 좋은 여자를, 그 “똥꽃까지도 금으로 된,” 어떤 그런 여자들, 가야금 삼아 흐트러지게 하여서는, 그 소리의 불비 밑에 누워 훨훨 태워졌으면도 싶으고, (그런 계집은 제기럴, 땅의 그중 깊숙한 데 감춰져 있는 하늘, 푸른 하늘!) 그리고 그뿐만 아니라, 자기와 同種의, 모든 有情들이 즐기는 것만큼의, 더도 말고, 덜도 말고, 그런 自由를 누리고도 싶은 것이다. 그리고 촛불중이 건너다보기로도, 그런 모두가 다 자기를 위해 무르익어 있어(소리의 꽃진 뒤 열매 하늘 복숭아 같은 것은, 그 더운 당즙의 무게를 못 견디고 늘어져, 자기의 이마에까지 닿아 있으며, 자기 몫의 自由도, 출렁거리며 차올라, 자기의 입술 끝에까지 닿아 있어), 자기가 원하기만 하여, 따고, 마시려 한다면, 그 당장 자기의 전신은, 만년을 살아도 못 죽겠을 열예로 폭발하여, 당장에 죽어넘어져, 못 일어나고 말 듯했다. 그러나 촛불중은, 그런 열매를 따기 위해, 손을 쳐들어올리지도 안했으며, 입술을 빈 표주박으로 하여, 그 自由를 퍼내기 위해, 고개를 숙이지도 안했다. 그런 그리움들은 그에게는, 말하자면, 六祖를 알고 난 후부터 최근까지, 뱃속에 떼굴거려온, 어떤 불의 돌의 異物感, 그런 투의 담석증이나 같은 痼疾인데도, 그 통증은 그에게, 한번도 낯익은 듯이 느껴진 일이 없다는 것은 이상했다. 그 통증은 언제나 새롭고, 언제나 감내키

에 어려웠다. 그러나 촛불중은, 스스로 그렇게 진맥해오듯이, 담석
증류의 통증은, 아무리 장한이라 한다 해도, 그것을 참으려 하면, 하
는 자의 몸을 상하게 할 것이로되, (어떤 종류의 '그리움'에 속한다
는) 이 통증은, 出家하여 스스로 중이라고 이르는 자가, 그것을 참
으려 하지 않으면, 않으려는 자의 마음을 죽이게 한다. 그래서 촛불
중은, 그런 통증이 시작되는 대로, 자기의 '마음'이라는 것을 들여다
보는데, 왜냐하면, 그런 통증('먼지며, 티끌'!)에 당할 수도 있는 마
음은(그러면 '거울' 같은 것일레라.), 네모지거나, 세모질 수 있기뿐
만 아니라, 크기도 작기도, (그 바깥쪽 풍경의 변화에 좇아) 붉기도
푸르기도 하여, '씻고 닦을 수'도 있기뿐만 아니라, ("이눔, 너는, 네
가 괴롭다고 이르는 그 마음을 당장에 꺼내놓아보아라!") 깨뜨려질
수도 있는 것이기 때문이다. (촛불중은, 체머리를 썰레썰레 젓기 시
작하고 있었다.) 그리고 촛불중은, 자기의 마음이 이 아침나절엔, 매
우 세모져 있는 데다, 색깔을 갖고 있는데, 그 變色이 너무 잦아, 어
느 한두 색깔의 이름을 들어, 그 色相을 밝힐 수가 없다는 것을 알
아내고 있었다. (썰레썰레 촛불중은, 체머리를 흔들고 있다.) 그리
고 촛불중은 생각했기를, 오늘 해와 시간 등이, 너무 납작한 데다,
세모져 있는 데에, 자기가 당하는 모든 불편함의 까닭이 있을 것이
라고 했다. 세모진 바퀴는 구르기가 힘드는 것이 아니냐. 그러고 보
니 그렇다, 촛불중 자기는 오늘, 눈알까지 세모진 것을 해갖고 있
어, 그것까지도 굴리기가 매우 뻑뻑한 상태에 있는 것을 알겠는 것
이다. 크학 학 칵──(웃음도 角이져 나왔다. 세모진 웃음.) 해와, 시
간과, (자기의) 눈알 등, 모든 것이 세모지다, 그리고 납작하다. 칵
학학──(헌데 이상할 일이다, 촛불중이 웃는다며, 말[言語]이 세모
지고,──세모진 마음속에 담겨진 말[言語]도 그러면 세모져 있다는
것을 알겠는 것이다.──납작한 것을,──납작한 마음속에 담겨 눌려
진 말도, 그러면 납작해져 있다는 것을 알겠는 것이다.──조각조각
몇 조각을 뱉아내고 나자, 몸으로 惡夢을 꾸느라고 꿋꿋해, 세모지
고 납작해 있던 위장에, 좀 수월하다는 느낌이 일어난 그것인데, 그
러고 본다면, 촛불중이 방금 전에 뱉아낸 바 있는 것 같은, 그런 角
진 말 몇 마디 같은 것들이, 그의 마음뿐만 아니라 위장까지도, 거
북하게 펴늘여, 세모지고 납작하게 만들어놓고 있었던, 무슨 틀 같
은 것이나 아니었는가, 하는 것을 짐작하게 한다. 그리고도 물론, 세

모지고 납작하게 펴늘여져 있느라, 신축력을 많이 잃고 있었던, 촛불중의 그 마음과 위장이, 본디 상태를 수복해내게 되기까지는, 그 바퀴가 세모진 시간의 운행의, 아직 불확실한 눈금으로 재기로 하면, 그로부터도 '한참'이나 더 걸렸지만, 〔그래서 사실로, 촛불중이, 그 눈금을 읽어보려, 세모진 눈동자를 몇 번이고, 껌벅거려보지 않은 것은 아닌데, 잠시 후에, 그 얘기를 몇 마디 들어보기로 할 일이다.〕 아무튼 촛불중은 현재, 납작한 弛緩에 당해, 권태며 無時感, 지리멸렬에 失語症 따위를 드러내고 있는 것만은 아니다. 그러자니 촛불중께는, 약간의 創意感도 들고, 목구멍에는 괴어 넘치고 있었으나, 바닥에 구멍이 났던지, 혀의 두레박에는 한 방울도 담겨 올려지지 안했던 말〔言語〕도 담아 올려지고 했다. 그리하여 말을 퍼, 발등에도 찌뜨리고 한 것이, 세모진 시간의 눈금 읽기 같은 것이었다.)
가맔자, '하루'는 헌데, '둥근 해'의 운행을 좇아서는, 대별하여 '열두 점'이라고도 하고, 세분하여서는, '스물네 시간'이라고도 하는데, 그렇다면, 저 '둥근 해'의 '넉 점'이, 또는 '여덟 시간'이, '세모진 해'의 한 모, 또는 한 변이 되는 셈이어서, '세모진 해'의 하루는, 열두 점이거나 스물네 시간이 아니라, '석 점' 또는, '세 시간'이 된다는 것을 알게 된다. (여기 어디서, '점'과 '시간'이 같이 되어져버렸는데, 그 탓에, 앞서 밝혔기를, 그 시간의 눈금이 '불확실'하다고 한 것이다. 이 문제로 촛불중은 물론, 약간의 두통을 앓지 않은 것은 아닌데, 까딱 넘겼다가는 거기서 촛불중은, 왜냐하면 평균 시간의 단위 탓에, 육각형의 해를 하나 창조해, 띄워 올릴 뻔했다. 그러면 세상은 생물이 살기에 너무 뜨거워져버린다.) 그리고 본다면, '하루'란, '석 점,' 또는 '세 시간'밖에, 그 길이가 더도 덜도 안 된다는 것은, 正答인 것이 분명하다. 이것은 그러자, 매우 심각한 의문을 불러일으키는데, 그래서 그러면, '하루'의 길이가 그렇게 ('석 점,' 또는 '세 시간') 짧아져버린 것인가, 아니면 '分'이나 '時'의 길이가 ('석 점' 또는 '세 시간'이 한 점 또는 한 시간이 되었으니, 이 한 점, 한 시간은, 사백팔십 분 길이이고, '分'은 또 分대로, 평균 시간의 '八分'이 '一分'化를 치르고 있다. 이것은 '時'와 '分'이 '여덟 배'로 길어난 것을 증명하고 있잖으냐) 길어져버린 것인가? 前者 편에 서기로 한다면, (하루를 스물네 시간이라고 셈하여, 그것을 평균 시간이라고 하는 時相에 비한다면) 여드레, 팔개월, 팔 년, 여덟 겁이, 하루, 한

달, 일년, 한 겁으로 줄어져버려, 한 겁의 광음도 전광석화 같다고 일러야 될 듯하여, (佛家네 시간의 계산법은 헌데, 저러하지 안했더냐?) 後者를 택하기로 하면, 시간이갖다가시나 너무 많고, 써버려 탈이다, 어떻게 어떻게 하루를 살아보냈는데도, 시간으로는 이제도 겨우, 석 점, 또는 세 시간밖에 흐르지를 않고만 있는 것이다. (道家에서는, 시간이 모자라본 일이란 없어, 그들의 시간은 '無窮'이라고 허잖더냐. 허기는 그들은, '無窮'까지도 잘 살펴 알고 있어, '無'를갖다가시나 '用'으로 이해하는, '實用的 誤謬'랄 것을 범한다. 일례를 들어보기로 하면, "埏埴以爲器, 當其無" 같은 것인데, 이 '無'는 그래서, 몹시도 쓰임새가 있는 '無'여서, 〔陽에 대해서 陰, 陰에 대해서 陽처럼〕 '있음〔有〕'의 '없음〔無〕'의 국면〔反之亦然〕인데, 그것은 그렇다면, 정지해 있는 것만은 아닌, 化現에 의해 逆化現하는 것이기도 하다는 주장을 가능하게도 할 것이다. 이 '無'는 그래서, 밝힌 바 있듯이, '谷神'이나 '玄牝'에로도 轉身한다. 이것이 '時間'性을 띠면, '無窮'의 형태를 드러벌 터이다. 여기서부터 조금만 더 생각을 진전하기로 하면, 道家네 이 '無'는, 그들의 '道'와 같은 얼굴을 해갖고 있다는 것까지를 보게도 될 터이다. 〔그럼에도, 이런 '無'는, 말하자면 '化現'의 '기름진 母胎〔玄牝〕' 같은 것이어서, "無가 아니다"라는 주장을 하려 할 일은 아닌데, '有'의 개념에 의한다면, 저것도 분명한 '無'며, '無'가 아닌 것이 아니기 때문이다. 살아 있는 '無'? 그렇다 과연, '無'도 살아 있다. 히히히, 化現의 宇宙의 시작에 관해 '쾅! 說'이라는 것이 있다고도 들은 자들은 그러면, 이 '살아 있는 無'를 잘 이해할 것임에 틀림없다. 응달 쪽에 누워 있으며, '비눗방울 불어내듯' 萬物을 퐁 풀 불어내는, 그러나 육안에는 보이지 않는 어머니. 만약에 그렇다면, '無'라는 것도, 종류는 하나보다 많다는 그런 얘기이겠는가? 서근의 삼! 그런고로 권고하여, '有'가 무엇인지, 그것을 話頭삼아, 그것이야말로 '실다움'이라는 것을 증명해 보이라 하잖았더냐?) '古來稀'란 그런즉, 저 前者인지, 後者인지, 무엇의 시간의 단위로 새로 재보려 하면, '一年'의 길이가 '八年'에 맞먹으므로, (70×8=)'五百六十 세'가 되는즉슨, 허, 허긴 '古來稀'라고도 할 만하다 싶은데, (그래도 須臾인 것을?) 그 같은 尺度를 뒤집어 재보려 한다면, '八年'이 '一年'에 해당하므로, (70÷8=), 홋홋홋, 아직 채 '아홉 살'도 못 되어 코흘리개를, '古來稀'라 이르게 되어, 無常한 느낌을 코풀어내지를 못하겠노라, 밍밍해하고 있게도 된다. 오늘 헌데, "一切有爲法, 如夢幻泡影, 如露亦如電"派(에 庶子的으로 배꼽줄을 잇고 있다 한다 해도) 沙彌 촛불중의 시간이, 어떻게 되어선지, '無窮'派네 그것보다도 길고, 납작하고, 세모져 있는 것이, 이 촛불중께 한 극난한 문제가 되어온 것이다. 그런고로시나, 이 沙彌가 한 시를 보내려 해도, 그것이 여덟 배 정도로 줄어지는 대신 붙어나, (자기만을 둘러 지나가는, 그 부분적 시간만을 두고 말일 것인데) 세모진 해를 패로 삼아 감겼던, 그 본디의 時絲는, 닻줄보다도 굵었었을 것인데도, 그것이 중도 어디에서, 무슨 터서리에 묶였든 못 풀려나, 거기 어디서부터는 늘어지기 시작하여, 삼노끈 같았다가, 무명실 같았다가, 가는 명주실보다도 더 가늘어져, 거의 끊길 지경에 이르렀는데, 그것은 그러자, 잘 갈아(磨)놓은 削刀날보다도 더 꺼끄러워져, 소리(音)에서 그 비유를 얻기로 하자면, 오랜만에 들른 남정네 기를 죽이려, 쌍녀러 첩년이, 들여다보고 화장을 하던 거울을, 뾰죽한 손톱으로 긁어대며, 흐트려내는, 서리스러운 그 소리나 같았다. 이런 비슷한 소리에 닿으면, 龍의 逆鱗까지도, 한번 떨어보지도 못하고, 破散해버린다. 그러자니 촛불중은, 그저 앉아 있기만 하기로도, 생진땀을 흘려내기 시작하다, 종내는 코피까지를 쏟아내기에 이른다. (이 경험은 그리고, 나중에, 한 우주를 습습하고, 으스스하게 하는 안개비 속에서, 음식으로부터 충분한 보조를 받지 못해, 일어난 寒氣 탓에, 육신적 氣를 많이 소모치 않으면 안 되기에 이른 상태에서, 〔그 경험을 가진 자에 의해,〕 한 發熱法〔둠모瑜珈〕으로 鍊金되기는 한다. 촛불중이, 참을 수 없는 공포감으로써 건너다보는 이 '時間'은 그때, '분노심을 드러낸 타라〔Tara, skt., Dolma, 또는 yidam, Tib.〕'의 모습으로 轉身을 치를 것인데, "한 손에는, 피를 넘치게 담은 人頭骨의 바가지를 들고, 다른 손에는, 〔그런 人頭를 잘라내려〕 시퍼런 낫을 들어, 송장을 디뎌 벗고 춤추는, 열엿새 달 같은, 열여섯 살의 처자.") 苦苦! 갸갸! (咄, 돌중이엽지, 돌중이엽지, 道流의 혀가, 고삐여서, 畜生道 말뚝에라도 묶여 있었더면, 道流는 물론, 失語症 같은 것에는 당하고 있었을지라도, 覺知病 따위로 고통하지는 안했어도 되었었을 것을. 고통은 왜냐하면, 有情이 知覺하기 탓이던 것.) 우니노니, 苦—가오—苦—갸 우니노니, 가오(苦) 오다(來如) 셔럽多羅 셔럽多矣徒良. 空門의 沙彌 하나는 오늘 아침, 비렁질을 잘못 나선 듯하여, 道家 사립짝 밖에 서 있게 된 모양이었다. 이렇게 되면, "一切有爲法, 如夢幻泡影, 如露亦如電."이란, 시간의 눈금을 거꾸로 읽어, 逆流하기 시작한 시간을 좇던 자가, 눈앞이 어지러운 것을 두고, 읊어낸 소리나 아닌가, 하는 것을 생각하게 한다. (아웅, 아웅.) 또 아니면, 그 道士네 싸립짝 밖에 서 있는 法童이 쥐고 있는 바리때가, 바람이며 햇볕에 갈려(磨) 먼지가 되었다가, 그 먼지에 또 습기가 묻고 햇볕이 닿아, (아으, 모가 물러난 시간! "埏埴以爲器, 當其無"라 하되, 비인 바리때는 고파 슬픈가, '法'이 차면, '有爲法'이라 이르거늘, 가득찬 바리때는 괴로움인가, 제길헐녀러, 이후란 비도 물도 말고 밭갈기만 흐리라. 此岸풍파에 놀란 사공, 彼岸 밭갈이나 하여라.) 다시 바리때가 되었기를 오백 세나 반복하고 있는 중에, (둥글어진 시간!) 그 사립짝 안쪽의 처사는, 그제사 겨우, 잠에 모가 난 느낌을 갖고, 몸을 한번 뒤척일지도 모르는데, 저 '無窮'이 품어안은 잠알(睡卵) 중에서 귀여린 것이 그리하여 귀를 열면, '나비' 같은 것이라도 깨어(孵化) 날아나올 터이다. (羑里에서는 그리고, 그런 '나비'를 한 마리, 큰 숲의 한가운데 있는, 그중 높은 나뭇가지에다 매달아버린 일이 있었다. 있은 뒤 羑里에서는 다시, 사람들이, 권태가 무엇인지를 몰라버리기에 이른다. 羑里에서는 그리고 물론, 권태가 편하다. 오늘 아침나절의 촛불중의 것과는 달리, 羑里의 권태는 네모지다. 이 네모진 권태는 그리고, 프라브리티라는 달마에 묶여, 죽고 싶어도 죽을 수도 없는 神들이 마시는, 네모진 오지병 속에 담긴 술[암리타], 羑里에서는 그래서 사람들이, 神酒에 취해, 썩고 있는, 神들의 오장육부의 냄새를 풍기며, 살고 있다.) 촛불중은 그리고, 종내, 타다 만 가죽신발에, 억지로 신겨진, 火傷을 입었다 아물었어도, 아직도 아픔에는 몹시 민감한, 자기의 두 발이, 세모진 데다 납작하여, 신발 속 한낮에 뜬 달 같다고 느끼고 있었다. 그러며 촛불중은, 火傷 냄새를 섞은, 자기의 발 냄새를 맡았는데, 그것은 왜냐하면, 立體性이 사라져 흐리꾸리한 세계에서, 하필, 자기의 발 밑에 자기가 깔려, 납작하게 펴늘여진 느낌이 든 까닭이었던 듯하다. 세모진 平面 속에, 눕기의 불편함——(촛불중이 경험하기로는,) 거기 몸은 부려둘 자리가 있음에도, 머리통이며, 팔, 그리고 다리 같은, 몸에 부속된 十品들을 정리해둘 자리가 없다는 것이다. 결국은 그러다 보면, 그런 방 속에 던져진 자가 이뤄낼 수

있는, 그중 편안한 자세란, 잠든 개새끼모양, 제 사태기에 제 대가리
를 찌르고, 둥글게 뭉쳐, 할 수 있는껏, 자기의 면적을 줄이는 그 자
세뿐이라는 것이다. 후후후, 모든 것이 이렇게 되면, 이렇게 느끼는
자에게 있어서는, 한 세상의 풍경이, 본디는 어쨌었는가, 예를 들면,
東西南北이라는 橫位가 가르치는 바대로 네모지기는 네모가 져 있
었는가, 또는, 上中下라는 縱位가 나타내는 바대로, 立體的이기는
立體的이었는가 하는 따위, 란 문제도 되잖는데, (그럴 것이, 알려진
대로 좇아 말한다면) 소나 개가 보는 세상은, 사람이 보는 세상과
달리, 無色이어 黑白뿐이라는데도, 색깔이 그것들께 문제가 되어본
일이 있었는 듯하지 않다는 것을 고려해보면, 문제는 무엇인가 하
면, 그런 세계를 보는 눈의 방법이라는 것이다. 이런 말의 의미에는
그런즉, 세계의 본디의 모습은, 아무도 확연하게는 모르거나, 또는
그런 것이란 있는 것이 아닌데, 그런즉, 현재로서는 그것을 '밖'이라
고도 이를 그 세계는, 그곳에 對한 有情들의 깨워내기(覺醒)에, 그
形質이 의존되어 있다는 것이다. (그런고로 이것은 덧붙여둘 필요
가 있는 듯한데, 그래서, 저 '밖'을 다 깨우쳤다는 이들에 의해 밝혀
진 바를 좇으면, 有情들의 이 한 세계는, '비었다〔色不異空, 空即是
色〕'고, 그런 것은 있은 바가 '없다〔本來無一物〕'고 하고, 그럼에도
'밖'이 있는 듯해 보임은, '我執'과 '偏見'이, '因緣'이라는 끈끈이〔羯
磨〕에 붙어 나타난, '幻'이라고 한다는 것이다. 그러니, '깨우치기'란,
'我執'과 '偏見'으로 이뤄진, '色'이라는 둥근파를 까고 까고 또 까, 그
속에 무슨 삘그란 알맹이라도 있는가, 그것을 알아보기일 것이다.
〔아흐흐, 그것을 까내고 있을 때의, 눈알의 아픔을, 뜨거운 재를 눈
에다 처넣고 있는 듯한 그 매움을, 그대는, 글쎄, 모두 깨우쳐 彼岸
에서도 그 너머에 있다는 그대는, 타타가타! 아시릿가.〕 이것이 다
름아닌, '無'라는 話頭일 것이다. '意味〔魂〕'가, 그것의 '記號〔肉身〕'를
지우려 드는, 意味가 못 되는 意味. '記號'가, 그것의 '意味'를 먹어치
우려는, 記號가 못 되는 記號.) 그렇다면 누구도, 촛불중이 오늘, 저
平均的 羑里를, 그리고 平均的 時間을 誤讀, 曲解하고 있다고, 단정
해 말할 수는 없는 듯하다. 그의 羑里는, 그에게는, 立體感을 잃어
납작해져 있으며, 과거―현재―미래라는 그 平均的 時間이 그에게
서는 平均性을 잃고, 일점에로 모두어들어 있는데, 그렇다면 그것은
정지해 있는데, 그럼에도 그것은 흐르고 있어, 角이 져 있었다. 재미

있는 것은, 흐흐훗, 그가 스스로 느끼기에는, 납작하게라도 자기가, 자기의 발등에 얹혀 붙어 있지를 않고, 자기의 발 밑에 깔려 있다고 믿는 그것이다. 이런 夢想에 의해 보면 그는, 땅의 두껍을 열고, 그 아래쪽에로 내려가려는 준비를 하고 있어 보이는데, 사실로 그래서 그는, 위쪽의, 공간 가운데서 잃어버린 立體性을, 그 아래쪽, 암흑으로 꽉 채워진 데에다, 약간의 공간을 트기로 하여, 성취해보려 시도하고 있는가? 그것이사 허기는, 뉘 알겠는가, 마는, 그의 시간이, 어느 일점에서 平均性을 잃어, (시간의) 三世가 한 자리에 답박 쏟겨든 것에 좇으면, 그는 어쩌면 현재, 非夢似夢 바르도(미람 바르도)를 경험하고 있어 보이며, 또는, 角져버린 그의 시간이, 輪廻(란 둥그니라.)의 테를 두르고 있어 보이지 않는 대로 따르면, 그는, 한번 그 뚜껑을 떠들어 내려간 뒤에는, 그 같은 뚜껑을 되열어, 되돌아 올라오고 싶어하고 있어 보이지 않는다. (그럼에도 바로 이 地球라는 한 혹성이, 우주의 子宮이 되어 있다면, 거기 한번 심겨진 씨앗이, '되돌아오고 싶어하지 않기'와, '되돌아오지 않기'는 결코 같은 것이 아니라는 것쯤도 알 만할 것이다.) 오늘 그는(이란, 촛불중을 가리켜 하는 말인데,) 그것이 어떤 것일지, 그것을 허기야 무슨 수로 알겠는가마는, 문이 활짝 열린 감방의 안쪽에서, 그 문을, 그 문의 밖을, 그 밖에서도 더 먼데를 훤하게 내어다보며, 出口가 없는, 그리고 회개할 수도 없는, 어떤 장애, 어떤 위험에 봉착해 있다는 것을, 느끼고 있었다. 그러며 그는, 六祖를 定罪한 자가, 자기였었다는, 그런 古事도 한 가지 기억해내고 있었다.

소문을 들어 알게 된 자는 알고 있는 바대로, 羑里邑에서는 오늘, 七祖라고 칭하는 중 하나, '촛불중'이라는 法名을 가진 자를, 六祖라고 칭했던 어떤 돌팔이중 다음으로, 이번에는, 그 六祖를 보내버렸던, 반대쪽에다 떠밀어 보내려고, 그 葬禮 준비를 하고 있는 중이었다. 예의 저 六祖라고 일렀던 중은, 그 전신을 하나의 걷는, 거대한 男根모양, 벗어 삘그렇게 해갖고, 세상의 모든 질척한 곳을 다 버려두고, 하필이면 骸骨 속으로, 그것도 무슨 뿌리(링가)를 찾겠다고 (그 깔깔갈喝! 여 沙彌여, 公은 그 오구둥한 손 속에, 公의 아랫도리를 실하게 한줌이나 쥐고, 그것을 찾겠다고 어디로 간다는다? 그러던 어느 날 公이, 깔깔갈喝! 드디어 그것을 찾았다고, 눈여겨볼라치면, 喝喝, 배고픈 고양이까지도 하품이나 하구 말라.) 들어간 자였더니, 여러 잡것들, 예를 들면, '世慾'이며, '偏見' 같은 것들, 그런 것들이 눈을 가려, 아무리 해도, 자기가 보았어야(見) 될 뿌리(性)를 볼 수가 없다고, 그런녀러 잡스런 장애부터 쳐부수든, 그러지도 못하면, 자기의 눈알들이라도 뽑아내버리겠다고, 그 苦行에 나섰던 모양이었는데, 그 求道行이 헌데, 제기럴 별일이었다, 그것이 글쎄갖다가시나 邑의 官律에 맞지를 않는다고 하여, (허기는 그럴 일이었다, 라는즉슨, '마음의 宇宙'로 나아간 자에게는, 삼라만상 중, 심지어 거머리로부터 나찰까지, 무엇 하나 자기의 夢片이 아닌 것은 없는데도, '살의 宇宙'에 머물러 있는 자에게는, 自他間의 경계가 엄연한 까닭이다. 이만큼만 말해둬도, 이것이 무슨 얘긴지, 아는 자는 알 것이 아니냐.) 邑에서는, 그곳에다 뻗어낸 官手에다 律網을 쥐어 주어서는 (그 '律網'을 쥐었던 그 손, 官의 그 앞잡이가 누구였었던지 말하지 않는다 해도, 아는 자는 알고 있잖느냐. "마음이란 그럼에도 있는 것이 아니다"라는 것을 전제해두고, 그리고 이런 얘기를 하는 바이지만, 문제는 무엇인가 하면 그러자, 저 六祖라는 중은, 비록 '살의 宇宙'의 法에는 어긋났다 한다 해도, '마음의 宇宙'의 法〔달마〕에도 어긋난 것이 아니어서, 전순히 無罪한 자였는데, 그렇다면, 저런 無罪한 자를 정죄, 처형하느라 붉어진 손의 그 더러움은, 무엇으로써 씻어낼 수 있느냐는, 그것이다. 그리고 그 下手人은, 〔"마음이란 있는 것이 아니다"라는 것도 알고 있지만〕 法〔달마〕에는 터서리가 없다는 것도, 알고 있다. '살의 宇宙'의 그것과 달리, 이 法〔달마〕의 집행관은, 우주간 다른 아무도 말고, 下手人 그 당자가 되어 있기 때문이고, 그리고 누구도, "해나, 달의 눈으로부터는 도망쳐 숨을 수 있어도, 자기 마음의 눈으로부터는, 도망쳐 숨지를 못한다"고 하기 때문이다. 그렇다면, '마음'이 감옥이 될 때, 그것은 地獄보다도 완벽하여, 大力의 千手로도, 그 안에 갇힌 자를 끄집어올리지 못할 터이다.) 그 하나의 '解脫'을 잡아, 그 죽지를 떼내고, 깃털을 모두 뽑아낸 뒤, 높은 가지 끝에다 매달아버렸었는데, 헌데 오늘 그 같은 邑은, 그 같은 宗家의 七祖라고 이르는, [5]불의 물고기(火魚) 한 마리를 잡아서는, 불의 물(火海)을 헤치던 그 비늘들을 몽땅 떼어내버린 뒤, (비늘을 벗기워) 피가 송송 솟는 자리에다, 그러니 그 전신에다, 개 피를 입혀, 저 무변의 沙漠——그 '벙어리 뱀(문두룸)'의 목구멍을 열어, 그 깊숙이 넣어두려 하고 있다. (發音되어진, 특정한

한 말[言語]에서, 그 '記號'를 비늘어내고[脫落], 그리고 남은 '意味'
는, '벙어리[骸骨]'의 뱃속에다 감금해버리기! 아으, 말은 어떻게,
'벙어리'의 聲帶를 脫出하는가? '벙어리'와 '默'? '默'이라는 話頭를
보면, 그것은 '默'이라고 쓰거나, 소리를 내지르기[읽기]로서, 씌어졌
거나, 내질러진 '소리'를, '꺼꾸로 토해내는 데[뒤집혀져 드는데],' 그
리하여 그것은, 씌어지거나, 소리를 내기로써만, '無音'에 도달하는
데, '소리'가 '소리' 속에 감금되어 '無音'化하는, 無音의 소리, 化現
속에 감금되어진, 영구한 非化現——그것[默]은 소리의 무덤, 그것
[무덤]은, 이승에 거처를 정해 있더라마는, 그래도 이승 소속은 아
닌데, 그것[默]도, 그것[무덤]은 聲帶 속에 거처를 두고 있으되, 聲
帶의 소속은 아니다. '소리'에서 피를 빨기로 '잠'속에 떨어지는, '소
리의 吸血鬼,' 벙어리뱀. 그렇게 이것은, '無'라는 言語記號와 같으며,
다르겠구나. '默'도, '無'도, '發音'을 입기에 의해, 동시에 자기를 부정
하되, '默'은, '音'에 덮어씌워져 '無音의 잠'을 자고, '無'는, 제가 토해
낸 것에 제가 먹히워져 지워져버린다. 없는 意味가, 있는 記號를 지
워버린다. 〔傳說을 좇으면, 허기는 저 '벙어리뱀'은, '소리'를 버럭버
럭 내지르는 대신, 어쩌면 그것도 그러는 한 방법이기도 할 터이지
만, '웃었다'고 이르기는 한다. '벙어리'의 웃음을 두고, '소리'를 동반
했었다는 장담은 못 하되, 피기 시작하는 꽃을 보면, 그 '소리 없는
웃음'들이 제길헐 어쩌나 왁자지껄 지껄 시끄러운지, 봄 한 들이 다
무참하여, 푸르도록 귀를 덮으려 하잖더냐고이.〕)

그리하여 그 시각이 되어가고 있었던지, (라는 '그 시각'이 어떤
시각을 가리켜 말하고 있는지, 뉘기네 아들놈이든 알고 싶거들랑은
牽牛여, 이 七夕, 公이 만약 서둘러 건너지 않는다면, 銀河에 빠져
돼지느라, 안됐게도 織女를 못 품는 한을 남기더라도, 公은 銀河를
건너지 말그라.) 多數의 官卒들이, (몇이나 되는 官卒을 '多數'라고
이르는지, 그것도 알고 싶거들랑은, 여 용두질에 놀롤한 놈이여, 아
직도 날이 그렇게는 늦은 듯하지 않으니, 싸가지없는 놀롤임세, 싸
게 싸게 손싸게 쏵 싸고 公은, 달려 書堂에 들려, 빼냈으면[感], 보
태고[加], 찔러넣었으면[乘] 뽑아내는[除] 算法을 익히고, 얼른 내달
아, 손에 익숙해진 불알을 算板삼아, 하초로 '하나'를 삼고, 불알 한
쪽이 '둘,' 불알 두 쪽이 '셋'…… 그리고 남은 것은? 많多…… 그런
즉 '多數'란, 公입지, '셋'보다 많은 數가 아니겠느냐?) 오랏줄이며,

몽둥이를 들고들, 두세 두셋, 세네 세넷, 문을 활짝 열어놓은 채 촛불중을 가둬둔, 감방에 닿아보니, 그는, 감방 바닥 한가운데 되는 데쯤에, 개새끼가 잠에 들었을 때 그러듯, 제 대가리를 제 사태기 사이에 꽂고, 오른쪽으로 누워 있었는데, 아우음— 아우음— 앓는 고양이 소리를 내고 있었으며, 그뿐만 아니라, 게거품을 부글여내고도 있었다. 그 꼬락서니로 보건대, 그것은 사람도 아니었으며, 앓는 짐승보다도 더 처참했다. 그렇다 해도, 出家하여 중이라고 자처하는 자가, 갑작스러운 환속이라도 하지 안했다면, 또는 지랄이라도 하고 나자빠진 것이 아니라면, “육신이란, 아라핫도 정복하지 못한다”고 하되, (어째서 육신은 정복해야 되는 장애인가?) 그것에 항복해 종이 된 것도 아닐 터인데, 그렇다면 중의 ‘살앓기’란 분명히, ‘벙어리 뱀’의 웃기 같은, 그 ‘意味’가 읽혀져야 되는, ‘暗號’ 같은 것이라고 해도 되잖겠는가? ‘입어진 살’은 ‘目的’으로서가 아니라, ‘手段’으로 이해하고 있는 자들의, 일거수 일투족은, 그것이 어떻게나 사소한 것이든, ‘무드라(의미를 지닌 몸짓)’나 ‘瑜伽’가 아닌 것이 없다고 이른다면, 한 중의 혼신으로 표현해내는 ‘앓기’라고 읽혀지는 禪法을 두고서야, 더 말할 것도 없을 것이다. (그렇다면, 그들이 만들어내는 ‘소리’는 ‘만트라’며, 그 자신들이 한 中心〔點〕이 되어 이뤄내는 한 ‘풍경’은, ‘만달라’라고 보야얄 것이다. 주목해둘 것은, 이 상태에서는, 몸·말·마음 사이에, 별로 어떤 구별이 없다는 것일 것인데, 저 것은, 그 세 가지로 꽉 채워진, 열림 같아 보인다.) 아우음— 아우음— 소리내고 있는 저 한 ‘앓음’은, 그래서 들으면, 그래서 보면, 허기는 한 言語였던 듯도 싶으다, 제 꼬리인지, 대가리인지를, 제 입인지, 항문인지로, 물어 빨아들이고 있거나, 뱉아내고 있거나 하기로, 三世(머리—아, 몸뚱이—우, 꼬리—음)를 縱斷할 言語, 아—우—음—옴, 三角진 완벽한 圓, 사태기에 대가리를 찔러넣은 개, 솥에 눕다.

三角진 완벽한 圓—點, 그런 한 ‘앓음’을, 官卒들은, 장난꾸러기 아이들이, (흙 속에서 갓 뒤집혀올라, 바깥 바람에 쐬이자, 전신이 아니고 매운 듯, 꿈틀거리며, 몸의 면적을 줄이려는, 허연) 굼벵이를 두 손가락으로 집어올리듯, 그렇게, 감방에서 끄집어내서는, (그러자 감방은 갑작스레 운행을 멈춰, 네모가 져버렸으며, 동시에 황폐에 덮이고 말았는데, 그러고 보면, 황폐도 네모지다.) 준비해 끌고

온, (별세한 장로네서 기르는 큰 개 크기나 되는,) 늙은 나귀 등에
다, '人'字로 앉혔다. 그리고 촛불중이, 저 '多數의 官卒'을 알아보았
기로는, 그들이 전날, 자기의 발바닥에다 火印을 찍었던 자들이었는
데, 黃手만 하나 보이지 안했다. 크흐흣흣, 그의 속은, 애를 배고 싶
은 생각으로 만삭이었으니, 뉘 알랴, 달마다, 모든 子宮들을 긁어 헤
쳐 피를 보는, 달의 그 뾰죽한 손톱이라도 하나 얻을까 하여, 낮에
도 켠 등을 들고, 달이 긁고 지난 듯한 자리들을 찾아댕기는지도,
뉘 알랴. 어찌되었든 촛불중은, 문을 훤히 열어놓은 감방 속에서, 얼
마쯤의, 그 분량만큼은 어떻게도 비워내버릴 수가 없던, 그렇게나
아픈 그리움으로 내어다보았던, 그 바깥 햇빛 속에로 나서게 되었
는데,——그리고 이제부터는, 禪定 중에 있는 중의 것은, 그 손가락
하나 뻗치기며, 한번 하품하기까지도, 소비스러운, 무의미한 행위가
아니라, 그것이 모두 '禪的 무드라'라는 것을 염두하고, 따르기로 할
일이지만,——그 일순, 촛불중은, 해가, 억센 가시의 仙人掌이나 되는
듯이 느꼈으며, 그 찌르고 드는 빛의 가시 탓에, 눈을 못 뜨고, 눈물
을 흘려야 되었는데, 중의 느낌에 그것은, 빛의 가시에 찔린, 자기의
터뜨려진 안구가 흘려내는 피 같았다. 허기는 촛불중은, 이러는 동
안, 빛도 저쪽으로만 비껴다니던 것에만 눈을 익혀왔더랬는데, 오늘
해는 글쎄지, 전에 없이 더 밝고, 글쎄지, 더 빛났다. 촛불중을 태운
당나귀는, 그러는 중에 법청 뜰을 벗어나, 읍의 중앙통으로 향하고
있었는데, 그때까지도 촛불중은, 손으로 눌러 감은 눈을 뜨지를 못
하고 있었고, 조금 기끔스럽다고 해야 할라는가 어쩔라는가는 몰라
도, 촛불중은, '仙人掌 같은 해'와, 그것의 가시에 찔려, 피를 흘리고
있다고 느끼는, '눈'의 '女性'性이라는 상념에 옭혀 있었던 것이다.
그랬을 것이, 촛불중도 익히 들어 알아오기로는, "눈이 다름아닌 해
(日) 당자이므로, 그 눈으로 해를 인지할 수 있다"는 것이며, 이
"해야말로 빛의 원천"일 뿐만 아니라, '창조력'이라는 것, 같은 그런
것이다. ('눈'이 '해'라고 이르는 것은, 특히, '虹彩에 휩싸인 瞳孔'을
이르는 모양인데, 그러자니, 이 '瞳孔'을 포근히 싸안아 보호하고 있
는, '瞳孔' 이외의 부분은, 〔아이를 품고 있는〕 어머니의 젖가슴'의
비유를 입어 있는 듯하다. 이 '빛〔의 원천은 '해'이다.〕'이 '創造의 원
동력'으로, 또는 '사람의 靈'으로 이해되면서, '입 속의 해〔日〕'에로
轉身을 치르는데, 이 轉身의 과정은, 구태여 살펴보려 하지 않는다

해도, 그것 자체로 자명하다. "태초에 말씀이 계시니라…… 만물이 그로 말미암아 지은 바 되었으니……"라고 하잖더냐. 그리고 이 '입'이야말로, '말씀'이 거하는 곳이 아니더냐.) '눈'이란 그래서, 의심할 여지 없이 '男性'을 띠어 있는 것인데, 그래서, '눈을 도려 파내기'가, '去勢'로 이해되어지는 것은, 당연할 터이다. 글쎄 말이지만, 반복되는 듯하지만, '눈'이 '빛'이며, '입 속의 해(日)'라면, 畜肉을 입어 있는 陽性과 관계된 '創造力'이란, 무엇이겠는가, '男根' 말고 무엇이겠는가? 그렇다, "동산 가운데 있는, 생명의 나무"——그것이 최초의 여자(하와)에게서는 '머리'에서 돋아난다. (이런 말은, 저런 二元論을 一元化하기로 한다면, 한 原人은, 그 上半身은 男性이며, 그 下半身은 女性으로 이뤄졌다는 말일 것이다. '두 개의 진리'——니르바나/상사라.) 헌데, 촛불중의 觀法을 좇으면, '創造力'이라든, '性器'가 운위되는 宇宙는, '畜生道'를 떠나서는 없다, 그렇다, 四大의 고장. 만약 그래서, 촛불중의 그 觀法이 틀리지 않다면, 저절로 따르는 결론은, 이렇게 됨에 분명하다, 라는즉슨, '畜生道,' 또는 '살의 宇宙'에서는, '눈'이 '男性'을 띤다는 것이다. 그러자 가맜자 또 알겠다, '입 속의 해(헤헤헤, 요니에 담긴 링가!)'의 모습을 통해 보건대, '말씀의 宇宙'에서는 그렇다, '눈'이 '一體兩性'을 띠어 있음을 가맜자, 그러자 알겠다. 그러자 가맜자 또 알게 되는 것은, 道家네 불머슴살이에 넌더리를 내게 된 沙彌가, 불씨를 가꿔온 그 아궁이에다 들입다 오줌을 갈겨버린 뒤, 스승 누운 방의 문을 박차고 들어가, 그 늙은네의 수염을 잡아 끄서서 사립짝 밖에다 내쏘아 던져버리고는, 제놈이 대신 그 아랫목에 누워 거드럭이고 있는 것을, 보자, 가맜자, 알겠다. "三十輻은 그 轂을 한가지로 하니, 그 無를 당하여 수레의 쓰임이 있다."는, 그 '無'가, 헤헤헤, '없음'뿐만 아니라, '열림(空)'인 것도 알겠는 것이다. (이 '없음/열림'이, '谷神'이며, '玄牝'이 아니겠는가.) 그리하여 촛불중이 오늘, 새삼스레 맞닥뜨리게 된, '눈의 女性性'은, 그 '열림'을 '밖'에로가 아니라, '안'쪽으로 드러내놓고 있다는, 그것이었다. 그렇다, 그 한 전체로서, 女性的인 이 '눈'은, 그 눈의 '안쪽'의 무엇을 反映해내는 것이 아니라, '바깥쪽'의 무엇을, (안쪽에로) 깨워(悟) 들이던 것이다. 이 '눈'은, 촛불중의 생각에는, '열림'이라는 국면에서는 그래서, '마음의 宇宙'를 밝히는 듯해도, 性別을 잃지 않고 있어, '마음의 宇宙' 쪽에로 뚫려져, 그쪽 사정을 조금 엿볼 수도 있는, '窓' 같은 것일지는 몰라도, 그쪽을 밝히는, '빛' 같은 것은 못 되는 것이나 아닌가, 했다. 그것(눈)은, 그것 자체의 女性性, 또는 母性(子宮性)에 의해, '反映해들이는(受容)' 모든 것을, 姙娠만 해놓고, 아무것도 내보내려 하지를 안해, (이 상태의 요니는, 벌레들의 宿主일 터이다.) 시간의 경과에 좇아, (自然의 은밀한 곳을 들여다본 자라면 알겠듯이) 장차, '自我'를 피맺혀내게 할 것이다. 무엇의 '自我'이든, '自我'란 벌레이다, 번뇌며, 벌뢰이다. 그러면 나와 남의 구별이 생기고, 이쪽과 저쪽, 낮과 밤, 위와 아래, 선과 악, 앞과 뒤, 고운 것과 추한 것, 안과 밖, 凹凸 등등이 갈라선다. 아으, 그러면 알 일이다, '사람(아담)'이 맨 처음 읽었던 敎本의 修辭學이, 어찌하여 相對性的(二元的) 어휘들로 짜여져 있었던지, 제기럴, 그것을 알겠는 것이다, 그것은 왜냐하면, '말씀(눈)'의 女性化를 통해서라는 것, 보다 투박하게 말하면, 그 '사람'의 女性的 思考의 결과라는 것, 그것을 알겠는 것이다. (반복하면, 二元論은 그러니까, 우주를 觀하는 '눈'의, 女性性에 의해 이뤄진 眞理라는 것이다.) 그러다, 그 같은 눈이, (그것을 예배하는 자의) 어떤 노력에 의해서든, '性別'을 벗어버리기만 한다면, 촛불중의 믿음에 그것은, 다시 '原初的 눈'에로 환원해버린 것인데, 촛불중의 믿음에 그것은, '마음의 宇宙'를 밝히는 눈일 것이라고 했다. '눈'이, 그것의 男性・女性이라는, 性別을 잃어버리면, 그것은 모든 것을 두루 反映해들이되(受容), 무엇에도 집착함이 없어, 受容하기가 原狀에로 되돌리기, 라는, 그런 결과에 도달하는바, '밖'이 자꾸 뒤집혀 '안'이 되는데, 이 뒤집히기는, 거기 머물지 않고, 더 진행하여, 자꾸 '밖'을 태어내놓는다는 것, (모래시계를 염두하여, 道流는, 그 시간의 뒤집히기를 觀해볼 일이다.) 그것이, 촛불중의 믿음에는, '性別'을 뛰어넘은, '눈'의 '마음 밝히기'일 것이라고 했다. (이 '밖'은, 촛불중식의 '無意識論'을 이해하기에, 그중 적절한 素材가 될 것인데, 이 '뒤집히기'는, 이런 경우 '깨우치기'와 동의어로도 이해되는바, "마음을 넓히면, 그것 자체가 한 우주다."라는 명제가, 그러면 이해할 만하게 된다. 〔"마음을 넓히다니?" 그것이 무슨 오줌개 같은 것이라도 되어, 늘이면 늘어나고, 가만두면 줄어드는가? 또 반대로, 그것은 형체나 부피나 중량이 있는 것은 아니라면, 어느 끝을 잡아, 무슨 수로 그것을 늘여편다는 말인가?〕――그럼에도 촛불중입지, 道流의 說한 '눈'의 法은 입습지,

말입지, 태어날 때부터 장님이어서, 태초부터 쏟겨내린, 그 무량의 빛 속의, 한 먼지톨만한 빛도 본 적이 없는 자에 대해서는입습지, 적용할 수가 없는 法인 듯한뎁지, 그러니 그것, 자체가 치우친, 半偏의 法은 아니겠을라는갑? 喝! '눈'의 하나는 '男根'이멥지 道流엽, 다른 하나는 '말씀'이곱지, 道流엽, 그리고 제삼의 눈은, '마음'입지, 道流엽. 喝!)

　촛불중을 태운 당나귀는, 그러는 중에 멀찌감치 법청을 뒤에다 두고, 읍의 중앙통을 향해, 꺽벅 턱벅, 바쁠 일은 없어도, 허리 부러질 일이라도 있다는 듯이, 비척 비떡 나아가고 있었는데, 글쎄 羑里邑에서는 오늘, 羑里의 七祖라는 촛불중의 葬禮를 치르려 하고 있었고, 그 七祖라는 중은, 자기의 葬禮에 참석하려 하여, 나귀 등에다, 자기를 무겁게 송장 얹어, 式場에로 나아가고 있다. 그러는 어느 길목에서 그는, "매일이 좋은 날,"이라고, 누가 듣기에나, 거 좀, 귀신 씨나락 까먹는 소리, 같은 소리를 씨부리며, 드디어, 눈을 가렸던 손을 떼고, 부신 눈을 가늘게 하여, 자기의 주위를 둘러보기 시작했다. "오늘도 좋은 날," 잇고, 그리고 그는, 자신도 잘 모른 듯했지만, 체머리를 썰레 썰레 흔들어댔다. 그는 태운 나귀를 끌고, 밀고, 옹위하고 있는, '多數'의 官卒들은, 저그들끼리 찡긋 쨍긋 눈짓을 해가며, 킥킥 웃기도 했는데, 나귀 등에 탄 자도, 그 등에 탄 나귀와 마찬가지로, 그런 俗事에 귀를 못 열고 있어 보였다. "좋은 날 오늘, 매일이 좋은 날 오늘," 그러며 그는, 그 동안 눈이 밝음에 익었던지, 해를 올려다보았는데, 그러자 해에서는 검은 빛이 소나기처럼 쏟겨내렸고, 그래 생각에 그는, 이것이 밤이었다면, 귀신들이라는 모든 귀신들의 똥꾸녕을 찔러대, 몽땅 깨워 일으킬 그 시각에(그러니 子正에), 해가 와 있다고 했다. 밤에도, 검은 해는, 저승에 뜨고, 지던 것이다. 촛불중께 그 빛의 줄기들은, 수타국수 가닥들처럼 눅진거려 보였는데, 아직도 촛불중은 썰레질을 못 멈추고 있었고, 그러자니 눅진거리는 빛이든 해든, 그 두 가지 것이든, 그것까지도 썰레어져, 하늘이 왼통 출렁거렸다. 아으, 출렁거리는 하늘은 왼통 아름다움뿐이로구나, 그렇게 그 하늘을 올려다보며 촛불중은, 자기가 어쩌면, 그 하늘의 위쪽 어디 언덕진 데서, 잘못 발을 내디뎠다, 그 하늘 가운데 빠져 죽었을지도 모른다고 생각했으며, 그 죽음도 아름답다고도 생각했다. 그리고 고개를 떨구고는, 죽은 그 자기는 현재 어디에 묻혀 있으며, 자기의 죽음을 꿈꾸는가, 그것을 의문했다.
히히, 히, 그런 의문은 꽤는 詩學的이라고, 그래 체머리를 흔들면서
도, (그리고, 天國이란, 왼통 깨어 있기여서, 잠의 개미만한 것도, 꿈
의 명주실 같은 것도, 스며들거나 꾸려질 자리를, 남겨놓고 있지 않
다는, 그런 이해의 태도를 고수하면서도,) 저 하늘 위쪽 어디 언덕
진 데서, 잘못 失足하여, 하늘 속에 퐁당 빠진 것은, 그리하여 溺死
한 것은, 허헛허허긴, 그 언덕에, 아직도 편안한 잠을 뉘어놓은 자
기, 그 자기가 꾼 한 편의 短恨夢, 그 하늘을 떠 흐르다 스러진, 한
조각 浮雲, 그런 것이나 아니겠는가 했다. (그런 그 浮雲은 그리고
는, 한 방울의 이슬도 떨어뜨리는 일도 없이, 어디로 가는가? 그러
고 나면 하늘은, 시꺼멓도록 새로 더 푸른데, 그 푸르름은 허기는
해변의 모래톱 같은 것이다. 빛의 干潮 때 보면, 거기서 억만의 별
들이 게거품을 뿜어내는데, 그런 거품이 하나씩 터뜨려질 때마다,
浮雲이 하나씩 깨어〔孵化〕난다.〔그러고 본다면, 그저 스러질 뿐일
것이라고 올려다보았던, 심지어 한 조각 浮雲까지도, 스러지지도 못
하는 것이 아니겠는가?〕 아른한, 水分의 壁 속에 갇힌, 작은 運動
들. 그것들의 비극은, 그것들을 가두고 있는, 저 아른한 水分의 壁
이, 찢겨 터뜨려지면 어쩔 것인가, 하는, 그 공포심에 있다. 그럼에
도 自由〔解脫〕는, 그것을 벗기이던 것을!) 그렇다면 자기는, 그것이
어떻게나 "악몽이었든, 그 꿈을 깨이면, 天國에서 일어날 것"이 분
명한가. (에? 헤헤, 苦海에 빠져, 백만 자맥질을 해대며, 못 죽겠어
서 켜대는 쓴 물, 그런 못 죽을 죽음을 치르기, 그런 흉몽을 젖먹이
는 잠, 을 뉘어놓은 자리가 하필, '天國'이라, 그런 말인가?)
　그리고는, 조금 시끌장한 '소리'들이 있어, 표백하느라 널어 말리
는 광목폭이나, 눈 녹는 철의 산등성이모양, 히끗 시끌, 희끌 시끗,
촛불중께 '보여'졌는데, 글쎄, 사람 얼굴의 까마귀들이, 셋씩 다섯씩,
넷씩 여섯씩, 희끗 시끌 모여, 갸갸 갸 우짖고 있는 중이었다. 어디
서부터 일어난 것이었든, (무지개 뿌리 박힌 곳이며, 바람 일었다
눕는 자리를 뉘 알아?) 촛불중 자기의 얼굴을 훔쳐, 그 목에 얹고
있는, 더운 흐린 바람은, 검은 고양이의 하반신에 馬脚을 해서, 읍의
가운데진 데로, 냄새나는 회오리바람으로, 가오 갸, 갸 가오 우짖음
으로, 히끗 시끌, 시끗 히끌 나아가고 있자, 글쎄, 하늘에는 해가 빛
나고 있는데도, (촛불중이 보고, 듣고, 느끼기에는) 땅에는, 박모나

같은 어둑스레함이 깔려 있어, 馬脚이 터벅이는 데서마다, 먼지가
일 듯, 어둑스레함이 폴싹이고 있었는데, 그럴 것이, 사람 얼굴의 까
마귀들이, 저 앞쪽 어디 한 군데에는 한 떼로 와 몰려, 羑里邑 분량
의 날을 가리고 있었고, 우짖으며 서로의 털을 뜯으려 짓쪼아대고
있었고, 무질서하게 波動이 일고 있었고, 까마귀들은 우짖고 있었
고, 서로의 가슴을 쪼아 염통들을 쏟아내게 하고 있었고, 격렬한 波
動이 일고 있었고, 派數가 증가하고 있었고, 가중하고 있었고, 열이
일기 시작하고 있었고, 수증기가 펴오르기 시작했고, 갸갸 苦苦 까
마귀들은 괴롭게 괴롭게 우짖고 있었고, 그러는 그 어느 고압적 일
순 그 한 무리의 波動이 획 뒤집혔고, 그것에 좇아 그 個波들의 한
묶음(集)의 波動에는 個紋들이 보이지 않했고, 이것이며 저것들은
한 묶음의 波動 속에로 녹아들어버렸던 모양이었고, 그래서 이것도
삼사무레했고(前三三), 저것도 삼사무레했고(後三三), (하으, 별들은
여명에, 그 깊고도 검푸른 하늘의 빛에 희석되어버림을! 잠 가운데
로 무덤드는, 작은, 반짝이는 意識들.) 痴兀兀 울긋불긋 兀兀痴 치그
르 지글 끓기 시작하고 있었고, 증기가 궁창을 메꿔 가리고 있었고,
혼돈하고 공허하며 흑암이 깊음 위에 있고, 아으 잠, 깊디 깊은 묽
은 잠, 아으 잠, 묽디묽은 더운 잠——그것은 꿈의 母胎, 그리하여
그 깊고 묽은, 더운(熱) 잠이 쏟겨드는 데서, 하나의 진주가 맺혔더
니, 형태 없는 진주, 그 이름은 '欲望'이랄 것이었다, 어쩌면 알맹이
가 없는 진주. '欲望'은 배가 고픈 子宮, (언제나 否定的이다.) 발정
한 암캐, 그리하여 수캐를 불러내 씨앗을 얻으면, '꿈'을 키워내고,
얻지 못하면, 죽은 欲望의 월후에 덮인다. '欲望'을 '子宮'으로 가진,
'우리들의 따님'——'集團'은, 그렇게 '잠'이다, 묽고, 두려운, 깊고도
더운 '잠,' "大地와 마찬가지로 그것도, 밑으로 내려갈수록 더 덥다."
(촛불중은 그렇게, 個我들은 어떻게 集團化하여, 集團은 또 어떻게
묽어져, 도저히 벗어나기가 어려울, 하나의 '잠'의 상태에로 轉移를
치르는가, 그 과정을 들여다보았다고 믿었다. 이 '잠'은 그리하여, 그
'잠'에 걸맞는 '꿈'들을 불러내어, 그 잠을 더욱더 호끈하고, 깊으게
할, 그런 연극을 행하게 할, 모든 비옥한 준비를 다 해놓고 있었다.
풍요한 잠.) 촛불중은 그리하여, 저 발정한 암캐의, 나부죽한 그 점
이 찐득거리도록 미끄러운, 그렇게나 아름답도록 추악한(수렁), 추
악하도록 아름다운(蓮), 저 기름기에 번들거리는 암캐의, 요니를 벗

어나기는, 지난하고도 지난하겠다고, 그렇게 건너다보았다. 보는 중
에 근이 뻐등여 섰던지, 촛불중은, 아랫도리를 거북해하다가, 하는
중에, 그녀러 하초모양 뻐등여 일어난, 한 느낌의 겁간에 똥구녕이
아픈 것이나 아닌가 했는데, 촛불중이 건너다보는 중에 헌데, 판관
겸직읍장의 얼굴을 해 단, 아버지일 것이라고 여겨지는 어떤 수캐
스러운 잡놈이, 어머니—암캐를 뒤에서 찌르고 덤볐던 것이고, 그
러자니 일어난, 그 아비에 대한 질투심에 劫姦스러울 수밖에는 없
던 것이다. 동시에 촛불중은, 그 어머니에 대해서, 치솟아 못견딜 性
慾과, 슬프기까지 간절한 사랑을 느끼고 있었는데, 글쎄, 본즉 어머
니는, 별세한 장로의 손녀의 얼굴을 해갖고 있던 것이다. 제기럴,
럴, 럴녀러, (하는 말로는) 幻이(라고 하는, 도대체 그 알맹이〔실다
움〕도 없다는 것이) 꾸며갖고 있는 얼굴이, 글쎄 그런 어떤 특정한
얼굴이, 어쩔 때는, 그리고 無時로, 노상, 이렇게도 처절하도록까지
나 절실하게, 어떠한 실다움보다도 더 진한 실다움으로, 다가 오
는 까닭은 무엇이냐, 오랭이 물어갈, 갈, 갈녀러, 무엇이냐, 무엇이
냐?—촛불중을 태운 늙은 나귀는, (비 파라 물을 산녀러 것도 있
은즉, 헤헤헤, 어쩌다 한번쯤, 물 파라 비를 산들, 기 누가 뭐라리?)
작것, 저지난 엄동 어느 새벽녘에라던가, 추위와, 굶주림과, 외로움
에 솔아버린, 어떤 홀늙은 뱃사공네 구유배나 같았을라, 그러는 그
리고 이러는 철, 화냥년이지 세월인즉은, 그 쑹헌 화냥년이, 놋좆까
지 빼물어 가버리자 매임도 풀려, 끼꺽 빼딱 구유배는, 물살 따라
바람 따라 흘렀겠는가, 놋좆까지 빼물어 가는 세월 닿은 자리, 어찌
틈바퀴인들 넓혀졌잖았겠는가, 한옆으로 빼따꿍 비딱 비알 비실, 작
것, 물을 켜으 켜흐으 켰느냐, 그것도 아니면, (거기서는 배도 가라
앉는다는) 시타江에 失足이라도 하였다느냐, 키—키—호—호—호
웃는 소리, 타타가타 치는 박수 소리, 사마야 에마호 야유하는 소
리, 늙은 나귀가, 커으, 커으홍, 등에 짊어진 法이 무겁고, 불편하다
고, 딱 멈춰, 궁둥이를 빼 사리다, 이 官卒 저 官卒 多數의 官卒 윽
박지르는 주먹질에 발길질에, 커으홍 배심을 내얐고나, 저런순 능지
처참을 헐 즘생 겉으니라구, 비그르 누워버린 것이다. 저런 눔께는
法이 아니라, 허리가 무너나도록, 솜이나 소금짐을 짊어져줬어야 하
잖았나. 허지만 허기는, 法이란, 그 솜털 하나라도, 천의 코끼리로서
도 당할 만하지를 못하다고 하거늘. 그런 까닭일끄나 허기는, 法이

혼해 恒河沙 같다 해도, 깨우치는 有情은, 한낮에 보이는 별보다 혼하지 않은 듯하다. 法으로 船木하고, 法으로 늦좇하고, 法으로 櫓해서만, 비쪄라, 비쪄라, 彼岸行 배는, 시타江에서도 가라앉잖는 것을, 지국총 끼꺽 지국총 끼꺽, 흐린 달빛 此岸의 恨을 가득 싣고 저 배는, 어딜룰 가났다. 압뫼히 디나가고 뒷뫼히 나아온다 비셰여라 끼꺽 비셰여라 끼꺽, 落紅이 흘러오니 桃源이 갓갑도다, 비미어라 끼꺽 비미어라 슬먹, 人世紅塵이 언매나 ㄱ렸ㄴ니? 어사와, 무명중생을 法이 헌뎁지, 뎁지럽, 한 무명중생의 말입지, 입습지, 땀의 바다 위에 말입지, 입습지, 놀잇배를 띄웠었드랬는갑, 키키호, 난파를 허으여꼬나, 키 키 호호호——, 法이 솜이어서, 저 한 바다 땀에 젖어, 푹 젖어, 치사하기가 젠장헐, 답박 엎질러진 한 바다로답. (사실 말이지, 걸 뭐 '아흐레'라고 하면 어떻고, 또 말해 '아흔 해'라고 하면 어쩔 일이겠는가, 그리고 또 말이지만, 門을 '바랬다〔向〕'면 어떻고, 壁을 '마주했다〔面〕'면, 그 또 어떻겠는가, 마는, 그래도 고래로 해오는 소리가 그러니, 그렇게 흉내내기로 해서 말이지만,) '九年面壁'에, 엉덩이 아래쪽이 소금기둥이 다 돼가고 있었는 데다, (지난번 입은, 두 발바닥의 火傷 탓에) 잘 걷지도 못하는 상태에 있는 중이, 그럼에도, 그 무명중생의 그것 나름의 실다움(그런 탓으로, 성낸 코끼리가, 자기들 앞으로 돌진해오자, 그때 그 자리에, 아난다가 있었던가 어쨌던가, 그것까지는 잘 알 수가 없으되, 제기럴누무 나한이라는 것들이, 오백 오합지졸로, 줄행랑 사방을 놓았던 것이었을라.) 밑에 깔려, 심한 경우로는 鬼神까지라도 토해내지 않고, 별로 그럴 나이는 아직 아니라 해도, 쓰기를 험하게 써제껴, 칠순이나 되게 아른해진 한 겹 가죽 부대 속에 싸안아 있는 '自我'라고 이르는 것을, 여태도 지켜갖고 있을 수 있었기는, (헤헤헤, 사실 이런 표현은, 엄살치고도 매우 과장적인 것이랄 것인데, 그렇잖은가, 비록 말해, 저 중의 몸을 이룬, 그 흙의 원산지는 가물음이 잦았던 까닭으로, 그 흙으로 빚은 몸을 입은 有情은, 다른 고장의, 보다 양호한 흙으로 빚은 몸을 입은 有情보다도, 두 배나, 혹은 다섯 배나 열 배쯤, 속히 풀 기를 잃는다 한다 해도, 그 크기가 큰 개만하다고 이르는 늙다리 나귀〔가, 肉德이 좋았으면, 덜 얼마나 좋았겠는가.〕 밑에 깔렸다 한들, 이보게 그래서 鬼神까지야 게워낼 만하겠는가? 말하기로는 그럼에도, 중의 일거수 일투족, 어느 것 하나, 禪定이나 說法

아닌 것이 없다고 하거늘, 그렇다면, 말한 바의 '엄살'은 어찌 쓴 연고뇨[何以故]? 가맜자, 그리고 가만히 저 '엄살'이란 것을 되뇌어보잔즉, 九生 五百世 한사코 고집해 오그려 싸으려는, 여보게, 그 '나[自我]'라는 것이, 헛헛, 그러고 보니, 이렇게도 허잘데없이 약해, 삼대째나 내려 입은 헌 중우 같은, 헌 가죽 주머니 속에 싸여 있었던 것인가, 그것이 생각난다네. 헛츠츳, 이렇게 되면, 말이 주렁주렁 목구멍을 넘어올 듯하지만, 거두절미하기로 해야겠는가, 그리고 한번 공중제비라도 넘기로 말이지만, 묻노니, 모든 이슬 방울들 속에 하나씩 갇힌, 그 아침 해는, 그 이슬들이 질 때, 함께 지는가? [그 대답은 물론, 어느 쪽에다 실다움을 두느냐에 달렸기는 하겠네, 마는. 그러니, '이슬'도 그것의 '실다움'을 가졌다고 한다면, 그럴 일 아니겠는가, 그 '이슬의 해'는, 그 '이슬'이 질 때 같이 진다는, 글쎄, 그럴 일이 아니겠는가? 하늘에는, 억천으로, 무수로 많은 해.] 喝!) 그 나귀 옆에 서 따랐던, 官卒들이, 무너져 눕는 중을, 용케 부축한 덕인데, 글쎄, 이런 경우를 잘 내어다보고 그랬든, 아니면, 자기의 눈을 벗어난 곳에서의, 저 官卒들의 불손방자함을 잘 짐작하고 그랬든, 저들께 나귀를 주어 보낼 때, 판관겸직읍장되는 자가 엄히 명했었기를, 七祖大師를 모셔오되, 한 방울이라도 흘러내렸다가는, 그것을 인 자의 전신이 문둥병에 덮이게 될, 그런 毒水의 불을, 전이 넘치게 담은 동이를 이고 오듯, 그렇게 각별히 조심하여, 모시고 오라고 한, 덕이었을 것이다. 그리고 그는, 이것은 발음해내지는 안했었지만, 중들이 이르는 法이란 그리고, 그것이 그 파괴력을 드러낸다면, 말 한번의 저 毒水의 불을 淨化, 純毒하게 하여, 이 純毒해진 毒水에다, 그믐달을 넣고 지옥의 유황불을 누룩삼아 담근, 그 술보다도 더 독하다는 것도, 알고도 있었다. 그런고로, 없던 곳에, 본디 그런 것이란 있지도 않던 곳에, 그중 비극적인 것만 하나 예를 들기로 하면, '地獄'까지도 생겨난 것이다. '땅의 勢'가, '하늘' 시집살이에 넌더리를 내고, 分家를 했었을 때, '하늘'이야 하늘 일이니 넘겨다볼 것도 없었다 해도, '地獄'만은, 생억지를 써서라도 얻어내왔었다면, 그리하여 그것이, '땅'을 治理하는 자의 목적에 이용되었더라면, (우주적 '權勢櫃'란 다름아닌, 저 '地獄'이 아니겠는가?) 龍이 如意珠를 얻기여서, 더 바랄 것도 없었을 것이었는데, 이제 그것은, 어디서부터 그 갉아먹기를 시작했던지는 모르되, 한 마리 우주적 蛔蟲, '땅'

의 내장까지 다 갉아먹고, '땅'의 한 겹 피부만 남자, 잠시 瀕死狀態
에 처해, 배고픔으로 제 창자를 녹이고 있는 중이어서, 그 '땅'을 다
스린다는 자까지도, 발자국 소리 한번 크게 내어딛지도 못하도록이
나, 참담하게 되어져 있는 형편인 것이다. 否定的 국면에서 관찰되
어지는, 땅을 떠났다(出家)며, 땅에 견고히 발바닥을 밀착하고서라
야만 땅을 떠났다고 이르는, 저 중들이란 그래서, (판관겸직읍장의
견해에는) 땅에 대해서 不治의 聖/性病이며, 온역이고, 不純함의 덩
어리여서, 할 수 있으면, 부젓가락으로라도 꼭 집어, 굶주려하는 저
蛔蟲의 목구멍에다 던져넣어주는 것이 좋을 것이다. 여차 잘못 취
급했다가는 헌데, 저 '毒水의 불'은, '땅'의 한 거풀 피부 아른한 것까
지, 다 태워 녹혀버리기가 쉬운 것이다.
"허이가나 초런, 본개 말이제 글씨, 조 시님이 아직도 똥싸 뭉갤
연세거나 그렇던 안 허는 것 겉은디도, 지 발로 스도 못해, 앉아 뭉
개는디,"
"사둔, 고 시님이 그래 비도, 羑里의 七祖村長이시랑만 그랴. 前職
은 물론, 官의 앞재비로, 중들이나 지키라고 羑里에 내보내졌었으
나, 六祖村長헌티 비역을 당하고 그랬다든가, 춤(침)을 좀 얻어묵고
그랬다든가, 魔羅를 이겨 항복받았다고 허고 그러는디 말이제, 그란
뒤, 마음을 질들이갖고, 오늘 羑里에 있다가도, 니얼 세천시어곡에
가서도 있고, 그란디는겨. 글씨, 마음보다도 더 힘이 세고, 빠른 건
없다는디, 누구든 그래서,"
"커흐, 사둔은 시방, 눈깔을 두 개씩이나 해갖고도, 보도 못하시
네? 사둔 말허는 것 겉은 고런 대사가, 저 포라고 시방, 늙다리 땅
나구 한 마리 다시리지도 못히어갖고, 흐흐흣, 낙상을 히었는디,"
"(여럿이서 웃는 소리──한 줄,) 하글 하글 하글 개글 개굴 개굴,"
"조 시님이, 나귀 등에 타구시나, 바람부는 대나무 정자에 누워 있
었고나."
"고건 무신녀러 귀신이 씨나락 까묵는 소린지는 몰루겠어도, 풍류
가 제법이네, 제법이라고."
"숲은 가만히 있는디도, 고 정자에 누워 있는 자가 흔들려 어지러
운,"
"하글 하글 우글 와글 개글 개굴,"
"가쌌, 맜게, 조 시님이 말이제, 눈을 시푸렇게 뜨고서도, 비는 걸

못 보는개빈디,"
"사둔은 말여, 요것 조것 모도갖다가시나, 사둔 눈구녁으로 봄시나
아까부텀, 넘들이 머슬 보니 못 보니 그래쌌는디,"
"아 사둔은 시방, 조 시님이 말여, 서쪽에다 얼굴을 두고시나, 남쪽
으로 생곤두박질을 쳐가는 것도 못 보는겨?"
"그렁개로 사둔은, 사둔 눈으로만 보고 있다는 소리가 아니냐고.
사둔 눈에는 남쪽으로 여겨지는 디가, 조 시님헌티는 서쪽으로 예
겨질지도 모르잖냐고. 글씨 고 시님이 말이제, 우리 겉은 無明衆生
의 눈을 띠울라는 고 목적으로 오셨다는 말씸도 못 들으신겨? 워디
그것뿐이라간디? 그래갖고, 우리를 이끌어, 서역·워디에 있다는, 조
운 고제를 가실라고 시방, 우리들 앞에 선, 七祖시란겨."
    (촛불중도 물론, 듣고 있었다. 그리고 이 군중은 오늘, 배가 고프
지 않다고, 알아내고 있었다. 배가 고프면, 촛불중이 알기로는, 군중
은, 낮잠에서 깨이고 있는, 짐승의 냄새를 풍기는 것이던 것이다.)
"그렇다면 말여, 헤헤헷, 우리들 말이제, 참 실망허겄다고. 아 사둔
네들 들어봬겨, 내 생각에는 말여, 羑里의 七祖찜 될라먼 말여, 얼굴
이 훤허니 해갖고시나, 빛이라도 나고 말여, 一人分 햇님끄장은 구
만두드래도 말여, 허다못해 쬐꾸만 별이라도 하나찜 말이제, 이망빡
이든지 뒤세기 너머든, 워디쯤 하나 붙어 따라댕길 중 알았었다고
안 그려 모도이?"
    웃는 소리가 난다, 옌네들까지 합쳐, 스물로 쉰으로, 와자지껄 하
글 하글 와글 와글 개글 개굴 웃는 소리가 난다.
"내 쩗은 쇠견으로도, 고 정도끄장은 짐작히었었는디,"
    웃는 소리가 난다, 씨석 씨석, 웃는 소리가 난다, 이번에는 겹이
아니라, 홑으로, 둘레진 데서가 아니라, 가운데져 움푹 꺼져들어간
데서, (人世의 '가운데진 데'는, 언제든 우뚝 높으다는 것이, 기억되
어져야 할 것이다.) 씨석 씨스럭 웃는 소리가 난다, 웃는 자는 이번
에는, 홑으로, 七祖라고도, 촛불중이라고도 일러지는 자이다.
"七祖는 만세허시겨."
    웃는 소리 하글와글, 박수하는 소리 와자지껄, 와자 와자, 지껄 지
껄, 하글 캐글 개굴.
    ──아이들은, 물론 그 아이들 속에는 촛불중 자기의 얼굴도 섞여
있었는데, 구렁이를 보면, 다리가 나오는 것을 보겠다고, 그것을 막

대에 떠다가는, 잉걸불 위에 던져올리고는, 둘러서서 오줌을 찔금 찔금 흘리며, 눈이 붉게 익도록, 그 불구덩이를 들여다본다. (그 어린것들이 만약, "뱀의 다리는 뱀 저그들끼리만 본다."는 것을 알았더면, 그런 횡포를 부리지 안했었을 것인가.) 헌데 오늘 이 한낮에, 촛불중 자기는 분명히 그 자리에 있는데도, 그 구경하는 사람들 속에는 없어, 없고 있다. 자기도 거기에 있는데, 거기에는 없고, 다른 데 있다. 아 이제는 그러니 결국, 저 고통스러운, 불의 노도 가운데, 자기는 던져져 있음을, 현실로서 인지해야 할 때인 것인게다. 비유나 상징에서, '비유'라고, '상징'이라고 여겨왔던, 그 부분만 벗겨나가 버린 것을, 그렇다, 이제는 인정해야 할 때인 것이라고, 촛불중은 자기를 들여다보았다. (通譯을 한다면 저 말은, 이렇게 될 터이다. 羯磨를 여의지 못해, 비린내의, 구정물인, 미끈거리는 羊水 속에 잠겼기가, 그러던 날, 터뜨려내는 羊水의 강물을 좇아 女子의 下門을 통해 나왔기가, 그 자체가, 苦海에 던져넣어지기였음에도, 그 궁극적 열예를 경험해본 적 없는 有情께는, 배 부르기라든, 등 따숩기, 내일 해도 반드시 떠오른다는 신념 등으로, 〔有情들은〕 삶이 전순히 괴로움인 것뿐만은 아니며, 차라리 그 괴로움에 의해 더욱더 큰 즐거움이기도 하다고, 그래서 죽지 않을 수 있으면, 九生을 죽어서라도 죽지 말았으면 싶으다고, 하게 되다보니, "삶이 苦海"란, 비유나 상징 같은 것으로 굴절 현상을 치른, 부정적 修辭學으로나 이해되어 왔다는, 그런 것일 것이다.) 그렇게 알고, 슬픔에 가득찬 눈을 들어 촛불중이, 苦海를 새로 둘러본즉, 그 노도를 거슬르려, 보이지도 않는, 저쪽 어디에 있다는 해변(彼岸)에의 그리움으로, 자기가 아무리 허우적 허푸적 자맥질을 해본다 해도, 거기 무슨 구원의 손이 있어, 죽기로 괴로워하고 있는 자를 끄집어 올려줄 듯싶지도 안했는데, 그럴 것이, 修辭學的 聯想이랄 것을 떠난다면, 그것이 羯磨가 이뤄낸 幻이든 아니든, '此岸'만 있고, '彼岸'이란 있는 것이 아니어서, 幻地도 못 되던 것을, 알게 되겠기에 그런 것이다. (比喩하면,) '此岸'이 '色'이면, '彼岸'은 '空'의 국면인데, "色不異空, 空即是色"이라는즉, 그 양자 '사이에'(란, 이런 경우에는, 矛盾語法이 된다.), 무슨 地理的 거리가 있다거나 그런 것은 못된다. 상사라와 니르바나가 하나이다, 此岸이 彼岸이다. 그러니, 니르바나가 상사라이다. 그럼에도 아으 道流여, 道流의 이해가 그것에까지 미칠 수가 없어, 어리둥절해하지 않을 수가 없거든, 道流는, 허기는, 아직은, "수미산 크기의 니르바나를 지기에는 개미나 같아서," 훨씬 더 강골이 되기를 기다려야 할 듯한데, 그러는 동안은 그런즉, 시작으로써, 道流가 이해키에 쉬운 話頭를 택하는 것이 권고되거늘, 그것인즉은, 道流의 五官에 절실하게 호소되는, 상사라 말고, 또 더 좋은 무엇이 있을 수 있겠는가. 그것(상사라)이, 스스로 '語佛者'라고 이르는 자가 일러, '修辭學的 밖(또는 '記號')'이라고 하는 것이거늘. 道流는 그러면, 그것을 이해키에 열심을 다해야 할 것인데, 왜냐하면, 니르바나를 성취키 위한 有情들의 상사라行(프라브리티의 험로에 오른 有情의 苦行)은, 말한 바의 저, '修辭學的 밖(記號)'을 깨우기—그것이기 때문이다. 그러는 동안 道流는, 결코, 어느 한 眞理만이 眞理라고 믿는, 편견에 치우치지 않고, '두 眞理의 동등성(상사라/니르바나, 밖/안)'을 인정하기 위해 道流의 '안/밖'을 활짝 열고 있어야 되는데, 그렇지 않으면 道流는, 그 무게 탓에, 下半身이 흙 속에 빠져 심겨들어, 오백 겁을 못 빼쳐나거나, 머리통이, 重力을 잃어 익은 민들레꽃이 되어, 작은 바람에도 톡 터뜨려져, 모든 곳에로 흐트러져버리고, 남김이 없게(消滅) 되기가 쉽다. 그러던 날 道流가, 사마야 사마야 갸 갸 갸, '밖(상사라)'을 다 읽어버릴 수 있게 된다면, 그것이 다름아닌, '안(니르바나)' 읽기였었다고도 알게 될 것인데, 그런 '남김이 없이 깨달았음'의 결과는, 헤헤에마호, 키 키 호, 호, 혼데, 文盲에 失語 같은 것이나 아니겠을라는가? 그때에 이르르면 道流는 다시금, 그것은 분명히 法悅이라고도 이를, 어리둥절함 속에로 떨어져내릴 것인데, 妄想에 의해 道流가, 이전의 자기를 되돌아보려 하지만 않는다면, 道流는 此岸에 앉아, 언제적 彼岸 떠나, 彼岸에 있다. 그러면 彼岸은, 道流에게는, 다시 此岸이 아니겠는가. (읽고, 말하기 따위에 의해, 道流가, 구별심을 일으키지만 않는다면,) 글쎄 말이지, 此岸이 彼岸이다. 此岸이 즉 彼岸이며, 彼岸이 즉 此岸이다. 此岸이 彼岸과 다르지 않으며, 彼岸이 此岸과 다르지 않다. (건너라, 모두 건너라!) 만약 그것이 실다움이라면, 말한 바의 '구원의 손'은 그러면, 어디서 내려져서, 어디서 무엇을 움켜쥐어, 그 쥔 것을 어디에다 갖다 내려놓아준다는 얘기겠는가? (누구의 귀에 들려졌건 말았건, 그리하여 촛불중은, 나름의 한 法을 說하였더라, "아으 道流들은, 이것은 어쩌면, 쇠로 된 굵은 사슬을 벗어나기보다 천만 배나 더 어렵

다고 할지 모를지라도, '修辭學的 聯想'이라고 이른 바의, 저 '말〔言
語〕로 된 사슬'에서, 그것에 마늘 꿰어진, 道流들의 대갈통들을 뽑아
낼지어다, 그러면 道流들은, '실다움'이라는 것은 道流들의 혀에 감
아 먹어서는, '살〔無明〕'이라는 蛔蟲을 살찌우고, '혀'가 이뤄낸 幻鬼
를, '살'이 이뤄낸 幻鬼에다 접붙여, 그것이야말로 '실다움'이라고, 예
배해왔었음을 새로 발견하고, 경악할 것인데, 그 幻鬼의 이름은 '二
元論'이랄 것이다. 그러기 위해서 道流들은, 生殖을 위해 몸을 휘감
아 문질러대며, 점액을 늘여내는 괄태충이들모양, 서로가 서로의 혀
를 휘감아 틀어, 독의 타액을 늘여내며, 혀의 동앗줄을 만드는, 그
혀들을 사려들이든, 아니면 동강을 내고 말 일일 것이다. '냉'이며,
'월후,' '정액'이며 똥 오줌 냄새뿐만 아니라 세상은, 끈적거리면서도
미끄덩거리는, 뒤섞인 '침' 냄새로도 꽉차 있구나. '월후'며 '정액' 따
위가 고여 썩는 웅덩이에서는 '怪獸〔毒龍, 九尾狐, 판〔pan〕, 사튀로
스〔satyros〕, 外 多數〕'가 일어나고, 뒤섞인 '침'이 고여 썩는 데서는,
'魔〔사탄, 外 多數〕'가 일어난다. 헤이키 쉘——") 그럼에도, 그것을
환히 내어다보아 알고 있다고 여기는, 촛불중 자기까지도, '此岸'이
라는 데 떠나, '彼岸'이라는 데 닿으려 했었던 까닭일 것으로, 苦海
에 빠져, 왼통 쓴물 먹기며, 삼세간 빼곡 찬 것이 공기라 해도, 작은
허파 하나 반도 채우지 못함은, 허푸 거푸 쓴물 먹기며, 허파 허파
숨가빠 하기며, 아으, 죽기가 괴롭기며, 살기가 괴롭기며, 제기럴, 많
이 많구나, 살기는, 죽기는 괴롭기며, 말이 많다, 苦也. 헤헤헨데, 특
히, 살기며 죽기, 죽기로써 다시 살아나오기 같은 극난한 문제를 두
고, 그것에서 비유며 상징이 되어온 부분만을 껍질 벗겨내버리기로
하고 본다면, 그 송송 피가 맺혀 나오는, 억만의 땀구멍에마다, 地獄
을 宿主로 자란 거머리가 박혀 있어, 목숨이라는 것이 바로, 地獄
자체라는 것을, 도저히 부인할 도리가 없게 된다. 몸이라고, 뼈며 살
을 꾸며 입은, 그 元素들이 敵 되어 일어날 때, 그것보다도 더 감당
하기 어려운(이란 道流여, 무엇이 무엇에 대해 敵이 되어 일어나자,
무엇이 그것을 감당하기 어려워한다는 얘기겠는가? 헤끼, 묻는 자
여, 公은 野狐로고. 물음에 의해 보면 公은, 시지큰한 땀이며, 구린
발 냄새의, 이 더러운 法會를 지켜앉아 있어얄 까닭이 없음에도, 오
히려 거기다, 이빨 썩는 냄새까지 보태고 있으니, 咄, 野狐로구나,
野狐精!) 것은 더 없을 것인데, 그럴 것이, 물 속에 빠져 허우적이

며 죽어가고 있는 자가, 물의 元素를 항복받기는 힘들며, 뿐이겠는
가, 불 가운데 휩싸여, 아주 잠시일 것이지만, 산 烽火가 되어 있는
자가 불의 元素를, 그리고, 천야만야한 절벽 위에서 失足한 자가, 바
람과 흙의 元素를 극복 제압하기는, 거의 불가능할 정도로 극난할
것이기 때문이다. 문제는 헌데도, 한번 숨쯤, 폐부 가득히 쉬어넣은
자가, 깊은 물 속에로 가라앉아가며, 아 이 한 大洋쯤의 羊水는, 천
국적이랄 만큼 기분 좋음으로, 전신을 애무해 휩싸아 안고 있다고
느끼기이며, 또 불 가운데 휩싸인 자는, 얼마나 오래 그 상태를 지
속할 수 있을는지는 모르되, 세상은 천국보다도 밝고 훈훈하며, 녹
은 금의 바다는 지옥보다 아름다워, 그 속에 투신해 타 죽었으면
싶다고, 일종의 性慾이라고도 할, 죽음에의 그리움을 일깨우기이며,
천야만야한 절벽의 꼭대기에서 떨어지고 있는 자는 또, 그 견뎌낼
수 없을, 떨어지기의 가벼움에 의해서, 그 비행의 끝에는, 하나의 爆
發이랄 것이 준비되어 있는다면, 한 삶을 얼마나 어기찬 性交였을
것인가, 그렇게 여기게 되는 데 있을 것이다. 왜냐하면 有情은, 죽고
싶음을 그중 큰 욕망으로 해서, 상사라엘 오는 것이기 때문이다. 죽
고 싶음에 의해 보면, 有情의 살 입어오기의 삶이란, 허기는 한 어
기찬 性交 말고, 다른 아무것도 아니기는 하다. ──이만쯤에서 새로
일어나는 문제는 그런데, 有情들의 그 ‘죽고 싶음’이, ‘죽이고 싶음’
에로도 잠시, 변형을 치른다는 그것에 있다. (그리고 물론, 被虐과
加虐은, 그 대상을 捨象해버린다면, 꼭 같은 심리적 발작이라는 것
은, 촛불중에 의해, 누누이 밝혀진 바 있다.) 저런순 불순한녀러, 人
面을 꾸민 짐승 같으니! 이렇게 되면, 한 겹 苦海에 강풍이라도 일
었을거나, 두 겹, 백 겹, 억만 겹으로 주름이 많아져, 그 주름 주름
에마다, 그것들이 뭣이든, 어쨌든 무슨 지나는 배는 물론, 그것의 그
림자까지라도 움켜쥐어 끌어내리려는, 물도적들을 매복해놓고 있
다. ‘시타’라는 이름의 이 한 江은, 무엇이 그림자라도 제대로 이끌
고는, 건너기가 어렵겠구나. ‘배까지도 가라앉는 江’에서, 어찌 그림
자인들 그것의 뼈를 추려 건너겠는가. 그림자까지도 가라앉는 江은,
羯磨의 江, 그렇다면 그렇지 않는가, ‘잠’일 것, 누렇게 더운 잠. 거기
서도 떠올라, 잠시일지라도, 글쎄 그저 잠시일지라도, 부표하는 것
이 있다면, 그리고 물론 있고 말고, 그것은 그리고 다시, 그 잠속에
침몰했다 뼈를 잃은, 그 그림자들일 것, 뿐일 것,──이것은 그렇다

면, 그 '잠'속에서 누룩 뜬, 그러니 '꿈'이라고나 일러야겠는가, '꿈'이
라고 일러야 할 것, '꿈.' 헤헤헤, 그 水面에 어리거나, 그저 스쳐지나
는 것까지라도, '청천하늘'에는 별도나 많고, 달이 밝아 중천인데, 아
으 불어가는 바람도, 난파케 하는, 그 重力의 江에서 떠올라, 떠도는
것은, 아으, 가 닿을 데라도 있느냐, 떠돌다 배고프면, 그 물을 한번
들여다본 뒤, 얼굴을 빠뜨려버린, 달을 건져, 건진 달의 한둬 귀퉁이
시리게 떼어 먹고, 추우면, 그 역 한번 발 잠근 뒤 못 떠난, 뒤 광주
리 뭉게구름, 굵게 자아 실(絲)하여, 등 따뜻이 덮을 것 두텁게 얽
어 덮고, 그리고는, 아침이며 저녁, 낮도 밤도, 봄 여름 가을 겨울,
須臾라니 될맛가, 아름답다고 떠흐르기는, 그 흐름의 소용돌이에 둥
지 져, 만년이고 떠나지 않으려, 접은 깃 밑에 미래를 품어, 훈훈히
해둘 것인가. 흐, 흐흣, 흐흐흐, 헌데 '꿈'의 나비들을 많이 버글여대
다 보면, 물론 '잠'도 배가 고프지 않을 수가 없다, 그러면 '잠'은 또,
'꿈'을 분만할 것인데, (이 '잠'의 自給自足!) 일어났으므로 떠흣도는
중에 다시, 꿈들은, 닿을 데가 없이 흐르다 누우래진 그 江에, 발목
들을 잡힐 것인데, 꿈들은 그러면 溺死하여, 江의 창자 밑에 눕는
다. 흐르기로 되돌아와서, 되돌아오기로 흐르는, 멈춰진 江, 바르도
의 江,그 江에서는 그래서, 배까지도 뜨지를 못해, 가라앉는다고 하
잖더냐. 江가 앉아 우니노라, 이 江은, 빈 창자의 고통을 못 이겨,
하다못해, 제 꼬리를 제 입에 물어 삼켜들이는 뱀, 그러느라 영겁을
뒤집히는 뱀, 바르도 흐르는 江, 강, 강, 강, 수월래, 運命을 맴돌기.
노상 처먹어대야 더 깊이 드는 '잠'의 잠, 江, 이 '잠'은 노상 잠이 부
족하여, 노상 잔다. 그리고 먹어도, 먹을수록, 배가 고프다. 그럴수록
그것은, 제 창자 속에 엉긴 기름을 뜯어내고, 더 뜯어내, 많은, 더
많은 '꿈'의 새깽이들을 버글여내서는, 그것들을 마구잡이로 먹어치
우는데, '잠시'라는, 그 시간의 단위란, '무궁'에 대비해서는, 시간도
못 된다고 한다면, (이 '잠'의 '꿈'의 분만과, 그 '꿈'을 움켜먹기 사이
에 시간적 거리가 없어,) 이 '잠'의 입은, 그것 자신의 요니에 딱 붙
여져 있어, 입과 요니의 구별이 잘 안 된다는 얘기를 할 수 있게 될
것이다. 그럼에도 일어난 '꿈' 쪽에서 본다면, 어미 '잠'의 젖퉁이를
빨 시간과, 교미할 시간과, 자기 시체를 자기 손으로 염습할 시간은
있고, 그런 시간이 어떤 경우에는 오백 칼파와 맞먹는다고도 하는
데, 어쨌든, 그 '잠'의 水面에 떠흐르는, 꾸어진 꿈들의 색깔이나 모

양 등을 좇아본다면, 왜냐하면 그것들은, 물론 어떤 일정한 구조를 갖고 있는 듯하다고는 해도, 늘 바뀌어 있기 때문에 말인데, 저 '잠'은 게다가, 맛에 대해 변덕이 심한 것을 눈치채게 한다. 보다 직접적 어조를 꾸미기로 한다면, 저것은, (촛불중이 프라브리티의 구조로 파악하고 있는) '易'이, 어떻게 그 갈아듦(易)을 얻는가, 다시 말하면(六祖의) '遺傳된 陰氣'는 어떻게 발현하는가, 그것을 엿보이고 있다는, 그런 말이 될 것이다. 그러나 그것의 逆調/順調轉移에 관해서라면, 에헤라이순 촛불중 같으니, 흐, 흐흣, 흐르다, 흐르던 江물까지도 딱 멈춰 둬, 아흐흐 저런, 水面 밖으로 한번 뛰어오른, 저 물고기들이, 공중에 둥 뜬 채, 거기 둥 머물러져, 한낮 볕에 그을리느라 구릿빛이 돼가고 있는 것을, 허허라이순, 스스로 칭해서라도 佛者라고 하는 자가, 못할 노릇이다. 도저히 못할 노릇이다, 해까지도 그 숱아버린 흐름 속에 빠뜨린 얼굴을 건져올리지를 못해, 무렴하게 세상 해놓고시나, 그것 되풀이 말한다고 할 필요는 없을 것이다. 헌데 문제는, 저런 順調/退調의 변증법에 突然變異가 일어나는 수가 있고, 그러면 이제껏 능금을 맺아오던 나무에, 人頭骨이 주렁 주렁 열리는 일이 있는바, 그렇다, 문제는 그것이다. 촛불중이 믿어오기로는 헌데, 어떤 일정한 흐름에, 그런 어떤 變則的 轉移가 있으면, 그 이상한 흐름은 언제든, 어떤 犧牲/값을 요구하는 것이, '易'의 '補償의 法則'이라고 했다. (이것은 이제 '마음의 宇宙'를 염두하고 하는 말이지만, '흐름[프라브리티]'이 없는 곳이 있다면 거기서는, '變化[프라브리티]'도 가능치 않을 것인즉, '흐름 없음[니브리티]'과 '變化[易]'는, 예를 들면, 하늘과, 기후의 관계라고 해도 무방하지 않겠는가. 가맜자, 이러자, 한들에서는, 野狐들이 떼를 지어, 울부짖기를 시작하느냐? 보라, 하늘이 있기 탓에 구름이 끼이지 않느냐? 하늘이란 그럼에도, 大悟徹底한 정신에 비유되는 것이다. 구름? 비? "大悟徹底한 정신도, 그런즉 因果律에 얽매이는가? 아니면 얽매이지 않는가?" 그러자 野狐 二가 이런다, "그는 얽매이지 않고 벗어난다." 狐三이 내닫는도다. "大悟徹底한 정신이라도, 因果律을 회피하려 하지 않는다." 狐四가 諸狐들께 으르렁대며 짖는다. "저녀러 노파들은, 신발을 머리에다 이고, 동이를 신고서는, 새끼가 목말라 보채는 것을 내려다보며, 새끼가 측은해 눈물을 흘리고 있도다. 이것도 자비러라, 그렇지 않은가?")그 값은 대략, '銀 三十'에 해당하

는, '산 짐승의 가죽'으로써, '代贖羊'이라고 일러져온 것. 그리고도
주목해둬야 할 것은 무엇인가 하면, 그런 어떤 '代贖'이 '祭祀'化하
여, 그 '피값'을 물림하려 하지 않으면(陰氣의 遺傳), 어떤 集團이
추렴한 '값'에 치러진(賣買) '獸皮'가 개입되지 않으면 안 되는데, 그
것은 왜냐하면, '畜生道' 소속의 祭祀이기 때문이고, 그렇게 하기로
써만, 歷史를 피로 염색하는, '陰毒氣'가 中和되기 때문이다. 그런
'中和'를 도모치 않는 代贖祭도, 그 당장 팽창해 있는, 어떤 '爆發力'
같은 것을 터뜨려내, 잠시의 평정 같은 것을 수복해내지 못하는 것
은 아니라도, 그것은 더 나쁜 '陰氣'를 遺傳하게 된다는 것은, 누구
에게나 용이하게 짐작될 터이다.
　——禪定중에 있는 중의 것은, 그 손가락 하나 뻗치기며, 한번 하
품하기까지도, 소비스러운, 무의미한 행위가 아니라, 그것 모두 '禪
的 무드라'라는 것을 염두하고, 촛불중을 따르기로 할 일이지만,——
촛불중은, 자기를 등에 지기를 거부한, 그 나귀 등에는, 더 올라탈
면목도 없는 듯하여, 그러려 하지는 않고, 그런 대신, 그 有情의 귀
때기를 잡아늘이는 시늉을 하여서는, 그 귓속에다, 중얼거려 넣어주
기를 이랬다. "이미 드러내진 그 馬脚을 감추기에는 말입지, 허기는
입지, 너무 늦은 듯도 싶으닙지, 有情이엽, 그런즉은 차라리 말입지,
그 입어진 馬皮라도 벗으려 애쓸 일이 아니겠는가입습지. 듣자니
말입지, 그런 獸皮를 북 찢어내는데, 날카로운 短刀도 같고, 呪文도
같은 소리가 있던뎁지, 잘 들어두십습지, 이렇더군읍, '훨씬 깨우쳐
남김이 없는 자라도, 因果法則을 회피치는 않는다.'——나귀로군읍,
나귀로구납, 멍청한녀러 짐승이롭다, 들었거든, 하매 獸皮를 벗고,
희게, '아——'語라도 되어, 창천을 올랐을 일이 아니냡? 나귀로구
납, 측은한녀러 즘생 같으닙! 그러했은즉, 제 등에 짊어져진 '經'을,
제놈의 입에는 써서, 한 강물을 다 들이켜도 더욱더 목마르게 하는,
소금毒쯤으로나 알아, 내팽개쳤을 일입돔다. 나귀엽, 이눔, 어두운
놈이엽, 그래도 아직도 늦지는 않은즉슨입지, '七祖라는 돌중은, 무
슨 까닭으로 羑里에를 왔는갑?' 그것이라도 반추해볼 일이겠돔다.
헤헤헤, 문이 훤히 열린 감방에 앉아, 九年面門이나 하렵고? 그것도
아니라면읍지, 어떻게 한번 일어났었던, 무슨녀러 雜想이, 그 바람
을 일으킨 본덧자리, 骸骨 속에라도 돌아가 눕기 위해서겠는갑?
(아으 이것은 그러고 보니, 예를 들면, '아——'語모양, 發音을 입어

갓 태어나고 있는 것이 아니라, 이미 발음되어져, 죽어드는 言語, 예를 들면, '음——'과 같은 것이 분명하다. '黙'과도 같은 言語.) 저를 태어내놓은, 이제는 이미 骸骨인, 그 子宮 속에 되눕는 한 바람(想)은, 일어난 때로부터 눕기까지는, (苦海를 헤치려면 그렇지 않겠는가.) 물고기였더니, 거기 눕자, (그렇지 않겠는가,) 마자, 뿌리를 내리는데, 한 그루, 그것은 낡이다, 거북님, 머리를 내어놓으시다. 七祖라는 돌중은, 무엇을 위해, 羑里에를 왔다는곱? 헤헤헷헵페 쑤아!"
촛불중은 그렇게, 나귀의 귓속에다, 소리 섞인 침, 또는 침 섞인 소리를 된통 뱉아 넣어준 뒤, 그 有情이, 아파 울게코롬이나 오드락스럽게, 귀때기를 잡아늘이다 놓아주었는데, 히히히, 중생을 괴롭히는 佛者가 있다면, 그 또한, 佛衣 밑에 馬脚을 감춰놓고 있는, 나귀가 아니고 무엇이겠느냐. (이보게, 나귀가 佛者이면 또 어떤가?) 어찌 되었든, 놈의 귀도 귀여서, 들었을고로, 소리의 누룩 같은 것이라도 띄울 수도 있는다면, 헛헛, 뉘 알겠는가, 어느 날 그 馬皮가 왼통, 잘 익은 法酒 부대가 돼, 諸神諸仙들이, 그놈 숨넘어가기를 기다렸다. 그놈은 오색 꽃마차에 실어, 仙境에로 데려가려 하려는지, 그걸 뉘 알겠는가? 神이며 仙이라는 것들이 그래설랑은, 이빠디가 나쁜 녀러 肉食動物들모양, 저 나귀를 둘러서서는, 저놈의 배를 가르고, 그 내장을 삼키려 할 것인데, 그렇게 취한 神仙들이 웃고 떠드는 소리를, 아래쪽 세상에선 한때 모두 단잠을 설폈을 뿐만 아니라, 혹간 자기네들이, 자기네들도 모른 새, 馬皮에나 입혀져 있는 것이나 아닌가 하여, 肉食만을 하던 것들도, 풀을 뜯어 씹어먹어보곤 했다. 풀맛이 혀에 감치는 대로 그것들은, 자기도 馬皮를 입었다는 것을, 확인해내려 그런 것이다. 흐흐훗, 삼천대천세계가, 어떤 나귀의 똥보에 싸여 있었다. 왜냐하면, 발바닥에 그 火印을 찍힘받은 뒤, 게다가 타다 만, 그래서 더 뻣뻣해진 가죽신발을 신었는 데다, 처음으로, 걷는 걸음이 되어, 찔끄닥 콩, 비트적 꽁닥거리고 걸어 촛불중은, (알다시피, 판관겸직읍장이 壁官報에 공표하고 있는 바의) 자기의 葬禮式에 참석하려, 그 式場을 향해 가며, 나귀 더불어 농이나 해감시롱 히히거리고 웃었는데, 그 葬禮式에 참석한 邑民들께 보였기에 그는, 번들 번들 눈을 굴리면서도, 보지도 못한 듯했으며, 나귀의 귀를 개의해싸면서도 자신은, 자신의 귀로 듣고 있는 듯하지도 안해, 돌중은 필시, 이 '聖域'을 들어선 그날로, 이전의 다른 모든 돌중들과 다름없이, 魂을 빼이었던 것이 분명하다고들 했다. 그랬기에 그는, 아직 그럴 나이도 아닌데도, 등에다, 많은 나이나, 무거운 십자가라도 진 듯이, 저렇게나 비트적여 걷고 있는 것일 것이라고도 했는데, 촛불중은 물론, 저들이 저그들끼리 말하는 소리를 듣기뿐만 아니라, 그들의 얼굴 하나하나까지도, 알아볼 수 있으면 알아보려 하며, 나귀에게도 속삭여온 것이다. 헌데 촛불중께는, 그들은 모두가, 한 사돈의 얼굴이었다. 헤헤헤, 글쎄 촛불중이, 보고, 듣고, 알았기에는, 어떤 특정한 사돈, 동촌에서 왔다고나 해두지, 그 사돈이 말할 때 보고 들으면, 거기에는 그 동촌 사돈이 있음에도, 그로부터 얼굴을 돌려 다른 사돈들을 보면, 와글와글하게 그들은 동촌에서 와 있던 것이다. 털어놓고 말하면, 이 群衆은, 烏合과는 다르다는 것이다. 그랬으니, 예든 바의 그 동촌 사돈에게서는, 그 사돈만의 특성이 될, 모서리 같은 것이 모두 뭉그러져, 모든 사돈이 다 그 사돈처럼 보이게 되는 것일 것이었다. 그리고 촛불중은, 이런 群衆을 '衆我'라고 일러, 전부터 잘 이해해오고 있었다고, 스스로 믿고 있었다. (이것은, 이왕에 다 말되어진 것이니, 그것을 장황하게 되풀고 어쩌고 할 필요는 없을 것인즉, 이 자리에 필요한 만큼만 말하기로 하면,) 어떤 群衆이, 場서는 날의 烏合과 달리, 한 '衆我(集團)'랄 것을 형성할 수 있으려면, 거기에는 꼭히, 전제된 大義名分이 있거나, 반대로, '烏合'이 먼저 있고, 그리고도 그 '烏合'이, 罷場판모양, 그냥 日常事로써 流産해버리지 않고, 한 '衆我'를 피맺기까지 발전하려 하면, 그 '烏合'은, 어떤 유사한 '배고픔' 같은 것에 당해야 한다는 것, 그것이 오늘 촛불중이 새롭게 생각하는 문제이다. 그리고 촛불중은, 오늘의 群衆은, 촛불중 자기의 '葬禮'라는, 한 敎儀 아래 모여 있어, 거기에 '衆我'는 있으되, 이 '衆我'는 "배가 고프지 않다"고, 그래서 (탁 털어놓고 말한다면, '衆我'란 피에 굶주린 짐승인데,) '暴力性'으로 느껴지는 '짐승의 냄새'가 없다고 觀하고 있거니와, 그렇다면, 촛불중이 說해온, '衆我論은, 보다 더 많이, '(陰氣의 遺傳과 관계된) 배고픈 烏合'에 할애되었던 것을, 짐작케 한다. 허기는, 이 '배고픈 烏合'이야말로, 상사라를 이해하고자 하는 자들께는, 중요하고도 흥미있는 대상이며, 재료인 것은 사실이다. 이 '배고픈 烏合'이, 어떤 경로에 의해서든, 그 배때기를 허옇게 하여 꿈틀거려 뒤집히면, 거기에 물론, 말해온 바의 그 '衆我'가 나타나는데, 촛불중은 그것을,

'잠(睡眠),' 그것도, 그것 자신의 배꼽에다 줄을 이어놓은, 그래서 그것을 먹어 자신의 창자에다 기름을 쌓으려는, 그 自給自足의 목적의, '꿈'을 上映해내는, '毒龍'이 된다고 해온 것이다. 이 경우는 물론, '잠'이 能動態(signifier)며, 꾸어진 '꿈'이 受動態(signified) 역인데, 그러면 거기서는, "왕은 역사의 노예"라는 역사관이 이뤄지거나, 和白制度 같은 것이 이뤄질 터이지만, (그 부정적 국면 같은 것은, 이런 자리에서 살피려 할 일은 아닐 것이다.) 어떤 경우, 賢者, 또는 羅刹王이 나타나, 저 '잠'에다 반란을 일으켜, '꿈'을 '用(signifier)'化하고, '잠'을 '體(signified)'化하면, '衆我(集團)'란 왕(Linga)에 대해서 '암컷(yoni)' 이상의 아무것도 아니게 될 것이다. 어쨌든, 이 '衆我'라는 '잠'은, '꿈'을 잉태하고 있는 '잠'이어서, 촛불중은, 고의적으로 혼동해 '無意識'과 동의어처럼 이해해온다. 어찌되었든 촛불중은 오늘, 하나의 '衆我'를 상면한 것인데, 이것은 훗훗, 솥 속에 누워 단잠에 든 암캐 같은 것인데, 촛불중 자기가, 이 '體'內의, 그 子宮에 姙娠되어, 滿朔이 되어 있다고, 스스로 觀했다. 누가 이 암캐를 姦해왔던지는, (이란, 예를 들면, 「處容歌」 속의 '客鬼' 같은 것 말인데,) 촛불중 자기도 알 듯싶으면서도 (사실, 저녀러 客鬼란, 촛불중 자신 말고, 또 누구겠는가.) 모른다고 해둘 일이되, 處容役을 하고 있는 자는 그리고, 판관겸직읍장이라는 것 알아내기는 어렵잖을 듯했다. 이 '아비'는 그리고, ('잠'이 '꿈'에 지배당하기를 염두할 일인데,) 그 '震怒'의 국면을 드러내고, 저 '암컷'의 뱃속의 자식이 태어나는 대로 잡아먹으려 벼르고 있어, '붉은 龍'의 모습이었다. 아으 저런녀러, 그 '붉은 龍'께 자식을 못 내먹여 한이어서, 배가 내려꺼져 앉아야 또, 낭군은 자기를 깔아누를 것인데, 그래서 억지로라도 태보를 칵 쏟아내려, 끙끙 안간힘을 다하는 '어미'는 그래도, 하으흐스스, 열엿새 달님(따님), 아름다운 님.

헛, 헌, 헛, 허헌데 '아이'는, 어느덧 태어나, 자기의 葬禮式場을 향해, 비트적이며 걸어가고 있고, '아이'는 '어린 羊'의 모습이다. 沙漠을 헤엄치는 물고기. (촛불중의 이 상념은 허기는, 얼핏 변칙적인 것처럼으로도 이해된다. 그럼에도, 촛불중도, 약간의 견문을 통해 알고 있기로는, 어떤 경로에 의해서든, '羊〔Agnus, Ltn.〕'이 '불〔Agni, skt.〕,' 그것도 특히 '祭火'와 同一視되어온다는 것이며, 또한, 이 꼭 같은 '羊'이, 〔어떤 다른 方言을 쓰는 고장에서는〕 그것 자신

의 산 껍질을 벗어주기로, 다른 有情들의 '原罪〔즉슨, '죽음'〕'를 贖良
한 것, 같은 것들인데, 그래서 양자를 한 산통 속에 넣어 섞는다면,
산 羊皮〔란, '죽음'인데,〕 속에는, 싱싱한 '물고기〔가 '生命'의 상징이
라는 것을 부인치 않는다면,〕'가 쌓여 있다는 것을, 점쳐내 는 어렵
지 않을 것이다. 촛불중이 종종, '불바다'에의 연상과 함께, 그리워하
는 羑里, 그 '沙漠을 헤엄치는 물고기'는 그래서, '羊'의 모습을 띠게
도 되는 것은 아니겠는가? 犧牲祭用 羊은 헌데, '흠 없는 어린 羊'이
던 것. 문제는, 이렇게 되자, 무엇인가 하면, 말한 바와 같이, 촛불중
이 빈번히 羑里〔沙漠〕를 개의해왔었으면서도, 이전에는 한번도, '羊'
에의 연상을 일으켜낸 일이 없다가, 오늘 갑자기, 그 상념을 갖게
된 그것일 터인데, 허기는 이만쯤까지 이르러서는, 촛불중 자신도,
이 문제를 두고, 더 이상, 자기 손바닥을 펴 자기 눈을 가려, 자기가
그 現場에 있지 않다고, 고집할 수만도 없다고 알게 되었으니, 촛불
중 자신, 몹시 넘새스럽다는 느낌을 떨칠 수가 없다 한다 해도, 밝
힐 것은 밝혀야 한다면, 무엇인가 그것은, 하면, 다름이 아니라, 촛
불중 자기가 혹간, 이 邑의 무슨녀러, 헤, 헤헷, 헴, 헴메헤헤, '代贖
羊'의 모습이라도 띠어, 그 役을 행하게 되어 있는 것이나 아닌가,
하는 그것이다. 다시 말하면, 邑이라는 한 '集團〔衆我〕'이, 촛불중 자
기를, 한 '代贖羊' 같은 것으로, 꿈꿔내고 있는 것이나 아닌가,——촛
불중이 그렇게 自問하고 있다는 그것이다. 그래서 그는, 딴에는, 자
기가 그 現場不在이라는 투의 목소리로, '代贖羊'에 관해, 생각을 일
으켰던 것도, 이제는 알 만도 하다. ——그렇다면 실제로, 이 돌중도,
자기의 葬禮式엘 참예하러 가고 있었던 것이 분명한가? 라는 말은,
그도 딴으로는, 그것이 어떤 것이 될지도 모르는, 자기의 죽음의 준
비를 하고 있었다는 말이겠느냐? 낳지도, 죽지도 않으려, 出家했다
는 자의 발걸음이, 그래서 비트적거렸겠느냐?)

  촛불중이 따라 걷는 길은, 참 슬프게도 길구나. 언제부터 걷던 걸
음을 아직도 못 멈추고 있으니, 五里도 못 되는 길이 五百世구나.
허기사, 得道 못 한 중의 길은, 咫尺도 千里다. 하필 그런 중이 나아
가는 길은, 愛慾의 毒蛇밭이며, 世慾 헤치기 어려운 덩굴숲이며, 안
일에의 탐심의 수렁, 등으로, 왼통 장애며, 위험이고, 고통뿐이어서,
제기럴, 一生이 五百生이다. (헌데도 어쩌면 촛불중은, '快'를 위해서
도 주어진, '살〔肉身〕'을, 너무 왼쪽 눈으로만 들여다보아온 것은 아

닌가? 왜냐하면 그의 오른쪽 눈은, '마음' 쪽을 너무 보다, 거기 어디서 잃어버린 탓에? 왜냐하면, '살'에 뚫린, '눈'으로, '마음'을 들여다보려 하면 그 눈은, 비둘기나 뭐나, 하늘 염소나 뭐나, 아무튼 아무것이라도 하나 맞히는 대로 꿰차 오라고, 허공중에다 쏘아 올려보낸, 화살이나 같기 때문이다. 〔헤헤헤, 그럼에도 道流들은, "大悟徹底치 못했거든입지, 어느 한쪽 眞理만을 주장하기 위해, 다른 쪽 眞理를 부정하려 해서는 안 되겠습지."〕 "허공중에다 쏘아 올려보낸, 화살"…… 촛불중은, 거 뭐 별로 감칠맛이 있어 여겨지지도 않은, 비유 하나를, 반추하고 있었다…… "살에 뚫린 눈은,……비둘기나 뭐나……하늘염소나 뭐나……허공중에다 쏘아올린……화살이나처럼……마음을 들여다보려 하면……그 마음속에서 流失한다"……그리고도……제법……몇 걸음……찔콩거리고……걷다가……촛불중은……폐둥둥……제……가슴을……북쳤다……폐둥둥……그런고로……땅은……그것이……넓은……만큼……준비가……되어……있다……해도……그리고……또……그……하늘은……또한……그러한고로……아무리……나직이……내려온다……해도……여린……나뭇가지……하나……부러뜨려……내지를……못하던……것이다……폐둥둥……촛불중은……반추……하……고……있……었……다. 길가에 줄지어선 흰옷 입은 사람들이, 촛불중의 북소리에, 키득거리고 웃고 있다고, 촛불중은, 보고, 들었다. 해처럼 그들도, 해도 그들처럼, 吸血天鼠의 얼굴을 해갖고 있었으되, 무슨 더운 피에 갈증을 내고 있다거나, 그렇게 보이지는 안했다. 이렇게 되면, 〔거 뭐 씹어본다 해도, 별로 단물이 우러날 듯해 보이지도 않던, 저 '비유'도 비슷한 것 하나를, 촛불중이 되씹던 그 까닭도 알 만한데,〕 어떤 한 '산 犧牲物'은, 어떤 祭祀를 위해 준비되어 있는데도, 그 피를 마실 창자들이 고프지 안해, 별로 필요가 없게 되거나, 〔'돼지 우리에 던져진 진주'——너무 일찍 온 先知者.〕 반대로는, 그 피에 갈증난 목구멍들은 준비가 되어 있는데도, 그래서 목을 딴, '산 犧牲羊'으로부터는, 더운 붉은 피 대신, 흰 젖이나 뿜어나오는 수가 있어, 〔하나의 거대한 '흰 코끼리'가, 남편 곁에서 잠에 든, 옌네의 꿈속에로 쳐들기. '마음,' 또는 '말씀의 宇宙'에서, 어떤 한 意志가, 고통을 자초하여, '살의 宇宙'에로 내리기. 그러나 그 '코끼리' 자신이 成肉身을 위해 내리고 있어, 아무리 그 거대한 '코끼리'의 巨根

106

으로, 피를 쏟아낸다 해도, 그 水分에는, 저 옌네의 '살'이 젖지를 안
해, 옌네는, 옆에 누운 남정을 흔들어 깨워야 하는 것.〕그 祭祀에는
써먹지 못할, 잡것을 해친 결과가 되기 십상이다. 〔그리고도 물론,
배가 고프지도, 목이 마르지도 않은 짐승들이, 별로 어떤 목적을 생
각함도 없이, 그 몸에다 '흰젖'을 돌리고 있는, '羊'의 목에다 이빨을
박을 수도 있을 것인데, 이 경우는, 말해온 바의, 저 '衆我〔集團〕'라
는 '잠,' 그 잠의 못에 핀 '蓮'이, 그 蓮 속에 날아든, 어떤 벌의, 그것
도 허기는, 일종의 '죽고 싶음'이라고도 말할, 어떤 그리움, 休息에의
그리움, 그것에 함께 휩쓸려, 한낮인데도 罷場을 하고, 열림을 닫아,
그 가슴에 벌을 싸아안고, 함께 '잠'속에로 가라앉기, 그런 것과 흡
사한 것이나 아닌가, 하게도 된다. '연못'과 '꿀벌'은 그러고 본다면,
蓮을, 입으로, 귀로 하여, 서로를 불러온 것이었다.〕그렇다고 해서,
이런 祭祀가, 그 祭長役을 하고 있는 자에 의해서, 파기나, 유예되기
도 하는 일이란 잘 없다는 것도, 촛불중은 물론, 깜냥껏으로는 짐작
해내고 있는데, 그럴 것이, 그런 祭祀가 파기, 또는 유예되었다는 경
우 이상하게도 바로 그 순간부터 시작해, 저 祭祀에 참예했던 자들
이, 서성서성, 안절부절못하고, 처음엔 모든 방향으로 헤매다, 종내
가락을 잡는데, 이 '잡힌 가락'의 부정적인 것이야말로, 祭長役을 하
는 자가, 그중 忌하는 것일 것이다. '犧牲祭'는 그때 요구되어지고,
'산 祭物'은 많은 경우, 그 祭長 당자일 수가 있던 것이다. "末世
를 위해, 바다 깊숙이 묻어놓은 아그니가, 발가락을 꼬무락거리
기!"——어쨌거나, 앞서 말해온, 저런 식의, 일견 逆易的으로도 보
이는 祭祀를 촛불중은, '似而非 代贖祭'라고 이름하되, 정작에 있어
서는, 人世의 '흐름'의 바퀴는, 저런 '似而非 代贖'에 의해, 그 굴대에
발려, 습윤하며 미끄럽게 할, 未來의 기름을 얻는 것일 것이라고도
했다. 그렇다면, 저것이야말로, 오히려, '易'의 주요한 눈금들이 되고
있다는 것을, 부인할 도리가 없는 것이 분명하다. 그것은 그래서는,
그 '흐름'의 굴대에 쌓여온 무엇을 贖良하는 대신에, '漏泄'하는 作用
을 하는 것일 것이라고, 촛불중은 생각했다. ——그리고 촛불중은,
찔콩거리는 그 발걸음으로도, 되도록 꼿꼿이 걸으려 하며, 오늘 邑
에서는, 별로 배가 고프지도, 목이 마르지도 않은 畜生들이 모여, 그
럼에도 어떤 종류의, 이를테면 交尾나 手淫을 통해서라도 빼내버려
야 심신에 쇄락함이 올, 찐득함을 빼어내기 위한 한 祭祀로, 그 찐

득함을 붉고도 덥게, 좍 쏟아낼, 한 마리 羊의 멱을 물어 따려, 혜,
그 몸에 흰젖을〔'아——'라는 白語.〕돌리는, 〔아마도〕 [6]非人類學的
〔인〕 羊을 몰아, 그 피를 뿌릴 祭壇에로 가고 있다, 고, 빙, 그, 레,
웃, 었, 다. 어찌되었든, 무엇이 무엇의 무엇을 贖良할 수도 있는 祭
祀는, 畜生道 소속이라는 것이 촛불중의 주장이거니와, 그렇다면,
庶子的으로라도, 이 돌중이 배꼽줄을 잇고 있는 法母가 그러해서,
이 중의 피는, 畜生道에 흘려진다 해도, 붉지도 따뜻하지도 못할 것
이 분명하다. 거대한 '흰 코끼리' 같은 하늘이, 아무리 나직이 내려
온다 해도, 여린 나뭇가지 하나 부러뜨리지 못하는 것이 아니냐. 폐
둥둥. 그래서 "자기가, 어떤 경로에 의해서도, 혹간 무슨 代贖羊役에
라도 처해, 결코 원한 바 없는, 그 영광스러운 殉敎라도 하게 되어
있는 것이나 아닌가" 해온, 촛불중의 自問은, 그리하여, 혜, 혜, 자기
는, 代贖羊이 필요치 않은, 틀린 고장의, 틀린 시절의, 그러니 틀린
代贖羊役을 하고 있다는, 自答을 이끌어내는 데까지 이르렀다. 아무
것도 代贖할 것이 없이 뽑힌 代贖羊? 혜, 헤헤, 헷헷페, 촛불중은 그
래 웃었으며, 그 웃음은 그리고, 두통과 못 참을 구역질을 일으켰는
데, 그랬을 것이, 그래서 그러면, 羑里의 七祖라는 중 하나는, 羑里
邑의 淫지랄의 끝에서 튀어나가게 될, 끈적거리는, 한 '消費'에 불과
한가, 하는 새로운 의문이, 그 毒頭를 쳐들어, 그의 머릿골을 파먹기
시작하고 있는 까닭이다. 그러면, 이 '邑'의 무엇이, 그것도 '틀린 염
소'를 꿈꿔내는가? 그리고 헤헴, 헴메헤헤헤, 그것은 하필 촛불중
자기여야만 하는가? 무슨 '陰氣'가 '遺傳'되어오는가? ——咄, 해 지
고 난 뒤의 가슴모양, 쌔뻐린 것이 번쩍거리는 것이었는데, 번쩍거
리는 것마다 의문이었으며, 그 의문들마다, 咄, 그 흡반에, 자기의
골을 빨아물어, 그래서 번쩍였다. 촛불중도 아는 것은 그러나, 첫째
로는, 자기가 '邑'이 아닌 이상, 그것이 어째 '틀린 羊'을 꿈꿔내는지,
그것은 자기가 알아낼 수도 있는 몫은 못 된다는 것이며, 둘째로는,
그 '틀린 代贖羊'은, 〔촛불중 스스로도, 羯磨論者는, 왜냐하면, 그러
려 하면 모순당착을 드러내기 때문에, 이런 주장을 해서는 안 된다
고 알면서도, 또한 목청을 돋과 얘기지만,〕 하필 '촛불중' 자기여야
만 하는, 무슨 그런 필연성이 있는 것은 아닐 것이라는 것인데, 그
럴 것이, '옳거나, 틀리거나'간에, 저런 羊皮에 휩싸인 물고기를, '睡
眠'에로 낚아올린, 어떤 '召命'이랄 것은, 임자 없이, 들 가운데 선,

살찐 열매를 주렁주렁 매달아 붉은, 능금나무 같다는 것이, 그의 믿음이던 까닭이고, 셋째로는 그리고, 다시 그런 말이지만, 자기가 '邑'이 아닌 이상, 무슨 '陰氣'가 '遺傳'되어오는가는, '邑'에 대고 물어봐도 모른다면, 차라리 자기 자신에 대해서, 그러니, 자기라는 '一人'이, 저 '萬人'에 대해, 무슨 '業'을 지었기에, 그것도, 뜯겨 손에 쥐어진 대로, 버려버리기 위해, 저 '萬人'이 '一人'을 한 조각씩 찢으려 하는가, 그것을 살펴보아야 된다는 것 같은 것이다. ——헤헤헤, 그리고도 물론, 말한 바의 저 '邑—萬人'이라고도 代名되어진, 저 깊고도 두려운 '잠'까지도, '一人'에 대해, 그 뿌리를 黃泉에 두고, 黃泉을 빨아, 시절을 만나 가지가 휘어지도록 탐스러운 열매를 맺은, 임자 없는 사과나무 같은 것, 것, 것이기도 하잖는 것, 것은 아니다. 그리고 그것이, 앞서 어디서는, 어떤 '벌'의 눈을 빌어, 한 멍석 크기의, '蓮'을 피워낸, '연못'으로도 연상된 일이 있었다. 〔이렇게 되면, 말한 바의 그 '召命'과, 그 '召命에 귀를 연 자'간에 개입되었던 듯이도 여겨졌던, '偶然性,' 또는 '椿事性' 등이 제거되며, 동시에, 그렇게 未來에로 뻗어내렸던, '必然'의 血脈에 더운 피가 흘러들어, 過去 어느 때로, 힘차게 거슬러오름을 觀할 수 있게 된다. 그러자 그 假死에서, 過去가 살아나, 그 血脈을 따라, 未來에로 내린다. 그 '召命은, '그'를 위해 있어온다!〕 그러면 이제는, 거의 風流的으로까지도 보인, 저 순박한 '벌'이 사실로는, '말벌'이었다고, 그 정체를 밝혀도 좋을라는가 모르겠다. 그렇다, 그 '風流'의 假裝 아래, '말벌'이 매복해 있었다. 이 有情은, 글쎄 누구나 다 알고 있는 바대로, 다른 有情들의 노고로 이룩한, 약간의 가을〔脂肪〕에다, 〔그러고 보면, '말벌'과 '중'은, 머리통 민틋하기가 닮았구나.〕 구멍을 뚫어, 제놈의 未來〔卵〕를 파묻어놓고, 그리고 겨울을 잘 나고는, 봄이 되기도 전에 와, 자기가 작년 가을에 預金했던, 그 未來〔卵〕에 붙은, 길미를 재촉한다. 히히히. 그 길미를 재려고 이 凶盜가 가져온 저울도, 연전에, 尸毗王을 달았다던, 어떤 솔개의 그것과 눈금이 비슷한 것이어서, 저 '말벌'의 '未來'를 受寄했던 그 有情은, 종내 그 몸 전부를 그 저울판에 올려놓아도, 그 길미를 지불할 수가 없는, 딱한 처지에 처한다. 헤헴 헴메메헤헤헤—— 중 낮짝의 말벌, 말벌 낮짝의 중 하나는, 그렇게 獅子吼〔사자가 염소 울음을 우는고야, 우는도다, 후후훗, "나는 어린 羊이라고 불리우거늘, 나는 힘센 사자〔Vocor Agnus, sum *Leo for-*

tis]")를 하고시나는, 羊脚을 빼딱거리며, 사방으로, 일곱 발자국씩 걸었다. 때에는, 사유시방 모든 곳으로부터, 神들이며 仙, 精들이, 오색구름이나, 꽃마차, 하다못하면 굼벵이나 땅강아지의 등에라도 타고, 촛불중의 葬禮式을 구경하러 모여들어 있었는데, 그들의 맨 앞자리에, 안개비구름을 방석해 앉았던 '美里'가, 어째선지 갑자기, 건구역질을 해대기 시작했을 뿐만 아니라, 배를 움켜쥐고, 몸을 뒤꼬아, 바닥을 불불 기어대기 시작한바, 그 女精 가까이 있던 것들이 황겁히, 그 토한 것에라도 덮어씌우지 않으려, 몇 자리씩 물러서려는 통에, 먼지가 일지 않는 곳에서도, 한바탕의 먼지가 누렇게 일었었다. 그리고 그 먼지가 가라앉은 뒤, 거기 모였던 자들이 일제히 보게 된 것은 무엇이었는가 하면, 그 괴물만은, 모든 토한 것을 먹어 사는 듯하여, 그 女精이 토하기를 기다려, 목젖을 꿀룩이고 있는, 하나의 거대한 '붉은 龍'이었다. 그리고 여자는, 그 목구멍에선지, 거기 어디 구멍이 열린 옆구리에선지, 아니면 하문에선지, 거대한 흰 코끼리를 한 마리 토해내다가는 되삼켜넣고, 토해내다 되삼켜넣기를, 몹시도 괴롭게 반복하고 있었던바, 그건 건구역질이었고, 그 '흰 코끼리'는, 어떤 '말벌'이, 봄 되면 길미를 받으려, 그 여자 속에다 기탁해놓은 것이었던 듯했다. '붉은 龍'이 탐내는 것은 그리고, 그것이었던 것이 분명했다.)

촛불중이 멈춰졌었기에 군중의 일정한 흐름도 멈춰졌었을 것이기에 촛불중도 멈춰졌었을 것이기에 군중도 멈춰졌었기에 멈춰진 자리에서 촛불중이 멈추고 본즉, 거기는 바로 그 수도청 대문 앞이었던바, 두세 평 넓이는 되어보이는, 단이 마련되어져 있고, 그 단 위에는, 흰 비단옷에, 금색 실을 외로 꼰, 요질을 띤 사내 하나가, 홀삼아, 말채찍을 들고, 무늬들을 정교히 아로새긴, 훌륭한 의자에 갖짓하게 앉아 있는데, 이 교만의 한 자루(負袋)는, 촛불중을 '친구'라고도 부르던, 판관겸직읍장이었고, 그는, 시들도록이나 활짝 핀, 누런 국화 뿐새의 웃음을 웃으며, 촛불중을 내려건너다보고 있었다. 이 사내는 그 동안, 蓮이 한 송이만 피어도, 어떻게 못(池) 하나를 그득 채워, 제압하는지, 그 수업도 잘 해둔 듯하여, 邑에 가득 차 넘쳤는데, 자기를 보위하게 하여, 검은 비단옷을 입은 수도부들을, 병풍 삼아 뒤에 둘러둬, 자신을, 밤중이나, 冬至에 떠오른 해만큼이나, 蓮이어서 훤하게 해놓고 있었다. 밤이나 동지, 또는 병풍 모양의 侍

110

女들은, 촛불중께도 물론, 구면들일 뿐만 아니라, 전에는, 이란 羑里
살이 때 얘기지만, 촛불중으로부터, '한 봉지의 미숫가루와, 한 알의
계란'의 해웃값을, 여러 번씩이나 받아 챙겼던, 그 여자들이던 것
이다.

  촛불중이, 단 앞에 서, 이제 自意란 별로 아무 도움도 안 된다고,
그것을 접어놓고, 머물러 서 있으며, 해는 오늘따라 퍽도 많이 角져
보인다고, 해를 올려다보고만 있자, 그 단 위의, 병풍의 한 옆이 한
몫으로 접히는가 펴지는가 하더니, 그 병풍 폭은 수도부였고, 수도
부가, 하나가, 가을꽃인 웃음을 웃으며, 계단 셋을 다 내려와서는,
촛불중의 손을 정있게 모두어잡아, 인도해 오르려 한다. 그녀를 좇
아 촛불중은, 세 계단쯤이나 더 해 가까이 올랐다. 해는 角이 져, 네
모가 져, 흰 데다 납작해, 정적했는데, 뜯겨 흩어진, 삼백예순다섯
장으로, 해는, 일년분이 하루의 하늘을 가리고 있었다. 촛불중의 귀
는, 허기야 세상이 적막해 그랬겠지만, 아무 소리도 듣고 있지를 못
했는데, 아무 소리가 없는 한낮은 촛불중께는, 밝음이 묽어지고 깊
어져, 늪이었다, 마른늪. 그리고 촛불중이, 어떤 약간은 들척지근하
게까지도 느껴지는, 침전감을 통해 발견하게 된 것은 무엇이었는가
하면, 그 못 속에는, 어느덧 많은 얼굴들이 빠져들었던 듯, 그 밑바
닥에로 가라앉아 있는 그것이었으며, 헌데 얼굴들은 모두가 하나같
이 납작하여, 희게, 포개어지고 펴늘여져 있는데, 눈알들만, 밤하늘
을 튀어나온 별들모양(이것이 陰畫라면,) 둘레둘레 둘러보고들 있
어, 반쯤 삭혀내는 중에, 그 매움 탓에 복통을 느껴, 오랑캐(蝕)가,
버글버글 토해내놓은, 해(日) 살(肉) 깡보리밥 찌꺼기 같아, (이것
은 陽畫랄 것이다.) 데럽었다, 무섭고, 치사했다. 침전감이 있다고
하면서도 촛불중은, 그 빛의 가운데진 데 단 위에로 올라, 턱 자빠
진 듯이 앉아 있는, 판관겸직읍장의 앞에 세워져 있게 되었고, 그때
는 더욱더, 그의 고막은 아무 소리도 못 듣고 있었는데, 세상이 하
적막해 그랬을 것이다. 촛불중은 약간의 건구역질을 느끼고, 있었더
라니──. 글쎄, 반쯤씩 썩다 버글여나온, 해(日)의 보리밥풀 같은
찌꺼기들에서는, 흐흐, 흐흐, 흐믈흐믈, 오물 냄새가 피들 피들 피어
오르기 시작한 것이다. 그 냄새는 아직, 그냥 그 뚜껑만 조금 열려
진 정도이기는 한 듯했지만, 어찌되었든 그 썩는 냄새를 촛불중은
귀로 들었어야 했었을 것을, 그랬더면, 판관겸직읍장이, 읍민이, 羑

里가, 뭣이 모두 재미있어간다고, 히히거리고 웃기를 시작했다고 알았을 것을, 것을, 코로 맡아버린 것이다. 글쎄 그랬기 전에, 판관겸 직읍장이, 단 아래에 대시해 있던 卒首들 쪽을 향해, 들고 있는 홀의 끝만 조금 까딱 흔들어 보였던 것인데, 촛불중도 익히 알 만한 卒首 하나가, 그 단의 뒤쪽에 준비해 매뒀었음에 본명한, (그러니 이 한 막의 연극은, 이미 작성되어 있는 각본에 의해서, 진행되어가고 있다는 것을 알게 할 것이다. 그렇다는 경우 재미있는 것은, 그 각본에 한번도 접해본 기회가 없던, 촛불중이 그 主演을 하고 있다는 그것일 것이다. 이 主演者는 그런 까닭에, 동시에 자기가 행하는 연극의 관객이 되어 있다는 것도, 그렇지 않은가, 흥미로울 일이다.) 큰 개를 한 마리, 저런순, 佛性이 없어, 처죽일누무 짐승 같으니라구, 억지로 끌어 그 단 위에로 오른 것이고, 그리고는 촛불중 곁에 세워두려 애를 쓰고 있었더니, 그것이 邑民들의 오줌개들에다, 얼마쯤의 경련을 일으킨 듯했다. 그 개는, 촛불중 자기나처럼, 굶기를 먹듯이 해온 듯하여, 뼈대는 굵었음에도, 버쩍 말라, 여기저기가 추악하게 눌어붙은, 아무짝에도 쓸모가 없는, 부수수한 털가죽만 늘어진 데다, 그것도 재며 먼지에 덮여 누렝이인지 검뎅이인지, 그것도 알 수가 없었다. 것의 體面은 똥구녁이었으며, 原罪는 꼬리였다, 였기에 런, 런순 개새끼는, 그것을 가리고 감추려, 왼갖 수줍은 노력을 다하고 있었다. 그놈은 헌데, 저승인지 어디선지, 어디 그늘진 데서 벗어나와서는, 火葬場의 따뜻한 잿속에 주저앉은 뒤, 어쩌다 무슨 祭物이라도 생기는 날이 있으면, 火葬쟁이 영감과 나누어서 먹고, 그렇지도 못하면, 태워지다 남은 뼈나 주워 씹어먹고 하여, 밤에만 번연히 보이는 꼬리를 여럿이나 더 돋과냈다고, 읍 사람들이 그렇게 알던 던져돌뱅이였는데, 로마 병정들에 대해 바라바모양, 읍사람들에 대해 저놈은 그래서, 그만쯤은 섬뜩한 놈이었었다. 그래 모두 생각에는, 저런 놈은 목을 매달아 귀신을 빼내고는, 개장국을 끓여, 떠들어온 돌중들께나 대접해야 한다고 해오던 중인데, 어화 벗님네야,

"여그덜 봬시겨!" 단상에서 누가 큰 소리로 말하여, 거기 모인 사람들의 귀를 조공 바치라 하는데, 그는, 말한 바의 저 개의 목에 두른 끈을 쥐고 있는, 매우 검센 卒首였다. "모도 여그럴 보라고! 시방부텀, 판관겸직읍장영감님께서 말씸을 허실랑개, 여러분은 말이

허고접드래도 말을 참고, 지침이 나오면 지침도 참을 뿐만 아니라,
헐 수 있으면, 재채기끄장도 참으라고들. 더욱이갖다가시나 하품은
금물인개…… 그라고 인재, 판관겸직읍장영감님이 일어스시면, 만
세를 삼창헐 것인개, 요것이 워디 베문헌 자리라야 말이제. 만세!
……만세!……만세!……만세!……"
"고, 고맙구만들. 머시냐먼 오늘," 판관겸직읍장이 연설한다. "붉디
붉은 해 아래서," 허긴 해는 밝다. 얼굴들은 수백이다. (판관겸직읍
장 눈을 통해 보건대) 그냥 까무스럼하니 희다. 두루뭉수리. 듣는
다. 귀들이 하나다. "아, 머시냐먼, 아는 얼굴들을 요롷게 한 자리서
만내게 된개는시나 말인디, 감개가 무량헐 뿐만 아니라, 반갑다고
모도. 그래설람엔 모도 가태평들 허시고, 벨고들 없으신가 몰르겄고
마는. 머시냐먼 헌디도, 말이란 것은, 시작과 끝을 챙겨 헐라고 허
먼, 말이 말을 물어내고, 글씨 말이 물어내고 말을, 말을 말이 물어
내고 허는 것이다 본개,……그래 본관의 생각은 머시냐먼, 순서를
차려, 요것 조것 잊잖고 다 들멕이감선 말허기란, 땅 아래 워디 만
침 있다는, 머시냐먼 구렝이들 동네 저실 잠깨우기 봄 같다는 것인
디,……헌디도 머시냐먼, 요것은 머슬갖다가시나 그러자는 자리도
아닌 디다, 또 말해, 비록 그래볼란대도 머시냐먼, 羑里 하늘 떠받침
선 사는 이라면, 이미갖다가시나 모도 잘 알고 있는 일이란다먼, 말
을 허기가 머시냐먼, 속까비기 겉은 것이나 될 틴개, 일손만 바쁜
것뿐만 아니라, 통세(측간)질끄장도 급할 사둔들헌티 대놓고, 구렝
이가 時間 잡아묵는 짓은 안 헐라는개, 고렇게들 알 일이거니와, 본
관의 의도는 머시냐먼 오늘, 백성의 의견을 좇아서 허는, 머시라꼬,
요것이 여러분네헌티는 퍽 좀 어려운 소리라고 허까, 어저까, 모르
겄으되 머시냐먼, 和白主義란 것을 좀 실행해봤이먼 히어서 요러는
디, 和白主義 말인디, 말인디 머시냐먼…… 세상에는 두 가지 雜것
이 있다고 알리져오고 있거니와,……여그에는 毒蛇끄장도 포함이
안 된다고,……머시냐먼, 아는 자는 물론 알겄제만,……하나는 '중'
이라고 일르고, 다른 하나는, 머시냐먼, '개'라고 일르는디,……듣기
로는 요런다고, 머시냐먼, 사람이라는 종내기치고서 '佛者' 아닌 자
는 없다고 허고, 고뿐만도 아니라, 八萬有情치고는 '佛性'을 안 가진
것은 없다고 허는갑던디…… 중년에갖다가시나 뜽금없이, 맹랑한
일이 일어났던 것 겉으다고, 머시냐먼, 특히나 일러 '중(僧)'이라는

일군의 작것들이, 해필이면 '佛心'을 닦는다고, '중 修業'을 허는 일
이 있기 시작헌 것인디, 그 의민즉은, 특히 고 일군의 사람들만 '佛
心'을 못 가졌다는 것인 듯한디, 생각해보시라고들 글씨, 있는 '佛
心'을 닦을라는 짓은, 머시냐먼 차라리, 없앨라는 짓밲이는 안 될 터
인개,⋯⋯그라고갖다가시나 고것과 때를 엇비슷이 히어갖고, 八萬有
情 중에서도, 어떤 有情 하나가 더 '無佛性者'라고 알려졌는디, 사둔
네들 생각에는 그러자, 아 고것은 싸납운 호랭이겄다, 또는, 毒蛇겄
다, 아니면, 빈대일랑가도 모르겄다, 요라기도 허겄제만, 아는 이는
아는 바대로, 고것이, 머시냐먼, 해필이면 '개'라고 허는디,⋯⋯말은
머시냐먼 순서를 채리고, 뽄사를 낼라먼 끝도 없은개, 거두절미하
고, 투박시럽게 허기로 허야겄는디,⋯⋯雜것들이제, 조런 雜것들이
두 종류나갖다가시나, 우리 佛心 갖고, 순박하게 사는 세상에를 쳐
들었더라고, 雜것들 겉으니, 그러자부텀, 세상에선 왼갖 非佛性的
행사가 다 일어나기를 시작헌 것인디, 고 종류를 들어 풀라고 들먼
한정도 없을 것인개, 그라지는 말기로 헐 일이라도,⋯⋯본관이 일
러 和白主義하자는 것이기는 머시냐먼, 그러장개, 조 작것들 지은
죄가 많아도 무량으로 많은디, 이렁개 여러분들은, 인제찜은 곌정허
시야겄소, 머시냐먼, 본관이 오늘, 오른쪽에 '중'을 놓고, 왼쪽에 '개'
를 둬, 그 罪의 무게를 달아 볼라고 허는바, 워니 쪽이든 雜罪가 덜
한 쪽으로 골라, 한쪽은 놔줄 라고 허는즉, 그랑개, 요것이 和白主義
허는 짓인디, 여러분들이 곌정헐 것은 요것이요, 생각에들 '중'을 놔
뒀이먼 싶으면, 오른쪽 손들을 쳐드씨요,⋯⋯히, 히. 히런순, 하니,
손히 한 개도 호르덜 한허는디, 할겠을 힐힐라, 혀러분은, '개'를 놔
줘야겄단 말씸이시까? 그렇걸랑, 왼쪽 손을 들어보씨요,⋯⋯히, 히,
히런순, 하니, 똥개 쪽으로도, 손히 한 개도 호르덜 한허는디, 히,
히, 히러먼, 和白主義는 되덜 한허는 것힌디,⋯⋯"
　소리—말—말소리—소리들이 들끓어대는 그 소용돌이의 한 중
심에서 촛불중은, 소리를 못 듣고, 그런 대신 소리들을 보고 있었는
데, 이런 흰소리 보기를, 혹간, 노도의 아랫물진 데 기복해, 그렇게
나 맹렬하게 체쳐지는 動으로부터 靜의 젓을 빨아 사는, 그런 어떤
거북님쯤은, 알라는가, 그것이 무엇인지쯤? 끊임없는 흐름(프라브리
티)의 밑에 누워 있는, 아으 거북님입지, 거북님입지, 대가리를 내어
놓으십습지, 만약 내어놓지 않으면 구워 살라 먹겠습지. 소리 따로,

촛불중이 보기에는, 의미 따로, 보여지기에는 웃음 따로, 얼굴 따로, 動 따로, 作 따로, 모든 것이 따로따로 어긋나 있어, 본디는, 분명히, 제법은 장엄함도 드러냈었을, 한 폭의 저자거리 풍경이거나, 風俗圖가, 무슨 난을 만나서는, 천 조각, 만 토막, 조각 토막 조각나 있어, 귀맞춰지기를 기다리고 있어 보였다. (촛불중은, 단 바닥에다, 발가락으로 쓰고만 있다.) 그냥 재미삼아 말해, (무슨 그림을 그렇게, 고의적으로 토막을 내어, 편편한 바닥에다 흩뜨려놓고는, 그 조각들을 찾아, 귀맞춰, 그 原畫를 재구성하는 소견법도 있기는 있던 것이다.) 그것이, 어떤 鶴女가 날갯죽지를 벗어 못가 덤불에 걸어놓고, 목욕하는 광경을 묘사해놓은 그림이라고 한다면, 귀가 맞춰지기를 기다려 흐트러져 있는 조각들을 조감컨대, 그 鶴女의 머리가, 자기의 발바닥 밑에 놓여 있으며, 귀 밑에 (새의 옷을 벗은 새는, 이제는 새가 아니고, 여자이다. 童話, 기타를 통해, 촛불중이 알아내기로는, 그래서 우주간에 有情이란 한 종류밖에 없는데, 그 한 有情이란 '사람'이라는 것이다.) 젖퉁이가 매달려 있기도 하고, 어깨는 동쪽에 있는데, 팔은 서쪽의 배꼽에 붙어 있기도 하고 그렇다. ——그리고 이것은, 촛불중이 오늘, 그 '記號' 쪽에서 읽은 邑인데, 그 '意味' 쪽에서도, 촛불중께 이해되는 邑은 다르지 안했다. 앞엣것은, 토막토막 조각난 '그림'으로 비유되어졌었으면, 이것은, 그 묶음자리의 실이 끊겨, 그 面數가 아무렇게나 뒤섞여, 뒤닦이용으로 측간에나 놓여진, 小說冊쯤으로 비유되는 것이 좋을 것이다. 헤헤헤, 술은 친구함께 대작할 때, 그 맛이 그중 돈독하고, 바둑이나 장기는, 보기 싫은 놈하고 두어 이길 때, 그 맛이 돈독하고, 그리고 小說이란, 측간에 쭈그려앉아, 구린내 섞어 몇 구절씩 읽을 때, 그 맛이 돈독한녀러 것인데, 小說의 덕은 그리고도 그것뿐만은 아니다, 밑도 닦지만, 눈물까지도 닦거늘, 널(棺) 짜는 재주라도 못 타고난 자라면, 그런즉, 小說 엮技도, 죽지 못하면 도모라도 해볼 만한 것이겠너라. 측간과 小說이 서로 잘 갈 것이라는 것은, 수도청 측간에 놓여 있는 것의, 아무렇게나 집히는 대목을 예로 들어봐도, 금방 알 수 있게 된다. 그 제목이며, 작자가 밝혀진 부분들은 뜯겨나가 없으니, 그 어느 小說匠이 이것을 읊었던지, 그걸 누가 알겠는가. (알아보면 또, 워짤라간디?)

"배가 쫄쫄거리며, 건트림이 나와 트림을 했더니, 매미 소리까지도 괴어올라왔다."(188면의 마지막 구절. 장을 넘긴즉, 45면이 시작되기를 이런다.) "이 늙은 중은, 재담을 좋아하지 않소이다."——허으, 이것은 참으로, 희한하게 편집된 책이 아닌가. '매미'가 '늙은 중'의 모습을 취해갖고 있다. 농사철 당한 농부들께, 山寺의 중이란, 가을을 위해 땀 흘리는 법이 없이, 서늘한 데 잘 자리잡아 옴(om, Skt.) 마야(maya, Skt. 幻), 마야—옴, 마얌, 마얌, 청산녹음이나 읊어, 한철 사는 마얌(매미)으로나 여겨졌었을 일이었겠는가? 후후루, 당고추 달디달아 맵게 먹고, 똥누기의, 똥구멍이 애리고도 후련한, 측간에서의, 아련한 夢想. ——이것이 오늘, 촛불중이, 읍의 지붕(記號)을 뜯고, 엿본, 읍의 內房事(意味)던 것이다. '意味'의, 귀가 발바닥 밑에 붙어, 地獄 돼가는 소리를 듣고 있었으며, 요니는 요니대로, 뜽금없는 자리, 등짝에 붙어, 앞쪽에서는 남편에 대해 정숙한 계집이, 뒤쪽에서는 三世의 강쇠를 맞아들이고 있다. 히히히, 허기는 '개판'이다, 글쎄, 이런 식으로 '記號'는 記號대로, '意味'는 意味대로, 짖고 찢고 지리멸렬해진 상태 같은 것을 두고, 항간에서 끼리들, 가래침 뱉듯 하던 소리가 그것 아니더냐, "개판이지 뭐!" 그렇다, 개판이다. 戲畫에서 웃음만 빠져나가버린 것. 판관겸직읍장과 촛불중은, 구면이라도, 모두 아는 바대로, 서로 다 官의 앞잡이로 목구멍 풀칠을 했던 시절부터의 구면이다. 헌데도, 촛불중이 오늘, '壇' 위에서 보게 된, 요 별로 멀지도 않은 옛날의, 官의 끄나풀이었던 이 사내는, 조금도 낯익은 사내 같지는 안했으며, 오늘 이 사내는, 거의 아름다워 보이기까지 했다. 노상 무엇을 비웃고 있는 듯하던, 단 아래서의 그 끈적거리던 웃음까지도, 범접할 수 없는 온화함 같은 것으로 변해 빛났으며, 눈치 보기로 자라, 고질화된 듯하던 그 눈짓이 오늘은, 그 눈 한번 치뜨고, 옆으로 보거나, 내리떠보기에 좋아, 군중 속에서 소음이 일었다, 줄었다 하는 것으로 보건대, 그는 말하자면, 그 蓮이 흔들리기에 못물이 흔들리는 것 같은, 못 하나를 가득 덮어버린, 그런 큰 한 蓮이던 것이다. ('잠'과 '꿈' 사이에도 그런즉은, 蓮의 대궁 같은, 무슨 그런 배꼽줄은 있다.) 거의 신경질적으로 높아졌다, 내려졌다 해서, 그 정신 상태의 불균형 같은 것을 드러내 보인다고도 여겨졌던, 그의 말씨며 억양도, 촛불중께 오늘 다시 느껴지기에는, 군주다운 억양이란 저런 것이나 아니겠는가, 하는 것까지도 고려하게 했다. 이것은 그리고 물론, 歷史라는 무대에서 상연

116

된, 연극들 중에서도, 어떤 극적 장면들에서 발췌한 것이지만, 헤, 제왕과 막돼먹은 자식들이 같은 용포를 입고 있으며, 헤헤, 바보놈과 제왕도 같은 옥대를 두를 뿐만 아니라, 헤헤헤, 광인과 제왕이 때로 같은 것들이다. 거기 어디에는, 신비하고도, 막강한 어떤 거대한 힘이 저변해 있음이 분명하여, 부인할 수가 없다고 알게 된다. 그 힘이 수혈되는 데에, '衆心(集團)'이라는 것이 있다는 것은, 그렇다, 촛불중의 주장이던 것. (잠, 깊은 잠, 水銀性의 잠.) 납이며, 심지어 똥덩이까지라도, 그것 속에 한번 묻혔다 꺼내놓아지면, 옥이나, 금으로 변해져 있는다. (그리고 물론 그렇다면, 금이며 금강석이라도, 그 반대의 경우에서는, 납과 똥으로 변할 것이다.) 이 鍊金術을 통해 얻어진 金의 이름은, '權勢'라고 불리우는 듯한데, 개구리나 지렁이까지도, 저 들끓는 '水銀性 잠'속을 한번 잘 통과하고 나면, 준수한 왕자나, 푸른 龍이 되어버린다. 이 살 입은 修羅들의 키의 기럭지나, 몸무게도 그래서, 살을 입지 않은 神들과 마찬가지로, 대략은, 그 人口數와 비례할 것이라도, 앞서 '대략은'이라고 전제하여, 반드시 비슷한 것은 아닌 듯이 암시하고 있음은, 왜인가 하면, 밖에 나가 노략질을 해서라야만 먹고 살게 되어 있는, 가난한 섬 사람들은, 땅의 소출로 요족히 사는 內陸의 농부들에 비해, 백배 천배는 더 포악하며(一騎當千!), 또 대나뭇골 사람들은, 전쟁에 나선다고 죽창을 들었는데, 그 대적이 되는 쇳골 사람들은 조총을 들고 있는 수가 있어(一騎當萬), 실제로는, 한 제왕의 키나 무게는, 人口數로도 가늠할 수가 없는 경우들이 많기 탓이다. 그래서 이 탓일 것이다, 羑里邑의 판관겸직읍장이라는 자가, 한번 '壇'을 오르자, 손가락 세 마디 기럭지에, 서푼 무게도 없던 그 비렁맞은 사내가, 무지개모양, 가까이 있어도 멀리에, 높고 둥글게, 넓고 길게 뻗어 섰으며, 모래 가운데 대짜배기 금강석모양, 萬石을 제압하고 있다. 그래서 그가 씹어뱉는 말들은, 비록 똥덩이 같다 해도, 그 똥덩이가 그 시정 통용의 金이 되어버리던 것이다. (촛불중이 건너다보니,) 똥을 金이라고, 그것으로 헤헤헤 그것들은, 그날치의 삶을 與受턴 것이다. 촛불중이 보건대, (그리고 보면 촛불중은, 자기가 主役을 하고 있는 그 연극을 아직도, 관객으로서 보고 있구나.) 오늘 장터에서 치러지고, 거스름 받아져지는 그 現金의 액면은 대개 이러하였다.

乞鬼, 客鬼, 却說이, 품바꾼, 면, 돌팔이, 돌중, 삼세의 가납사니, 양

가죽 쓴 늑대, 회칠한 무덤, 민심 소요꾼, 절시증쟁이, (혀 팔아, 읍민의 재산을 횡령하는) 사기꾼, 간음쟁이, (바랑에다 地獄을 담아와) 전갈이며 황충을 뿌리는 자, 凶夢, 雜種, 똥개, 聖域을 오염하는 病,

개판이로구나.

羑里가, (허기야, 전에 그것이 무엇이었든, 이미 定罪된 바 있어, '개새끼'가 된 그 개새끼를 두고서는, 사람이라고 이르는 것들로써야 더 묻힐〔定〕 더러움〔罪〕도 없었을 것이니, 그놈은, 제 사태기 새에 끼어 숨은 그대로 놔두고,──그런즉 그 개새끼가 제 사태기 새에서 빠져나올 때 본다면, 그것은 다시 또 개새끼가 아니겠는가. 아으, 바르도의 험난함! 도망친다고 도망쳐, 숨는다고 숨어서는, 제 사태기 새에 끼어들기. 개새끼!──) 자기네 고장 七祖村長이라는 중 하나를 향해, 고개 까웃거리며, 침 뱉듯 저렇게 조롱하여, 定罪하고 있었다.

개판이로구나.

"……요것도 조것도 아님성도, 고 둘을 다 풀어내주라는 것도 아니라먼, ……머시냐먼 여러분네는, 말이제, 聖域을 쳐들어 데럽힌, 조 두 종류의 佛性 없는 雜種, 凶夢, 똥개들을, 말이제, 머시냐먼, 본관더러 워처키 처리허라고 허는지, 고것을 밝히보라고여,"

"……나는, 생각에는, 요렇구만이라우. 머시냐먼, 조 둘이서는, 어떠한 重刑도 過하지 않을 죄를 지은 건 밝혀진 대로인개 말인디, 그래 말인디, 디, 고 단 위에서 목을 쳐 피를 뿌리기는 말인디, 고 똥개의 목으로서나 허고, 말인디, 갖다가 묻기는, 중을 묻었으먼, 요런 생각이라고"

때에, 판관겸직읍장은, 대시해 있는 한 수도부께 명해, 물을 가져오라고 해서는, 아무 다른 말은 없이(란, "이 사람의 피에 대하여 나는 무죄하니, 너희가 당하라." 같은 것으로 두고 말이지만, 또, 오늘 해 아래 돼가는 일을 두고 생각해본달작시면, 사람이라는 有情 치고라면, 허기야 아무도, 자기네들이 흘리게 될, '개피'의 값을 셈하지는 않을 것도 당연하다 싶으다. 게다가 그 有情은 '佛性'이 없어, 나찰보다도 나쁘다고 매도한다 해도, 대자대비의 부처까지도, 그것을 변호해주기 위해, 반치의 혀도 못 늘여낼 것이 아니냐.) 무리 앞에서 손을 씻고, 그리고도 그 자리를 떠나려고는 하지 않고, 자기의 자리를 지켜 빛을 냈다. 수도부는, 그가 손 씻은 물을, 사람 없는 한 갓진 데 엎질러버리고, 빈 그릇은, 그 개에 가까운 한옆에 놓아뒀는데, 그것은 개피를 받으려는 목적이 있는 것으로, (촛불중께) 추측되었다. 촛불중께 믿기워지기에는, 이 연극의 각본은, 그런 소품 정리에까지도, 세심한 주의를 기울이고 있었던 것이다. 그러고 보면, 이 연극의 관객은, 그 主役을 하고 있는 당자, 촛불중 하나뿐인 듯했다. 그러는 어느 순간, 촛불중의 고막이 뚫렸는지, 촛불중이 이제껏 보기만 해왔던 소리들이, 촛불중의 고막 속에서 일시에 일어나, 촛불중을 놀라게 했다. 이리떼들이, '한 마리의 개'를 추적하여 둥글게 둘러싸고, 그 창자를 터뜨리기 전에, 길게길게 울부짖고 있던 것이다. 그렇다, 촛불중께 보여지기에는, 그 수백의 이리떼의 한가운데는, 제 사태기에 제 대가리를 끼워넣은, '한 마리의 개'밖에는 보이지 안했는데, 그러면 과연, 촛불중은, 그 현장에서, 저 똥개 한 마리만 남기고, 자기는 지워 없앴든, 증발을 해버렸든, 아니면 자기는 '개'가 아니라고, 닭이 세 번을 울려면, 먼저 해부터 져야 되는 시각부터, 그것도 세 번씩이나 부인하고 있었던가? 허, 헌데 그런 건 아니다. (그는 분명히, 그들 속에 섞인 官卒이었을 터이지만, 그의 신분이야 어찌되었든,) 한 邑民이 가로되, "치기는 개의 목을 치고, 묻기는 중을 묻자."고 했던 소리를 듣고, 느껴지는 바가 있어 촛불중이 셈해보건대, 그 현장에, '개'는 허긴 '한 마리'밖엔 없던 것이다. 그렇지 않고서야, 어떻게 다른 개가, 다른 개의 목숨을 대신하고, 어떻게 다른 개가, 다른 개 대신에 묻힐 수가 있겠는가? 그래서 촛불중은, 수치스럽게도 제 사태기 속으로 들어가버린 개를 건너다본다, 자기 딴에는 제법 중요하다고 여겨지는, 한 사실을 목도했다. 라는 것은 무엇이었는가 하면, 그 '똥개'가 다름아닌, 그 해 아래 벗어놓은, 자기라는 한 중의 '그림자'였다는, 그것이었다. 또 아니면, 촛불중 자기가, 그 개의 '그림자'였다고 한다 해도, 거기 무슨 큰 다름이 있다거나 할 것은 아니었을 것이라도, 색깔에 의해 보건대, (왜냐하면 밝지 않은 색깔은 非化現의 색깔이어서, 비록 人身을 입어도, 神들의 얼굴은 어둡다. 왜냐하면 원초적으로, 神들은, 非化現의 힘이던 때문이다.) 저 흐리꾸리한 개야말로, 자기의 응달이던 것이다. 촛불중이 보니, 자기가, 저 무리들을 이리떼로 무서워하여, 도망치고 도망쳐, 숨느라고 하다, 그 한가운데 갇혀, 용신도 못 하고, 제 창자

속으로 들어가 뭉쳐 있던 것이다. 촛불중께는, 구역질이 났고, 웃음
이 났다.
"나는,……생각에도, 고 말은 맞는 것 겉은디, 걱다 나도, 쪼꿈만
더 말을 보탰으먼 싶꼬만이라우. 머시냐먼, 고 똥개는 물론, 고 단에
서 목을 치고시나, 뿜는 피는, 그럭에 받아갖고, 무덤에 묻힐 송장
씩는 香湯에 쓰먼 좋겄다는 것인디, 머시든지간에, 에미의 쫍은 구
먹을 비어져나올라먼, 고 왼 몸뎅이에다가 피를 묻히는 것인디, 산
채 묻히는 송장이라도, 달블 바는 없어얄 것인개, 아 안 그랴, 모
도?"
　짝, 짝, 탁, 탁, 맞소, 맞네, 맞는 말.
　도망치다 숨기에 아무리 급하더라도, 여 狗子여, 거기 구멍이 있
다고 하여, 개의 사타구니로 들어서는 어쩌자는 일이었냐? 태어날
때 그러면, 전신에다 公은 개피를 묻히게 된다.
"나도 말인디,…… 거그다 말 좀 보탰으먼 싶은디,……목도 컬컬허
다본개, 요런 소린디,"
"사둔은 말이제, 개괴기에, 수도청 청주 생각을 허고 있제 그리?"
"고것이사 워디, 나뿐이겄는개비녀?……머시냐먼, 글씨, 말이제, 커
참, 한동안 꼬막했었는디, 말이제, 여러 여러 사람덜헌티, 새로 또
시작이라고갖다가시나, 글매, 밤만 들었다 허먼, 새로 또 괭이덜이
울어를 싼다고, 지랄헌다고 울어를 싼다고 괭이덜이, 픠독시럽게 울
어싼다고. 고것도 머 워디 울 너머 밭귀탱이서나, 누구네 마룽 밑에
서도 말고, 말고 말인디, 첸장혈누무 짐생이, 하상이먼갖다가시나,
머릿속에서 울어싼다고,……허허허, 헌디 요거 웃도 못 허겄는 애
기구만, 허허헛, 웃도 못 허겄다고. 그래 생각해본 남거진디, 개하고
괭이가 상극인 건 에미 뱃속엣것꼬장도 아는 일인개 말인디, 조 개
괴기로시나는, 불에 꼬실려 태와설람엔, 연기를 흐트리갖고, 괭이전
(前)에 지사(祭祀)라도 디리는, 제육에 썼으먼 좋겄다 요런 말인디,
허허허, 내 요거 참, 웃도 못 허겄는 소리라도, 말인디, 말이,"
"고것 말요, 얼풋 듣고만 만다먼, 씨묵는 소리 겉지 않은 건 아니
라도 말요, 요것 참말이제, 안 했으먼 좋겄는 말썸이라도 안 디릴
수가 없어 말썸인디, 아니 산 괭이헌티 인정을 쓸라먼, 괴기를 한점
썩 뜯어준다든지 허는 것은 몰루겄어도, 머시란다고요, 무신 연기로
갖다가시나, 머슬"

"헥, 조런 탓에 젊으면, 꾀보당 입이 싸다고 허는 것일 거구만. 머릿속에서 우는 요 괭이가, 담 넘어댕기는 고 괭이허고 같다고 알면, 고런 엉뚱한 소리를 하게 되는겨. 머시냐면 요 괭이들은, 우리덜끼리서 해온 얘기가 그랬은개 말이제만, 고 동안에, 말이제, 숱한 시님덜이 말이제, 요 읍네에 발질을 잘못 들어섰었는디 말이제, 하난가 둘인가가 요 읍을 벗어났고는, 말이제,"

"아, 그랑개, 고 시님덜이 괭이귀신이 됐다는, 고런 말씸이신개빈디요이?"

"허허헛, 요것 누가 들어도 웃도 못 허겄는 소리겄음선도, 그렁개 말하자면, 고런 비스름헌 소리져 그리,"

"허으허으허으, 참말이제 거 웃도 못 허겄는 소리구만이라우이."

이 연극은, 바로 그 주역 배우에게 느껴지기에, 그리하여 그 가경, 또는 절정에로 치달려가고 있는 듯했는데, 비록 그 구성도, 줄거리도 모르고 있음에도, 자기가 맡아 하고 있는 그 役에, 자기로서는, 아무 어색함도 느껴지지 않는 것으로 보건대, (촛불중) 자기는, 자기 役을, 자기답게는 잘 수행하고 있다고 여기기에 이르렀다.

판관겸직읍장이, 매우 지루한 듯이, 하품을 한번 하며, 해를 한번 올려다본 뒤, 이번에는 혀 대신에, 손발들이 바쁘게 움직이기 시작했다. (배우를 두고 관객은, 망나니役을 하는 사내는 뉘집 머슴이며, 열녀役을 하는 여자는 어느 주막에서 상 두들기는 여자다, 라는 식으로, 훤히 알 만하다고 해서, 그 가면 뒤의 본얼굴을 읽으려 해서는 안 된다. 그 진면을 잊고, 그 진면이 지금, 어떤 가면을 쓰고 있다고, 그래서는 그 가면에 친근해져야 된다.) 눈만 내놓고, 검은 보자기로 얼굴을 가린 자가, 방울 달린 칼을 들어 단 위에로 올랐으며, 뒤따라, 굵지는 않되 질겨 보이는 밧줄을, 다섯 팔 길이쯤 들고 있는 사내가 올랐는데, 둘이는 먼저, 판관겸직읍장 앞에, 허리를 깊이 꺾어, 공손히 절한 뒤, 촛불중은 알아보지도 못한 채, 대번에 개에게 달려들었다. 본디 개의 목끈을 검세게 붙들고 있던 자가, 그 끈을 자기의 손에 둘둘 감아 길이를 짧게 하는가 하고 있자니, 그 끈을 공중에로 쳐들어올려, 그 못 먹은 개를 공중에 대롱대롱 매달리게 했다. 개는 물론, 목에 두른 밧줄에 숨통을 막혀, 끼깅 소리도 거의 못 내고, 그냥 괴롭게 버둥거리기만 했는데, 밧줄을 든 사내가 얼른 나서, 그 밧줄의 한 끝을, 보자기 쓴 사내에게 내주며, 자기는,

그 다른 끝으로, 그 개의 뒷다리 둘을 합쳐, 무지막지하게 둘러 처맸다. 보자기 쓴 사내도 그러자니 물론, 앞다리 둘을 합쳐 처맸는데, 손들은 민첩해서, 숨 한 서너다섯 번 쉴 만큼 걸려, 그 일을 끝냈으니, 개는 다시 내려놓여졌고, 죽지는 안했으되, 이번에는, 그 목을 둘렀던 그 밧줄에 의해, 주둥이가 빙빙 둘러져 처매어져, 그것은 더러운, 한 모닥의 뼈 무더기였다. (판관겸직읍장의 눈이 튀어나올 듯이 이글거리는 데다, 충혈되어, 살기가 쏟아져나오고 있다고, 촛불중은 건너다보았다.) 밧줄을 들었던 사내가, 이번에는 그리고, (아까 판관겸직읍장이, 손 씻던 물을 담았던) 그릇을 쥐어, 한옆으로 자빠져 누운 개의 목 밑에다 받치자, 옆의 사내는, 한 손으로는, 개의, 꼬리를 거머쥐고, 다른 손으로는, 개의, 묶인 두 앞다리를 거머쥐며, 무릎 하나로는, 개의 복부를 눌러, 어떠한 경우에도 용신치를 못 하게 한다. 그리하여 이제, 보자기 쓴 사내의 차례가 되었던지, 방울 달린 칼을, 해 아래 높이 쳐들어, 짤랑 짤랑 방울을 흔들어대다, (제발 "살리는 셈치고!" 그 칼을 한번에 탁 내려쳐, 그 목숨을 거뒀다면, 그 또한 德行이 아니었겠느냐, 마는,) 천천히 내려서는, 개의 목에다 견주어대더니, 쉬엄 쉬엄 톱질하듯, 개의 멱을 따기 시작한다. 하늘이 붉고, 눈들이 붉고, 마음들이 붉어, 나찰들이 한 마당 붉었다. 天仙들은, 구름 뒤에다 얼굴을 가렸으며, 아래쪽에서 올라온 것들만, 혀가 붉고, 눈이 붉고, 마음들이 붉었다. 그리고도 톱질하듯 하던, 칼질은 한참 더 걸렸고, 종내 대가리가 몸에서 분리되었던지, 보자기 쓴 사내가, 그것의 귀를 잡아, 피를 뚜둑이는 대가리를, 읍민들 앞에 쳐들어 보였다. 수도부들은 건구역질을 끄억 끄억 해대며, 검은 치마폭 아래서, 오줌이며 월후를 질금거리고 있었다. 그 개는, 거적에 싸여져, 羑里(沙漠)로 실려가, 나중에, 거기에 피울 모닥불에 올려질 것인데, 그것 외에도 물론, 여러 마리의 개가, 산 채 羑里에 끌려가서, 숨을 뽑힌 뒤, 화톳불에 얹히워져, 잔치를 열 것이다. 글쎄, 이것이 무슨 소리인지는 대번에 밝혀질 것이지만, 이 것은 羑里에 대해서 응달진 날인 것뿐만 아니라, 볕이 든 날이기도 하기 때문이다. 글쎄, 이 같은 날 하루는, "聖域을 더럽힌 돌중 하나와, 개 한 마리"를 處刑하는 날인 것뿐만 아니라, 바로 그 같은 '개'를 잡아 잔치하여, 그 같은 '돌중'이, '七祖村長'에 登祚하는 날이 돼서 그렇다는 것이다.

(이 막이 끝나면, 무대가 회전할 듯싶지만,) 단 위에서는 그리하여, 羑里邑을 무대로 한, 그 극이 절정에 치닫고 있었다. 때에는, 수도부들이, 저 중의 옷을 모두 벗기고 있었으며, 그런 뒤, 수도부들이, 겨울보다도 앙상한 중 위에다, 香湯이라고, 개피를 바르고 있었다.

"친구임세 촛불중," 개피에 붉게 덮이고 있는 옛친구에게 대고, 판관겸직읍장이, 거의 속삭이는 듯이 말하기 시작했다. "본관이, 羑里邑의 판관이며 읍장을 겸한 자로서, 羑里村의 七祖村長에 대해 베풀 수 있는 경애는, 결국 이런 것밖에, 달리는 어떻게 할 수도 없었드라네. 이 儀式은 그런즉, 친구임세, 한편에서는, 七祖登祚式으로 베풀어진 것으로 이해해준다먼 좋을 것이고 말이제,……본관은 말이제, 그렇지 뭐, 말을 하지 말아야 할 까닭도 없다고 생각인개 말인디,……그렇제, 오늘 조반상을 앞두고, 별세한 장로네 청지기늙은네와 말이제……그랬네야, 많이 다퉜제, 다투고……까닭이야 말해보나 마나, 자네 쪽에서 더 잘 알 일인디……뻴수가 없어, 늙은네를 유치소에 감금해버리고 말았제만, 말이제, 말인디, 그, 그 일로는 촛불중 자네가 걱정할 것은 없겄네, 없겄다고, 글씨, 해가 지거든, 늙은네를 풀어내주라고 일러뒀은개. 허, 헌디도, 늙은네가 각혈하듯 뿜어내던 한 마듸의 말은 잊을 수가 없는 디다, 그 침의 독이 왼 몸뎅이로 퍼지고 있는 것 겉여, 두두레기라도 난 것 겉은디, 글씨, 늙은네가 이러덩만. 이 사내가 말이제, '격에나 품에도 맞지 않는 용포를 둘쩍이나 입고, 펴면 날으고, 오무리면 바위라도 재를 만드는 龍力을 얻게 되었다고 해서, 道를 말살헐라고 허는디, 왜냐면, 그 龍力에 정면에서 맞서 휘일 수도 있는 다만 하나의 힘은, 道이기 때문'이라는겨. 그라고는, '道를 말살하고 난 뒤에는, 워짤라고 허느'냐는겨. 그래 내, 늙은네를 대번에 투옥해버리고 말았지만, 나도 물론, 道가 비대해지면, 治가 여위고, 治가 강대해지면, 道가 쇠약해지는 경우도 있다는 것을 모르던 안헌다고 그리고 나도, 내 '격에나 품에는 맞지도 않는 용포를 둘쩍이나 입고' 있는 것이나 아닌가 허는 반성을 안 해본 것은 아니라도, 말이제, 그 탓에 나도, 참중이거나 돌중이거나, 여러 중들을 스승으로도 모셔, 깜냥으로는 공부도 해보았는디 말이제, 보게 친구임세, 그리고 내가 알게 된 것이 뭣인 중이나 알겠는가? 보게여, 저 '용포'라는 것은 헌디, '격이나 품'하고 아무 상관 없이 재단되어져 있어, 그것을 입는 자의 몸이, 그것에 맞도록 조절한다는 것이었네 그리. 그러니, 지렁이가 입는다 해도, 그 지렁이의 몸이 그 당장 불어나 그것에 맞춰버리는고로, 용이 되어버린다는 것이제. 그래서 참말로 나는, 친구임세, '입은 용포' 탓에, 무엇이 그것에다 구멍이라도 내게 되잖을까, 그래서 고 '무엇'을 말살할라고 하고 있는 것이 분명한가? 헌디, 고 '용포'에 정면에서 맞설 수 있는 것은 '道'뿐이라고 헌단개, 조 '무엇'이란, '道'가 아니겄는가?……헌디 말임세, '治'勢에 못 견뎌, 말살되어질 수도 있는 '道'는, '治'勢의 억누름이 없더라도, 어느 때든, 그것 스스로 소멸하고 만다는 것이, 오늘 내가 생각하고 얻은 답인디, 친구임세 七祖, 그리고도 자네는, 그런 '道'의 죽음을 '治'에다 탓 돌릴 수가 있을 듯한가?"

"………" 촛불중은, 전신이, 그을음도 없이 명명히 타는 촛불꽃보다도 더 붉게 되어, 흰옷 입은 사람들 속에서 붉게 탔다. 촛불중은 그리고, 저 판관겸직읍장이라는 사내가, 자기의 목을 자르고, 자기의 목구멍에서 뿜어오르는 피를 둘러 마시고 있다고 건너다보았다. (通譯을 한다면, 저 판관겸직읍장이, 촛불중 자기의 言語를 모두 비워내고 있다는 얘길 것이다.) 그래 촛불중은, 그 사내 앞에 무릎을 꿇어 절하고, 그 사내의 발등에다 이마를 댔다. 그리고 일어서며, 오늘 하늘은 참 푸르다고 보았다. 허긴 道란, 저렇게 푸른 하늘 같은 것일 것이며, 그리고 勢란, 거기로 몰려들었다, 흩어졌다 하는, 구름 같은 것일지도 모른다. 판관겸직읍장은, 만약 '道' 때문이었다면, 그 '손을 씻을' 필요도 없었던 것을, 것을.―촛불중이 그렇게 하늘을 올려다보고 있었는 중에, 섬섬옥수랄 것 몇 개가, 아직도 반은 굳고, 반은 질척거리는, 개피를 묻힌 그 몸에다, 속곳은 입히지도 않고, 먼저 다홍치마를 둘러 입히더니, 푸른 저고리를 입히고, 그런 뒤에는 그 머리에다, 붉은 고깔을 씌웠다. 그리고는 紅袍를 덮었는데, (그래 촛불중 생각에는,) 족두리 대신 고깔을 쓴 듯하지만, 그 고깔을 쓴 자의, 시집 가는 날이 오늘이나 되던지, 紅袍를 덮어쓴 자의, 장가 가는 날이 오늘이나 되던지, 하는 것일 것이라고 했다.

　삼밭 같은 데로라도, 무슨 바람이라도 세게 불어갔든 어쨌든, 걸제기럴 뉘 알아, 壇 아래쪽 무리가 일제히, 한쪽으로 희게 휩쓸려 쓰러지더니, (무릎을 꿇었을 터이지.) "七祖는 평안할습지다!"라고 누가 선창을 하자, "七祖는 평안할습지다!" 후창하는 소리가 여러 겹으로 울려나고, 그런 뒤 그 흰 江이, 갑자기 逆流했던지, 江이 서자, 얼굴들이 떠올랐다. 올라서는 江 위를 걸었는데, 걸으며 그들은, 밀이며 보리, 들꽃이며 소금 등을, 고깔 쓰고 홍포 입은 자에게 뿌려 던졌다. (후세인들은 기린다, "풍요와 영광의 穀雨와 天花가, 그 청천에서 소나기져 내렸다.") 그런 뒤, 紅袍는 다시 벗겨, 官卒 저그들끼리 제비 뽑아, 이긴 자가 갖고, 고깔에, 푸른 저고리, 다홍 치마는 남겨, 七祖를 단 아래로 내리게 했는데, 그래서는, 삘그렇게 살아 있는 그는, (벙어리 마부네 짐수레에 올려진) 棺 속에 누이어졌다. 棺 뚜껑은 아직 덮지 않은 채 열어뒀는데, 그래서 그 안에 누운 자는, 두 손을 가슴에 모으고, 그날따라 푸르기도 육시러게 푸른 하늘 때문에, 溺死感을 어떻게도 지우지를 못하겠다고 투덜대며, 담배라도 한 대 피운다면, 아직도 자기 몫의 숨이란 것이, 자기의 코 언저리에 얼씬거리고 있는지 없는지, 그것쯤 보아 알 수도 있을 것이 아닌가, 그런 것이나 생각하며, 기침을 한둬 번 콩콩거려, 귀로 그 소리를 듣고 있었다.

아마도 그것이, (주소가 분명치 안해, 羑里 사람인지, 아닌지, 그것도 모를, 그러니) 한 돌중(이랄 자)의, '羑里의 七祖村長'에의 登祚式이었을 것이나, 그렇게 그 한 막의 연극은 끝나고, 이제는 무대가 회전할 듯하다. 그러면, 그렇게 각색되어진 대로, 그 같은 한 돌중의 葬禮式의 막이 오르게 될 듯하다. 수도부들이 哭婢 노릇을 할 것이며, 판관겸직읍장이 喪主로서, 말 타고 앞서, 저 沙漠을 향해 나서면, 腰輿는 없이, 喪輿가 따르고, 처질 사람들은 처질 일이되, 따를 사람들과, 官卒들이 輓章을 들어, 그 뒤를 이어, 아으 허기야, 북망 가는 길 바빠서는 어짤라는디, 느시렁 느시렁 상사뒈야, 느시렁 느시렁 흐르는 행렬, 느시렁 느시렁 흘러갈 것이다. 이쪽 가을 볕 쐬이기에도 터진 살갗이 아물 여유도 없는데, 어쩐다고 저쪽 가을 볕까지 쐬이러 감발을 맬 일이겠는가, 마는, 그래도 公은 물(苦海)을 건너려 하느냐, 하거든 건너라(가테──), 건너라 지국총, 건너려거든 지국총, 남김 없이 건너라(파라상가테──) 어사와──

말 못 하는, 귀머거리 마부가 어거하는, 방울 단, 늙은 말이 끄는 꽃喪輿는, 방울 소리를 짤랑 딸랑 내며, 가을볕 아래, 황폐를 내덮고, 휴식 속으로 내려가 누운, 들을 느시렁 느시렁 상사뒈야── 흘

러갔다, 흘러간다. 그 방울 소리들은, 그 벙어리 마부의 귀에 대해서
처럼, 그 황폐의 어디를 열고 스며들지를 모른 듯해서, 그 꽃喪輿
위에서 시들고 있는 가을 꽃들처럼, 그 喪輿 위에 내려, 시들었다.
그 꽃喪輿는 그렇게, 들에는 흩어져 피어 있는, 들국화며, 장독대가
있는 데서마다 한들거리는, 키다리꽃 같은 것들로 장식되어 있었는
데, 이런 꽃들도 허기는, 벌겋거나 누런 열매들과 마찬가지로, 가을
이라는 철이 꾸는 꿈이 아닌 것은 아닐지라도, 열매는 누구에게나,
흐뭇한 안도감을 주는 데 반해, 꽃은 슬픔을 느끼게 하는 것을 보
면, 가을은 허기는, 떠났었던 것이라도, 돌아오는 철이지, 떠나는 철
은 아닌 듯하다. 열매는 (가을에의 夢想에서는) 돌아오고, 꽃은 그
리고 떠난다, 그렇잖은가? (여름에 대해 보리알과 밀이삭, 가을의
국화와 키다리꽃——객쩍은 철손들.) 촛불중은 그리고 허기는, 돌아
오고 있다, 오랜 오랜 배회 끝에, 그리하여 돌아오고 있는데, 가을
속의 소로를 좇아, (겨울이란, 棺 속에 담긴 欲望이라고 한다면,) 棺
속에 욕망을 뉘어 돌아오고 있는 것이다. 오랜 배회 끝에, 돌아오고
있는 자의, 동구 들어서기의, 그 감회란, 돌아오고 있는 자까지도 갈
래 잡을 수 없는 것일 것, 그런 것을, 누가 무엇이라고, 몇 마디 말
로 해버릴 수 있을 것인가. 들을 수 있는 것은, 그의 발자국 소리뿐
이다, 뚜벅 뚜벅했던 소리가 멀어지며, 비트적 비트적하는 소리가
가까워지고 있다.

'羑里에서는 오늘,'——검은 喪服을 입고, 검은 網紗로 얼굴을 가려
세상을 가려버린, 喪中寡婦인, ('검은색'은, 非化現의 색깔인 것이 고
려되어져야 할 것이다. 그러니 아직 오지 않은) 羑里의 '第九柞村
長'이, 「七祖語論」의 再生筆記를 마치고, 그것의 마무리를 하고 있었
다.——⑥"羑里의 뒤터를 파고, 하나의 法種을 묻고 있다. 이것은 안
개비가 내릴 철인데, 그러니 늦은 가을이고, 하나의 촛불이 꺼지기
전에는 언제든, 한번 명명히 타오르듯, 오늘따라 하늘이 유난히도
맑고도 밝다. 하나의 실한 '意志'가, '代贖羊'性을 완벽하게 구비하고
있음에도, 그 '몸(記號)'을 벗어주기로 하여, 당대의 아무것도 贖良
할 것이 없다고 할 때, 그것은 그러면, ('神이 흘린 땀방울' 같은 것
이, 무참하게도 스러져버릴 수도 있겠느냐?) '未來' 속에 심기는,
'法種'化하는 것이 분명하다. 그래서 그것은 그 法力으로 미리, 未來

의 毒을 中和(贖良)하여, 그것이 묻혀든 그 子宮 속에다, 밝은 未來를 姙娠하게 할 것인데, 그것이 分娩되어지는 날은, 땅 위에, 크고 좋은 날이 열(開)리지 않겠느냐! 헌데, 어떠한 암컷에게고, 姙娠하게 하는 意志는 그러면, 그것 자체가 '種(signified)'임에도, (그 '種'을 뿌리는) '根(링가. signifier)'이라고 일러야 할 터이다. 羑里는 오늘 그래서 하나의 우주적 男根을 모셔다, 骸骨의 골짜기(沙漠)에 묻고 있다. 옴바르라파니 훙!"

헌데, 그 葬禮式에 참예했던, 한 野史꾼의 記錄에는, 저 埋葬이 이렇게도 이해되어 있는바, 그것은 첨부해둔다 해도, 뱀을 그린 그림에다, 다리를 그려 붙여주기 같거나, 하지는 않을 듯하다.
"……요 얼마 전에 羑里는, 꼭 이런 중 하나를, 큰 숲 가운데, 그중 높은 나뭇가지에 매단 일이 있었는데, 그런 후 사흘, 그리하여 羑里는 오늘, 그 나뭇가지에 매달린 주검을 따내려, 羑里에서 마련한, 바위 무덤 속에 안치해두기에 이르렀다. 第九時 속에로 내려간 주검, 갈라졌던 陰府가 소롯이 닫히고, 안에는 암흑이 더운 羊水일라. 솥에 개 눕다."

배꼽 만지기 頌 2

(1따님(大地), 품을 열으십수사,
따님의 품을 빌어, 들어가,
그 품속에 안기려는
이 씨앗을 위해,
안식을 베푸시사
짓눌러 으깨지 마십수사,
어머니가 아이를
치마폭에 감싸듯, 따님
그렇게 그를 감싸옵수사.

그렇게 그렇다 羑里에서는, 불의 씨눈 하나를, 그곳의 마른늪 가운데, 달궈진 모래의 한가운데를 열고, 묻어놓았다. 輓歌 함께 그들은, 輓章이며, 그 내용물을 뽑아낸 빈 棺, 액수 크게 쓴 종이돈 등을, 그 무덤 앞에서 태워, 그 명복을 빌었는데, 그 타오르는 불은, 만월 때 짖어오르는 검은 개여서, 羑里의 하늘을 찢어댔다. 술과, 개고기와, 상스런 노래와 춤이, 넘치고 뒹굴어댔어도, 沙漠은 그래도, 으스스하고, 정적했다. 외로운, 배고픈 야차—불길만, 짙은 연기에 휩싸여, 해골 속에서 일어나, 거기 떠도는 사람 냄새며, 웃음 소리며, 상소리들을 태워 먹고 있었다. 저 상두꾼들이, 읍에서 출발해, 羑里의 저 마른늪에 닿고 있었을 때 시각은, 대략, 오늘이 어제로, 그리고 내일이 오늘로 바꿔어지고 있었을 때였으니, 저 죽은 모래벌 속에서 (내일, 또는 오늘) 새벽이, 그 여린 싹들을 튕겨올리려 하고 있었다. 이제는 저 봉분의 바위문을 막고, 모두 돌아가, 羑里에 羑里가 있어왔다는 것까지도 잊어버린 뒤, 누구나의 살기에서든, '羑里'라는, 그 宗敎의 이름을 입은, 죽음, 의 냄새를 씻어내버려도 좋을 때쯤일 것이라고, 판관겸직읍장은 셈해내고 있었다. 저 죽음,

의 냄새란, (觀音菩薩이, 원숭이〔孫悟空〕라는 畜生 하나 靈物이 된 것, 버릇이 좀 사납다고 하여, 그럴 때마다 징계하기 위해, 그 畜生이 자는 틈에, 그 머리통에다 테둘러놓은 頭痛, 벗겨지지 않는) 魔法의 머리테(뭐라구? 그런 이가 보살이라구? 듣기로는 그리고, 한 얼굴만큼의 慈悲가 부족하다고 하여, 거기다 열 개쯤의 얼굴을 더 돋과내, 慈悲를 드러내고 있다는데, 그게 사실인가? 그러나 이런 보살의 행위에 의해 본다면, '慈悲〔보살〕'보다는, '懲戒〔나찰〕'가 더, 세상을 바르게 인도한다는 것을 고려하게 하는데, 아으 그런즉, 고통받는 넋들이여, 아무리 입술이 타더라도, 저 '慈悲'의 젖통이에서 흐르는, 일러 '甘露'라는 젖은, 맛보려 마라, 그것은 왜냐하면, 당밀 섞은 毒 말고, 다른 것은 아닌 듯하기 때문이다.……그, 그, 러나, 이런 일로, 저 '全純한 慈悲'를 오염, 매도하려 할 일은 아닐 듯하다. 분명한 것은 무엇인가 하면, 이것은, 저 '慈悲' 당자와도 무관하게, 그 '慈悲'를 '懲戒' 쪽에다 끌어내리려 한, 한 世俗主義者의, '慈悲'에의 誤讀이 범한, 오류라는 것이다. 〔이 경우의 '世俗主義'란, '慈悲'를 '懲戒'에다 끌어내리려는, 그 행위를 명명하려 하자, 저절로 따라붙은 것이, 그것이라는 얘기는, 첨부해두기로 하자.〕 그렇다면, 저런 '頭痛의 머리테'가 씌워졌었어야 되었던 머리통은, 저 원숭이의 것이었기 전에, 그런 얘기를 읊던 그 얘기꾼 당자의 것이었어야 했던 듯하지 않은가? 세상은 사실, 桀紂에 의해서보다, 저런 얘기꾼들에 의해 더 나빠져오기 때문인데, 桀紂는, 〔세상의〕 밖에다 피를 내되, 얘기꾼들은 안에다 상처를 낸다고 이르는 주장을, 부인할 도리가 없으니 하는 말이다. 소도 돼지도 그렇잖은데, 유독 사람이라는 有情만은 헌데, 얘기 듣기를 좋아한다고 이르니, 그것은 그렇다면, 〔自然에 거슬러 일어난〕 病이다.) 같은 것이어서, 세상은 살 만한 곳이라고, 즐겁게 살려는 자들의 머리를, 시간도 없이 욱죄고 덤벼서는, 삶이란 苦 말고 다른 아무것도 아니라는 것을 일깨워주려 하던, 그런 것이었었다. 그것이 헌데, 용케도 벗겨진 것이고,──판관겸 직읍장의 현재의 믿음엔 그렇다.──그런즉 이제 자기가, 어떤 식으로 정신적 자유를 누린다고 한다 하여도, 저 '頭痛'에 당하지 않는한, 그것이 앙금하여, 業化하지는 않을 것이라고 했다. 이런 생각에는, 상당히 음험한 대목이 도사려 있다. 라는 그것은 무엇인가 하면, 業(羯磨)이라고 이르는, 만년의 세월로도 溶解커나 風化키가 어려운 어떤 앙금은, 차라리 양심에 의해서, 그 양심을 宿主로, (그 양심 속에서) 이뤄지는, 나쁜 종류의 진주 같은 것이라는 그런 얘긴데, 그렇다면, 한 정신이, 어떤 종류의 악을 행하거나, 반대로 선을 행한다 해도, 그것이 그 양심에 죄책감이나 즐거움을 일으키지 않는다면, 그 정신은 연이파리모양, 흙탕에서 피었음에도, 흙탕에 젖지 않는다고, 판관겸직읍장은 판단해온 것이 분명하다. 그러고 본다면, 한 정신을 지옥에까지 밀어넣는 것은, 이 六道間 다른 아무것도 말고, 그 자신의 양심인 것이 분명하고, 그것은 그렇다면 그 자신에 대해, 보살일 뿐만 아니라, 보다 더 나찰인 것이 분명하다. 이 사내가 만약, 한 교과서(「悟空傳」)를 誤讀하지만 안했었다면, 그는 그 나름으로 '悟空'을 성취했음이 분명하다.

그는 그리하여, 저 바위무덤 문을 막기 전에, 한 哭婢께 지시하여, 한 비구의, 대략 사흘 분량의 음식물을 그 안에 넣어주도록 한 뒤, 大醉에 혀 굳은 哭婢들로 하여금 한번 더, 마지막 애곡을 하게 하고, 그리고 미장이와 석공들을 불러, 그 무덤 문을, 여러 겹으로 막게 했다.

⒜살아 있는 우리들 이래서나
죽은 이께 하직을 고하니다.
그런 뒤 우리들은,
춤추고 웃기로
삶의 길이를 늘이려 하는데,
산 자들로는 이 경계에 닿지 못하게
우리 산 자들을 위해,
죽음에로 열린, 여기
이 벽을 쌓아 막느니,
　살아 있는 우리들
　하직을 고하니라.

그리하여 그 輓歌와 함께, 서러울 일은 끝장나고 있는 것이다. 癸里가, 저승에다 퍼버린, 둥근 개 한 마리는, 흙 아래 깊이깊이 가라앉아내려 갔으되, 그 三冬 사흘씩이나 되게 긴 잠을 자고 나면, 늙었던 것들이며, 죽었던 것들이, 푸러져 되돌아온다. 이승 어디에는,

'처녀의 샘'이 있다고 하되, 저승서 늙어 죽어 온 계집들만 그것이
어디에 있는지를 알고 아무도 모르듯이, 헌데 저승 어디에는, 늙어,
去勢된 사내들만 알고 아무도 모르는, 童貞의 불못이 있다고 하는
데, 세상 바람 너무 쐬이는 중, 불감증에, 경도불순에, 냉증을 치르
다, 여자이면서 여자도 아니게 된 늙은 여자들, '처녀의 샘'에 멱 감
고 돌아온 소문에 좇아 짐작컨대는, 불알을 잃고, 그것 찾으러 저승
순례 떠난 저것들도 분명히, 저그들만 아는 그 불못에 닿으면, 먼저
발목까지나 집어넣어 훌렁여보고는, 무릎을, 가슴을, 그리고 머리까
지 잠가, 깊숙한 데로 내려갈 것이었다. (아으, '천상적 열락'이 羊水
로 출렁임!) 그러면, 독사의 독액도 같고, 마늘즙과도 같으며, (흙을
입에 물어, 홍옥이나 청옥을 이뤄내는) 地龍의 타액도 같은, 그 맵
고도 더운 불물이, 거기 잠긴 것들의, 이승 때를 다 녹여 벗겨낼 것
인가. 그러면 살은 살대로 녹아, 뼈로부터 분리하고, 뼈는 뼈대로 가
지런히 한 무더기 남아, 희디희게, 뼈 위에 뼈를 얹고, 얹은 위에 해
골을 얹어, 폭삭 무너져내릴 것인가. (그러면 누가, 그 뼈를 주워 간
추려서는, 새로갖다가시나 한 運命을 조립해내게 되느냐? 그럴 때,
새로 그 한 運命을 조립하고 있는 '손'에 대고 빌 것이 있다면, 여보
게, 먼저 머리통을 놓되, 옆〔橫〕에가 아니라, 위〔縱〕쪽에다 놓아주기
같은 것일 것이지만, 그럼에도 그 '손'이, 뼈들을 골라, 그 어깻죽지
되는 데쯤에 붙이고 있을 때, 얼핏 들을 잘못 내어다보다, 허리 아
래쪽에 붙였으면 좋을 것들을 손에 쥐고 있었더라면, 얼럴러 상사
뒤야,〔붙을라믄 이것아, 天女도 仙女도 人女도 말고, 하필이면 猩猩
이었느냐?〕이눔 猴子여, 大猩猩이여. 안됐지러, 안됐지만, 헌데도
그 '손'이 어디, 난데없는 데서, 무슨 원숭이의 귀신이라도 내밀어
준 것이었겠느냐? 듣기로는 헌데, 그 '손'이란 누구의 것도 말고, 바
로 자네의 것이라고 허등만 그려. '性慾'에 붉어진 눈구녁에서 흐리
터분하게 쐬어내어진 손, 털이 숭숭난 붉은 손.)
  "처음,⁽ᄀ⁾火天—징글맞은 왕,⁽ᄂ⁾전신에 피를 붉게 발라 나서고, 다음,
아비 어미들 눈물을 흘리며, 자기네들의⁽ᄃ⁾첫새끼를 그 불 가운데 던

(ᄀ 이 '火天'은 '몰록(Moloch)'이다.
(ᄂ 羑里에서 오늘, "전신에 피를 붉게 발라" 나선 자는, '촛불중' 말고 또
    누가 있었던가?
(ᄃ 그(촛불중)가 무슨 상징을 입었든, 오늘의 연극에서, 죽음 가운데로 던
    져넣어진 '첫새끼/어린것'은, '촛불중'의 얼굴을 해 있다는 것을 상기할

져넣는다. 그럼에도 미친 듯한 징과 북소리 탓에, 자기네들의 ⌜어린 것이 우는 소리를 듣지 못한다. 저 첫새끼는 ⌜火天의 음식, 누구든 첫새끼를 바쳐 ⌜제사함으로써, 죽음을 극복한다."

상두꾼들은 그렇게, 자기네들 '삶의 깊이를 늘이려,' 웃으며 춤춰, 화톳불을 돋았는데, 그 불에다 그들은, 자기네들이 매기도, 입기도 했었던, 首経이며 腰経, 常服이며, 심지어는 속곳들까지도, 벗어 던져넣어 태우고 있었다. 그 불에서는 그러니 그들의, '必滅'이, '죽음'이, '더러움'이 타고 있던 것이다. 밤이 깊어갈수록, 더욱더 일럭이는 춤, 땀에 젖은 벗은 살들, 살들이 부딪치는 찌르럭이는 소리, 광희에 찬 아우성, 흐느끼며 웃는 소리, 웃으며 흐느끼는 소리.

춤(舞)은 늘, 重力에 거슬러, 살을 발판으로, 그것으로부터 타오르려는, 허물 벗기, 뱀의 욕망, 그것이다. 쿤다리니──그 뱀이 그 허물을 다 빠져나가버리면,

잉걸불에서는 불이 빠져나갔으며,

달 지고 난 뒤의 호수,

남는 것은 그리고는 껍질뿐인가.

아직도 몇 모금쯤의 광희를 남겨놓고 있는, 깨어진 소주동이들, 안 깐 마늘을 꽂은 된장뚝배기, 먹다 여기저기에다 내쏴던진 개뼉다귀들, 꺼진 숯, 춤(舞)만 고스란히 빠져나가고, 그리고 불이 핥다 남은, 냉이며 월후에 젖은 서답 몇 조각, 꽃상여에 꽂혀왔다 흐트러진, 시든 꽃 몇 송이──거기로도 아침은 왔으며, 냄새나는 햇볕 함께, 개미와 들파리떼뿐만 아니라, 까마귀와 솔개들도, 그 사라진 잔치를 노략질하러 몰려들었다. 도대체 그 춤(舞)들은, 그리고 타오르던 불은, 피어오른 뒤에는 어디로 스러지느냐. 그 뜨거운, 움직임의 알맹이들은, 어디로 빠져나가버렸관대, 이제는 그 종적도 알 수가 없느냐? 그 움직임(舞)들의 호끈한 어떤 자락, 어떤 접힘에서, 서캐가 슬 듯, 까마귀며 파리떼 등이, 슬었을끄나? 일어난 것이 스러질 수도 있으끄나? 세월의 가시쟁이며, 돌부리에다, 通時態的 共時態를 沙漠으로 벗어놓고, 저 밤을 태우던 그 춤들의 알맹이는 어디로 흩어져버렸느냐? 아으, 저 잠들어버린 불, 그 재 속이라도 헤쳐볼 일

───────────────

일이다.

(ㄹ 이 '祭祀의 形式'이, '불(火天)'에다 祭物을 바치고 있어, ('아그니호트라 Agnihotra') '몰록'이, '아그니'의 얼굴을 꾸며 있음을 알게 한다.

이겠느냐, 글쎄, 뉘 알랴, 그 속에 혹간, 조그만 佛이라도 반쪽짜리,
동그맣게 뭉쳐 있는지, 뉘 알랴? ('精蟲은 재'라거늘, 순화된 불.) 젖
도—같으며—한—방울, 굼벵이도 같고, 마늘도 같으며, 홍옥도 같
은 것——번뇌, 번뇌의 벌레, 번뇌는 벌레, 번뇌, 벌레, 벌뢰, 벌뢰——

제 2 장

"······He should at last establish his own fire
in his soul, and freed from all pairs of opposites,
and casting off all attachments from the soul,
he should pass his days in the mode called
Sanyasa······"

— "The Mahābhārata" ('Śanti Parva')

"태초에 말씀이 계시니라. 이 말씀이 하나님과 함께 계셨으니, 이 말씀은 곧 하나님이시니라. 그 안에 생명이 있었으니, 이 생명은 곧 사람들의 빛이라. 하나님이 가라사대 빛이 있으라 하매 빛이 있었더라."——촛불중은, 꺼져가느라 가물가물하며, 그 마지막 숨을 들이마시기나, 뱉기가 괴로운 듯, 가쁘게 홀홀 뛰기도 하는, 한 대의 촛불을 건너다보며, '빛'에 관해서 생각하기 시작하고 있었던 듯했다. 미리, 분명히 하나 밝혀둘 것이 있다면, 앞서 촛불중이, 話頭라도 삼아서인 듯, 중얼거려본 바의, "……빛이 있으라 하매 빛이 있었더라"는 인용문의 '빛'은, 본디, '낮을 주관하는 해'와 같은 것이 아니었는데, 그것과 마찬가지로, 촛불중이 새롭게 고려하기 시작하는 '빛'도, 현재 켜져 있어, 가물가물하게라도 빛을 발하고 있는, '촛불'과 같은 것은 아니라는 이 점이다. 그런 '촛불'이라면, 그가, 전에 언제 불어 꺼버렸던 것이고, 그런 후 그는, 그런 촛불에다, 예배의 젖먹이기를 기피해오고 있는 중이다. 그리하여 촛불중의, 빛에의 탐색은 시작되어 있는 듯한데, 이 '빛'은 어쩌면 그리고, 마지막으로 그가, 자기의 "魂 속에다 가꾸어놓으려는, 만약 魂이 둥지라면, 거기 품어두려는 알"과도 같은 것일지도 모르기는 하다. 그 촛불은 헌데, 그의 옛친구 판관겸직읍장이, 석 자루인가 넉 자루인가, 아무튼 그의 선 키의 턱에나 닿게, 대초를 이어, 그 안의 한구석에다 세워준 그것인데, 그것이 빛을 내고 있던 동안은, 그 무덤 속에로도 시간은 흘렀던 것이 분명하여, 그 촛대의 길이가, 시간에 역비례하여 짧아져온 것이다. 이 경우의 '역비례'란, 시간은, 아직 化現치 않은, 으스름한 미래의 시간을 化現케 하여, 그 과거의 길이를 길게 하고 있는 데 반하여, 촛대의 불꽃은, 그 현재를 자꾸 태워먹기로, 과거의 길이를 짧게 하고 있다는 그것인데, 이런 촛불빛을 건너다보고 있는 자가 만약 六祖였었더면, 그는 분명히, 이 이상스럽게도 서로 역행하는, 우주적 시간과, 개인적 시간(글쎄, 한 촛대의 타기의 시간이 그것 아니겠는가.)의 非平均性 같은 것을 話頭삼으려 했었을 것이라도, 七祖는, 즉슨 촛불중은, 그러나, 그것이 이상하다고 해야 할는지도 모르되, 그런 어떤, 시간의 문제에 대해서는, 의념조차도 일으키지 않고 있다. 그런 대신 그는, (아마도, '魂'과의 관계에서는 '불'이라고도 불리워질,——아으 그러면 그것은 '靈'일 것인가!) '빛'을 생각하고 있다. (이것은 그러자 무엇을 생각해보게 하는가 하면, ——時間에 대한 문제는, 空間的 거리, 時間的 길이를 고려하게 한다는 전제에서——六祖가 만약, 한 '點(Bija, essence of a Mantra)'의, 六道間에서의 縱橫의 몸부림치기와 관계된, 擴大/縮小間의, '거리'와 '길이' 등에 관심을 갖고 있었다고 한다면, 七祖는, '넓이(空)'와 '깊이(重力)'에 관심을 갖고 있어온 것이 아닌가, 하는 것 같은 것이다. 이 같은 문제를, 다시, 다른 국면에서 고려해보기로 하자면, ——양자는 물론, 자기만의 사닥다리를 다 올랐을 때는, 그래도 결국 같은 元點에 도달한 것을 알게 될 것이지만,——六祖는, 계속하여, 大我를 縮小하여, 小我化하려 하며, 小我를 擴大하여 大我化하려 해온 데 반해, 七祖는, 그 같은 한 '點'을 구성하고 있는 성분들을 분해하고, 그런 뒤, 그것들에다 '몸/말씀/마음'이라는 이름들을 부여한 뒤, 그 現象-學, 또는 辨證-法을 話頭로 삼고 있다는 것을 알게 된다. (이 '몸/말씀/마음'을, 앞서 촛불중이 중얼거린 것과 같은 方言으로 환치한다고 하면, '생명/말씀/빛'의 형태를 취하는데, 저것들을 합치고 봤을 때 얻어지는, 算術的 答은, '神〔하나님〕'이 되어 보인다. 누가 이 당장, 어떤 저항감을 느끼든 말든, 전제된 算術的 公式〔이것은 圖式이라고 말하는 것이 더 타당할 것이기는 하다.〕에 좇기로 하면, '생명'은, 한 존재에의 '몸'의 국면을 담당한다고 알게 하며, '빛'은, '마음'의 국면에 대한 그 方言의 이름이라는 것을 인정하게 한다. '빛'이 과연 '마음'과 같은 것이다? 그렇다 허기는, '마음'이란 '빛'이다, 原初的 빛! 〔*「바르도 토돌」을 참고하고 하는 말이지만,〕 '맑은 빛,' 아직 "해도, 달도, 아무 별도 없으되, 박명이나 여명과도 같이 밝은" 빛, 原初的 빛,——그것을 보기 위해서는, 꼭히 肉眼이 필요 없다고 일러지는 빛,——그것은 분명히, '眞空'과 동의어로서, 그렇다, 意識하는 有情께 제휴할 때, '마음의 본래적 상태'라고 일러져오는 것, 빛, 마음은 그래서, 저 빛은 그래서, 빛이며 마음이다. 〔아으 이러고 본다면 道弟여, 어떤 경우는, '力動的 想象'보다도, '圖式的 想象力'이, 어떤 眞理랄 것의 氷根을, 意識의 水面 위에로 떠밀어 올려주는, 더 어기찬 힘이 되고 있다는 것을 고려하게도 한다.〕)

____

* "Bardo Thödol"——죽음의 冊(Tbtn.)

138

이 '빛'은, "해도, 달도, 성군이 있기 전에," 본디부터 있어오는 이 빛
은 그럼에도, 해, 달, 별 들을 통해 化現할 때만 有情들께 인식되고,
그렇지 않을 때는, 그것도, ('영겁의 空間의 子宮' 속에 누워 있는)
'원초적 소리'와 마찬가지로, '영겁의 黑暗의 子宮' 속에 누워 있는
것이나 아닌가, 그것은 모른다. 이것은 물론, 그런 것을 생각해보기
에는, 너무 이르지만, 언제든 촛불중은, 그것을 궁금해하기는 할 것
이다. 현재로서는 그는, 전에 늘 해왔던, '촛불 보기'의 그 눈을 새로
뜨고, 촛불을 응시하고 있으면서, 그 불을 끄려는 아무 생각도 하고
있지 안했으니, 새로 또, 사미 시절의 촛불중에로 돌아갔거나, 아니
면 조금도, 그 불꽃에 마음을 묶고 있는 것이 아닌지도 몰랐다. 그
가 만약 그래서, 자기도 모른 새, 사미 시절의 자기에로 되돌아갔다
면, 의당히 그는, 저 불의 임종 다음에 오게 될, 암흑을 두려워하고
있을 것이며, 그렇지 않다면 그는, 그 불이 꺼지고 난 뒤에는, 무엇
이 올지, 그것까지도 생각하고 있지도 않을 것이었다. 또는 그것(암
흑)을, '불빛이 스러지고 난 다음'에 올 상태로서가 아니라, (그가,
'原初的 빛'에 대해 상념을 일으키고 있으니 말이지만,) '原初的 暗
黑'으로서, ("'빛이여 있으라!' 하매 빛이 있었다"던, 그 '말씀'이 있
기 전의) 無言의 상태, 아담이 처해야 했던 그 혼돈, 으로 건너다보
고 있는지도 모른다. 그러는 중에도, 시간이, 그 촛불빛을 마셔왔듯
이, 한 방울의 빛도 남기지 않고, 어쨌든 마셔가버릴 것이다. 그 불
이 꺼지면, 촛불중이 막연하게 그렇게 느끼고 있는 것처럼, 그 안의
시간도 그래서, 흐르기를 멈춰버릴 것인가.
  (그 안에) 공기가 희박하다거나(그럴 이유가 없었으므로) 하는 것
은 아니라고 알았으면서도, 촛불중은 그제 이르러, 어째선지 숨이
가쁘다고 느끼고, 그래 호흡에 마음을 모두어, 숨에서 가락을 찾으
려 했다. 항——(들이쉬는 숨의 소리) 하나—둘—셋—넷—다섯—
여섯—일곱—(여덟—쉬고), 쇠——(내어쉬는 숨의 소리) 하나—둘
—셋—넷—다섯—여섯—일곱—(여덟—쉬고), —— ——, 끄억——
끄억(건구역질하는 소리)—— ——, 끄억, 숨에 가락을 잡았기는커녕
헌데 촛불중은, 독주에 내장이 썩는 냄새를 불어냈으며, 그 냄새에
자극받고, 창자가 뒤틀리며, 건구역질을 해대는 통에, 항쇠 항쇠 쇠
쇠악 쐬악 쐭—— 가쁜 숨을 몰아쉬어야 했다. 그러는 중에 촛불중
은, 눈 속에서, 눈 속에 있는 무슨 다른 작은 눈이 터지는 느낌과

함께, 불똥이 스산히 일어남을 보았는데, 그러나 그 불똥들은 빠르게는 스러지지 안했으며, 그 하나하나가 커지며, 그 하늘을 빼꼭 채운다 하고 있는 중에, (그가) 또 보니, 그것들은 얼굴을 꾸미고, 음성을 꾸며, 크득 크득대고 웃기를 시작하고 있었다. 그래서 촛불중도 킥 키힉 웃었는데, 저런순 오그라붙을녀러 八萬雜幻이란, 숙취로 돼세기앓기의, 그 앓음이 구경거리(幻, 夢片)로 나타난 것들인 듯도 싶어 그런 것이다. 그러다 촛불중은, 손이 천이라도 모자라겠는 농사철에, 언덕진 데나 자빠져누어, 배터질녀러, 구름의 모양이나 읽으려는 저런순 내장머리 없는 자슥모양, 그 幻들을 읽으려 하다가, 점차로 숙연해져가고 있었다. 뚜껑을 덮지 않은 관곽, 자기 닮은, 살아 있는 송장, 수질·요질·상복 들을 태우며 그을러대는 개고기 냄새, 벌거벗은 춤, 어둡기, 하늘에는 해가 떠 있고, 시든 가을꽃에 떨어지는 가을볕, 수도부들이 바치는, 아편 섞인 독소주에 취해 있는 산송장, 웃음 소리, 살들이 찌그럭거리기, 화톳불은 펄럭여 타오르며 펄럭이지 않는다……그런 풍경들은, (표현의 수단을 입자, 약간의 순서가 드러난 듯싶음에도) 평면의 화폭 위에 실렸다가, 가위질을 당해, 많이도 조각이 난 것을, 획 흩트려놓은 것처럼, 그렇게 널려 있다. 그 그림의 조각들에는, 촛불중 보았기에는, 風景뿐만 아니라, 무슨 이야기(事件)도 담겨져 있었는데, 그리하여 깨닫기로는, 그런 雜幻들이란 모두, 아편 섞인 과량의 독소주 탓이었든 어쨌든, 자기가 지켜보아온 것들이었을지라도, 깨달아 받아들이지를 못해, 가라앉지도 떠흘러가지도 못한 채, 자기의 망막에 머물러 있던 것들의 再現이라고 했다. 그렇다, '第九時의 暗黑'의 印封을, (아아, 밧모섬에 은퇴한 자여, 요한이여,) 뒤늦게 뜯어보기. 이것은 물론, 촛불중께는 커다란 경이였으며, 그리하여 그는, 그 뜯긴 '印封' 속을 자세히 들여다보기 시작했다. 그러며 고려했기는, 그런 때 그러면, 이미 진행되어온 事件과 風景에서, 時間이 빠져나가 없거나, 또는 배경에 머물러, 그 事件과 風景에는 아무 영향을 못 미치는 수가 있다는 것이었다. 그리고 또 그는 고려했기는, 저 '第九時'의 事件과 風景이 '印封'되고 있었을 때, 저 '第九時' 속에, 요한 당자가 참여해 있지 안 했었다는 경우는, 뒤늦게 저 '印封'이 뜯기게 되었을 때 보면, 저 '第九時' 속에서 일어났던 事件과 風景은, 어떤 (판독해야 되는) '暗號,' 또는 (저 특정한 '第九時' 속에서 일어난 事件과 風景

〔은, ‘意味’와 ‘記號’의 관계로 이해해야 할 것이다.〕의) ‘構造’를 확대
하여 드러내는(것이나 아닌가, 하는) 데 반해, 요한 당자가 거기 참
여해 (있었으되, 감내할 수 없는 공포심이라거나, 무슨 까닭에 의하
여, 그런 어떤 事件과 風景을 목도하고 있었음에도, 인식해들이지
못하고 있다가, 나중에 그 ‘印封’을 뜯어보게 되었을 경우는,) 있었
을 경우는, ‘黙示的 現象’이 압도한다고 한 것이다. 이미 일이나 있
었던, 順序的 事件과, 時間의 衣裳으로서의 風景이, 그것을 꿰인 줄
을 끊고, 共時的으로, 그리고 平面的으로 압도하기──. (그것이 ‘黙
示的 現象’이라고 촛불중은 이해한 것이다.)──그의 생각이 이만쯤
에 이르렀을 때 촛불중은, (울던 아이가, 울다 지쳐 잠들면, 숨을 되
채어 마시는 것 같은, 그런) 되채어 마시는 숨을 쉬고, 숨에 편안함
을 느끼고 있었으며, 뒈세기病에서 어떤 열예 같은 것을 짜아 마셨
다. 만약 한 중이, 그것이 무엇이든, 심지어 病까지라도, “그것을 어
떻게, 자기의 달마修業에 써먹을지, 알기만 하면,” 그렇다, 중에게
는, 아무것 하나도, 法恩이 아닌 것은 없다. ‘頭痛’을 예로 든다 해
도, 그것은 말하자면, 먼지를 싹싹 쓸어가는, 빗자루에 비유될 것이
다. (頭痛도 그러할 때, 그보다 더한 重病의 法恩이야 말해 무엇할
것이냐. 病이란, “無時前부터 시작해 쌓여온, 악이며, 장애가 되는
것들을 모두 淸掃해버리는 것을.” 보다 확대해 말하면, “몸 자체가
우환이다.” 그리고 악이며 장애이다.)──이 비구는 그렇다면, 저 八
萬雜幻 흐름도 없이 흐르는, 黙示的 現象으로부터, 무슨 수로든, 자
기가 어떤 환경에 처해 있으며, 그렇게 되기까지, 자기를 둘러, 어떤
일들이 있어왔던지, 그 通時性을 재조립해낸 듯하고, 그리고도 자기
의 처지가 결코 나쁜 것만은 아닌 것이라고, 믿기 시작하고 있는
것이 분명하다. “肉 속에 억류된 魂이여, 魂 속에 억류된 靈이여,”
──그럼에도 그 ‘억류’는, ‘나비에의 꿈’의 ‘잠’인 것이라고, 억류가
잠이라고 촛불중은, 觀하고 있는 것인 것이다. 글쎄 촛불중은, ‘헤어
날 수 없는 미궁’ 속보다도, 더 헤어나기 어려운 땅굴 속에 埋葬되
어 있음을 실감해내기 시작한 것이다. 글쎄, 美里는, 저 한 촛불꽃
을, 暗黑의 한 귀퉁이를 호부작여 파, 묻어버린 것이었다. 여름밤을
흐르는 반딧불 같은, 또는, 불물을 헤치는 연어도 같은, 浪癖 하나.
그러던 중, 어느 모서리에서든, 그 慣性에 찔커덩 한번, 정지가 물려
들기만 할 수 있다면, 흐르던 것은 그때, 흐르기가 꼭히 무장애의

조건만은 아니라는 것을, 그러나 알게 된다. 그럴 것이, 멈출 곳이 나, 목적이 없어 흐르는 것에게는 글쎄, 세계란 그냥 無邊일 뿐인 데, '邊'이 否定되면, 이상하면서도 당연하게도, 그 '中心'도 否定되어 지던바, 흐르는 것들이 알게 되는 것은, 그리하여 無障碍인 것은, 그 것이 無障礙이기 탓에 障礙가 되더라는 것이다. 촛불중이 잘 알고 있는 사실은, 無邊이어서 中心도 없는 곳에서는, 걷는다거나, 달린 다는 식의, 어떤 움직임이, 움직임(動)에 의해서, 움직임을 流失하게 된다는 것이다. 그래서 움직이지 않으면 無障碍이던 열림이, 움직이 기 시작하여, 그 움직임에 약간 가락이 생길 때쯤 되면, 障碍가 된 다. 無障碍가 障碍인 것을? 것을! 그러면 그 움직임은, 안됐지만, 그것 자신의 움직임 속에 갇힌다. 壁이 없는 곳에서, 제기랄녀려, 느 닷없이 壁을 마주하기, 아으, 無門은 어떻게 열어야, 통과할 수 있을 것인가! 空間 속에 갇힌, 움직임. 그렇다면, 開放 속에 갇히기나, 閉 鎖 속에 던져넣어져 있기나, 거기 무슨 차이가 있는가?——촛불중 은, 한번 더 出家하고 있었다. 이제는 그리하여, 그녀러 고질이 된 절시증 탓에 헤맸던, 그 절시의 눈을 감고, '밖'이라는 쪽에 대해, '저쪽'에 대해, 거기서는 대체 무슨 일이 일어나고 있는가, 궁금증이 나 호기심을 키울 일은 아니다. 그런 궁금증, 호기심에다 魂의 젖퉁 이를 물려 주고 있으면, 壁은 그러면 갑자기, 두 개의 얼굴을 드러 내보인다. 그래서 보면 글쎄, 자기는 그 壁의 '안쪽'에 있고, 그래서 '바깥쪽'에의 그리움을, 상사병보다도 더 못 참을 그리움을, 일으켜 내게 한다. 壁이란 글쎄, 그런 것이다. 그 안쪽에 있는 자가, 밖에다 추파를 던지지 않는 한, 또는 그 밖이 해 들여보내는 눈짓에 동요 치 않는 한, 그것(벽)이 거기 있기에 차라리 편한 것이며, 그렇다면 그것이 무슨 장애라거나, 구속, 또는 고통 같은 것은 못 되는 것일 것이다. 문을 훤히 열어놓고도, 열려진 문 안쪽에 갇혀, 九年面壁을 한 사내도 있던 것이 아니냐 그때 그 사내는, 황소 털 하나만큼의 외풍이라도 스머들 틈이 없게, 열려져 있는 그 문이 닫혔더라면, 무 릎이 좀 덜 시릴 것이라고 했을 것인가. 허기야 그럼에도 촛불중은, 九年面壁을 했다는, 어떤 남의 일을 끄집어내, 자기 위로로 삼으려 할 필요도 없기는 없다고, 스스로 잘 알고 있었다. 어젠가, 그젠가, 그그저껜가까지 촛불중 자기는, 거기를 통과해 나가기 위해서, 훤히 열려진 문을 마주해 앉아 있어도 온 것이다. 거기, 혹간, 문이 닫겨 있었더면, 닫겨 있고도 빗장까지도 걸리워져 있었으면, 그리고도 파수 보는 자가 있었으면, 촛불중 자기는, 어떻게든 그 문을 열어, 열려진 데를 통과해 나갔었을 것인가? 그렇게 묻고 그러나 촛불중은, 자답삼아, 고개를 저었다. 그렇다면 촛불중 자기에게는, 어떤 방의, 문이 열려 있거나, 닫겨 있거나, 닫길 문 하나도 없는 바위무덤 속이거나, 거기에 무슨 다름이 있는 것이 아닌 것이 아니겠는가. 그리고 촛불중은, 자답삼아, 고개를 끄덕였다. 그와 동시에 촛불중은, 그 방안은, 공기가 매우 희박한 데다, 썩고 있는 웅덩이모양, 순환이 없다고 느꼈다. 촛대의 길이는, 그의 엄지손가락보다 짧아져 있었으며, 그는 새로 건구역질 함께, 두통을 일으켜냈다. 말하기 위해 말이지만, 그래서 壁은, 어머니의 저고리의 앞섶이나 치마폭처럼 변해질 수도 있다고 한다 해도, (저 촛불꽃이 가고 난 뒤의) 暗黑도 그렇게 변해질 것인가?——촛불중의 빛에의 탐색은, 그래서 시작된 것일 것이었다. 해며, 달, 성군을 볼 수 없는 처지에 있는 자로서는, 그것들이 쐬어내는 빛을 운위할 수 없다는 것은 그리고, 당연한 일이다. 그러는 중에도 하나의 촛불꽃은, 暗黑의 四面楚歌에 함락되어가고 있으며, 그러며, 그것이 쐬어내는 빛에서 피냄새를 맡아 운집해 둘러선, 배고픈 귀신의 무리, 그 암혹에 (빛이) 공포감을 드러내기 시작하고 있었다. 그래서 웅숭크리고 움츠러들려 하자, 암혹은 보다 더 대담하게, 불꽃 가까이 다가들어, 불꽃에까지도 혀를 대려 하고 있었다. 그 촛불꽃에서, 조금이라도 더 많은 빛을 핥으려는 귀신들은, 이제 그 촛불도 임종에 가까워 있으며, 그러고 나면 자기들은, 언제 또 빛의 맛을 보게 될지 모르는, 기약 없는 기다림으로, 암혹이 되어, 암혹 속에 깊이 깊이 가라앉아들어, 잠들어야 한다는 것을 알고 있었다. 빛은 소금도 같은 것, 어떤 근원적 따뜻함,——어떤 기회에 닿아 맛보게 된 빛은 그래서, 자기네의 염통 속에 간직해, 秘密 삼아뒀다가, 백년 가다끔 한 번씩 꺼내, 혀끝만 아주 조금 대어볼, 그렇게나 소중한 것인 것. (너무도 빽빽한 암혹 속에 갇힌 빛은, 어떻게도 그 암혹으로부터 탈출할 수가 없던 그러던 날, 굳어 金脈을 이루든, 아니면, 붉거나 푸른 돌이 되어버릴 것이다.)

그리고 그 촛불꽃은, 쇠진해 쓰러져버렸다. 그러기 전에 그것은, 어떤 분노와 증오 탓이었든, 흐린 붉은 빛을 드러내, 한번 맹렬히 타고는, 숨을 거두었는데, 제 몸이 녹아 된 그 수분 속에 익사했다.

상승에의 의지라는 '불꽃'이, 제 몸이 녹은, 그 수분의 밑에로 가라앉지 않으려, 잠시, 몹시 자맥질해대더니, 무력하게도 가라앉아 가버린 것이고, 그리고는, 암흑이었다. 술은 암흑. 肉眼은, 심지어 夜行性 짐승들의 그것까지도, 빛에 의해서만 그 기능을 다하는데, 그렇다면 밤빛만큼도 빛이 없는 곳에서는, 눈은 이제 더 이상 눈이 아니다. 촛불중은, 저 꺼져가던 촛불의 임종을 지키다, 눈을 잃었으므로 말하자면, 그래서 거의 본능적으로, 두 손바닥으로 자기의 두 눈을 짓눌러보았다. 그러자 눈의 안쪽에서 일순, 불똥이 스산하게 튀기는 것을 보게 되었는데, 그래서 촛불중 생각에, 자기의 눈의 어디 주름진 데에는, 아직도, 얼마쯤의 빛이 접혀들어 있는 채, 못 떠나고 있는 것이 분명하다고 했다. (저것이, 植物에 대해서는 飮食이 되는 것일 것이지만, 사람이라는 이상스러운 動物 속에서는, 그것이 익으면, 鑛脈이 되거나 飮食이 되는 대신, 智慧가 되어 있는 것일 것이다, 마늘과 쑥, 天路歷程에 쓰이는 路資.) 손바닥에 눌려진 그 눈들에서는, 짜가운 눈물이 흘러내리고 있다고, 촛불중은 느끼고 있었다. "……말씀드렸다시피, 이 초는 소승의 특제품입지. 향 대신에 비상이 함유됐습지.……헤헤헤. 그래서 소승은 이제, 대사의 눈꺼풀을 까뒤집고, 저 찬연한 햇빛 아래에서 눈물을 말릴 터인뎁지, 눈물이 마를 때마다 말입지, 이 촛농을 그 눈물 대신, 대사의 저 영기 서린 안구에 떨어뜨려주려 합지.……흐흐으, 아 즐겼습지, 즐겼습지, 그렇습지, 재미가 있었습지. 그러느라 말입지, 그 일은 천천히, 아주 천천히 말입지, 마음을 가다듬어가며 했었습지.……흐흐으, 눈물 말라 그 눈이 죽은 물고기 빛깔을 띠면 말입습지, 소승이 그렇습지, 한 방울의 촛농을 말입지, 대사의 눈썹을 꼬슬릴 그만큼의 거리에서, 눈물삼아 똑 떨구어주며입지, 이렇게 위로해주었습지, 눈입지, 고통받는 눈입지, 이승 너무도 센 바람에 눈물조차 못 흘리는 슬픈 눈입지, 천상적 빛이 떨구는 이 수분을입지,……흐으, 으으……저 촛농의 도금을 떼어내고 보면입지, 희었어야 될 휜창에입지, 강낭콩꽃이 어느녘에 그렇게나 피었을깝지, 흑갈색 동공엔 어느녘 그렇게 구름 휘몰아 덮었을깝지. 소승은 여러 번이나 말입지, 존자가 몸을 씻던 걸 떠올렸습지. 헤헤헤, 흰 껍질 아래 되사린 더러운 붉은 살 말입지,……佛酒는 독하군입지, 독하다 말입지.……새로 날이 터올 것이지만, 말입지, 헤헤흐, 동은 눈에로 터오는 것인

144

가, 마음에로 터오는 것인가,……" 촛불중은, 별 염병헐녀러, 녀러,
울음을 울고 있었다. 그 울음이 딸꾹질이 될 때까지도 울었으며, 그
러자니 그 울음 소리는, 비 묻은 날 왼골 안에서, 능구렁이가 우는
소리모양, 밑으로, 위에로, 옆으로, 삼천대천세계로, 우렁 우렁 울려
나갔는데, 그것은, 무엇인가가, 라고 해보았자 다시 '소리' 아니겠는
가, 무슨 커다란 북 속에라도 갇혀들어서는, 자기가 매우 억울하게
유형살이를 하고 있다고, 그 사연을 고하기 위해, 그 속에서 쳐대,
소리를 울려내게 하고 있는 것과, 매우 흡사했다. 그러자 귀 열어
촟里의 하늘이 나직이 내렸는데, 무슨 슬픔 탓이든 하늘은 굳어 회
색이었다. 허긴 이것은 안개비철인 것이다. 앉아 울기에 창자가 너
무 불편하다고 촛불중은, 엎드려져서 울었다. 그 울음의 가락을 좇
아, 이승서 만났던 여러, 여러 얼굴들이 흘러갔는데, 유독 한 얼굴만
은 그 울음의 한가운데 머물러, 뱅글뱅글 소용돌이를 치고 있었다.
그 소용돌이 떠도는 얼굴이 누구의 것이었는지, 그건 말해보면 뭣
하겠는가. 그는 어째도 중인데, 이 한번 울음만은 그래도 이 중이,
어디에선가는, 그 바랑 주머니를 열어놓으려 했던 모양이었다. 그래
서 그는, 넋놓고, 수음하기 대신, 울었다. 길고도, 느린 목청으로, 길
게 넘어가게 짜게 울었다. 창자며, 마음이며, 허파며, 염통이 다 녹
아져, 그 부분에 큰 동굴이라도 열린 듯한 느낌이 들었을 때까지,
작것, 별 지랄한다고, 울고, 청승으로 울고, 이승 한으로 울고, 또 울
고, 그리고도 울었다. 그 울음을 좇아, 그의 한 인생이 풀려났으며,
되사려들었다. 청승이란 때로, 좋은 것이다, 그것에 가슴을 맡기고
있으면, 가슴앓이가 치유된다. 그러는 중 촛불중은, 자기의 창자가
녹아 흘러내렸음을 느꼈으며, 가슴에 허스러움이 있음도 느꼈다. 빛
이 없어 눈에 보이지 않는 사물은, 거기 있어도 없다. (는 것이 못
보는 자들이 하는 주장이다. 그리고 촛불중도, 그 스스로 알고도, 모
르고도, 바로 이 함정에 잘 떨어져내리는데, 어떤 경우는, 修辭學的
압력에 의해서이며, 어떤 때는, 자기의 五官이 실다움이라고 믿는
것에 대한, 그 실다움의 정체를 상대로 刺客行을 하려기 위해서며,
또 어떤 경우는, 자기의 五官으로써는 인지할 수가 없어, 추상적이
라고만 여겨지는 실다움에 대한 회의 탓이기도 하지만, 그렇다고
해서 그가, 그 함정을 못 벗어나거나 하지는 않는다. 사실 그는, 어
느 편인가 하면, 자기의 五官이 실다움이라고, 그래서 그것들만이

견고한 진리라고 여기는, 그 국면의 우주, 즉슨 상사라야말로, 幻이라고, 그것을 부숴 없애기 위해 고행중이지만, 그 상태에 이르기까지는 어째도, 니르바나뿐만 아니라, 상사라도 절대적 실다움이 아닌 것은 아니라고, 그렇게 알아, 그것을 헛되이 하려 하지 않고 있다. 얘기가 나왔으니 말이고, 또 이것은 좋은 기회인 듯하니 말이지만, 자기의 눈으로 보지 않은 것은, 또는 안 보여 못 보는 것은, 말하자면 존재치 않는다고 믿는 자들께는, 그러니, 귀신나부럭지라든가, 그 자신의 魂 따위란 있는 것도 아닐 것인데, 이렇게 되면, 촛불중 같은 중들이 성취하려 하는 실다움, 절대적 실다움, 즉슨 니르바나 말인데, 그것까지도 헛것으로, 실다움이 아닌 것으로, 非實學的인 것으로, 그런즉 일별이라도 할 만한 아무 알맹이도 없는 것으로 수포화해버리고 말게 된다. 그렇게 하여, '두 진리' 중의 하나가 부정되기로, 하나만 남게 되는데,──이것은 참으로 울참하고도 중대한 문제여서, 많은 말을 필요로 할 것임에도, 이것이 물론 기회가 좋다고 한다 해도, 그것까지 말해도 좋도록 法席이 넓지는 않으니, 들을 귀가 있는 자만 들으라고, 투박한 소리나 하나 해두고, 다른 기회, 다른 法席을 노리는 것이 좋을 듯해서 말인데,──그러면 人間은 그 당장, 그 자신의 살〔肉身〕 속에로 추락한다. 그리고 이 '살'의 宇宙的 方言은 '畜生道'이다. 〔'두 개의 眞理'에 대해 그러자, '바룬다鳥'의 비유가 떠올라 말이거니와, 宇宙의 기원을 대체로는, 하나의 거대한 알〔Hiranyagarbha, Skt.〕에다 두고 있던바, 그렇다는즉슨, 그 '알'에서는, 꼭히 '바룬다鳥'만 부화된 것은 아니며, 千頭蛇〔아난타〕도, 또는 〔河圖나 洛書를 그 등에 얹고 있던〕 거북이도 깨어날 수 있었던 것은 쉽게 짐작되는 바이지만, 어쨌든, 하나의 목적이 세워진 이상, 그 알을 쪼아나온 것은, 한 마리의 새라고 해두기로 할 일이다. 여기에 무슨 해스러울 일이 있는가? 그렇다면 이 새인즉은, 너무도 거대하여, 그것이 대체 몇 개의 날개를 가졌으며, 머리는 또 몇이나 되는지, 그것을 보아내기에는, 有情들께 주어진, 살의 눈은 너무 작은 것이 사실일 것이다. 그럴 때는, 그 肉眼에 보여지는 것만을 실다움이라고 쳐, 사람들은, 새란 글쎄, 두 개의 날개에, 대가리 하나, 대가리가 하나이니 몸도 하나인즉, '큰 새'도 새라면, 어째서 이 새의 조건에 어긋나야겠느냐고 판단해버릴 것임에 분명하다. 그것도 허기는, 분명한 하나의 실다움이 아닌 것은 아닐 것이다. 헌데 문제는, 그런 사람들 중에, 하필이면 그 '새'를 다 보아버리는 일[覺]이, 삶의 의미[道]를 알아내는 일이라고 믿는 자들이 속출하여, 그 '새'를 보아버리기에 왼갖 노력을 다하는 중, 그 '새'를, 거의거의 다 보아가고 있다고, 스스로 믿는 자들이 밝히는 소리를 들으면, 그 '새'는, "몸은 하나인데, 대가리가 둘"이나 된다고 이른다. 그래서 그 대가리 하나는 '仙餠'을 물었으며, 다른 대가리는 '毒'을 물고 있다고 한다. 사람들은 그래서 이런 소문을 퍼뜨리는 자들을, 사팔뜨기에, 狂人들로 쳐, 웃고 말았는데, 바로 이 '사팔뜨기'들이 어떤 경로에 의해서든, 斜視를 극복해내면, 살 속에서, 살의 것은 아닌 눈을 하나 더 열어, 세눈박이가 되는 일들이 있고, 그들의 그 세번째 눈으로 보고, 하는 소리를 들으면 헌데, 거참, 별스럴 것도 없는 소리도 같지만, 그 '새'는 여전히, "한몸에, 머리도 하나뿐"이라고 한다. 그렇다면, 저 '바룬다鳥'의 실다움은, "머리가 하나"라는 것이며, '둘'이라고 보아진 것은, 그렇게 본 눈의 斜視性 탓이라는 것인 듯하다. 일어나는 의문은 그러자, 사실로 그래서, 자기네들의 五官이 인지해낼 수 있는 것만큼만 인지해낸 자들이 보고 셈해냈던, 그 새대가리와, 그것을 보려 고행난행 끝에, 눈을 하나 더 떠, 그 셋의 눈으로 보게 된 자들이 셈해냈던, 그 새대가리는 같은 한대가리인가, 하는 것인데, 사팔뜨기들만, 고개를 갸웃거리고 있다. 그리고 '세눈박이'들이 하는 소리를 들으면, 그 '실다움, 즉슨 대가리'는 하나인데, 붙이려 하면, '이름'은 '둘'일 수도 있다고 이른다. '니르바나'와 '상사라.' '상사라'란 헌데, 자기네들 딴에는, 자기네들의 두 눈이 올바로 박혀 있다고 믿는, 그 '두눈박이'들이 본 그 대가리의 이름이라고 한다. 이렇게 되면 가맜자, 삼시랑이 뚫어준 눈 바르게 떠, 바르게 보려 한다는 '두눈박이'들께, 뒈세기병이 돌지 않을 도리가 없게 되는데, '상사라'란 '상사라'여서, '니르바나'의 개념도 설 자리가 없는데,— 그 개념이라도 일어나려 하면, 그것이 대번에갖다가시나, 바른 눈들을 비뚤어지게 해버리던 것이 아니냐.—'니르바나' 쪽에서 보면, "니르바나가 동시에 상사라"여서, 뒤집는다면, "상사라가 니르바나"라는 것을, 그래서 그 "둘은 다름이 없다"는 것을, 인정하지 않을 수가 없게 된다. 그 결과는 어떤가 하면, '니르바나' 쪽에서는, 결코 '상사라'를 부정해본 일이 없는데, 어떻게 돼선지, '니르바나'만 실다움으로 남고, '상사라'가 捨象된다는 것이다. 하나는 그렇게 되면,

‘절대적 실다움’이라고 부를 수 있다면, 다른 하나는 ‘상대적 실다움’이라고도 이를 수 있는 것이나 아닌가, 하는 것을 고려하게 된다. 그리고 이런 것은 물론, 순전히 ‘修辭學的 考慮’랄 것이기는 하지만.]) 비구는 그럼에도, 물론 입어진 “畜肉을 정복한 자는 아니라도,” (왜냐하면 그것은, ‘정복’하라고 입혀진 것이 아니기 때문일 것.) 어떻게 難境은 法恩으로, 惡處는 聖所로, 憂患은 純化力으로, 그리고 毒은 몰약으로, 바꿀지를 아는 자라고 이르니, 둬둘 일이다, 羑里에서, 왜냐하면 저것은, 다른 어디에도 말고 하필이면, 羑里의 아랫목진 데, 창자 속 같은데, 떼그럭 떼그럭 굴르는 것 같은, 그런 좀, 想像姙娠도 같은 異物感, 그런 異物이어서, 달이 찼거나 말거나, 뽑아내, 저 해골 속에다 던져넣어버렸거니와, 그것이 대체, 이쪽 세상 무엇을 그리도 못 잊어, 저렇거니나 울부짖는지, 둬둘 일이다, 그 비구의 그런 환속을 둬둘 일이다, 뉘 알랴, 저런 환속을 통해 비구는, 왼통 살을 썩히고, 뼈를 녹여서는, 철철 흘러, 한 발자국 걸어내리고, 두 발자국 디뎌 내린다고 함시롱도, 시롱도 말이제, 바람부는 날 민들레, 땅에 꼭 밀착해 있다고 함시롱도, 시롱도 말이제, 둥둥 떠흐르는 민들레, 못 잊겠을 세상 뒤에 남기고, 표표히 떠나는지, 둬둘 일이다. 살을 아파하며, 그럼에도 비구는, 그 ‘아픔’에서 즐거움을 짜아내지 않으며, 그리고 비구는, 그 ‘아픔’을 회피하지 않는다. 그 자신 禪化하지 못했으면, 비구란 그래서 禪的 짐승이다. (이 ‘禪化’란, 畜生道에 대해서 ‘文化’라는 말이 쓰이듯, 禪門의 ‘文化’에 대해서 쓰여지고 있는 어휘인 것을 고려할 일이다.)

가슴에 구멍이 나도록 쿨쩍이다 이 비구는, 새로 연좌를 꾸며 앉았으며, 그리고 흐럭 흐럭이는 숨을 조절하기 위해, 심호흡을 하기 시작하여 마음을 그것에 모았다. 한번도, 그런 어둠에는 접해본 적도 없던 눈은, 이제는 꺼진 촛불이나 다를 바 없는데, 그는 그리하여, 자기가 오래 전에, 그런 촛불을 불어 꺼버렸었다는, 그 기억을 되살려내기 시작했다. 그렇다면, 자기가 경험하기 시작하는 이 암흑은, 허기는 모르지, 아물어가고 있었던지도 모르되, 사실은 內腫이던 것이, 오늘 어떻게 아프게 긁혀져, 밖으로 터져, 약간의 고름을 흘려내는 것인 것이다. 그때, 옛적, 요 얼마 전 옛적 그때, 촛불중 자기는, 六祖의 肉眼에다 촛농을 떨어뜨리며, 六祖의 눈 속의 모든 光明을 파괴한다고 했었는데, 뒤늦게 알게 된 사실은, 그 촛농을 떨어뜨렸던 그 촛불이, 자기가 그 沙漠 가운데 심어, 자기의 심령의 젖을 먹여 가꿔왔던 그것이었다는 것이었었다. 그때 그 촛불이, 그 沙漠의 水分을 다 태운 뒤 꺼져버렸을 때 자기의 빛도 꺼져버렸던 것이다. (자기의 토굴 속에 켜져 있었던, 그 촛불을 꺼버린 것은, 그 런 어떤 뒷날 일이지만, 오늘 촛불중께 믿기워지기로는, 그런 어떤, 며칠 정도의 시간적 차이란, 별로 따져볼 만한 의미도 없다고, 하고 있다.) 어쩌면 그랬기 탓에 자기는, 알고도 모르고도, 자기의 뱃속에 심겨져 있다고 믿어지는, 그 '빛돌'을, 그렇게도 소중히 간직해, 지켜 온 것이나 아니었는가, 촛불중은 오늘, 그것을 뒤돌아보았다. 암흑 은 때로, 休息의 젖에 퉁퉁 불은 젖퉁이를 매달아, 지친 魂들을 위 무하되, (이 '休息의 젖퉁이'를 매단 암흑은 허기는, '잠'이랄 것, 水 銀液.) 모든 암흑이 다, 지친 魂을 위무하는 것이 아니어서, 암흑 속 에서는, 차라리 보다 더 괴로운 꿈이, 즉슨 흡혈귀가, 괴롭게 일어난 다. 그렇다고 하여 비구라고 이르는 자가, 그 암흑이 괴롭다고, 싫다 는 정을 일으켜낸다면, 그 순간, 그 한 비구는, 그 편견에 의해, 암 흑이라는 지옥 가운데로 떨어져내리지 않겠느냐.

심호흡을 해가는 중에 촛불중은, 조금 전과는 달리, 안의 공기가, 의외로, 조금도 희박하지가 않다고 깨닫기 시작했으며, 자기의 숨결 을 따라, 공기의 흐름이라도 있는 듯하다고 느끼고도 있었다. (이거 뭐 뻔한 얘기지만, ——제기럴, 小說하기의 雜스러움!) 그러니, 벽의 어디엔가는, 하다못해 지옥에로 이어져서라도, 통풍구가 있는 것이 라고, 촛불중으로 하여금 믿게 했으며, 그것은 촛불중을 실소케 했 다. 그래서 무엇이 달라졌느냐, 촛불중 자기는, 그런 많은 우회곡절 을 겪은 뒤, 그리하여 다시, 자기가 떠났었기 전의, 그 꼭같은 유리 에로 되돌아와버린 것이 아닌가. 자기가 촛불을 꺼버렸을 때도, (약 간쯤의 時差가, 무슨 그리도 큰 문제가 되겠느냐고, 앞서 밝혀졌었 지 않느냐.) 그 明暗度야 어찌되었든, 자기의 心度 쪽에서의 羑里 는, 대개 이와 비슷하게 어두웠었다. 그래도 물론, 전과 비교해, 이 매우 비슷한 환경, 처지가, 두 가지 점에 있어, 다르기는 달랐으되, 그것인즉도 허기는, 우회곡절의 결과일 것이었다. 전에는, 촛불중 자기란, 명색만 수도승을 꾸민, 官의 앞잡이로 羑里에 파견 잠입했 던 자였었으나, 이번엔 수도승으로 온 것이 그 하나며, 전에는, 자기 의 의사대로, 그 토굴의 거적문을 떠들어 나고 들 수 있었으되, 이번에는, (아까 촛불빛이 있었을 때 일별해본 바에 의하면) 그런 문이 있는 듯하지 않다는 것이, 그 다른 하나인 것이다. 그리고 門은, (촛불중은, 이번 羑里 돌아온 뒤부터, 새로 앓기 시작하여, 어느덧 고질이 되어버린 듯한, 그 門의 病이 돋임을 느꼈다.) '몸의 宇宙'에 소속된 것이 아니겠느냐고, 생각해내고 촛불중은, '羑里의 總督'의 管轄區와 '羑里의 七祖村長'의 管轄區의 경계를 분간해보려 했다. '總督'과 '七祖'는 그래서 사실로, 꼭같은 지역을 다스리고 있는가? 그 대답은 헌데, 바로 거기에 있는 것이어서, 해보려 하면, 하려는 자의 눈썹이나 축내고 말 것이었다. 門은 그리고, '몸의 宇宙'에 소속된 것이던 것이다. 촛불중은 그리고, 체머리를 한둬 번 썰렸는데, 문이 훤히 열린 감방에서, 문을 마주해 앉아 있었을 때는, 어째서 그것을 생각해내지 못했던지, 그것이 이상해 그런 것이다. 허기야 거기는, 門이 활짝 열려져 있어, 열고 나갈 門이 없었고, 여기는, 꼭 닫겨 있어, 닫을 門이 없는, 그런 차이는 있다. (거기는 그리고, 出産에의 두려움이 있었고, 여기는 그리고, 죽음에의 두려움이 있다.) 六字大明呪(옴마니팟메홍)란, 六道의 門들을 닫기 위한 呪文이라고 하거늘, 그래서 닫을 門이 없어, 門이 없는 곳에 이르른 자가 있다면, 그는 과연, 여섯 門을 모두 열어 나가, 그 뒤쪽에로 門을 닫아버린 것이 분명한가? (누구나 짚어내겠다시피, 여기 어디에 헌데, 禪筍이 돋아날, 비옥한 矛盾撞着이 있다. 는즉슨, 六道〔상사라〕를 뛰어 넘은 정신이 있다면, 그것을 空得〔니르바나〕이라고 이르거늘, 그리하여 프라브리티가 니브리티인 것을, 거기 어디에 무엇을 뛰어넘고, 닫고 한다는 투의 작위의 자리가 있겠는가?)

　　——아직 日月星辰이 있기도 전 그 起初에, 먼저 빛이 있었더라.

　그리하여 이 비구는, 자기에게 남겨진 두 가지의 은총이며 자유인, '숨'과 '마음'에다 氣를 모으며, 자기가 처하게 된, 저승 방 하나를, 자기로서 할 수 있는껏, 아늑하고, 구들막이 뜨뜻하게 하여, 지낼 만하게 꾸미려 하고 있는 듯했다. 최소한, 해도 하나 제 몫으로, 달도 하나 제 몫으로, 그리고 별들도, 그 이름들을 좇아 하나씩 제 몫으로 만들어, 순서 정해, 그 천정에다 뿌려놓으려 하는 모양인데, 그러기 위해서는 물론, 그 基田을 견고히 닦아두는 일은 필요할 터이다. 그의 숨결은 이때쯤, 그 가락을 잡아, 그 둥지에 들기나 나기에, 별다른 失足 현상을 드러내지 않기에 이르렀다. 그 '숨'이 들고

나는 '둥지는, '金卵'이라고 부를 것인데, 아직 거기에는, "⑴非存在도 없었으려니와, 존재도 없었다. 空間도 없었으려니와, 그 위쪽의 하늘도 없었다. 무엇이 흔드느냐? 어디에서?…… 거기에는 죽음도 없었으려니와, 不滅도 없었다. 밤과 낮의 구별도 없었으며, 바람도 없는데, 한 가닥 숨만이, 그것 자체의 瞬動力에 의해, 흐르고 있었다. 그것 말고는, 거기 아무것도 없었다.…… 한 生氣가 그 허공을 덮고 있었는데, 그것은 저 흐름의 熱氣를 통해 일어난 것이다. 欲望이 일어났으니, 그것이 첫 心種이었다. 詩人들은, 지혜를 다하여, 그들의 심정을 더듬어, 非化現 속에서의 化現의 인연을 발견한다."——숨, 숨은 말씀, 말씀이 운행하기 시작한다, 말씀은 생명, 생명은 빛, ——이 있으라 하매, 빛이 있었더라. 이 '빛'은, '사람("prakriti"에 대해서 "purusha"),' ⑵"이 사람은 千頭千眼千足을 구비해 있다. 이 사람은 사유시방을 채우고 있다.……神들은, 이 사람, 세상의 시작과 함께 태어났던 산 犧牲, 에다 기름을 붓는다……(神)이 이 사람을 나눌 때, 몇 몫으로 할당하였느냐? 그의 입은, 그의 두 팔은, 두 다리와 발은, 무엇이라고 불렀느냐?"——우리들의 오시리스님은 그리하여, 토막으로 토막토막, 그 몸을 난도질당하여, 누이의 품에 묻힌 지 사흘, 그 혼돈하고 공허한, 암흑의 깊음 속에서, 날아오르는 金鳥의 꿈을 꾸었더랍니다요. 哭婢여, 아으 羑里여, 누이님, 그렇걸랑 그대, 무엇으로 서러워, 달빛보다도, 안개보다도, 그렇게도 더 푸루죽죽이 깊어질 까닭이 있겠느냐. 그대의 남정 오시리스님, 비록 말해, 해도, 달도, 그리고 한 조각의 별도 갖지를 못해, 사망의 그늘, 그 어둠뿐이라는 골짜구니에로 내려가지 아니할 수가 없었다 해도, 해, 달, 성군이 있었기 전에 있었던 것은 빛, 누이여, 그렇걸랑, 흐트러진 그 머리칼만큼이나 우거진 슬픔의, 엔니, 엔니, 그렇걸랑, 눈물일랑 거둘 일이다, 아으, 애곡을 거둘 일이다, 바람이 그대 눈물의 소금기까지 다 말려버리고 있을 때는, 哭婢여, 누이여, 아낙이여, 骸骨의 가슴이여, 그대는 왠지 젖가슴이 몽오리로 아플 것이다. 그래도 그것은, 설움이 아니다, 그것은, 해도 달도 별도 없는 곳까지 내려간, 그대의 낭군 오시리스님 그대의 눈물의 전언 받고, 답해서 올려보낸 한 '말씀,' 흑암 속에서 담아 올려보낸, 한 두레박의 흰젖(은, 그러면, '푸라나'일 것.), 오 고타마여. 아기님 고타마는, 그 젖에 자란다. 빛이여 있으라 하매, 있었더라 빛이. 아파나, 오시리스——아파나, 흑암 가운데로 빗겨 내려가신 오시리스님, 下界 여로에 오른 오시리스님 돌아오실 땐, 오 고타마여, 麥根이며 紅玉 속에, 그 빛을 뉘어 묻어놓는다. 밀과 蓮은 고타마여, 발기한 男根, 부화된 金卵, 거슬러오르는 빛—불, 저 흑암의 중심, 그 會陰에 심지를 박고 타오르는 나무, 고타마, 고타마—푸라나. 해, 달, 별 무리가 있었기 전부터, 불이 먼저 그래서 있었다.

　——아마도, 촛불중의 빛에의 夢想은, '내리는 숨(아파나)/오르는 숨(프라나)'으로 나뉘고 있으며, 이 '오르는 숨'은 '불'과 동일시되어 있는 듯한데, '빛'과 달리 '불'은, '熱'을 함께하고 있다는 것이 고려되어져야 할 것이다. 그는 그리하여, 심호흡을 하며, 거기에 빛, 또는 불의 電池가 있다고 알아온, 會陰에다 마음을 모아, 아직도 거기 무슨, 겨울 등성이에 이삭진 陽光 같은 것이라도 한 조각 남아 있으면, 그것을 일으켜, 팔만사천 汗腺으로마다 쳐들어, 으스스함을 일으키는 감기귀신이며, 뼛속의 골은 물론, 혼까지도, 검은 죽음에의 공포로, 새까맣게 염색하려 덤비는 陰鬼 따위를, 어떻게라도 좀 물리치려 하고 있는 듯하다. 사실로 그는, 안팎이 흑사병만큼이나 검어져, 그 나이 되도록 받아들여온, 그 빛을 어떻게 탕진했든, 그의 몸에서는, 이를테면 시지큰한 땀 냄새에도 비유될, 그런 어떤 번연함까지도 비쳐내지를 안했다. 그래서 사실로, 그의 '빛의 電池'는, 그도 모른 새, 그렇게도 고갈되어버리고 만 것이었는가. 항—솨—, 항—솨—, ……그러자, 한 마리 金鳥, [3]'외로운 白鳥'가 일어난다. 그것은, 그믐밤보다도 더 암흑한 失語症에 당하는, 어떤 [4]'벙어리뱀'의 창자 속에서, 목구멍을 통해, 후두둥 날아나온 것이다. 그러기 전에 그것은, 말한 바의 저 '벙어리뱀'의 창자 속, 아무것도 化現(發音)을 성취해본 적이 없는, 그렇게나 황폐한 잠속에 품어져 있었는데, 하나의 金卵, 불새를 품은 재(灰), 는 잠, 황폐한 잠. 그러자니, 그 불새알을 품은 그 벙어리뱀까지도 추웠는데다 세상은 어두워, 저 벙어리뱀에 대한 원성이 높았는데, 그래서 그 벙어리뱀도 말이 하고 싶었으나, 말할 수가 없는 안타까움으로, 세상은 더욱더 춥고 더욱더 어두워져갔다. 벙어리도 꿈을 꾸는가 몰라? 말하기 위해 허기는, 벙어리는 꿈을 꾸는 것일 것이었는가? (글쎄, '꿈'도, '말'이 일어나는, 그 같은 기관에서 일어난다고 하잖더냐?) 어느 날은 헌데, 어디서 왔는지 모르되, 짝을 찾을 수 없이 수다스러운, 새까만 까불이

152

새가 한 마리 나타나서는, 저 벙어리뱀이 또아리쳐 있는, 그 재(灰) 나뭇가지에 앉아, 까불 까불 춤을 추며, 후후루후후루 웃음운다, 후루후루후후루 웃음운다, 까불 까불 까불은다, 까불은다 까불어, 웃음울어 까불은다, 까불은즉, 저 벙어리뱀이 눈으로 듣고, 부러워하다, 후후훗습기도 훗스워, 저도 모른 새, 하으 하으하품하듯 하하으 한번 웃었던 모양이었다, 그랬던 모양으로 失語症의 빗장에 단단히 잠겼던, 그것의 목구멍이 한번 열렸던 것이고, 그러는 그 순간, 그 열림을 좇아, 새가, 한 마리 새가, 날아났다, 새가 불새가 날아났다, 후후 후후루 후루 후루룽 날아났다, 까불거리는, 검은 그림자 두루마기, 벗어 잠의 횃대에 걸어두고, 날아났다, 웃음울어 날아났다, 새가, 흰새가 날아났다.

　　—솨—, 항— 솨—, 항

　　—솨,

　　촛불이 꺼진 뒤부터, 촛불중이 묻혀앉아 있는 그 굴속에로는, (촛불중을 主語로 해서 하는 소리지만,) 시간이 흘러 들지도 나지도 안해서, 熱의 공급을 목적으로, 촛불중이 自家發電을 시작한 뒤, 밖에서는 얼마의 세월이 흘렀는지, 또는 흐르기는 흘렀는지, 그것은 어떻게도 말할 수가 없으되, 어쨌든 촛불중은, 얼마쯤의 熱을 얻어내기에 성공하여, 조금쯤 땀냄새까지도 풍겨내기에 이르렀다. 그의 창자 속에는 아직도, 그가 탐해서든, 또는 그의 옛친구(판관겸직읍장을 가리켜 하는 소린데,)의 강권에 못 이겨서든, 꾸역 꾸역 밀어넣은, 개고기 토막들이며, 생마늘쪽 따위, 음식이 아직도 다 삭지를 안해, 말하자면 창자와 관계된 僧事를 두고는, 이틀쯤 걱정은 하지 안해도 좋을 그런 상태에 있어, 그것(음식)을 연료로 하는 '發熱'이 뭐 그리 어려울 것도 없기는 없었을 것이었다. 그 '燃料'는 물론, 성공적인 비구(니)라면, '숨'에서도 얻지만, '發熱'이란, 말이지 글쎄, 그것을 도모하는 자가, 자기의 會陰 속에 잠들어 있는 불도마뱀(쿤다리니)의 잠을 깨워, 根에로, 척추에로, 쓰륵 쓰륵 감아, 세 바퀴를 감아오르기를 좇아, 丹田에다, 한 모닥의 잉걸불을 잘 피워내는 일을 이르던 것이 아니냐. (그래서도 고자는, 道닦기에는 적합하지 않다고도 하는 것일 것인데, 이 '熱'의 本은 왜냐하면, '性力'에 두고 있던 까닭이다. 글쎄, 그것이 創造의 힘이던 것이며, 〔창조되어진 것을〕 보존하던 힘이던 것이며, 동시에 破壞하는 힘이던 것이다. 그런고로, 존재들이 입은 몸은, 그 전체가 '性器'라고 이해하는 것은 틀리지 않으며, 이 '性器'의 宇宙를 '畜生道'라고 이르는 것은, 밝히 본 것이다. 문제는 헌데도, '文化'化했다는 有情들까지도, 畜生道〔상사라〕만을 견고한 실다움이라고, 한사코 고수하여, 그것을 파고든 손을 놓으려 하지 않는 데 있다. 만약 니르바나가 실다움이라면, 상사라도 물론 실다움이어야 하기는 한다. 헌데 상사라는 그 과정이지, 목적이 아니던 것을.) 그리고 촛불중은, 전신에다 땀을 송글여 올리는, 안쪽으로부터 번져나는, 그렇게나 기분 좋은 훈훈함을 만끽하려 하여, 그 밑모를 잠푹함 속으로 가라앉아들며, 그 훈훈한 깊음을 두고, 이렇게 읊조렸는데, 그것은, 그 상태를 묘사하기 위해, 어디서 빌린 듯했다. "……땅이 혼돈하고 공허하며 흑암이 깊음 위에 있고 ……태초에 말씀이 계시니라……그 안에 생명이 있었으니, 이 생명은 사람들의 빛이라……"

그러는 그 어느 순간 그러나 촛불중은, 무슨 말벌 같은 것에라도 쐰 듯, 갑자기 발작을 하고, 내뻗었다. 그 발작은 그럼에도 뭐 그렇게 격렬하다거나, 오래가지는 안했으며, 소용돌이에 이르면 물결이 중심에로 모여들 듯, 그 발작은 오래잖아, 蓮坐에로 모여들었다. 그 때는 그는, 송글이는 땀 대신, 생 진땀을 찐득여냈는데, 이런 땀은 분명히, 地獄에서 돌아 올라온 것이었다. 그리하여서 그 스스로 자기를 진맥했기는, 자기의 '빛의 탐색'이나, '發熱'行은 실패하지 안했었으나, 그 뒤에 일어난 悅豫가 陰極에로 빗나가 있었던 것이 아니었는가 했다. 그는 그 결과로, 그 탓에 몇 백세를 돌아왔어야 되는, 그 痼疾的 二元論의 함정에로 떨어져내렸음을 관찰해낸 것이다. 거기를 벗어나면 有情은, 꿀꿀 먹고 자고 먹고 자거나, 교미하고 캥캥 짖고 교미하고 으르렁 으르렁 싸움하기 위해, 몇 백세고 들을 헤매고 있게 될 것이었다. 그렇다, 촛불중 자기는, 자기가 처넣어진 그 무덤을, 어느 쪽으로든, 어떻게든 열어나가고 싶음에 의해, 자기가 통과해 나오느라고 열린, 자기 뒤쪽의 문을 닫지 않은 것인데, (그도 만약, 하나의 비구를 꾸몄더면, 자기 뒤쪽의 문을 닫는, 明呪쯤은 기억하고 있었을 것이 아닌가?) 그랬기는커녕 자기는, 뒤돌아보고, 그쪽 밖의 환함에 절시의 눈을 박아넣은 것이었었다. 촛불중 자기의 '悅豫'가 '二元論的'이었다는 것은, (왜냐하면 그는 却說이였음으로 해서, 때로 때로 품바 흥취를 일으켜 그런 것인데,) 자기가,

그 어떤 잠푹함 속으로 가라앉아 들고 있었을 때, 일어난 흥취로 하여, '그 훈훈한 깊음을 두고' 자기도 모른 새 읊조린, 한두 구절의 그 歌詞랄 것을 음미해보다, 얻은 결론이기는 하다. 이런 말은 얼핏, 꽤는 모순당착적이기는 할 것임에 분명하다. 그러나, '느낌'은 '分析'하지 않으며, '좋다(快),' 또는 '좋지 않다(不快)'고만 느낄 뿐인 것이다. (여기에 대해, 더 할 말이 있겠는가?) 촛불중이 읊조리고, 그런 뒤 음미해본 바를 좇으면, 이렇게 된다.

   ㄱ. 땅, 혼돈, 공허, 흑암, 깊음.
   ㄴ. 靈, 운행, 말씀, 생명, 빛.

촛불중을, 짧은 발작 속에다 처넣어 태우려 덤빈 것은, 저것인데, 'ㄱ/ㄴ'이 (그 부정적 국면에서는) 對逆하고, (그 긍정적 국면에서는) 相合하고 있는 것이사, 말하려 하면, 하는 자나, 듣는 자, 양쪽의 눈썹이나 축낼 터이니, 그만두기로 한다 해도, 촛불중이 목도하고, 그 탓에 지랄병까지도 일으키게 된, 한 이상한 轉身이 있었는데, 그것은 그런즉 밝힐 필요가 있는 듯하다. 라는 것은, 단적으로 말하면 이렇다, 는즉슨, 촛불중이 '밖의 환함('ㄴ')'에 눈을 돌리자 마자, 이제껏 '무덤('ㄱ')'으로만 여겨져왔던 것이, 갑자기 모습을 바꿔, '母胎'化해버린다는 것이다. 그렇다, '무덤'이 '子宮'化해버리던 것이다. 無門에도 그러고 보면, 門이 있다, 둘씩이나 있다, 그것에 이마를 맞대인 자가, 그것을 꼭히 앞으로 열어 나가려고 하지만 않는다면, 無門에도 글쎄, 둘이나 門은 있다, '위대한 自由(니르바나)'에로도, 그리고 '위대한 不自由(상사라)'에로도 통하는, 門. ("선생은 '도'라는 토씨에 관해 생각해보신 적이 있습니까?" 그리고 '門'이 여기에 單數로 나타나 있음도 주목해야 할 것이다.) 그럼에도, 四大를 입지 않으면 안 된 것들은, 無重力 상태에 처해서는, 너무 가벼워, 창자가 토해져 오르려 하는고로, 살지를 못하겠어서, 重力 속에로 와야만 편하고, 그런 비슷한 이유로 自由와도 살지를 못하겠어서, 政府를 세워야 안전하다. 권고하는 소리가 있어 들리거니와, 그러함에도, 四大를 입어 있어 살아 있다고 믿는 것들이여, 살다가 어느 날, 죽기가 두렵거든, 그대들은 모름지기 그렇다, 大地를 아으 떠나라, 훨씬 떠나, 그래도 어디에든 가기는 꼭 가야겠거든, 水星에를 가든, 火星에로 가든, 木星, 金星에로 머리를 두를지언정, 地球라는 데로는 행여, 뒤로 돌아다볼 일이 아니다, 왜냐하면 거기는, 죽지도 못

하는 죽음만이, 영겁을 되풀이되기 때문이다. 떠나거라(가테), 떠나라구(가테), 떠날려믄 훨씬 떠나라구(파라가테), 끝간데서도 그 너머까지 떠나라(파라상가테) 말임세! 아담(人類)이, 태어난 일도 없이 태어나("흙에서 흙을 입었음을!") 죽은 일도 없이 죽어("흙이 흙으로 돌아갔음일라!"), 새로 또, 태어난 일도 없이 태어나, 죽은 일도 없이 죽은(아으, 이 무량겁의 되풀이.) 그 까닭을 알 만한가? (이것은, 아무리 반복되어져도 모자라고, 반복되어질수록 좋은 것일 것이라 반복이지만,) 그것은 왜냐하면, 大地(地球)란, 宇宙라는 한 존재의 몸에서, '子宮'이라는 기관이 되어서 그런 것이다. 그것 속에 한번 울려진 '말씀'이여, 비춰든 '빛'이여, 심어진 '생명'이여, 그것을 벗어나지 못하면, 아으, 한 마리 가여운 精蟲이여, '무덤' 속에 들기가, 새로 '母胎'에 담기기며, '母胎'를 벗어나기가, 다시 '무덤' 속에 들기인 것을. 다만 生成만이 있는 곳에서는, 죽음이 불가능하다. 그럼에도, 四大라는 조악한 물질을 몸이라고 입어, 약간의 기후 변화에도 캑캑 기침을 하다, 각혈을 하고 넘어지거나, 한 마리 모기에라도 잘못 물리면, 그 즉시 몸져누웠다가 영 못 일어나고 마는, 그 몸으로 永生도 불가능하다. 그래서, 거북의 세월을, 토끼의 시간으로 바꾼다면, 무엇이 일어났다 하면, 넘어지고, 넘어졌다 하면 일어나고, 넘어지고, 일어나고, 넘일어나고 있다. 母胎에 대해서 이것은, 달이 찼다 기울기나 같아, 필요한 순환일 것임에도, 자식들에 대해서 이것은, 비극이다. '세 따님'이 治理하는, 이 '子宮'은, 時間으로 壁(帶)하고, 運命으로 천정했으며, 運動으로 바닥을 했다──프라브리티.

　자기의, 이 한 피륙의 禪의 실패가 무엇이었던지를 알게 되었으므로, 이 한 비구는 그리하여, 자기의 '불(빛)가꾸기'의 禪紋 놓기를, 어디서부터 이어서 시작할지를 알고 있었다. 어찌 되었든, 그렇게 하여, 으스스한 외로움이며, 한기로, 촛불중을 왼통 凶家로 만들려 아우성대던 感鬼들은, 그것들이 그중 저어하는, 후텁지근한 땀냄새로 물리쳐뒀으니, 그러는 동안엔, 둠모 禪定은 필요치 않다고 믿어, 자기가 가꾸려는 '불'에서, '熱' 대신, '빛'의 국면을 확대하여 觀해보는 것이 필요하지 않겠는가 하여, 왜냐하면 자기의 肉眼은 아직도, 그리고 마지막 쐬었던 빛으로부터 점점 더 멀어지면 멀어질수록 더욱더, 빛에 갈증을 내고 있기 탓인데, 그렇게 話頭를 정했다.

아까 언제였던지, 촛불중은, 나름으로, '원초적 빛'을 觀하던 중, "원초적 소리가, 소리로써 化現하지 않는 동안은, 영겁의 空間의 子宮 속에 누워 있다"는, 전래해오는 法說을 기억하고, 그리고 그것을 자기의 話頭에 적용하여, 그렇다면 "원초적 빛도, 그것이 빛으로 化現치 않고 있을 때는, 영겁의 黑暗의 子宮 속에 누워 있는 것"이나 아닌가 했었던바, 이 단계에서 촛불중은 그것을 상기하고, 거기서부터 禪絲를 잇기로 했다. 깜깜한 어둠 속에서, 눈을 뜨기나 감기에 무슨 차이가 있는지는 모르되, 어쨌든 촛불중은, 눈을 반쯤 내려감았으며, 그런 뒤, 그 黑暗 속에서, 자기 속의 黑暗을 찾으려 하여, 자기의 의식을, 자기의 내부라고 여겨지는 데다 모았다. 그러는 중에 촛불중은, 말해온 바의, 그 '원초적 빛'의 한 永角이, "눈을 내리 감고(그러니, 그 눈으로는 뭘 보려 하고 있는 것은, 꼭히는 아니다.), 의식을 내부에다 모았다"는, 그 작위 속에 드러나져 있음을 보았다고 믿었는데, 그럴 만한 까닭이, 허기는 있을 만도 했다. 라는즉슨, "눈을 내리감고, 의식을 내부에다 모아," "黑暗 속에서 黑暗을 찾으려" 했다는, 그 作爲(라도, 한 명상꾼에 의해 分析의 대상이 되면, 그것은 그러는 어느 순간, 먼저 修辭學化하는데), 또는 修辭學이 내포한 뜻을 좇건대는, 첫째는, 말한 바의 그 '내부'를 보는 눈은, 꼭히 '肉眼'은 아니라는 것이며, 둘째는, '肉眼'이 아닌 것으로 무엇을 '본다'는 행위는, 거기 분명히, '肉眼' 말고, 또 '다른 눈'이 있다는 것을 은연중에 전제하고 있을 뿐만 아니라, 이 '다른 눈'과의 관계에서는, (왜냐하면 글쎄, 그것은 그것〔外相的 光明〕을 위해 그렇게 고안되었거나, 그렇게 進化를 성취한 肉眼이 아니므로, 무엇을 보기 위해서) 外相的 光明이 필수적 조건은 아니라는 것이 分析되는바, 綜合해보기로 한다면, '원초적 빛'이라고 이르는 빛은, 꼭히, (해, 달, 별 등이 쐬어내는 것 같은) '外相的 빛'과 같은 것도 아니며, 같아야 할 필요도, 까닭도 없는 것이나 아닌가 하는 것으로, 이것이 촛불중이 포착했다고 믿은, '원초적 빛'의 그 '한 氷角'의 모습이었다. 물론, 무엇을 대상으로 한, 分析과, 綜合에서 얻게 된 것이, 꼭히 眞理는 아니라는 것을, 촛불중도 잘 알고는 있다. 그럼에도, 그의 '원초적 빛'의 탐색을 위해서는 그에게, 地形圖 한 조각도, '南北'을 가리켜야 될 것이, 고랑이 나, 東西를 가리키는 指針 하나도 없었으니, 어쨌든 촛불중은, 자기가 세운 전제의, 分析과 綜合을 통해 얻은 답을, 자기의 출발점으로 삼았다. 장님들이 더듬어 알아내고, 장님들끼리 通話하여 構築한 세계가, 장님이 아닌 자들이 보아 아는 그 세계와 어느 부면에서 같지 않다고 해서, 그 장님들이, 눈뜬 자들께 여겨지는, 非實在的이라든지, 假想的 세계에서 더듬거려 헤매고 있는 것만은 아니라고 한다면, (어찌하여 肉眼에 비춰드는 실다움만이 실다움이라는 것이, 주장될 수 있는가? 그 視力이 잃어질 때, 그러면 실다움도 잃어지는 것? 그 視力의 실다움이란 헌데 어떤 것이나 되는가? 그 눈에, 몇 방울의 촛농이 떨어져 들기만으로도, 그렇게도 쉽게 잃어질 수 있던 것은 아닌가?——五官 중에서, 일례로 肉眼만을 들었지만——실다움이란 그래서, 視力 그 자체인가?) 촛불중의 출발점도, 그 의미에서 판단되어져도 좋을 것이다. 그리고 이것은, (그것이 童話的 想像力에 제휴했을 때는, 그 당장 擬人化를 치러, 어떤 "나쁜 龍께 납치되어간, 서러운 公主"로, 童心에 호소되는,) 어떤 '숨겨진 돌'을 찾으러, (씩씩한 王子) 羅卜이가, 길 떠나는 그 출발점인 것이며, 그가 도달한 점은 아닌데, 그런즉 그가 처한 이 바르도에는, 험로밖에는 예측되지 않는다. 오 고매하게 태어났었던 자여, "그대가 처한 거기는, 여섯 상태의 바르도가 있나니, 자궁 속에 있을 때와 같은 자연 상태의 바르도가 그 하나며, 몽환 상태의 바르도가 그 둘이며, 깊은 사색에서 얻은 초월적 평정으로서의 바르도가 그 셋이며, 죽음의 순간의 바르도가 그 넷이며, 죽고 난 뒤의 실다움의 경험으로서의 바르도가 그 다섯이며, 저 속세적 삶의 역진행의 바르도가 그 여섯번째의 것인 것이다." 그대는 그리하여, 그 여섯 바르도 모두를 한꺼번에 경험하게 될 것인데, "오 고매하게 태어났었던 자여, 그리하여 그대는 이제 이 세계로부터 떠나고 있구나, 그러나 그대 혼자만이 바르도에 처하는 것은 아니다, 그것은 누구에게나, 모든 것 위에 오는 것이다. 집착과 연약함으로 인하여, 떠난 곳에의 그리움을 일으키지 마라. 비록 그대가 악착같이 달라붙는다 하더라도, 그곳이 그대 닿아야 할 곳이 아닌 이상은, 떠나기는 어쨌든 떠나야 한다면, 그대의 의지는, 이 풍진세상 배회하는 그것 말고, 다른 아무것도 얻지 못하리라." 약한 마음으로, 뒤쪽에 열린 문을 뒤돌아보지 말지어다. 마음을 도려먹고, 道流는 도리어 그 문을 닫되, 그것도 굳게 닫아야 할 것이다.

"黑暗 속에서 黑暗을 찾는다"는 話頭는 여러 번씩 살펴볼 필요도 없이, 그냥 한눈에도, 그것이 종내 그 話尾를 드러내 보여줄 수도 있다거나, 그런 것이기 대신에, 그 話頭가 그 無抵坑의 입을 열어, 오히려, 그런 노력을 바치려는 자의 머리부터 물어 빨아들여, 누룩 한잎도 못 피울 黑暗 속에다 처넣어버릴 것으로 보이는 것이어서, (그래서 그것은 누구든, 눈을 떡 밝쳐보려 하면, 그를 돌로 만들어 버릴 것이어서,) 그 正面에서 대들어보려는, 만용은 부리려 하지 않는 것이 현명하다고, 촛불중은 觀했다. 그래도 그것을 보지 않을 수는 없다면, 촛불중 믿음에는, (존자스님이랬던 비구의) '거울' 같은 것이라도 방패삼아 들어, 그것을 통해 보는 것이, 덜 해스러울 것이라고 했다. 그러니 비켜서 보는 일인 것이다. 그렇다, 그러기 위해서 이 중은, 일견 엉뚱하게도, 새로, 빛—원초적 빛 대신에, 소리—원초적 소리에로 관심을 모았는데, 간접적으로든, 직접적으로든, 바로 그것이, 저 두려운 '黑暗'이라는, 非化現의, 검은 龍의, 턱 아래에, 거슬러(逆) 덮여 있는 비늘(鱗)을 건드리게 한 것이던 때문이다. 자기는 물론, '소리'를 觀하려는 것은 아니지만, 촛불중도 알기는, '소리'를, 그것도 '원초적 소리'라는 것을, 들어, 그와 비슷한 다른 것과 빗대어보려 하면, '귀'를 매우 주의해야 한다는 것도, 짐작해 알고 있다.

"원초적 소리가, 소리로서 化現하지 않는 동안 그것은, 영겁의 空間의 子宮 속에 누워 있다."

그리고 촛불중은, 이 당장으로서는, 그렇게밖에 달리는 뭐라고 이를 수 없는(이라는 말인즉슨), 하나의 '論理的 眞理'(라는 말인데,)가, 저 體文 속에 도사려 있어왔음을 발견했으며, 그 탓에 체머리를 저었다. 라는, 그 '論理的 眞理'란 무엇인가 하면, '소리'의 본딧 모습은 다름아닌, '침묵'이라는 것이다. 그렇다, '소리'가 '침묵'이라는 것이다. 그리고, 누구나 다 아는 바대로, '소리'의 元素는 '空間'(第五大)인즉, 그것은, 그 '영겁의 空間'을 '母胎'로, 姙娠되어 있는 것이다. 이 '원초적 소리'는 그래서, '침묵'이라고, 촛불중이 이해한 것인데, 그것에서 얻어진, 가외의, 그것도 엄청나게 커서, 우주적이랄 수 입이 있다면 그것은, 그렇게 하여, '소리'와 '침묵'이라는, 二元論이 어느덧 극복되어져버려 있다는 것이다. '소리'와 '침묵'은, 이 견지에서는, '바룬다鳥'도, '사라雙樹'도 아니다. 차라리 그것은, (앞에서도, '바룬다'라는 生物 이름이 나왔으니, 없어 하나쯤 더 들먹인들 어떻겠는가, 라는 그것은, 그것이 거느리는, 暗號와 象徵의 무게에 눌려, 그꼴이 된) 그렇다, 그것도 상사라의 짐승, 洛水 바닥에 기복해, 그 등에 수미산을 받치고 있는, '거북'이다. 그러니, 그것이 '목'을 뽑으면 '소리'며, 그것을 접어들이면 '침묵'이다.

　——촛불중의, 빛의 탐색은, 그리하여 대략, 그 中道에나 올라 있었겠는가,——

　그리하여 촛불중은, 이 단계에서는, 자기가 얻어낸, (현재로서는 말하자면, 假定하여, 假說的 眞理라고 이른대도 상관 없을,) '소리＝침묵'을, '거울로 된 방패'쯤으로나 삼아, '빛/암흑'이라는, 假想的 毒龍의 머리를 끊으려 내달아도 좋은 것이 아닌가, 했다. 그러니, 그것에 정면하여 대들려 했다가는, 그러려는 자를 바위로 만들어버린다는 그 毒龍을, 저 '거울'에다 비춰보며, (헤헤헤, 소자여, 지혜가 없어, 肉頭덩이라고 이를 놈이여, 이웃집 감나무의 그 홍시 하나를 못 훔쳐먹어, 그리도 침을 흘려쌀 일이 뭣이겠네? 썩 들어가서, 거울을 하나 내오거라, 그리구서나, 저 감나무를 비춘 뒤, 그 거울 속에서 홍시를 꺼내 먹는다는 데 일러서야, 이웃집 잔소리 많은 할맘들 뭐라겠느냐? 아으, 나라카에 떨어져내려, 고통받는다는 넋들임세, 허긴 公들은, 감나무를 비춘 거울 속에서, 홍시를 꺼내 먹어본 일들이 있었을 터였다? 假定的 고통이 실감되어진 곳이 나라카인 것? 아 그러자 公들은, 되묻는도다, 四大를 갖춘 몸은, 映像〔念態〕의 몸에 반대되는 몸인데, 그런즉은 어찌하여, 예를 들면, 불안이며 초조, 절망이라는 따위, 다만 觀念인 것들에 의해, 그 물질적 몸이 고통을 느껴, 소화불량중에, 두통, 심지어는 심장마비에, 암종까지 드러낸다고 이르느냐? 그런즉 육신도 나라카인가?) 그 映像에 대들 일인 것이다. 라는 이런 말의 진의는, 만약 가능하다면, 그리고 그것은 가능한가 어쩐가로 따질 것도 못 되는 문제인데, 그 '이름'들을, 다른 '이름'들로 轉置, 또는 換置해서는, 거기서 일어날 修辭學的 變化, 또는 反應을 면밀히 점검해본다는, 그런 것이 될 것이다. 라는 그 한 무리의 '이름'들이란, '소리,' '원초적 소리,' '침묵'——'거북' 따위며, 그 '이름'들 자리를 차지하게 될 다른 한 무리의 '이름'들이란, '빛,' '원초적 빛,' '黑暗,' 그리고, 헌데, '거북' 따위들이 될 것이다. 여기 어디에서 촛불중은, 한 '이름,' '거북'이라는 한 '이름'의, 헤헤헤, 찍소스러움 탓에, 약간의 거북함을 느꼈으며, 동시에 큰 경이와 신비를 느꼈

160

다. 작것, 이런즉 휘딱 결론부터 내기로 하면, '원초적 소리'나, '원초적 빛'은, 그 原典을 같이하고 있다는 것이다. (그리하여 촛불중은, 자기가 들여쉬는 숨〔항──〕소리나, 내쉬는 숨〔쇄──〕소리에 귀를 기울이며, 그것이 어째서 '우주적 맥박'이며, '神의 숨쉬기'라고 하는지를 생각해보았다. 그것이 '빛'의 국면을 드러내면, '白鳥'의 모습을 띤다는 것은 알려져오는 것. 곁들여 참조할 것이 있다면,) 분명히 이런 까닭으로, '빛'과 '말씀'이, '生命'과 동의어로 쓰여지는 것이 아니겠는가(하는 것 같은 것일 것이다.).

항──쇄 항쇄──

헌데 촛불중은, 자기의 코끝을 들락이는 숨의 소리에나 귀를 기울이고 있고, '轉置'된 '이름'들이, 어떤 종류의 '修辭學的 反應'을 일으키는지, 그런 것을 '점검'해보겠다는 생각 같은 것은, 까마득하게 잊고 있어 보였다. 허기야 그 까닭을 모를 것도 없기는 없을 듯한데, 그도 그랬을 것이, 그런 '이름의 換置'에서 일어난 '變化'라는 게, 물론 경이며 신비가 아닌 건 아니라도, 촛불중이 예상한 것에서 벗어났다거나, 그런 것이 아니다 보니 그런 것이다. 정직하게 밝히면, 촛불중은, 그런 결과를 그렇게 기대하고 있었던 것이다. 라는 것은, '원초적 빛'은, '暗黑' 자체라는 그것이다. (촛불중은 그리고, 修辭學的 엄살이라는 것을 떨어, 약간 놀라는 체해 보였으되, 왜냐하면, 그렇게 하지 않으면, '거북'의 자리에 '거북'을 再換置한다는 것이, 그 스스로의 귀에도, 무미건조함을 일으키게 되기 때문이다.) 그것은 그리고, '원초적 소리'와 마찬가지로 '거북'의 모습인데, 이번에는 그것이 날개를 돋과 날으려 하면, '白鳥'의 모습으로 '빛'이 되고, 그 '白鳥'가, 날개를 접어(inversion) 둥지에 들면, '黑暗'이 된다고 한 것이다. 그러자, '거북'의 暗號가 저절로 풀려져, 자기의 肉眼엔지, 非肉眼엔지, 그것은 잘 분간할 수가 없으되, 환하게 보인다고, 보았다. 그것의 "둥근 등껍질은 하늘이며," 네 발인지, 지느러미인지, 퇴화한 날개인지, 뭔지 하는 것이 이루는 "사각은 땅"이고, "머리는 미래의 시간," "꼬리는 시간의 과거," 그것의 느려터진 움직이기는, (精神的인 것에 대한) '自然的 進化의 더딤'…… '소리'와 '침묵,' '暗黑'과 '빛'…… 그리고 '易'을 다 말할 수 있겠느냐?…… 촛불중은 그리고, 체머리를 썰레썰레 저어대다가, 프라브리티 宇宙, 즉슨 物質的 宇宙를 형상화하면, '거북'이 된다고 알았다. '暗黑'이야 아예 거론할 것도 없었으되, '빛,' '원초적 빛'까지도 그러고 본다면, 物相的 宇宙에 소속된 것이라는 것은 부인할 수가 없는 듯하다.——그래서 촛불중은, 썰레질을 시작했던 것이다. 그 썰레질은 그러는 어느 구비에서, 방향을 바꿨던 모양으로, 위아래를 가리켰는데, 그것인즉은, 자기가 얻게 된 결론을, 자기로서는 부정할 수가 없다는 의미인 것도 같았다.

그러다 촛불중은, 자기가 얻은 결론은 그럼에도, 자기가 세운 바 있는, '假說的 眞理'를 약간 발전시켜 얻은 것이라는 데 눈을 돌리게 되었으며, 그것은 그래서, 사실로, 假設的, 假定的 眞理밖에 더 되지 못하는 것인가, 하는, 그 자신 매우 불쾌하게밖에 느낄 수 없는, 의문에 봉착했다.

그리고는 그런 채로, 무릎뼈가 물러날 정도로, 오래오래 앉아 있었지만, 그 대답을 만들지 못했거나, 만들려 하지를 안했거나, 만들 필요를 못 느꼈거나, 만들기를 회피했거나, 어쨌거나 하여, 촛불중께는 그런 무슨 대답이랄 것이 없었다. 그런 대신, 그 무릎뼈가 그리고도, 한 서너 번도 더 물러났을 때나 되어서, 뭘 뇌이고 있었는데, 이랬다. "프라브리티 宇宙는 그래서, 사실로, 假設인 것이 분명한갑?"——그 대답도 헌데 그는, 못 만들고 있었든 어쨌든, 그런 대답 대신, 자기가 쓰게 된, '假設(또는, 假說, 또는, 假定)'이라는 單語에 補註하고 있었다. "(어떤 '定說', 또는 '眞理'에 대해서) '假設'이란, 다른 말로 환치한다면, '실다움'에 대해, '幻'의 의미일 것, 것, '깨어 있음'에 대해 '꿈'의 의미일 것, 것, '니르바나'에 대해 '상사라'의 의미일 것, 것,"

그것이 비록 말해, '假設'이라고 한다 해도, 촛불중도 아직은, '몸'이라고 입은 그 '假設'에 묶여 있는 한, 안됐지만, 그 '假說'的 고통으로부터, 어째도 자유스럽지가 못하고 있는 것은, 부인치 못하고 있다. 假設的 고통 속에, 假設的으로 억류된 실다움?

그래서였든 어쨌든, 邑에까지라도 들리도록, 촛불중은 시작하여설람에, 무슨 웅웅 소리를 냈는데, (비 묻은 날, "왼골 안에서 능구렁이가 울음 운다"는, 그 '울음'이 실제로 '울음'인지 어떤지도 모르면서, '운다'고 말하듯.) 촛불중이 울어대고 있었다. 어떤 곡조를 갖고 있는 그 울음은, 그 꼭같은 곡조를 반복 반복하고 있었는데, 그러다 촛불중은, 반복법적 修辭學의, 그 속이 까뒤집히기에 들씌워진 듯도 싶었다. 반복법적 修辭學은, '반복'을 통하는 사이, 그 본래의 의미를 비워내, 일순 무의미의 빈 그릇이 되었다가, 客鬼라고도 이를, 다른 의미를, 어디 그늘진 데서 불러들이는데, '신명'이 그것으로, 巫足이 딛기를 좋아하는 곳은, 그것이다. 것.

言言言飄雨灑雪
默默默雷轟電掣

('言'은, 그 記號가 나타내는 그대로, '소리'이기도 하고, 동시에 '빛'이기도 하며, '默'도 또한, '默'이기도 하고, 그리고 '黑'이기도 하 다.)

그래서 사실로, 촛불중의 '빛의 탐색'은, 그 정도에 올라, 그 '빛'을 유괴해간, 어떤 나쁜 龍을 퇴치한 뒤, 그 '빛'을 탈환했는지 어쨌는 지는, 아무렇게나 말할 만한 것이 못 되는 듯하다. 촛불중이 본 바 에 의하면, "송장을 디뎌 춤추는, 열엿새 달 같은 처자의 춤추기" (는, "기름접시에 세워진, 심지 끝에서 밝은 불꽃이 홀홀 뛰기"라 면,)가, 거꾸로 이뤄지고 있었는데, 그러니, 라후(蝕)의 입에, 두룩년 의 요니를 가진, 그믐밤 같은 늙은 계집이, 제년의 요니를 갖비어져 나오고 있는, 오시리스님의 머리를 물어 삼키고 있는 (그것이란, 한 번 켜진 불꽃의 빛이, 〔쐬어 나오는 것이 아니라,〕 쐬어 들어간다는 것인데,) 그것이었다. 낳기로 죽고, 죽으면서 낳는다. 假設的 삶, 假 設的 죽음——꿈길이라도 길은 험난쿠나. 누가, 저 꿈길을 통과치 않 고, 왔다 간 자가 있느냐? 如來(오다)까지도, 왔던고로 간(타타가 타) 것을? [6]마야랍——촛불중은 그리하여, 그 길을 뒤돌아보고, 울음 울었다, 허허히 울음울어 있다. 글쎄, 그냥 꿈길을 조금 걸었을 뿐이 었는데, 신고 떠났던 자기의 신발 한짝은, 신고는 (그것이) 발목으 로 올라싸 못 걷겠어서, 아예 머리에나 이어야 되게 됐는데, 다른 짝도, 바닥에 구멍이 나, 해골 눈모양, 생 뒤꿈치를 열어버린 것이 다. 꿈속을 걷기에도, 신발은 해진다.

(1배꼽 만지기 頌 3

(2토짜간[Totsagan]은, 下界의 王을 반갑게 맞이하고, 그의 수행
원들이 모두, 편안하게 자리잡은 것을 본 뒤, 3마야랍[Maiyarap]
을 위해, 호화판 잔치를 열었다. 잔치가 무르익어, 여러 순배나 술잔
들이 도는 중, 취흥에 도도한 마야랍이 나서, 프라[Phra ── 主]
4람[Ram]과의 戰爭은 자기가 맡겠다는 결심을 표하며, 그를 이겨
내는, 최선의, 그리고 그중 확실한 한 戰法은, 肉薄戰이 아니라, 마
야랍 자기가 그 秘方을 잘 알고 있는, 魔職粉의 힘을 이용하기라고
했다. 그리고는, 승전의 영광에 갈급해 있는 마야랍은 그리하여, 공
개적 공훈을 세우려기보다, 魔職紛을 제조하려는 秘儀에 종사키 위
해, 5바단[Badan]에로 돌아가기로 했다.)
　며칠 뒤에, 王 마야랍은, 자기 왕국의 두문동에 은닉한 뒤, 불출이
었다. 속진 묻지 않은 聖衣로 갈아입은 뒤 그는, 그 위에 한 무솥을
걸어놓은 祭火 앞에 정좌해, 합장하고, 三昧 속에로 가라앉아 들었
다. 그의 마음이 속세로부터 떠나, 비실재적 그늘진 고장을 헤매고
있을 때라도, 그의 입술은 古呪를 읊고 있었더니, 그에 좇아, 저 무
솥 속에 담겨졌던 質料가, 變化 轉身을 치르려는 기미를 보이고 있
었다. 王 마야랍은 지금, 魔職粉을 조제키 위해 이런 노력을 바치고
있는 중인데, 그 자신 잘 알고 있는 것은, 이 祭祀가 성공적으로 완
료되기만 한다면, 이 祭祀에서 얻게 될, 그 魔職粉에 맞설 힘이란,
三世間에는 없다는 것이다.
　神들은 그럼에도, 그와 같은 위대한 힘을 마련해뒀을 때는, 그것
으로 하여, 가장 적절하게 세상을 도우려는 자들만이, 그것을 성취
할 수 있도록 해두고 있었는데, 反해, 마야랍의 일생이랄 것은, 善을
위한 苦行이랄 따위로부터는 연척도 없는 데서 보내어졌던 것이었
던바, 그러니 그런 자의, 三昧란 말하자면, 저녁식사를 너무 기름지
게, 그것도 대량으로 하고, 식곤증에 쓰러져 잠든 자의, 잠이 괴롭

164

고, 뒤척여지며, 꾸는 꿈이 궂은 것과 비슷했을 것은, 당연한 결과일
것이다. 원치도 않은 印象들이며, 형상들과, 허깨비들이, 그의 부조
화의 마음속으로 흘러들어닥쳤음에도, 그는 그것들을 어떻게도 물
리쳐낼 수가 없었다. 차라리 그것들은, 그 모습들이 점점 더 명료해
지고, 더욱더 확실해져가고 있었는데, 그가 그 禪定行을 고집하면
할수록, 그 허상들은, 그것들대로 독립된 형태를 취해, 급기야는 그
의 마음의 울타리를 벗어나, 그것들대로의 생명을 갖기에 이르렀다.
그리하여 처음, 그의 聖所에 나타난 것들은, 몹시 요염하게 보이는
두 [6]계집들이었는데, 그가 보는 앞에서 그것들은, 음탕하게 춤을 추
기 시작했다. 분기탱천한 마야랍은, 그것들을 대번에 쳐눕혀버리고
말았다. 안됐지만, 그때 이르러, 그의 집중되었던 정신은, 무산되어
지고 만 것이었다. 그랬으니 그는 다시 한번 더, 무솥에 관심을 모
아, 三昧 속에 가라앉아가며, 이번에는 점진법에 의해, 古呪를, 읊어
나갔다. 그 결과로 이번에는, 거기에, 두 마리의 [7]코끼리가 나타났으
며, 그런 즉시 그것들은, 맹렬한 싸움을 시작해, 그 聖所를, 먼지와
굉음으로 덮었다. 다시 한번 더 마야랍은, 그 제사를 중두무이하고,
실물화한 저 허깨비들을 소탕해버리기 위해서, 그의 요술지팡이를
휘둘러야 했다. 그런 뒤 그는, 세번째로, 속세를 떠나, 비실재적 그
늘진 고장에로 들어갔다.

　세번째의 시도를 통해서는, 두 마리의 [8]사자가 나타나, 그의 목전
에서, 무섭게도 싸워댔는데, 그리하여 마야랍은, 이 제사의 성공적
완수란, 자기의 능력의 범위를 벗어난다는 것을 알았으며, 그래서
그는, 저 두 마리의 짐승을 움켜쥐고는, 그것들의 염통을 뜯어내고,
그 무솥에 기왕에 준비되어 있었던 質料에다 보탰다. 그리고 바랐
기는, 그 솥 속에서 이뤄질 가루가, (三世를 장악할, 그런 힘까지는
못 된다 하더라도,) 프라 람과, 그의 군대만이라도 격퇴키에 충분
한, 力粉이라도 되었으면 했다. 그런 뒤 그는, 그의 왕궁이 있는, 바
단으로 돌아갔다.

제 3 장

어디서 再婚을 했거나, 또는 어디서 忘憂愁 열매에 취했는 것이
다, 한번 떠난 뒤, 羑里의 바다는, 그런 후 돌아올 줄을 모르고, 저
떠난 자리에, 황폐며 정적의 이끼만 사막처럼 덮었는데, 그런데도
어쩌면, 그 바다가 어디서 어쩌다 한 번씩, 떠난 자리 생각해 꾸는
꿈 탓일 것이냐, 탓일 것으로, 그 무게만 잃고 형상만 나타내 보일
것인데, 羑里에는 그래서 철따라, 안개비가 바다처럼 내린다, 바다
로 내린다, 바다여서 내린다. 그런 철 안개비는, 羑里를 함락해 침몰
시킨 바다이다. 그 밑에서는, 다른 아무것도 말고 사람인 것들이, 저
자를 꾸며, 살도 팔고, 꿈도 팔고, 소주도 파는데, 그것들 안개비에
젖기 시작하면, 몸뚱이들에서는 비린내가 나고, 소금 냄새가 독했
다. 이런 철에는, 그것들은, 눈 하나는 감아, 제 속 어디 골방 속, 고
쿨이에 묻어놓고, 눈 하나는 제 손이 든 등 속에 넣어놓아, 저잣거
리를 걸을 때는 등으로 보고, 돌아가서는 고쿨이불로 보았다. 그것
들은 그렇게, 어제까지 실다움으로 보아왔던, 그 生活을, 이제는 꿈
으로 보았다. 때로 때로, 그 꿈이 괴로워 신음이라도 하려 들면, 그
것들 목구멍으로는 끼욱 끼욱 물새 소리가 울려나왔는데, 그것들은
왜냐하면, 바다를 너무 많이 들이마신 것이다. 바닷물고기인 것들
이, 바닷새처럼 울었으끄냐. 이것들은 그러고 본즉, 안개비가 무거
워 죽지를 못 쓰게 되었거나, 아니면 부화되었을 때부터도, 그것이
물고기의 지느러미모양 퇴화되어버려, 날기에는 쓸모가 없이 된, 물
고기의 下半身의 金鳥들인 것? 인 것——안개비 철에 끼인 새. 허긴
羑里는, 이쪽 苦海邊에, 네 둥지밖에 없다는, 저 金鳥들의 둥지——
그 네 둥지 중의 하나인데, 이 金鳥들은, 수컷은 수컷대로, 암컷은
암컷대로, 따로따로, 저 혼자의 苦行을 통해 金卵이 맺히면, 혼자 낳
아, 혼자 품어, 병아리 金鳥를 깨어내는 새,——새는 안개비, 바다. 헌
데 저 바다에서 부화한 새들은, 밝은 데로 궂은 데로, 밖으로 안으
로, 일곱 바다를 헤치고 다니다가, 어떤 때 갑자기, 살기의 고통을
깨워내면, 어떤 것들은, 그 영봉을 구름에 머리 감기는 동녘 雲山으
로나, 사철 눈에 덮여 천년 童貞스러운 북녘 눈뫼로나, 미친년 오줌
누듯 여덟 달간이나 비가 내리지만 겨울 또한 혹독한 법 없는 서녘

비골로도 찾아가지만, 별로 찌는 듯한 더위는 아니라도 갈증이 계속되며 그늘도 또한 없고 해가 떠 있어도 그렇게 눈부신 법 없는데다, 우계에는 안개비나 조금 오다 그친다는 남녘 羑里로도 모인다. (苦海邊의 네 둥지 속을 들여다보며, 짜개어진 검은 혀를 쓰륵이는 저것은 누구냐? 누구냐?——붉은 龍, 아으 아버지 프라브리티.) 남녘에로 되돌아오는 것들은, 그래요, 아으, 머니니가 머리 안개비 풀어, 떠난 자식을 불러 끼욱 끼욱 우는 소리를 들었더랍니다요, 그래요, 헤매다가 金鳥들은, 그렇답니다 안개에의 그리움을 느껴내면, '민물이 부르는 소리'에 접한 鱸魚, 충동보다도 더 억센, 죽음의 괴력에 전신을 비틀려, 저항치 못하고, 귀를 좇는답니다. '민물'에 母胎를 둔 연어는, 고향을 떠날 때, 그 민물 소리 '맑음한 소리 돌'을 하나씩, 숙명모양 뱃속에 넣어갖고 떠난다는데, 알지 않느냐, 그러던 어떤 날, 그 '민물 소리 돌'이 일어나, 뱃속을 가득 채우면, 그것이 괴로워, 그것을 뉘어버리기 위해 연어는 이제, 그것을 담았던 곳으로 되돌아가는, 죽음에 이르는 悅豫의 여로에 오른다. 알지 않느냐, 金鳥들은, 괴롭다고 헤매기가, 울음을 만들어보려 하면, 끼욱 끼욱 물새 울음 소리를 내는데, 그러면 쉴 때인 것이다, 돌아가 쉴 땐거, 끼욱 끼욱——뱃속에 넣어뒀던 울음도 익었거든, 아주 새빨갛게 익었다구. 아, 아으, 아, 안개 속에서는, 神들과, 지느러미를 날개로 단 새들이 산다. 그래서 그 새는 날지도 못하려니와, 헤엄치지도 못하는데, 그것은 왜냐하면, 안개 속에서 부화한 까닭이다. 안개 속에서는, (이른바) 현실(이라고 이르는 것)과, 비현실(이라고 이르는 것)이 함께 섞여 묽어져 있어, 삶과 죽음 사이에도 다름이 없다. 안개 속에는, 해가 떠 있어도 없어, (이른바) 실물(이라고 이르는 것)도 그림자를 거느리지 않는데, 안개는 그래서 무덤이며, 안개 속에는, 맨 습기뿐이라도 무엇 하나도 갈증을 달래지를 못해, 바다라도 骸骨이다. 안개는 그래서 沙漠이다. 그 가슴에 마른늪의 젖퉁이를 풍더분히 해달아 있는 어머니, 아으 어머니. 자식이 낳아지는 대로 물어 삼켜들이기 위해 입 벌려 기다려 있는, 아버지 붉은 龍의 아가리를 요니로 해갖고 있는 어머니, 그러니 그 요니가 아버지의 입술인, 어머니, 우리 어머니, 어머니는 無門.——羑里에는, 안개비가 스름 스름 휩싸여, 짙어지기 시작하고 있었다. 한쪽 귀퉁이 邑에서는 그러자, 촛불중의 서러운 혼이 그 비를 불렀다고 하며,

멈칫 멈칫 멀리로 돌아가려던 그 서러움도 같은 비가 돌아서도록이
나, 그 燭魂이 서러웠으면, 어찌 원귀라도 되잖겠느냐고 했는데, 다
른 쪽 귀퉁이 邑에서는, 참 가물었더니, 촛불중의 葬禮가, 祈雨祭라
도 되었던 듯하다고 했고, 官에서는, 조금 늦게든, 또는 조금 빠르게
든, 올 것이 올 철에 온 것을, 한 중의 葬禮에까지 접붙일 까닭은
없다고 일렀다. 官에서는 그러니, 촛불중을, 꿈에서 앓아치운 染病
쯤으로나 쳐, 그 꿈을 깨이는 즉시, 그 꿈의 그림자까지라도 깨끗이
지워 없애버리려 하고 있음이 분명했다. 그랬을 것이, 이 聖域에로
失足해든, 다른 汚夢들과 달리, 촛불중을 처리해버리고 난 뒤 邑은,
染病이라도 앓고 난 듯, 여기 저기, 눈썹이며 머리칼, 심지어는 음모
까지도, 매우 성글어져버린 듯한 느낌에 당하기 시작한 것이다. 혹
간, 안개비는 그래서 내리기 시작한 것이나 아니겠는가.

그런 후, '사흘하고 한나절,'──촛불중이라는, '빛의 꿈'의 金烏 한
마리는, 그 '無門'의 어느 틈새에 끼어 끼이욱 끼어 끼욱 울기로, 사
흘하고 한 나절을 보낸 뒤, 그 울음을 뭉쳐, 시꺼먼 빛의 한 알을
새까맣게 낳아놓고, 그 알 속으로 들어가 웅숭크린 지 사흘하고 한
나절, 허긴 목도 갈하고, 배도 고프기 시작했을 것인가. 羑里에서 메
어다 묻은 屍體에서는 그렇게, 싹이 터오르기를 시작한 모양이다.
그렇지 않느냐, '作爲(프라브리티)'하도록만 되어 있는 우주는, ('번
식욕'을 그 뿌리로,) '배고픔'을 그 둥치로, 무성해진 나무이기 때문
이던 것이다. 畜生道나무. 그런 살의 欲望의 억센 가지들에는, 구리
(銅)로 된 잎과, 銀으로 된 꽃, 金의 열매들이 주렁주렁 열려 아름
다운데, 六祖가 한 낡이에 만개해 있음을. 아흐, 六道는 그렇게나 아
름다운가, 낳기와 죽기는 아름다운가! 아름다운가? 헤음, 여게 處士
들임세, 桃花 그늘에 잔 잡고 앉아, 그 꽃잎으로 算놓아가며, 風流를
둘러 마셔 대취한 處士들임세, 해질녘 흐르는 구름이거나, 강낭콩꽃
보다도 더 붉게 흐물트러진 그 桃花가, 그 나무와 더불어서는, 아름
다움도, 風流도, 아무것도 아닌, 그 나무를 태우는 삶의 번뇌라는 것
을, '뿌리'가 하는 賣春이라는 것을, 處士들은 알라는가 몰라, 處士들
은 알라는가. 그것은 번뇌가 아니라, 그 나무의 열예라고 말하놋다
處士는? 보게람 處士는, 어름 우희 댓닢자리 보아, 응달 소로로만
오는, 어느 시린 그늘 입술에 피 묻힌 것, 그런 것이나 하나 꾀어
보듬아 안아, 그년 요분질로 얼음에 구멍이 나거든, 더불어설람 빠

져 죽어람, 얼어 죽어람.——그러나 누구냐, 저 畜生道 나뭇가지에 앉아, 銀花에서는 지랄헐눔 꿀만 빨고, 金實에서는 옘병헐눔 살만 먹는, 털빛이 달빛보다 고혼 그 새를 잡아, 깃털을 뽑고, 죽지를 부러뜨리며, 목을 비틀어 그 노래까지 못 쓰게 만드는 자는 누구냐, 떨도, 땀도, 못 하고, 못 빌, 누구냐?

아으 그리하여, 人間의 비극이 뭣인지쯤 알 만하겠도다. 짐승이고 싶은 욕망과, 짐승을 벗어나고 싶은 욕망에 찢기는 자여, 사라雙樹여, 그대의 아픔이 뭣인지쯤도 알 만하겠도다, 바룬다새여.

짐승인녀러, 짐승 탓에 촛불중 허긴, 배도 고프기 시작했을 것이다. (神들까지도, 상사라에로 불러내리는 것은, '짐승'이다. 그러고 보면, 神들을 괴롭히는, 다만 하나의 複合症은 '짐승'인 것이 분명하다. 〔童話的으로는, 그 모두 '人間'인 것들이, '짐승의 탈'을 쓰고, 들이나 숲에서들 '짐승 노릇'을 하고 있지마는, 神話的으로는 그래서〕 畜生道, 또는 조악한 물질로 이뤄진 세계에는, 神들밖에, 다른 존재란 없다. 〔이 神들이 童話的으로는 人間이던 것이다.〕 聲帶로 울고 싶거나, 말이 하고 싶으면, 만복이 불러오는 느긋함으로, 코가 비뚤어지도록 졸고 싶거나, 성교가 하고 싶으면, 살이 지글지글 끓도록 싸움이 하고 싶거나, 죽고 싶으면, 그리고 뭣보다도, '프라브리티'라는 그 '運命'의, 〔神들의 運命은 프라브리티이다.〕 연자방아 돌리는 노새이기가 싫으면, 神들은, 조악한 물질로 되어, 해지기 쉬운 옷, '짐승'을 입는다. 〔그 '옷'을 입고 있는 한 神들은, 말미 받아, 이승 구경에 나서 있는지도 모른다.〕 하는 말로는 그래서, "무엇이든 죽음을 겪고 나면, 자기가 天國에 누워 자며, 아랫녘 세상을 꿈꾸었다고 알게 될 것"이라고 한다. 게다가 神들은, '肉聲'으로 말하지를 못하여, 말을 하려 하면, 그 당장, 存在와 事物을 드러내버린다고 하잖는가. 神들을 괴롭히는 큰 한 複合症은 그러고 본다면, 자기를 드러내기 위하여, 肉聲으로 말이 하고 싶기, '이름'을 가르쳐주고 싶기인 듯도 싶으다. 〔나중에, 아담이, 그것들에다 '이름'을 붙여주기에 이르는데, 이렇게 되면, 人間은 두번째 創造者이다.〕 이런고로 畜生道에는, 神들밖에, 다른 존재란 있는 것이 아니라고 주장하는 것일 것이다.) 그는, 蓮坐로, 넉잠 자는 누에모양, 요 며칠을 지내온 것인데, 반 잠보다는 훨씬 더 깊은 잠, 깨어 있기라고 쳐서는, 깨어 있기를 훨씬 넘어서버린 깨어 있기의 잠, 그러는 동안은, 그의 숨쉬기며, 맥

박도 느려져, 체온까지도 떨어져내려 있어, 말하자면 그는, 제 발바
닥에서, 먹어두었던 쑥과 마늘즙을 핥아 사는, 겨울 곰이었다. 헌데
그러는 즈음, 혹간 어디 바깥 뜰에, 봄볕 조각들이라도, 듬성 듬성
내렸을 것이냐, 저 한 중의 세월도 사흘하고 한 나절, 이만큼이나
멀리 깨어 있었던 깊은 한 잠은, 그 뿌리로부터 무엇이 쑤물쑤물
일어나고 있음을 느끼기 시작한 것이다, 배고픔도 같은 성욕, 성욕
도 같은 배고픔. 무엇이 저런 깊기도 깊은 三冬에 일어나느냐? 흰
눈을 여름처럼 덮어쓴 竹林에서는, 그리고 側柏나무 숲에서는, 무엇
이 그렇게나 덥디더운 꿈으로, 저렇게나 두텁디두터운 잠의, 그 凍
結의 가시쟁이의 울타리에다, 푸른 筍을 돋과내느냐, 아으 무엇이냐
그것은?

  [1]"말하기로는, 여름엔 만물이 盛한다고 하되, 이 철이야말로, 밀
과 냉이가 衰한 상태에 있다고 이르되, 竹筍과 側柏나무 筍은 이
철에 盛한다."——이러고 본다면, 四大를 벗은 것들이 들려서는, 解
脫치 못했으면, 거기서는 꼭히 四大를 입어서라야만 벗어나게 되어
있다는, 바르도에서도, 그것이 무엇이든, 盛衰에 끊임이 없다는 것
을 알겠을 일인가. 즉슨, 바르도에도 철의 갈아듦(易)이 있다는 것
을, 바르도도 또한, '易'이 그 橫帶가 되어 있다는 것을, 그래서 四大
가 벗겨진 고장인가 아닌가와도 상관없이, 바르도도 또한, 四大의
고장과 다름이 없다는 것을, 알겠을 일이다. 이승도 바르도의 일환
이다, 그리고 바르도도 이승의 일환이다. (뫼비우스의 고리.) 이리하
여 알게 되는, 중요한 한 사실은, '겨울'까지도 '休止'가 아니며, '休
止'라도, 뒤집어보면, 그것 자체가 '作爲'라는 것이다. 때로, 니브리티
의 誤讀을 통해서, 이런저런 '休止'며, '無爲' 같은 것이, '니브리티'로
도 이해되어지는 수도 있었을 것인데, 그러나 좋은 觀相꾼은, 그것
을 혼동치 않을 것이다. 만약에 '相'을 혼동키로 하자면, '休止'나,
'靜止'가 아니라, 차라리, 眞空 상태 속을 구르는 공 따위의 '運動' 같
은 것일 것이다. 그 공의 '運動'은 차라리, 어떤 일종의 '니브리티'로
도 이해되어질 수 있을 것이기도 한바, 멈춤이 없는 運動은, 運動도
아니어서, 현학적 어투를 꾸미기로 하자면, 運動을 통해 運動이 靜
止를 성취하므로, 그것이 차라리, '폭풍의 눈' 같은, '니브리티'라고
이를 수도 있는 것이 아니겠는가. 글쎄, 구태여 "相을 혼동키로 하
자면." 문제는 헌데, 바로 저 "相을 혼동키로 하여" 읽어낸 '니브리

티'가, 어떤 의미에서는, '虛無'라는 相을 드러내는 것이 보일 때이
다. 羯磨가 다하지 않는 한, 한번 일어난 일이 있는 것은, 때로 盛하
고, 때로 衰하되, 스러질 수가 없다는 것이 프라브리티의 달마라거
늘, 그렇다는즉슨, 스러질 수 없는 것들의 '虛無'에의 인식은, '眞空
상태' 속에 끌어넣어진 '運動' 같은 것이거나, '運動' 속에 잘못 끼어
든 '眞空' 같은 것이 아니겠을라는가. 프라브리티 속의 이 '眞空 상
태'는, 輪廻 속의 '黑穴(black hole)' 또는, '無底坑'이랄 것인데, 분명
한 것은, 이것도 한 解脫한 정신이 성취한다는, 그런 어떤 상태와
매우 같으되, 이것은 否定的 국면만을 드러낸다는 것일 것이다. 하
나는, "바르도를 벗어나, 위대한 自由"를 성취함에 반해, 다른 하나
는, 그도 물론 "바르도를 벗어나되," '自由'가 아니라, '消滅' 속으로
나아가버린다는 것이다. 거기 '黑穴'과 '無底坑'——그 붉은 龍의 아
가리가 크게 열려 있을 것이다. ('解脫'이야 말할 것도 없겠지만, 그
렇다면 '輪廻'도, 그리고 '消滅'도, 한 求道者가, 그 心田을 어떻게 가
꿨는가, 그 경작법에 의존되는 가을 거두기인 것을 알게 한다.)——
"밀과 냉이는, 만물이 盛하는 여름"에, 그 爲田을 떠나, 나서는, 어
디를 가는가? 혹간 그것들은 떠나서는, 대(竹)와 측백나무 箭이 되
어, 저쪽 어디 겨울, 잠이 두터운 데로 돌아오른 것인가? 이쪽의 몹
시도 후끈한 여름이 꾸는, 休田에의 꿈? 혹간 뉘 아느냐, 대나무순
돋은 자리 눈을 헤치고, 흙을 호부작이고 들여다본다면, 거기 글쎄
말이지, 한 여름 택(템)이나 될 밀이 누렇게 쌓여 있을지, 파보지
않고서야, 뉘 알겠느냐. ……여기 어디에 어쨌든, 事物의 轉身과 관
계된 비밀이 있다. 冬眠 속에서도 무엇인가가 눈 터, 그 잠 위에로
떠오르는 것이 있다면 그것은, 무엇이겠느냐, (바르도에 처한) '念
態' 말고, 글쎄 또 무엇이겠느냐, 그렇다면, 이 말은, "만물이 盛하다
는 철, 여름"으로 뒤집는다 해도, 안 될 까닭이 없다는 말이 될 것
인데, "盛하다는 그 萬物" 또한, 무엇이 꿈꿔낸 '夢片,' 또는 '念態'들
이라는 그 말일 것인데, (아으, 바르도/逆바르도!) 우그러질녀러, 녀
러, 한 마을이 잠든 틈에 일어나, 한 마을의 '고쿠리불'을 훔쳐, 한
마을의 깊이 잠든, 잠의 빗장을 뽑아, '빛 가운데'로 나가는, (과연,
'고쿨이불'을 훔쳐 '빛 가운데'로 나간다?) 저 노략질꾼은 무엇이냐,
누구냐, 무엇의 어느 끝의 羯磨가 입은 살(또는, 꿈)이냐? (촛불중
식의, 半睡半醒이 이뤄내는 修辭學에 좇기로 한다면, 그가 이해하는

174

'잠'은, '暗黑'인 듯하며, 그것에서 깨어 일어나는, '빛'을 보채는 어떤 꿈, 또는 念態는, 약간 비약하기로 하여 말한다면, '빛' 자체로도 이해된다. 그렇다면 이것은, 매우 주목을 요하는 주제인 듯한데, 그럴 것이, '빛'이란, 무엇의 肉眼에 '밝게' 보이는 어떤 것인가, 아닌가와도 상관 없이, '生命'은, 그것 자체가 '빛'이며, '生命 없음(잠, 죽음)'은, 그것 자체가 '빛 없음(暗黑)'으로 이해되기 때문이다.——이것이 그래서, 촛불중의 '빛의 탐색'에서 얻어낸, '빛'을 넘치게 담은 '聖杯'인지 어쩐지는 모르되, 최소한, 한 '생명/夢片'이 일어나면, 거기 '빛'이 있다는, 그것까지만은 확실하다. 이 '빛'은 그렇다면, 해, 달, 별들이 쐬어내는, 그것들과 반드시 같은 것은 아니라는 것을, 고려하게 한다.) 그래도 '마을'은, 눈을 뜰 수가 없고, 목구멍을 열어 말할 수가 없으며, 손가락 하나 움직일 수가 없다. 헌데, '마을'이 도난당한, 그 '고쿨이불'은 '밀과 냉이,' 대나무와 側柏나무 마을의, 흰 눈의 강보에 뻘겋게 싸여 누워, 어미 겨울의 젖꼭지를 통해, 그 아랫녘 어디의 여름볕을 빨아올리고 있다. 이쪽 '마을'의 '잠'은, 舞女가 신었다 벗어버린, 해진 舞鞋 같은 것이다. (舞女의) 발톱들이 거꾸로 박혀들기의 고통과, 땀, 그리고 율동을 터지도록 싸아안고, 천만 근의 悅豫를 견뎌내던 地獄. 그러다, 律動만 빠져나가고, 시지큰한, 더러운 땀냄새뿐인, 地獄만, 그 바닥이 시꺼멓게 구멍나, 남아져버린 것이다. 律動들은 전에, 그 신발 속에서 일어났었는데, 그 신발 자체가 律動이었었는데, 이제 그것은, 한 알캥이의 律動도 억류해두지를 못하고 있다니. (律動과 빛, 舞鞋와 잠.) 그러다, 땀의 냄새까지도 흐르적 흐르적 증발해가고, 소금만 조금 남았네라, 춤(舞)은. 샘에서는, 달그림자가 흐르르 날아 떠나버리고, 달밤에 허흐, 샘에는 달이 어려 있지 않다. 허흐, 흐, 흐, 목 마른 두룩넘이, 샘물을 마신다는 짓이, 그것 속에 어린 달의 그림자를 착복해버린 것, 것. 달의 일종의 죽음,——저승에 죽어서는, 이승에 임신된다. 이승에서 죽어서는, 저승에 임신된다.——＞

  羑里에서는 헌데, 그곳 七祖村長이 된다는 자의, 더운 몸을 돌무덤 속에 묻고 난 뒤, 그 무덤에 처넣어진 자의 세월로, '사흘하고 한 나절'이 지났었을 뿐인데, 거대한 도마뱀이 한 마리, 그 굴에 뚫어놓은 구멍을 빠져나와, 沙漠을 헤매고 다닌다고도 이르는가 하면, 그 村長의 食母살이에 나선, 前職 火葬장이 늙은네 속에 들어, 그 늙은네 속을 다 파먹고, 그 늙은네 껍질을 쓰고 있다고도 이르고, 이러고, 저러고, 해쌌는 소리들이, 구구하고도, 흉흉했다. 허기야, 도마뱀은, 물론 없는 더운 사막이 아니면, 살지를 못한다고, 전해져오기는 한다. 그렇다면 도마뱀에게는 沙漠이, 나찰에게 있어서의 나라카이며, 물고기에 대해서 물이며, 불도마뱀(사라만더)에게 있어서의, 이글거리는 불의 바다인 것이다. 흐훗, 훗, 고기가 궁한 참에, 고기만 들이기로 잇몸이 벌건 중이 하나, 뭘 한 마리 손에 쥐었던즉, 굽기 위해 불 가운데 던져넣었더니, 크클클, 녀려것이 하필이면 불도마뱀이었더라지 그리. 묻노니, 이 중은 그때, 중생을 불쌍히 여기는, 佛心을 계발했었음이 분명하다고 해야겠느냐? 아니면, 저 불도마뱀이 이제는, 불 속에서 손을 내밀어, 저 중의 손모가지를 비틀어서는, 그 불 속에다 끌어넣어야 옳다고 해야겠느냐?

　——그것이 死産의 胎夢이다. 四大 五大를 획획, 바람을 획획, 흙을 획획, 물을 획획, 불을 획획, 其他를 획획, 따라붙여내는 끈끈이, 公은 그래서, 두번 죽기에 실패했구나. 그리고는 꿀꿀 먹기 위해서, 또는 미움 미움 미웁게도 울기 위해서, 이러기 위해서, 저러기 위해서, 갓 태어난 개새끼모양, 보지도 못하며 먹이를 찾아, 고개를 내저으며, 입을 오무작거리고 있다. 흐, 훗, 훗, 머루를 너무 쪼아먹어, 눈알이 빙글 빙글 돌도록이나 취한 들새가, 흔히 老松圖며 山水畵에 머리를 짓찧어박고 떨어져내리듯이, (그러자니, 말한 바의 저 '松圖'며, '山水畵'가, 대취한 놈의 새 눈에는, 얼마나 실제적으로 보였겠는가, 마는, 환 치는 자에게 묻노니 그러려거든, 밖에 쌔뻐린 것이 모두 老松이며, 山水거늘, 걸 뭣하겠다고 수고하여 새로 묘사하여, 눈 가린 有情들의 눈을, 더 가리려 할 필요가 있었더뉴? 환 치던 公의 손가락은 나중에, 새의 죽지뼈나 되거라, 바람 거슬러, 날기의, 아으, 날기의,……) 저 한 넋(은 새여라, 새어, 여라 우여라 딱딱 우여——)도, 이승 무슨누무 술에 대취했었던게다, 꿈 없는 휴식의 치마폭에 포근히 안겨든다고, 땐에는 안겨든 것이, 公은 말이지, '할시온(알퀴오네) 철, 이때 잠드는 바다,' 무슨 한 구름 물결 넘다 꼴딱, 한 숨 잠에 소금 쓴 사이, 헤헤헤, 거기 어디 철썩 덮어쓸 자리에다, 휴식의 둥지를 얹은 것이었다. 사흘하고 한 나절, 그 물살이, 이 한 더러움을 밀어내고 밀어내, 此岸에다, 신 살구씨 뱉듯, 택 뱉아내버린 것이다. 헤헤헤, 그러면 별수없이 公은 또, 此岸 떠날 채비를 해얄

것인데, '살기' 말이지, 그것이 살기인 것 말이지. 먹기도 해야 되며, 배설도 해야 되고, 잠속에서까지도 일어난, 느낌들과 생각들이 나들이하기에 좋아, 문지방이 닳아지고, 시비가 떨어져나가게도 될 것인데, 어느 날 보면, 그것들의 그 나들이 때마다, 노자로 조금씩 덜어내가고, 묻혀오는 먼지 탓에, 公의 넋과 말(言語)은, 바닥이 드러나 있는데, 거기 먼지만 덮여 있다.

 ──→그러면 갑자기, 돌아오는 것이다, 품바 품바 잘이지랄 죽지도 않고 돌아와버리는 것이다.

 여 野狐여, 촛불중이여, 외로운 품바꾼이여 말입지, 公은 그리고 다시 돌아왔는가 말입지? 公은, 그 외로운, 하도하도 서러운 길들을 빨아 삼켜넣으며 말입지, 그래서 앞만 있고, 뒤는 지워 없앴던, 그런데 그 '앞'은 언제든 公의 앞을 앞질러 미끄러져 앞가고, 公의 발 밑에 한번도, 통째로는 디뎌져본 적이 없었을 터인데,──좋은 귀에는, 그리하여 여기, '도마뱀'의 상상력이 개입되기 시작한 것을 눈치챌 것이다. '도마뱀'이 象形化한 文字가 '易'이라는 것은, 알려진 바대로이다. 이 '도마뱀'은, 무엇에 그 꼬리를 물리거나 잡히면, 그 꼬리를 떼어내버리고 도망친다는 것이 관찰되어져, '繼續性' 속에 끼어든 '中斷'을 잘 비유하고 있는 듯하되, 다시 그 '꼬리가 돋아난다'는 것이 또한 관찰되어져, '時間'과의 관계에서 '時間의 過去'가 매우 잘 설명되어지고 있는데, 재미있는 것은, 그것의 잘려진 꼬리의 부분에서 새로 돋아나는 꼬리는, '時間의 未來'에 속해 있다는 그것일 것이다. 이렇게 보면 그것은, 그것이 취해 입은 형태야 어찌되었든, "제 꼬리를 제 입에 물어 뒤집혀지는 뱀"이나, '모래시계'와 다름이 없는 바, 그래서 이것이, 盛衰를 재는 눈금(易)이 된다고 하는 듯하다. 도마뱀도 그래서 거북이다. 다름이 있다고 한다면, 서로는, '머리' 자리와, '꼬리' 자리를 거꾸로 하고 있다는 정도일 것이지만, 그래보았자, 어느 한쪽을 陽畫라고 하면, 다른쪽은 陰畫랄 것이어서, '다름'이랄 것도 못 될지도 모른다. 반복되더라도 분명히 해둘 것이 있다면, 저것(易)은, 物尺, 즉슨 化現의 우주, 그 프라브리티를 재는 尺度라는 것이다. 그것으로 하여, 非化現, 無, 또는 空, 즉슨 니브리티를 재보려 하면, 거기 우주적 誤尺行이 일어날 것이다.──그 고단한 행로로부터 잠시 멈춰 쉬려 하자, 이상할 일이다 公은, 公이 토막토막 그 꼬리를 잘라내어 삼켜 먹어버렸다고 생각했던, 그 길들의 꼬리

에 단단히, 열두 매 휘감겨 있어, 한치 반치도 움직임을 이뤄낼 수
도 없으려니와, 움직이려 해보면 해보는 그만큼 더, 公의 전신이 욱
죄임을 당한다는 것을 발견하기 시작한다. 公은 속이 메슥거림을
느끼고, 먹어뒀던 것들을 토해내기 시작하는데, 훗훗훗, 公이 느끼
기에는, 잘라 베어 씹어먹었다고 했던 그 길들이, 바리바리, 서리서
리, 줄이줄이 잇겨, 가령 말해, 일년에 삼백예순다섯 발의 길을 삼켜
먹어뒀었다면, 그 삼백예순다섯 발의 길의 길이가, 고스란히 그대
로, 줄이줄이, 서리서리, 바리바리 뽑혀져나오고 있다. 허히, 公은
그리하여 다시, 떠났던 자리 되돌아와 있는데, 자리는 옛 자리라도,
公의 얼굴엔 주름이 덮였거늘, 꿈길을 걷기에도 뒤꿈치는 닳고, 머
리칼은 세어지든가? 돌아와서, 이제사 말이지만, 이러는 줄만 알았
었더면, 公은 아예 떠나려 하지 아니했었을 것이었지. 헌데도 公이
걸은 그 꿈길, 걸음 자리마다 좇아, '苦'字 '海'字가 엇비스름하게라
도, 짜란하게, 쪽쪽히 낙인찍혀 남아 있지 않은 것은 아니더네. 촛불
중입습지, 삶을 公처럼 운영하려 하면입지, 삶에 말입지, 별로 말입
지, 내장머리도 없이 말입지, 엉덩이에까지도 뿔이 돋곱지, 육시러
게 고되기만 고되겠다 말입지. 삶을 꾀있게 운영하는 자들은, 자기
네들 염통만은 뽑아 마누라들 장롱 속에 감춰 넣어놓고, 맹장이며
똥창자, 복숭씨며 뒤꿈치살 같은 雜肉이나 한 바랑 해서 짊어지고
다니다가, 어디 네거리에서 샅 내놓은 계집이라도 만나면, 풀어야
될 회포는 풀어야 될 것, 그것 불러다 깔고 자고, 뒤꿈치살 반점 저
며 花代에 쓰고, 어디 노름방에라도 당도하게 되면, 골패짝에 맹장
올려(賭), 잃어도 하늘 보고 웃어야지, 반대로갖다가시나, 말한 바의
저것들만 모두 똥눠버리고, 염통만 남겨, 그것에다 흙먼지 묻히고,
찬비에 젖게 하며, 노숙에는 서리 덮기로 살려 하면, 뒤꿈치나 조금
무쭈룩해질 일을 두고도, 육실허게 염통만 아파진다. 아 그래서는
野狐여, 公이 골패짝에 얹었던, 그 염통으로, 解脫쯤이라도 땄더냐?
그랬더면, 童顔 검은 머리 윤나게 빗어 떠나며, 똥창자며, 맹장, 뒤
꿈치 雜肉만 벗어 한 바랑 담아서는, 어떤 객루에 맡겨놓았던, 그
객루에 그것 찾으러 되돌아온다고 오면서는, 어디서 그 젊은 얼굴
은 담보로 잡히고, 부수수한 반백 헝클어진 데다, 찌절 찌절 눈곱
낀 그을린 얼굴을 빌어, 추접하게도 假面 썼어야 했을 일도 없었을
것을. 이제는 그런즉 알겠다, 아으 公은, (童話 속의) "어떤 바보놈

이, 전율이 무엇인지, 그것 좀 찾아야겠다고 헤매기"처럼, '解脫'을 찾아 헤맸던 모양인데, 예의 저 '바보놈'이, 이보게, '전율'을 찾았을 때(이때의 이, '전율을 찾았을 때'란, 순전히 修辭學的 압력에 의해 이뤄진 修辭學인데, 그것대로 좇기로 하면, '전율'이라는 것이, 밖의 어디, 이 세상 가운데 있는, 무슨, 찾으면 찾아지는 것 같은 것으로도 이해되어진다. 이 童話의 훌륭함은, 그것이 이런 修辭學的 함정을 아주 잘 이용해, 그 함정 속에다, 캐어낸 意味의 보물을 가득 채워놓기라는 데에도 있을 것이다. 이것은 그리고 물론 여담일 것이지만, 촛불중은, 童話는 湖西의 것을 좋아하고, 神話〔經典〕는, 湖東의 것을 事大한다.) 그 '바보놈'의 삶은 고단해져버린 것을 公도 아는가, 뭣보다도 그는 이제는, 더 이상 '바보놈'일 수가 없이 된바, '正常的이기의 비극'이라는, 異常한 비극이 시작되거니와, 여 野狐여, 公은, '解脫'을, 그 비슷한 것을 만났을 때부터, 왠지 모르되 공포를 느끼기 시작한 것을, 그런즉 알겠는 것이다. '이' 길로 걸어가며, 나쁜 龍을 퇴치하고, 火鳥를 잡아 돌아오겠다고 떠난, 많은 용감한 왕자들이, 어째선지 못 돌아와버리고 말 듯이, 헌데 그와는 반대로, '저' 길로 걸어가며, 하늘사닥다리나, 덩굴나무를 올라가버려서는, 돌아올 기약이란 없다고, 그 길로 떠난 비구들마다 헌데, 어째선지 모두, 달빛에 그을린, 납빛 얼굴로 꾸부정히 돌아와버리고, 돌아오잖는 자는, 가물음에 콩 나듯, 그랬다. '전율'이라거나 '解脫'은 그러고 본다면, 찾으러 떠날 것들이 못 되었던지도 모른다. (이 傳記의 主人公이 比丘인 이상, '전율'이라는 것을 찾아 떠난 바보놈은, 이만큼에서 버려둘 일이지만,) '解脫'을 찾아 떠난 비구들의 대부분이 되돌아오는 까닭은 아마도, 그들은 '解脫'을 무슨 毒龍쯤으로나 알아, 그것에의 두려움을 일으켜내면, 마주볼 용기를 잃는 탓인 듯했다. 그러면 돌아설 것인데, "눈 하나 깜박임도 없이, 사람 하나 쳐 죽이기를, 파리 한 마리 쳐 죽이듯 할, 그런 담력이 없이는," 비구라고 하여, 아무나 '解脫'이라는 것을 찾아 헤맬 것이, 그러면 못 된다. '解脫'은, 그것을 상상해보기만 하여도, 그러는 자를 돌로 만들기뿐만 아니라, 오소속 재로도 만드는, 이 한 우주간, 무엇으로도 그 추악함을 비교 못 할 毒蛇女며, 나라카――글쎄, 그것을 마주할 용기를 갖지 못한 비구에 대해서는. 산 것들에게는 그러고 본즉은, 解脫恐怖症이 있는 듯하고, 그 탓에 그것들은 몇백 세를 두고도 못 죽고, 重

力의 元素들을 입어오고, 오는 것이 분명하다. 한번 '삶'을 빨기 시작하여, 그것에 집착키 시작하면, (이런 '삶'은, 삶 그 자체가 그런즉 '解脫恐怖症'이랄 것이겠는가.) 그것이 비록 지렁이의 몸을 해입어 있는다고 해도, 죽기는 괴롭다고, 습습한 흙 속에 꿈틀거리는 뻘건 몸을 물어놓기의, 그 삶의 즐거움은 도저히 표기할 수가 없다고, 살기만을 억척으로 고집하는 듯하다. 사람 세상에 헌데, 중년에비상호 일이잇던거시엇다, 하필 그것들만, 살기란 괴롭다고, 그래서 살기가 싫다고, 죽기의 行道에 나선 거시엇다. 맹랑한 일도 다 있다. '解脫'은, 그래서 그 삶 지우기의 苦行 끝에, '自我'까지도 지운 뒤, (이 자리는 그러나, 본디 '自我'라고 이르는, 그런 것이 있기는 있었는가, 어쨌는가, 그런 것은 물을 것이 못 된다.) 본디 '自我'가 있었다고 믿어지는 자리에 나타난/안 나타난, 어떤 것/안 어떤 것이었는데 ──허이쿠후유우, 自我가 없는다? 自我가 없을 수가 있는다? 自我가 없는 것이 존재할 수가 있는가? 존재치 않는 것이 과연 解脫을 성취한다? 이 '解脫'과 '消滅'은 어떻게 다른가? 다르기는 다른가? 억만의 소름이 어디로부터 끼쳐든다, 시꺼먼 無底坑이 열리며, 그 아래쪽에서, 그 머리털은 한올 한올이 모두 독사며, 그 땀구멍에마다, 전갈과 황충을 매복해놓고 있는 드룩년이 일어나, 저 중의 불알을 훑으려 하고 있다.──이 상태에 이르면, 중들은, 주춤 주춤 뒷걸음질을 하다, 자기 몫의 불알을 움켜쥐고, 줄행랑을 친다. 불알이야 말로, '自我'던 것이다, 그렇잖은가? 최소한, 프라브리티의 한 舞足이, 발판 삼은 것은 그것이다. 불알을 까버릴누무 것들, 그녀러 드룩년에 根은 대보지도 못하고, 이미 겁에 질려, 돌아와서는, 뒤늦게 그제사, 돌팍 위에 根을 올리고는, 다른 돌 들어 내려찍으려 하고 있눴다?

   ──어떤 어미구름으로부터, 한 빗방울이 태어나, 태어난 그 순간부터 떨어져내리도록 되어 있는 운명에 당해, 떨어져내리기 시작하면, (빗방울임세 빗방울, 公은 무슨 목적으로, 어디를 향해, 그렇게도 줄기차게 쏟겨내리고 있눴다? 혹간 重力을 거스르지 못해 그런다면, 重力에 당할 그 몸을 입었었지 말 걸 그래잖나.) 그 한 빗방울의 목숨의 길이는, 그것이 부득쓰러져, 더 이상 한 둥근 빗방울을 유지할 수 없게 되는, 그 순간까지일 것이다. 빗방울의, 한 빗방울 크기의 我執이 한 빗방울이었던 것을. 그 我執이 보다 더 맹렬한

어떤 것들은, 떨어져내리는 중에 우박이 되기도 하는 듯하지만, 헛, 헛, 헛, 그런다 해도 時間이, 어찌 그 我執을 解體하러 덤비지 않겠는가. 그러면 그렇게나 독한 我執의 덩이라도, 대지나 대양에 스며들어 그 본딧모습을 찾을 수가 없게 될 것이다. 그제에 이르면, 빗방울이나 우박은, '물'이라는 이름의, 새로운, 보다 더 凡體的 모습을 띠어 있게 되는데, '비'만 捨象되고, '물'만 남은 것이다. (이것이 '빗방울'들이 두려워한 결과일 것인데, 그럼에도, 어떤 求道者들이, 我執을 여의려는 목적으로 苦行하는 까닭은, 이것은 물론 너무 성급히 끌어낸 결론이겠지만, 바로 저것, 즉슨, 한 '빗방울'이, 한 '大洋'에 合流하는 그 상태, 그것을 성취하고 싶은 것이 아니겠는가.) 대체 그 '빗방울'은 그러면, 어디를 갔기에, 온 데만 있고, 간 데가 없는가? 허웃 허웃 허웃, 헌데도 만세 전 내렸던 비가 오늘도 내리고 있으며, 어제 대양으로 스며들었던 비는 또 내일 내릴 것이다. 이렇게 되면 사실은, '비'만 있고, '물'이 없는 것이 아니겠는가? 또 아니면, '비'는 언제든 '비'고, '물'도 또 언제나 '물'이기만 한 것이겠는가? 그것도 아니면, '비'가 '물'이며, '물'이 '비'겠는가. 아으 만약, 모든 '빗방울'들이, 떨어져내리는 그 짧은 한 삶을 통해, 저 마지막 상태, '비가 물이며, 물이 동시에 비'라는, 그것만 성취할 수 있다면, 그것이 '見性'이랄 것을. 그리고 그것뿐만 아니라, 떨어져내리기의, 그렇게나 맹렬한 바쁘기도 그러면, '無爲'化하는 것일 것을. 그렇다, 그것이 '無爲'이다, 물이 물에로 돌아가는데, 돌아가는 과정중에 비록 어떤 運動이 끼어 있는다 해도, 물이 물에로 돌아가는 그 과정중에서는 그래서, 다만 運動만 捨象될 뿐이다. (헌데, 물을 만한 것도 못 되는 것을 묻고 있을 때는, 묻는 자는, 눈썹을 잃을 것이라도, 좋은 귀를 가진 자들은, 그 물음의 뚜껑[暗號]을 열고 들어가, 빠져 떨어진 그 눈썹[意味]들을 주워들어, 하나씩 눈여겨보려 할 것이다. 예를 들면, '물'과 '비'를 별개의 것인 것처럼 분류하고 있음은, 무슨녀려 새 빠진 농언 짓거리인가, 또는, "빗방울이 쏟겨내리고 있는데도, 빗방울은 없이 물만 있다"는 그 '물'은 혹간, 아담이 '이름'을 부여하기 전의 '우주' 같은 것은 아니겠는가, 또는, "물은 물이고, 비는 비다"라는 말은, '宇宙'나 '神'은, 영구히 '宇宙'며 '神'이고, '個我'는 영구히 '個我'에 머문다는 그런 말이나 아니겠는가, 하는 것 같은 것들일 것이다.) 禪은 그리고도, 여기서부터 시작되는 것일 것이다. 이제껏

'大洋,' 또는 '물'이라고 일러온 그것들에게서, 하필 '大洋,' 또는 '물' 만을 지워 없앤 뒤, 아무것으로도 대치하지를 않고, 비인(空) 채로 놔둬, 떨어져내리는 '빗방울'들로 하여금, 그 '비임(空)'에 合流, 과연 '合流'라 말이지, 合流케 한다. 그러면, 그렇게나 맹렬한 바쁨으로 떨어져내리는 빗방울이 無爲 자체가 돼버리는 것을. 것을?

　——⁽²⁾요 얼마 전에, 서녘 깊은 골에, 그 인근 사람들로부터 추앙을 받던, 덕성스러운 사내가 하나 살았었다. 그 고장에 어느 날 헌데, 매우 이름 높은 중이 하나 들른 일이 있었던지라, 이 후덕한 사내가, 그 스님께 묻기를 이랬다. "어떻게 하면 이 속인도, 해탈하여 중생제도를 할 수가 있겠소이까?"

"입산수도 허게, 치성 드리고, 명상할 일이다." 그러며 그 늙은 중 나으리 그 신실한 사내에게 呪文도 하나 처매주며, "이 呪文을 열심히 외어보게, 그러면 해탈할 일이다."라고 한다.

　물론이나갖다가시나 저 사내, 그 중이 일러준 대로 좇아 행했을 터이다. 이십 년이 흘렀더라 如流歲月. 헌데도 그 신실한 사내에게는 아무 변화도 일어난 바가 없었더니, 듣자니, 그 이십 년 전의 그 스승 늙은네가 다시 한번, 그 고을을 지나게 되었더라고 했으므로, 이 소문에 접한, 저 수도꾼은, 두말하면 시끄럽다, 대번에 하산하여, 그 스승을 면대했었을 것이다. "스승이여, 사미는 입산하여 이십 년 동안이나, 불철주야로, 스승의 가르침을 따랐사오나, 아직도 해탈이 무엇인지, 그 입문도 못 해보았니다. 이 사미가 혹간, 무엇을 잘못 시도해온 것이나 아니었던지 모르겠니다."

　그러자, 이십 년쯤 더 늙어 깡마른 중나으리, 뭘 하나도 기억하지 못하겠다는 얼굴로, "내가 뭘 가르쳐주었던고?" 하고 도리어 묻고, 건너다보았다. 그랬은즉, 저 사내는, 이십 년 전 전수한 가르침을 그대로 되풀이 고해바쳤을 것이었다. "어허, 거 커어참," 선사나으리, 먼저, 많이 침중한 음성으로 그렇게 탄식하는가 하더니, "이보게, 내가 거, 자네에게 틀린 것을 가르쳐주었었댔군 그래. 이거 미안하게 됐을시. 그래갖고는 자네 결코 해탈치 못하네." 하고, 의연삐꼼하게 대답하더라는 것이고, 그리고는 뒤 한번 돌아봄도 없이, 휘적 휘적 걸어가버렸더라고 했다.

　그 '틀린 가르침'을, 이십 년간이나, 불철주야 수업해온, 그 뒤처진 사내의 심경에 관해서는, 무엇을 토달아 말할 것이 있겠느냐. 이제 그 이십 년은 되돌릴 수 없는 것이다. 게다가, 그 이십 년간 그 한 가지 일로만 소비해온 사내가, 이제 다시 나서 무슨 일에 손댈 수가 있었겠는가. 그랬으니 그는, 별다른 수 없이, 이십 년간 때를 묻힌, 그 산막에로, 다시 오를 수밖에 없었으며, 그런 뒤에는, 짐작되기로는 대략 이십 년쯤 코골아 자댔을 것이었다.

깨인 뒤에 그는, 그 '틀린 가르침' 따위 깡그리 잊어버렸을 것이며, 동시에, 解脫이라든, 見性이라는 따위에 대한, 희망 따위도, 더 갖지 않기에 이르렀을 터이다. 그는 일체의 희망을 포기해버린 것이다. 그런 뒤에는, 그는, 아무리 둘러보아도, 집착할 것도, 찾을 것도 없었으며, 그러자, 잃을래도 잃을 것도 없게 되었다고, 알기 시작한다. 뿐만 아니라, 생각할 것도, 안 할 것도, 읊조려볼 呪文도 없던 것인데, 그리하여 그에게서는, 살기와 더불은 희망이 없어지자부터, 죽음에 대한 공포도 일어나지가 안해, 뭘 행할 일도, 행하지 아니할 일도 없어, 자기가 벗기워져, 깔려 누움을 보아야 했다. 슬프되, 많이 편하다고, 그는, 느끼기 시작한다. 그러며 점차, 자기의 눈이며 귀가 흐려져, 산야의 구별이 잘 안 될 뿐만 아니라, 소리들에서까지도, 모서리들이 없어져간다고 느꼈는데, 그러던 날 그는, 슬픔까지도 더는 느끼고 있지 않다는 것을 발견한다. 그러고 나자, 이상할 일이 일어났다, 그 눈을 약수에 씻은 적도 없었으며, 그 귀를 독사의 혀에 핥이어본 적도 없었는데, 찬찬히 보고 들은즉, 三世가 환하게 내어다보이고, 天女들의 치마폭 끄는 소리까지도 시끄럽게 들려져, 그는 손바닥을 펴 눈을 가려보기도 했으며, 귀를 막아보기도 하다가, 스름스름 바위가 돼갔을 터인데, 浮雲 한 조각. 하늘이 스름스름 흐르고 있었다.

(補註하눴다. 어쨌든 다시 또, '解脫'이라거나, '見性'이라는 話頭가 논의되고 있거니와, 〔그것이 그리고 촛불중이, 몇 百世 삶이든, 그것을 한거번에 뭉뚱그려, 한판의 골패노름에 얹어 따려는 그 전부가 되어 있으니, 언제까지 그것이 얼마나 더 논의될지도 모르는데, 촛불중이 얻으려는 것은 어쩌면, 눈썹 한 개? 몇 百世 삶이 타는 모닥불에 넣어 태워, 그 누린내에 코를 그을릴, 눈썹 한 개.〕 그래서 보니 이번에는, 거기 어디에 숨어 있어오다, 뜻밖에 드러난, 커다란 얼굴이 하나 보여, 경악을 금할 수 없게 하는데, 그것인즉은 수상하다, 해서 보니, 어려운 것은, '解脫'이나 '見性' 그 자체가 아니라, 가

령 말해, 그것들〔解脫이며 見性 말이지.〕을 '하늘〔長天〕' 같다고 한
다면, 그것에 오르는 '사닥다리' 만들기 같은 것, 그것이 어렵다는
것이거니와, 헌데, '뜻밖에 드러난 커다란 얼굴'이란, 기대치 안했던
그 '하늘사닥다리'가, 보는 자의 눈앞에 나타나져 있다는 것이다. 아
으, 道流들은, "이곳의 하늘을 뜯어내려 씹어먹으려 하지 마라!" 이
제, 비유로 들었던 '하늘사닥다리'를 원상에다 돌려놓기로 하여 말
한다면, 그것은 다름이 아니라, '力動性'이라고 이름할 '얼굴'이 될
것이다. 〔『七祖語論』 2 〈間場〉 第八章 참조.〕)

촛불중입지, 그리고 道流도입지, "서녁 깊은 골, 이십 년 공부 도
로아미타불꾼"모양, 아으 말입지, 본덧자리로 돌아와버린 것인갑?
아직도 말입지, 道流가 할 수 있는 일이 있을 수 있는다면입지, 천
년을 한하고, 만년을 한하고 말입지, 그리고 또 그러려고도 돌아왔
으니 말입지, 자꾸 자꾸 자기나 자둘 일 한 가지와 말입지, 글쎄 道
流는, 어떤 식의 잠자기는, 어떤 식의 깨우기라고 이해하고 있으니
말입지, 그리고 아직도 뭐 그런 것이 좀 남았다면 말입지, 눈물은
세 방울짜리로써입지, 백년 울음 천년 울음이나 울어둘 일 같은 것
은 아니겠습는가 말입지. 그러는 중에도 말입지, 등이라도 가려우면
입습지, 그것 긁을 일이라도 생겨 좋을 일입고, 아 그리고입지, 목이
마렵다던집, 허기는 道流는 갈증으로 목을 불편해하고 있구납, 배가
고프다던집, 글쎕지, 道流의 창자는, 비 묻은 구름처럼 울고 있느냡,
또 혹간 大德스럽게는, 恥骨이 우는 일 같은 것이 일어날 수 있다
면, 아으 아직도입지 道流는 말입지, 허기는입지, 뭐든 좀 해볼 일을
말인뎁지, 남겨갖고 있는 것쯤 새로 알게 되기는 알게 될 터입지.
물론 말입지, 세 방울이나 네 방울밖에, 눈물이 남지 않은 울음은입
지, 무엇보다도 아껴야 할 것이로되, 말입지 그것은 그런고로 말입
지, 퍼써야 되는 것이기도 합습지. 눈물은 그리고도 말입지, 참중의
것보다도 말입지, 돌중의 것이 더 짜고 더 매와서, (제길헐입지, 참
중도 흘릴 눈물이 있는갑?) 청상과부의 것보다도 더 독한 것이 돌
중의 것이더닙지, 더닙지, 눈물이야 말롭지 무엇보다도 진한 지옥의
요소이되 말입지, 묘한 것은 또 말입지, 그 지옥이 그중 저어하는
것도 그것이던 것이라 말입지. 한 방울의 눈물이 말입지, 어떤 심정
으로부터 짜여져나오려면 말입지, 수미산 크기는 족히 되게쯤이나
설움에 굳은 심정이 말입지, 으깨어지고, 눌려져서야 말입지, 겨우

184

그리고서야 말입지, 너무 너무 짜가운 탓에 맑아져버린, 말입지, 수은 방울도 같은, 말입지, 한 방울의 눈물이 스며져나오는뎁지, 보겝지, 말입지 보게라 말입지, 삼세간 어떠한 불, 어떠한 독에 닿아도 말입지, 火傷도 毒處도 남기지 않는 나찰의, 그러닙지 살이 못 되는 그 살까지돕지, 저 눈물의 짜가움에 닿으면 말입지, 지글지글 타 끓고, 뿐만 아니랍지, 썩어 문드러진다 하잖드냐 말입지. 보살들이 말입네, 가슴가슴에 안은 그 감로수병들 속에는 말입네, 하늘 어디 솟아 괴이는 井華水도 말고 말입네, 罪를 씻어낸다는 恒河水도 말고 말입네, 재가 된 살까지도 회생케 한다는 세천시어곡 藥水도 말고 말입네, 하필이면 저런 몇 방울 눈물일 것일 것인뎁, 그렇넵, 罪가 없이는, 말입네, 수미산의 무게로도 말입네, 그 아래에로 가라앉을 수가 없는 地獄 말입네, 그 입술에까지 흘러들 수가 있는 수분이 있다면 말입네, 그것은 그 수분 속에 함량되어 있는 슬픔의 무게 때문일 것인뎁지, 아으 그러면입지, 罪의 무게와, 슬픔의 무게는 말입네, 서로 그렇게나 엇비슷한 것이던 모양이넵, 말입네. 그런 슬픔으로, 나라카에로 가라앉아 들어간 羅卜이를 보아랍, 羅卜이를 보아랍 羅卜이릂, 그리하여 보아랍, 그 슬픔에 입술을 적신 羅卜이 어머니를 보아랍. 어미니릂. (나라카에까지 내리면서도——라는 修辭學은, 대기권 속으로 뚫고 드는, 流星을 연상케 함이 분명하다.——타스러지지 않는 수분은, '罪'만큼이나, 또는 그보다 더 진한 '슬픔〔大悲〕'을 함량해 있다고 한다면, 반대로, 나라카에서까지도 타 스러지지 않고, 그곳을 벗어나는, 한 넋의 力動性은, 어떻게 이뤄지드니?) 打作마당의 볏짚처럼, 나찰들이 내려치는 도리깨질 아래에서 말입네, 당하기만 당하며입지, 눈은 눈대로 아으 어머님, 귀는 귀대로 아으, 다리는 다리대로 어머님, 아으 脚지어지고 있을 때 말입네, 그래서 그제는 그 몸(念態)으로 본다 해도, 움직인다 해도 말입네, 보아질 뿐이며입지, 움직여질 뿐이어서, 볼 수 있다거나 움직일 수도 있는 것이 아닌 상태에 처해서도입네, 어느 손길 한 방울, 말입네, 자식의 짜안한 눈물에 입술을 적셨더라고 했드랬는뎁, 世音 한 조각, 말입네, 글쎄 그랬던 모양이었넵, 그러자 말입네, 모든 것이 受動態的 달마에 의해 운영되어졌던, 말입네, 그렇게나 완벽한 受動態的 秩序 속에서, 말입네, 어떤 능동적 눈 하나가, 말입네, 입 하나가, 말입네, 귀 하나가, 말입네, 가슴이, 말입네, 열렸던 모양이고, 말입네,

그러자 어머니는 가슴이 짜안함으로 못참도록 짜가워지고 말입네,
그리움으로 자식에의 설움으로 말입네, 한 방울의 눈물이 아으 어
머니, 눈에서 솟았던 모양이었는뎁, 그러자 이상할 일이다, 이제껏
그 전신을 열두 매, 십이만 매로 묶어 脚져내고 있던, 말입네, 그 重
力의 모질은 사슬이 툭툭 끊기며 말입네, 아으, 어머니는 스스로 떠
올랐더라 말입네, 합네, 나무관세음보살. 受動態에서, 어떤 能動性
이 일깨워날 수 있으면, 그것은 그 당장, 더 이상 受動態가 아닌
것. 受動態가 能動態이던 것이다. 그러면, 그 뿌리가 뽑혀져 해변에
누운, 소금물 쩌들은 나무토막에서도 뿌리가 내리며 순이 돋고, 말
입네, 잎과 꽃이 지다 열매가 맺힐 것이며입네, 천년 髑髏에도 살이
차들며, 말입네, 喜悲가 섞여 돋아날 것입메. 눈물은 말입네, 그런
것입메. (인류가 알기로는, 인류사 전체를 통해, 누구보다도 그중 큰
죄를 범하고, 우주의 重力이 쏟겨드는 그 일점에 억류되어 있는 자
는, 그 이름을 '유다'라고 했던 사내인데,) 유다까지도 만약, 한 방울
쯤의 눈물을 흘려낼 어떤 그리움, 어떤 설움을 일깨워낼 수만 있다
면, 말입네, 그를 묶어, 억누르고 있는, 그 우주적 重力까지도 그 순
간 말입네, 그 메운 테가 끊기어나갈지도 모를 일입네. 지옥은 말입
네, 회개하는 장소가 아니며 말입네, 죄를 씻는 장소도 아니고 말입
네, 魂이 살에 제휴하고 있었을 때, 그 살의 색깔에 염색된, 그 불순
물을 순화하는 장소도 아니어서 말입네, 거기서는 그런 눈물이 흐
르기가 어려운 것이 문제인 듯함셈. 거기는입지 글쎕지, 나찰까지도
말입지, 그런 눈물을 흘릴 수도 있는 말입지, 물질로 되어 있는 몸
을 입어 있는 곳이 아니지 않는가 말입지. 보겝습지, 눈물을 흘려
통회하고, 그 눈물로 罪를 씻으며, 불순물을 순화하라고 말입네, 저
런 식으로 불순한 짐승들께 주어진 장소가 있다면 말입지, 이승이
라는 데, 이쪽 畜生道 말고 또 어디겠는갑? 그런즉, 거기 처하게 된
어떤 넋(念態)이, 말입지 말입네, 한 방울 눈물을 만들어 흘려내기
는, 에라 말입지, 풍랑이 심한 밤에 말입지, 난파를 당한 사공이 말
입네, 바다 밑으로 가라앉아 내려가몁지, 어째, 그 물길이 그리 어두
울 수가 있느냐고 말입네, 호주머니에서 성냥을 꺼내, 헤헵헵, 불을
켜려 하기만큼이나 어려울라는갑, 어쩔라는갑. 무, 물, 물론, 말이기
는 합지만, 삼세를 환히 내어다보는 자들에 의하면입지만, 말입지
만, 불(火)의 母胎는 물(水)이기는 합습지, 습지. 그, 그런 까닭으로

시나 말입지, 누가 그래섭지, 龍王이라도 배알해볼 심산으로 말입네, 횃불을 크게 해 들고 물 속으로 걸어들어 가려 하면, 봅셉지, 그 물이 왼통 기름으로 변하던가, 그래설람엔 횃불을 들고 내려가는 자의 말입지, 곧 당하게 될 그 죽음은 말인뎁지, 溺死는 웬 溺死겠는갑, 焚死래얄 것, 것, 걸 말입지, 사실이 그러한갑, 몰라랍지, 그것은 모를 일이라 말입지. 그럼에도 道流엽, 물이 그 子宮에 임신하여 産月을 기다리는 것은입지, 헤헤헵, 입습지 '불'이라는 것, 그 우주적 妙事를 잊지 말기로 하셉습. 그러면 道流엽, 절대적 受動態라는 子宮(아으, 生産하지 않는 子宮!) 地獄에서도, 어떻게 때로, 能動性의 發起가 가능할 수 있는지, 말입네, 그것도 알게 될 것이 분명하기 탓입셈. 실제에 있어서 '能動'은, 道流여 말입지, 地獄이라는 절대적 受動態的 母胎를 통해서만, 이승에 가능한 것이나 아닌가 말입지, 그, 그것, 것을 고려하게까지도 한다 말, 말입습지. 그래서 누가 만약에, 절대적 受動態的 子宮에서는, 절대적으로 아무것 하나도 말입지, 發起할 수가 없다고 주장한다면입지, 그 주장이 틀리지 않는 즉슨, '이승'이라고 말하는 말입지, '能動'도 존재치 않는다고 말입지, 다른 곳을 지우게 되겠습지. 죽음(黑瑪瑙)과 삶(白瑪瑙)이 그러는 것처럼, 地獄(受動態)과 畜生道(能動態)도 그렇게, 서로 '易'하는 것이겠습지. 太初에, 極小한 地獄이 있었더더랍. 이것은 말입네, 하나의 구멍(穴)의 형태였드랬는뎁, 한 바늘귀의 크기를 수미산만 하다고 비유해도 좋을, 이 地獄의 크기는, 그 수미산을 이룬 바위며, 흙이며, 먼지톨 중에서도 그중 작은 것보다도 더 작아, 보겝지, '極小' 하다고 일러도 너무 커 보이는뎁지, 그것은입지 그러자니, 있어도 있어 보이지도 않으며입지, 그렇다고 없는 것도 아니었습지. 어쨌든 말입지, 무엇이 중요한가 하면입지, 아무것도 없어 텅 비어 있는, 저 커다란(極大) 空의 한 가운데에, 말한 바의 저 極小한 하나의 구멍(穴)이 말입지, 헤헤헤 말입지, 空 속에 空이 말입지, 생겼더라 말인뎁지, 그것입지, 중요한 것은입지, 그것이라 말입지. 그럼에도 그 구멍엔 아직 깊이가 드러나지를 안해, 그것은 그냥, 하나의 고리(環) 같은 것이랄 것이었는뎁지, 문제는 헌뎁습지, 거기 비임(穴)이 있자, 그 비임 속에로, 밖의 비임(空)이 채워들기를 시작했던 거기에 있었드랬습지. 크, 클쎕지, 크러자부터, 저 절대적 비임(空)에 어떤 변화가 일어나기 시작한 것인뎁지, (무엇이 그것 속에로) 들(入)면

나(出)지고, 들면 나지던 그 뒤집혀지기에서 말입지, 차차로 時間이 태어나기를 시작한 것입습지. 그러닌깐두루 이게 말입습지 엏게 된 말인가 하면입습지, 무엇이 그 구멍 속으로 들었다 되돌아나오기라는 그 運動에 의해, 저 구멍에 조금씩 조금씩 길이가 길어나기 시작했다는 그런 말인뎁지, (바깥쪽에서 보건대, 그것은 그리하여 링가의 모양새를 꾸몄음, 렇잖은가?) 이제 그것은 '깊이'(안쪽에서 보건대, 그것은 요니인 것, 렇잖은가?)라고나 불러야 되게 생겼습지. (스바이얌부〔Svayambhu, Skt.〕가 자라 오르다, 내리다. 우주 나무.) 이제쯤은 너끈히 짐작하고도 남겠지만, 그런 뒤집혀지기라는 運動에서는, '안/밖'이라는 것이, 그 과정상에서지만입지, 드러났는뎁지, 이때 '밖'은 링가의 형태며, '안'은 요니의 형태라고 할 때, 헤헤헷 말입습지, 그 밖이 안으로 접혀들기라는, 훗, 훗, 훗, 그 運動의 의미는 무엇이겠습는갑? 여기 어디에, 어떤 本源者의 自生이 있었는뎁지, 그 맨 처음 일어난 것은, '힘'이었다는 것, 그것은 쉽게 추측됩지. '힘'은, 그 '運動'에다 속도를 가하게 했을 것이몝지, 그리하여 더 빠르게 된 運動은, 더 큰 힘을 이뤄냈겠습지. 그 같은 힘이, 나타나기에 좋아, 이름을 붙이기로 한다면, 吸力, 推力, 引力, 重力, 壓力, 爆力 등등, 여러 가지겠습지. 그러는 그 運動을 좇아, 무엇이 '안쪽'을 터뜨려드는 데서는, '젖바다(크쉬로다) 휘젓기'에서 발생했던 것들처럼, 여러 종류의 것들이 일어났을 것인바, 熱이며, 빛은 물론, 암리타, 그뿐만 아니라, 四大며, (그런고로, '四大'로 空에 의존하던 것읆.) 그런 후, 四生(胎生, 卵生, 濕生, 化生)이 드러났을 것인뎁, '판도라의 상자' '暗黑의 子宮'이 열려, 그 속에 잠들어 있었던, 幻(마야)들이 답박 쏟겨났음! 마야(우주)가 요연해지다! (이런 현상은, 말한 바의, 저 어떤 本源者의 '뒤집혀'지기에서 일어난 것이라는 것은 밝혀진 바대로이거니와, 이제도 잊지 말아야 하는 것은, '안/밖'은, '뒤집혀지기'라는 '과정상'에서만 나타난 것이라는 것인데, 그것을 염두하고, 다음의 얘기는 들어야 할 것이다. 라는 얘기는, '化現의 宇宙'는, '안쪽으로 터뜨려지기'에 의해서, '안쪽'에서만 요연하고, '밖'은 非化現의 영역인데, '밖으로 터뜨려지기'에 의해서는, 이 묘한 本源者의 확장이 있을 것이라는 것입습지. 그것은 그러하거니와, 羑里의 六祖가 낚아낸, 한 마리의 '물고기'로서의, '양극을 갖는 타원형'도 혹간 저런 것이나 아니었는가, 하는 것을 새삼 고려하게 하는

덴, 죽음의 둥지에, 죽음을 알 품고 앉은 한 마리 羯磨鬼〔는 가오가테 왜 우노? 물 건너가려고 그래서 울지.〕 촛불중께는, 그것이 특히, "畜生道와 易한다"는 국면에서의 '地獄'으로 이해된 듯합지. 이런 '地獄의 想像力'에 대한, 촛불중투의 어휘는 '羅卜'이던 것.) 그래서 道流는 말입지, 그것 속에로 쏠겨들어, 속을 폭발해내는 그것이야 어찌 되었든, 그 이상한 '空,' 또는 '穴' 자체만은 受動態, 그것도 절대적 受動態, 그럼에도 그것에 易해서 能動이 일깨워나는 受動態라고 이해하고 있는 듯한뎁지, 그렇다면 그것은 말입지, 道流가 이해하는 道流식의 '잠,' '꿈꾸고 싶어하는 잠,' 道流가 '無意識'이라고 이르는 그것과 같은 것이겠을라는갑? '밖'의 一環. 그런즉 알겠돕다, 道流투의 '無意識'을 일깨우기는, 受動態를 能動態化하기라는 것을, 그런즉 알겠도답. 그리고 畜生道가 逆바르도라면, 그것과 易한다는 地獄은 바르도겠음, 그것을 알겠습. 말입지 그럼에도, 약간만이라도 생각이 있는 자라면 말입지, 저런 투의 '절대적 受動態'에서 어떻게 '能動態'가 가능한가, 그런 것은 묻지 않을 것인뎁지, 말입네 그런 자들은 그런 대신, "進化를 위해 입어진 肉身으로 프라브리티에 처해," 어떻게 '니브리티(無動態)'를 성취할 수 있을지, 그것을 생각해볼 것입습지. 글쎄 양자는, 장소만 다르게 하여 처하고, 作爲에 있어서는, 같기 탓입습지. 그리고 이 '作爲'의 크기는, '한 방울의 눈물'에 비교, 비유되었드랬는뎁지, 다행하게도, 또는 불행하게도, 촛불중은 아직도 허기는 말입지, 뒈세 방울쯤의 눈물은 남겨갖고도 있어 보이잖는갑? 목이 마르기 시작한 것이며, 배가 고픈 것도, 그런 눈물 방울의 의미가 아니고 뭣이겠는갑? 그리고 이 육체적 사실은 말입지, 저 중이, 육신을 벗지 않고도 念態가 되어버린 상태에서, 그로 하여금 어디로 떠났다가도, 그 육신 속으로 되돌아오게 하는 것이었는뎁지, 육신이 저주인 데서, 어떻게는, 그 육신이 은총이 되어 있기도 하겠다 말입지. (라는 말은, 이 중에게 육신이 없었더면, 그 목마름에 의해 그는 어느덧, 어느 용소 밑 기복해 있는 이무기라도 되어 있거나, 배고픔에 의해서는, 무슨 썩는 고기에 이빨을 박고 있는 여우라도 되어 있을지도 모르기 때문인데, 육신을 벗은 念態는, 進化를 성취하기는 어려움에도, 欲望에 의해서 그것은, 그렇게도 빠르고도 쉽게, 轉身을 치러버린다고 하던 것이다.) 그리하여 道流가, 아직도 벗지 않은 육신에 의해서 현재로서는, 아무것에로, 되어, 떠

날 수가 없고 있다면, 은총인뎁, 은총은 목마르기와 배고프기 따위
의 저주를 데불고 있어, 그저 육시러게 괴롭기만 하다면, 아으 道流
는 이제라도, 소(牛)를 배우면 좋을 듯한셉시, 소를 공부하라구엽.
글쎕지, 그 짐승은, 이란 그 육신 전체를 두고 말인뎁지, 더워도 추
워도 그것으로 더불어 개의치 않으며, 배고픔이나 갈증을 두고도,
배고픈 육식동물들처럼 바쁘거나 맹포해지지 않으며, 매우 혹독한
머슴을 두고도 눈을 흘기거나, 복수할 기회를 노리지도 않으려니와,
자기를 전재산으로 알아 아껴주는 주인에 대해서도 고마운 情을 일
으켜내지 않으며, 일에 지쳐 쓰러져 눕기까지, 고통도 나타내는 법
이 없다. 喜悲愛憎이라는 따위를, 엇갈려 나타내 보이는 법이 없는
것으로 보건대, 그 處士에게는 苦快가 다르지 않는 듯하다. 말할 수
있는 것도, 이름으로 부를 수 있는 것도 아니라는, '道'가 살을 입었
음! 處士여, 아 그렇다, 어둘 때에는, 고쿨이에서 관솔이 밤 깊으도
록 타면 좋을 것이고, 處士여 마음이 내키면, 사립짝을 비켜나서, 밤
의, 또는 한낮의 소적함 속에서 후두둥 날아간 흰 새가, 피 토해 우
는 소리에, 한 마당 검게 져(落)도 좋다. 찾아오는 벗은 있어도 좋
고 없어도 좋은데, 복숭아 향내모양, 볕처럼, 낙엽모양, 눈처럼, 내려
쌓이는, 그 고적의 썩음 속에는, 아 그렇지, 양귀비꽃 씨를 심어넣을
일일 것이다. 더울녘에로는 그늘에 졸고, 서늘할 때로만 뜰에 나가,
그 양귀비꽃진 열매, 세 바퀴 반쯤 허리 둘러 칼집을 내주기로 한
다면, 고적으로 담근 술이 그것의 대궁을 괴어 올라, 그 칼집 자리
를 좇아 꽃뱀이어서 띠를 두를 터인데, 그러면 處士여, 땅꾼이어서,
그 뱀들을 자루 가득 잡아넣어두었다가, 그렇슴, 읖, 어떤 숨이 꼴깍
넘어가도록 소조하고도, 을씨년스러운 녘으로, 그 독사떼의 배고픈
아가리에다, 목줄기를 맡겨줘도, 젖꼭지를 물려줘도, 또 아니면 근
을 밀어넣어주어도 좋을 것이다. 고적 속에서 부화되어 날아오르던
흰 새('아—' 語!) 한 마리는, 그렇게 저 蛇女(쿤다리니)의 목구멍으
로 빨려 넘어가버리고, 한 개 깃털이라도 희게 남겼을라는가. 독으
로 알밴 아편즙은, [3]열여섯 살 먹은 달 같은 처자, 暗黑은 송장, 을
디뎌, 벗은 몸으로 춤추는, 그것은 아편꽃이다. 홍옥 같은 붉은색,
한 얼굴에 셋의 눈, 오른손엔, 시퍼런 날의 낫을 쥐어 머리 위로 높
이 쳐들어 있고, 왼손엔, 더운 피를 철철 넘치게 담은, 人頭骨을 받
치고 있다. 裸身, 활짝 꽃핀 처자, 열여섯 나이, 이글이글 훨오르는

190

火環이 둘러 있다. 춤추는 여자, 송장을 디뎌 춤추는 여자, 의 춤의 발이 디뎌지는 데서는, 불의 금실 같은, 새가, 흰새가 일어나 오른 다. 그것은, 저 아편의 毒頭에서 휠럭 후루루 타오르는, 불의 금실이 다.

處士여 이제는 그러니, 몸으로든, 말(言語)로든, 마음으로든, 떠나서는 돌아오고, 돌아와서는 떠나고, 또 돌아오게 되는, 신발 한 켤레 프라브리티, 를 벗어 가지런히 윗목쯤에 모셔두고, 바랑을 열어, 열어서는, 處士 몫으로 따 담아두었던 해도 하나, 달도 하나, 별도 몇개, 곰팡이를 턴 뒤, 안에도 東西南北은 맹 한가지겠지러, 방위 정해, 오른쪽에 해 걸고, 왼쪽에는 달 걸어두며, 별들은 여기 저기 꽃 뿌려둔 뒤, 부챗살모양 접쳐두었던, 연못에 蛙公, 竹林, 바람, 정자, 바위도 몇 덩이, 한폭 뜰악, 그 하늘 아래 펴놓을 일인데, 약초밭을 둘러서는, 옻나무 울타리가 탱주나무보담사 낫겠지맹, 山水가 없어서야 되겠는가, 런즉, 초막 뜰악 둘러, 둘러서 구름 낚는 靑山 아홉 그루쯤이면 족할라는가, 아홉 그루쯤 심으면, 볕이 푸러(綠) 좋을 것이고, 아 그러면, 아홉 그루 靑山에 지나던 구름 걸려 못 떠나, '思家憶弟' '하염없이 흐르는 눈물,' 헌데 봄에는마다 어찌하여, 구름 도 울어쌌고, 산은 삐끄덕 찌끄덕 침상을 흔들어쌌느냐, 春色에 대취한 雲仙 하나, 의관도 채 못 벗고, 중우 자락만 좀 까내린 뒤,(에끼순, 그러면 의관 정제한 자식이 나오겠네.) 봄뜰 후문을 후려치는 소리, 매운 雲情 雲雨가 제법이다. 그런 아편꽃이 흩날리는 날 處士 는, 주발이며 오지병, 동이는 물론 세발솥까지, 있는껏 다 내놓아, 그 꽃비 가득가득 받아두고, 옻나무의 옻汁까지 동이로 모아, 푸른 산그늘 누룩해서, 봄볕을 꾹꾹 눌러넣어 술담가 두었다가, 체장사 지나기까지나 기다렸다가, 먼저 맑게 마시고, 그리고는 틉틉이 마셔, 대취로 三冬이어도 좋을 것이다. 썩 좋을 것이다. 그 산들만큼이나 삭신이 취해, 푸르다 못해 양귀비꽃으로 붉고, 붉다 못해 후미져, 밤중 삼동보다 후미져 마음은 후미져 좋을 것이구만 좋을 것인데, 너무 후미져도 탈인가, 탈이다, 후미진 탓에 후미진 데서, 무엇이 가렵고, 손바닥이 가렵고, 발바닥이 가렵고, 척추가 가렵고, 하초가 가렵고, 송신해 못 살게 가렵고, 번열이 나게 가렵고, 가려워 소리라도 아니 한번 뽑아내지 아니할 수가 없이 소리까지 가렵고, 處士여, 글쎄, 소리까지도 가렵기 시작하거든, 그걸 대취라고, 열예라

고, 열예도 지옥이라고, 궁벽, 궁벽, 구궁벽 궁벽, 處士는, 저 소리의
둥지 속에서 소리가 품어안은, 소리의 알을 하나씩 꺼내, 톡 깨어
목구멍에 부어넣기로 算놓아가며, 궁벅궁 딸쿡, 궁벅 따딸쿡, '아
──(語, 흰새!)'
　　⁽⁴아, 흙의 元素여(黃佛), 일어나 적 되지 말아다오!
　　아, 물의 元素여(白佛), 적 되어 일어나지 말아다오!
　　아, 불의 元素여(赤佛), 일어나 적 되지 말아다오!
　　아, 바람의 元素여(綠佛), 적 되어 일어나지 말아다오!
　　아, 氣여(靑佛), 적 되지 말아다오, 일어나지 말아다오!
　아으 따님(地)입습지, 여기 한 比丘가, 아이가 어미 품에 안겨들
듯, 당신의 품 한 자락 빌어 누웠는뎁습지, 삼가 비옵나니, 容許하십
습지, (물님과 달리,) 배척하지 않으시는 님, 어머님.
　祖師들은 오십습지, 모두 오십습지, 당신들의 第七孫, 겸허히, 합
장하여 비옵나니, 당신들의 第七孫을 받아 안은 강보, 이 땅굴의 천
의 반침대를 받드십스라, 죽음(마야)으로 하여금, 당신들의 第七孫
을 위하여, 여기, 한 채의 집을 짓게 하십스라.
　本僧은, 말이 많았었돕다.

제 4 장

⑴돌아오십제여 시님, 몸 뉘어놓은 여그, 그 몸 속──으로──
머물러 살구로시나 돌아오십제여,
멀리, 넋으로시나 시님, 염라전끄장 멀리, 가셨드란대도,
하늘 조쪽, 또는 땅 끝나는 디끄장,
물굽이 높은 바다, 빛의 큰 강 넘치는 조쪽에여,
햇님 사는 디, 또는 새벽 시작되는 디끄장,
멀리도 하멀리도, 워디워디 만침이나 가셨드란대도,
글씨 말입제여 시님, 몸 뉘어놓은 여그, 그 몸 속──으로──
돌아오랑개여 머물러 살구로 말입제여.

아으 公은, 멍에 벗은 바람, 아직 뼈 덜 굳은 들말,
등 빌려 타구시나 아직을랑은,
하늘을 건늘라고 허지 마씨요.
아으 公은, 흙을 물에 개어 빚어 구웠으되, 아직 덜 굳은 흙의 배
를 타구시나, 아직은랑은 큰 물을 건늘라고 허지 마씨요.
아으 公은, 시절로는 아직도 풋능금, 너무 일찍 떨어져, 씨앗을 티
울라고 허지 마씨요. 석잠만 자고 깬 누에는, 자고 있었을 때 꿈꾸
기는 나비 꿈을 꾸었다고 헌다 해도, 고 살 속에 아직은 날개를 키
워내들 못허고 있는 것맹이, 달이 덜 찬 열매가, 물만 많이 올랐다
고, 가실도 되기 전 일찍부터 떨어져, 아직 오잖은 저실을 미리 불
러디릴라먼, 몰루제여, 봄도 고만침이나 빨리 올랑가, 고것은 알 수
가 없다고. 참, 별시런 꿀버리(보리) 알캥이 겉은 돌중은 다 있그
니! 모도, 시방 한창, 여름을 따 모아, 삼동 지낼 지름(기름) 짷아
모으기에, 숨끄장도 제대로는 못 찾아 쉬도록 바쁜 바로 고런 철에,
저 혼차만 미리서 三冬 장리를 내, 여름 익기도 전에, 다 묵어 치워
뻐리다니? 사둔 시님, 자네는 돌아오씨요, 돌아오라고 시방, 가먼
워디를 워디끄장이나 가볼라간디? 워디 갈 디가 있는디? 갈 디가
있기는 있는 것이까 몰루겄고만. 더운 흙 우에 걷던 고 붉은 발로,
그늘 시린 독자갈밭 걸어, 넨장헐, 갈 디도 없는디 간다고 시님은
시방, 참말이제 차마 떠나던 못헐 것잉만. 글매 요번엘랑은, 거번에

195

맹이, 고렇게 떠나게 돼 있는 처지가 아닝개 말인디. 거번에도 하기
는 그렇제, 떠난다고, 유리 획 떠나뿌린다고 떠났었다는디, 워느 모
텡이를 워처키 떠나, 워디를 워처키 지나갔었간디, 헤헤헷, 돌아와
뿌리고 말았잖야? 불의 북더미로 둥지 맹글아, 불 속 또아리쳐 살
던 불비암(뱀) 한 마리가, 배깥 매운 바람에 전뎌낼 만큼 겉살이 꾸
둥지기 전에, 불 이랑에 불씨 묻어, 불 갈아(耕) 묵고 사는 짓에 넌
더리를 내, 그만 어느 날, 고 불의 둥지로부터 후루룩 일어나, 후두
둥 빠져나가뿌렸다고 헌다먼, 참 워짠 일이 일어나끄요? 아으, 公은
알만허시니껴? 헤헤, 헷헨디, 요, 요것 어지간이 우스운 얘기라야
말이제, 고 불비암 고 불 속에서 불 밖으로 빠져나간 고 당장, 불의
젖으로 뼈 굵히고, 살 익혔던 고 불비암은, 안되얐지마는, 고 매운
바람 가운디서, 대번에 끄실려, 숯껌정이 돼뿌렸다가, 포실아져 재
가 돼갖고는, 하늬바람 불 때 따라 폴 폴 불리 흐트러져뿌렸단디,
안되얐다고 히어얄랑가, 랑가. 소금 냄새, 숫짐승들의 오줌내, 암컷
들의 월후 니얌, 꽃들이 풍기내는 腋氣, 춤(침)내며 땀내, 매독병 니
얌새며, 울분이며 저주의 니얌, 돈, 돈의 냄새, 요러 니얌새 조런 니
얌새, 요런 바람, 조런 바람, 에 닿다본개, 비인 하늘끄장도 뇍이 씰
어 파실 파실 떨어져니리는디, 병든, 苦로운 세상, 후유, 괴로운 세
상,……후유, 그렇다 히어도, 시님은 돌아오씨요, 이 당강내 돌아오
라고 시방! 글매, 요 늙은네가, 오늘 이때까장, 여러 날째나 시님을
불러 불러오는디, 기벨도 없고, 그러장개 요 늙은네 불르는 목소리
만, 안개 속에 눈물맹이 뭉치서나, 모래바닥에 떨어지는개시나, 모
래버무리가 되고 그랄 뿐이구만. 아으 시님 말입제여, 안개비는, 안
개비가 니리장개 낮도 밤도 없어, 흐르는 것도 없는 흐름을 따라
말요, 더 짙어들고 있는디, 안개밭 잘못 나섰다가시나 시님은 혹깐,
질(길)이라도 잃으싰댜? 그래설람엔, 그쪽 워디 산이 높아 못 오신
댜, 물이 짚고 넓어 못 오신댜? 멀고도 먼 질을 갈 땔랑은, 허다못
해 개끄장도, 가다 바우를 만내먼 바우에 먼저 안부 묻고, 오줌 한
번 깔기 祭酒하여 지 니얌새 묻혀놓고, 솔낭구를 만내먼 또 그 솔
낭구에 절 한번, 꼬시레 한번, 지 소식 묶어놓고, 가다가시나 털레
털레 또 시나가다, 까시쟁이를 만내먼 까시쟁이헌티도 추파헌 뒤,
지 입은 두루매기 옷꼬룸이라도 짬매둬, 저 지낸 자리 표식을 삼는
것인디, 딛기로는 시님은, 文理(物理)를 통해도 크게 통해, 삼천대천

세계를, 자기 손바닥 디리다보뎃기 환하게 디리다본다고 허든디도, 요만헌 안개밭 하나 혜치들 못혀, 멀리 차꼬 멀리, 돌아온다는 짓이 떨어져나가고 있으끄요? 물을 당해 물을 건늘 때는, 물에 빠져 죽은 넋들끄장도, 여그 한 주름 물굽이에 머리칼 하나 띄워두고, 저그 두 주름 물굽이에는 옻고름짝을 뜯어 쫌매놓는 고런 식으로, 魂迹을 냉기도 야물딱치게 냉기며, 죽어 불에 꼬실라져 엔기가 돼뻐리는 송장들끄장도, 제일천에 껌은 연기, 제이천에 누룬 연기, 제삼천에 흰 연기, 제사천에 닿아서는 이슬이 돼, 다시곰, 전에 올랐던 고길, 삼천, 이천, 일천으로 딛어니리던 것인디, 시님으로 말헐작시면, 물에 빠지도 안허고, 불에 태와지도 안히어, 토굴 속에 말이제, 누렇게 뭉치앉아, 개피 니얌새만 핑기쌈시롱도, 못 돌아와 기벨도 없으니, 대천지 요것이 무신 변괴이끄요? 치엔장, 아직도 썩 젊은 낫살인디, 여부 시님, 요라든 못 헐 것이요이, 못헐 것이, 요 늙은네 요만침이나 늙었음선도, 그런고로 말인디, 살기를 두고 생각허기는, 살기에 목마른 탓에, 살기의 바닷물이라도 마시고 든 것맹이, 요 한 바다를 다 둘러 마신다고 히어도, 글씨 요런 조갈은 멘해질 것 겉지도 않은디,……글매, 요런 늙은네, 요렇게 말씸입제, 초상집 개만도 못허고, 노상 언저리로만 빈들거리도록 말입씸제, 외롭도록, 서럽도록, 청승스럽도록……살게 돼 있드란대도……팩 꼬꾸라져 죽을, 죽을녀러,……나중에 저승가서, 지옥살이헐 때, 오늘 빌린 일년살이를 십 년씩으로 갚는다 히어도, 넘우(남의) 나이라도 장리내서, 안 죽고 영 살고만 싶운디,……시님으로 따지먼, 넘우 나이끄장은 오래 전에 그만두드래도, 저 나이끄장도 실폭허게 살아도 쓰겄을 것을 냉기두고시나, 안 살고 베리뻐릴라는 것맹인디, 요 늙은네로서는, 암만히어도 고 속을 몰루겄을 뿐이라고. 후유——, 잠이 짚어 짚은 디 빠져, 암만 히어도 못 올라오겄그렁, 시님, 시님은 부디갖다가시나, 시님을 애끼 뫼시던 사람덜, 말허자면 말인디, 장노님네 손녀숙녀분이시랄지, 그댁 청지기늙은네, 허다못해, 그댁의 큰개라도 생각해보씨고, 눈물 닦음선 풀어내는, 고 옻고름 끄텡이라도 잡아 올라오고, 아니먼 시님 말이제, 바람 따라, 구름 딛어, 어디 만침이나 가본다고 가본 것이, 워디 너무너무 높이 올라가, 구름밭에 질을 잃어 워디가 동인덩, 워디가 서인덩, 워짤 중은 몰루겄거들랑은, 또 말씸이지만, 시님을 추모하여 밤낮으로 축수허는, 고 엔니, 장노님네 손녀 숙녀의, 고 손바닥을 딛어 니리오고, 또 아니먼 후유── 시님, 바람 부는 대로 물결 치는 대로 風流헌다는 짓이 고만, 고 물주름에 휩쌩이 멀리로, 하 멀리로 큰물 조쪽끄장 떠밀리가 고 엔니 애타게 기려 시님을 찾는, 그 눈빛에, 그라고, 시님을 부르는 그 부름소리에, 시님의 넋을 걸어 묶고, 고 눈빛의, 부름 소리의 동앗줄을 넋에 꾸리 감아, 아으 시님, 돌아오십제여 시님, 몸 뉘어놓은 여그, 그 몸 속, 머물러 살구로 돌아오십제여. 고 엔니, 낮도 모루고, 밤도 없이, 가야금에 잉아 건 손, 삼백 필 축수의 명주를 짜아내며, 招魂허는 베틀노래, 듣다가 보면, 연못 두께비끄장도 연꽃이 되그나, 장천 구만리 바삐 가든 봉새끄장도 솔아, 된내기라도 돼 흩어져뻐릴 것이겠습데다. 엔니나, 사나나, 고 엔니 낫살, 그라고 시님 낫살에 이르먼, 뜨겁운 잿속에서 잘 익고 있는 마늘도 곁여서, 살은 쇡이 짚음선 뜨끈뜨끈허고, 맵던 것은 속 짚게 들척지근허이어져, 허으 허허으, 물론이사 보다 더 젊은, 아직 덜 익은 살모양, 애능금 씹는 것겉은, 어금니 속에서 사물이 오르는, 시디신, 그람성도 나쁘지는 안해 좋은, 고런 맛은 없어도 말이제, 고 맛 쇡이 짚어 바닥을 몰루겠는, 그라장개 게옥질끄장 나도록 들척지근한 낫살들인디, 글씨, 고런 낫살의 살기 맛은, 둘이서 살아 묵는 중 둘 다 다 죽어도 모르겄던 고런 것이던디, 시님은 워처키, 고렇거니나 속 짚은 단 맛을, 고렇게도 쉽게시리, 게워내뿌릴 수가 있었소이? 시님, 요것은 글씨, 고랄 철이 아니요이. 벨수없어 어저께 갔단드래도, 아니먼 오늘 간다드래도, 할 수가 없어 니얼 가야 한다드래도, 만약 고것이 똑겉은 질이라고 헌다먼, 무신 생엠병에 지랄육갑허고 나자빠지겄다고, 앞땡겨 갈 일이겄네? 앞땡겨 가먼 거그 무신 그리 짜들아질 수가 있다간디? 한 강의 웃쪽에 있는 물이나, 밑 쪽에 있는 물이나, 흘러서는 똑겉이 바다에 닿고, 닿아서는 위아랫 물이란 없어져, 고런 귀별이란 있도 안허다는 갑던디, 워떤 뇌미 살기가 싫다고 강물에 몸을 떤져 죽을람선, 강의 위쪽에서 죽으먼 흘러니리가기가 더디다고 알아갖고, 강의 아래쪽으로 아래쪽으로 강 따라 니리가, 거그 워디서 몸떤지 죽었다먼, 고것도 우습기는 우스울 일은 아닐랑가 몰루겄제이? 아으, 거북님 거북님, 대가리를 내노씨요, 만약 내놓덜 안허먼, 꾸어 묵어뿌릴 팅개. 가맜서 봅씨라, 요것이 펄쎄 저녁이 돼간다는 말이까, 날은 새보도 못허고 저문다는 얘기여 머시여? 추지게 안개비만, 차꼬 사꼬 더 두터이 니리고, 춥게 니리고, 인재는 세치 앞도 못 보겄는디, 혹깐 시님이나 요 늙은네나, 모루는 새, 바다 밑에 파묻히, 묻히 앉아, 하나는 산 뎃기 말허고 있고, 하나는 죽은 뎃기 듣고 있는 것은 아니시까, 요것이? 치엔장, 바다도 떠난 자리 찾아, 가다가다 한번썩 요렇게 돌아온다는디, 시님도 인재쯤은, 떠난 자리 한번, 둘러보로 와도 될 때도 안 됐으끄라우? 요런 늙은네가, 시님 묻힌 돌무덤 벽에다 주먹질험선, 머리빡도 부딪침선, 부르는 소리를 들으시까, 못 들으시까? 머시냐먼 그라요이, 사람 소리, 산 사람 소리가 듣고 싶으고 말여, 보고 싶으고, 말이 하고 싶어서 요래쌌는디, 인재는 요 늙은네도, 혼찻말허기에 지쳤는디, 는디, 그람성도 요렇게 또 혼찻말이끄요이. 지쳤소이, 외로움에도 지치고, 그래도 아직도 죽고 젚던 안허고, 팩 쭈구러져 뻔데기가 돼 있고,……헌디 혹깐 시님께서는 대답 겉은 것도 히어보내는디도, 벽이 두텁어 못 알아듣는 것은 아니까으? 허단대도 요상한 것은 말이제여, 눈하고는 반대로, 눈이 침침해가먼 갈수록, 요상허게도 귀는, 전에 못 듣던 소리들끄장도 듣기를 시작허는디,……요, 못, 못 들었던 소리들이, 설매, 속에서 울리나는 소리는 아니겄, 겄제맹이? 생각히어보먼, 요 늙은네와 시님 사이의 벽의 두께가 아무리 두껍다 해보아도 석자보당 더 되겄은, 마는, 헌디도 늙은네가 느낀 대로만 말헌다먼, 삼만리도 더 먼 듯헌디,……참 쏭악헌 사람덜도 다 있습데다 그리, 천하에 쏭악헌 불나찰들이 다 있더라고 말이제. 고런 일꾼들 생업이 그러다 본개, 돌 일꾼들, 흙 일꾼들 말인디, 고 매운 손들이 닿았다 허먼, 바우도 떡반죽맹이 묽어지고, 물른 흙도, 쇠맹이 강해지는디, 조런 천하순 불나찰들, 고 좋은 손들을 갖고시나, 요렇게 우악부리는 디에다 짜고 맵게 써묵어, 고놈의 홀목뎅이들이 나중에 인재, 저승 가, 무신 못 당헐 짓을 당헐라고 그랬으끄. 글씨 말이제, 뜨끈허고도 펄펄헌, 생사람을 하나, 여럿이서 굴속에다 처넣어놓고, 요래놓을 수가 있겄소? 무신 罪냐고 물었어도, 아무도 머시라고 확백허게 말해준 사램이 없었은개, 고 말은 허도 못해요마는, 바우로 바우끼리, 이 맞추고, 배 맞추고, 아래 맞추고, 홀깍시 껴놓기가, 요렇거니나 찹쌀궁합으로, 매꼼허고도 뻔듯이 히어놓을 수가 또 없겄는디, 요렇게 되면, 못 가는 디가 없다고 허는, 심지어 '마음'끄장도, 요런 굴벽은 빠져나오기가 에럽제 싶으다고. 헤이끼, 못씰 사람덜 겉으니라고

들! 요랄 수가 또 있겄냐고. 관에서 말이제, 시님덜 대접을 그리헌
다고 허야, 일꾼님덜 자내덜끄장도 그래서야 되었겄는가이? 알 뎃
기, '官'이란 것이기는, 저승 갈 몸도 넋도 없는 것, 고 벌을 그라믄
누가 받을라고, '官'이 그렇게 시킨다고 히어서나, 일꾼들끄장 그래
서야 씰 일이 아니었는 것을. 그래도 하기는 말임세, 갓난애 머리빡
하나찜은, 요리 우구리고 조리 우구리먼 빠져나올 만한 주먹 하나
는 자내 일꾼님들이 터놓았는디, 고것을들어설람에 자내 일꾼님덜
저승 가 지옥에 던져지거든, 고만큼한 구먹 하나는 이승 쪽으로 터
놓아달란 대로, 최판관나으리 외면할 수만은 없을 것잉만. 하지만도
보게들입제, 구먹을 하나 터줄라고 인정을 냈으먼, 바른 것으로 하
나, 아편쟁이네 北窓만 하게라도 툭 터주었을 일이었제, 무정한 사
람덜, 워짠다고, 낫 놓고 시옷(ㅅ)字 하나 모르는 요 패악한 사람
덜, 자내님들 마음씨 휘어진 것맹이, 팔꽁생이 오고동해진 것맹이,
기역(ㄱ)字로, 시옷(ㅅ)字로, 중두막을 휘어버렸어야 할 까닭이 있
었던가이? 구대에 걸쳐 자내님들 붕알이 떨어져나가그라. 말하기
로는 '빛'이라는 건 못 가는 디가 없다고 해도, 빛은 뿌러지드래도
휘어지는 것이 아닌 것을 자내님덜은 알았던맹이다. 헌디도 바람은,
휘어지드래도 뿌러지는 것이 아닌 것도 알았을 것인디, 워찌 바람
구먹은 열어줬단고? 사람은 헌디도, 뒈진 것맹이 누워 있다가도, 모
두 알 뎃기 말이제, 한번갖다가시나 빛에 닿았다 허먼, 고 사지의
골고루갖다가시나, 力鬼 겉은 힘을 얻어, 천하 없는 陰力으로 고것
을 묶어뒀었다 히어도, 고까짓 쇠사실찜 썩은 동앗줄 끊뎃기 끊어
뻐린다고 헌개, 자내님덜 허기사, 잘못 계산댄 건 아니기는 아닌 것
맹이다. 자내 일꾼님덜, 니얼 죽든 모래 죽어, 최판관나으리 전에만
가그라, 그라먼 그 어르신, 위선 자내님들 홀목들부텀 건너다보고시
나, 조것덜이 워째서, 얼골은 사람이 영낙없는디, 손을 보면 그렇들
안허다고, 요상헌 짐성이라고, 워느 쪽이 가짜배기라고, 악한 짐성
이 인두겁을 뺏아 썼는개비라고, 고 홀목덜을 댕강 댕강 끊어설람
엔, 고 붉은 손덜을 저울 한쪽 접씨에 담아올리고, 고것을 추 삼아
서는 인재, 자내님덜 쌓은 선덕의 무게를 달아볼라고 헐 것인디, 놀
랠 일일눘다, 자내님덜 왼몸뎅이를 다 올리놓아바도, 자내님덜 손
두 개 무게를 도저히 당하지를 못허겄는 것, 고것은 놀랠 일일눘다.
워짜다가 자내님덜은, 손 들만 차꼬 커지는 중에, 머리며 몸뗑이가

줄어지는 줄을 몰랐으끄나, 손 하나는 펴 깔고, 저녁에는, 그 위에 몸을 누인 뒤, 다른 손은 펴 덮기로 한다면, 그 잠은 분멩히 조갯살일 것이제이? 그랬거나 저랬거나, 그렇제, 邑의 날짜로는 어제(가 될랑가,), 아니면 그제(가 되는 것 겉기도 허는디,) 요 늙은네는, 여그로 왔구만이여이, 요보쑈 시님, 시님이 살아 있으면, 시님 죽을 때 끄장 시님 食母살이를 헐라고 왔고, 죽었으면,……글씨……고 일을 두고는 생각을 히어 바야겠지마는,……아무리 사램이 귀허다고 허드래도, 허기는 워느 날 끝째기, 사램이 보고 싶을 수도 있을 것인개, 고때끄장이나 시님무덤의 묘지기 노릇을 히어도 괜찮을 것인디……그, 글씨, 요 늙은네의 죽마고우, 장노님댁에서 청지기허는 늙은탱이가, 요 늙은네의 손을 잡고설랑은, 요보쑈 시님, 그 늙은것이 석섬 눈물을 흘림시나 간청해, 그래 못 거절하고, 요 늙은네가 온 것이요. 내력은 그러하외다. 요보쑈 시님, 살아 있거덜랑은, 요 늙은 손으로 밥지어, 고 구먹에 밀어넣어놓았은개, 찾아 잡수고, 빈 그럭을 내놓으면,……새로 羹里가 시작될 것인디. 아 그렇제여, 시님은 요 늙은네가 누군지 알 도리가 없을 터인디, 이 늙은네는 火天(아그니)의 宗徒올씨니다, 불의 牧童 말씨니다, 불(火)로 푸른 들에, 불의 젖소(아그니) 풀어 살찌우고니다, 고 젖소의 젖통 빨아 사는, 젖소의 자식올씨니다. 아 요라장개, 시님이사 듣고 있그나 말그나, 몇번이나 히어온 인사를 다시 채리고 있는 것 겉은디, 하으, 시님께서는 안령허시께여? 요 늙은네는, 글씨 말씸디린 바대로, 邑의 南岳에 있는, 火葬터지기올씨니다. 판관겸직읍장영감의 黃首하는 놈의 애비 되는 늙은넨디, 저승서 요 늙은네 이승 보낼 쩍에, 최판관이 아니면 삼시랑할미가 쫌매 보낸 팔자로 치자먼 却說이에 화라지(親)지마는, 그라다 본개 노상 배만 고픈 디다, 다리도 아파, 워디든 좀 주저앉았으면 싶어 주저앉은 디가, 羹里邑의 火葬場이었구만이여이. 그란 후로는, 넘우 잔치자리 가서, 辭說로, 唱도, 時調도 불러주고 부름값을 받았으며, 송장 태우기사 요 늙은네 직업인개 말할 것이 있도 안허겠제만, 왼 몸뎅이에 고름病이 들어 죽은 송장 씻기며, 염하기 겉은 일도 히어, 술이나 밥을 빌었는디, 조 청지기늙은네허고 너야 내야 친구허기 시작헌 것은, 唱이나 時調가 인연이 돼서였었더라고여이. 고 친구네헌터, 타고난 風流가 있었던맹이라, 즐기는 귀를 갖고 있었수다. 워쨌든 고날부텀, 이란 말은, 火葬터에 궁뎅이

붙인 때부텀이라는 소린디, 각설이에 화라지였던 떠돌이 하나는, 제비던 것이 참새라도 된 뎃기, 양지바른 데 둥지 얻어, 살기(삶)를 알로 품어 지내온 것인디여, 요것 물론, 곧 다 말허게 되겠지만도, 위선은 껑충 뛰고 말허기로 허먼, 헌디 고 알 속에서 살무사새끼가 한 마리 깨어났던지, 고 둥지 속 쌓아놨던 것은 물론, '아랫묵'끄장도 다 생키 묵어뻐렀습닌다. 요 '아랫묵'을 시님께서, '無爲'라고 고쳐 일른 대로 벨랑 틀릴 것은 없겄십닌다. 연이나, 아 그랬었었제여, 火葬터 얘기였었지우, 그랬었었제여, 시님도 짐작은 허시겄뎃기, 거 무신 온역이 지난 일도 없는 디에, 짜들아지게 일꺼리가 있는 것도 아니다 본개, '아랫묵' 얘기도 허게 되고 헙닌다마는, 글씨 그러자니, '아랫묵'에 배깔고 배깥이나 빼꼼허게 내어다보는 것이, '알' 품어 까기인디, 그라다 보먼, 한 해에도, 많으면 여나믄, 적으면 대여섯, 말투며 억양이 달른, 여러 종단의 시님덜이 들려, 一宿을 빌고 허는 일이 있고, 그라먼 한번 '주저앉아뻐린 각설이'가, 고런 저녁으로는, 고런 시님덜 法說을 좇아 주류에 나섭닌다. 요런 말은 머신가 허먼, 한 화라지가, 고런 시님들 한 쪼각씩 떤지주는, 곰팽이 핀 法들에, 차차로 차차로, 홍미를 느끼기 시작히었다는 고런 말인디여, 그라다 보먼 요 늙은네 말씨끄장도 고런 시님덜을 닮아져가고 그랬소이. 말헌 것 같은 '無爲'도 고런 것 중의 하난디, 그러장개 羑里는, 말씨끄장 萬宗團 것들이 모이고, 섹쉐이다가, 워니 말씨도 아닌, 그라먼 고것이 羑里 말씨제 또 머시겄소에, 羑里 말씨가 생기게 되는 이치 속도, 디리다볼 만허게 되드라 말이지여. 헤흐흐큿큿, 보쑈 시님, 이라고 보면, 요런 불학무식의 火葬쟁이가, 마, 마, 말, 말에, 관해서, 생각히어보기를 시작헌 것이라고 헐 만허끄요? 시님도 인재 찜은 짐작허겄지마는, 한 火葬쟁이가, '아랫묵'에 배깔고, 생지랄하고 자빠져 있다가시나, 문득, 에라 요럴 것이 아니라, 벨로 달리 생몸뗑이를 휘둘러, 해볼 짓도 없으닌간두루갖다가시나, '말'이라도 생각히어볼거나, 그래갖고 '말'에 관해 생각히어보기 시작헌 것은 아니요이. 그리기 전에갖다가시나 물론, 워디 산막에서 니리왔다는 시님덜 쳐대는, 도대체 고 이치 속도 모를 꼼(喝) 쏘리에도 여러 번썩이나 놀래고, (보쑈 시님, 만약 무신 꼼쏘리가 사람 귀를 틔운다고 헌다먼, 에름 날로 쳐대는 천둥 한번썩 지날 때마둥, 만사람의 귀가 뚫어지고 히어설라무네, 세상은 맨 귀밝은 사람으로만 꽉 차뻐리, 부

처가 왔던 까닭을 모루게 될 것이요이, 그렇잖냐고?) 벗어 내리치
는 짚신짝에도 볼태기를 맞았으며, 짊게 된 '話頭'라는 것 밑에도 깔
리 눌리걱고, 천식이라도 앓는 것맹이, 숨도 잘 쉬덜 못허고 그랬는
디, 뭣보당도 고 놀롤하던 한 화라지 火葬쟁이헌티서 '몸뎅이'를 노
략질한 것이 있었다머는, 고것이 뭣이었는가 허먼, "도제는 불을 놀
리는 땅꾼 겉은디, '불'이 뭣인지, 고것을 두고시나, 무신 道라도 깨
우쳤다는가? 火葬을 헐 때는 도제는, 실다움이란 것이 뭣인지, 고것
찜 살펴보거라." 허는, 고 한 소리였었제. 거두절미허고 말허먼, 고
뒤부텅은, '아랫묵'이 아랫묵 겉들 안허고, 그런 대신에갖다가시나,
저드랑 밑에서 뭣이 뽀시락 뽀시락 일어나는디, 허으흐흐쿳쿳, 본개
시나, 보, 본, 본개시나, 거, 거그서, 나, 날, 날, 날개가 돋아나오더라
고, 참말로 날개가 돋아나오더랑개. 그라고 나자, 몸이, 세상이, 살기
가, 끔쩍시리 말인디, 모든 것이, 무겁다는 생각이 드는디, 아으 그
건 참, 무겁어 도저히 못살겄등만. 고 당장, 떨어져내리뿌렀제여이.
말씸디린 고 '無爲'가 '有爲'가 돼뻐린 것이라먼, 제복은 맞는 소리라
까? 그라고는, '불'을 보기 시작히었는디, 흐흐훗훗쿳, 고렇게 '불 보
기'를 시작한 뒤, 고 火葬쟁이는, 지가 지 몸뎅이를 여러 번썩이나
꼬실라댔더라고, 그라던 날, 고 火葬쟁이는, 여태끄장 자기가 '실답
다'고 예겨왔던 것이, 자기 눈앞에서 옌기가 돼 없어져뻐린 것을 본
것이요. 아 이거, 거두절미허고 볼 일이겄는디……, 그라고 난 뒤부
텀 조 火葬쟁이는, 새로갖다가시나, 매우 요상허다고 히어야 헐 겡
험을 허기 시작헌 것인디, 개거움(가벼움)으로 무겁어, 도저히 못
전뎌묵겄다는 것입닌다. 손장난 끝에, 정수가 튀어나올 때의 니낌을
표현헌다먼, 똑 조렇게도 될랑가도 모르겄어도, 요 늙은네가 말허는
조 니낌은, '몸'을 '실다움'이라고 고집히어오던 자가 워느 날, 고 '실
다움'이 '가째배기'였었다고 알게 됐을 때, '몸'이라는 '무거움'을 잃
고, 잃었으먼 둥둥 떠올랐어야 되았을 것인디도, 폭싹 가라앉게 되
었을 때 니끼는 고것입닌다. 세상헌티다 잇어졌다고 믿어왔던 맥이
탁 끊긴 것입십닌다. 아무것에 대고도, 무신 소망도 희망도 가질 수
가 없는디, 그라장개 살도 못허겄는디, 그라장개 죽도 못허겄드라고
여.……진짜배기라고, 실다움이라고 믿어왔던 '몸뎅이'에서, 고 '실다
움'을 잃은 것, 고것을 고 火葬쟁이는, '말'에 관해서 생각해보기 시
작했다고 이른 것인디, 시님덜 허는 이약대로 허자먼, '사람'이라고

이르는 有情은, '몸·말·마음'이라는 세 가지 것(三位)의 한몸(一體)이라고 허는바, 그 중에서도 "마음은 근본이 비인(空) 것이라"고 허는즉, 남은 것은 '말'뿐이기 땜시 허는 소리제요. 마는, 요 늙은네 스스로도, 요 늙은네가 말허는 고 '말'이 머신지는, 사실로는 모르고, '살'을 태울 때 일어나는, 천 마리의 독사도 겉은 불의 쎄바닥이며, 등천하는 龍 겉은 옌기 겉은 것이나 아닌가 협제여. 火葬쟁이헌티는 그러장개, '몸뎅이'라는 것이 머신지, 잘 알 수가 없게 되고, '옌기(煙氣)'가 돼뻐리먼 남는 것이 없다는 것, 그라고 고 옌기ㄲ장도 무신 '알맹이' 겉든 안허다는 것,……헛되고 헛되고 헛되고 헛되도다…… 그래각고시나, 요보쑈 시님, 히힛킷킷, 요 늙은네가, '불'이 '말의 元素'가 아닌가, 하고 알았드랬입닌다. ("제기럴, 羑里에로 환속한 중은, 火葬장이까지도, 한 몫의 아라핫이럴랍." 촛불중은, 혼자 씨부리며, 합장하여, 목소리가 들려오는 쪽에다 재배했다. 거기에 아마, 뚫려져 있다는 그 구멍은 있을 것이라고, 촛불중은 짐작하고 있었다. "그리하여 저 '불의 牧童' 하나는, 자기가 '밖'이라고 이르는 것이 뭣인지, 그것쯤 환하게 깨우쳤다 말입지." 촛불중께 이 '밖'은 헌데, 다른 어휘로는, '畜生道'였는데, 자기가 '쥐'라는 것을, '개구리'라는 것을, '살모사'라는 것을, '부엉이'라는 것을, 것을, 을, 그리하여 자기가 그 한 전체라는 것을, 깨우쳐내는 일,──그것이 촛불중께는, '無意識을 깨우기'로 이해된 것이던 것이다.) 연이나, 거두절미하고시나 말씀이지만, '개거움으로 무겁기'란 것은, 차차로 차차로 그리된 것이기는 허제만, 참말이제, 못 전뎌묵게스리 나쁜 느낌으로 배꿔어갔십닌다. 곌국은 참아 묵덜 못허고, 고 火天님의 새끼당굴 하나는, '아랫묵'을 박차고 떠나갖고시나, 火葬하고 난 뒤 식은, 잿속에다 붕알을 묻고 앉아, 고 재를 머리에다 끼얹고, 가심에로 끼얹고, 그람선, 도대체 이미(意味)가 없어 살덜 못허겄는 고 살기(삶)를 끝내뻐릴, 무신 그런 이미라도 있으까. 고것을 찾았든 것이었소이. 요런 말은, 그라먼, 죽기에는 또 무신 이미가 있겄는가, 그런 말하자먼, 죽기의 이미를 찾았더란 그런 말이기도 헌디, 요런 소리는 왜냐먼, 죽기에도 이미가 있는 것 겉어 비덜 않더라는 그런 소리라고 또 헤, 헹, 에헤헹, 각설하고 이때지만, 헤홍야 헹, 그러던, 글씨, 살도 죽도 못허겄어서, 죽도 살도 못험선, 잿속에서 자고, 깨고, 野狐라서 질게 질게 울부짖어대던, 그러던 시절인디, 워느 날이었는디,

204

틱별헌 날, 春山에 불이 나니 못다 핀 곶 다 붓는다, 헹야—헹, 오랭이가 팍 물어갈, 그라고 본개 요 늙은네가 말인디, 요 이약이 허고 싶었던맹이제, 그랴, 고 이약이 허고 싶은맹이라고, 글씨 고 탓에 요 늙은네는 아직 오늘끄장도, 노상 목이 끄닐 끄닐 서름으로 아픔서나 부달리고, 피뭉어리가 맺히 뱉아져나올라고 허는 땜시 못 살겄는디, 아마도 한 마리 野狐가, 커 말이요만, 이승 시집살이에 퇴박맞고, 친정길에나 오르던 제집 하나를 잘못 잡아묵은 것이요이, 뎌뫼 뎌 붙은 쓸 물이나 잇거니와, 말인디, 글매 요 늙은네는, 그 이약이 허고 저픈 것이라고, 이 몸의 너업는 불 니러나니 쓸 물 업서 ᄒᆞ노라, 헹야—헹, 흥흥, 그래갖고시나, 고 옌니의 서름 겉은 납비내(비녀)가 고 들개의 목에 걸렸는 듯헌디,……그, 그라고 나서도, ……요것이 그라장개, 가많어 봅셉. 자석놈이 금년에 스물두 살인가, 세 살인가 그런개, 끌끌, 놈도 장가를 디랐어야 되는 것을, 끌끌, 걱다가 한 삼사 년을 더 보태주기로 허먼, 가많습제, 요것이 그라장개, 치언장, 요것이 펄쎄로 그렇게나 되었단다, 한 이십오륙 년 전 얘기나 되겄는개빈디, 어져(!) 세월여류러라. 동짓들 기나긴 밤을 한 허리를 둘헤내여, 어져 딩디구, 춘풍 니불 아래 서리서리 녀헛다가, 어지어 딩디구, 어론님 오신 날 밤이여든 구뷔구뷔 펼 것을. 딩디구 딩디구 잘이한다. (이거, 술이, 내가, 과하끄나?) 따지고 본개, 이십오륙 년씩이나 세월은 흘렀던맹인디, 치엔장, 흐르덜 않다가, 세 보기를 쫓아 세월이 흐른다 말여(?), 고 이십오륙 년이 흐르도록이나 내도록, 이 늙은네 세월은 하루도 흐르덜 안한 것 겉은디, ……요런 세월은 그라고 본다먼, 달마재라던가 워디 살았었다던, 워떤 억울한 새각씨, 낭군이 불어 껐어야 할 華燭이다 본개 못 꺼지고 새초롬이 앉아, 똥누러 나간 낭군 지다리기에 날을 샜는데, 달을 샜는데, 두루마기 입은 두루미, 두루 두루 둘러온다, 여러 여러 번씩이나 둘러온다, 목이 메인 뻐꾸기, 뻑뻑꾹 지나간다, 여러 여러 번씩이나 지나간다, 온다, 간다, 여러 여러 번씩이나 오간다, 못 꺼진 華燭 더 타도 못해 솔았입니다, 멈춰뻐린 세월, 밖으로는 헌디도 두루미는 둘러오고, 뻐꾹이는 꾸꾸 지나갔는디, 장가든 첫날 밤, 칙깐길에 올랐다, 영 돌아오지를 않고 떠나버렸던 낭군니미는, 그렁저렁 헤매기, 워느 날, 벗어놓고 떠나온, 고 두루매기의 안온함을 생각허기 시작히었드랑마는, 그래서 고향질에 올랐다고 허는디, 돌아올라

먼 이 자석아, 두루매기를 입고 칙간길엘 올랐던 이 버렁떨어진 자
식아, 한 무더기 똥이나 뜨근히 누어, 오는 봄 처가 못자리 마련이
나 해놓고, 그라고는 올 일이제, 뒤늦게 .왜 온다는겨? 아으, 검던 머
리가 반백이 되어 돌아와보니, "화냥껏 걸으니! 아직 정도 나누잖
은 남정의 두루매기 자락을 잡아땡겨?" 썽내고시나, 지가 벗어뻐렸
던 고 두루매기는 헌디, 한 자락이 문틈에 물려 있는디, 하으참 요
랄 수가, 하으 하읔, 흑, 흑, 요랬던 수가, 사내 문고리에 손을 대니,
문이 파사근 파사근 주저앉는다, 푸른저구리 다홍치매, 동방에는 華
燭 아직도 밝는디, 워디서 서리서리 서렸던 바램이라도 불었으끄나,
꺼진 華燭, 파사근 파사근 무너난 불꽃, 제길할, 세월이 닿았었을 일
이 아니었던 것인디, 재, 뻐꾹이 울음 재(灰), 두루미 벗은 두루마
기, 재(灰). ……안개 속에서는 헌디도, 죄용 죄용허니, 심정을 가다
듬어갖고시나 찬찬히 말할 일이제, 요낫쌀이나 된 늙은네가 열을
내 말을 헐 것은 천상 아니겠소이. 비도 안개비도 참말이제 요렇거
니나 니리는디, 한 알캥이 모래의 심정되는 것 반도 못 적신 것 겉
은디, 분멩히, 괴롬 받으라고 쥔비된 저승에 니리는 비는 요랄 것이
요. 비는 칠 년이나 오는디도, 하루도 안 걸르고 오는디도, 칠 년이
나 타온 넋들의 입술에, 요런 비는, 닿는 직시로 타 없어저뻐리, 칠
년이나 大旱으로 목은 마르고, 그란디도 비는 칠 년이나 안 걸르고
니리고 있는 것이요. 羑里에서는 그라장개, 습기를 그리워허기 시작
허먼, 고 당장에, 지옥을 파기 시작허제 싶으요이. 사실을 말허면 헌
디 요 늙은네는, 아죽끄장은, 요 안개비가 벨랑 싫덜 안허기는 안허
는디, 요상한 것은, 안개 속에서는 고독허다는 생각을 잘 안 허게
된다는 일요이. 그란 대신에갖다가시나, 옛날에 만내고 헤어진, 고
런 여러 가지 귀신들을 만나게 된다고. 워째먼 사람은, 툭 터진 데
를 그리워험선도, 툭 터진 데 툭 떤지저 있으먼, 워째선지 고 휑한
디를 못 참고시나, 참말로는 아무껏도 저를 해칠라고 달리오는 것
이 없는디도, 지가 혼차 겁을 묵고 생각허기를, 지 땀이며 피니얌새
맡고, 인재 조꿈만 있으먼, 굶주린 늑대며, 흡혈귀며, 나찰들이 떼를
지어 내달리 올 것이라고, 그란즉 워디든 숨을 만한 구멍이나 굴이
라도 찾을라고, 조급해져 내달린다는디, 헌디 달리기를 시작험선부
터는, 더 빠르게 달리 먼 뒤에서도 뭣이 더 빨리 따라붙고 허는즉,
뒤꿈치에서는 생 불이 나디요, 숨은 더더욱 차디요, 뒤에서는 천의

늑대가 으르렁거리며 쫓아오디요, 무섭디요, 아흐 무섭디요, 겍다가 날끄장 저믈라고 허고 있는 것 겉디요, 똥끄장도 매럽디요, 신발끈이 끊어졌디요, 아흐, 워째얄지를 모르갔디요, 때에 보니 말이디요, 저기 워디 벌판 가운데 빈굴이 하나 보이는 것 겉은디 아니 들 수가 있가디요,……여부 사둔, 그라면 사둔은 餓鬼가 되야가쑤다. 시님은 글씨, 餓鬼가 되얐겄다고 허다못허면, 워떤 들개 암컷의 아랫두리로라도 들었더먼, 속빈 나무 속이나, 임자 없는 굴속에 들었던 것보당은, 그래도 나았을 것이까? 餓鬼가 된 것덜마동, 도망치다 워디로 들어 숨는다고 숨어든 것이, 無情이 연 구멍 속으로 잘못 든 까닭이라고 허든디, 그런즉, 魂魄이란 肉身을 못 입고 있다 히어도, 조것들은 노상 배고픔에 당허겄는디, 아 안 그렇겄소, 젠장, 몸도 없는 것이 들라먼, 무슨 '子宮' 속으로라도 들 일이제, 몸 입어 있는 것들이 들어 비도 피하고, 군불도 때는 것 겉은, '處所'에를 들어서는 워짜잔 짓이끄요? 없는 몸을 있어해갖고, 배고픈 일에나 당할배끼, 더 되겄소? 아으 餓鬼님 시님, 은 그랑개, 해다놓은 물밥이나 잡쑤씨요. 안개비 오는 날의 酩酊, 흐, 흣, 흣, 요것 좀 보쑈 시님, 요라장개 요 늙은네는, 속이 취했는지, 밖이 취했는지, 모던 것이 아시무레허기만 험선, 고것끄장도 귀별을 못 허겄는디, 또 아니먼, 첸장헐, 말이제, 요 늙은네가 워느 녘에, 글씨 대취했다고 생각허고만 있는 중, 혹깐 뒈져뻐린 것이나 아니겄는가, 글매, 깨끗허게 그래뻐린 것이나 아니겄는가, 그런 것도 생각허기는 헌다고 시방. 호, 혹깐 고것도 아니먼, 죽기는 펄쎄 언제 죽고, 헤매다가, 무신 암컷을 에미 삼아 쳐들어 앉아, 羊水가 안개비 겉여 좋다고, 안옥해 좋다고, 그라고 있는 중은 아닌가, 허기는 고것끄장도 생각 안 하는 건 아니다고 안개비 속에서는 글씨, 영 갖다가시나 안퐊의 귀별이 안 되는 사탄이가 있는디, 안개밭에서도, 바다 떠도는 水夫맹이, 溺死를 허능게여, 허능게라고 역시 갖다가시나 조 워떤 불행한 水夫 얘기겄는디, 글씨 말이제, 뮛이 뭣의 뱃속(胎)에 앉아, '밖'을 '밖'이라고 내어다보기로 헌다먼, 고 '밖'이라는 것이기는 사실로는, 고 에미의 '속' 말고, 뮛이나 될 것여? 헌디도 가맜습제, 반대로갖다가시나 요번에는, 고 같은 뱃속에 앉았는 것이, 배깥 대신 제놈의 안쪽을 디리다보기를 시작히었다고 허기로 헌다먼, 거그 사실, 무신 디리다볼 안이라도 있으까? 아직 살아본 일이 없는 것의 안쪽에는 그래서, 대천지갖다가시나 뭣이 있을 듯헌고? 여보쑈 시님, 훗, 훗, 훗, 요런 늙은네가, 훗훗, 고런 것을 생각히어보기로도 시간을 보낸다 허먼, 웃음배끼 더 나오겄소마는, 그라다 보면, 지루허다거나, 뭣 땜시 눈뜨고 깨어 있을 필요가 있는가 고런 것을 생각허든 안허게, 되기는 된다고. 대답은 헌디, 크게 잡아 두 가지쯤 되겄습디다. 하나는 그러장개, 안 (內) 디리다본다는 짓이란 건, 잠을 만내기라는 것이며, 고 잠을 깨우기란 것이 밖으로 태어나오기, 그래설람엔 밖을 깨우쳐 일깨우기에 의해설람에 잠을 깨우게 된다는 것이며, 또 하나는, 前生의 기억을 깨우기가 아닌가 허는디, 요런 소리는 왜냐먼, 워떤 시님께 든잔즉, 에미의 쫍디쫍은 下門을 통과하기가 괴로와, 그때 틱히 머리가 터질라고 히어 괴롭다는디, 모든 有情은, 그 下門들을 통과헐 때, 前生살이를 깡그리 잊어뻐리되, 그렇다고 히어서, 있었던 前生이 없어져뻐리는 것은 절대로 아니고, 이를테문 잠 겉은 것이라고도 이를 것이 되야, 머믈러뻐린다고 허능개, 그래 허는 소리요이. 그래 그때, 그런 소리를 들을 때는 몰루다가, 나중에 생각이 나서 생각히어본개, 조 워떤 뱃속에 뭉치 앉은 것의 前生의 기억이란 건, 요 말은 그랑개, 조것은 아직 저 苦門을 벗어나지를 않고 있은개, 지놈의 前生을 환하게 죄다 다 기억하고 있다는 말인디, 다름이 아니라, 고 한 뭉어리의 핏뎅이가, 꺼꾸로(過去) 파고 나아가 내어다본, 다른쪽 '밖'의 풍경이제, 고 핏덩이의 '안'의 풍경은 아닐 것이 아닌가 허기도 히었었소이. 헌디도 또 갖다가시나 다른 한퓐으로 생각허자먼, 보쑈, 에미소가 씨푸런 풀을 묵어 흘리는 젖을 보먼, 고것이 무신 씨푸런 풀물이라거나 그런 것은 아니고 말이요, 커냥은갖다가시나, 희어도 달빛맹이 희고, 진해도 피맹이 진한디, 고것만 하나 예로 들어본대도, 알 것는 것이기는 뭐신가 하먼, 말한 바의 조런 '밖의 풍경'은 같다고 헌다 히어도, 고것을 경험허는 '안'은 다 달븐 것이 아닌가 허는 것이요. 고것뿐만도 아니고 말이제, 여전히 말이제, 고 뱃속의 것이 기억허는 前生허고, 고것이 처했던, '前生이라는 밖'허고는, 꼭히 같은 것 겉지도 않다고. 이런고로시나, 각기 有情의 살기의 애쓰기, 고 내용이 달리지는 것일 것이 아닌가 허는디, 요롷게 된개, 뭣의 뱃속의 것끄장도, 안이 없다고 주장하기는 썩 곤란한 니낌이 없잖애 있더라고. 문제는 헌디 머시냐먼, 요런 안개 속에서는 말이제여, 니낌이 워떤가 허먼, 글씨 워떤가 허먼, 안도 밖도 없거나,

분멩치가 않다는 것이라는 고것인디, 그란디도 여전히 에미소는 씨푸런 풀을 씹어묵어, 희디 흰 젖을 맹글아, 송아치를 누렇게 키우고 있다고. ("羯磨의 土器場이여, 羯磨의 土器場이여," 촛불중은, 혼잣말하고 있었다. "그리하여섭지, 흙이 소가 되곱지, 그 같은 흙이 토끼도, 푸른 풀도, 염소도 되는 것㕮. 프라브리티가 蘇摩汁을 얻음. 에미소는, 한 들의 푸르름을 誤讀 曲解하여, 原意를 바꾸고 있돕다, 喝! 喝! 羯磨鬼가 버글 버글 쏟아져남. 이럇, 끌끌, 打! 돌밭 갈기에나 부리리랍.") 錯覺이라는 것이 있다든디, 요런 안개비는 그랑개, 고 錯覺에다 천정 뒤 일어(浮)났겄는가. 결국엔 고것이, 실다움 허고, 실다움 아닌 것하고 사이의, 귀별끄장도 없애뻐렸다고 大川가 사는, 옛날 친구가 하나 있는디, 고 친구는 만내 몇 잔 술이 얼큰해졌다 싶으먼, 한 마리 野狐가 밤의 안개 탓에, 방향을 잃어각고, 딴에는 들로 산으로 간다는 것이, 깊이 간다는 것이 그만, 큰물가 뻘진 데를 깊이 들어, 거기 그 뻘에 발을 묶여, 처량히 짖는, 그 野狐의 울음 소리 이약을 허곤 히었는디, 고랄 때마동 그 친구네는 아예, 이승 왔기의 그 運命에 관해, 말하고 있었던 것으로 들어왔었제 그리. 羑里 와서 몇 식경도 흐르잖애 요 늙은네는, 고 친구의 野狐를 참 여러 번썩이 생각하고 생각하게 되었는디, 요 늙은네는 걱다가 또, 하필 지 목구먹에다 발을 빠좌 못 빼내는 野狐라고 알기 시작허능만요이. 말한 바의 저 '목구먹에다 발 빠추기'란 뭐 별다른 뜻이 있는 것도 아니요. 글씨 거 말여, 목구먹에 걸린 듯하게 예겨지는, 무신 납비내라도 끄내보까, 그래서 목구먹에다 발을 넣었다가, 거그 어디서 그것을 잊어뿌리고 말았다는 그런 얘기제. 요라장개 인제 고 野狐헌티는, 해 떠오를 것이, 고 볕이 안개를 녹혀뻐릴 것이, 사뱅이 훵하게 터져뻐릴 것이, 그라먼 인재 애어른힐 것도 없이, 쇠시랑이나 낫이나 잽히는 대로 들고 내딸아올 것인디, 워찌 안 무섭을 수가 있겄어? 羑里는 이 철, (²암깨구리요이, (³꼬악 꼬악, 만약 비가 니린다먼, (⁴아크, (³안 젖을라고 우리덜, (⁴흐크, (³물 밑으로 뛰어들라고 할라, (⁴할라, 꼬악 꽉 꽉, 철은 안개비. 늙은네는 인재, 쇠주 한 잔, 아크흐—— 할라 합넌다. 여태끼 보듬고 앉아 있었드니, 오지병이 더워져 쇠주끄장 더워졌는디, 더운 쇠주는 회력이 속해 좋우요 그리. 쇠주 한 목움부텀 허고시나, 고 얘기가 허고 싶어 못 전디겄는, 늙은네의 암깨구리 얘기 한 자리 해바야겄다고. 아크흐

─ㅋ, 한 野狐가 글매, 잘못 잡아묵고, 고 아낙네의 납비내에 목이
걸려시나 못 빼낸 채, 끄닐 끄닐 앓기로만 이십오륙 년 살아왔다는,
고 野狐 속의 뫼똥(무덤) 겉은 옌니 얘기 말이요. 흐흐훗, 火葬쟁이
속에 뫼똥이 있소이. 봄부텀은 떼가 푸르고, 가실부텀은, 푸르던 것
만 그 황토 속으로 시적여들고는, 저승 색깔만 냉기는디, 나는 아닌
디, 글씨라 요 늙은네는 아닌디, 뭣이 고렇거니나, 철을 꿈꾸요이.
그라장개 나는, 사램이갖다가시나 두 꺼풀(겹)이나 되는 것 겉엤는
디, 넘우 말 좋아허는 사람덜이 워찌 火葬쟁이라고 납뒀겠소이? 낫
쌀이나 든 이들은, 火葬쟁이가 火葬鬼에라도 들렸는지 모루겄다고
쑤군구리고, 어린것들은 대놓고 말험선 놀리샀드라고. 불은 쎄(혀)
가 일곱이나 된다고 허는즉, 조 火葬쟁이를 홀꾼 女火鬼는, 꼬랑지
가 일곱일 것이라고 히었소 그리. 그렇다고 헌단대도 조 미친다니
가, 애들을 디리다 간이나 불알을 떼묵은 일도 없었이며, 하초를 덜
렁 덜렁 내놓고시나, 빨래터 같은 디로 쏘댕긴 일도 없었는 디다,
살짝 간 것들이 그라는 것맹이, 실성 실성 씨부렁 씨부렁 씨부렁댄
일도 없었는디, 워째 고런 소문이 맹글아졌는지는, 알다가도 모룰빼
끼 없었은개. 헌디도 그 화라지火葬쟁이가 부르는 노래에는 冥音이
짚으고, 冥感이 秋雨라, 가늘고 여리되 쑹악헌 저실(겨울)을 불러온
다고 일러, 그녀러 화라지가 노래를 헌다거나 퉁수를 분다거나 허
먼, 고 모임판에 모인 사람덜이 차채로 차채로 솔아갔던 모냥으로,
시나, 술잔에 손을 댄 자는 그 술잔을 들어올리덜 못허고 있고, 입
술이에 대고 있는 자도 고 술잔을 마시도 떼내도 못하고 있었드라
고여. 워떤 대목에서는, 고 화라지의 목쳉이, 고자 소리가 됐다가,
워떤 구비에서는 여자 소리를 내고, 요라다 본개, 요것은 물론 짐작
이지마는, 그런 탓에 사람들이 평론키를, 조 화라지 속 워디에 분멩
히, 女鬼가 하나 들어 있어, 그 청승이 그렇거니나 저승맹이, 秋雨
후적이는 저녁녘맹이, 비 오는 밤중의 공동뫼지의 鬼哭맹이, 구질
고, 질고(길고), 짚으고, 어둡다고 허는 것으로 알았소 그러허단대
도, 거그 무신 톡 불거진 사건이라던지 벤화 겉은 것이 없다 보먼,
하루 가고, 두 달 가고, 삼년 가기로 세월이 가다 보먼, 고 '미친다
니'끄장도, '미친다니'라는 고 상태에서 '平人'이 돼각고, 조 사람덜
변두리에 머물러뻐려서는, 하나도 새로울 것이 없다 본개, 묵어졌다
가, 잊어져뻐리드라고. 한때, 모든 입술이에다 푸루쭉쭉한 물을 디

리게 히었던 것들에서, 쭉쭉한 푸른 물만 빠져뻐리기. 그랄 때쯤부
텀, 조 화라지는 오좀은 앉아서 푸루쭉쭉히 누고, 저녁에는, 글씨,
그 워떤 비구니가, (쬐꾸만 보따리 하나 꽁꽁 싼 것을 각고 왔다가,
한번도 안 피보고, 갈 때는) 놓고 간, 고 보따리 속에서 펴내 본, 색
동저구리, 붉은치매, 납비내도 한 개,——고것을 입고, 상투는 못 올
리 밨은개, 따니리놓은 머리를 올리, 비내 꽂아 낭자를 허고, 멩경
앞에 앉았다가, 음식이 모지래 칭얼 칭얼 우는 자석을 품에 안아,
젖을 물리보요이. 그 짓도 잦다 본개, 빈대 젖꼭때기가 실멍 실멍
커나서, 나중에는 늘어질라고끄장 허드라고. 허단대도, 요것 모도
안개 속에서만 헐 수 있는 얘기겄제맹. 글매, 햇빛만 든다 허먼, 조
런 짓들이 끕째기 넘새시럼선 얼골이 붉어지는디, 그런디도 해가
지기만 히었다 허먼, 눈은 차꼬, 색동저구리 붉은치매 보따리헌티로
만 가고, 멩경에다 얼골이 비춰보고 싶어지는 건 암만해도 워짤 수
가 없드라고. 요 낫쌀에 뒤돌아보고 알게 되는 것은 뭐시난개, 요것
도 '나'고, 조것도 '나'드라는 고것이드라고. 아크흐—ㅋ, 늙은네는 쇠
죽 한 목음 더 할라 합넌다. 고 사연은 요러협십넌다. 요 목구멍 끄
닐거리는 납비내 사연은 말인디, 참말을 말허기로 허먼, 요 낫쌀되
기끄장 요 늙은네, 워떤 바우 똥꾸녁에라도 대고, 또는 뒤뜰 대숲
흙을 파고시나 엎드려, 고 대뿌렝이헌티다 대고서도, 요런 이약을
여러 번씩이나 히어밨어도 바람부는 날이며, 찬비가 궂은 날 겉은
때, 별다른 헐일도 없은개 귀나 자울여보고 히었는디도, 비밀시럽게
들은 그 이약을 되풀어내는, 바우의 울음 소리거나, 대숲 앓는 소리
겉은 건 들어보지를 못히었더라고, 그라다 본개 귀가 그립드구만이
여, 해보낸 소리를 분명히 듣는, 고런 귀가 그립드라고 말여. 그래도
하기는, 지내다 보먼, 고런 바우 똥꾸녁에서는 이깽이가 돋아 피고,
대숲에서는 굵으롬한 죽순이 하나도 둘도 셋씩도 돋아오르기는 히
았십넌다. 마는, 고것덜이 사실로갖다가시나, 들어뒀던 이약 땜시,
똥꾸녁이 개럽고, 귀가 개롸 되울리냈던 '소리'였든지 어쨌든지는,
말하지 못하겄다고 그러다가 중년에 새로 생각히었기는, 조 화라지
公의 이약이랄 것은, 혹깐, 매듸만 있고서나, 속은 비어 없는 것, 고
런 것이나 아니겄는가, 허기는 히히었는디, 허기사 풍진세상살이 무
신 그리 속살 쩔 일이 있으끄요마는, 조 화라지의 세상살이는, 속살
도 없이, 비인 매듸매듸가 아팠그렁, 아픈 디마동 매듸가 졌었그덩.

세월이 흐르기에 쫓다 본개 말이지만, 조 화라지는 나중에는, 그랴
요, 안 씻근 저드랑이며 호복지서 나든, 독해도 독한 탓에 더 뽀채
고 드는 암내며, 곙도 내음새, 고런 것이 허기는, 한 제집의 실다움
이었던 것으로 알았는디, 한 제집의 고런 실다움을 쪼꿈썩 쪼꿈썩,
시나부로 잃게 됨선부텀은, 아, 참, 아까 요 늙은네가, 워느 때부텀
서, '말(言語)'을 생각허기 시작히었다 하잖습메여, 고게 아마 요러
던 워떤 시절이었던 것맹인디, 보고자 그립어했던 제집은, 아져, 고
것이 요 늙은네의 明圖였더니, 한 화라지에 대한 속절없는 情주기
의 마마에 앓다 죽은 제집의 넋, 태주였더니, 글씨 말이제 사람은,
차꼬 還俗을 해감시롱도, 허다못해 '尿蝲道'며, '손톱道'도 믿는다고
허잖습녀, 무신 한 귀절의 청싱스런 노래, 넋살, 탁 뿐지르고 말허
먼, 時調, 그렇소, 時調 겉은 것으로 벤해뻐린 것인디, 헤헤, 그라장
개 요 늙은네는, 時調의 납비내에 목이 찔리, 밤이 아프고, 낮이 아
파, 노상 우예는 화라지…… 참갖다가시나, 요것이 느닷없이, 무슨
녀러 수상헌 사설이냐고, 시님은 놀래 묻겄습는가? 허으야 뒤야 상
사뒤야, 개좆 청승, 앉기만 허먼 삘그렇십닌다.……글매갖다가시나,
아까부텀 말해오는 기 요것 아니냐고 시방, 한 이십오륙 년 전 애
기라고 말여, 고걸 요 입으로시나 또 말해야겄네 시방, 또 말해야
쓰겄냐고 시방, 실닶잖은 중님 겉으니라고! 헌디 시님, 워쨌거나 또
좀 들어보쎠이, 글매, 요 늙은네는 말이 허고 저프고, 그라장개, 귀
가 그립어써서 오라는겨. 하으, 고런 때사 말고, 워째선지 일감도 없
는 디다, 行僧 말은 구만두기로 허잔대도, 건넛뫼 여수끄장도, 지나
며 눈 한번 홀기는 일도 없었다 본개, 글씨 살다 보먼 고랄 때가 한
번썩 뒤번썩 왔다가는 가고, 갔다가는 오고 그라더라고, 첸장헐, 쑥
국새 쑥국 쑥국 끓이는 소리만, 쑥국맹이 귀에 입에 써 못 전디겄
는디, 봄에는 격다가, 모던 것이 핑기는 액기 땜시, 재채기나 눈애피
가 안 일어난다먼. 쑥국에 쑥버무리만 묵고 팔비개로 누웠어도, 하
초가 일어나 벌럭 벌럭 해쌌는디도, 기양 왼 몸뎅이가 탁 풀어져,
움직일라먼 세상이 노래져 못 살겄는 것이 아니더냐고. 고랄 때는,
아지랭이 속에서도, 아지랭이만 한 꺼풀 걸친 것이, 암컷이, 제집이
일어나고, 타 스러져버린 火葬재 속에서도, 살찐 제집이 하나 불보
다도 뜨겁운 色慾 땜시 꿈틀거리는 것이 차꼬 내어다비는디, 그렇
게시나, 홀애비 서름을 짓씹음선, 여문 붕알이나 조무락거리고 지내

잔개, 기양갖다가시나 눈깔만 삘그래질람선, 쉬는 숨은 탁한 옌기 겉여, 요라다가는 이거, 사램이 마구(魔鬼)가 돼뻐리고 말겄다 하고 있는 중인디. 요것 좀 보쎠 시님, 죽문 앞에, 목탁 치며 염불허는 소리가 있드라고, 글씨, 염불허는 가느른 목소리의, 그랴요, 인기척이 있드라고. 칠년 가물음에 빗방울이요, 월렁 문구멍으로 내어다보잔개, 웬 꼬깔을 쓴 어린 행자승 겉은 것 하나가, 붉은 입수거리를 나불거리고 있소이. 그라장개 망할녀러, 왈칵 色心이 돋는디, 고것이 행자승이든 비구니든, 고 보송보송한 입에는 참말이제, 아무 공양도 헐 것이 없을 것 겉고, 데럽은 좁배끼 더 물리줄 것이 없을 것 겉여, 나중 일이사 워쩌 되얐든 뉘야럴뇌미 알아, 空得三昧란 뼬것이 아니라, 워떤 것의 빈 후문 쏘며 눈 휘뒤집어 까기라는 얘기도 들어둔 바 있겄다시나, 씨버갈녀러, 뭣을 더 지다리고 멈칫거리고 헐 것도 없드라고, 대번에 내달았소, 내달아서는, 대번에 저녀러 것의 홀목을 꺾어쥐고 끄셔서는, 아랫목에 내동댕이치고, 어설프게 히어서는 될 일이 아무것도 없은개, 당차게 뎀비들어, 것의 장삼 거둬올리고, 속곳은 찢어뻐린 뒤, 후문을 찾잔개, 어, 얼레, 요것 후문이 둘이요. 아흐으 그라고 본개 고것은, 보름달 겉은, 한 덩이 비구니였었는디, 고 火葬쟁이는, 그날 죽었었져, 못 살았었소이. 강간을 히어뻐린 것이요이. 참말을 허머는, 고 절각씨는, 말이제, 말인디, 손구락 하나 깟땍도 안 허고 참음선, 지랄병이라도 든 것맹이, 사지만 떨어 대고 있기만 했드라고 하기는. 젊은 절각씨 혼차서 閱世苦行에 나섰은즉, 고런 일을 한두 번만 겪었겄냐고 생각도 안 헌 건 아니라도, 범하고 난개 끕째기 미안허단 생각이 듬선, 하늘도 못 보겄고, 땅도 못 보겄어서, 무섭어 못 보겄어서, 두 손으로 눈을 개리고 울었소이, 훌쩍 훌쩍 울었드라고 그람선 생각을 허잔개, 요런 못헐 짓이 말짱, 하초를 달고 있는 디에 까닭이가 있던 것입디다, 보니, 늘 놓이 있는 그 자리에, 고 낫이 놓여 있길레, 얼른 쥐어 들어, 고녀러 惡根을 끊어버릴랑개, 우선은 주저가 되더라고, 아플 것은 잘 생각이 안 나도, 오줌 눌 일이 큰일일 것이라는 생각이 들더라고. 그랬거나 저랬거나, 저질른 일을 생각헌개, 또 하늘, 땅, 동서남북이 무섭어짐선, 고것을 그래둬서는 안 되겄다는 생각이 드요이. 그래 요번에는, 왼손으로는 조 魔根의 끝을 쥐어 늘이고, 눈은 감았으며, 이를 악물고는, 色根이 있다고 생각되는 디로 낫 쥔 손을 각고 갈라고 히었소이. 헌디 보쑈, 무엇이 조 낫 쥔 홀목을 잡는 것이 있더라고, 그람선, 쥐어진 낫을 뺏을라는 손이 있더라고, 그러장개 저절로 띄어진 눈이, 고런 광경을 안 볼 수가 없었겠지여. 히히히, 그란 뒤 둘이는 뻔적거리는 눈으로, 서로를 홀기보다, 애끼났던 쌀로 밥 희게 지어 배 높으게 묵고, 고쿨이에다 관술을 피웠제 그리. 옌니는, 이름도 없었는지, 자기 學堂에서는 모도 '비리데기'라고 불렀다고 허고, 고것이 대천지 무신 學堂이냔개, '修道婦修業'이라고 험선, 인재 '修道婦學堂'에 올라 있다고 허요이. 요상헌 것은, 그 비리데기 워짜다, 조 火葬쟁이를 부를라먼, '여부, 탑쌓는 양반'이라던지, 어쩔 때는, '무쇠다리 아혼아홉 칸 놓는 양반'이라고도 불름선, "껌은 수 경 눈빛맹이 희어지도록 빨아디맀은개, 나 원지 떠난대도 뒤는 밟 지 말겨유." 하고도 말했는디, 고 부분만은, 아직도 잘 모루겠다고 고 '탑 쌓는 사내'는 워찌 되았든 그날부텀, 탑 쌓뎃기, 무쇠다리 놓 뎃기, 살기를 신중하고도 열심히 산 것은 사실이라고 그란 뒤부텀 맹랑헌 일은, 바우무덤에 묻힌 시님헌틴개 말이지마는, 수도청에서, 다른 수도부들도 말고, 해필이먼 주모되는 할마씨가, 한 달이먼 한 두 번썩 들리되, 월초허고 보름정께 들리, 낮을 새우뎃기 서로 마주 앉아 건너다보고 가곤 히었던 일이 계속되었던 것이요이. 고런 날 로는, 조 火葬쟁이는, 火木도 하는 겸, 놓아 둔 덫을 볼라고, 집을 비워주는디, 그람선도 벨다른 생각은 해보도 안 하다가 워느 날은, 아 고 둘이는 발구락뿐만 아니라, 손구락이며, 턱은 물론이고 이망 빡끄장도 닮아 빈다고 알아낸 것이요이. 고만침끄장은 생각은 해봤 지만, 그래서 쎄빠닥이 닮았으먼, 고것이 워쳤단 말이냐,——거그서 부텀은 머슬, 머시라고, 더 생각허기로, 뒈세기 아픈 짓은 허기도 싫 었은개, 휘파람이든 노래든, 늘 불어내는 짓이나 히었더라고 그랬 을 것이, 고 젊은 비리데기는, 俗人이먼 누구라도 쉽게 고렇게 믿게 되뎃기, 아니먼, 허기는 고렇게 바래기도 헐 것이지만, 法으로, 맹근 정조대를 채와각고, 죽을 때끄장 외간남자를 접해본 일이 없다는, 고런 비구니들과 달바, 히웃히웃히웃, 요분질에 능한 명인인 디다, 交合根에는 잇몸을 갖춰각고 있어, 이를테머는, 사나 송장을 고 불 의 잇몸으로 자근거려, 고 넋을 알개묵는, 火天님의 각씨 겉다는 생 각을 허고 있었은개, 나오느니 휘파람일 쑤배끼. 그라다 차채로 고 화라지는, 고 옌니가 다름아닌, 火天님의 큰각씨(스바하)가 분명허

다고 믿기를 시작히었수. 그 믿음은 그러는 중에 솔아져, 젠장홀, 宗
敎끄장 돼뻐렸는디, 火天님은 고렇게, 자기의 한 불머슴께 授戒를
헌 것잉만. 그라, 그 불머슴놈은 그렇게 受戒를 헌 것잉만. 그 각씨
님을 만냈기 전끄장 그 火葬쟁이는, 넘우 궂인 일 치뤄줌시나, 남은
밥이나 얻어묵던 화라지,──그 화라지가 그렇게 하여, 火天님의 宗
徒가 돼뻐린 것입십닌다. 문제는 헌디도, 고 옌니는, 요분질에만 능
한 것이 아니라, 詩・賦・辭・歌・舞에 능해 있어, 요 부분은 甘唱
에 속한다고 히어얄 것인디, 요런 제집 휩싸아오르는 불길에 쌔이
면, 몸뿐만 아니라, 혼백끄장도 타뻐리, 심지어 재 한톨도 못 냉기는
디, 그럴 때로 고 불의 宗徒니미는, 잿속에가 아니라, 타오르던 고
송장의 열기 속에, 튀기는 불꽃 속에 있었으며, 그래서나 올르고 올
랐다가, 月宮에끄장 닿으면 다시 니려, 고 ⑫암깨구리 뱃속에 들어져
뻐리든 것을,──그렇게 고 불의 宗徒는, 그 암깨구리 뱃속에 댕겨
(담겨) 삼년을 살았드라오. 그란 뒤, 고 火天님의 宗徒의 세월은, 흐
르덜 안했었는디, 어저껜지 그저껜지 여그 와서 늙은네는, 끔째기
그 시간을 만내각고, 고것에 대해서나 말할 수 없는 무섭움을 일깨
워냈는디, 요것은 워쪄되얐거나, 요 늙은네는, 이승 와, 이승살이 고
렇게 삼년 히었소이. 火天님의 큰마내(스바하) 말이제, 火天님의 불
머슴 위해서나, 삼년 살아주고 떠난 것이라고. 火天의 큰마내와 불
머슴 둘이는, 고 삼년, 火天님의 쎄빠닥에 둥지 얹어, 송장을 태움시
나 타올르는, 끄시름도 없는 불맹이 살았었더라고, 잘 살았더라고
火天의 불머슴이 火天이요이, 그래서나 火天님의 큰마내 태와묵는
불. 火天님의 큰마내는 불의 舞足을 갖고 있는디, 그라먼, 火天님의
불머슴은 송장이요, 火木, 불의 숯. 어흐야, 어허야, 허으──, 그라던
날, 워떤 날, 참말이제 무신 일이 생기뿌린 듯히었소이. 글씨 말인
디, 열엿새 달맹이 노상 밝던, 火天님의 큰마내의 얼굴이, 여러 날째
나 그믐밤만 겉었더니, 다달이 비치야 되는, 고 월후가 비칠 때가
훨썩 지냈는디도 안 비친다는 것이더라고. 그래 고 火天님의 불머
슴이 묻기를, "고것이 무신 소리란댜?" 헌즉, "道가 陰極으로 벗어
나, 畜生道로 떨어져니렀습닌다."는 대답이었더라고. 그란 뒤에는,
고것이 무신 소리냐고 암만 물어도 대답을 안 헐 뿐만 아니라, 사
람끄장 배뀌어도 영 배뀌어, 의원네로 갈까 허다가, 수도청 주모할
마씨께 갔소이, 그라고, 돼온 일 대강대강 일러줬더니, 다른 말은 없

이 주모는, 두루매기를 걸쳐 입습다. 주모는, 우리덜 살았던 火葬
터로 와각고, 그란 뒤 둘이서, 메칠을 살고는, 그라고는, 고 火葬터
지기헌티는 말 한마듸도 없이, 횅하니, 자기만 니리갔는디, 그날 저
녁부텀 비리데기는, 火葬하고 난 재 속에 앉아, 움시나, 방으로는 올
라고도 안 히었소 그리. 그란 뒤 비리데기는, 고 재 속에서 자고, 일
어나고, 머슬 몹씨 통회허며 지냈는디, 그라장개 고 火葬場지기는,
모든 잘못을 지가 다 범헌 것도 겉고 히어서나, 아무데 대고서도
얼굴을 들도 못허겄고, 지침도 크게는 못 허겄 히어, 기가 탁 죽어
갔고, 비리데기 조석 보살피는 디만, 정성을 다 히었더라고. 비리데
기는 그래도, 음석은 하루 한 번썩은 묵었는디, 보기에는 차채로 귀
신이 돼가고 있드라고. 요보쩌 시님, 헌디 말여, 말인디, 저 던져데
기가 실제로 고렇게 말은 안 해, 귀로는 듣던 못히었어도, 고 火葬
쟁이는 고 여러 날, 한 가짓 일로 몹씨, 몹씨, 참말로 몹씨 괴로워히
었는디, 글씨 고 火葬쟁이가 마음으로 들어, 고 던져데기가 뭣을 원
하고 있었는가를 알았었기로는, 는, 는 말이제여, 던져데기는 글씨,
산 채, 글씨, 다른 것도 말고시나, 말여, 火, 火葬을 당하고 싶어, 지
다리고 있었드라고, 있었드라 말이라고 시방. 작껏, 뻴 지랄하고 있
더라고 시방. 고것은, 말이제, 조 火葬쟁이를 말이제, 씨꺼문 엔기에
휩쌔인, 속이 뜨겁운 불로 태우뎃기, 말이제, 못 전뎌묵게 허는 고문
이었는디, 그람선도, 고 火葬터에서 사는 고 野狐는, 조 비리데기의
뼈 맛을 생각허고 있었는 듯했신넌다. 글씨, 고 火葬쟁이는, "안돼
야, 못헐 짓여," 마음으로는 천만번 도리질을 침선도, 고 火天님의
큰마내를 火天님 전에로 보낼, 고 쥔비를 허고 있었십넌다. 머신지
는 알 수가 없어도, 무신 鬼手가, 조 火天님의 불머슴의 똥꾸녁에서
삼거불을 뽑아내고 있던 것이라고여. 글씨, 부리던 말이 말이제, 다
리를 다쳐 괴로워하먼 말이제, 고 말의 임자되는 자는, 괴로워허는
고 말의 목심을 빨리 끊어준다는디, 그렇기로 말한다먼, 왜냐먼 글
씨, 살기가 기양 괴로움뿐인 것 겉은개 허는 소린디, 무신 새끼가
에미의 아랫도리를 벗어나고 있을 때, 누구든 고 새끼의 숨통을 눌
러줘, 이쪽 세상 숨의 맛을 디리지 않게 허는 짓이야말로, 보살행이
라는 말배끼는 더 할 말도 없게 되기는 허겄어도, 도,……어찌됐든,
火天님의 조 불머슴인 자는 火木을 모으고 있었는디, 고것도 상
(香)나무로만 모으고 있었는디, 火天님 이빠디에 너무 힘이 씨일 대

목(이란 건, 나무의 뿌리 쪽 둥치란 말인디,)도 말고, 또 튀긴 보리 썹뎃기, 고 입 속에서 너무 빨리 녹아져뻐리는 대목(이란, 잎사구가 많은, 나뭇가쟁이들이란 말인디,)도 말고, 火天님 입천정에 그중 맛이 있을 대목으로만, 천천히 모아드리설람에, 너무 추지지도(습기) 않고, 너무 마르지도 않게, 응달에 쌓아 말루고 있었다고. 그람선도 물론, 한 火葬쟁이는, 불쌍한 한 八字뎅이 살아 있는 것을 둘러, 불의 울타리를 쌓을 수가 있으까, 고것을 노상 의문허지 않는 건 아니었습넌다. 그러던 워느 날인디, 火天짐을 히어갖고 돌아온개, 조용허요이, 사방이 최용허다고이, 워디나 없이 죽었드라고, 글매, 옌니의 종잭이 없었소 그라장개 고 화라지는 저녁밥을 묵을 수가 없어 못 묵고, 사흘을 못 묵고, 닷새를 묵지를 못 히었십넌다. 동을 보고, 서를 보고, 통셋깐을 디리다보고, 아랫묵을 쓰러보고, 그랬으나, 밭도 가꾸고, 거두기도 히어야 히었은개, 그날부텀은, 밭에다 한숨을 갈(耕)고, 눈물을 심궜소 그리. 火葬場이 官屬이었으먼, 밭도 官屬이나 되었냐고 물을 것맹인디, 그란 건 아니고, 뻴랑 헐 일이 없다 본개, 火葬터 근방 까시쟁이를 치우고, 독자갈은 자갈대로 모으니라고 꿈잭이다 본개 제복은 밭 겉은 것이 되더라고. 읍장허시는 장노어르신께서도, 그 일을 잘 허는 일이라고 고무를 허셔서, 낫이며 톱, 꽹이며 삽, 쇠시랑 겉은 연장도 보내싰는디, 그렇다고 官祿을 낮추거나 허는 일도 없었드라고. 히어도 워낙이 토질이 박해서, 한 섬 땀에 한 개 감자라는 정도도 수확은 좋덜 못했었십넌다. 그러잔개, 본업이 품바꾼이던 것의 밭갈이란 건, 헤헷헷, 풍파에 놀랜 사공 배 팔아 말을 사니…… 허는 소리도 있기는 있던디, 흙에다 대고 품바쳐 구걸허기나 같은 짓이었었소 뭣이 좀 얻어지면 운수가 좋다고, 헐 것이고,……글씨, 각설이는 농사꾼이 못 되던 것이었단개 그랴. 고 동안, 감자며, 고구마도 한번은 거뒀이며, 羑里沙漠 쪽에는 안개비가 니리고 있다는 소식도 있고 히었는디, 헌디, 있었소이, 있었더라고이, 인기척이 있었더라고이, 얼럴럴 어헐럴럴, 어호야럴럴 상사뒤야, 씨버무거갈, 있어얄 것이 있었더라고, 인기척이 있었는디, 火天니믄, 불머슴 하나를 불쌍히 여겨, 한번 더 마내님을 니리보내신 것이었더라고 요번에는 조 비구니가, 앞산을 안고 왔어여! 히히히, 치마폭에 앞산을 안고 와갖고, 히히히, 고 앞산을 풀어혜쳐놨다고. 풀어혜쳐진 앞산은 잠지를 달고 있었쇠다! 고 잠지를 꺼생이

가 물었었는디, 놈은 노상 火葬재 속에서 놀았었으니, 고 물린 자리
는 여러 송장 타고 냉긴 재에 고물이가 돼 있었더라고. 왜 요런 얘
긴가 허먼, 고때 고 애비의 가심 아팠던 일이 아직끄장도 생생해서
그러는디, 요라다가 요 자석뇌미 장개도 못 들먼 어짜꼬, 고 걱쟁이
들어 그란 것이었소 헌디 든잔개, 그라고, 보잔개, 요 자석뇌미 현
판관겸직읍장어른의 눈에 들고 품에 들어, 모도 말허는 고 '출세'를
해 있는 것맹인디, 바우무덤 속에 갇히뻐린 시님헌티사 기시고 말
고 헐 것도 없은개 말이지만, 헌디도 애비헌티, 자석놈의 조런 출세
가 쬐꿈도 질겁덜 안헌건, 참말이제 알 수가 없는 심사올신다. 건
워쨌거나, 치마폭 아래 앞산을 싸아각고 와, 고것을 퍼버리고 난 비
리데기는 기진맥진해 잠을 써뻐렀는디, 본디는, 장판으로나 떠돌며
빌어묵고 살던 것이 직업이었었으니, 고 火葬쟁이 뭘 어째뿐지를
몰라, 발도 못 굴리다가, 수도청 주모할마씨를 떠올리고, 수도청에
로 내달았었소이.……허기사 요런 이약이, 시님헌티사 무신 소양이
닿겄는가마는이,……그랑개, 그래도, 허고 젆어 이약을 허고 있는대
도…… 싸게싸게 잣을 데는 싸게 잣고 바야겄는가……자석놈은 고
렇게 요쪽 세상으로 뻐어져나온 뒤, 지 에미 젖을 빨아묵는담시나,
몇 달, 에미 눈물만 묵은 것 겉은디, 글씨 에미란 것은, 갓난 것이
하도하도 울고 보채다 잠이나 쓰게 생겼으먼, 고만한 크기의 두께
비나 남생이 쥐어들 뎃기 쥐어들어서는, 두께비 아가리에라도 젖꼭
지를 물리는 뎃기, 상을 찡그리며 젖을 물리고는, 그라고는, 그래도
고것을 에미 정이라고 히어야까 워짜까, 글매, 고 어린것 얼굴이 빠
져 죽으라고, 눈물을 뚜닥 뚜닥 흘리고 그랬었소이. 고 엔니의, 고렇
거니나 아픈 태도는, 새깽이헌티만 그란 건 아니었고라우, 참다가
참다가 그래도 안 되겄어서, 고 새깽이의 애비되는 사나가, 전에 늘
그래왔었은개여, 무신 간절한 念이 좀 있고 히어설람에, 실부제기
불두뎅이라도 좀 썰어볼라고 허먼, 영낙없이, 조 앙칼져버리게 된
손이, 무신 벌거지나, 꺼생이를 쥐어 뜯어내뎃기 뜯어냄선, 건구역
질을 해뎄쌌소 비리데기의 修道는, 요번에도, 워디 옳잖은 끄트머
리(極)로 치우쳐 간 듯하였소 비리데기는, 욕문을 닫고, 마음을 닫
고, 세상도 닫아버려, 수은방울보담도 더 외톨아져갔었소 고것도
글씨, 남정과 자석헌티 휩쌔이서 외톨아져 갔었다고 그런다 히어
도, 고 남정 믿음에는 그랬었소, 제집의 몸은, 남자의 소곰에 한번

발끝끄장 쩌들렀었은개, 세월이 좀 흐르다 보면, 뭠이 고 소곰을 불러서라도, 옥문이 열리고, 마음이 열리고, 세상이 열리게 될 것이라고, 그래서나, 새끼 땜시 젖동냥을 댕기지 않은 것만 해도 그게 어디냐고, 뻘떡씨는 하초를 눌러 참고, 마음을 눌러 참고, 세상을 왼통참았드랬소. 그랴요, 그러던 워떤 날은 헌디, 읍청서 녹봉을 받아, 흰쌀도 조금하고, 미역이며, 조굿대가리도 하나 사서 들어, 虛浪노래로 돌아오잔개, 조쪽서부텀 펄쎄로, 워째 니낌부텀 으실으실헌선, 요상시럽게도 맴이 펜틀 안헐라고 허는디, 글씨 고때쩜은 저녁 짓는 연기가 올라야 될 참인디도, 연기는 니얌새 겉은 것도 안 나고, 아 우는 소리만 재지러지다 못히어 목이 쇠어 있는디, 글씨, 그래서, 더 걷도 못허겄어서 팩 주저앉아뻐림선, 곌국에갖다가시나는, 말이제, 鶴尼는 날라가뿌린겨, 고렇게 생각했소. 날라가뻐렸습디다. 불의 둥지는 그라장개 재가 돼 있고라우, 목이 쇠도록 울던 아새깽이는 지 뉜 똥에 버물이요이, 그라고는 참말이제, 사방이 기양 최용히어라우, 밤중맹이, 저승 대낮맹이, 용쏘 밑바닥맹이, 조용허고 죄용히어서, 고 죄용함이 재가 되도록이나 최용허드라고. 人家에서 동떨어진 데 살던 火葬쟁이는, 노상 좀 적적해서, 소리를 찾아, 들어볼라는 짓이 버릇이 되얐는디, 고때마동 고 火葬쟁이는, 세상은 소리로도 이뤄져 있다는 것을 확인하고 재확인하고 해왔었지만서도, 그날은, 소리 가운디에 휜 구먹이 뚫힜음을, 소리 없음을, 소리가 아닌(非) 소리를, 그라고도 소리가 못(不) 되는 소리를, 멈춰진 소리를, 얼어버린 소리를, 침묵의 소리를, 그런 여러 소리를 보고 들었는디, 그것은 뇌성벽력보다도 크고 넓고 깊어, 못 전딜 무섬증을, 두려움을 일으켰더라고 그래도 그 火葬쟁이는, 귀를 막거나 그러지는 아니 히었었제. 글매, 불의 불머슴허다 재가 돼 뻐린 그 사나는, 자기의 鶴尼가 날라가뻐린 것을, 푸드등 날라감시롱, 깃터럭을 하나 뽑아놓고 간 것을 알아뻐린 것이었소 그리. 똥내만 등천을 히어라우, 글매 새깽이는 저 누운 똥에 왼통 버물이가 돼각고, 똥톡에 빠졌다 말른 개새끼보당도 더 처참헌디, 놈은, 제 똥을 많이 줏어묵은 것 겉여도 보있소이. 똥깨하고 똥구데기는 하기는, 人糞을 묵기로 털에 기름기가 돌고, 피둥피둥 살이 찌는디, 그렇다먼 고것을 묵어서는 안 될 것도 없다 싶으기는 헙십디다마는. 고 불머슴은, 히마리가 하나도 없는 것맹이, 다리를 후둘후둘 떨어쌈선도, 거 뭐 알 만허잖소(?),

통세도 가보고, 정제(부엌)도 지내 뒤뜨락도 가보고, 밭고랑끄장 둘러보고 허드니, 썰레머리를 잦기 시작히었소이. 그라고는 되돌아와 섬돌에 주저앉고는, 떠난 각씨를 쫓아, 내달리간다거나, 고런 짓은 헐라고는 허들 안히었소. 전에 자기헌티 왔었일 때맹이 고 보살님, 꼬깔 쓰고, 장삼 입어, 딛는 자리마둥 눈물을 방울 방울 떨어띠림선, 지끔쩜은 하매, 워디 만침이나, 고개 쉬이 걸어가고 있을 것인디,……그렇게 내어다보지 않은 건 아니었어도, 그러니, 고 흘린일 눈물 니얌새를 따라 쫓아간다먼, 잃어뿌린 그 흰 젖소를 되찾아오지 못할 것도 없다고 했심선도, 마음으로는 하직의 손을 저어 보냈었십닌다. 천가지 만가지를 따지본다 히어도, 단 반가지 것도 취택헐 것이 없는, 고것도 자기보담 이십 년 가까히나 더 늙은, 총각 호불애비 하나를 위해, 삼 년썩이나 살아준 엔니, 고런 보살님헌티, 뒤처져 남은, 새로 호불애비된 자는, 그 後生 백세 천세를 다 줘뻐린다 히어도, 고 보살의 은공을 다 갚을 수가 없을 것이라고, 고것만, 글씨, 새로 외롬에 이망을 맞댄 사나는, 고것만, 생각을 허고 있었더라고. 고 흰 젖소는, 몽다리귀신도 면하지 못할 뻔한, 한 불의 머슴헌티, 고렇거니나 달고도 매운 흰 감로수를 믹일라고, 고 젖통을 각고 왔다가, 초런 수가, 클매, 살무사새끼가 태이나각고 고 젖통을 무는 땀세, 고 살무사새끼의 독이빠디로 솟아오른, 三惡道 毒火에 끄실리, 아파허다가, 곌국은 못 참고, 물린 자리에 새 살 돋과낼라고, 세천시어곡에라도 찾아 떠난 것을, 글씨 그런 것을, 아으 나무아미타불, 관세음보살, 그런 것을이나. 鶴衣 벗구시나, 목물 한번 잘못허다, 워떤 불머슴놈께 鶴衣를 뺏겨 못 떠났던 鶴尼 하나, 떠납닌다, 희게 떠납닌다, 뒤남은 자는 그라장개 솔아져라우, 건너다보는 그 하늘이 솔아져라우, 시간이 솔아져라우, 있었던 없었던, 소리도 솔아들고, 모든 것이 독(돌)으로 솔아져뻐리라우. 뒤남은 火葬쟁이는 그러장개, 움직이도 못허겄고, 울음이 목구멍끄장 넘어와 있는디도 울도 못허겄고, (암만 바우 새로 흘러도 물은 여전히나 유연헌 물인디,) 흘리는 눈물은, 고 눈물 크기만한 얼음이 돼갖고, 여름 우박맹이 궁글어 떨어지요이. 든잔개, 고 솔아진 속으로, 워디서 애 우는 소리가 들리드요이, 애가, 애가 울어라우이, 애가 울어, 애타게 울어. 고 애 울음 몇 소리에, 여부 시님, 백년 침묵으로 굳어된 한세상 바우(바위)가 탁 깨뜨리져, 산산조각이 나뻐리요이. 아 그라고 본개

요이, 애헌티 젖을 믹이야 될 때가 여러 번이나 지내가뻐린 것
을 기억해내겠습디다. 멀 믹이기는 믹이야겄는디도, 워째알지를 몰
루겄는디, 허기는 애비도 목이 말랐응개, 애비허고, 석 달 된 자석하
고는 물을 떠다, 나놔 묵었소 그라고는 인재, 해필 火葬허는 자리다
火木을 쌓아 불질르고 걸어들어 갈라고 헐 필오도 없는 듯했은개,
고 집까대기에다, 밖에서도 말고 안에서, 불을 싸질르고, 자석을 품
에 안고 재가 돼뻐리야겠다, 허고, 왼통 꾸릉내뿐인 자석을 품에다
안았었드라고. 그라고는, 성냥을 키지는 못 허고 말아뿌렀는디, 보
쩌 글씨, 머슬 뽀채니라고 애비의 가심팍에서, 꼬무락거리는 짝은
입이며, 짝은 손이, 치엔장, 애비의 염통을 끄내 쥐고 있드라, 짝은
손에──. 애비는 그래서나 가심을 열어, 허다못해, 애비다 본개 술
아붙어 빈대 겉은, 젖꼭지를 물리줄라고 히어봤다고. 허단대도 시님
은 중이라논개, 요런 겡험은 히었을 일이 없었을 틴개, 요 늙은네가
무신 말을 주억거리고 있는지, 모루기는 몰룰 것이구만, 워쨌든, 애
비의 고 빈대젖이라도 빨아볼라고, 안타깝게시리 입을 비비대오는,
새끼의 고 입에다가는, 나찰끄장도 독은 못멕이지 싶었소 그리. 생
각한 끝에 그래서, 젖동냥을 나서기 전에 워쨌든, 버리(보리)밥이라
도, 매매 씹어 젖맹이 맹글아, 믹이볼 일이라고, 그래서나 애 입에다
애비 입 대 넹기주고, 넹기줬드니, 저도 너무 울어 지쳤든지, 고냥
잠들어버립디다. 뭣보당도 고마운 것 겉든 것은, 요라먼 혹깐, 젖동
냥은 안 댕기도 안 되겄는가 허는, 고것이었는디, 자석이 정기가 들
었는지 워쨌는지, 한번 눈을 까뒤집고 죽을 듯히어, 고때 몇 번 동
냥젖을 믹이보고는, 賤生은 잡초답게, 삘탈 없이 잘 컸십닌다. 애비
가 밭일허는 동안은, 저 누어놓은 똥을 주물르고도 놀고, 고걸 묵고
도 자고, 꺼생이헌티 잠지도 물림시롱, 허웃허웃, 요상헐 일이제만,
젖이 풍더분한 애덜보당도, 뼈 굵게 자랐십닌다. 그래도 인재 요 늙
은네는, 서럽고 서러워 하도하도 서러운, 「심봉사던」 겉은 얘기는,
더 뀌밀라고 말아야겄고만. 뭣보담도, 요 한 대목, 짧아도 너무 질어
져뻐린 恨夢은, 되색이기가 싫다 본개, 요런다고. 요상시럽기는 헌
디도, 읍네 아줌씨들은 말요, 워째선지는 몰르겄어도, 서럽고 싶어
싸고, 울고 싶어싸요이, 그래서는, 무신 잔치가 있으먼 조 화라지를
불러서는, 「튠향가」 속의 '사랑가' 대목이며, 「변강쇠가」의 '농치는
대목'도 다 제쳐놓고시나, 꼭히, 「심봉사던」 속에서도, 봉사가 '텅이'

를 안고 댕김선 젖동냥허는 대목만을 읊으라고 이르요이. 마는, 에 이순, 고 대목을 심봉사 당자헌티 한번 물어보십제들, 봉사가 머시 랄란지. 워쨌거나, 품팔이 간 노래꾼은 청하는 대로 부를 수배긴디, 고 일로 갖고시나 서럽던 노래꾼의, 고 노래야, 거그 댕긴 서름을 머시라 이르겄소이? 아줌씨들은, 옷고름끝이며, 섶이며, 치맛귀 겉 은 디다 눈물을 훔치냄선, 이려요, 조 화라지 불러내는 노랫소리는, 워디 만침인지도 몰루게 짚고도 짚어, 저승만침이나 짚은 워디서 울러져나온다고, 그래각고시나, 이승서 부르는 노랜디도 저승 앉아 듣는 것맹이담선, 저승서도 서럽어, 달빛만 쌓인 동네 그늘만 그늘 만 보쌈해각고 와, 홱 풀어놓은 것맹이 그렇담선, 워짜먼, 노래꾼의 심정에, 비리데기, 서런 비리데기, 비리데기의 넋이 쳐들어 앉았는 지도 모루겄다고 그려요. 허기는 고랄 수배끼 다른 수가 있었겄소? 고 노래꾼 말이제여, 고 비리데기 떠난 때부텅 횡해져뻐린 것이고 말여, 히마리가 없는 디다 넋이 없어, 해묵은 부고맹이, 고 넋은 싸 립짝에 꽂히각고, 질(길)만, 비리데기 떠난 질만 내어다보고 있었는 디, 그라장개, 목구멕이 노상, 울음 맺힌 것맹이, 비린내나는 걸 묵 다 뼈에 걸린 것맹이, 피뭉어리가 맺힌 것 겉여, 바람도 가실(가을) 나무를 지낼라먼 뿕어지뎃기, 고 속서 울어난 소리도, 조런 목젖을 지낼라먼 워찌, 寒風細雨에 떠는 나뭇가쟁이 소리가 안 날 수가 있 었겄소 울음인지 머신지 모루겄어도, 나중에 늙은네는 고것을 '時 調'라고 히어뻐렀십넌다마는, 고런 서름의 납비내라는 것 하나는, 글씨, 목구멍에 백힌 조 워떤 '앓'은, 생키넣을래도 안 되고, 뱉아낼 래도 안 되고, 손구락을 밀어넣어 끄집어낼래도 안 되고, 송아치(송 아지) 대가리만하게 상추쌈을 맹글아 항께 밀어넣을래도 안 되고, 요래도 안 되고, 조래도 안 되고, 그렇십다. 넘들은, 요런 뼝은 알 도 못 험선, 조 화라지더러 청성이 좋고, 소리가 구성지고, 구슬퍼, 고런 목청은, 열두 장터를 휩쓸어 찾아낼래도 있들 안 헌담선, 늙은 네들 잔치에서는 時調를 시키고, 중늙은네들은, 「回心曲」이며, 「튜향 가」 따우를 청해 듣고, 머슴네들은, 「가난타령」이나, 「변강쇠」에다, 「닐니리타령」 겉은 것들을 질겨 들었는디, 요보쎠, 말한 것 겉은, 조 런 피뭉어리진 목구먹을 통과허먼, 질겁어야 될 '닐니리'꼬장도, '니 힐리히히이이히리야아흐어흐어흐어——'라는 투로, 느려터져, 만가꼴 로 처지고, 젖어, 자즈러져뻐린다고 묘헌 것은, 고것도 신멩이며, 홍

이제, 다른 것이 아니요. 헛헛헛, 火葬터 화라지 하나가, 한 고을의
명인창가꾼이 되었십닌다. 박수치뎃기, 모도 입을 모아 말하기를,
조 화라지의 노래에, 청승인지, 恨인지, 怨인지, 뭐 고런 것이 점점
더 짚어진다고 허고 있었을 때는, 여보쑈 시님, 늬미 말이요, 자석늬
미 말인디, 옵네 동냥아치덜 항깨 쉐여 자고 깨고 허든 날인디, 무
신 이약을 워처키 들었던동, 참 벤통 없는 자석 겉으니, 느닷없이갖
다가시나, 에미를 찾는다고, 떠나뻐린 뒤부턴디, 怨이었겄제, 머시
짚어지고 있었다먼, 恨이었겠었지. 새로 또 혼차가 돼뻐린 것이구랴
이. 그라장개, 혼차서도 머시던갖다가시나 말은 허고 싶은개, 말허
뎃기 노래나 히었었는디, 혼자서는, 주로는 「변강쇠가」 속의 ‘磨屍體
辭說’을 읊조렀었더라고 글매, 살기가갖다가시나, ‘강쇠’ 등에 딱 붙
어버린 것과 똑겉은, 고런 ‘북통 겉은 시체’를 한 토막, 등에 붙인
것맹이 그렇다라 싶었그덩. 팔짜 말씸이우다, 못헐누무, 천하에 군
실스럽고도 무거운놈의녀러! 등짝이 개럽우먼 그래서, 화라지는 노
래를 히었십넨다. 흐흐흘씨 말이제, 곡조를 담지 안 히었을 때는 말
이제만 화라지의 고 이 똥꾸룽내 나는 입이 한번 벙긋 히었다 허
먼, 똥 묵던 똥개도, 한 발길 채인 뎃기 끼깅거리고 도망가고, 폈던
꽃덜은 오무라들민시롱, 한 들에 丹楓이 들도록이나 된내기였는디,
허다가도, 고 같은 된내기 숨결에다 곡조만 한번 섞었다 허는 날이
면, 고 쎄끄텡이서 萬金의 ‘소리’가 天花비 니렸소 요, 요호, 요호라
장개, 가다가 가다가시나는, 헤, 헤헤, 玉門도 벌어(得)지는 수가 히
히힜었는디, 힜어도, 시님께서는, 요 늙은네가 고것을 두고시나, ‘제
집’이라고 말허들 안허고, ‘옥문’이라고 이르는 까닭을 알 만허시까?
머시냐먼, 고 ‘옥문’들은, ‘얼굴’들을 달고 있덜 안헌 그 때문인디, 서
낭당 산발한 처자귀신이라던가, 무신 그런 夜鬼들과 다른 것은 그
것이요이, 뭐시냐먼, 요 ‘옥문’들은, 글매갖다가시나 아랫도리만 있
고, 윗도리가 없다는 고것이랑개. 글씨 말이제, 야심해저 뉘집 잔치
가 끝나, 뭘 쪼꿈 얻은 걸 싸각고, 고것도 몸뎅이 눕일 데라고 火葬
터로 머리를 둘러 올르다 보면, 키큰 삼밭에서나 후미진 바우그늘
겉은 데서, 뭣이 아랫도리를 희게 히어각고 나서요이. 처음에사 물
론, 등에 소롬이 쪽 끼치는 느낌에 덜덜 떨기도 험선, 아 조것이갖
다가시나, 무신 한에 사무친 처자귀신이거나 고런 것인개비다, 허고
뒷걸음질도 쳤이나, 갖다가시나 생각히어본개, 잃을 것이라고는, 작

것, 고것 머 각고 있어서 고통시런, 목심 한 개배끼 더 있도 안헌
디다, 젠장마즐, 호불애비로 외롭운 처지에, 고런 恨鬼허고라도 情
붙여 안 될 일이 머시겠냐는 생각도 들고 히어서나, 요번에는 고 화
라지 쪽에서도 아랫도리를 까내리뻤소이. 고, 고, 고 몸뎅이는 뜨
끈히었었십닌다잉, 그랴요, 천근으로 푸짐허게 무거운 디다, 용쏘맹
이 짚었소 그리. 구태여 찾아볼라고 히었으면, 고 '얼굴'이사 워디에
든 숨키 입었을 것인디, 글씨, 옥문을 개리라고 입었든, 고 치매폭
워디쯤 숨키 있었을 것인디, 그래서나 고 '얼굴'을 까내서는 워짜잔
짓인디? 사실 말이제, 고런 '얼굴'들은, 덮어쓴, 오랭이 물어갈, 제년
들 치매폭 밑에서, 된숨으로 팩 녹아져뻐리고 남은 것도 없었을 것
인디, 그것도 그랬을 수배끼 없었을 것이, 조 화라지헌티는, 전에,
비리데기를 스승 뫼시, 공부해뒀던, '消骨'法 잘 익힌 것 한 가지가
있다 본개 허는 소리라고. 그라장개, 요런 消骨꾼의 손에 스쳤다 허
먼, 바우도 소롬을 돋구며 떨 뿐만 아니라, 古木도 아닌 잎을 피우
는개. 헌디갖다가시나, 한번은갖다가시나, 참말이제갖다가시나, 무참
하듸 무참한 일이갖다가시나, 있었구랴이. 글매갖다가시나, 헤이크,
요런순이나 무렴헐 일이! 글매 말이제, 消骨法을 說하고 있는 중인
디, 조 워떤 쳐쥐기뿌릴 잡년 겉으니, 까뒤집어 덮어쓴 지년의 치매
폭 속에서, 조런순 넘새스러운 제집 겉으니라고시나 시방, 지 '얼굴'
을 까내놓은 것이라고, 치사허게시리 '얼굴'을 말이라고 말이 시방.
그라장개 화라지는 착껏, 말이제여, 말이라고, 요쪽에서는 이왕에
탄로가 나 있었는 판이었었는디도 불구하고, 아 그렇찮냐고, 그때
끔째기 새로갖다가시나 탄로가 난 것 겉여 앗뜩해지는디, 처지가
요거 요리 되니 빼도박도못허겄어서 워짤 중을 몰르겄는디, 아니
한쪽에서 말이제, 개렸던 얼굴을 까내 빈다는 짓이 고렇거니나 수
치일 수가 있었드냐고? 격다가 고건 밤이라고, 고목 가쟁이 끄텡이
에 반달 한 이파리가 걸려 있었는가 했는디, 워찌나 넘새시런지, 고
달빛도 개럽고, 화끈화끈해 못 참겄어서, 제집 씨뿕겋게 얼굴을 까
니리뻐린, 고 치매를 웅키쥐어 요쪽 얼굴을 획 싸묻었소이. 그라는
중에 法說이 끝나가고 있었는디, 뭣이 웃어쌈시나, 그람시나 사정도
안 두고, 화라지의 벗은 아랫두리의 여그저그를 꼬집기도 허고, 피
가 나게 뜳기도 험선, 워찌 요론노무 불도적 겉은누무 火葬쟁이가,
생사람을 산 채 火木에 얹어 태우냐고, 생 튀정인디, 노래도 좋았십

닌다마는, 장고 박자도 좋았드랬십넌다. 靑風에 明月이란 것흐음세. 그, 그렇걸랑은, 싸게 불어만 갈 일이 아니라, 머믈기도 할 일인즉, ……그러자니 새로 얼굴을 내놓은 쪽에서, 화라지의 등을 또닥임선, 뭐라고 말을 해 들어보잔개, 들어보잔개, 제육에다 쇠주를 좀 가꾸 왔은개, 고것좀 드시겄냐는 소리덩만. 요쪽서 고개를 끄덕이잔개, 화라지를 밀어 일으킴선, 화라지가 얼굴에 개리엎고 있는 지 치매를 벳기 몸에 둘러 덮등구만. 화라지는 얼굴이 깨여나지는 대로, 얼른 등을 돌리고 앉아, 발등에 뎁힌 바지를 끌어올리 입고 있잖개, 등 뒤쪽서 조랑거리는 소리가 있었는디, 대개 요랬소, 워차피 서로 몸을 섞었는 디다, 얼굴꼬장도 몰룬다고 헐 수가 없는 처진개, 뭐 요라고시나 우뭉을 떨고 헤어질 것이 아니라, 이왕이먼 고쿨이불이라도 피워놓고, 서로 한잔썩 권함선, 서로 몽다리며 손말명이라도 면하구로, 결혼식의 헹식은 채리는 것이 어떻겄느냐고 협습디. 고목 가쟁이서 반달 한 이파리가 똑 떨어져 나가뻐리기까장이나 생각히어보다, 요 늙은네 쪽에서 먼첨, 저쪽 늙은것의 홀목을 잡아, 火葬場에로 올랐소 그리. 요쪽에서는 말허지 안했는디, 조쪽에서만 말해쌌소 말 안 해도 뻔히 아는 소리를 시불거리쌌소 자기는 못난 주막을 채리 묵고 사는디, 당골로 오는 손님덜은, 자기 주막 쇠주는 워째 더 쓴 것 겉여서, 그래서 좋아서 온다고 헌다고 허고 그랬는디, 허기는 말이요, 삼배든가, 삼삼구배든가, 서로헌티 큰절하여, 시집 장개가는 식이란 걸 올린 뒤 묵어본 고 쇠주는, 더 쓴 것 겉기도 허드라고. 허기사 냉수 맛보당이야 썼겄제. 王門 속에서, 수선화피 워내뎃기, 얼굴을 돋과낸 고 할마씨를, 그때부텀은 '주모'라고 불렀었는디, 주모는 거진거진 화라지 낫쌀이나 돼 있그나, 젊드래도 뭐 그리 여러 낫살이나 젊은 것 겉지는 안했어도, 주모 또한 뭔지 서러워쌌고, 그늘진 데가 많아쌌고, 그라고 또 조랑거리는 대목이 많다 본개, 전에, 하도하도 오래 전에 떠나뻐맀던 제집, 비리데기, 글씨 고 제집하고 섞깔리 보게 되더라고. 고 저녁에 사나 제집끼리는 정이 들었었소이. 고 저녁 서로 주고받은, 살아온 얘기며 하는 것을, "책으로 꿰민다먼 설혼 권"도 넘을 것인디, 그 홀마씨 아직도 읍네서 주막험시나, 요 늙은네가 오늘이나 댕기가까 어쩌까 지다리고 있은개, 고런 얘기사 해볼 필오도 없겄제맹이. 요 늙은네는 고렇게, 어만 모텡이서, 떠나 안 돌아오든 비리데기를 만냈소이, 늙어가는 중에 만냈는디, 요 늙은네도 알기로는 고 할마씨도, 젊어 원제 담배든 소금을 사러 나가 안 돌아온 정혼만 했던 낭군을, 늙어가는 중에 만나게 됐다는 것이오. 그래도 우리 둘이는, 고런 말은 입 밖에 내도 안혀요, 마는, 마는, 요 늙은네는, 고 할마씨의, 전의 워떤 맺힘이, 도대체 바라지도 않은 디서 풀렸다가, 다시는 새로 맺혀질 것 겉지도 않은, 워떤 새로 맺히기를 연극해주는, 그런 워떤, 만내본 일도 없는 이의 얼굴을 써주는 노릇을 허기에, 아무 불편함도 섭섭 함도 안 느끼는디, 고것은 요 늙은네 쪽만 그런 건 아니제 싶었수. 그렇다먼 둘이 사이에도, 무신 緣分 겉은 것이 있기는 있었뜻 것 겉은디, 홋因緣보다는 많아, 겹因緣이랄 것이 있었던 것이 아닌가 허기도 헌다고. 그랄 것이, 할마씨나 요 늙은네나, 한 사람이 두 사 람 몫을 해야 되다 본개, 고런 생각인디, 그래서 생각하게 된 것은, 緣分이란 것은 워짜먼, 고 겹 수가 작아, 홋겹에 가까울시락 두터운 것이나 아닐 것인가 허기도 했다고. 고 겹이 많으먼 많을시락, 고 알캥이(核)되는 것은, 왜냐먼 퍼늘어지기 땜시, 점점 엷어지다, 없어 지기도 허는 것일 것이라고도 히었다고. 굿허는 사람들(俳優)을 보 씨요 그리, 며칠 전 원제 봤일 때는 '튠향'이나 '이도령'이었던 것들 이, 어저께 본개, '심텽'이허고 '심봉사'가 돼 있고, 글씨 요런 식의 寸數도 있을 수가 있습디다이, 오늘 보먼 헌디, '옹가년'이며, '강쇠 놈'으로 둔갑돼 있다고. 요라다 보먼, '굿(演劇)'이라는, 고 '허깨비의 실다움'만 남고, 고런 '허깨비'의 춤을 추었던, '굿쟁이'의 본덧사람 은, 허깨비가 돼뻐리는 것맹이라고. 요라장개, '탈' 벗어뻬린, 싯뻘건 '굿쟁이'를, 우리덜 사는 골목이나 장바닥 겉은 데서 만나게 된다는 일은, 누구네의, 싯뻘건 치부를 보는 것맨치로, 허흐, 넘새시럽기가 요만조만이 아닌디, 이쪽서 얼굴이 붉히진다고. 어젯밤에 꾼 무신 '꿈'속에서 걸어나온 것이, 너무 좀 헤매다가시나 본개로 닭이 홰치 는 소리도 못 듣다, 뒤늦게사 돌아와 본개, 지 떠난 '잠'은 거그 있 는디, 밀고 들어갈 꿈의 문을 못 찾겄어서, 고 꿈꾼 사람 뒤에 붙어 누워 자고 있는 것을, 고 잠을 깬 사램이 보게 되는 것맹이, 똑 그 렇다고. 그라장개 우리는, 이란 조 할마씨와 요 늙은네를 일러 말이 제만, 가다 가다끔 한 번썩, 서로를 아조 낯선 뎃기 바라보고 있을 때가 있는디, 그라다 놀래각고는, 한숨이나 한번썩 짚으게 쉬고는, 어만 데로 눈을 돌리고 헌다고. 그래도 우리는, 서로간, 고 한숨의

속뜻은 문도 안허고, 몇 번씩이고 더, 한숨 우에다 한숨을 얹고 하
다가, 夜深해졌다고, 영감은 자리를 뜨고, 할마씨는 만류하도 안허
고 그라요. 물론 둘이는, 모돠 살고도 싶었제만, 영감네 밭의 소출로
갖고시나는, 두 입 살기가 쉽덜 안허며, 할마씨 또한, 해온 주막질이
라도 안 허먼 배가 고프겄은개, 고 문을 닫도 못허고 있던, 고런 처
지들이었었다고. 그러장개, 영감이 워쩌다 노래품을 팔았그나, 火葬
일이라도 히어, 한두 잔 쇠주값이라도 생기먼, 고 '쓴쇠주집'으로 니
리가고 히었는디, 할마씨헌티는 안된 소리제만, 글씨, 요 화라지의
안댁, 비리데기가 돌아왔던 것이요이. 와서, 조 '쓴쇠주집' 할마씨 몸
을 빌어 들앉아, 해필이먼 그 집 쇠주를, 조 화라지의 목구먹에 쓰
디쓰게 허고 있소이. 시님께서는 글씨, 워디의 서낭당에든 다 있는,
고런 古木을 생각히어보씨구랴. 외로 꼰 禁索을 둘러놓지 안했을
때는, 바람은 바람인개 지 멋대로, 고 古木을 불어가고, 눈애피病은
눈아피病인개 지 멋대로, 고 古木서 하룻저녁 새로 떠나는디도, 동
네 공지니네가 한번, 고 古木에다 禁索을 둘르고, 오색헝겊을 꽂아
놓으면, 바람은 아무리 바람이라도, 한번 묶이먼 고 古木을 못 떠나
고, 눈애피病도, 눈애피病 뿌리니라고 헌다, 삭신이 파사근거려, 고
古木에 좀 쉬었으먼 헌다 해도, 고 古木의 門이 닫겨, 워처케도 열
고 들 수가 없다고이. (아매도 그래서 조 화라지는, 히히, 히히힛,
말에 관해서, 고것도 무신 定型律 겉은 것에 관해서 생각해보기 시
작헌 것이었으까. 古木이든, 또는 바위든, 비록 그것에 活性이 없는
것이라도, 일단 한번 禁索에 둘둘 묶이먼, 애를 배요이, '뜻〔意味〕'을
姙娠헌다고. 헌디 요 '禁索'은, 워디든 서낭당에는 있는 것 겉은, 뻴
로 달라 뵈지 않는, 고런 비슷한 늙은 나무, 고런 비슷한 이끼찐 바
우를 둘러놓는디도, 고것이 姙娠한 뜻이 같잖다는 것을 고려헌다먼,
'이름'과 같은 것은 아니라는 것을 알 것잉마는. 요것은 헌디 워짠가
허먼, 고런 워떤 '늙은 나무' 당자, 즉슨 고 '實物'과, '늙은 나무'라는
'이름'을 휩싸아 묶어뻐리는 것인 것만은 아니고 말이제여, 여태끼
끄장은 거그 없던, 고랑개 고것은 무신 秘力〔numen〕 겉은 것이나
아넌가 허고도 믿게 되는, '活〔숨〕'性을 드러내는 것이다 본개, 요것
〔定型律〕은, 예들어 말헌 것 겉은 '나무'나 '바우'헌티 대해서는, '巫'
맹인디, 고런 것들을 합쳐놓고 〔겹으로, 또는 무리로〕 본다먼, 고것
이 워떤 일정한 '型律'로 븬다고. 요라다 본개, 천지를 조판하든 힘

은, 定型律을 갖고 있다고도 알게 되더라고.) 요, 요, 요거 말이제, 다 늙어 바람낸, 조 불쌍헌 할마씨헌티는, 처, 천만 안된 소리라도, 라도, 마는, 아으, 요 늙은네는, 그냥갖다가시나, 한, 마리, 목에 납비내가 걸린, 野狐올씹니다, 글씨, 요런 것도 조런 것도, 아무껏도 말고 말이제, 조런 '古木'이요, 꽃이 납비내, 납비내가 목에 걸려, 죽도 못허고, 꽃도 못 피우는 늙은 나무. 요건 물론갖다가시나, 요 늙은네의 짐작이제만, 조 불쌍한 할마씨는, 뫼똥(무덤)이었드라고, 뫼똥 말이제, 떠난 낭군을 기리, 뒤밟아 찾아나선 까댂이든 워째서든, 꾀도 없는 할마씨였제, 할마씨는 때도 없이 집을 비웠던맹인디, 참말이제 꾀도 없는 할마씨였더라고, 집을 비울라그덩 여부 할마씨, 싸립짝에 다 경것줄(警戒줄? 禁索)이라도 쳐놓고 비울 일이었던 것이었었소이, 그러는 워느 틈박에, 허, 허, 허우, 허우덕, 잃고 집도 없어서 떠돌든, 다 가난히었든 비리데기가, 글씨 요 늙은네의 冥手가 만치 보았기로는 그렇다고, 고 잠시 비워진 집을 쳐들었더라고, 그랬더라고, 그라고는 외로꼰 사내키(새끼줄)에 숯껌정도 꽂고, 헤헤헤, 납비내도 꽂아, 아무껏도 얼씬을 못허게 히었던 것이라고. 안 그라고사 워찌, 고만침이나 늦도록 아무 탈이 없다가시나, 허기사 또 모를 일은, 쇠주 한잔 값에라도 치매끈을 풀어졌을지도 모루드래도, 피차간에 뻴로갖다가시나 얼굴을 익힐 인연도 없던 처지의, 해필이면 어떤 화라지 火葬쟁이헌티다, 玉門을 열어주고, 얼굴끄장 까내 비어주었으끄냐고? 생뻘 겉은, 갯뻘 겉은 제집년들, 물 빠져나간 바닷뻘 ―안개가 삼밭인 저녁에, 새복에, 野狐 한 마리는, 지놈의 잠을 눕히놓은 산굴로 오른다고 오른담선, 달도 못 보겄고, 볠도, 북극성도 남극성도 아무껏도 못 보겄어서, 질을 잃어 방향을 잃어, 어만데로, 바닷뻘진 데로 니리갔소이, 마음이 바쁘게, 뒷꼼치가 몽글어지게 내뛰어 갔더라고이. 그라다 워느 한 순간, 정신을 채리본개, 뻘이 목끄장 차 올라 있는디, 인재는 그라장개 용신을 헐 수가 없는 디다, 용신을 해볼라고 허먼, 뻘속으로 더 짚이 파고 들게나 돼, 그때사 野狐는 알았십니다, 지가 東이라고 알아 머리 둘렀던 디는 東이 아니었던 것을, 野狐는 알았십니다. 여보쑈, 요 늙은네가 고 野狐던 것입십니다. 고 野狐가 헐 수 있는 짓이란 건, 키깅 짖어보는 것뿐이었는디, 짖는 대로 野狐는, 저를 벗쩍 들어올려, 산날망에라도 데려다 줄, 무신 그런 큰 손을 불를라고 짖었던 것은 못 되었은개, 울려갈

데 없는 울음은 뻘이었십닌다, 귀신끄장도 발목 빠추기를 두려워허
는, 뻘 말씸입닌다. 그람시롱 野狐는, 안개 속에 함정 파놓았던 고
조수가, 千頭萬頭의 독사떼모양, 타오르기 시작한 火葬불모양, 침노
해오고 있는 것을, 듣고 있었십닌다. 짖습나니요, 하염없어 짖습나
니요, 갖다가시나 처럼서, 대고 울 데 없는 울음 울읍나니요……허
나 오래 둘라고 헙십닌다, 글씨, 오래 두기로 헙십세다. 요 늙은네께
도 소망이랄 것이 한 가지라도 남아 있다먼, 그라고 요것이 조 할
마씨의 소망이기도 허는디, 조 불쌍한 할마씨, 이승 올 때 입은 고
입성, 요 손으로 태와(火葬)주는 고것인디, 할마씨 말로는 요랬더라
고, 머시냐먼, 자기가 요 늙은네보당 몇 낫쌀이나 젊다 본개, 만약
요 늙은네가 먼첨 가야 될 켱우라도 된다먼, 글씨, 할마씨 말로는
조랑 조랑 요랬더라고, 자기를 산 채, 열두 매 염한 뒤, 火葬木 위에
올리고, 그라고 요 늙은네도 올라, 곁에 짜란허게 눕자고, 그래설람
항께 가자고, 머시냐먼 그랬더라고 할마씨는, 그래서나, 불을 놀리
는, 명인 땅꾼의 손으로 불을 일구라고, 그래서나 "火天니미 우리
를, 막우재비로 홀까당 태우지 않게 허라고, 그저 火天님 가심에 포
옥 쌔이 안기게 허라고," 그랬더라고.

　　[5]니 눈(眼)님은 햇님헌티 가구, 제집아,

　　니 숨님은 바람님헌티 가구, 제집아,

　　하늘로든 땅으로든 너의 길(달마)을 좇아 갈 일이여,

　　물님헌티든, 고것이 니 팔자걸랑은 제집아.

　색둥저구리는 색둥빛으로 타고, 푸른 치매는 풀케 타고, 흰 속곳
은 희게 타고, 아흐흐 허여, 火天니믄, 죽은 것헌티서 살어리 살어리
살어리났다. 요 늙은네는, 人肉을 태워 제사하는, 祭祀꾼이 올씹닌
다. 뻐들캥이를 바쳐 하는 祭祀도 있으며, 양이며, 말도 희생하여 드
리는 祭祀가 있다고도 헙습디다마는, 무엇이 人肉에 비교헐 것이
있습뎌? 요 늙은네는, 火天나무 宗徒올씹닌다, 火鬼올씹닌다, 火天
니미올씹닌다. 님(主)입습지요, 종은 그랄 때 '몸·말·마음'을 다
바치는 祭祀보다 더 큰 祭祀를 알지 못헙쑵닌다. 그 大祭를 한번
지낼라는 것이, 저 火徒의 마지막 소망입쑵닌다. 어허으야디야 상사
으흐야으흐어허이디야, 거대한 숫말니믄, 암놈 깨꾸리의 보지 속으
로 들어가, 비물을랑개 우는구야, 비물어 우는구야, 아—크흐흐으으
크하알라아—. 아으, 늙은네는, 술 한 목음 더 허야겄섭너더. 헌디

요것좀 보시까, 요거, 거 뭐 몇 목음 소주도 안 헌 것 겉은디, 그렇다면 요것이 무신 대취 탓이랄 것도 못 되는 것맹인디, 세상이갖다가시나 왼통 뿌옇기뿐만 아니라, 깡깜허기끄장 허는디, 요라장개, 없어야 되는 디에 섬 겉은 것들이 둥둥 떠 있어각고, 다섯도 돼 비고, 여섯도 돼 비는디, 불에 꾸어지는 새 늙어뻐린 삭신이 으스시 춥고, 춥고, 춥고, 빈 속에 퍼버넌 술이 돼 이러능가 워쩌능가 몰루기는 몰루겄어도, 해는 한번도 떠올른 일도 없이, 오늘 해도 져뻐린 것맹이, 본개 저녁이고, 시나, 저승이 워디나 없이 끄득 끗뜩헌디, 춥기만 춥고, 허기사 그래 본대도, 그 몸도 식어, 닿은 자리서, 땀은 커냥은, 성애라도 안 끼먼 다행일 것이지마는, 할마씨나 품에 안고, 할마씨 쫙쫙허는 소리 잠노래 삼아, 둘이서 함께, 워디끄지든, 갈아앉았이먼도 싶으고만, 추운개 말여. 워쩄거나 인재는, 늙은네도 말인디, 쇠주가 있고, 숯이 쨍인 디로 돌아가, 또 한 저녁 새와바야씨겄는개빈디, 우선, 한 화리(화로) 숯불 흘러니리도록 고봉으로 피워놓고시나, 쇠주 뜨끈허게 데워 마시고는, 몸이 좀 뜨끈히어지는 대로 잠을 청해 자든, 아니먼 夢鬼라도 돼, 읍네 가 할마씨 곁에 눕든, 워쩌든 해바야겄제 그리. 요 夢鬼 수업에는 말이제여, 요 늙은네가 제복 달통한 구석이 있는디, 평생을갖다가시나, 워디 묶인 디도 없이 묶인 것맹이 삶선, 머시 모도 그립어싸먼, 글씨 말이제, 여러 가지로갖다가시나 못 잊을 것이 있어싸먼, 자기도 모룬 새, 말헌 것 같은, '夢鬼外道修業'에 달통허게 되는 것 겉드라고. 잠만 뉘어놓고 夢鬼는, 저만 살짝 사립짝 열어나가, 푸릉새가 되고 저프먼 푸릉새가 되고, 껌정괭이가 되고 저프먼 껌정괭이가 되고, 흰나부(나비)가 되고 저프먼 흰나부가 되는디, 요때 '되고 저프먼'이라는 요 願望이, 조런 둔갑술의 요술지팽이 노릇을 허는 것이 분명헌 것 겉드라고. "아 나는, 무신 큰 구렝이라도 돼갖고, 조 워떤 제집년을 휘감아 틀어야겄다."고 바란다먼, 요 '바람(願望)은 말(言語)'이라는 것을 보덜(觀) 못허먼, 조 '夢鬼'가 실제로 워떤 것인지를 알 수가 없게 됩닌다. 그랑개, 바람(願望)이 먼첨 말이 돼각고, 다음에 형체를 꾸미는 것인디, 그라먼, 요런 늙은네의 잠 겉은, 늙은 잠도 바람(願望) 따라갖고, 젊어지기는 물론, 새도, 노루도, 호랭이도, 왼갖 것 다 돼뻐린다고. 그래갖고 주로는, 남악을 니리서 읍네로 가는디, 가서는, 뉘집 '잠의 문'이 열렸는가, 고것을 찾아 스름스름 헤매는구만. 닫긴

문은, 그 안에서 열어주덜 안허먼, 암만 해도 열고 들어갈 수가 없 겄등개라. 워떤 잠들은, 禁索을 둘러놓아, 잠의 닭알 속에 폭 쌔인 것도 없잖애 있제만, 대체로는 많은, 참말로 많은 잠들이 단속을 안 허고, 속곳을 훤히 열어놓고들 있어, 그 은근히들 밝혀내놓은 紅燈 들로 인해, 읍이 별밭 겉기도 허고, 아편꽃밭 겉기도 허고 그렇소 이. 요렇게 되먼, 夢鬼는, 넘의 잠의 안방을 훔치 드리다보는, 요상 헌 버릇을 붙이지 않을 수가 없게 되는디, 헤헤헤, 그래서나 엿보게 되어진 희한한 일들이 많기도 많은디, 말하자먼 조런, 입에도 담도 못할 일들 땜시, 세상은 응달진 디가 생겼거나, 좋잖은 雜鬼나부럭 지들이, 선한 大鬼를 두려워할지를 모르는 것이나 아닌가, 허기도 히었소 재미있는 것으로 한 가지만 들리주기로 허자먼, 陽地에서는 모두 뉘집 안댁을 일러, 엔네가 워찌나 정숙헌지, 질을 걷다가도, 질 조쪽에서 넘우 사나가 걸어오고 있으먼, 질 한옆에 외면해 서서, 사 나가 지내가기를 지다린 뒤, 질을 재촉헌다는 아낙네가, 잠마다 잠 속에로, 낮에 질을 비끼준 고 외간남자는 물론, 삼세의 숫컷들을 불 러디리고, 바꽈디려 잔다는 일 겉은 것이겄고마는. 요라장개, 꿈이 란 건 陽地 쪽 道德하고는 아무 상관도 없는 것맹인디, 아낙네는 새복에 오좀을 누되, 꿈속에서 받은 사나덜을 씻거내자는 것 겉든 안허다고. 아낙네가 입만 다물이고 있으먼, 응달에로 볕을 비껴들 지를 않다 본개, 여전히갖다가시나 조 아낙은, '말수가 적은, 음전한 엔네'이기만 허다고. 훗, 훗, 훗, 몇 번이고 고런 투로 말해왔겄제만, 火天님의 後門직이 화라지는, 冥村 騷客이올씹닌다. 훗, 훗, 훗, 그라 장개 시님은, 요 火巫 늙은 것이, 워디, 조쪽임선 요쪽, 워디, 요쪽임 선 조쪽, 잠임선 꿈이고, 꿈임선 잠인, 고런 워디 짚은 디, 깼음이 꿈이고, 꿈이 깼음인 거그 워디, 새중간에 쩌인(끼인), 워떤 三世 이 악을 허고 있는 것을 아시는 것맹잉만. 그라장개 시님은, 말(言語) 의 씨알캥이가, 또는, 새끼불이(라는 뜽금없어 비는 소리는 왜나먼, 火葬場으로만 찾아 댕김선, '낳고 죽기의 苦'를 여의러 헌다는, 워떤 큰시님의 法說을 들으니, 불 중에서도 특히 祭火로써 살을 태우는 불은, '말(言語)'이거나, '말의 元素'와 관계가 있다길레 허는 소린 디,) 워디에 워처키 피맷췄다, 워처키 태이나고, (워처키 살다, 워처 키 죽는지, 고것이사 요런 冥村 語巫가 말헐라고 애써쌀 일은 없을 것도 겉은개, 말헐라고 애써쌀 일은 없겄제만,) 살다 죽어, 죽어서는

갈 디가 있는지, 가먼 워디를 가는지, 고런 冥村 이약을 허고 있는
것을 아시는 것맹잉만. 冥村 말화라지 하나는, 글매 말이제, 고러헌
이약을 해오고 있는 중이었제 그랴. 고것을 한 마듸로 목비틀어, 택
보독씨러 줘 뵈인다먼, 하기는 요런 말로도 될 썽부르다고, 그라고
고것이 또 하기는, 송장 태우기를 생업 삼아, 火葬場에서만 한 평생
을 살아온, 한 불화라지의, (모도 말하는) 설혼 권 책을 꾸민대도
모지랠 애기(傳記)의 集約이 될랑가도 모르겠다는 생각도 있다고
라는즉슨, 거대한 ⁶⁾숫말 한 마리가, 아크흐, 아직도 후꾼후꾼한 屍灰
속에서 일어난, 흐크, 한 마리의 암깨구리의 뒤를, 할라, 꿇아 쏘아
듣고 있는 애기, 아크흐크할라!
　　　火葬場은 암깨구리며,
　　　火木 위에 올려진 송장은
　　　거대한 숫말입네.
　　　이 陰陽의 交合은 火焰이며,
　　　交合에서 일어난 快感은
　　　火熱입네.
　　　이 불에다 神들은,
　　　祭酒로 精液을 바치는디,
　　　이 祭酒로부터
　　　새끼불이 피 맺힙네.
　아 크 흐 크 할 라 운다, 깨구락지 운다, 꼬악 꼬악 비 묻을라고
시방 깨구락지 운다, 바지가 없어 우나? 똥꾸녘이 아픈 땜시 우나?
　숫말니미는 비 묻은 구름, 그래도 비는 안 쏟고, 숫말니미는 비
를, 좆집 속에 시꺼멓게 숨키놓고 있어여, 안개비——푹 푹 짜들아져
야 헐 비는 안 짜들아지고, 비만 묻었다, 안개비 묻었다, ⁷⁾거북니미
는 부디, 대가리를 내어놓그라, 안 그라면 꾸워 살라 묵어뿌릴 팅
개.

제 5 장

밖에서, 늙은 불화라지가 멀어져간 뒤에도 촛불중은, 그 火巫가 쓰름쓰름 풀어내던, 그것은 말하자면, 태우기(焚)가 얼구기(凍)이 던, 불의 명주실 같은 것에 殮되어져, 어떻게도 그 呪絲를 끊어 풀 어내지를 못하고, 솔아 있었다. 촛불중의 이 '솔아 있음'은 그리고, 봉오리꽃에나 비교될 것이기도 했거니와, 그 속은 어떤 열예 같은 것으로 팽창되어 있어, 오래잖아 그것은 어쨌든 탁 터뜨려질 그런 것이었는데, 그 위에 몸 뉘었던 바다가, 무슨 까닭으로든 폭싹 무너 나 모래가 된 羑里도, 저 불화라지네 火葬灰와 다르지 안했으며, 그 리하여 촛불중은 오늘 沙漠에서, '물의 說法'뿐만 아니라, '불의 說 法'도, 그렇다, 전에 잘 못 들어보았던, '沙漠의 소리'도 들은 것이다. '불'의 중이, '불의 說法'을 들은 것이고, 그래서 그 法恩에 솔아버린 것인데, '좋은 날'——히, 히, 히, 純毒, 또는, 無毒性을 굽겠다고, 모든 그늘이 모여드는 그 중심에 또아리쳐 있는 이무기가, 그 種을 모를 無毒蛇의 無毒呪에 옭혀, 무력해져 꼼짝도 못하고, 꼬리만 조금 다 르르 다르르 떨고 있다는 일은, 히, 히, 히, 크게는 天龍으로부터, 작 게는 土龍(지렁이)에 이르기까지, 저런순, 데끼, 런순, 모두를 무렴 하게 할 일이었겠는가. 저 늙은 火葬쟁이는, 송장을 태운다며, 말해 온 바의 그 '純毒'이나, '無毒性'을 구워온 듯했는데, 그 나름으로는 그리하여, 그 '金'을 이뤄낸 듯도 싶었다. 그렇다면 늙은네는, 자칭하 는 바와 같은, 무슨 '時調꾼'이라거나, '唱쟁이'이기보다는, '중(僧)'인 듯하다, 불지랄派네 중, 흐, 흐, 훗. 그랬을 것이 촛불중의 믿음에는, 중이라는 종내기들은, 말해온 바의 저 '純毒,' 또는 '無毒性'을 굽기 위해, 배가 고플 때마다, 아랫녘 밭에 내려, 제놈들의 까투리가 과부 되는 일쯤 개새끼로나 알아치우고, 하필이면 毒만을 찾아, 배가 고 파지도록이나 쪼아먹는 새들이기도 했던 것이다. (노동 쪽에서 따 지면, 먹기도 배가 고파질 일인데, 먹기가 노동이 아니면, 또 다른 무엇이 그보다 큰 노동이 있겠느냐. 먹기 위해 노동하잖느냐, 그 먹 기 위한 노동을 하기 위해 먹잖느냐? 상극적 순환, 배만 고프다, 육 시러게 배만 노상 고프다.) 그러고 보면, 羑里에 새로 또, 宗門이 하 나 슨 것을 알겠는 것이다, '불'의 宗門이. (촛불중은 물론, 자기를 염두하여, 꼽아 말이겠지만,) 이전에 羑里에 물론, '불'의 宗敎가 없었던 것은 아니어서, 아직도 그것이 연면해오고 있지만, (촛불중이 조금 분석해보고, 종합해본 바에 의하면,) 그 양자는, 그 敎儀(體) 쪽에서는 같은 듯해도, 그 敎義(用) 쪽에서는 같은 듯하지 않은고로, "羑里에 새로, 宗門이 섰다"고 이른 것이다. "敎儀 쪽에서 같다"고 이른 것은, 그 양자는 공히, 헤헤헤, 글쎄 말이지만, '불'을 예배하고 있다는, 그런 얘긴 것인데, "敎義 쪽에서는 같은 듯하지 않다"고 이른 것은, 하나는 (촛불중은), '불' 속에서, '검은 고양이'와, '朱雀'을 보는 데 반해, 다른 하나는(이란 그러니, 저 火葬쟁이 말인데,) '암깨구락지'와, '시꺼먼 숫말'을 보고 있기 때문이다. 그렇다면, 이 자리에 맨 먼저 요구되어지는 것은, 현재로서는 '暗號'라고밖에, 달리 이를 수도 없는, '검은 고양이,' '朱雀,' '암깨구락지'와 '검은 숫말'이라는 것들이, '불'의 예배와 관련하여, 어떤 역할을 하는가, 그런 풀이 같은 것이기도 하겠는데, 그러나 실제에 있어서는 그리고 말이지만, 이 '暗號'들이랄 것들은, '暗號'라기보다는 '原型'이랄 것이어서, 이를테면, '알려져버린 비밀'이라거나, "자물쇠만 걸어놓고, 잠그지는 않은, 어떤 땅광 속의 풍경" 같은 것이라고나 해야 할 것이다. 필요하기는 하다 해도 그렇다면, 그런 노력을 아낀다 해도, 별다른 장애나 지장은 없을 듯하다면, 그런 노력은 아껴둘 일이겠는가. 그런 대신, '불'이라는 元素가 등장하면, 다른 元素들, 즉슨, 물, 흙, 바람 등과 제휴하기에 좋아 드러나는, (어느 方言에든 다 잘 알려져 있는 바와 같은) 일종의 圖式이랄 것이 있는데, 그것을 차용하기로 하여, 말한 바의 '暗號'들이, 그것에 어떻게 적용될 수 있는가를 알아보는 일을 해보는 것이, 보다 더 필요한 노력일 것인가. 라는 것은 그러면 어떤 것인가 하면, 그것은 이렇다. "불과 흙을 軸으로 하는 데서는, 陽熱, 肉身的 힘이 일어나는바, 그것은 그래서 性慾的 불을 대표한다고 이르며, 불과 바람의 軸에서는, 純化力, 靈의 힘이 일어나는바, 그것은 그래서 秘儀的 불을 대표한다"고 이른다. '性慾의 불'은 그러니, 橫帶를 이루며, '秘儀의 불'은 縱軸을 이루는 것이 분명하다. 이때 문제는, '불' 속에서 불화라지가 본, '시꺼먼 숫말'과, '암깨구락지' 중에서, 그러면 무엇이 '흙의 元素'를 담당하는가, 그리고, 촛불중의 '시꺼먼 고양이'와 '朱雀' 중에서는, 무엇이 '바람의 元素'性을 보다 많이 띠고 있는가, 그것을 가름해보는 그것이겠지만, 그러나 그것을 위해서는, '常識'보다 더 많은 지혜를 가질 필요도 없는 것이나 아닌가 모를 일이다. 그렇지 않으냐, '개구리'란, '흙과 물의 중간에 위치'한 元素가 입은, 有情의 이름인 것이며, '바람'과 관계되면, '날개'가 저절로 따라붙는 것이거늘,──그렇지 않으냐? 그렇게 빼고(減), 그리고 남은 것이 있다면, 이 경우는 그것이 '불' 쪽의 元素인데, 그래도 누가, "어째서 그러면, 시꺼먼 고양이가 불이라고 이르느냐? 그뿐이겠느냐, 시꺼먼 숫말은 또 어째서 불일 수가 있느냐?"고 묻는다면, 그렇게 묻는 자의 혀나, 자지를 잘라, 저 '시꺼먼' 것들의 똥꾸녁에라도 찔러넣고 볼 일일 것이다. "그래도 그렇지 않다,"──또 누가 토를 달고 나서느냐? "그렇지 않을 것이, '고양이'란 '달'과 많은 관련이 있는 짐승이며, '말'이란 또, '埋葬俗'과 많은 관련이 있는 짐승이어서, 元素를 두고 말한다면, 하나는 차라리 '물'과 관계가 있고, 다른 하나는 '흙'과 관계가 있다고, 하는 것이 '常識'的이기 때문이다. 그뿐인가, '검다'는 색깔은 또 어떻고?" 훗훗훗, 저 '시꺼먼' 것들의, 똥꾸녁에다 꽂아뒀던, 公의 혀며 자지를 꺼내본즉, 벌겋게 달아, 익은 무쇠 같도다. 唵! '서근의 삼'! 날개를 달았거든 道流여, 바람이 날개를 불어가주기를 기다리지 말고, 날개로 바람을 일으켜 날거라. 그만큼도 力動性을 못 일깨워낸다면, 몇백 세나 날개를 키워도, 그 날개로는 苦海를 벗어 날지 못한다. 狗子여, 公은, 만약에 '朱雀'도 그림자를 갖고 있는다고 한다면, 그것은 무엇쯤이나 될 것이라고 생각해본 적이 없느냐? 지금이라도 생각해볼 수 있겠느냐? 허긴 그 이름은 여럿일 수도 있을 것이다. 그래서 그 여럿일 수 있는 이름들 중에서, 하나를 골라 쓰는 일은 잘못인가? 그래서 만약, '朱雀'이 '해'와 관계된 동물이라고 한다면, 그 '朱雀의 그림자'는 허기는 말이지, '달'의 짐승이라고 한대도, 그 탓에 밝고 뜨겁던 '불'이 어둬지거나, 차가워지는 것은 아닐 터이다. 그리고 또 이번에는, '암개구리'는 '흙'이나 '물'의 元素의 상징이라고 이른다면, 그것에다 精水의 홍수를 쏟아, 풍요케 하는 것은 무엇쯤이나 되겠는가? ("샥티가 없이는, 쉬바라도 쇠바[송장]이다."라는 명제를 뒤집기로 하면, 아무리 달이, 월후를 끝내고 풍덩분해 있어도, 精水를 뿌려주는 것이 없으면, 가물음과 다를 바 없을 터.) 그 이름도 많을 터이다. 그 많은 이름 중에서, 그것도 橫帶와 관계된 것으로서, 그중 실한 것의 이름을 하나 골라 쓰는 짓에 무슨 잘못이 있는가? '시꺼

멓다'라는, 肉眼的 색깔과 관계된 '빛'은, 촛불중이 이미 그 탐색을
시작해, 어딘지 멀리까지 나아가 있는 것을, 아는 자는 알고 있을
것이니, 그것에 관해서만은 함구해도, 이미 다 말해버리고 있는 것
이 아니겠는가. (실제에 있어서는 그리고, 그 '빛의 탐색'은 끝나 있
는 듯도 싶으지만, 그것도, 예를 들면, 저 火巫의 自敍傳모양, 시작
은 手淫派네 불머슴처럼 해서는, 맺음은 눈썹道네, 이빨 다 물러나
빠진 늙은네처럼 해놓고 있는 탓에, 手淫派 쪽에서 보자면, 뭣이 솟
구쳐 빠져나가는 것이 없는 듯한 느낌일 듯도 싶잖은 건 아니다.
저 말을 다시 바꾸면, 시작에서 중두막에 이르기까지는, 무슨 꽃구
렁이답게 해뒀는데도, 〔여봐라, 게 누가 있느냐, 있거든, 냉큼 내달
아, 이 세상에 이름만 있고, 몸뚱이는 없는, 무슨 그런, 새가 있으면
그 이름 한 가지 대거라.〕 火鳥나, 鳳의 꼬리를 달아두고 있다는 소
리로도 될 것인데, 뭘 멀리 둘를 필요도 없이, 탁 깨놓고 말하기로
하면, 말〔言語〕이, 대략 셋쯤의 관문을 통과하고 나면, 그렇게 文
〔語〕骨을 바꾸게 된다는 말을 할 수 있게 된다. 세 관문이란, 實
〔俗〕, 藝, 宗의 이름들을 갖고 있다고 해두자. 그런고로, 저런 語骨
을 택한 말은, 그 부정적 국면에서 헐뜯어〔란 왜냐하면, 人世의 말
은 아직도, 한참 더 계발, 진화를 성취해야 하기 때문이다.〕 말하면,
점차로 그 단단한 지반을 잃고, 오리무중을 드러내다, 알맹이를 잃
는다고 말할 수도 있겠으나, 그 반대쪽에서 말하면, 큰 날개의 독수
리까지도 날으려면, 단단한 지반에 먼저 발을 밀착한 뒤, 그것을 박
차야 된다는 얘기를 할 수 있게 될 것이다. 이 경우의 '단단한 지
반'이란 그러니까, '進化를 위해서 입어진 肉身'과 같은, 수단인 것이
지, 목적은 아니던 것이다. 그런데도, 단단하다고 여겨지는 곳으로
만 골라, 그 全身을 다 밀착하고도, 그 단단함이 출렁거리는 듯해
불안하다는 뱀에게, 장천을 날으는 저 독수리는, 결코 실답게는 여
겨지지 않을 것이며, 자기가 어쩌면, 추락에의 공포에 의해, 그런 한
흉몽을 꾸고 있는지도 모를 것이라고, 할지도 모른다. 어쨌든 저것
이 神話化를 치른다면, "三界를 꿰뚫은, 쉬바神의 화살" 같은 것이
될 듯하다. 이 '三界〔三世〕'란 그리고, '몸·말·마음' 말고, 사실 또
뭣이겠는가. 아흐 그런즉 알겠다, 글쎄 말이지, 쬐꾸만 山鬼들이며,
늪의 妖精, 火葬터나 공동묘지의 餓鬼들은 물론, 무엇들의 꿈속에서
빠져나온 夢다리, 눈애피病이며, 밤오줌싸개小魔, 狂犬들과 野狐들

의 괴수 쉬바가, 무슨 팔 힘으로, 우주적 大力들에게 바쳐진 '祭祀' 의 목을 자르고, 그 고기를 약탈하고도, 아무 大力 하나, 감히 그 앞에서 먼지털 하나도 세울 수가 없었는지, 히, 히, 히, 히제라면 흐것흘 할겠다. 글쎄 그의 言語만이, 鬼界는 물론, 畜生道를 중심으로한, 한 우주를 주관하던 것이었더라. 그래서 그에게서는 귀신의 인광이 쐬어나올 뿐만 아니라, 더럽도록이나 진하게, 짐승의 냄새도 풍겨내던 것이다. 글쎄 그렇게, 그의 화살은, 三界를 꿰뚫어버린 것이었더라.)

　그러고 보면 허기는, 촛불중의 '불'과, 불화라지의 그것은, 이름은 같아도 내용은 같은 것들이 아닌 것이 분명하여, 그리하여, 羑里에 두 종류의 '불門'이 서 있어온 것을 인정하게 된다. 어느 '불門'이 어느 것에 비해 높다든지, 낮다든지, 이눔, 그런 것을 따져보려는 無道한 짓을 하려 할 짓이 아니겠거니와, 어쨌든 저 두 '불門'들은, 일러져오고 있는 바의 '두 眞理'를 각각 대표하고 있음은 알 만하다. ('일러져오고 있는 바의 두 眞理'가 무엇인지, 그것을 새로 되풀어야 겠는가? 喝!)

　밖에서, 늙은 불화라지가 멀어져간 뒤에도 촛불중은, 오랫동안이나, 그 화라지가 풀어내던 冥呪끈에 殰되어져, 어떻게도 그 呪絲를 끊어 풀어내지를 못해 괴롭게 솔아 있다가, 허기는 속 어디서 解凍이 좀 있었기나 했었겠지맹, 그랬기에 무슨 생각이라도 몇 순 돋아났을 것인데, 꼬—악 꼬—앜흐으크할라—돋아난 생각들은 헌데, 거머리여서, 시작하여설라무네, 촛불중을 속에서 왼통 다 빨아 먹어치우고, 그리고도 모자라, 그리하여서부터는, 저그들끼리의 弱肉強食이 치열하더니, 마지막까지 남은 것 하나는 그리하여, 껍질만 남은, 저 촛불중의 목구멍(은 '꿈이 일어나는 자리'거든.)을 꼬—아—ㅋ— 빠져나갔다. 고, 그렇게, 촛불중은 觀하고 있었다. (저 촛불중의 목구멍을 빠져나간, 개구리의, 아니면 숫말의, 울음의 길숨한 불꽃은, 植物的 想像力과 動物的 想像力의 野合에서 일어난, 꿈이었더라.) 羑里邑에서 촛불중은, 자기 '몸'을 잃었었음을 알았었다. 판관겸 직읍장이라는 사내가, 자기의 몸을 빼앗아 입고, 자기와 "같은 나뭇가지 위에 앉아, 그 나무의 달콤한 열매를 무시로 쪼아먹으며, 그것을 먹지는 않고, 가만히 건너다보고만 있는, 다른 새(註. 이 '달콤한 열매를 먹는 새'와, '橫帶的 불＝말,' 그리고 '縱軸的 불＝말'의 연

관성은 눈을 크게 해서 들여다볼 종류의 것이다.)를 조롱하기로 노래하는 소리"를 들었었다. 羑里에서는, 헌데 촛불중은, 자기의 "말(言語.——이것은 저 '火巫'를 가리키는 '말'이므로, '橫帶的 불＝말'인 것은 저절로 따르는 결론일 것이다. 그리고 七祖가 羑里民에게 준 큰 한 복음은, 〔이것이 어쩌면, 그가 저 '마른늪〔本註 참조〕'에서 낚아낸, 싱싱한, 한 마리의 물고기이다.〕 그가 프라브리티의 宇宙를, '몸—말씀—마음'이라는, 進化/逆進化의 변증법 〔本註 참조〕으로 이해하기에 의해, 羑里用 辭典에서 '異端'이라는 어휘까지도 삭제되어 버린 그것이라는 것을 아는 자들은 알 것인데, 그래서 촛불중은, 새로 또, 그 얘기, 즉슨 '몸—말씀—마음'과 관계된 얘기를 되풀고 있는 것이다. 사실 말이지, '異端複合性'과, '殉教複合性'보다도 무엇이 더 크게 歷史를 해친 것이 있었을 것인가? 그런데 누군가가 만약에, 저 두 複合性을 해소해줄 수만 있다면, 〔그런 法雨가 또 있을 수 있겠는가!〕 땅이 목마르게 기다리는 자는, 그런 자나 아니겠는가? '祭政'이 거의 남남이 되도록 분리되어진 오늘날에까지도, 땅〔政〕의 일로 하여 하늘〔祭〕까지도 토막토막 분단을 해서 될 일이겠는가? 알다시피, '마음〔佛〕'과 관계된 '空'은, 누구나 다 이해할 수 있다거나, 성취할 수 있는, 누구에게나 적당한 주제는 못 되듯이〔그런고로 그러면, 그것에 닿을 수 없는 정신들은 우주적 쓰레기라고 쳐, 地獄의 유황불에다 던져넣어버려야겠는가?〕, '말씀'도, 五官에 절실하게 호소되어지는 것만이 진리라고 믿을 수밖에 없는 자들께는, 하다못해 돌이나 나무로 깎아 만든, 그런 무슨 '偶像'이라도 하나 없이는, 예배키가 쉬운 대상은 결코 못 되는데, 그런고로 그들께는, '祭〔宗教〕'란 개발의 편자거나, 돼지 목통에 진주 목걸이 같은 것이라고 매도하여, 저것들인즉은, '땅'을 일구는 일에나 써, 마지막 땀방울까지 짜아낸 뒤, 들에다 내던져, 야호며 새들로 그 쓰레기를 처리해버리라고 해야겠는가? 글쎄 또 말이지만, '말씀'을 救主로 예배하는 자들은, '기자바위'며, 사립짝 밖에 서 있는 '탱주나무' 따위를 섬기거나, 의지하는 자들은, '偶像'을 섬길 뿐만 아니라, 작은 귀신에 들려 있다고 하여, 가라지 죽정이만도 못하다고, 영겁을 타는 불 속에다 던져넣어야겠는가? 〔이 자리에다, "그것이 두렵거든, 회개하고, '主'의 품으로 돌아오라!」는, 그 福音을 끓인, 毒을 부어넣지는 말게라 아으 公들, 은밀한 중에 '선택받았다'고 믿는 자들임세.〕 이것

은, 하늘〔祭〕 문제에, 땅〔政〕이 무겁게 첨매어져, '하늘'이 땅에 끌려
내려져, '땅'에 종사하고 있었을 때 곁따라 붙은, 매우 해로운 '祭俗'
의 결과이던 것이다. 그러던 날, 이번에는, '땅〔政〕' 쪽에서, '하늘
〔祭〕'이란 거추장스럽기만 하고, '땅'에 대해 쓸모가 없다고, 그것을
떠밀어 높이, 높이 올려버렸는데, 그런 뒤, 해스럽게 된 것은, 그 '하
늘'이 '땅'을 고집하기 시작했다는 일이다. 그런 극명한 예만 하나
들어보이고, 얘기를 바꿀 일이겠다. '四海兄弟主義'를 부르짖는 "'하
늘〔宗敎〕'이, 그것의 울타리〔羊을 가두는 울타리 말이지.〕내에 들어
오지 않는 자는, 이리며, 독사라고 쳐, 제척해, 영겁의 불 속에다 던
져넣어버리기.')"이, 벽 어디에다 뚫어놓았다는, 그 구멍을 빠져나
가, '시꺼먼 숫말'이 되어, 비 묻은 羑里——그 '암캐구리'의 뒤를 쏘
아 덤비고 있다고 알았다.

　　本註: "마른늪에서, 펄펄 살아 뛰는 생선을 낚아내는 漁夫가 있다면,
그가 羑里의 村長이 된다"는, 일종의 不文律的 法則이랄 것은, 羑里 사
람들께는 잘 알려진 사실인데, 그렇기 때문에 고려하게 되는 것은, 求
道와의 관계에서는 그렇다면, '마른늪'이란 '無明'이나 아닌가 하게 되
고, 촛불중과의 관계에서는, 그의 '無意識論'을 이루는, '無意識' 자체나
아닌가, 하게 된다. 그에 의하면, 意識하는 有情(이란 분명히 '人間'이겠
지맹.)의 無意識은, 그 有情의 '밖 자체'라고 하고 있으며, 그 有情의
'몸도 그리고 밖' 말고 다른 아무것도 아니라고 이르고 있다. 그러자 그
러면, 그 '밖'에 대한 '안'이란 무엇인가, 그것은 그렇다면 '마음' 같은 것
이라도 되겠는가? 하는 의문이 뒤따르지 않을 수 없는 것은 당연할 터
이다. ('意識/無意識'은, 어쩌면 그 출발점을 心理學과 관계되어진 데
두고 있을지 모른다 해도, 만약에, 모든 발현되어지는, 무엇들의 행
위·동작이, 광의적 의미에서, 言語 말고 다른 아무것도 아니라고 단정
하는 것도 가능하다면, 그 도달점은, 言語와 관계되어진 데 두고 있을
지 모른다. 헌데 이런 言語와의 관계에서는, 저 '밖/안'이 어떤 것인지,
충분히 밝혀졌다고 믿으니, 되풀이할 필요는 그러면 없을 것이다.)
　'마음'이 그래서, '몸'이라는 '밖'에 대해 '안'일 수도 있다면, 첫째로는
그것은, '谷神'이나 '玄牝'과도 같은, 신비한 '體'로도 이해된다. 그래서
'마음'이 '體'라면, '몸'과 마찬가지로, 그것도 다름아닌 '밖'이라고 해야
할 것이다. 그래서 이번에는, 그것은 '體'이기보다는 '用'이라고 한다면,
言語에 있어서의 '意味'와 마찬가지로, 그것은 깨워져(覺) 있어 (앞서
조금 다른 말로 표현되어 있었으나, 말한 바대로) 化現한 모든 것은

‘言語’여서, ‘마음—用’은, 이미 ‘마음’이 못 된다, 라는 주장을 할 수 있
게 된다.

그러면 ‘마음’이란 뭣인가? 그런 것은 있는 것이 아닌가?

앞서 말되어진 것을 종합하기로 하든, 아니면, 깡그리 잊어버리기로
하면, 결국, 이런 얘기를 만들 수나 있게 된다. ‘體’로서의 ‘마음’이 ‘用’
化할 때, 거기 ‘말(言語)’이 드러나고(化現), 반대로, ‘用’으로서의 ‘마음’
이 ‘體’에 돌아가 머물 때, 거기 ‘마음’이 눕는다(非化現에로의 化現). 주
목해둬야 될 것은, ‘體’가 한번 ‘用’化한 것은, 그것은 다시 ‘體’에로 돌아
가 눕는다 해도, 그것은 그냥 이름이 ‘體’이지, 결코 이전과 똑같은 ‘體’
가 아니라는 것이다. 이때 그것은 그러면, 혹간 ‘空’이라거나 하는 것
같은 이름으로라도 불러야 되는 것이나 아닐라는가! 그럴 것이 ‘空’이
란, ‘體’인 듯한데도 결코 ‘體’가 아니며, 그래서 ‘用’인가 하면, 이 자식
아, ‘空’이 어떻게 ‘用’일 수 있겠느냐. ‘體’가 아닌즉 그래서 채워져질 수
가 없으며, 본디 그 자체는 ‘用’이었은즉, ‘그릇(體)’이 아니어, 무슨 수
로 텅 비일 수도 없는 것. (제기럴, 이렇게 되면, 시작이야 어찌되었든,
궁극적으로는, 그렇다 촛불중은, 有情에게서 ‘밖’만 보고, ‘안’이란 있는
것도 아닌 듯이 이해하고 있어 보인다. 그래서 그렇다면, ‘밖’이란 깨우
치고 난다면 그리고, 허깨비[幻] 말고, 그것이 무엇이겠느냐?) 그럼에도
여게 道流, 저녀러 바깥 세상은, 못돼간다고, 한번도 잘돼가는 일이 없
어 노상 못돼간다고 함시롱도, 아직도 돼가고 있다는 것을 모르는가?
허기는 말이지, 허기는 이것은 이해키가 썩 곤란하지 않은 것은 아니
다, 라는즉슨, 사람이라는 종내기가 땅에 있기 시작한 그때부터 사람들
은, 땅의 문제로 피땀을 흘리며, 그 땅을 살 만한 곳으로 만든다고 해
오면서도, 글쎄, 사람마다 땅의 문제로 고심해오면서도, 어찌하여 세상
은, 아직 한번도, ‘살 만한 세상’을 꾸몄더라는 그런 소문조차도 없는
가? (왜냐하면, ‘살 만한 세상’은, 뒤에로 미뤄져 있어, 오고 있기 때문
인가? 헌데 그 ‘뒤에로 미뤄져온 살 만한 세상’은, 그것이 왔을 때 보
면, 왼통 비듬 덮인, 쭈구렁진 피부에, 왼통 瘡病이며, 고름이고, 썩는
냄새뿐이다.) 땅을 운영하는 자들의 무엇이 옳지 못했는가? 그들의 무
엇이 땅의 저주를 불러냈는가? 어찌하여 땅은, 飢餓 자체여서, 잡아 먹
기 위해서만 자식을 퍼내지르는, 나쁜 어미가 되었는가? 아으 어쩌면,
저녀러 자식들이 흘리는, 精液과 땀이 잘못이었을라, 精液과 땀은,
그것을 맛본 것마다, 더욱더 갈증과 굶주림으로 헤매게 하는 것이거
늘,——그러니 프라브리티의 바퀴에 발리는 기름이 그것이던 것이다.

〔탱주나무道〕

⑴잠아 잠아 오지 마라
요 내 눈에 오는 잠은
말도 많고 흉도 많다
잠 오는 눈을 쑥 잡아빼여
탱주나무에다 걸어놓고
들며 보고 날며 보니
탱주나무도 꼽박 꼽박

詩人/화라지(巫)
노래꾼/춤꾼(舞)

詩人—노래꾼
화라지—춤꾼

　백팔염주 헤아리듯, 노래 한 자리(節) 읊어놓고 촛불중이, 백팔염
주 헤아리듯 하는 짓이 뭣인가 하면 촛불중은, ‘詩人’과 ‘화라지(巫)’
가, 어느 점에서는 비슷해 보이는데도, 어느 점에선지 발가락도 닮
은 데가 없어 보인다고 알아, 그것을, 헤아려보고 있는 그것이다. 촛
불중도 물론, 저 불화라지의 얘기가 계속되는 얼마 동안은, 그 화라
지 스스로 자기를 일러, 唱人, 또는 時調꾼이라고 한 대로, 허기는
그가 詩人일지도 모르겠다고 해왔었으나, 헌데, 그 풀어내던 얘기
가, 그 풀려나가는 방향에 의해서, 귀밝은 聽者라면 누구나, 자연적
으로 기대하게 될, 그 어떤 일정한 방향으로 풀려나가지를 않고, 그
런 대신, 그것은, 듣는 귀에 대해서는, 거의 椿事라거나 偶發이라고
도 이를, 그런 결과를 드러내버렸을 때, 그는 ‘노래꾼’이기보다는,
‘춤꾼’이라고 했었던 것이고, 그리고 촛불중은, 자기의 어떤 ‘말(言
語)’이 빠져나갔다고 믿기 시작한 것이다. (‘말’은 언제든, 무엇에 提
携하는 것이 아니더냐, 일단 한번 發音되어져, 어떤 귀를 통해 心情
에 提携하면 ‘記號’를 벗고, 그 心情에서 일어나 떠나면〔發音되면〕,
그 당장 ‘記號’에 提携한다.)
　어쩌면 촛불중은, 앞서 자기가 읊조린, 저 한 자리의 노래가, ‘詩

人'과 '화라지(巫),' 또는 '노래꾼'과 '춤(舞)꾼'의 (그 양자의 '비슷함'
에 관해서 이 중은 생각해보려고 안 하고 있으니, 그것은 말할 것
이 못 되는 듯해도) '다름'을 잘 밝히고 있다고 여긴 듯하다. 촛불중
생각에는, 詩人은, 무엇에 提携하면서도, 그것을 觀하는 눈은, 그 무
엇의 밖에 남겨두고 있으며, 그래서 이 竊視는 '想像'이라고 할 것인
데, 화라지(巫)는, 무엇을 想像하면서도, 눈을 밖에다 남겨놓고 있지
를 안해, 그 무엇 속으로 자기가 스며들거나, 자기 속으로 그것을
스며들게 함으로써, 그 출발은 竊視였다 하더라도, '提携'로 끝난다
는 것,——그것이 그 양자의 다름이라고 해온다. 뭐 별로 잘라내고
말고 할 것도 없음에도, (실해서 한 마리 용 같다 한다 해도, 머리
자르고, 몸 자르고, 꼬리 자르고 나면 뭣이 남을 것인가.) 그래도 조
금만 더 잘라내고 말하기로 하면, 詩人은 想像하되 提携치 못하며,
화라지(巫)는, 想像하지 못하고 다만 提携할 뿐이다, 고 할 수 있게
될 것이다. 여기 어디에서, '노래꾼'과 '춤꾼'이 등장하여, 갈린다. '노
래꾼'은, (뭔지 노래부를 만한 것을) 노래(想像)하고, '춤꾼'은, 노래
자체(提携)가 돼버린다. 예든 바의 저 「잠노래」를 비록 말해, 잠이
많아 못 살겠는 그 새댁 당자가 부른다 해도, '노래를 부르는 새댁'
당자와, 그 '노래 속의 새댁'은, 두 다른 인물들이라는 것이 분석되
어지는데, 다시 말하면, 하나는 '노래꾼'이고, 하나는 '춤꾼'이라는 것
이다. 하나는, 자기의, 그저 고통뿐인, '잠'을 轉嫁해버릴 수 있는 '대
상,' 그것도 마을에다 흉을 내지 않는 '대상'을 찾고(想像), 다른 하
나는, 자기의 '고통(잠)'(또는 '짐'이라도 상관은 없을 터이다,)을 대
신해주는, 그 '대상 자체'가 되어버리고 있다. 새댁의, 그 '고통(잠)'
으로부터의 해방은, 구원은, 헌데, 거두절미하여 말하기로 하면(이
란 왜냐하면, 「呼鼈(龜)歌」와 더불어, 예든 바의 저 「잠노래」가, '轉
嫁'라든 '代贖,' 또는 '提携' 등등의 문제와 괸계된, '아도니스 秘儀'의
祝謠 중에서도, 촛불중이 가장 즐기는 것들이 되어 있으니, 기회 있
을 때마다, 그렇다면 그가, 저것을 되풀어 노래해보지 않을 수는 없
을 것이라고, 믿게 되다 보니 그런 것이다.) 자기의 '고통'을 '轉嫁'하
기에 의해서(노래꾼)가 아니라, '轉嫁'한 그 고통'을, 자기가 되짊기
(춤꾼)에 의해서라는 것이다. 먼저 지적되어져야 할 것은, 저렇게
굴절을 겪기에 좋아, 이 '고통'은 (이제는, '잠'에만 한정하려 애써 쌀
일은 아닐 터이다.) 그 예리함을 잃고, 무뎌졌다는 것, 그것일 것인

데, 촛불중이 익히 알고 있는, ‘아도니스 儀流’들이 드러내는, 한 공통적인 특성은, 그들은 이 ‘무뎌진 고통’에 의해서, ‘죽음과 再生’에의 꿈을 키운다는 그것이다. 그러니 그들은, (저렇게 어떻게 ‘굴절’을 겪을) ‘고통’이 없이는, 그들 입은 그 ‘肉身’에의 실다움을 실감해내지 못하는 것이 분명하다. (촛불중이, 누누이 되풀어온 것이 그것이지만,) “肉身이란 病苦 자체”며, 그리고도 아마 ‘虐待症’ 자체이다. (그리고 그것이, ‘肉身의 실다움’을 확인하게 하는 것이라면, 솔개에게라도 布施해버리고 말녀러 肉身이란, 실다움이 아니어서, 幻이라고 한다면, 그 아니 좋을 일이겠느냐, 그렇잖느냐, 냐구 말이지? 咄!)

　이왕 얘기가 나왔으니, 덧붙여둘 것이 있다면, 이 경우의 ‘노래’는, 어떤 ‘意味(用)’가, ‘소리(體)’를 입어 있는 ‘말(言語)’이며, (‘默’이라고 ‘소리’를 입은 말을 음미해볼지어다.) ‘춤’은, ‘形態’를 취한 ‘말’(‘無’라고 ‘옷〔記號〕’을 입은 말을 들여다볼지어다.)이라는 것일 것이다. 헌데도 특히, ‘形態를 입은 意味’가 ‘춤(舞)’과 관계를 맺고 있을 때, 이 ‘말’은, (읽혀지지 않고 덮여 있는, ‘辭典’ 속의 ‘말’과는 달리) 그 ‘허물을 벗고 있는 뱀’ 같은 ‘말,’ 또는 ‘가시떨기나무를 태우는 불’ 같은 ‘말’이라야 할 것인데, 이런 ‘말’은 그러니, ‘用(動)’은 끝없이, 그 ‘體(靜)’의 제약으로부터 해방을 성취하려 하고 있는 데 반해, ‘體’는 ‘體’대로, ‘用’의 섭력으로부터 벗어나, 그것 자신만의 ‘고요함(靜, 體)’을 지키려 해도, ‘羯磨’라는 接著力에 의해 그렇게 되지 않는, 逆重力/重力의, 相剋的 秩序에 묶여 있는 ‘말,’ 비극적 ‘말’이라는 말이다. (‘불’이 ‘연료’를 태우는 것을, ‘마음의 宇宙’ 쪽에서 관찰하면, 거기에 저런 相剋的 秩序가 드러나되, 반대로, ‘몸의 宇宙’ 쪽에서 관찰하기로 한다면, 그 양자를 ‘接著’하는, ‘羯磨’라는 끈끈이가 없어지는 대신, ‘相生,’ ‘相和’論이 이뤄질 것이다.) 이 ‘말’이 그래서, ‘反重力/重力’의 ‘말’이라고 한다면, 그 化現으로서의 ‘춤’은, ‘오르기’뿐만 아니라, ‘내리기’도 하는 것일 것이다. 아으 그러면 알겠다, 이 ‘말(言語)의 나무’에, 어떻게 六道가 꽃몽오리 맺혔다, 만개하는지, 그리하여 그것을 알겠다. (‘人頭骨〔은, ‘字母〔알파벳〕’에 대한, 密宗的 象徵인 것은, 누구나 아는 바대로이다.〕’이 주렁주렁 매달려 있는, ‘동산 중앙에 〔또는, ‘아담의 하복부’나 ‘하와의 머리’에〕 서 있었던, 지혜의 나무,” 말의 나무.)

노래꾼—詩人
춤꾼—화라지

　화라지는, 오줌을 누어도, 계집모양, 앉아서 누는데, 좆 달린 계
집, 그러니 저 火天네 불머슴도, 클클클(촛불중의 웃음 소리.) 앉아
서 지랄하느라고 오줌을 질질 갈겨댈 것이었다.──촛불중은 이만쯤
에서 허기는, 오줌개가 차, 불편하다고 느꼈으며, 그래 중님도 화라
지님 꼴을 꾸며 쭈구셔앉아, 그 오줌을 누어버리려다, 찔끔해 참고,
그리고 자기가 처하게 된 이런 처지에서는, 오줌까지라도, 수분을
아무렇게나 소비해버릴 수가 없다는 생각을 한 뒤, 으트툿 생진저
리를 한번 치고는, 그 배설을 아프게 참았다. 촛불중도 물론, 대변이
라거나 소변이라는 찌꺼기에도, 전혀 영양이 남아 있지 않은 것은
아니라는 것쯤은 모르고 있는 것은 아니라도, 훗훗훗, 그래서 그가,
그 영양을 아껴, 그것을 짜아내려고 그러는 것은 아니다. '찌꺼기'라
고 이르는 것에, 어찌 '영양'이 '독소'보다 많을 수 있겠는가. 그런즉
은, 약간의 '영양'을 위해 큰 '독소'를 속에 넣고 참는다는 일은, 利보
다 害가 클 일이 아니겠는가. 그, 그건, 그, 그렇다 해도 그러나, 무
엇이 거의 全無하여, 무엇이 대단히 빠르게 죽어가고 있는 것보다
는, 무엇이 있어서 害스럽다 해도, 그런 것이 있기에, 바로 그 害스
러움에 당해, 천천히 죽어간다면, 그 害스러운 것이라도 있는 쪽이,
없는 쪽보다 덜 해롭다고 해도 되겠는가, 어쩌는가. 그러나 이제, 혀
가 빠른 이가 있어, 결국은 이래도, 저래도 죽을 처지에 있는 자라
면, 제기럴, 빨리 죽기나, 천천히 죽기에 무슨 그리 큰 차이가 있겠
느냐고 묻는다면, 물음을 받은 쪽에서는 그로부터도 여러 겹이나
생각해보고, "이래도, 저래도 죽을 처지에 있는" 사람네서 상여나간
지 오랜 후쯤이나 되어, 어눌하게 한마디, 이렇게밖에, 다른 대답은
만들지도 못하고 말 것이다. 라는즉슨,……그, 그라, 그라기로 말,
말, 허먼, 낙, 낙태된 넋이야말로, 그, 그중 고통이 적게 살, 았다고
이를, 것이, 아니겠냐고이……어쩐가 하면 헌데 촛불중은, 자기가
갑자기 마주하게 된, 두려운 어머니, "송장을 파 먹으며, 송장을 디
뎌 춤추는, 열여섯 살 먹은 처자," '밖'을 깨우는 자, 죽음, 을, 하나
의 우주적 法母라고 알기(知)뿐만 아니라, 그렇게 느끼기(感)도 하
려 하여, 못 참을 고통을 겪으며까지, 자기를 낳아 무릎에 받아준
'이승,' 이라는 어머니, 에의 집착은 여의기 도모하여, 정진하고 있는

중이니, 그리하여 이 수업이 성공적일 수만 있다면, 하루이틀 빨리 죽거나, 하루이틀 늦게 죽기간에, 별로 무슨 차이가 있을 수도 있는 것이 아니라고, 말할 수는 없을 것이다. 왜냐하면, 바로 이 '하루이틀'이라는 한 탄지경이, 잘 정진한 어떤 삶의 경우는, 한 우주의 개벽과 종말간의, 그 무한의 시간의 거리와 맞먹게 될 수도 있으니 그런 얘긴데, 바로 이 '하루이틀'을 늦추기에 의해, 저 '죽음'은, 輪廻의 고리를 벗어나버릴, 그렇게나 어기찬 進化를 성취할 수도 있으니 그런 것이다. 그렇다면, 永劫 쪽에서 보고, 삶들의 짧기뿐만 아니라, 고통스러움에 대해 悲觀을 하는 일은 권할 만하지만, 그 '悲觀'을 도약대 삼아, 그 '悲觀'을 훨씬 뛰어넘는 일은 더욱더 권할 만하다 할 것이다. '悲觀을 뛰어넘는'다는 일은, 다른 말로는 '解脫'이나 '見性'이라고도 환치할 수 있는 것이 분명한데, 이 '解脫,' '見性'을 위해서라면, 삶이 꼭히, 하다못해 이백 년이라도, 그보다 운 좋게는, 천년쯤이나 길어야 될 필요는 없는 듯하다. 神들이 누린다고 하는 것 같은, 길고도 걱정이 없는 호화판 삶은, 실제에 있어서는 차라리, 말한 바의 저런 '跳躍'을 위해서는, 그것 자체가 장애가 되어 있다고 가르치고 있다. 따져보려 하면 그 이유야 많겠으되, 뭣보다도 먼저 꼽히는 것을 하나만 예들기로 하자면, 그런 '跳躍'을 위해 바쁘게 難行苦行을 자초해야 할 까닭이 별로 없다는 것이다. 게다가 사람이라는 有情은, 배가 고플 때는, 보리뿌리 밑에 누워, 거름 마셔 취하는 보리鬼神에게라도 매달려설람에, 자기가 똥 한번만 바지게에 넘치도록 싸 鬼神님께 제사할 수 있도록, 자기의 뱃속에다 그만큼 똥을 한번 실어달라고 간절히 빌다가도, 그 鬼神의 도움을 입어서였거나, 아니면 뱃속에 똥을 좀 실으려고 바지런대다 보니 그렇게 되었거나, 어쨌거나, 고봉 담았을 뿐만 아니라, 그 밥그릇 위에로까지 솟는 봉우리가 삼동만큼이나 희어져가기로, 어화 벗님네야, 세상살이가 썩 밝던 날, 헌데, 그릇에 담긴 흰밥의 높이가 높은 것이며, 죽그릇이 큰 것을 두고, 어라 벗님네야, 새로 짜증을 내기에 이르르면, 이라는즉슨, 야 요녀러, 손가락 매듸를 하나씩 끊어내버릴 부엌데기가, 국이란 것은, 늙은 빼꺙이 소가, 발이라도 한번 잠근 것까지는 그만두고, 하다못해 하품이라도 한번 좋이 해넣은 것 같지도 않은데, 밥으로 보건대는, 이 어르신네는 고기는 먹을 줄을 모르는 줄로 알아, 배에다 그저갖다가시나 똥이나 바지기로 채워넣으라고 하고 있넜다? 얼럴러 상사뒤야, 이런 상태에 이르르면, 어게 벗님네, 보리鬼神이 허기는, 꺼끄렁 수염이라도 해달고 있었던가 어쨌던가, 그런 것을, 걸 뭐 알아서도 어쩔라는 것은 아니지만, 알아야 할 필요도 없게 된다. 물론 '짧은 살이'를 두고 말한다면, 하루살이도 있고, 한철살이도 없는 것은 아니지만, 여게라 벗임세 부디, 남배터져 죽으라고, 억지쓰는 소리는 하지 말기로 하세마는, "人生七十古來稀'라는, 그 짧기도 짧은 '人生살이'의, 고되고 한스럽기가 헌데, 은총이면 은총이지, 결코 저주는 아니라고 알았으면, 글쎄, 그랬으면 쓰겠는가?──가맜자, 헌데 이런 얘긴즉은, 어떻게 시작되었던가 하면, 터져나가려는 오줌개를 비우려 쭈구셔앉은 촛불중이, 막 열리려는 오줌개를 막아버리고, 흐흐트틋 진저리를 친 데를 서두로 삼았던 것인데, 그래서 이 중은, 그 괴로운 독소를 뱃속에 貯水해두고 참아서는, 어찌하려는지, 이 현재로서는 사실, 그 자신에게까지도 별다른 방책은 없는 듯했다. 그것이 그래서 黃泉水라 한다 해도, 아직은 모래 위에 쏟아진 것은 아닌데, 이거 뭐, 동네방네 다 들으라고, 큰 소리로 떠들 만하든 못해도, 촛불중도, 스스로 부끄러운 나름으로는, '手淫派'네서 불머슴살이도 해온 경험이 있는 중이라는 것은, 슬머시 부연해둘 필요가 있는가도 모르겠다. 모르겠을 것이, 그도 글쎄, 스스로 부끄러운 나름으로는 禪꾼(요기)인데, 禪꾼은, 오히려, 곤난과 역경, 重病 상태에 처해서, 法乳를 짜아 마실 뿐만 아니라, 前生 누백세 쌓여온 나쁜 羯磨를 中和, 純化하는 法油도 짜아내는 자들이라고 이른다. 그러니 비록 돌팔이라 해도, 촛불중도, 한 오줌개 터지도록 채워진 수분에서, '젖'까지는 못 짜아낸다 해도, 얼마쯤의 '毒'은 中和해내든, 또는 분리해내든 할 수도 있거나, 또 말해, 그만큼의 禪力도 닦아놓은 바가 없으면, 그냥 그 '毒'에 당하되, 그 고통이라도 살피기로써, (그 수분 속의 毒이 아니라) 쌓여온 '나쁜 羯磨'라도 中和, 또는 純化해보려 하기라도 할 것이다. (현재로서는 잘 모르되,) 이때의 이 '좋지 않은 羯磨'의 '中和, 純化'는, 결국은, '고통에 당하는 몸'이, 그것의 '실다움'性을 잃기, 즉슨 '幻'化의 형태를 떠어 나타날지도 모른다는 것이 하나 짐작된다. 그래서 '몸'이 '실다움'性을 잃어, '幻'으로로밖에 달리 이해될 수가 없다는 경우, 허기는 ('몸'이 '실다움'이 아닌데) 거기 어디서 '고통'이 일어날 수가 있으며, '羯磨'가 흐린 붉은 바람을 불어, 무엇을 휩쓸어가겠는가, 옴

(이러고 보면, 禪꾼도 장한스러운 것만이 꼭히 大悟徹底한다는 법
은, 없는 듯하구나.)
　그리고 촛불중은, 저 불의 화라지가, 숯가마니와 술독이 있는 데
로, 저녁을 지내려 걸어가버리고, 없는 데 대고, 합장하여 재배했다,
하기를 여러 번이나 했다. 하며 촛불중은, 자기가 전에, 언제 한번,
불어 꺼버렸던 그 촛불을, 불을, 불꽃을, 어째선지 저 늙은 火巫가,
어디서, 어떤 경로로였든, 주워들어, 그것을 저 火葬터에 켜놓고, 어
제까지 건너다보아온 것이나 아닌가 하고, 생각하게 한다고, 생각했
다. 어쩌면 그래서, 그런 무슨 인연으로, 촛불중 자기와 그 火巫는,
자기들도 물론, 의식하지 못하는 중에도, 서로를 부르며 찾아, 각기
다른 경로를 밟아, 거리를 좁혀오다, 오늘 드디어 만나기에 이르른
것이나 아닌가, 촛불중은 그런 것도 살폈다. 그리고 촛불중의 믿음
에는, 이런 생각을 밑받침해주는 까닭(이래야 별다른 것이 아니고,
저 화라지의 '불의 숭배' 같은 것이나 아니겠는가.)의 정당성을 꼭히
부인해야 할 까닭도, 촛불중께는 없는 듯했다. 그리고 중은, 무엇의
정당성 여부를 찾지 않는 자인지도 모르는데, 프라브리티 宇宙의
달마가 되어 있는, '苦'의 어버이——'相剋的 秩序' 자체부터도 정당
하지 않다고 여기는 때문이다. (이것을 약간만 펴늘이기로 하면, 아
무런 前業이 있을 수 없었음에도, 苦에 처했어야 되는, 존재의 시작
부터가 정당하지 않다는 얘기로도 되는데, 없던 곳에서, 느닷없이
무엇이 발원했다는 까닭만으로도, 그 발원한 것이, 자신의 '발원'까
지를 부인하기에 성공적이지 못한다면, 언제까지고 그것에게 상사
라〔苦海, 輪廻〕가 끝나지 않는다는, 그것이 글쎄 뭣보다도 먼저, 정
당하지 않다는 얘기를 할 수 있게 될 것이다. '없음'에서 '있음'을 부
정하려던, 六祖와 달리 촛불중은 헌데, '있음'에서 '없음'을 긍정하려
하는데, 그것이 그의 '進化論'이다. 그것을 '無明' 탓이라고 이르지만,
'無明' 탓이든 아니든, 어찌되었든, 무엇이 있다고 믿어, 있다고 믿는
자들께, 있는 것은 아직은 있는 것이다.) 그리고도 그것뿐만은 아니
다, 누구든 "마음을 넓히면, 그 마음이 한 宇宙 자체"라는 명제를
그도 익히 알고 있는 것이다. 무엇이 그런즉은, 저 '한 宇宙'에 대해
異端일 수가 있겠는가. 결국 저 불화라지도 '나비꿈'의 다른 한 형태
가 아니겠는가? 촛불중 자신까지도, 쳇, 촛불중 자신이 꾸는, 한 마
리 '나비'인 것을? 헤헤헤. 그리하여 촛불중은, 자기가 꺼버렸다고

믿었던, 그 '불꽃'을 주워 삼킨 아크호—말도 많은 '벙어리뱀'이, 꼬약 꼬약—'암개구리'로 변신을 치른 것을, 하, 핰, 할라, 할, 할았다. 그러면 이제 촛불중은, '웃기는 까불이새'가 되어, 저 '암개구리'의 뒤를 쏘고 덤빌 것인가, 그 '불꽃'을 되빼앗기 위해서? 아니면, 그 '암개구리'의 '눈'이라도 쪼아 먹어버릴 것인가, 그 '불꽃'을 한번 더 꺼버리기 위해서?

이제 드디어 촛불중은, 자기가 원해서든 아니든, 자기가 처해진 데에 눈을 돌려보아야 할 때라고 알고 있었다. 그리고 중은, 빌은 음식에 대해, 그 맛을 생각하지 않아야 하듯이, 자기가 처해진 환경에 대해서도, 그 편안함이나, 불편함을 생각하지 않아야 한다는 것도, 촛불중은 알고 있었다. 트여져 있어도, 그 트여짐을 보지 않아야 하며, (아는 자는 알겠지만 그리고, 그 修業을 촛불중은, 읍의 '문이 훤히 열려진 감방'에 갇혀 앉아 해왔었다. 그 修業이 성공적이었는지 어쩼는지, 그것은 그 修業꾼 당자만이 알 터이다.) 막혀 있어도, 그 막혀짐 탓에 장애를 느끼지 말아야 되는 것이던 것이다. 촛불중은 그리고, 이 修業을 수행하지 않으면 안 되는 처지에 처해 있는 중인데, 하나 밝혀둬야 될 것은, 촛불중의 이 처지는, 등뒤에 훤한 열림을 두고, '面壁'行에 나섰다던지, 또는, 자기가 원하기만 하면 언제든, 그 막힘을 트고, 열림 속으로 들어갈 수도 있는, 그런 땅굴行과도 같지 않다는 것이다. 그리하여 촛불중은, 기억에도 들지 않는, 자기의 어떤 前生에서, 자기가 자기에게 주었음에 분명한, 하나의 '戒'를 수행하기 위하여, 자기가 드디어 이 한 삶을 바치기 시작하게 되었다고 알았다. (는 말은, 俗家茶飯的 언사로 통역하기로 한다면, "이제 그런 運命에 봉착하여, 그것에 복종하지 않을 수가 없다고 알았다." 따위로도 될 것이지만, 촛불중 생각에는 그럼에도 중은, 그 것을 '運命'이라고 수락해버리는 데서 끝낸다든지, 반대로는, 그것을 어떻게든 타개, 극복하려 발버둥치는 자가 아니라는 것이었으며, 그 것을 그는 되새겨두었다. 그래서 그러면 중은, 저와 같은 難境 惡處에 처해서는, 어쩌는가?——아마도 그 대답은, 중에 따라 다 다를지 모른다. '感氣'라는 작은 '앓음'을 하나 예로 들어보아도, 그 대답들의 다름이 금방 드러난다면, 저런 惡處를 두고서야, 더 덧붙일 말도 없을 터이다. 어떤 중은, "그것[感氣]으로, 前生에서부터 쌓여온 惡業을 쓸어내는 빗자루"로 삼으며, [세심히 觀해둬야 될 것은, 世人

은, 그 현실을 타개하기로 하여, 來日을 보며, 중은, 과거를 씻기로
인하여, 來日도 보지 않는다는 것이다.〕또 어떤 다른 중은, "本來無
一物 何處惹塵矣?라고 하여, 탁 깨 말하면, '앓음' 자체도 있는 것이
아니라고 한다.〔그럼에도 例든 바의 두 가지 것들을 두고, 優劣을
가리려 하는 愚劣한 짓은 하지 않음이 좋을 것이다. 누가 그러려
들면, 野狐가 되어, 오백세 들이나 헤매게 되거나, 불행하게는, 한
宗家의 패가망신을 부르게도 된다. "首都에 닿는 길도 한 길뿐만은
아니라"고 하는데, 그렇다면 제기럴, '니르바나'를 두고서야, 뭐 더
이를 말이 있고 말고 하겠는가. '니르바나'가 어디, 어느 말씨꾼들의
'首都'나모양, 비교적 크다는 집 몇 개 오손도손 모여 모인 자들끼
리, 모인 까닭으로 찧어쌌는 것 같은, 땅 위의 무슨 일점 같은 것이
던가? '하늘'을 척도로 하여서는, '크기'에 대한 有情들의 想像力은
일하지를 못〔癡呆〕한다. 그럴 것이, '하늘' 자체가, '크기/작기,' '넓기/
좁기'라는 식의 "척도를 벗어나 있어, 그것을 척도로 하여서는," 그
것 속의, 극대한으로까지 큰 것과, 극소한으로까지 작은 것 사이에,
차이가 없다. 외람될 일이게도 비유를 쓰는 것이 허락된다면, '니르
바나'란 바로 이 '하늘' 같은 것이나 아니겠는가. 헌데도, 하나의 조
개가, 칠해에 휩싸여 있음에도, 그것만의 我執 탓에, 종내는, 해변에
서 말라 죽거나, 히히히힉힉사〔溺死〕한다. 왜냐하면, 그것만의 我執
탓인데, 〔'自我'랄 것을 형성치 못한 것들의 '我執'은 '本能'이라고 이
른다는 소리도 없잖아 있으되, 狗子여, 말하는 자는 有情을 말하고,
듣는 자는, '조개'를 듣고 있느냐?〕이때 그러면, 溺死하는 것은, 그
'조개'이겠는가, 그 조개의 '我執'이겠는가? 그리고 그 조개를 '溺死'
에 처하게 한 바다는, 바로 그 '조개' 크기만 하지나 안했겠는가?
〔바다 쪽에서 보면〕한번 일어났던 거품이 피썩 꺼져버렸음.〔조개
쪽에서 보면〕거품이 대양에로 돌아가지를 못하였음.)——'아자가라
戒.'
　'아자가라'는 뱀의 이름, 한 마리 뱀의 이름, 큰 뱀, 너무 큰 뱀, 너
무너무 큰 뱀, 커서 자리를 꽉 채워버린 뱀, 너무 꽉 채워서 한치
반치도 움직일 자리를 못 남긴 뱀, 제 몸의 밖으로는 못 움직이는
뱀, 도저히 못 움직이는 뱀, 큰 뱀, 너무 큰 뱀, 너무너무 큰 뱀, 커
서 세상만큼 큰 뱀(?), 우주만큼 큰 뱀(?), (有情들의 한벌의 宇宙가
아자가라뱀?) 솔로몬의 납병 속에 갇힌 怪力鬼 얼굴의 뱀, 자신의

'크기' 속에 갇힌 뱀, '크기'라는 그 제 '몸' 속에 갇힌 뱀, 배가 고파도 사냥에 나서지를 못하는 뱀, 밖으로는 못 움직이는 뱀, 큰 뱀, 너무 큰 뱀, 너무너무 큰 뱀, 입도 큰 뱀, (에크 有情들의 그것은 '죽음?) 입만 벌리고 (거대한 能動,) 먹이를 기다리는(거대한 受動──위대한 모순!) 뱀, 너무 많이 비늘을 해덮다, 비늘 밑에 깔려버린 龍, 無爲 속에 갇힌 有爲──아자가라.

저 뱀도 어쨌든, 무엇이 실족하여, 그 아가리 속엘 들었으면, 딴으로는 꾀를 다하고, 속력을 다하여, 그 먹이를 혀에 휘감아, 삼키기는 해야 할 것이라면, (그것의 움직임은, 그것 자신의 안쪽으로는 가능하다는 얘기가 될 것이다. 그것 나름의 爲界[프라브리티]의 입구가 그것의 목구멍이며, 그 아래의 안쪽에는, 六道의 場이 서, 떠들썩하니 해갖고, 왼갖 잡패들로 야단이 났겠꾸나.) 촛불중도, (현재로서는 대변과 소변을 참아놓고 있지만) 자기의 손이 닿는 데에 놓여진 음식물이 있다면, (글쎄, 그 자신 '아자가라戒'를 수행하고 있다 해도,) 그것을 쥐어, 입 속에 넣는 일까지는, 하기는 해얄 것이다. (그런다면 그것이 破戒行이겠는가? 헤헤헷, 비, 비록 말해 그것이 破戒라 한다 해도, 변절 개종에, 환속을, 무슨녀러 求道行쯤으로나 여기는 美里派 돌팔이가, 그 일로 눈이라도 한번 껌벅일 성싶은가?) 글쎄 촛불중은, 갈증과 공복의 괴로움이 조금씩 더해질수록, 저 불화라지가, 자기를 위해, 굴벽 어디에 뚫려진 구멍에다, 음식을 놓아두었다고 귀띔해주었던 소리를, 생생하게 기억해내고 있었다. 그리고 실제로 촛불중은, 그 귀띔해주었던 소리를 찾아, 손에다 귀를 하여, 壁들을 점검하기 시작하고 있었는데, 숨쉬는 코가 또한 숨쉬기를 게으르게 하지 않고 있는즉, 그 코에 어찌 눈이 없어, 신선한 바람은 들(入)고, 흐린 바람은 나(出)는, 구멍을 보지 못한다고 하겠는가. 그 구멍은 그리고, 이미 들어 알고 있는 바 그대로, '人'字 모양을 꾸며 있는 것이 분명하다고, 촛불중은 확인해내고 있었으며, 귀띔받았던 바의 그 음식물은, 물론 그 구멍 속에, 구멍이 꺾인 자리쯤에 놓여져 있었는데, 후, 후, 후하게도, 두 그릇에나 담겨 놓여 있었다. 촛불중의, 성급한 손가락이 찔러넣어보아 알았기로는 헌데, 하나는, 간에 절인 무쪽 같은 것을 얹은 밥그릇이었고, 다른 하나는 물그릇이었다. 보려다 손가락이, 그 음식을 먼저 맛보게 되어, 촛불중은, 전신에로 스치는 전율을 느꼈었더랬는데, 이 '전율'은 이 경우, 순전히

'몸의 言語'가 되어서, 어떻게 그 의미를 통역할지, 촛불중은 그 것을, 잘 알 수가 없었다. 수분의 부족으로 뻑뻑했던 입 속에도 그 리고, 침이 괴이고 들어, 촛불중은, 그 또한 '몸의 言語'라고 알았으 되, 그 의미는 통역할 필요도 없다고 알았으며, 그리고 촛불중은, '몸의 言語'에도, 方言과 宇宙的 言語가 있는 것이나 아닌가, 하는 것을 고려했다. 그러나 그뿐으로 촛불중은, 그 言語學을, 그 자리에 는 끌어들이지 안했으며, 그런 대신 촛불중은, 그 음식 그릇들을 쥐 어 빼내렸기 전에, 먼저, 그 구멍이 있는 벽의 구멍을 마주해 앉은 자세로, 왼쪽 구석이 되는 데를 정해, 칙간을 삼았다. 간나위 같으 니, 쭈그려앉아서, 전신이, 쇄락함으로 녹아 무너나빠지도록, (똥을) 싸고, (오줌을) 쉈다. 싸제끼고, 쇄제꼈다. '냄새'에 관해서도 중은, 호오를 가름하는 자가 아니어야 하던 것, 헌데다 또, 에헴, 헴, '自屎 不覺臭'(쳇, 그 의의야 어찌되었든, 語禪巢에서 때로, 부엉이가 한 마리씩 날아내려, 溫肉門 안에 숨어 앉은, 아낙네를 하나씩 보쌈해 올라서는, 뼈를 발겨먹는 일이 있다는 것은, 충분히 흉보기거리가 되고도 남을 듯하다. 부엉아, 부엉아, 요녀러 부엉아, 그러다 만약, 아낙네 엉덩이가, 네녀러 날개보다도 팔만사천 平方由旬은 더 펑퍼 짐해, 어느 끝을 취해 낚아채 오를지를 모르겠다가, 아으 公은, 紅海 가 살콤 한번 속곳을 보여줬을 때, 그 열림 속을 앗차 잘못 들여다 보았던, 한 조각 浮雲이, 그 열림 속에 갇혔다, 〔슬프도다, 肉身 속 에 억류된 '말씀'〕익사를 했던지 어쨌던지, 그 水面에다, 그리움을 떠올려내는 것을 보았는가, 한 조각 浮雲 하늘에는, 水面에 씌어진 흐읏훗, 一字나 소식, 안됐구로, 이번에는 도리어, 갖다가시나 公이, 그 항문 가운데로 떨어져 익사라도 하게 되면 어쩌려고, 咄, 바위 무덤 속에 감금된 自由, 부엉아 부엉, 그러느냐?)라고도 허든가, 허 드라고도 허드라고여허. ('溫肉派' 얘기가 나왔으니 말이지만, 이 門 의 중은 또, 자기 입은 그 溫肉의 五官과 관계된, 호오에의 분별심 을 항복 받아 여의기 위해, 귀신과 광견과 구더기가 득시글거리는, 묘지를 聖所 삼아 지내기도 하며, 버려진 송장을 깔자리로 삼았다 가는, 배가 고프면, 하이고, 억만으로 박시글대는 쉬, 그 송장을 파 먹고, 잠이 필요하면 그리고시나, 그 송장을 베고 누워 자는, 그런 수업도 한다고 이른다. 肉身을 정복하기 위해, 肉身에 肉薄하기. 나 가세나는, "비록 아라핫이라도, 肉身은 정복하지 못한다."고 이르더니, 아지 못케라, 중년에 얄궂인 일이 일어나꾸나, 그의 혀끝에서 그런 소리가 떨어지기가 무섭게, 어째선지 그는, 野狐皮에 휩싸이는가 했더니〔혹간, 人皮가 뒤집히면, 狐皮가 되는가.〕길고도 길다란 달을 둥글게 토해내며, 들로 나갔다. 그런 후 그는, 배고픔과 性慾의, 프라브리티가 늘인 두 줄 끝에 매달려, 그러니 자기의 의지가 아닌, 정복할 수 없는, 어떤 다른 의지에 의해 시달리며, 생기는 상처의 고름을 핥았다. 그가 입은 그 肉身은, 어떻게도 "정복할 수가 없는" 고통뿐이었는개볐다. 헌데도, 말한 바의 저런 '聖所'를 庵子 삼은, 그리하여 살을 정복하기 위해, 끓는 살로써 살에 대드는 중에게, '肉身'은, 말하자면 '火天'이 그것을 먹어치우기로 춤〔舞〕을 성취해내는 것 같은, 燃料거나, 젖,〔보다 더 密宗的 어투를 꾸미기로 한다면〕번뇌의 벌레, 심정을 갉는 벌레, 번뇌, 벌뢰로 박시글거리는 '송장' 자체, 그렇다,〔나가세나여〕그것이 프라브리티, 말이지, 跳躍臺 삼아, 보아라 왔다 딛고, 보아라 갔다 튕기쳐 올라, 올라 훨씬, 넘어버려야 하는 것, 헤헤 말이지, 그런 거디던 거다. 송장을 디뎌, 일어나는, 흰 춤은, 하흐, 니르바나.) 이것이 그리고, 촛불중이, '溫肉派,' 또는 '手淫派'네서 불머슴살이하고 받은, 私耕이었는데, 이것은 얼마가 반복되어져도 여전히 충분치 않아, 다시 얘기지만, '肉身'이란 촛불중께도 그래서, 目的이기보다 手段으로 주어진 것이다. (이 '肉身' 이, 童話的 想像力에 의하면, '魔女의 呪術'과 관계되어져 있는데,〔그래서 "어머니란 詛呪이다."〕'어떤 王子가 입게 된 獸皮'이기도, 또 '개구리—두꺼비'이기도 하다.〔魔女의 呪術'에 걸려, 한 王子가, 날만 샜다 하면, '獸皮'를 입어 들로 나가 헤매다니다가, 저녁이 되면 돌아와, 그것을 벗어서는, '王子'로 되돌아온다는, 그 너무도 잘 알려진 얘기를, 자초지종 되풀이할 필요는 없을 것이며, '개구리'라는 暗號, 또는 象徵 풀이도 다시 할 필요는 없을 터이다.)) '獸皮'는, 벗겨지는 대로, 그 '王子'를 사랑하는 公主가, 대번에 움켜쥐어, 훨훨 타고 있는 벽난로 속에다 던져넣어 태워버리기로, 더 이상 입어질 수가 없게 되어, 그 괴로운 '呪術'이 끊기며, '개구리'는, "公主의 입맞춤을 얻어서라야만, 그 呪術을 벗는다." '獸皮 벗기'의 童話를 통해 보면, '거듭 태어난 王子'는, '處女(公主)'의 자식인 것을 알게 하며, '입맞추기'로, '개구리가 된 王子'의, '개구리'라는 呪術을 풀어준 童話는, 그 呪術을 걸었던 '魔女'의 두 얼굴을 보게 한다. 라는 말은,

그 ‘呪術’을 풀어준 당자도, 그 ‘魔女’라는 그런 얘긴데, 이 경우는, ‘呪術’을 걸기도, 풀기도 하는, ‘입술’이 그 관건이 되어 있다고 보면, 그러하다. 〔이렇게 되면 이 자리는 그리하여, 말하는 바의 ‘女性 속의 男性(아니무스),’ ‘男性 속의 女性(아니마)’이라는 따위, 얼핏, 제법은 겹이 여럿으로도 보이는 문제를 고려해보게 하는 것이 분명하지만, 그러려 하면 그것도, 잘 알려져, 잘 알고들 있는 얘기를 빌어, 되풀어보는, 그 번잡함밖에, 다른 이득을 기대할 것도 없는 것이나 아니겠는가. 그럴 필요가 있는 듯하므로, 곁들여, 그리고 반복하여 밝혀둘 것이 있다면, “有情의 ‘無意識’은, 그것들이 입은 ‘體(記號),’ 즉슨 ‘밖’이라고 부를 그것이다.”라는, 촛불중의 宇宙에 대한 한 견해이다. ‘形而上的 宇宙가,’ 言語에 있어서는, ‘意味’의 국면이라면, 그리고 그것은 분명하게 ‘意味’의 국면인데, ‘形而下的 宇宙’는 ‘記號’의 국면이라는 것은 당연한 귀결일 터이다. 촛불중에 의하면 헌데, 言語에 있어서는, ‘發音’이라든, ‘文字’ 등을 입어, ‘化現’을 드러내는, 저 ‘記號’가 ‘無意識’의 국면이 되어 있으므로, 그렇다면, ‘化現의 宇宙,’ 즉슨 ‘形而下的 宇宙’가, ‘形而上的 宇宙’에 대해, ‘無意識의 국면을 담당하는 宇宙’가 되어 있다는 것은, 두말할 필요도 없을 것이다. 만약 그렇다면, 이제 여기서는, ‘거듭낳기(重生)’에 대해 깊은 이해를 갖지 못하면, 누구나 장애에 부딪히게 되는 것일 것인데, 이 ‘化現의 宇宙,’ 즉슨 ‘形而下的 宇宙’야말로, 남김이 없도록이나 일깨워야 (覺) 하는 그 당자가 아니겠는가. 만약에 그렇다면, 촛불중이 그렇게나 큰 아픔으로 들여다보며, 할 수 있으면, 그 한 대문의 ‘誤文’을 수정가필하고 싶어도 하는, 프라브리티의 相剋的 秩序도, 有情들을 해치기 위해서가 아니라, 돕기 위해 고안된 것을 알게 되고, 그러면 그것은 ‘誤文’이라저나 하는, 무슨 그런 否定的 椿事라거나 偶發 같은 것이 아닌 것을 알게 된다. 한마디로 말하면 그것은, ‘跳躍臺’가 아니겠는가. 有情이란 그래서, 깨우치지 못한다면, 無意識의 바다에 괴롭게 자맥질하는 더운 피의 물짐승이겠구나. ‘두꺼비’에게 있어서는 그래서, ‘두꺼비’의 형태, 그것을 이루는 질량이 ‘두꺼비라는 記號’인데, 그리고 그것이 ‘無意識의 국면’인데, 그 ‘두꺼비’가 그것을 깨우치지 못하는 한 끝없이, ‘두꺼비의 運命’을 되풀이할 것이다가도, 무슨 수로든 깨우치게 되는 그 순간, ‘두꺼비의 運命’을 벗어나 버릴 것인바, ‘두꺼비—王子’의 童話는, 그것을 밝히고 있다. 童話的

方言으로, 이 '깨우친 두꺼비'가 '王子'일 터이다. 별로 그럴 기회가
만들어질 듯하지 않으므로, 이 자리에다 삽입 첨부해두어, 생각 있
는 자들이 올라 타고 하늘을 날으는, 魔職袴의 한 귀퉁이를, 잠시
붙들어매두기로 하자면, 그것은 뭣인가 하면, 魔女의 呪術에 홀여,
"王子가 개구리가 되었다가, (呪術이 풀리기로) 개구리가 王子에로
되돌아온다"는 轉身賦는, 광의적 의미에서는, 否定的 견지에서 얘기
되어진, "肉聲으로 말할 수 없는 神의 말하기'의 얘기며, 협의적으로
는, '意味'가, '文字'라는 상징 기호에 제휴한 文字言語를 대표하고
있으며, (——예를 들면 그러니, 읽혀지지 않고 접혀진 册은, 많은
'개구리'들의 잠을 뉘어 있는 연못 같은 것이라고 할 것이다. 그러다
가도, 한번 펼쳐져 '입맞춤'을 받기 시작하면, 개굴 개굴 부젝켁케켁
스 꼬악스 꼬악스 아크흐크할라, 치사하게 王子라는 것이, 개구리
울음을 우눈다, 쌔!…… 그리고 다시 접혀지면, 잠드는 개구리. 그
래서 촛불중은, 하나의 運命〔文字〕이 力動性을 획득하지 못하면, 늘
되풀이한다고 믿기에 이른다.——) '火鳥' 얘기는, '意味'가 '소리'를
입은 소리 言語를 대표하고 있다는 그런 얘기다. 이때는 물론, '불
(소리)'이 '記號'의 역할인데, 한마리 새의 날개를 태우고, 오소록이
내려쌓이는 재(灰)——"神들은 거기다 祭酒를 바친다." (言語가 言
語를 벗음! 촛불중께 이해되어지기로는 헌데, "王子——獸皮'의 童話
는, '불의 元素'와 제휴하여, '重力'을 벗고 거슬러오르려는, 上昇의
意志를 敎義로 하고 있어, '말씀,' 또는 '鍊金術'과 관계가 있고, '개구
리——王子'의 얘기는, '물——흙'의 元素와 제휴되어, 〔'입술〔呪術〕'이
주요한 관건이 되어 있음에도, 그래서〕 이 '말씀'은 조금도, 上昇에
의 意志를 드러내고 있지 않은데, 그런 대신, 橫的 '轉身'을 그 敎義
로 하고 있어, '巫,' 또는 '物話論'과 관계가 있어 보였다. '獸皮'의 童
話가 가르치는 것을 좇으면, '畜生道'로부터 한 '人間'이 태어나려면,
그렇게도 편안한〔王子는, '태워지는 자기의 가죽'을 큰 고통으로 보
며, 말할 수 없는 절망 같은 것을, 느끼는 듯이, 이해되어지는 것을,
기억할 일이다.〕 '獸皮'를 벗어야 되는, 고통스러운 '殉敎'가 요구되
며, 〔이 '殉敎'는 그래서, '代贖'性을 띠지 않는다.〕 그것이 '거듭나기'
로 이해되고, '개구리'의 童話에서 배우는 것은, '거듭나기'를 겪지
않고 '人間'의 모습을 떠어 있는 '人間'은, 아직도 畜生道를 벗어난
것은 아니라는 것이다. 그러니〔「이솝寓話」 참조〕 이런 '人間'은, 그

‘記號’는 ‘人間’이라도, 그 ‘內容’은 ‘人間이 아니라는 것[反之亦然]’이
다. 이 ‘짐승’은, ‘뭍’과 ‘물’에 집착해 있어, ‘멧돼지’나, ‘뱀장어’라도,
‘뭍─물’의 중간에 처한 ‘개구리’의 이름에 불리어진다. 그래서 촛불
중은, “들에는 짐승의 얼굴을 꾸민, 그렇게나 많은 人間들이, 치사하
게도 암컷들의 궁둥이 냄새를 흠흠거리고 있다.”고 흉보기에 나선
다. 이런 눈으로 사람 사는 데를 내어다보면, 사실로는 저 ‘獸皮’와
관계된 童話가 거꾸로나 읊어졌지 안했는가 하는 의문이 있다. 는
즉슨, 히히히, 아침마다, 짐승의 수컷들은 털을 밀어내어[獸皮를 벗
어], 사람다운 얼굴을 꾸며내 대문을 나서고, 짐승의 암컷들은, 밑물
을 쳐, 짐승 냄새를 없앤 뒤, 또한 해 아래 나서던 것을 보게 되다
보니, 흐, 흐, 흐런 것이다.──예든 바의 童話도 결국은, 敍事詩, 또
는 言語學인데, ‘물’이며 ‘흙’의 地獄[子宮]을 통과해 나온 ‘말씀’은,
‘몸의 宇宙’用 方言이던 것이며, ‘불’의 記號[子宮]를 입은 ‘말씀’은,
‘말씀의 宇宙’의 通用語이던 것이다. 前者나, 後者나, 그 나타나기에
있어서는, 똑같이, 매우 훤출하게 생긴 ‘王子’의 모습이라도, 하나는
‘두꺼비’며, 하나는, 글쎄 그럴 일이다, ‘火鳥’이다. [입어진 몸을 훨훨
태우기에 의해서만, 意味를 드러내는 言語는 결국, 무슨 모습이겠느
냐.] 火鳥 만세. 그러므로 나가세나는, [‘마음의 宇宙’의 言語, 아으,
‘空’을 孵化하기 천에] 먼저 날개를 돋과, 훨훨 타오르거라, 타올라
재[signifier]가 되거라, 재 속에서는, 空[signified]이 익느라고, 마늘
냄새라도 풀풀 풍겨나겠느냐.)

     울어머니 날 날라 말고
     何以故 哀苦──
     배나 낳드면 개용을 쓸걸
     하이고 애고──
     울아버지 날 맹길라 말고
     하이고 애고──
     매방석이나 맨들 것인데
     엇써 깕 슶씀──

  시식잖구로, 촛불중이라는 돌팔이는 시방, 오랭이가 칵 물어갈녀
러, 생지랄을 하고 있는다, 생육갑을 짚고 있는다, 제녀러 간을 제가

꺼내 먹는, 생용천뱅이질을 하고 있는다, 칵. 글쎄지, 흰 밥이 희게, 똥꾸녁으로 비어져나오도록, 꾸역 꾸역 채우고, 물도, 그 위에 구유 배라도 하나 띄우고 강산 구경이라도 하루 했으면 좋게쯤이나 마셔, 제 배때기 위에 제가 누워 둥둥 떠서는, "나물 먹고／물 마시고／팔을 베고 누웠으니"라는 식의, 「丈夫歌」쯤으로 놀아나지는 못할망정, 何以故냐, 저것이 무신 짓이여, 계집이라도 숨어서 하는 소리를, 사내 장부라는 것이, 그것도 풍진세상 표표히 떠나, 학이라도 비교헐 수가 없이 쾌쾌하다는 비구가, 하이가나, 저것이 무슨 소리여, 무슨 소리냐고 시방? 글쎄지, 만복으로 촛불중은, 앉아 있지도 못해, 팔베개로 누워설람은, 시름 시름 비질 비질 울고 있는다, 恨歎歌로 용두질치고 있는다, 恨치고 있는다.

촛불중의 '恨치기'의 까닭은 헌데도 이렇다, 는즉슨, 음식물이 혀에 닿자마자, 그 맛에, 자기의 전신이 혀가 되어 혀들을 돋과, 애송아지를 태우는 火天님인들 그렇게까지나 맹렬했었을까 보냐, 殺意라고도까지 일러도 좋을 탐욕으로 음식에 달라붙으며, 전신에다, 桃花村으로 불어가는 시린 바람, 황홀하다고 이를 경련을 일으켜낸 그것인데, 글쎄, 그것이 저 '恨치기'의 까닭인데, 자기가 살(肉身) 속에로 보독쓰려진, 그 還俗을, 촛불중은 뒤늦게 깨달은 것이다. 그 스스로 禪꾼(요기)이라고 하면서도, 성공적 手淫이나 性交를 제외한다면, 이렇게까지나 자기의 몸·말·마음이, '몸'이라는 일점에로, 빈틈 없이 合致한 경험을, 별로 가져본 일이 없던 것이다. 주려죽을, 그래서 촛불중은, 울었다. 음식을 먹는다며, 종내, 그 음식에 자기의 머리가, 염통이, 불알이 씹혀 먹혀진 것을 발견하고, 그래서 촛불중은, 울었다. 달을 짖어 일어나던 미친개가, 달을 삼켜먹어버렸음. 그래서 촛불중은, 울었다. 그럼에도 비구여, 還俗함이 없이는, 무슨 수로 出家를 한다고 이르겠는가. 아으 그런즉, 가려움증을 입은 佛者여, 그리하여 그대는, 畜生道의 고통을, 함께 앓게 되어 있는 것인 것, 울어라 새여 울어라, 날개를 달고 있음의, 그것은 비극, 그렇다, 그 비극을, 苦海의 무거움을, 울음 울어라,——울음 운다.

그렇게 울음을 졸이다, 다 졸아졌기에 그랬을 것이지만, 촛불중은, 손에 눈을 발라 보아낸, 그 굴벽에 뚫려진 구멍에 바짝 다가앉아, 그 구멍에다 코를 들이밀 듯이 하고, 심호흡을 시작하더니, 호흡에 가락을 잡아내고 있었다. 안개의 냄새가 쌍곰하기도 하다는 것

은 이상하다, 한데, 그 쌩곰한 냄새 속에서, 춧불중은, 戌時나 亥時
쯤의 저녁 냄새를 맡았다. 안개비의 냄새, 흐름이 없는 기류의 냄새
로, 그역 흐름이 없는 時刻의 냄새를 맡는다는 일은, 춧불중만큼만,
羑里 살이의 경험을 쌓아온 자라면, 저절로 터득해 알고 있기는 할
것이다. 그뿐만도 아니다, 무변의 無音의 사막에서 춧불중은 또, 그
無音의 無流를 좇아, 귀로써 시간을 구별해낼 수도 있었는데, 자기
가 처하게 된 이 굴속에서는 그러나, 자기의 귀의 눈은, 어째선지
뭘 충분히 잘 본다고 할 수가 없는 듯하다고, 느끼고도 있었다. 어
쨌든 춧불중의 코에 숨쉬어지는, 해마다의 그 안개비, 그 묵은 묽은
냄새는, 중의 意識을 통과해 흐르든, 흐르지 않든, 時刻마다, 냄새의
어느 끝이 달라도 달랐던 모양이었던게다. 예를 들면, 말한 바의 저
戌時나 亥時頃의, 時間의 냄새는, 그 코만 알고, 그 코의 임자는 잘
모르지만, 더 묽고 무거운 적막의 냄새를 품어 있었을지도 모른다.
낮에는 그리고, 저 안개비 위쪽에는 물론, “해가 아직도 빛나고 있
을지니,” 그 시간시간 특유의 볕 냄새가 있을 것이어서, 그것으로
춧불중은, 흐름을 가늠하지나 안했었을 것인가. 재미 히히 있는 것
은 글쎄라, 춧불중이, 그렇게 가늠되어진 시간의 단위로, 하루를 셈
하다 보면, 히히히, 춧불중의 어떤 하루는, 아홉 점보다 많지(길지)
가 안했는가 하면, 어떤 하루는 열다섯 점도 되고, 했다는 점이다.
　그 벽 구멍을 통해 춧불중은, 비교적 신선하다고 이를 공기와, 안
개비만을, 자기의 폐부에다 끌어들인 것만은 아니다. 동시에 그는,
그 사막을 그 숨에 감아, 그 굴 안에다 끌어들여놓고도 있었다. 그
렇다. 그는, 사막을, 안개비를, 정적을 싫어했었는데, 却說이行으로,
‘세천시어곡’ 동구까지나 갔다 되돌아오는 길에, 자기가 그렇게도
싫어했었던, 그 사막을 그리워하기 시작하고 있다는 것을 발견하고,
그리고 달콤한 還俗을 생각하다 보니, 자기가 거기 돌아와 있음을
알았다. 어떤 ‘그리움’ 탓에, 중이 떠나거나, 돌아올 곳을, 그런 목적
지를 갖는다는 일은, 허기는 還俗 말고, 다른 아무것도 아니기는 아
니던 것이다. 그리고도 춧불중은, 왜냐하면 그것은, 자기가 불어 꺼
버렸었기 때문에, 춧불꽃만 가꾸고 있지를 않다는, 그 한 修業만 제
외한다면, 사막을 떠났기 전의, 그 훨씬 더 젊던 춧불중 자기에로
되돌아온 것을, 그리하여 깨달았다. ……대개의 밤으로입지, 물론
수도부와 방금 전에 헤어지고도 말입지, 한번의 긴 수음을 하곤 말

입지, 조금 울다 잠듭지, 약간의 진정제, 약간의 외로움, 약간의 비
애, 약간의 아편, 약간의 꿀물, 잠은 그런 겁지. 깨어나보아도, 세상
은 조금도 변해 있지 않습지. 해만 탁하게 돋아 있고 말입지, 바람
도 없는데, 어디선지 말똥이라도 타는 듯한 냄새만 흐르고 있습지.
뭣을 할까를 모를 뿐입지. 견딜 수 없는 권태가 시작됩지. 그런 날
의 계속, 道는 멀고입지, 이 사막의 살인적인 무료 속에서 굼벵이가
거진거진 되어가며입지, 썩은 몸뚱이가 아니라 정신 속에서 꾸물거
리며 말입지, 죽고 있습지. 살인이라도 하고 싶습지. 장옷을 벗어부
치고, 천리라도 달리고 싶습지. 고함이라도 버럭버럭 질러대고 싶습
지. 그러다 잊어버렸습지. 그림자가 아직도 있는지 없는지, 그것까
지도 잊고 말입지, 그냥 사는 겁지. 글쎄, 그것도 사는 겁지. ……촛
불중은 글쎄, 바로 그 꼭같은 사막을, 그 숨에 감아, 굴 안에다 쉬어
들여놓고 있었다. 그 꼭같은, 흐름 없는 흐름이 썩기, 타는 말똥 냄
새의 권태, 무료감, 정적, 사막——(만복으로, 한바탕 울고 난 뒤 촛
불중은,) 그때는, 그랬었다 글쎄, 無神論者로 돼진 鬼神에라도 붙어
흉가가 된 듯하여, 삶을 왼통 곤혹스럽게 여기게 하던 것들이, 그
沙漠이, (이 순간에 느껴지기에는,) 팅팅 불어 앞가슴팍을 다 적시
기에까지 이른, 젊은 어머니의 젖퉁이, 溺死할 들척지근함으로, 바
뀌어졌다고 했다. (제기럴, ‘沙漠’과, ‘팅팅 불은, 젊은 어머니의 젖퉁
이’에의 夢想? ‘屍灰’와 비 묻게 하는 ‘암개구리’!) 이 자식은, 후레
자식은, 그 어미 품에 포소곤히 안겨, 그 젖꼭지를 물고, ‘잠’을 자려
고, 그래서 돌아왔다고 했었다. (이런 말이 어떻게 시작되어, 어떻게
끝맺음을 했던지, 그것을 밝히려기는커녕, 잘라버리고, 남은, 한 토
막만 홍두깨로, 밤중에 내밀기로 한다면, 누구에게나 다 그것은, 이
해할 수 없는 불쑥임이며, 광인의 지껄임 같은 것으로 여겨질 것이
분명하지만, 까짓것, 그런들 어쩌랴,) ‘잠’이 촛불중께는, 그 어느 한
자락도 접힌 데가 없을 때까지, 활짝 펴, 깨워야 하는, (자기가 자기
에게 첨매준) 하나의 ‘話頭’였던 것인데, 클, 클, 클, 과연이나갖다가
시나 이 돌중은, ‘잠을 깨우기 위해서,’ 힛, 힛, 힛, 오히려 ‘잠을 자려
하고’ 있는 것이다?
　　그것은 그러려니와, (라는, ‘그러려니와’란, 그리하여 이 한 돌중
은, 그 ‘잠’의 가슴팍에, 포소곤히 안겨들어 있게 되었거니와라는 그
런 말인데,) 그럼에도 이 돌중은, 그 어둠 속에서도 눈을 휘번득 휘

번득 해쌈시롱, 그 '잠'의 포대기 속에다, 자기의 '말과 마음'은 뉘여 놓으려 하고 있지 않다. ("중이 염송을 할 때, 그는 그 염송을 '입술'로 하느냐, '마음'으로 하느냐?"──이 公案은 물론, '깨어 있기'와 관계된 쪽에서 주어진 것이지만, 그것은 그런고로 뒤집는다면, '잠자기'에도 적용할 수 있는 公案이기도 할 것이다.) 만약에 헌데, '훨씬 깨이기(解脫)'를 위해서, 오히려, '잠'을 자되, 심지어 그것을 한 '삶'으로까지, 運命化해버린 有情이 있다면, 그 有情의 이름은 그리고 '누에〔蠶〕'인데, 그렇다면 '잠'이라는 話頭에 관해서는, 그 有情으로부터 배우는 것은, 매우 권고할 만하다 할 것이다. 한데, 허기는 그 有情의 '잠자기'도 그렇게 쉽게 보이지는 않던 것이다. (이 有情의 '잠자기'를, 거두절미하기로 하여 말한다면, 詩酒 담그는 자〔「말테」 말이지.〕의 詩酒 담그기와 별로 다름이 없다고 할 수 있을 터이다.) 특히 '깨우기' 위하여 '잠자는' 자들은, 뭣보다도, 그 '잠'의 바깥 뜰에다, 그것이 뭣이든, 남겨둠이 없어야 할 터이다. 그렇지 않는다면, 그 '잠'은, '꿈'의 출몰에 당하든, 아니면, '잠'에 구멍이 뚫히는데, 나갔던 그 '꿈'이, 돌아오지를 않은 까닭이다. '깨우기' 위해 자는 '잠'이 성공적이려면 그러니, 흩어져 있는 '꿀(signified)'과 '의미(signified)'를 모아들여야 한다. (이것이 '밖〔signifier〕'을 깨우기일 것이다.) 그렇게 모은, '꿀과 의미'는, 채곡 채곡, '잠'속에다 채워넣어야 하고, 그리하여 그것들은, 그 잠속에서 잊혀져야 한다. (이것이 설잊혀지거나, 설익혀지면, 거기서는, 노루를 먹은 호랑이의 똥이, 얼마는 노루고기며, 얼마는 똥인, 그런 현상이 일어날 것이다.) 그리고도 그 '잠'이 '나비(解脫)'가 되려면, '넉잠'을 잘 자야 된다. 다하여 남김이 없어야 된다. 선(설은) 잠은, 잠속에도, 깨임 속에도, 꿈으로, 낮도깨비로, 羯磨의 조각조각들이, 欲望의 작은 회오리바람에 황진기 등이 되어, 회오라져 다니는 바람에, 깨어 있을 때도 졸고, 자고 있을 때도 말뚱말뚱 깨어 있어, 그 자고 깨기, 깨고 자기를, 다하여 남김이 없을 때까지나, 되풀이(輪廻)해야 할 것이다. (이 文章 속에는, '잠'과 '꿈'만 있고, '잠자는 자'와, '꿈꾸는 자'가 드러나 있지 않은 것을 觀해, 그것에 주목해야 할 것이다.)

촛불중께는 그런데, 굴 바깥쪽에서 쑹얼거리다, 저녁을 새러, 자기 정한 저녁 자리로 돌아가버린, 그 불화라지 하나가, 뭣 때문엔지, 자꾸 켕기기 시작하고 있는 것이다. 그 불화라지는, 촛불중께 스름스름 믿어져지기는, '세상의 불'을 제 뱃속에 감춰넣고 있었다는, 어떤 '벙어리뱀(문두룸)'을 웃겨 그 '불'을 훔쳐냈다는, 바로 그 꾀 많은 새나 아닌가 한 것이고, 이후에는 그래서, 자기로부터 뭘 빼내 가려는지, 그것은 현재로서는 알 수가 없다고 한다 해도, 이전에는, 물론 벌써부터도 촛불중은, 그렇게 그에게 혐의를 두고 있어오되, 자기가 꺼버렸던, 그 '불꽃'을 횡령 사취한 자가 또한 저 화라지가 아니었던가 했던, 그 의문에 대답을 얻은 것이나 아닌가 했다. "이후에는 그래서, 자기로부터 뭘 빼내가려는지, 그것은 현재로서는 알 수가 없다"고 앞서 말한 것은 그러나, 눈감고아웅하기의 修辭學 이외의 다른 아무것도 아니라는 것은, 서둘러 밝혀두는 것이 좋을 듯하다. 그럴 것이, 더도 덜도 말고, 바로 저 '불화라지'만큼이, 촛불중 자기의 '잠'으로부터 덜려나갔다는 것, 그것을, 아까 언제부터였든, 귀로 내어다보아 촛불중은, 알아오고 있었던 것이니 그렇다. 그렇지 않고, 무슨 까닭으로 그 불화라지가, 이 돌중의 마음에 켕기겠는가.

  촛불중은, 호흡에 가락을 찾으려 하며 그리하여, 도대체 어떤 고비에서, 저 불화라지가, 자기의 '禪定(중에게 있어서의 삶은, 禪定 자체인 것.)'의 사립짝을 열어, 걸어나가버렸는지, 그것을 알아보기 위해, 할 수 있는껏, 시간을 역류 소급하여, 前生 五百世를 까뒤집어보려 했다.──라는 이 짓이란 그러나, 무엇이겠는가, 라는 말은, 바로 이 촛불중 당자에 의하면, "前生이란, 다름이 아니라, 人間이라는 有情에 대해서는, 그 개인개인의 運命의 內容(性格)이 되어 있다."고 하는즉슨, (그것이 짐승에 대해서는, 運命의 記號〔形態〕가 되어 있는 것일 것이다.) 그렇다면, "前生 五百世를 까뒤집어보려"하기란, 곰이나 오소리가 제 발의 기름을 핥듯, 골마리를 까뒤집어, 이는 손톱에 눌러 피를 내고, 서캐는 으드득 으드득 씹어댄다는, 그 짓 말고 글쎄, 무엇이겠는가. 그리고 물론, 대부분의 善男子 善女子들께는, 말한 바의, '前生 五百世를 까뒤집어'본다는 짓이란, 자기의 內面에로의 여행으로도 이해될 것이 틀림없음에도, 그리고, 상사라의 修辭學的 秩序를 존중하기로 하면, 촛불중은 물론, 그만의 그런 여로에 올라 있지 않은 것은 아니라도, 촛불중이 현재, 그 상태에 도달해 있는가, 어쩐가와도 상관없이 그러나, 한 중이, '我執'이야말로 모든 '苦'의 원천이 되어 있다고 알아, 그것을 여의려 하여 정진 고행중에 있으면서, 존재에는 무슨 '알맹이'가 있는 것이 아니라, 그것

자체가 無明에 의한 '幻' 말고, 다른 아무것도 아니라고 알고 있다
면, 말한 바의 '內面에로의 여행'도 그러니, 그 꼭같은 無明이 일으
켜낸, 불가능한, 修辭學的 幻行 이상의 아무것도 아니라는 것을, 알
고 있는 것은 분명하다. 이 '幻'이란 그렇다면, 깨뜨려버려야 되는
것일 것인데, 이 '깨뜨리기'를 촛불중은, '깨우기'로 표현하고, '幻'을
'밖'이라고 이르는데, 주목을 요하는 것은 무엇인가 하면, 근본적으
로는, 이 '幻'은, '알맹이(核)'를 갖고 있지 못해, '無'라는 記號(文字)
와 꼭같음에도, '無明'과 제휴하면, '實肉'化를 성취하고, '알맹이'까지
생겨 가져, '運命'들이 되어버린다는, 이 일점일 것이다. '畜生道'는
아예 거론할 것도 없겠지만, '修辭學的 宇宙'도, 그 주춧돌을 놓는
자리를, 이런 데 어디쯤에 두고 있음은 분명하다.

　말해온 바의 어느 쪽이든, '안'쪽이든 '밖'쪽이든, 자기의 '禪定'의
어느 숨결을 좇아, 저 늙다리 詩匠이가, 살콤 外道에 나섰는지, 그것
을 점검해보려다 촛불중은, 느닷없는 데서 불쑥, '我執'을 해후하기
에 이르렀으며, 그리하여 자기의 禪定이 陰極에로 빗나간 것을 알
고, "페—!" 하고, 소리를 내질렀다. 그리고는 저 요사헌누무 말
(言語)의 화라지가, 따로 나가기에 이른 어느 일점을 찾으려는 짓
은 그만뒀다. 徒勞아미타불, 唑! '마음'論者들의 주장이 이것이지만,
"마음을 넓히면, 그것 자체가 우주"라고 하거늘, 그렇다면, 무엇이
거기서 빠져나갈 수도 있다고 생각하는 것은, 단적으로 말하면, '我
執'이 이뤄낸 幻想 말고, 또 무엇일 수 있겠는가. 촛불중도 물론,
(그가 이 상태에서 새로 기억해내기는,) 일어난, 끌 수 없는, 고압적
情炎에 의해, 陰極으로 빗나간 禪定중의, 어떤 비구니들이, 자기 속
에서, 淫鬼를 분리해내어, 자기의 밖으로 불러내, 환속행에 오른 얘
기도 잘 알고 있다. 그리하여 촛불중이 새로 알게 되는 것은, 만약
그때마다, 그런 비구니들이, '我執'만을 여읠 수가 있었다고 한다면,
오히려 그 '淫鬼'와의 더운 情事를 통해, '은총'과 '空'이 다르지 않은
것이라고 알았었을 것이 아니겠느냐는 것 같은 것이다.

(⁽²⁾In your secret Wisdom Lotus
Lies the bija, "Bham" shaped like the sign "ē";
The male gem is likened to the blue bija "Hum";
And, when combined with "Pad," fixes

Tig Le well.
When Wisdom and Skill together join
The Bliss of Two-in-One is offered best.

....

"Tig" is Nirvāna Path!
"Le" the Bliss of Equality;
"Las" means the various actions and plays,
"Kyi" the intercourse 'twixt Bliss and Voidness;
"Phyag" is this and that to hold;
And "rGya," to embrace Nirvāna and Saṃsāra.)

(이것은 물론, "나비가 莊子를 꿈꾸고," "새끼불이 날아오르는데, 그 발톱에 지구가 꿰어채이어, 대롱대롱 매달려 있었다."는 식의 修辭學 속의, '나비'와 '새끼불' 쪽에서 觀하고 하는 소리지만,) 촛불중이란 것은, 이승 쪽의, 조금은 時調的이랄 無毒蛇의, 無毒한 時調의 呪術의 목구멍에 물린 毒頭를 못 빼내고 따르르 따르르 떨고만 있으며, 그 無毒蛇의 몸 끌어 모래밭을 헤쳐나가는, 그 음향까지도 無毒한 데다 병신스러운, 그런 병신스러운 몸 끄는 소리가, 백년보다도 더 오래 전에로까지 멀어져, 이제는 그 소리의 귀신까지도 일어나잖는 그때쯤에는, 그누무 병신스러운 呪術의 목구멍에 물린 자기의 대가리가, 철철 녹고 있다고 느끼고 있다가, "일어난 情炎 탓에 괴로워, 陰極으로 치닫게 된, 어떤 비구니들의 禪定"에 생각을 머물리게 되어서사, 푸드등 날아오르게 되었다. 그러자니, 말의 화라지의 이빠디 새에, 드렁칡으로 엉겼던, 그 입에 물려 있었던 대가리에 돋은 머리끄덩이도 뽑혀져 올랐었을 것이고, 결과는, 그렇게 해서 그 머리끄덩이에 감겼던 이빨들이, 그 머리끄덩이에 히끗 드글 히끗 드글 이(蝨) 끓었을 것이었다. 글쎄 그때 중은, 속이 빈 척추에, 연기나 그을음이 없는, 맑은 불이 채워듦을 느낀 것이다. 그리고는 아마 촛불중은, 각설이 시절에 익혀두었던 여러 노래 중에서, 어떤 것 하나, 노래도 비슷한 것이 한뒤 구절 떠올랐던지, (이가 들끓는다고 하잖았더냐) 그 뻘 같은 어둠 속에서, 곡조는 뽑아내버리고, 사설만, 웅얼거리기 시작했다. 찢일년아, 밭길년아, 대동통편에 목맬년아, 모르게 한숨이나 한뒤 번 불어내고 말 일이었제, 어쩐다고 청

승을 까발씰 일이었느냐. 썩을놈아, 오살놈아, 말을 헐라먼, 겉만 민 틋허게 헐 일이었제, 어쩐다고 꺼끄렁 정까지 담아, 목구멍을 긁어, 피멍어리를 뱉아냈어야 되었느냐. 촛불중은 그러다, 누런 이빠디를 후두둥, 누렇게 웃었다. 촛불중 쳐넣어진 그 무덤 속에서야 무슨 볼 일이 있다고 일어날 시간이 따로 있겠으며, 누울 시간이 따로 있겠 느냐마는, 그래도 뭘 좀 먹고, 마시고 나자 촛불중의 전신이 해면 모양, 잠이며 피곤 같은 것에 푹 젖은 것으로 (촛불중이) 따지건대, 이것은 누울 시간 지낸 지도 제법 오래된 듯한 것이다. 라는 말은, 그날치 해도 잠자리에 든 지 오래인 듯하다는 말인 것이다. 흙으로 빚어져, 빛에 쐬이자 일어나 움직이기 시작하여, 그 '움직임'을 통해 '말(言語)'을 계발한, 이 빛벌레는, (흙 속에 깊이 심긴 뿌리라든, 씨 앗들을 보면, 그 깊은 암흑 속에서도, 어떻게든 빛이 있는 쪽의 방 향을 알아, 지옥에로 싹을 틔워내리지 않듯이, 어디에 처해 있든 빛 벌레들도 그렇게 끊임없이 '빛'을 듣는다.) 그 빛이 물려주고 있던 젖 꼭지가('말씀의 聖肉身'이 이렇게 돼서, "자기 가슴팍을 자기가 쪼 아 피를 내어, 새끼에게 먹이는 사다새"에로 轉身을 치른다. 아버 지—어머니. 본디 男性이었던 '觀音菩薩'의, 어떤 고장에서의 女性化 도 저렇게 해서 치러진 것일 것이었다.) 입술에서 뽑혀져나갔을 때 는, 그러니 결국 흙만 오소쉭이 잠으로 남는 것. 늘상 흙 속에, 그 몸의 반쯤을 묻고 사는 有情들은, 왜냐하면 깨어 있을 때도, 그 몸 의 반쯤은 흙 속에 묻고 있기 때문에, 잘 때도 서서 자되, 빛에 적 셔지기만 했다 하면, 어째선지 그 당장, 흙으로 몸해입은 것이 무겁 고 가려워, 도저히 견딜 수가 없다는 듯이, 그 흙에다 배반을 드러 내보이기 위해서인 듯, 흙에 닿이는 몸의 부분을 극소로까지 축소 하려 하여, 한 발바닥 닿이어 있는 것까지도 떼어내려, 다른 발바닥 을 대신하게 하는, 빛을 말(言語)로 바꿔서라야만 마주하는 有情들 은 헌데, 빛이 뉘엿뉘엿 힘을 잃기 시작하면, 咄, 이번에는 빛에 배 반을 드러내보이기 위해서인 듯, 둥지를 그리워하여 돌아와서는, 몰 렴하게도, 흙에다 몸을 밀착하되, 그것도 더 많은 면적을 밀착하기 위하여, (獅子坐를 꾸며, 오른편으로 누워 자는 부처를 제외하면) 등짝이라거나, 배때기 같은, 몸의 가죽이 그중 널따란 부분을 펴 깔 고도 모자라, 무엇으로든 무겁게 덮어 누른다. (이율배반의 천하순 잡종 같으니.) 그러면 왜냐하면, 허기는, '잠'이, '흙'이, 무거워도, (무

겹기 탓에,) 오히려 편하기 때문인데, (비대한 체구의 '존자스님'이
며, 河馬가, 물을 탐하여, 물이 뭉글어 부스러져 가루가 되도록, 물
속에 잠겨 뭉기적거리고 지내는, 육신적 이유가 거기에 있다.) '몸'
은, '몸의 宇宙'와 그런 투의 '몸의 말'로 통화한다. (이러고 본다면,
'몸'이란 다름이 아니라, 혹간 '道'의 成肉身〔化現〕으로서, 얼핏 추상
적으로까지 느껴지기도 하는 '自然' 자체쯤 되는 것이나 아닌가, 하
는 것을 고려하게도 한다. 젊은 아낙네들의 '月候'며, 내장머리없는
머슴놈들의 '뻐등거리는, 새벽 자지' 같은 것들을 觀할 수 있느냐!
그런 것도, 일러, '無爲'랄 것이냐! 아으, 그런즉 그런 채 내버려두거
라, 그러면 그것이 '無爲之道'겠느냐! 하으, 어쩌면 오히려, '새벽 자
지'로, '月候 끝낸 샅'을 찾아, 큼큼거리고 쏘다니는 짓, 그것이 '無爲
之道'가 아니겠느냐! 헤, 헤, 그러나 누구든, 이런 일로 너무 말을
많이 씨부리려 해쌀 일은 아닐 것이다, 그러면, 거웃은 무성해져, 왼
몸뎅이를 시꺼멓게 덮게 될 것이라도, 눈썹은 헐벗게 된다.) 잠이
온다, 그것들이 몸 붙인 그 바닥(은, 꼭히 '흙'만은 아니기는 아니어
서, '불'로도, '물'로도, 되어 있으며, 어떤 경우는, 〔바깥 숲의, 고른〕
나무의 가지들을 서로 얽고 엮어 만든, '하늘'에 매우 가까운 '시렁
〔이 '바닥'은 그래서, '바람'이나 '空間'으로 되어 있다.〕'으로도, 되어
있기도 하다.)으로부터 어떤 다사로움, 훈훈함이 일어나, 괴이기 시
작하면, 그 바닥이, 저 산 것 속에다, '잠'을, 그 하루치의, 또는 한
삶 몫의 '죽음'을 수혈하고 있는 중인 것이다. 이런 '죽음'에 대한, 은
유적 익명은 '休息'인 것——休息. 그것(休息)은 그리고, '바르도'이
다, 바르도.——아으 그리하여 촛불중은, '잠'에 옮여들기 시작하고
있는 듯한데, 그는 바로 이 話頭(잠) 탓에도, 羑里에로 돌아왔던 것
이 아니냐.——大地는 그리고, 일어난 무엇이 스러지는 곳이 아니라,
되돌아 오는 곳, 그렇다, 이것이 바로 촛불중으로 하여금, 땅(地球)
이야말로, 한 宇宙의 '子宮'이 되어 있다고 믿게 한, 그 관건인데, 그
래서 '죽음'이 '休息'의 夢想을 일으키고, '休息'은 '바르도'化하던 것
이다. 겨울에, 제 그림자를 바깥 찬바람 가운데 세워두고, 뿌리 속에
로 내려가 쉬(休息)는 나무들은, 참으로 아무 꿈 하나 꾸는 것이 없
이, 또는 어디 한군데 가려움도 없어 손가락 하나라도 꼼짝해야 할
일이 없이, 깊어지면 깊어질수록, 그 달콤하기도 농도가 더 짙어지
는, 모난 데라고는 없는 원만한 잠, 만을 자는가 몰라. 한 우주가 폭

266

싹 사그라져 재가 될라믄 되구, 새로 개벽을 헐라믄 허구, 새로 나무일라믄 나무일 터이라두, 깨이고 싶지 않은 잠,──("神들의 삶이랄 것은, 참선중에, 三昧的 잠속에로 떨어져내린 것과 같은 상태"라고 이르거늘,) 그런다면 나무들도, 겨울에는 神들이다. 그러던 단잠을 깨이어야 되는, '잔인하다'고 이르는 봄에는, 새로 나무들이다 神들은.

'꿈 없는 깊은 잠(은, 솩티〔Śakti〕의 요니를 뚫어올라, 그 요니 밖으로 훨씬 벗어나 있는 부분의, 쉬바〔Śiva〕의 링가'로 暗號化해 있는 것으로서, 쉬바神의 영역이지만, 이 자리에서 고려되어지고 있는 것은, 그런 大我的인 것에 대한, 小我的 국면인데, 그럼에도, "그중 큰 것과, 그중 작은 것은 같다"라는, 宗敎的 算法 한 가지는 기억하고 있어얄 것이다. 기억해둘 것은, '꿈 없는 깊은 잠'은 쉬바神의 '영역'이라는 것이다.)'이 촛불중께는 헌데, 어떤 '잠─죽음'의 下界(란 修辭學的 想像力이 더듬어낸 방향일 것이다.) 어디쯤에 있어, 잠자는 자가 들어(入)야 되는, '無性의 房' 같은 것으로 이해되어지는 것으로서, 거기서 '꿈'들이 살을 입어 나오는, 그러니 그것이 '꿈의 子宮'이나 아닌가 하고 여겨지는 그것이다. 바로 이 '잠의 羊水'가, 후텁지근한 비린내를 풍기는 곳에 담겨지면, 일단은, 사람이었던 것도 人皮를 벗어야 되고, 짐승이었던 것들도 獸皮를 벗기워야 되며, 그리하여 그런 일순, '生命'이었던 것들은, 쿠라(Cura) 女神이 주무르던 것 같은, 둥그런 찰흙덩이 같은 것이 되어져버려 있어, 돌기했던 부분도 민틋해지게 되려니와, 움푹 파였던 부분도 메꿔져, 그역 민틋해지게 될 것이었다. 無性의 房, 時間이며 運命까지도 멈춰버리는 곳, (이 '멈춤'은 그러나, 그것 자체가 '運動'의 한 형태, 즉슨 다른 쪽 빰인 것이, 고려되어져야 할 것이다. 왜냐하면, 프라브리티 속의 이런 '無性'은, 비유로 말하면, '폭풍의 눈' 같은 것이기 때문이다.) 모든 것이 잃어졌다, 모든 것이 되찾아져지는 곳, (촛불중은 나중에, "밤마다, 깊이 잠자며, 새 신발 한 켤레씩을 다 닳궈내는," 어떤 民譚 속의 '열두 公主들의, 비밀한 夜行'을 추적하기에 이르고, 그리하여 그 公主들의 닿은 곳, 그 비밀한 방의 풍경을 절시하게 되는데, '남김이 없이 깨우기 위해 자는 잠'.)──그리하여, 이 無性의 房을 통과한 것들은, 꿈, 새옷으로 바꿔 입어, 舞蹈會로 나가는데, 사람이었던 것이 개얼굴을 뒤집어써, 개여서 캐갱 캐갱 짖기도, 날뛰기도 하고 있으며, 계집이었던 것이, 전에 사내였던 것을 쓰고 덤비기도 하고, 있기도 하다. 새로 몸을 해 입으려거든, 찢일년아, 발길년아, 썩을누마, 오살누마, '無性의 房'이 아니라, 忘却의 房 같은 것이라도 통과했더면, 前生에 마신 젖이 毒이 돼, 써져버린 것에, 後生이 당하지는 안했어도 좋았었을 것을. 치마 밑에다 자지를 꾸그렁하게 감춰갖고 있는 계집을 보기가 민망하듯, 사실 이승 자체가 민망하다. 유방에다 '죽음'을 모아갖고 있는, 풍요한 데다 자애스러워 보이는 어머니——이승은. 한 '休息'의 저녁을 지낸 아침은, 이렇게도 혼돈이로구나, 夢態들이 뒤섞였음, 빈 조개껍질 속에로는 은둔게가 쳐들고 있으며, 본디 사람이었던 것이, 뱀알 속에 담겨 있음, 허물린 뒤의 바벨탑의 言語, '記號'와 '意味'의 괴리……

왜냐하면, 촛불중이 궁둥이를 붙이고 앉아 있는, 옴팡해진 모래바닥이, 休息의, 잠의, 달콤한 손가락들을 일으켜세워, 촛불중의 전신의 껍질을 까내리려는 듯이, 전신의 껍질을 끌어 잡아내리려 하고 있었으므로, 그런 저런 어떤 때쯤 촛불중은, 그 앉은 자리에서, 한옆으로 비그르 무너져버렸으며, 그래서는, 개모양, 또아리를 둥글게 친 뒤, 머리를 살 사이에 박고, '중두막이 착 휘어, 긴 지렁이 꼬락서니의 하초'를, 고무줄 늘이듯 늘여, 어머니의 젖꼭지를 물 듯, 그 ⁽³⁾귀두를 물었다. '개'를 '聖物'로 취급하는, 어떤 方言을 쓰는 사람들의 풍속에 의하면, "개도 앉을 때, 뒤를 먼저 땅에 대고, 뱀모양 또아리를 친다"고 하여, '뱀'과 동일시하는데, 그러면 알 일이다, 이 촛불중은 개처럼 뭉쳐 누웠는데, 다시 본다면, 제 꼬리를 제 입에 물어 뒤집히는, 독사모양 독을 굽거나, 제 독으로 젖 삼으려 하고 있다. (이것이, '手淫派'네 法語로, ⁽³⁾'蛇圓會陰法'의 禪定〔瑜伽〕이라고 이른다는 것은, 기억해둘 일이다. 이외에도, 이것과 꼭같이 주된 禪定法이 하나 더 있어, 그것은 ⁽³⁾'花陰會陰法'이라고 이르거니와, 촛불중은 현재 그러니깐두루, 저 '蛇圓會陰法'의 臥禪圓形을 취하고 있는데, 이것은, '물구나무를 선 둥글음,' 그러니 '花音會陰法'이라는 이름을 갖는, 물레바퀴 같은 縱禪圓形에 비해서는 매우 편한 禪法이 되어, '잠자기 禪法,' 또는 '꿈꾸기 禪法'이라고도 일러진다.)

거북님입지 거북님입지
모가지를 내어 놓으십습지

268

　　만약 내어놓지 않으면입지
　　구어 살라 먹겠습지

　冥界의 마야랍 촛불중은 그리하여, 잠속에로 여행하려 하며, 저 늙은 불화라지가 읊조렸던가 했던, 그런 呪文은, 코를 통해 읊조렸는데, 그 呪文은 그렇다면, '물'의 子宮 속에나 피맺혀 있는, '火天님 불러내기 노래' 말고 무엇일 수 있었겠는가. "옴 마음속의 노란 불이여, 傷하게 하라, 傷하게 하라! 태우라, 태우라! 먹어라, 먹어라! 모든 것을 아는 자에게 비옵나니, 스바하!" 히, 히, 히, 중이란 것이, 제놈의 것인 '살'을 제 입에 물어, 빨아들이며, '마음속의 불'을 불러낸다? 드, 듣기로는 허, 헛, 헌데 이렇다, [4]"구름, 저 위쪽에 있는 바다(Vouru-kasha. Zend), 그 바다 한가운데, 듣기로렇다, 모든 종류의 씨앗을 매단, 씨앗나무(Harvisptokhm, Zend)가 자라 울창해 있고, 바로 그 나무에 (이름을) 시남루(Sinamru, Zend)라는, 한 金烏의 둥지가 있다. 그 새가, 그 나무로부터 날아오르면, 그 나무에서 千枝가 돋아 자라고, 날아 내려앉으면, 千枝가 부러지는데, 그때 씨앗이 떨어져, 사방으로 흩어져내리는바, 그것이 雨神(Tistar)이 뿌리는 비."라고 한다렇다. 또 그리고 듣기로는, 이렇다, [5]"황소의 精蟲은 月宮에 비장되어 있다."고 하고, 그리하여 그 '황소의 씨앗'이 방출될 때 일어나는 "벽력은 물의 자식, 계집들의 上主"라고 이른다고 한다. 왜냐하면 '벽력'은, "비구름 속에서 태어나기 때문"인데, "달의 배꼽은, 비구름, 비, 바다" 저 '황소'는 '金烏.' 이 '金烏'가 저 禪木(씨앗나무)을 차 날아오르려 하자, 무수한 씨앗의 비가 흩어져 내린다. 禪木에서 내리는 것은 말(言語)의 비(雨), 諸神들이 바치는 祭酒, '흙' 속에 스며들면, '意味'뿐이던 것들에 '살'이 입혀져, 禪木의 순들이 돋는다, 늙디늙은 꿈들의, 새옷 입어 나들이 하기. (이 '金烏'는 '씨앗나무'를 박차 날아오른다며, 그것이 내려앉는다면, '千枝'씩이나 부러뜨리도록이나 무거운 그 몸을, 혹간 후루룩 태우는 것이나 아닌가, 그리하여 흩어져내리는 그 '재'가, '씨앗의 비'나 되었던 것이 아닌가. 그 '재' 속에서는 그러면, 새로 金烏의 알이 까여, 매우 늙은 새끼 金烏가 날아오를 것이다. '文法,' 또는 '輪廻의 고리'에 끼인 것 치고는, 아무것 하나도, 젊은 運命[意味]은 없다는 것을 아느냐? '젊다'는 것은, 새로 입은, 그 입성[記號]뿐이다.)――날아오르는 새와, 내리는 새. (타오르는 불과, 재.)

촛불중은, '잠'속에로 가라앉아가며, (날아오르는 金鳥와, 내리는
金鳥의) 바룬다새, 의 꿈을 꾸고 있었다. 하루 열두 번씩이나 변색
을 한다고 일러지는 도마뱀모양, 이 바룬다새는, 하루 열두 번씩이
나, 그 한쌍의 머리를 바꿔 다는 것을, 촛불중은 관찰해내고 있었
다. (앞서 두 번 쓰여진, '하루 열두 번씩이나'는, 꼭같은 의미로 반
복되어진 것이 분명한가?) 그것은, 바룬다새의 變色일 것이다. 이왕
에 하나 달고 있었던 色頭(肉頭)에 이어, 欲生에 의해, 空頭가 돋아
나 이누무 새는, 대가리가 둘씩이나 되었더니, 還俗에의 끊임없는
그리움, 그 欲望에 의해서는, 人頭와 畜頭를 갖추게 되었었다. (그뿐
만은 아니다, 生成이며 輪廻 등을 개의해싸면, 이 새는, 암/수로도
나뉜다.) 헌데 이 金鳥는 오늘, 자기의 '無翼'性을 깨달았는지, 그것
에의 극복을 '몸(無翼)'에 의해서가 아니라, 날개가 없어도, 먹이(燃
料)만 있으면, 힘차게 오르는, '말(言語),' 그것의 '上昇力,' 즉슨 그것
의 날개 아닌 날개에 의존하려 한 듯하여, (그 '몸'을 '燃料'로 한)
'불머리(火天頭)'를 드러냈는데, 그 결과는, 그 '불머리'의 뿌리(燃
料) 쪽에 '물머리(에 입혀진 暗號는 '龜頭'가 아니던가?)'가 은닉되
어 있음이 절시된다. 兩頭鳥——그 '火天頭'는, 저 새의 '마음'속에서
불리워(招)나온 '노란 불'이며, '龜頭'는, '살' 속에서 꿇리어나온 '노
란 불'이다. 이 兩頭鳥의 '잠'은 그리고, 배꼽에서도 더 아래쪽, '會
陰'에 또아리쳐 있다.

촛불중은, 자기의 배꼽을 타고, 내려, 그 '잠'속에 들며, 저 兩頭鳥
의 꿈을 꾸고 있는다.

내리면서, 올라가고 있다.

續

　오늘 새벽 촛불중은, 어디 멀고도 하먼데 동네서, 새벽 닭이 첫 홰쳐 우는 소리를, 자기 속 어디 멀고도 하먼데 동네서 듣고, 깨어 났다. (촛불중께는, 이것이 늘, 고달픈 신선감을 일으키는, 이상한 것이었지만, '풀베개에 머리를 얹어' 노숙을 할 때마다는, 먼 동네서, 그렇게도 목젖을 끓이며 짖어쌌는 개 울음을 들었었는데, 어떤, 일진이 괜찮은 날로 얻어들어 일숙을 하게 되는 人家의 지붕 밑에서는, 늘, 새벽에 닭 우는 소리에 귀가 열리곤 했었다. 그런즉 촛불중은, 일진이 좋게도, 지난 밤은, 어디 '안'잠을 자고 있었던 것인게다.) 헌데 닭은 새벽마다, 각설이들께 잘 알려진 사실이 이것이지만, 어느 동네 닭만 우는 것은 아니고, 세상 모든 고장의 닭들이 그렇게, 일제히 홰쳐 울던 것이다. 그렇다는즉슨, 동네 잔치를 크게 한 번 끝낸 어느 동네서는, 가령 말해, 벼슬이 그중 좋은 것으로 한 마리만 남겨놓고, 장닭을 모두 잔치에 써버린 결과로, 그 한 마리 장닭이 새벽 獨唱을 할 수밖에 없었다 한다 해도, 그 울음은 외롭지가 않으며, 한 마리 닭이 깨운 그 아침 해도, 작다거나, 병신스러운 것은 아니라는 것을, 알게 된다. 그 한 울음이, 새벽에 처한 만방을 울리던 것이다. 글쎄, 그 울음은, 그 동네에 하나뿐이었어도, 集團的이던 것이다. 어떻게, 수탉들간에는, 그 새벽 홰쳐 울기의 약속이 이뤄져 있었던지는, 닭들만 알고 아무도 모를 일이되, 최소한, 밤이 새벽으로 바뀌는 그 시각에 있어서는, 닭은 해를 부화해내는 金烏이다. '새벽'을 '子宮'으로 가진 불새인데, 누가 말해 수탉은 알을 깨이지 못한다고 말할 수 있을 것이냐. 수탉이, 벼슬을 높이 달고 있음은 그래서, 허세가 아니다. 그리하여 촛불중은, 전에 들어왔었던, 그러나 아스무레해져버린, 새벽 닭 홰쳐 우는 소리를, 새삼스럽게, 이 새벽에 다시 듣고 있는 것이다. 그리하여, 한 마리의 金烏가, 그 '울음' 소리들을 벗어나, 그 날개를 태우며, 찬연하게 떠오르는 것을, (먼데 동네의 아침 해를,) 자기 속 동네서 보고 있다. 헌데 어쩌면, 이 의미인즉은, 촛불중이 처한, 저 특정한 돌무덤, 그 無時의 장소속에로도, 어느 때부터인지, 허기야 저 새벽 닭 울음이 울려 퍼져들었던 그때부터 말고, 또 어느 때부터였겠는가, 마는, 새로 時間이 사려넣어지기 시작했다는, 그런 것이었는지도 몰랐다. 라는 말은, 다시 그의, 그만의, 羑里의 日常이 틀을 잡기 시작했다는, 바로 그런 것인지도 모르는데, 이 '日常'은 새로 재단된, 한벌의 새 日常인지, 아니면, 그가 羑里를 떠났었기 전의, 여기 저기로, 뭣이 자꾸 불거져 나도, 편했던, 百結의, 그 낡은 日常을 새로 걸쳐 입게 된 그것인지, 그것은 그 자신으로서도 아직은, 너무 일러, 잘 모를 뿐이다. 혹간 말해 그래서, 그 '日常'과 이 '日常'이 같지 않다고 한다면, '日常'이라는 것도, 종류는 한 가지뿐만은 아니라는 것을 생각해보게 할 것이다. 어쨌든, 이 羑里의 七祖는, 아스라히 멀고도 먼데, 어느 동네서, 예의 그 한 마리 金烏가 깨어 일어나, 처음 홰치고, 다음 벼슬 단 머리를 빼돌려, 어둠의 고장을 향해 우는, 그 신선하고도, 그리고 잠으로 고달픈 울음을, 자기의 안쪽에서 들은 것이다. 그 어둠의 고장이 그러자부터, 밝음의 해일에 덮여들고, 암흑의 永山이, 끓는 熔岩의 바다에 난파한 것처럼, 녹아, 빛의 바다 아래로 가라앉아 내리고 있었다. 그 빛의 滿潮 아래에서, 모래톱의 게새끼들 같은, 빛의 억만 벌레들이 일제히 창을 열어, 빛 가운데로 나들이 나와, 그렇게도 넘치는 빛도 모자라다는 듯이 탐해, 전신에서 흡반을 돋과, 그 빛을 머금어들이고 있다. 바로 이런 때에, 夜行性 鬼神나부럭지며, 박쥐 따위들은, 빛이 어두워(우그러질녀러, 빛도 일종의 어두움이다?), 밤 동안 열어놓았던 창들을 닫기에 바쁘고 있을 것이었다. 그리고는 이제 침상에다 무거운 몸을 부릴 것인데, 밖의 빛의 두테와 비례하여, 그것들의 잠의 두테도 두터워져갈 것이었다. 그러고 본다면, '밝다'거나, '어둡다'는 식으로, 明暗을 구별하는 말 같은 것도, 순전히 빛벌레들의 편견이 만들어낸, 그것들만의 사투리가 아닌가 하는 것을 고려해보게 한다. 그래서 그것들의 사투리를 배우기로 하면, 그리고 왜냐하면, '눈'이야말로 '빛'에 이어진 '배꼽'이라니 말인데, 夜行性 有情들께 그렇다면, '눈'이 무엇의 소용이겠는가, 하는 물음을 묻게도 된다. 글쎄, 어둠 속에서는, 눈이 눈의 구실을 못 하기 탓에 말이지만, 그래서 누가, 박쥐나, 부엉이, 그보다 더 운좋게는, 서낭당처자귀신이라도 하나 붙들게 되었다고 할 때, 그 夜行性 有情의 눈 속에다, 그가 만약, 비상을 섞어 만든 초의, 지글 지글 끓는 촛농을 떨어뜨려 넣어주고, 또 그렇게 하여, 그 눈알이 녹아버릴 때까지 그런다고 한다면, 그 有情에게 과연 어떤 일이 일어날 것인가? (빛벌뢰의 눈은 파괴되면, 밖에 빛이 있거나 없거나 그것과는 상관도 없이, 〔그가, 일러 '원초적 빛'이라는 그 빛을 認知할 수 있게 되기 전까지는〕 그 한 우주는, 죽음 같은 암흑뿐일 것, 그렇다면, 夜行性 有情의 눈이 파괴되었을 때는,) 그 파괴되어진 안구 속에로 한 우주의 빛이 가득 사려넣어지는 것인가? 그것은 그러나, 저 박쥐나, 夜鬼가 알 일일 터이다. 그럼에도, 夜鬼가 아닌 것들까지도 짐작할 수 있을 듯한 것 한 가지는, 그것이, 그 박쥐에게와 처자귀신에게는, 형벌이 되는 것이나 아닌가, 하는 것이다. 이제 저 박쥐 처자는, 어두움을 더 이상 환하게 내어다볼 수가 없게 된 것일 것이니 그렇다. 그것들은, 시작하여 그래설람엔, 히히, 캄캄한 어둠을 보기 위해서, 어둠밖에 못 보는, 그 이상한 눈을 그리워할 것이 분명하다.

　(그럼에도 부디 道流들은, 이르는 바의 實學的 精神으로 하여, 이런 식의 名學〔촛불중의 '修辭學'〕이란, 그 實學的 바탕이 반드시 견고하다고 할 수가 없다고, 왜냐하면, 밤에 날으는 박쥐며 처자귀신도, 그것들의 눈이 '어둠을 환하게 보는 것'이 아니라, 그 '어둠 속에 함량되어 있는 빛'에 의해 어둠을 투시하기 때문이며, 그뿐만 아니라, 거의 완벽한 어둠이랄, 그런 어떤 깊은 동굴의 습기 속에 살며, 빛에 접해본 적이 없는 生物들은, 아예 '눈'이라는, '빛의 배꼽'을 갖지 않는다는 것〔아으, 이 절대적 암흑, 은 그럼에도, 암흑이 못 되는 암흑일 것.〕 등을 고려해보면 그러하다고 하는 따위, 개구리 그림에다 뿔을 달아 나서려 할 일은 아닐 것이다. 그런 태도는 물론, 매우 권고할 만함에도, 그러나 道流들이, 매사에 대해 그런 태도를 고수하려 하면, 가령 一頭밖에 더 안 되는 황소를 헤아려보기로 한다 해도, 얼마나 많은 세월이 걸려야 될지, 기약도 없게 되는 것이 그 결과일 것인데, 그럴 것이, 그저 한두 가지, 쉽게 꼽혀지는 것들로 예를 들어, 그 '하나' 헤아리기의 어려움을 밝히기로 하면, 이누무 황소의 번한 눈은 과연 색깔을 분별하는가, 못 하는가, 〔이 자식아, 저누무 황소가 색깔을 분별한다면, 그 동네 물색좋은 계집마다, 아랫도리는 송아지인 애새끼들을 퍼내질렀을 것도 짐작하지 못하겠냐?〕 또는, 소의 귀는 얼마나 멀리 듣는가, 〔자네는 말이지, '쇠귀에

경 읽기'라는, 그 흔해빠진 속담 한 가지도 들은 바가 없다면, '소가 듣는가, 못 듣는가'를 알아보려 하기 전에, 자네의 귀부터 뚫고 볼 일일 것이다.], 또 아니면, 소는 대체 위장을 몇이나 갖고 있기에, 노상 저렇게 되씹는가, 〔개가 風月에 능한 것은 옛부터 잘 알려진 일인데, 그런즉 公은 개새끼도 못 되는 듯하도다, 할 것이, 公이 만약, 약간의 風月에라도 귀젓을 말릴 수가 있었더라면, 묻지 않을 것을 가려 알아, 묻지 안했을 것이었다. 대저, 소의 새김질을 두고, '反芻'라고 이르거니와, 이는 다름이 아니라, 風月의, '僧推/敲月下門'의, '推/敲'와도 같은 노력이니, 그렇다는즉슨, 소는, '推腸,' '敲腸'의, 한 개보다는 많은 위장들을 해갖고 있다는, 글쎄, 그런 風月 말고, 또 무엇이겠느냐, 헤음.〕 咄, 小子여, 이러느라 하다가, '한 마리' 황소를 언제 다 헤아린 뒤, 그것 몰고 나가, 보습 메어, 사래 긴 밭을 갈아, 감자라도 심은 뒤, 캐어다, 점심은 말할 것도 없거니와, 어제 저녁도 못 먹은 창자가, 어휴── 괴롭게도 뒤틀리누나, 누런 세상, 삶아, 생 떡을 쳐가며 먹기로, 밤중 칙간 오를 걱정을 하겠느냐. 밭에 보습을 대보았기도 전에, 늦가을 진눈깨비가 푸적푸절거리고 있는데, 한데 서 몸이 시리다고 저실이, 주춤 주춤 삶의 아랫목에로 사려드느냐. 헤, 헤이, 이런즉, 名學은 말이지, 혹간 말이지, 名學的 實學性을 갖 고도 있다는 그런 말이겠냐, 무슨 말이겠냐. 어찌하여 어떤 弓手는, 과녁을 맞히려 화살을 쏘아보내려 하면서도, 오히려 하늘의 깊은 데를 겨냥해 시위를 잡아당기는지, 누구든 말이지, 그 까닭을 묻다 보면, 하늘 깊은 데 어디서 잃었을 것이라고 했던, 〔穴을 놔두고 公은, 어쩐다구시나 어만 발가락새를 뒤집음선 용을 쓴댜?〕 그 화살 을 되찾게 될지도 모르는데, 바로 이 '화살'이, 저 '名學的 實學性'의 모습을 해갖고 있다고 해도 될 것이지 싶으다, 그렇잖은가? 〔그렇 거나 저렇거나 公들은, 무슨 '實스럽다'는 것들을, '몸의 宇宙'를 사 는 敎義로나 삼고, 그 경계를 알아, 그만쯤에 머물려 둬 두기를 바 라야겠지만, 그렇지 않고, 그것을, '말씀의 宇宙'에로, 급기야 '마음의 宇宙'에로까지 끌어올리려 든다면, 안됐을 일이게도 公들은, 公들이, 견고하다고 믿어, 발 딛고 있었던, 그 '實地'까지도 구멍이 나 있음 을 발견하고, 전율하게 될 것이지만, 그것보다도 더 나쁜 것은, 그제 이르러서는, 아무것도 붙들 '實스러움'이 없다는 것, 그것을 인정해 야 되는 일일 것이다. 그럴 것이, 현재까지는, 公들이, 宗敎처럼이

나, 그 실속 있는 아름다움을 숭앙하는 것으로만, 한둘, '事實主義'
며, '實用主義' 같은 것을 예로 들어본다면, '事實主義'는, 누가 그것
을 '마음의 宇宙'에로까지 끌어올려보려 하면, 잘 알려진 童話 속의,
'큰王子'가, 거기 어디서 만난, 魔術師에 의해 '돌'이 되어버린, 그
'길'의 이름이며, '實用主義'는 또, 그것을 '말씀의 宇宙'로나 끌어올리
고 할 때는, 거기 어디서 기다리고 있던, 魔女의 呪術에 묶여, 〔畜
生道에 떨어져〕家畜'이 되어버린, 그 '둘째王子'가 걸어간, 그 '길'의
이름이기 때문이다. '돌'은, '虛無主義'에 대한 童話的 은유며, '畜生'
은, 이제껏 '실속 있는 아름다움'뿐이던 '어머니'가, 갑자기 계몽적
얼굴을 드러내기에 의해, 王子的이던 '人間'의 전락에서 초래된 결
과에 대한 童話的 표현이랄 것이다. 이때, '몸의 宇宙'의 '큰王子'를
'돌'로 만든 자는, 다름아닌 '마음' 그 당자였으며,──'空'에 제휴한
'事實'을 관찰해볼지어다.──'몸의 宇宙'의 자식들을 살찌웠던, '실속
있는, 아름다움, 그 어머니'에게서, '살찐 자식'을 잡아먹는 '계모'의
얼굴을 드러내게 한 것은, 거기다가는 끌어올리지 말았어야 할 '몸
의 宇宙'의 敎義를, '말씀의 宇宙'에다 끌어올리려던 아버지들, '붉은
龍'이라고 불리우는 자들이다.──'實用主義'라는 땅만큼이나 뚝심 좋
은 敎義에 야합한 '하늘主義'란 대체 어떤 것이나 되겠는가? 과연
누가, 이것에 관해, 몇 마디로 간략하게, 그 肯·否定性을 다 말할
수 있겠는가, 마는──. '몸의 宇宙'가 그러면 그때는, '살찐 새끼를
밴' 계모며, 다른 누구도 말고 바로 그 '계모'가 동시에, '새끼가 낳아
지는 대로 잡아먹으려는 붉은 龍,' 그 '계부'화해 있고, '말씀의 宇宙'
가, 즉슨 '어린 羊'이, 그 계부모의 뱃속과, 목구멍 속에 먹혀 있다.
재미있다고 해얄 것은, 저 '임신해 있는 어린 羊'과, 임신하고 있는
어미─아비 붉은 龍과의 촌수 관계라는 것인데, 훗훗훗, 과연 어떤
경로에 의해서, 서자가 계부모의 子宮을 차지해 들었는가, 또는, 어
찌되어, 저 어버이는, 자기가 임신하고 있는 자식의 계부모로 변해
버렸는가,──수상쩍은 일. 補註해둘 것은, 저 '어린 羊'은, '말씀의 宇
宙'를 운영하는 자들의 '꿈'과, '존엄성'에 대한, 그쪽, 즉슨 '말씀의
宇宙' 쪽 方言으로 된 이름이라는 것이다.)

　그러나 촛불중은, 그 닭이 두 홰나 세 홰를 쳐 울기를 기다리지
도 않고, 무슨 발작인 듯이, 그, 그렇게 느닷없이, 그 닭의 모, 모가
지를 거머쥐고, 비틀어대며, 세운 이빨로는 죽지털을 물어뜯어내기

시작했는데, 묘한 것은 그럼에도, 그렇다고 해서 이 중이, 무슨 殺慾을 느끼고 있다거나, 또는 고기에 대해 입맛을 돋과내고 있는 것 같지는 안했다는 그것이다. 그렇다고는 해도 중은, 숨 한번 넘기기가 그렇게도 괴로워, 그렇게도 버르적여대는, 그 한 無力한 有情을 놓아주지도 안했는데, 오래잖아 그 有情으로부터서는 '情'이 빠져나가버렸으며, 그의 손에 남아 있는 것은 그리고는, 옛적의 '풋사랑' 같은 것, 舞女가 신고 춤을 사뤘다가, 해졌기에 벗어버린 신발, 구멍 난 춤(舞)——그것은 그래도 니브리티나 뭐 그런 것이 아니라, 이제는 '無情'이다, 그것뿐이었다. 아마도, 촛불중의, 새로 틀이 잡히려던 그 日常은, 저렇게, 그 '時體'를 잃고 만 듯했다.

'宇宙의 子宮'이 되어 있는 惑星에서는, 가령, 오르페우스가 여행한 일이 있었던 것과 같은, (그 '동굴'이란, '유리디스' 그 여자 말고, 또 다른 무엇이었겠는가.) 깊고도 깊어, 빛까지도 미치지를 못하는, 동굴 속이라 해도 거기 濕氣가 있기만 하다면 그 濕氣를 좇아, 어김없이, 生命이 일어나(는 것이 발견되었)는데, 그러자니 그런 生物들은, ('子宮' 속에 빛드는 것 보았는가? '子宮' 속에서 태어났다, '子宮' 속에서 스러지는 것.——이것은 그러자 무엇을 심심히 고려해보게 하는가 하면, '地球'라는 이 惑星에서 일어난 生物들이, 딴에들은 '빛'이라고 '밝게' 보는 그것도 그래서, 사실로 '빛'이라는 '빛'인 것이 분명한가, 하는 것 같은 것이다.) 五官 중에서도 '視覺'만은 退化(도 이런 경우에는, 한 進化의 형태일 것이다.)를 했거나, 아예 계발된 일이 없는 듯하여, '明暗'에 관해서라면, '개새끼/佛性(이 '佛性'은, '니브리티,' 또는 '니르바'라고, 환치해보면 좋을 것이다.)'간의 寸數와 비슷한 관계일 것으로 짐작되어지겠거니와, 여기 어디에, '不殺生'의 戒를 수행한다는, 한 비구의 손아귀 속에서, 한 有情이 목을 비틀리고, 죽지를 뜯기게 된, 무슨 사연이 있는 것이 분명하다. 그 비구 당자는 그리고, 그 꼭같은 손으로 얼마 전에는, 羑里의 六祖村長의 眼球를 파괴해버린 일이 있던 것도, 잘 기억하고 있다. 그렇다, 그때도 이 비구는, 六祖 몫의 한 마리의 金鳥, 의 목을 비틀고, 으드득 으드득 깃털을 뽑아챘었다. 六祖는 그리고, 오늘날 와서 촛불중이 살펴내기로는, 三世의 모든 빛이 쏟기는, 그 중심에 서 있었던 자였으되, 자기는 그리고, 回路에의 아무 희망도 없는 오르페우스로서, 빛도 닿아질 수 없는, 그런 어둠 가운데 처해 있다고, 자기의 처지를 살폈다. 그리고 이것이 저 '새벽 새'를 지워 없애려 한 그 사연이 되고 있는 듯한데, 返路에의 희망이 전부였던 오르페우스까지도, 冥路에를 오를 때는, 말하자면 投身自殺을 하려는 자가, 그러기 전에, 신발을 벗어 江岸에다 가지런히 차려놓듯, 한벌의 눈(眼)을 벗어, 그 동굴 입구에 높이 걸어두고, (이 '눈〔眼〕'은 그렇다면, 〔六祖나, 촛불중에 의해 '內光'으로도 이해되어진〕 '원초적 빛'과 다른 듯한데, 〔이 '內光'도 그러나, 그러한 필요가 불러낸, 그러니 修辭學的 '內'光인 것이지, 거기에 꼭히 肉身的 視覺이 구비되어 있어야 한다는 아무 조건도 없다고 한다면, 결과는, 그것이 무엇의 '안/밖'을 구별하게 했던 '肉身'이, 어느덧 제거되어져, 그 자리에는 있지 않다는 것을 알게 되는즉, 이렇게 되면, '內光'이라고 일러온 그것에서, '옷〔內〕' 벗어버린, 명명한 '빛〔光〕'만 부화되어 있음을 보게 되잖을 수가 없게 된다. 이 '빛'이 그러면, '원초적 빛'이라는 그것 말고 또 무엇이겠는 가.〕 그렇다면 그것은, '外光'이라고 해야 할 것으로, '해'와 '달'쯤이 나 아니었겠느냐? 왜냐하면 그 빛은, 어떤 肉身的 視覺과 관계가 있는 것이며, 그것을 잃게 되면, 있어도 없는 그런 것이기 때문이 다. 그리하여 오르페우스는,) 그런 후, 귀를 눈 삼아, '소리'를 보며 험로를 헤쳐나간다, 그리고 촛불중은, 타며 지글지글 녹아, 방울 방 울 떨어지는 촛농에 덮이며, '해'며 '달'을 붙들어매고 있던 視力이라 는 粘質帶에 이완이 오자, 그 끈끈이를 끊고, '해'며 '달'이 푸드 드등 날아오르는 것을, 그리고 그 초의 길이가 짧아졌기에, 그 심지에서 불을 불어버리자 또한, 흐르륵 날라가버리던, 촛불꽃 같은 것을 보 았다. (이 文章을 이루는 촛불중의 상념 속에서는, '處容과 鬼神' 사 이의 구별이 조금도 분명치가 못하여, '보는 자'와, '보여지는 자'가 하나로서, 다른 인물들이 아닐지도 모른다는 것을 생각하게 한다.) 헤 히히, 폐 둥둥, 촛불중의 믿음에는 그리고, 六祖와 자기가, 그것 이 누구의 것이었든, 한 벌밖에 없는 눈을, 돌려가며, 서로 빌려 써 왔다고 했는데, 六祖가 羑里를 살고 있었을 때 그 눈은, 주로는 六 祖가 자기의 눈두멍에 박고 있으며, 좀체로 촛불중 자기에게는 차 례를 주려 하지 안했었다고도, 기억해내고 있다. 그 눈이 이제는, 온 전히 자기 것이 되었는데, 촛불중께 여겨지기에 그것은, 아직 새나, 쉬나, 굼벵이 같은 것들이 파먹어버리지 않은, 송장의 눈두멍에 박 혀 있는 것과 그러나, 별로 다를 것이 없는 듯할 뿐이다. 글쎄, 숨넘

어간 지가 얼마 되잖아, 아직 눈을 갖고 있는다 해도, 송장이 되어
버린 有情은(이란, 왜냐하면, '地球라는, 이 宇宙의 子宮이 되어 있
는 惑星'의 大氣圈〔胎褓〕을 벗어나지 못했으며, 한번 '勃起했다'고
이르는 것〔有情〕의 '스러지기'는 결코 쉬운 것이 아니어서, 이런 '죽
음'은, '줄어지기'라고나 飜案하는 것이 옳을 터이기 때문이다. 大地
에 뿌리를 둔 식물들이, 요니들을 피워내는 것을 보면, 저 宇宙的
요니〔地球〕가 작은 요니들도 피워내지만, 그 토양 속에서 될 만한
품종이 있을 수 있다면 그것은, '性器' 말고는, 더 될 것이 없을 것
은 분명하다. 그래서 촛불중께 보여지는 有情은, '커다란 性器 밑에
다, 쬐꾸만 自我를 불알로 매달고 있다." 히히히, 地球란 性器의 밭
이던 것. 胎褓를 찢어 솟아오르는, 그런 '거듭나기'를 바라거든 바라
는 자는, 그렇걸랑은 '스스로 고자되기'를 도모하든지, 또 아니면, 이
'性器의 밭〔프라브리티〕'을 영 떠나 돌아오고 싶지 않거든 않으려는
자는, 한번 '勃起'한, 自己라는 그 '性器'를, 된통 한번 勃起衝天케 하
여서는, 自己라는 그것을 그 시위에 메워, 니브리티까지 쏘아올리
는, 펑, 대포로 삼는 것이 좋을 것이다. 쾅. 그럼에도 하기야, 척추를
무너뜨리는, 그 짜릿한 맛이 매워서, 짐승처럼 울음이 나오는 것도,
버리기는 어려운 맛은, 울음 맛이다.), 그 눈으로 이제는, 해가 아무
리 밝아도, 달이 아무리 맑아도, 그리고 별들이 아무리 짧여도, 그
해·달·별무리를 못 본다고 이르잖느냐. 저승 見聞錄(「바르도 토
돌」)에는 그래서, "바르도에 처한 念態에게는 해며, 달, 별무리가 보
이지 않으며, 여명이나 박명 같은, 그런 밝음밖에는 보이지 않는
다."고 기술되어 있다. 그럴 것이, 그 '念態'가, (修辭學은, 그것의 秩
序에 의해, 그 秩序를 교란하려는 것을 미리미리 제거하거나, 그럴
기회가 없어 偶發이 끼어든다 해도, 그것을 제척해버리므로, 이 자
리에서는, 落胎라거나, 젊은 죽음에 대해서는 말할 수가 없지만, 이
修辭學이 목적으로 삼고 있는 점에다 관심의 초점을 맞추기로 한다
면 그런다고 해도, 그런 '젊은 죽음'이, 이런 修辭學的 現場에서 제
외될 수도 있다거나, 그것 쪽에서 不在를 증명할 수 있는 것도 아
니라는 것은, 누구든 쉽게 알 것이다.) 입었던 살, 그 기능이 퇴화하
여 잘 勃起치도 않으려니와, 느낌까지도 무뎌진 데다, 너무 품이 커
져버린 가죽, 그 옷을 벗는다고 벗었을 때, 바로 그 옷에 아예 꿰매
붙여져 있던, ('物相的 빛'으로부터 젖을 빨라고 했던,) 그 '빛에 이

어진 배꼽줄'도 함께 벗었던 것일 것이니 그렇다. '빛'이라도, 物質에 의해 이뤄진 것은,그럴 터였다, 物質로 이뤄진 기관을 통해서라야만 感知될 터였다. 헌데도, 그런 바르도에 처한 넋(念態)이, 말되어진 바대로, "해·달·성군을 못 본다"고 이르면서도, 자기의 "시체를 둘러앉아 곡하는 가족들이며, 친척과 친구들의 얼굴들," 그뿐만 아니라, 자기가 남겨놓은 약간의 재산을 탐내, (이제 과부가 된) 자기의 안댁이 칙간 길에라도 오르고 있는 중에, 그늘에서 나타나, 자기 안댁의 사타구니에다 털난 손을 밀어넣고 있는 것 같은 광경 따위는, 환하게 볼 수 있어, 그 탓에도, 그 넋들이, 이승 훌훌히 못 떠나는, 참으로 애절한 이별이 거기 있다는, 그런 記事도 있는바, 그것은 허긴, 누구나를 어리둥절하게 하는 것이 아닌 것은 아니다. 헌데, "이승 훌훌히 못 떠난다"는, 그런 넋들은 그러다가, "바르도에 들기를 거부"하는 수가 있다는데, 그러면 그 넋은 '鬼神'이 되어, 이승에 머물러 남게 된다고 하는바, (妖精들과 마찬가지로) 그것들도 그 '힘'이 다하면, 그 종말은, 消滅, 영겁의 消滅이라고 하니, 그 入寂 (니르바나)은, 否定的이며, 悲劇的이겠는 것이다. (이것은 약간 곁길로 나가는 듯하지만, 얘기가 나왔으니 말해두기로 하면,) 말한 바의 저 '힘'은, 무엇으로부터든 充電을 받아야 계속적일 것인데, 그 電流를 축적하여 '힘'으로 바꿀 '몸'이 없다면, 그 결과는 어떠하겠는가, 冬眠중의 곰모양, 제 기름을 제가 핥다, 봄에 서낭당으로 불어가는 바람모양, 기름이 다하면, 그냥 스러져버리는 것이 아니겠는가. 그럼에도 습기진 데다 어둡기만 하다면, 자기라고 테를 둘러놓은, 빛의 줄(線)이 희미하게라도 나타나는 것일 것이어서, 아직 덜 스러진 것들이 비 오는 밤에 나타나는 것일 것인데, 그래서 그럴 일이겠지만 그것들은, 센 빛을 두려워하고 싫어하여, 새벽닭 우는 소리를 듣게 되면, 그것만의 어떤 암흑한 그늘 속에로 들어, 백년의 잠에 든다고 이른다. (이만쯤에서 그러면, 해오던 얘기의 本道에로, 다시 오르기로, 하자면,) '바르도를 거부한 念態,' 즉슨 鬼神도 그러면, 떠오르는 의문은 무엇인가 하면, 이로 보건대는, 어쩌면 박쥐나 부엉이(따위들은, 物質로 이뤄진 視官을 구비해 있다는 것을 염두하고 있어야 될 것이다.) 등이 볼 수 있는 만큼, 해며 달, 별무리가 비쳐내는, 그런 '物相的 빛'을 볼 수 있는 것이나 아닌가, 하는 것이다. 이렇게 되면 이것은, (무슨 헝클어진 천만의 매듭을, 한 칼에 내려

쳐 풀었다는, 그런 무슨 쾌도를 손에 쥐었다 해도) 풀기가 썩 어려우, 한 매듭인 듯하다. 그럴 것이, 그렇지 않으냐, 해며, 달, 성군이 物質로 이뤄진 發光體라면, 저 죽은이의 친지며, 원수까지도 物質로 이뤄진, '生命'이라는 '빛'을 발하는 光體가 아닌 것은 아닌 것이 아니잖느냐? 그뿐만은 아니다, 게다가 겹쳐, "바르도의 念態는 못 본다"는, '햇빛, 달빛, 별빛' 등, '物相的 빛'을, "바르도를 거부한 念態, 즉슨 鬼神은 보는 것"처럼 이르고 있는데, 그러면 이 두 '念態' 사이에는 어떠한 다름이 있다는 말이겠느냐?

　──다름이 있기는 무슨녀러 다름이 있겠네? 야으 부엌데기가, 귀한 손님께 하는 대접은, 玉으로 만든 盞으로 한다고 하고, 헌데 '盞'은 "그 無를 當하여 쓰임이 있다" 하고, 그 '無'란 '谷神'으로도 이르며, 그 "谷神은 玄牝之門"이라고 한다 하여, 玉으로 만든 盞은 '玉門'이라고 한다는 소리를 들었기에 하는 소리거니와, 너의 집 뭉술이(肉頭가 그것 아니겠냐?) 상대로, 너무 많이 벅국였더니, 뻐, 뻑국, 뻐꾹, 혀도 뻑뻑하거늘, 거 玉門에다 그득 부어, 한잔 흥취를 내거라, 궁벅 벅국.

　──다름이 있기는 글쎄, 무슨녀러 오랭이 칵 물어갈, 다름이 있겠네? 칵, 다름이 그래도 있는다면 뭉술公입지, '햇빛, 달빛, 별빛'은 말입지, 혹간입지, '해와 빛, 달과 빛, 별과 빛' 같은 정도나 아니겠는갑? 글쎄, 대개 이런 소리가 전해오고 있거든. "……빛이 있으라 하매 빛이 있었고,……땅은 풀과 씨 맺는 채소와,……열매 맺는 과목을 내라……하늘의 궁창에 광명이 있어, 주야를 나뉘게 하라,……큰 광명으로 낮을 주관하게 하고, 작은 광명으로 밤을 주관하게 하며, 또 별들을……"(인용된 구절은, 누구나 다 아는 바와 같이, 天地創造와 관계된 얘기거니와, 주목을 요하는 것이 있다면, '해나 달'이 있었기 전에 먼저, '씨 맺고, 열매 맺는, 식물'이 있었다는 情報이다.) 해와 빛, 달과 빛……결국 이렇다 그러하다면, 이라는즉슨, '物相'을 벗어 '念態'만 남은 有情은, "바르도엘 들었거나, (듣기를) 거부했거나," 그것과 상관없이, (修辭學的 요구에 의해) 참것(이라고 부르게 되는 것)을 못 보고, (이것 역시, 修辭學的 요구에 의해) 헛것(이라고 부르게 되는 것)만을 보게 된다는, 그런 결론에 닿게 된다. 뭉술公입지, 그렇잖는가 말입지, 럴 것입지, 왜냐하면읍, "物質로 이뤄진 物相은, 그 꼭같은 質料에 의해 이뤄진 視官에만 보여진

다”고 하기 때문인뎁지, 그렇다면 이 경우, ‘物體’를 잃어, ‘念態’만 남은 것에게는, 보이는 모든 것이 또한, 그것의 ‘物體’를 잃고, (만약 이런 修辭學도 허용된다면,) ‘念態’만 남겨 보이게 될 것이 뻔하게 짐작되기 때문입지. (그런데도 이 ‘物體’와 ‘念體’는, 言語學的 ‘意味〔signified〕’와 ‘記號〔signifier〕’의 관계와 〔어느 점에서는 같되〕 반드시 같은 듯하지는 않다. 〔물론, ‘言語의 바르도’에서는 ‘意味’가 ‘念態’의 역할이겠지만, ‘言語의 바르도’는 헌데, 그 ‘意味’가 ‘記號’를 입지 않는 한, 즉슨, 그 어떤 뜻이 成肉身하지 않는 한, 다만 非化現일 뿐이다. 이런 의미에서는, ‘非化現의 意味’가 ‘無意識’의 영역인 듯하지 않은 것은 아니라도, ‘非化現’과 ‘無意識’은, 하나는, 즉슨 ‘非化現’은, ‘니브리티’에 소속되어 있으면, 다른 하나는 ‘프라브리티’에 소속되어 있어, 그렇게 다르다. 이런 것을 관찰한 뒤 그리하여 촛불중은, “言語에 있어서의 無意識의 영역은 記號”라고 이해해내기에 이르는데, 이것은 너무도 명료한 사실이어서, 더 많은 말을 필요로 하지 않을 터이다.〕 왜냐하면, 有情 중에서도 특히 人情들의 바르도에서는, 〔鬼神도 포함하여 말이지만,〕 ‘念態’가 ‘記號’의 役이기 때문이다.) 이것이 방금 전에, ‘修辭學的 헛것’이라고 불리우게 된 그것의 정체인데, 뒤집어 말하면, ‘物體’를 입고 있는 것들은 그러니, ‘物體’가 구획하고 있는 한계 탓에, ‘念體’는 못 본다는 말이 될 것이다. “(이것이 ‘원초적 빛’으로 알려진 것일 것인데) 그 빛은 보아도, 해나 달, 별들은 못 보는 念態가, 어떻게 하여, 자기의 송장을 둘러앉아 애곡하는 친지들은 볼 수 있다고 하는가,” 하는 의문에 대답하기 위하여, 한번 더 반복해 말해두기로 하면, “念態가 보는 것은, 참것이 아니라, 헛것뿐이라”는 그것이다. ‘物質,’ 또는 ‘物體’가 脫落되었음에도 남아 있고, ‘그림자(形體)’는, 글쎄 그것이 무엇이겠는가, ‘夢態’ 말고, 무엇이겠는가. ‘꿈도, ‘四大’라는 ‘物體’를 입고 있는 것이 아닌 것을. 그렇다고 할 때, (念態가 보는) ‘해, 달, 별무리’의, 非物體的 그림자, 즉슨 ‘夢體’는 그러면, 어떤 것이라고 해야겠는가? 혹간, 또는 분명히, 그것은, 그것들이 쐬어내는 ‘빛’이라는, 그것이 아니겠는가? 가맜자, 칵, 카맜자, (새끼들께 젖을 물리느라 몹시 배가 고프게 된 호랑이가, 먹이를 찾아 나선 길인데, 어화 벗님네야, 중도에서, 근친 가는 고슴도치를 만났구나.) 이렇게 되자 (배고픈 것으로 따지건대는, 헤음, 그것이라도 피가 돌거늘, 그냥 지나쳐버릴 수

가 없고, 큼큼, 먹으려 한즉은, 어허이라, 혓바닥에 천의 독화살이
박히고 들어, 히히히, 입도 오므리지를 못하겠구나.) 기대치 못했던
의문이 하나 일어나, 나불거리던 혀와, 벌죽거리던 입천정 사이에다
버팀목을 받쳐 세운다. 입도 못 다물인다. 족겉다. 그럴 것이, 그렇
다면, 物質로 된 몸을 입어 있는 것들께는, 해며 달, 별들은 보여도,
숯껌정 조각들로 보여도, 빚은 보이지 말아야 되는데, 그럼에도 훤
해서 훤하게 보이는 것을 안 보인다고 할 수는 없으니, 이것이 어
찌된 일이냐——이것이 족겉이, 입도 못 다물이구로, 입에 버팀목된
그 당자이다. 이렇게 된즉, 고슴도치께 돋아난, 그녀러 가시털이 모
두, 나불거리는 혀라 해도, 그 고슴도치까지도 민틋해져, 비 개인 오
후, 언덕 아래로 걸어가는 달마보디 꼴이다. (호랑이는 말인데, 요럴
때두 언덕 위에 매복해 있어야 되었는 것을.) 헌데, 羅卜이라던가,
오르페우스라던가, 그 이름은 확실하게는 모른다, 모름에도 만약에
그자가 '羅卜'이가 분명했었다 한다 해도, "입어진 몸이란, 幻이어
서, 사실 누구의 것도 아니라"고 한다면, 이 '확실한 羅卜'이까지도
확실한 것은 아닌즉, 까짓 '이름'은 들먹여 뭘 어쩌자는 일이겠냐,
마는, 무슨 藥草를 캐러 나선 것이 그리 됐다던가 어쨌다던가, 그것
까지도 확실하게는 모르지만, 저승엘 다녀왔다던가, 다니러 가려고
생각을 했다던가, (그것도 물론, 확실하게는 모른다.) 어쨌댔다는데,
그곳의 草木은, 잎이 모두 칼날 같거나, 죽창을 꺼꾸로 세워놓은 것
처럼 그랬더라고 했음시롱도, 색깔이 푸렀다던지, 붉었다는 소리가
없었던 걸로 미뤄보건대는, 색깔이 없었던 것이라고 짐작케 하던
것이었더라. 이러고 본달진대, 열매에는 색깔이 무르익고, 가지에도
銅銀金의 색깔이 들여 있는, 땅 밑 어디에 있다는 보석의 왕국과,
저승은 어쩌면 같지 않거나, 같지 않을 것도 없었거나, 그것도 확실
한 것은 아니라도, 말한 바의 저 오르페우스가 다녀온 저승, 의 草
木에는 어쨌든, 아무 색깔도 없었던 것만은 확실한데, 그가, 색깔에
관해, 아무것 한 가지도 말한 일이 없었던 것이 확실했다고 보니,
이런 확실한 소리를 할 수 있는 것이다. (또 확실하게 모르기는 모
를 것 한 가지는, 그때 혹간 羅卜이는, 죽었던 것이나 아닌가 하는
데, 글쎄 한 삶은, 얼마나 많이 돌아온다고 하더냐, 그럴 것이, 生時
와 꿈이 그러듯, 삶과 죽음도 서로 逆한다면, 살아 있다는 것들의
눈에 보인다는 색깔들이, 죽은 눈에는 보이지 않을 것이라고 여기

게 되다 보니 하는 소리다. 사물이 드러내는 '색깔'이란 그렇다면, 그 '사물' 자체가 드러내는 것이겠느냐, 그것을 보는 '눈'이 〔그런 사물에다〕'색깔'칠을 하는 것이겠느냐?) 어쩌면, 그리고 왜냐하면, 저승 빛에는, 그렇다, 나뭇잎에는 푸르름을 돋과내고, 처자 아이들게서는 여드름을 일궈내며, 마늘과 쑥에다가는, 들척지근한 매움과, 쓰거움을 올짜아넣는, '푸라나'가 함량되어 있지 않은 것이다. 그런가! '푸라나'를 함량해 있지 않은 빛은, 어디선가 잘못 굴절 현상을 일으킨 빛이다. 그래서 그것은, '그림자'를 세워놓은 겨울나무처럼, 夢體일 것인가. 그럴 것이다. 그런즉 '念態'에게 보여지는 '빛' 속에는, '푸라나'가 없는데, '빛'과 더불어서는, '푸라나'가 이승性을, 그 能動態를, 그리고 物相性을 담당하고 있을 것이기 때문이다. 이 '푸라나'는 그러나 有情에게 있어서의 '情(生命)'과는 반드시 같은 것은 아니다. 아으, 이러자 알 일이다, 바르도에 처한 '念態'가, 친족들은 본다며, 그리고 '빛'도 본다며, '해·달·별'들을 못 본다고 하는지, 그것을 알 일이다. 아으, 그리고도 모를 일은, 그럼에도 '念態'들은, 바위며, 고목, 계곡이며, 여기 저기 뚫려져 있는 구멍(穴)들은 본다고 하는지, 그것은 모를 일이다. 예들어진 後者들은, '빛'과는 상관이 없는 데서 이해해야 될 것들이나 아닌가, 그러나 無色의 物體들이나 아닌가, 그런 것이나 의문으로 남겨두는 것 말고, 그리고는 모를 일이다. 아웅, 아웅——.(이라는 이 '아웅'은 왜냐하면, 헤, 앞서 '빛'을 전제로 하여 제기되었던, "색깔이란 그렇다면, 사물 자체가 드러내는 것이겠냐, 그것을 보는 눈이, 그 사물에다 색깔칠을 하는 것이겠냐?"랬던, 그 話頭의 話尾를 본 일도 없이, 그 話頭에서는 비린내가 나서 못 참겠다고, 그것을 꿀컥 삼키고, 그리고는, 그 비린내에 좇아, 순전히 '念態'편의 主觀에 좇아, 니히이야웅 치고 있으니 그런 것이다. 어쨌든 '빛'은, '物相性'을 갖고 있거나 말거나, 촛불중의 '빛의 탐색'을 통해 알려진 바를 좇으면, '暗黑 속에, 그 母胎'를 두고 있는데, 그것도 아울러 기억해두면, 법은이 있을 터. 이런 말은 그러니, '빛'이란, '暗黑이라는, 또는 잠〔睡眠〕이라는 莊子'의 '나비'라는 것이다. 그렇게 한번 날아나온 '나비'는, 그런 후, 하나의 우주를 깨우며, 그 빛의 춤〔舞〕의 半徑을 넓히고 있는데, 그 우주의, 한 땀구멍 넓이나 밝혔는가 몰라, 모르는데, 얼마나 더, 저 莊子의 봄 뜰 잠이 깊어질는지, 그건 몰라, 모르는데, 뜰에서 든 잠은, 꿈도 헤설퍼

썼는가?——촛불중의 '빛의 탐색'은 그리고, 아직도 계속되고 있다는
가.) 아으, 이제도, 더 할 말이, 있겠느냐.

喝! (이런 어느 대목쯤에서 촛불중은, 사실로, 큰 한 소리를 내질
렀댔는데, 그 한 소리가, 羑里 천지를 진동케 했는지 어쨌는지, 그것
은 몰라, 몰라도, 그 진동이, 그의 발톱 끝까지 울려퍼져, 빠져나가
고는 있었다.) 촛불중은 그리하여 다시, 羑里에로 돌아왔다. 그리고
촛불중이 그것을 알았을 때, 씨석 씨석 웃어지는 듯, 씨석거리고 웃
음을 웃었다. 촛불중 생각에는, 자기가, 자기의 눈을 내어다보고 있
었거나, (자기의 눈을 내어다보는 눈은 누구의 것이냐? 아니면 어
떤 눈이냐?) 자기의 눈이, 자기를 들여다보고 있는 것을, 보아왔다
고 한 것이고, 그것은 촛불중께 체머리 흔들기 증세를 일으켰
다.……마, 말, 말입, 말입지, (기억해둘 것은,) 말이랍 말입습지, (六
祖와 촛불중은, 한 벌밖에 없는 눈을, 차례 정해, 둘이서 돌려가며
보아왔다는 것인데,) 입지, 입, 입습지, 말입습지, (촛불중께 지금, 그
차례가 왔다는 것이다.) 뜨르, 뜨르르, 뜨르 빼아를 와, 죽지도 않고
빼아를 와……

오늘 새벽 촛불중은, 어디 멀고도 하먼데 동네서, 새벽 닭이 첫
홰쳐 우는 소리를, 자기 속 어디 멀고도 하먼데 동네서 듣고, 깨어
난 것인데, 수상스러운 것은, '귀'로 '빛'을 깨워낸 자가, '눈'을 개의
해쌌고 있다는 것이며, 그것에다 보태, 더욱더 같잖은 짓은, 자신의
몸까지도 보이지 않는 그 캄캄한 어둠 속에다, 아무것도 못 보는
그 '눈'을 떠(開), 띄워(浮)놓았다는 것이다. 아무 흐름이 없는, 黑暗
의 소용돌이에서 일어난, 한 거품 같은 그 눈으로, 그리하여 이 處
容은, 한번 더 三世 竊視行에 나섰다는 것이다.

그 눈으로 處容 촛불중은 그리하여, 처음, '빛'은, '밝음'보다도 먼
저, (어떤 方言이) '푸라나'라(고 이르는 그 이름 말고, 달리는 어떻
게 부를지를 모르겠)는, 傳令을 보내, '밤의 子宮' 속에 피맺힌 '빛의
벌레'들의, 귀를 여는 것을, 보았다. 그러자 그 '빛의 벌레'들이, 그
귀들에, 끓여진 독이라도 부어넣어진 듯, 괴롭게 꿈틀대며, 깨어나
기 위해, 한번의 격렬한 죽음을 겪는 듯했는데, 허기야 맺힌 피(씨
눈 signified)가 肉身(signifier)을 입기는, 그것도 하나의 流謫이어
서, 아픔이었을라, 번뇌였을라. 번뇌하는 벌레, 번뇌의 벌레, 빌뢰.
빌뢰들은 그리하여, 한번의 죽음을 겪는 듯한, 그 앓음을 통해, 두

겨드랑 밑에서들, 꿈들 살 입다, 날개들을, 흰 날개들을 펴내고 있었다. 아으, '빛'은, 有情들에 대해 최초의 '아픔'이었다. '흰 아픔.' 그것은 '仁하지 안해,' '黑暗'의 알껍질을 부수고, 깨며, 쑤셔들었으며, 그리고는 穹蒼을 두었다. 저런 최초의 '아픔, 흰 아픔'이 '情'이라고 이르는 것이었는데, 그것이 '말씀'이었다, 흰(白) '아—'語. 아—. 情.

그런, 대개 비슷한 시각에, 란, 그 穹蒼으로 날아든 새벽 금까마귀가, 여기 저기 거뭇 거뭇, 몇 이삭진, 밤(夜)송이까지도 모두 거둬, 쪼아 까먹고 있는, 그런 시각이란 말인데, 중(僧) 處容은 또, 흰 날개를 펴, 빛으로 가득찬 穹蒼을 날으려는, 아직은 조금도 '짐승' 냄새를 풍기지 않는, 흰나비새(鳥), 아으, 白鳥 말인데, 를 보았기뿐만아니라, 그리고는 그와 반대로, 백의, 천의, 숭실거리는 검은 털들을 일으켜세웠다, 뉘었다 하기로 움직이는, 날개가 있었음에 분명한 자리에 火傷을 입어 있는, 시꺼먼 뱀들이, 빛을 못 견뎌하여, 할 수 있는것 몸을 빠르게 하여, 응달 속으로 숨어들려 안간힘 하는 것을, 보았다, 들었다, 느꼈다. 이것들은, 대개 子正녘쯤 밖에로 나가, 다른 '빛벌뢰'들이, 저물도록 들을 날며 모아놓은, 낮빛의 노적가리를 노략질하다가, 새벽 해 새(鳥)가 홰쳐 울면, 그렇다, 전에 해달고 있었으나 잃게 된, 그 날개 자리에서 수치스러움이 일어나며, 쏘는 빛에의 두려움이 일어나는 까닭에, 저만의 그늘로 돌아와야 되는데, 그리고는 낮빛에의 그리움만큼이나 두텁게, 빛에로 열린 구멍을 막고, 낮을 逾越하는 모양이었다. 그 구멍을 막아 드리운 문은, 밤에 다니며 거둬온, 마을 아낙네들의, 죽은 피 묻은 월경대거나, 夢精이나 手淫을 통해 끈적거리게 된 사내들의 물잠뱅이 같은 것으로 되어 있어, 짐승 냄새에다, 마늘 냄새가 독했다. '빛'도 피해 비춘다면, 달(月)이 탐내 덤비는, 저런 것들(을 피할 일)일라. (앗차, 찻, 서답 나부렁이의 문이 드리워지는 것을 보는 데 洪沈해 있다가, 處容은, 그 안쪽을 들여보던, 눈을 거둬들일 걸, 깜박 잊고 있었댔구나. 빛까지도 忌한다는, 저녀러 '짐승 냄새, 마늘 냄새'를 무릅쓰고, 들쳐나오려 하잖는다면, 후후후, 안됐게도 處容놈입습지, 道流의 엿보기눈 한벌은입지, 영락없이, 저녀러 '짐승'의 뱃속에 갇히고 말았도답, 때가 되었는고로입지, 六祖가 와섭지, 자기 차례라굽지, 그 눈을 내놓으라면입습지, 어찌하려 하눕다?) 이제부터 그리고, "빛을 밤에 도둑질하는" 저런녀러 魔羅와 두룩들은, 낮에 밤을 자려 하며, 훔쳐온 빛

에서 꿀과 意味를 뽑아 음미하려 할 것이다. 글쎄, 그렇게, 그 빛의
술에서, '푸라나'를 짜아, 그 醉氣로, 전에, 자기네들이 잃어버리게
된, 그 '흰 날개,' 빛 속으로 비상하는 '날개,' '(흰) 아—'語에의 꿈을
꿀 터이다. 그렇다, '짐승'에 대해, '빛' 속의 '푸라나'는, '짐승털'을 녹
이는 '靈液'일 터이다, '쑥과 마늘'汁. (이제 물론, 그 까닭이 밝혀질
터이지만,) 그럼에도, 한번 그 짐승 몸의 무게 탓에, 우주의 모든 重
力이 쏟기는 中心에로(라는 말은, 살을 입고 있는 有情에게는, 바로
그 有情이 처해 있는 자리가, 우주적 重力의 中心이 되어 있어, 피
할 수 없다는 그런 말인데, 그 탓에 살이란 苦던 것이다.) 추락해버
린 것들께 낮빛은, 글쎄 그 생것인 빛 속의 '푸라나'는, 비유로 말한
다면, 암소가 먹는, 억새풀 속에 섞여 있는, 희고도 진한 젖 같은 것
일 뿐이다. 어린 淸이가, 배가 고파 저리도 울며, 죽어가고 있는 것
을 듣다 못한 아비 鶴九가, 글쎄 암소는, 풀만 먹기로시나, 젖을 동
이동이로 흘린다는, 귀담아둔 사실에 착안하여, 우느라 벌린 갓난애
의 입에다 푸른 풀을 꾸역 꾸역 밀어넣어주기로 한다면, 네이눔 봉
사야, 애를 죽인다, 애를 죽여. 낮의 빛벌뢰들은 헌데, 억새풀 같은
날빛으로 靈液을 만드는, 빛의 암소들. 그럼에도 문제는, 이런 암소
들이, 빛의 젖을 흘리기 시작했다 하면, 밤에 빛을 도둑질하는 것들
만 알고, 아무도 모를, 무슨 병으로 시름시름 앓기를 시작하다 쓰러
져, 못 일어나는 데 있다. 한번 쓰러지면 저것들도, 어째선지 낮의
날것인 빛을 마주할 수가 없는 듯, 낮에는 문을 드리우고 밤을 자
고, 밤에만 일어나, 남의 꿈들을 새치기하는, 이런순 치사하고도 요
사한 것들이 또 없겠구나. '짐승'인 것들! (어화 벗님네들, 강산 구
경에 나서쟀세라. 또드락딱 또뜨락딱, 본디 '흰나비새'던 것들이, '짐
승'이 되어버린, 그 내력은 이러하였더라, 꽁그락꽁 찔그락꽁.) 그것
들(이란, 말한 바의 저 '흰나비새' 말고, 또 무엇이겠느냐.)은 글쎄,
빛에 가득찬 穹蒼을 날으며, 빛을 뜯어먹기에 여념이 없던 중, 배가
좀 실폭해졌었겠었지맹, 문득, 눈들어 보다, 씨버랄, 서로들의 똥꾸
녁들을 보았던 모양이고, 눈을 크게 하여 보았던 모양이고, 눈을 가
늘게 하여 보았던 모양이고, 눈여겨보았던 모양이고, 그러다 짐승스
런 냄새에 코를 밝혔던 모양이고, 코를 흠흠거리고 밝혔던 모양이
고, 그러다가는, 여기에는 대체 무슨 목적이 있는지, 꼬리를 붙여보
려 했던 모양이고, 꼬리를 주고받았던 모양인데, 옹가년과 강쇠가

만났구나, 「사랑歌」로 농치는구나, 천하에, 저런순 짐승들이 또 없겠구나, 드록과 魔羅. 드록은 魔羅의 목줄기를 물어, 더운 '꿈'을 뽑아내고, 그 비인 핏줄에다가는, '죽음'을 수혈하고, 魔羅는, 드록의 뱃속에다, 暗黑이 結晶되어 된 黑瑪瑙를 꾸역꾸역 射精해 넣으며, 그것이 채워들기 탓에 비어져나오는, 드록의 창자와, 魂을 받아 삼키는데, 그 黑瑪瑙 한 개의 무게는, 듣기로는 그렇다, 한 魂의 무게, 한 善의 무게, 한 삶의 무게와 엇비슷하다고 이른다. 그러자, 갑자기 서로의 똥꾸녁들을 깨닳은 것들의, 그 짐승스럽던 몸 속으로는, 그것은 물론 그것들 서로가 서로에게 수혈했던 것이었지만, '죽음'과 '삶'의, 그 도저히 견뎌낼 수 없는 무게가 채워들었던 모양이었는데, 그것들 해달고 있었던 그 날개로는, 이제는 도저히 저 무게를 감당할 수가 없게 되었던 것이다. 그렇게 되었으니, 결과는, 그 가망없는 날갯짓에, 날개에다 불이나 일궈, 획 살라내버리게나 되었었을 것이며, 그런 뒤에는, 말할 수 없이 비참하고 수치스럽게도, 泥田에 내북쳐져, 흙에 입혀져 있게 되었었을 것이다. 본디 순수한 '빛'으로 이뤄졌던 그 몸은, 쯔츳, 더럽게 되었도다, 이제는 '病(惡)'과, '죽음'을 채워넣어, 그 탓에 삶이 가렵고 괴로워, 구운 기왓장으로라도 긁어대며, 자기의 낳은 날을, 자기를 받아준 무릎을 저주하기에 이른다. 그런 탄식은 헌데도, 자기가 잃어버리게 된, 그 '빛'에의 그리움을, 씨와 날로 삼아 짜아낸 피륙인지, 어떤지는, 누구도 꼭히 뭐라고 주장해 말할 수는 없다 해도, 확실한 것 한 가지는, 그 벌뢰는, 자기가 처하게 된 그 重力의 고장의, 暗黑을 별로 편안해하고 있는 것은 아니라는, 그것이다. 그런고로 그것들은, 夜陰을 틈타서라도, '빛'을 노략질하는데, 그것들께로 흐르는 시간은, 육시러게도 느려터져 있다. 그러다 보니, 한 彈指頃도 못 되는 한 삶이 남아처져, 泥田 五百世 질지루루 끌리기까지, 처리 곤란이다. 하루 낮, 하루 저녁 새우기에, 五百世 머리칼이 세고, 얼굴에는, 헤아릴 수 없는 주름이 강이다. 그러다 새벽이 온다, 금까마귀가 세 홰를 치고, 세번째 울음을 토해내면, 저 重力의 바다 밑으로부터도 헌데, 수선 水仙, 수런 水蓮, 무엇인가가 피어오르는 것이 있는데, 아으 알겠다, 아으랐다, 랐다, 살어리랐다, 저 金烏의 울음에 귀를 연, 저 어떤 빛벌뢰의, 그렇다, 빛에의, 렇다, 그리움이다, 흰 '아—'語렇다, 살어리랗다, 죽음 속에서, 그 돌무덤의 옆구리를 열어 일어난 날개, 흰 날개, 白鳥. 글쎄,

處女 에덴이 소돔이 되었던 것을 보아라, 월후를 질퍽하게 퍼내지르는, '짐승'의 암컷이 된 것을 보아라, 그리하여 저 상처난 요니에서, 諸國이 태어난 것을 보아라, 그리고도 그 기름이 두터운 子宮에는, 미래의 홍망성쇠가 알맺혀, 덕지 덕지 엉겨 있음을 보아라,——그래서 생각하게 되는, 프라브리티 宇宙의 실다움은, 무엇에게나 처음 주어진 處女性이나 童貞은, 지켜지기 위해 주어진 貞操帶 같은 것이 아니라, 밤알에 대해서는, 송이 같은 것이며, 갓 태어난 강아지와 더불어서는, (못 보는) 눈 같은 것이다. 그 안에서 공알이 익으면, 송이는 벌고, 눈(은 男根이라잖더냐) 이 빛을 쐬어낼 만하면 (이란, "精水를 삐끔거릴 만하면"이라고 고쳐서 읽어야겠지맹.) 흰 덮개가 녹아 없어진다. 그것들은 '짐승'이구나. 그러자니, 배가 실폭해졌다 싶으면, 서로간 똥꾸녁을 밝히려 하잖을 수가 없을 터이지. '處女性'이나 '童貞'은 그래서, ('살아져지는 삶'은, 이 자리에서는 제외해야겠지만, '사는 삶'은, 그것 자체가 어기찬 鍊金術이다 보니, 그 方言을 빌기로 해서 말하면,) '원초적 質料(프리마 마테리아)'인 것이지, '純粹'와는 같잖은 것이 분명하다. 이런 견지를 고수하기로 한다면, '處女性'과 '童貞'이라는 그 '質料'는 우선, 한번의 '죽음'을 겪어야 된다는 것을 알게 된다. 왜냐하면 그렇게 해서라야만, 일례로 '鐵'을 들기로 하면, '鐵'은 '鐵性'을 잃게 되는바, 그것은 그러면, 니그레도(黑)를 극복한 것인데, (소탈하게 말하면,) 만약 '鐵'이 '鐵性'을 잃지 않는다면, 무슨 수로, 다른 金屬에로의 轉移를 가능하게 하겠는가. 이런 '죽음'도 그렇다면, 다른 삶을 위한, 殉敎로 이해되어지는 것이, 분명하다. '處女와 總角'을 죽이기, 그 '殉敎'를 통해 성취하는 것은, (宗敎的 方言을 빌리기로 하거나, 原型的 어투를 걸치기로 하면) '原罪 벗기,' 또는 그 '贖良'이다. 이 '原罪'란 그리고, '죽음을 胚胎한 肉身'이라거나, '짐승,' 또는 '죽음' 자체라고도 풀이해오거니와, 주목을 요하는 일점은, 이때 저 '贖良祭'에 바쳐진 '흠 없는 어린 羊, 첫새끼(處女性, 또는 童貞)'는, '짐승으로서의 肉身' 자체가 아니라, 그 '짐승스러운 것'이 母胎를 벗어나고 있었을 때, ('옆구리'라도 열어 태어나지 않은 이상 자식놈들은, '童貞'을 한번 떼이지 않는 것은 아닐 것이다, 마는. ……마는.) 그 '肉身'의 조건으로 되어 있었던, '處女性,' 또는 '童貞'이었다는 것이다. '肉身'은 이때, '원초적 質料'의 위치며, '處女性/童貞'은, '鐵'에 있어서의 '鐵性'의 국면인 것쯤

은, 누구든 쉽게 짐작할 수 있을 것이다. 이것은 아무리 많이 반복
되어진다 해도 충분한 것 같지 않으므로, 한번 더 반복하기로 하면,
그러니 '鐵'이 '鐵이 아닌 鐵(아말감. 알베도. 白)'에로 변질을 성취하
기 위해서, 저 '鐵'은, 그것 자신의 '鐵性(處女性, 童貞)'을 犧牲한 것
이다. 鐵의 죽음. 그리하여 그 무덤에서, 그것의 옆구리를 열고 희게
일어나는 것이 있는데, 그것은 이미 '鐵'이 아니다. '處女性과 童貞'
을 잃은 저 '鐵'은 이제는, 에덴이 아니라, 차라리 그것은 고모라이
다. '죽음'과 '病'이 득시글거리는 요니를, 우주의 네거리에 드러내
놓고, 三世의 건달이들을 유혹하는 어머니. (첨부하여 지적해둘 것
이 하나 있다면, 이런 식의 '贖良祭'가 '集團性'을 띠려 하면, 저 '代
贖羊'에 '값'이 치러져 있거나, 아니면, 그 '集團의 어른〔司祭, 鍊金術
師〕'의 참여, 또는 입회가 필수조건이라는 것이다. 그렇지 못하면,
저 '鐵의 죽음'은, 비극적이게도 '똥'에로의 '逆〔退〕調' 현상을 일으키
거나, 그것이 어떤 '贖良'을 가능케 했다는 경우는, 그 '피값'을 남기
는 결과를 부르는데, 後者는 더욱더 비극적이다. 이것은, '白丁'과,
〔'방울 단 장도'를 쥐고, '犧牲物'의 목을 치려는〕'司祭'〔또는 공인
된, 그 代理者〕의 다름을 말하기 위한 것뿐만 아니라, 그렇게 목숨
을 잃는 것들의, 그 '犧牲의 意味'도 같지 않음을 말하기 위한 것이
다. '白丁'의 殺生에 관해서야 뭘 더 말하고 말고 할 것도 없겠으나,
'司祭'의 참여, 또는 입회하에, 어떤 目的을 갖고 행하는 儀式的 殺
生은, 한마디에 뭉뚱그려 말하기로 하면, 그 犧牲이 '殉敎'化하던 것
이다. '殉敎'란 天國에로의 첩경이라잖느냐. 그래서 神들이, 그 '더운
피'를 즐기려 운집해들며, 그때 그들의 수레에는, 그 祭祀場에와, 그
祭祀에 참여한 자들의 심령에 뿌려 내려줄, '은총'이 그득그득 실려
져 있다.)
　이제껏 촛불중은, '빛벌뢰'에의, '암흑으로부터의 召命'이라는, 그
'召命,' 그리고 '빛벌뢰' 쪽에서는 또, 어떻게, 저 '나쁜 繼母'의 횡포
에 적응하는가, 하는, 그 적응하기뿐만 아니라 나아가서는, 어떻게
저 '繼母'를 이겨내는가, (나찰과 보살이 같은 얼굴이었음?) 하는,
프라브리티 宇宙에서의, 특히 어떤 한 有情(빛벌뢰 말일 것이지.)의
비극적 타락과, 그 타락을 영광스러운 승리로 바꾸는, 그런 어기찬
進化의 과정을 섭렵한 듯한데, 그래서 이제 이르러, 촛불중게 묻게
되는 것은, 그 짓이란, 왜냐하면, 죽음에 이르기까지나 주어진, 그

하릴없는 시간이 恒河沙나 같으므로, 뭐든 作爲는 해야겠어서 택한, 그런 일종의 '消遣法'이기라도 했는가, 아니면, 왜냐하면, 주어진 시간이 얼마 남지 않은 것이 예상되어지므로, 그 임박한 죽음을 앞두고, 죽음을 맞을 수 있기 위해서, 서둘러서라도 살펴보아야 되었던, 과거로부터 미뤄져왔던, 그런 어떤 '話頭'이기라도 했는가, 하는 것이다. 사실 그 대답은 명확하다, 그럼에도, 그 명확한 대답을 끌어들이기 전에, 먼저 참고해둘 것이 하나 있다면, 이 중이, 羑里를 한번 떠났었기 전에는, 그의 시간은, 한 알의 모래를, 그의 모래시계의 한 점으로 치는, 羑里의 모래보다도 많다고 그는 생각했었는데, 그 떠났었기로부터 돌아온 뒤부터는, 그렇다고 해서 그가, 시간을 아껴야 된다는 생각 같은 것을 한 듯하지는 안했어도, 시간 탓에, 消遣法을 연구하느라, 애를 쓰거나 한 것 같지는 안했다는 것이다. 훗훗훗, 이렇게 되니 사실은, 그 대답이 한 가지로 명확해지기는 한다. 이런 말은 그러니, 그는 그의 '話頭'에 충실하고 있다는, 그 대답을 저절로 끌어들이게 하잖는가. 그러면 무엇이, 그의 과거로부터, 오늘까지 미뤄져온, 그 '話頭'였는가?

　—잠.

　—잠?

　—잠.

　—잠이란, 글쎄 말이지, 훗훗훗, (촛불중은, 그 웃음 탓에, 羑里 천지가 한번 누래져버리리라고, 누렇게 한번 웃었다.) 니브리티의 눈썹 같은 것이라도 한둘이, 프라브리티에로 떨어져내린 것인가? 프라브리티에 流刑당한 니브리티? (허긴 이런 생각이란, 누구나를 흐흐 웃게도 할 터였다.) 無爲도 有爲 속에 갇혀들 수 있다, 폭풍의 한가운데 또아리쳐 있는 '無風帶'라는 '바람의 눈'을 들여다보아라, 끊임없이 動하는, 大洋의, '活肉을 입은 물(생선)' 속의 '공기 주머니'를 꺼내보아라…… 촛불중은 그러나 더 이상 씨석거리고 있지 안했다. 때에는, 누렇던 羑里가 새까매져 있었는데, 그는, '니브리티' 와 '無爲' 사이에 하초를 물리고, 찡그리고 있었다. 對比, 또는 對喩 法이라는 語法은, 이런 경우 眞理까지도 기만한다고 엿본 것이다. '프라브리티'를 쳐들면 '니브리티'가 따른다, '有爲'를 말하면, '無爲'가 쳐들린다, 그러면 '니브리티'와 '無爲'는 같다는 것이, 저 對比法이 끄집어내는 결론이 되는데, 그런데 그것은 그런 것이 아니라는 것

이 촛불중이 오랫동안 고수해온 견해인 것이다. 라는 것은, '無爲'도, '프라브리티'의 한 국면이라는 것이다. 그것은 어쨌든, 그럼에도, '有情만이 잔다'는, 그 '잠'을 두고라면, 그리고 有情을 '잠'에다 단단히 비끌어매두기로 한다면, 예든 것 같은 對喩가 꼭히 틀린 것만은 아니라는 것도, 촛불중은 허기는 셈해내고 있다. 그럴 것이, '잠'은, '잠자기'라는, 그 '잠'을 자는 자의 無爲的 作爲'편에서는 결코 '니브리티'가 못 되어, '잠'의 형태의 '有爲'나 '프라브리티'를 못 벗어나는 듯해 보임에도, 문제는, 그것도 반쯤은 틀리지 않음에도, 남은 반쯤은 여전히 공백으로 있어, 뭣으로든 채워지기를 기다려 있는데 있어 보인다. '잠'이란 물론, '有情'에 제휴해서라야만, 그 '化現'을 성취하는데, 문제는 글쎄, 이 '잠'이라는 '化現'은, 逆化現, 또는 逆進化的이어서, '꿈꾸기'라는 '잠'의 단계를 넘어서기 시작하면, ('꿈 안 꾸는 잠'은 쉬바神의 영역인 것은 잘 알려진 바대로일 것이다.) '잠'이란, '無'라는 記號나, (그것을 쓰면, 쓴 자의 모습이 보이지 않는) '요술 모자,' 또는 '지우개' 같은 것으로 비유될 것으로서, 프라브리티를 지우는 니브리티로 이해되기도 하는바, 그것이 문제라는 것이다. 그래서 그것이 '니브리티'라고 할 수 있다면, 그 '잠'을 자는, '有情(프라브리티)'의 입장과 처지는, 어떻게 되는 것이 옳은가? 啐, 化現하기가 非化現에로 逆進化하는, 저 스스로 제 꼬리를 물어 뒤집혀지는 '잠,' 이 '잠'은 그러면 무엇인가? (촛불중이 이 '잠'을 話頭로 정한 것은, 그것이 '무엇인가'를 살펴보려는 것인지, 아닌지는, 현재로서는 불확실하기는 하다.) 有情은, 왜 잠을 자지 않으면 안 되는가?

　　—"有情은 왜 잠을 자지 않으면 안 되는가?"—이 물음은, (확실한 것 한 가지는, 촛불중이, 이 '잠'의 話頭를 통해 보려는 것은, 이 대답을 찾자는 것은 아니라는 것이다. 이런 의미는, 그는 '잠'에 대해, 實學[科學]的 흥미를 드러내고 있는 것은 아니라는 것일 것인데, 그렇다면, 저런 의문에 대해, 촛불중으로서도, 자기 나름으로는, 그러니 非實學的인 것까지를 무릅쓰고라도, 대답할 만한 것이 있으면, 해둬버리고, 이런 의문은 간과해버리는 것도 무방할 것이다.) 특히, 實學꾼들이, 아무것도 대답하지를 못한다는 것을, 좁았다 해도, 그 閱世를 통해, 촛불중도 알고 있다. 이런 말인즉은, 그렇다면 有情은, 꼭히 잠을 자야만 될, 무슨 육신적 까닭을 갖고 있는 것은 아니잖는가, 하는, 이차적 의문을 제기하게도 하는 것이 아니겠

는가? 혹간 그것은 그럴는지도 모르는데, 그럴 것이, 그래서 많은 禪꾼들이, '잠을 정복'하기 위해서, (아으 小子여, "잠은, 더 자기로 정복하려 하지 마라," 그러면 잠에 정복당한다.) 깨어 있기의 방법을 연구하기뿐만 아니라, '눈물主'를 불러다, 눈에 오는 '잠을 마비'하려 하는 呪文도 가르친다. 촛불중께 이해되어져오는, 이 국면의 '잠'은 헌데, 비유로 말하면, 건강한 아낙네들에 대해 '月候' 같은 것이다. 한마디로 계집은 달(月)이다, 그래서 달을 차(滿)게 하고, 기울게 한다. 달이 차고, 기울기에 좇아, 계집의 子宮 속에서도, 바다가 찼다(밀물) 비었다(썰물), 비었다 찼다, 한다. 계집은 바다다. '自然'을 두고는 '道'가 말되어져온다. ("道可道 非常道, 名可名 非常名. 無名, 天地之始, 有名, 萬物之母.") 有情은 어찌되었든, 이 '道'에 이어진 배꼽줄에 의해서, 수시로 수시로 還自然하는데, 그리하여, '道'로부터 젖을 얻는다. 畜生道가 요연하다, 정연하다. 畜生道의 달마는 그래서, '無爲'이다. 사슴은 번식하라, 그래야만 호랑이가 배고프지 않다. 호랑이는, 한번 일으킨 황진기둥 밑에서, 살찐 암사슴의 터진 똥창자와 피냄새를 왼 들에다 파리떼처럼 뿌린 뒤에는, 바위보다도 더 무거운 낮잠에 들지어다, 그래야만 들에 和平이 있다. 和平은 그리고, 君主 '暴力'을 옹휘해 다니다, 그 君主가 던져주는, 부스럭지 뼈다귀를 핥는 승냥이 宦官님. 그래서 "道는 仁하지 않다(또는, "天地不仁")"고 이르는 것이다. (그것이 '仁'하기로 이르면, 굶주려 죽은 호랑이와 늑대의 흰뼈를 굴리며, 들에는, 노루와 토끼가 河海로 범람하고 있게 될 터이다. 오래잖아 나무의 껍질은 물론, 풀뿌리까지도 다 먹힌 바 되어, 들은 푸른 색을 잃을 것이니, 참담하도다, 굶주림으로 허덕이다 쓰러져, 죽어 썩는, 노루와 토끼를, 독수리가 다 파먹지를 못해, 한세상이 들썩는구나. ──'仁'함이 自然의 秩序를 교란함이여, 菩薩들만으로는, 프라브리티 宇宙란, 단 사흘도 유지되지 못함을.) 그래서 말한 바의 저 '仁하지 못함(不仁)'은, '暴力'이라는 어휘로 바꾼다 해도, 의미상 별 차질을 일으키지 않는 것이 분명하다. 그렇다면, '天地'는, '自然'은, 또는 '道'는, 말하자면, 山이, 그 몹쓸 바위 위에 입은, 엷은 흙 위에서 푸르듯이, '暴力'에 입혀진, 紅袍 같은 것이다. 紅袍를 둘러입은 暴君──프라브리티. 그런즉 '無爲'의 脊髓는 '暴力'으로 되어 있다. '道'가 운영하는 秩序에 대해서 말이지만, 이 '無爲'가 교란되지만 않는다면, 天地는 無窮하다.

이 '道'가, 有情들 속에 자신을 드러내보이는 곳것(곳＋것)이 그리고
'잠'일 것이다. '잠'은 그래서, '잠자는' 有情들에 대해, 건강한 아낙네
들의 '月候'와 같은 것인 것이라고 하는 것이다. 보다 크게 말하면,
'月候'가 철로는 '겨울'과 같은 것이라면, '잠'도, 수시로 수시로, 有情
들께 끼어드는 '겨울철'인 것이다. '衰'함이 없이 '盛'함이 있더냐
(이것이 '無爲自然'인 것, 이런 '無爲'는 그래서, 니브리티의 細毛라
거나 그런 것이 못 되는, 프라브리티의 다른 빰이라고 이르는 것이
다. '짐승'인 것이, 畜生道를 벗어나려 하거든, 그렇걸랑 公은 먼저,
깨어나라〔文化〕, 깨어 있으라, 그런 뒤, 그 '깨어 있음'을 통해, 새로
'無爲'에 도달한다면, 그 '無爲'는 짐승 냄새를 풍기지 안해, 〔외양간
의, 짐승의 똥을 강보로 삼아 태어난 '말씀'!〕 그것도 道는 道이라
도, 허, 허기는 道이다. 〔'도'라는 토씨에 대해, 선생은 생각해보신 적
이 있으신가?〕) 그리고도, 시집살이에 곤한 새댁의 눈에, 원수야 억
수야 퍼부어드는, 그렇게나 많은 '잠'을 두고, 더 할 말이 있겠는가?
自然이 부르고 있는 것을! (그래도 첨부해둘 것이, 하나라도 없는
것은 아니다. 프라브리티의 이 잠은 그런고로, 그것 자체가 꿈의 밭
〔夢田〕이라는 것, 그것 하나는 분명히 해둘 것이 있다.) '꿈'을 '잠'
이, '잠'이 '꿈'을, 불러들이고 있는 것을.
　——'새끼'들을 버글버글 쏟아내는 잠.
　——버글버글 쏟아냈던 '새끼'들을, 제 목구멍에다 되빨아넣는 잠.
'잠의 새끼'는 다름아닌, '꿈'일 것인가.
　——꿈꾸는 잠.
　——꿈 안 꾸는 잠, (꿈 없는 잠.)
　분명한 것 한 가지는 헌데, '꿈 없는 잠'이라는, 꼭 닫힌, 또는 化
現해본 적이 없는 영역은, '꿈(莊子의 '나비'들 말인데,)'인 것들이 들
여다볼 수 있는 것은, 어째도 못 된다는 것이다.
　——'잠'과 '꿈밭(夢田)'? '잠'이 '꿈밭'?
　모르면 모르지만, 촛불중이 그 話尾를 끄집어내보았으면 하는 話
頭는, 분명히 저것이다. 촛불중이, 먼데 새벽 닭 홰쳐 우는 소리를
듣고, 보아온 것은 무엇이었는가? 그보다도 먼저, 그가, 羑里에로
돌아왔던 까닭은 또, 무엇이었던가?
　——아으, 닭아, 새벽 닭아, '꿈밭'에 동 틔우는 금까마귀야, '꿈밭'
이 어디에 있드니?

──집 생각이 간절하네, 뻐꾸기 울음.
──개새끼로고!
──無!
──눈썹을 주의하게!
──瞎!
──喝!

  히히히, 촛불중 들앉은 굴속에서는, 아닌 새벽에, 잠시였다고는
해도, 그런순 똥줄이 땡길 난리가 없었꼬나. 뻐꾸기 우는 소리, 개
짖는 소리, 치는 소리, 받는 소리, 욕하는 소리, 고함치는 소리……
그리고는 퀭하고도 휑하게 열린, 문도 없는(無門), 흐리꾸리한 공
간, 저런순 야단이 또 없었겠꼬나, 喘. 촛불중은, 자기의 話頭로 인
해, 자기가, 陰極으로나, 그 陰極의 反極되는 데로라도 떨어져나간
일은 없었으되, 느닷없는 데서, 없는(無) 門을 열어 나갔음을 알고,
그리고, 재반성하여, 자기를 재구성하기 시작하고 있었다. ('無門'이,
어떤 돌중의 法名이든 뭐든, 그것은 어찌 되었든, 촛불중께는 그것
이 한번도, 固有名詞여본 적이 없다는 것을, 아는 이들은 알고 있을
것이다.) '無門을 열고, 無門 밖으로 나가기, 들어가기'도 그렇다면,
禪꾼에 대해서는 위험인 것이 분명하다. 그것이 '위험'이라는 것은,
글쎄 그 '없는 문'을 열고 나가기/들어가기가, 어떤 경우에는, 일종
의 空得처럼도 이해되어질, 그 소지를 갖고 있기 때문이다. 그것도
'空得'이 아닌 것은 아닐 것이라도, '여기' '저기,' 또는 '此岸,' '彼岸'
따위, 무엇의 現住所, 또는 現場 밝히기와 관계된 想念(禪)이, '어디
에?'라는 식으로, 물음의 형태를 취하기에 좋아, '否定'論, 또는 '空'
論에 귀뚫이를 한, 그럼에도 아직 마빡의 쇠똥도 못 벗은 사미들이,
('물음〔話頭〕'이 있으니, '대답〔話尾〕'이 있어야겠다고 해서) 그때, 거
기서 그 '場所'를 뽑아 없애버린 결과, 나타난 결과가 저것일 것이어
서, 저 '空得'은 말하자면, 운 좋게 '날으는 탄자(毯子)'를 얻어 탄,
어떤 우멍거지 못 벗은 중이, 자기가 날으고 있음도 '幻'이나 아닌가
의심하여, 그 實相을 알아보겠다고, 그 위에 '탄 자(者)'를 지워 없
앴기 전에, '탄자(毯子)'를, 그 엉덩이 밑에서 획 뽑아, 구름 가운데
다 날려보내, 없애버린 그것과, 대단히 비슷할 것이었다. 이 '無門'은
그러니까, '여기(此)/저기(彼)'라는, '場所'에 대한 구별심을 없애려
하는 사미가 있다면, 그들께는 빈번히 나타나는, 하나의 '위험'일 것

294

이다. 촛불중도 그러니, 그 '위험'에 처했던 것은 분명했다. 그 '위험'을 살펴 알고서도, 그리고도 촛불중은, 다시 그것에로 돌아왔다. 분명한 대답 하나는 그럼에도 할 수 있으되, 이 '분명한 대답'이 그럼에도, 아무것도 대답하지 못하고 있다는 것도, 촛불중은 觀하고 있다. "잠, 또는 꿈밭이 어디에 있는지," 그것은, 그 '잠'으로부터 빠져나간 그 '꿈'들만 알고, '잠' 자신은 모른다. 쿨쿨쿨. 잠 자신은, 자기가 어디에 있느냐고 묻지 않는다. 그것을 묻기 시작하면, 꿈이 시작된다. (다시 반복되어지는 느낌이 있지만, 그래서라도 그 전모가 밝혀질 수만 있다면, 왜 반복하지 말아야 할 까닭이 있겠는가.) 잠은 그래서 근본적으로는, 氷根모양, 그것 자신을 드러내본 적이 없으되, 잠의 氷角이라고 이를 꿈들에 의해, 그 氷根까지도 어느 정도는 짐작되어지는 것이 아닌가 하지만, 어디만큼이 그 '實相'인지, 그것을 알아보는 일은 새로, 다른 의문에 속할 터이다. 空門用 語典에는, 그것에 대한 이름이, 눈(雪)고장 사람들께 눈의 이름만큼이나, 여럿 수록되어 있으되, 여전히 말이지만, 그 이름들도, 그 잠속에서 일어난 꿈들이 만져보고 붙인 것들이라, 비유로 말하면, '장님'들이 손으로 만져본, 커다란 코끼리(수피 詩人 루미의 「마트나위」에 수록된, 이 꼭같은 얘기는, "코끼리를 본 일이 없는 자들이, 어둠 속에서 그 짐승을 점검해보고 있다.") 같은 것이다. 촛불중도 오늘, 그것을 '非化現'이라고 이름하는 것 같은데, 촛불중 자신도 그러나, 이 '非化現'이라는 이름이, 저 '잠의 전체'를 이름하고 있다고는 믿고 있지 않다. 말한 바의 장님들 중에서, '코끼리의 귀'를 만져본 장님이, "코끼리란 커다란 부채꼴의 짐승이다."라고 주장하는 바와 같이, '잠,' 또는 '非化現'의 實相도 그런 투일 것이 분명하다. 그 장님이 만져본, 코끼리의 그 부분은 틀린 것은 아니다. 그런데도 그가, 그것을 코끼리의 전체의 모습이라고 주장하려 들면, 거기서 그의 장님성이 드러나는 것이다. (宇宙的) 실다움이 무엇인가——그것을 열심히 추구하는 자들께, '장님들 코끼리 점검하기'란, 최소한 供養米 三百石쯤을 바치고서야 얻어들을, 그 한 소리(喝)치는 소리 듣고, 눈까지 벗쩍 뜨일 만한, 그런 法說이던 것이다. (해오던 얘기니, 法乳가 짜여져 나올 때까지는, 해보고 볼 일이겠어서, 해보는 얘기지만,) 이제 저 장님들이 각각, 자기가 만져본 코끼리들만이 옳다고 하는 중에, 저 코끼리의 주인되는 자가, 그 코끼리를 몰고 가려 하며, "여러분

들 중의 누구 하나도 틀리지 않되, 육갑헐, 그렇다고 누구도 옳다고
할 수가 없다고” 하고, 횡하니 말해주고, 콩 하니 코똥 꿰어 가버렸
다고 한다면, 장님들께의 문제는, 정작으로는 거기서부터 시작될 것
이다. 뻔한 소리지만, 성한 눈으로 보건대는, 저 여러 장님들이 만져
서 보아버린, 그 한 마리 코끼리의 그 부분들을 그 부분들에 맞춘
다면, 거기 필시 완성된, 한 마리 코끼리의 웅자가 나타날 것인데
도, 코끼리를 본 적이 없는 장님들께 문제는, 그러면 그 자기네들의
코끼리의 부분들을, 어떻게 재배치 재구성해야 그 원전에 가까워질
것인가, 그것을 알 수가 없는 데 있다. ‘부채꼴’의 귀를, ‘기둥모양’의
다리에 붙일 수도 있는데, 이때의 문제는 또, 이 ‘부채’를 저 ‘기둥’의
어디에 (위에, 중간에, 밑에, 이쪽에, 저쪽에, 앞에, 뒤에,) 붙여야 하
는가,——심지어는, 그것까지도 알 수가 없는 데에도 있다. “무엇이
든 서는 것은, 평평한 것의 받침을 얻어야 한다.”는, 제법 그럴듯한
전제를 세워, ‘벽모양’의 널팡한 ‘배때기’를 ‘밑’에다 깔고, ‘기둥모양’
의 ‘다리’를 그 위에 세워놓으려 한다면, (흐흐흐, 論理만 옳고, 코끼
리는 옳지를 못하다.) 그리고 그 ‘기둥’에다 ‘부채’를 달고, ‘동앗줄’을
‘꼬리’로 삼는다면, 그렇다, 코끼리란, 나루터에 매어 있는, 한 구유
배 같은 것이다, 비쎠라 비쎠라…… 쌔. 이렇게 되면 차라리, 그 장
님들이, 자기네 각자가 만져본, (그 부분들을 조립 구성하려 하기보
다는,) 그 부분부분이, 그 코끼리의 한 전체의 모습이라고 주장하는
쪽이 낫지 않겠느냐? 그러면 그 부분만큼은 實相을 고수할 수가 있
기 때문인데, 그렇지 않으면(이란, 저 부분적 實相을 재구성 재조립
하려 하면, 이란 말인데,) 그 ‘부분적 實相’도, 그 實相性을 잃고 마
는 결과를 초래하기 때문이다. 그렇지 않느냐, 건너다보아라, 저 ‘구
유배,’ 나루터에 둥둥 떠 있는 코끼리를, 클클클,——‘구유배’가 ‘코끼
리’냐? 어찌하여 ‘實相’만의 코끼리의 부분들이, ‘假相’의 구유배가
되어버렸느냐? 이럴 때의 ‘實相’은, 무엇을 두고 이르는 ‘實相’이냐?
그러고 본다면, 일러 ‘實相’이라는 것이, 그 實相性을 다하기는커녕,
여기 저기, 아무데도 쓸모 없는 모서리며, 귀퉁이만 너무 많아, 그것
으로는 도저히, 한 마리 코끼리를 이룰 수가 없는데, 코끼리란 이래
서도 ‘구유배’이다, 그렇잖은가. ‘구유배’는 그리고 椿事이다. 그렇다
면, 그들(장님)간, ‘문고리 잡기’식으로, 한 마리의 코끼리를 정확하
게 재구성해내는 경우도 없잖아 있을 수 있을 것인데, 이때의 그

정확한 코끼리도 椿事이다. 어째서 꼬리보다 코가 더 길어야 되는가,——이 한 의문이야말로, 종내 그 한 마리의 코끼리를 재구성하게 함에 분명한데, 코끼리는, 그 이빠디는 뿔이라고 쳐 이마에 달아주면 그뿐이지만, 코와 꼬리 탓에, 定型性을 벗어나 있는 탓이다. 이 장님들은 어째도, 코를 그것의 꼬리 쪽에 달아주려 할 것이며, 그러고 나자 여벌이 된 그 꼬리는, 그것을 붙여줄 정당한 자리를 찾다, 결국에는, 왜냐하면 거기 뭣이 있어야 될 것이 없어 비어 있으니, 코 있는 자리에다 붙여줄 것이 뻔하다. 그래도 물론 그들 마음에 흡족함은 없을 터인데, 이 짐승은 꼬리를, 앞뒤에 하나씩 달고 있는 꼬락서니가 되었다고 알게 되니 그럴 것이다. 히히히, 이 코끼리는 그리하여, 얼굴 쪽 달라붙는 파리떼를 쫓는 데는 이력이 나 있게 될 일이라도, 똥꾸멍으로 먹는 일로는, 연한 풀만 가려 먹는다 해도, 설사를 못 메꿔 애쓰게 될 일이다. 여전히 이 짐승은, 이해할 수 없는 괴물인데, 글쎄 그것은, 꼬리를 한 벌 더 여벌로 갖고 있는 대신, 코의 부족을 드러내는 짐승이어서, 장님들의 自然의 定型律을 깨뜨리고 있는 탓이다. 이 너무 많은 꼬리는, 저 장님들의 創造力을 저해하여, 內侍로 만들었으며, 그들의 정신을 失語症으로 殿해버렸다. 종내 그들은, 한 마리의 코끼리를, 어떻게 創造할지를 모르겠는 것이다. 헌데도 그 시작에 있어, 저 '꼬리'와 '코'가 '동앗줄 모양'이라고 하여, 결코 오류를 범한 일은 없었다는 것을 잊으면 안 되는데, 문제는, 저들은, '부분적'으로는 장님을 극복하여, 바로 그 꼭같은 '부분적'인 데서 종국에는, 새로 '장님'이 되었다는 데 있다. ——이 문제야말로 헌데, 특히 語禪門의 사미들은, 그중 크게 괴롭혀오고 있는 그 당자던 것인데, 그러던 날 그들은, 저녀러 코끼리를, 한번 고함치기라던가, 죽장질하기로, 내쫓는다거나, 칵 뻗게 해버리는 방법까지도 강구해냈기는 냈다. 제기럴녀러, 옆구리라도 열어, 내쏟아버릴 한 마리 큰 코끼리가 내린 까닭으로, 말도 많았드렜다. 그러고 난 뒤, 이제라도 물어봐야 되는 것은, 저 코끼리는 사실로, '부채꼴'인가, '동앗줄 모양'인가, 또는 '흰(白)'가, 어쩐가, 그런 것이 아니라, 이거 좀 살쿰 돌아버린 얘기 같지만, 그 現場에 不在인 것이 누구인가, '코끼리'인가, 아니면 '장님'들인가, 이것인 듯하다. 앞서 말해온 '잠'이란, '非化現'인가, 아니면 '無明'인가? 만약에 그것이 '非化現'이라면, '非化現'은 '非化現'이어서, 영구히 '非化現'인데, 무엇이 '꿈'이

라거나, ‘동앗줄’이라거나, ‘부채’ 모양으로 化現을 성취할 수가 있다
고 할 것인가? 만약 그것이 ‘無明’이라면, 저 ‘장님’들은, 자기네들
손으로 만져본, 자기네들의 ‘夢片’들을 조립하여, 한 ‘잠’의 氷根이
되어 있다는 것까지를 만져보려고 했었기 전에, 자기네들의 눈부터
뜨고 보았었어야 했던 것이 아니었는가? 그러고 난다면 그들의 눈
은, 한 마리의 저 거대한 ‘코끼리’를 한눈에 다 볼 수가 있게 될 것
인가, 아니면, (눈을 감았을 때 보이던 것이, 눈을 떴을 때는 안 보
이는 수가 있는데, 그와 마찬가지로,) 아까는 손으로라도 더듬으면
볼 수 있었던 그런 것들까지도, 오히려 못 보게 되어버릴 수도 있
게 될 것인가? 저런순, 느닷없이 어디서 돌진해든 코끼리가 눈썹을
쓰러뜨리는 통에, 아아난다는 눈썹자리를 긁어대고 있도다. 이제쯤
은, 저눔의 코끼리를 손톱 밑에 놓고 눌러깬 뒤, 손톱에 묻었을 누
린내라도 맡아볼 때라도 안 됐으끄냐? 클클클, 코끼리가 죽었다는
부고에 접하자, 장님들 눈뜨는 소리가, 한 손뼉으로 치는 손뼉 소리
만큼이나 시끄럽다. 그래서 무엇이 보이네? 가맜자, 이리하여 눈은
훤히 열어보고 있는데도, 이제는 아무것도 보이는 것이 없는 것 같
네. 咄! 無明을 여의어, 無明에 떨어졌도다. 咄!
　　無란 무엇이냐?
　　──개새끼다.
　　佛이란 무엇이냐?
　　──서근의 삼.
　　碧眼胡僧은, 뭣하러 東에로 왔느냐?
　　──가을 좆. (註. “봄 씨븐, 설혼발 새끼줄을 씹어 먹고, 가을
조즌 바위벽에다 구멍을 뚫는다”고 이른다. 알잖느냐, “눈과 조즌
같은 것”이라는 것은? “눈으로 바위벽에다 구멍 뚫기”──九年 세
월 걸렸도다. 그리고, ‘바위벽’이 ‘玉門’의 형태를 취해 나타나는 일
은, 例든 胡僧에게뿐만은 아니다. 서장의 高僧 미라레파에게도 그런
일이 있어, 그의 傳記에 이런 얘기가 수록되어 있더라. “미라레파가
길을 가는 중에 보니, 한떼의 마귀들이 모여설람엔, 그를 놀라게 하
려고, 魔術을 부려, 길 가운데다, 커다란 玉門의 형상을 하나 빚어
뒀겠다. 그것을 본 僧은, 무드라〔제스처〕와 함께, 정신을 집중하여,
발기한 根을 내보였다. 그뿐만 아니라 僧은, 그 根으로 아홉 개의
〔허깨비〕玉門을 뚫어나가, 그 중앙에, 바위가 玉門 모양을 해 있는

298

것이 서 있는, 第五大의 고장에 닿았다. 僧은, 그것에 당해서는, 男根 모양의 바위를, 그 玉門 모양의 바위의 구멍에 들이밀어넣었다, 그런즉 그 순간, 저 마귀들이 만들었던, 저 음란스러운 허깨비들이 사라져버렸다." 何以故 수부티, 求道꾼들의 求道와 더불어서는, 그 중 부드럽고 호꼰해야 할 '玉門'이, 그중 단단하고 거칠은 '바위'化하고, '바위'가 '玉門'化한다는 일은? 어찌쓴 연고뇨? 수부티, 於意云何? 그 대답은 어쩌면, 촛불중이 늘 그 되풀이해 되풀어보는, 그런 어떤 童話에서나 찾아야 될지도 모를 일이다. 라는 童話는, "모험을 찾아, 바깥 험로에 오른 세 王子"에 관한 그것인데, '세 길 진 데' 닿았을 때, 그 '세 王子'들은, 각각 자기의 길을 정해 세 길을 좇아 떠나기로, 헤어진다. 헌데 〔아마 '큰형'이 좇아간 길 끝에서 그 일이 일어났을 것인데〕 한 王子는, 그 길의 끝막되는 데서, 魔術師를 만나고, 그 魔術에 씌워져 '돌'이 되어버리는 것으로, 그 王子에 관한 얘기는 잠시 중단되는데, '모험 찾기'를 이번에는 '求道'라고 고쳐 말한다면, 이 王子의 '求道'는 그렇다면 그렇다, 陰極에로 벗어난 것을 알게 된다. '求道'와 더불어서는 그리고, 世慾〔權慾, 財慾, 色慾〕이 '玉門'의 형태를 취해 나타나는 것이, 일종의 典型처럼도 보인다. 〔이 '世慾'은 그리고, 그 어느 것이 하나 극복되어, 뿌리까지 뽑힐 수 있다면, 다른 욕망들까지도 근절되는 것으로 여겨지는데, 그럴 것이, '欲望'은 하나인데, 그것이 무엇과 야합하느냐에 따라, 그 형태가, '權慾'으로도, '色慾'으로도, '財慾'으로도 변이한다고 믿기로 하면, 그렇다는 것이다.〕 이런 견지에서 저 高僧들을 새로 이해해보려 한다면, 그들도, 畜肉을 입어 프라브리티에 처했다는 그 이유로, 끝없이 번뇌했었던 것이 아닌가, 하는 그것이다. 그 번뇌를 이겨내기로 그들은, 그 입어진 '바위'를 은총으로 바꾼다. 〔이 '바꾸기'는, '깨워내기'라고 바꾸는 것이 어쩌면 더 적절할 터이다.〕 이 꼭같은 '바위'가, 다른 王子에게서는 '畜肉'의 형태를 취해, 魔女네 우릿간에 갇혀져 있는데, 〔佛家的으로는, "어머니는 자식에 대해 저주인데, 그 어머니 탓에 苦海에로 태어나오기 때문이다." 이런 어머니란 魔女 말고 또 무엇이겠는가? 그리고 자식에게 '바위'를 입히는 아버지란, 魔術師 말고 또 무엇이겠으며.〕 셋째 王子에 의해서는, '예쁜 公主,' 그 '公主'를 얻기에 의해, 두 형들께 덮어씌워진 魔術의 呪를 끊어버릴, 그렇게나 어기찬 '公主'로 변신해 있는 것쯤은 누구든 알고 있을

것이다. 이 '公主'를 '아니마〔魂〕'라고 이해해내면, 거기서는 '二元論'
이 거론되고 '슬픈 回歸線'! 헤쳐나와서는, 다시 畜生道에로 떨어져
내리기!〕, 그 같은 '公主'를, '知慧의 蓮,' 또는 '空〔'知慧의 蓮'에 의
해, '空'이 잠시 女性化를 치르게 되는 것은, 당연한 귀결이다. '知慧/
소피아'는 그리고, 女性인 것은, 자고로 알려져온, 진리이다.〕'이라고
인지한다면, "상사라와 니르바나가 다르지 않다"고 알게 될 것이다.
이 '公主'를 염두하고, 그리고 저 '바위'와 '畜生'들을 별견하기로 한
다면, 이 '公主'는, '獸皮〔熊女〕'를 벗겼더니, 그 '짐승' 속에서 까여져
나온 것을 보게 되며, 똑같은 경우가, 다른 비유를 입은 것에 의해
서는, '바위'를 깨뜨리고 보았더니, 그 속에서 하나의 '如意珠'가 나
온 것을 보게 된다. 촛불중의 方言을 빌린다면, 이 '바위'와 '畜肉'은
아마도, '잠'인 듯하고, 예든 바의 '장님'들에 의하면, '재조립이 안 되
는, 코끼리'인 것이 분명하다.)
　　잠이란 무엇이냐?
　　——날으는 毯子다.
　　("잠이 온다"고 말하는 그) 잠은 무엇을 위해 오느냐?
　　——봄 씹.
　　어디서 오느냐?
　　……그리고 촛불중은, "숨을 멈추면, (육신적으로는) 精蟲의 흐름
도 멈춘다"는, 어떤 密理에 착안하여, '말의 국면'에서는 '말의 씨의
흐름이 멈추기'를 바라, 숨을 멈추고, 가슴이 괴로움으로 벌럭거릴
때까지나 참으며, 사실로 그래서 想念도 흐르기를 멈추는가를 살펴
보았다. 그리고 촛불중은, 숨을 잠시 멈춘다고 해서, 말의 벌레의 헤
엄쳐 오르기까지도 멈추는 것은 아닐지도 모르는데, 거기 어디서,
그 벌레가, 突然變異를 치르는 수가, 더러 있는 것이나 아닌가 했
다. 했을 것이 촛불중은, 숨 탓에 가슴이 벌럭거리는 어느 순간에,
喪服을 입은 羅卜이가, 여명도 같고, 박명도 같은, 그런 번함에 덮
인, 황막한 들과 숲을 지나, 마야랍王國에로 이어진 길을, 울며 걷
듯, 걸으며 내려가고 있는 것을 본 것이다. 촛불중은 글쎄, 그런 광
경을 내어다본 것이다. (촛불중이 '내어다보았다'고 이르는 그 풍경
은, 사실로는 어디에 펼쳐져 있었는가?)
　　——밖.

제 6 장　觀音品

리로 리런나 또드락딱 거북님입지 또드락딱

로라리 리로런나 또드락딱 거북님입지 또드락딱

로라리 리로 리런나 또드락딱 대가리를 내어놓으십지 또드락딱

오리런나 또드락딱 만약 내어놓지 않으면 또드락딱

나리런나 또드락딱 구워살라 먹겠습지 또드락딱

로런나 또드락딱 폐 둥둥 또드락딱

로라리로 리런나 또드락딱 폐 둥둥 또드락딱

계집의 것이라고 쳐도, 넘새스러울 정도로 가는, 목소리가(목이) 쉬어, 감기에 걸린 고자라도 그러는 것모양, 그런데 저 돌무덤 속의 촛불중이, 아마 그날 새벽되기 시작하면서부터였을 것인데, 무슨 呪文이었던지, 念佛은 아니고, 넋살이었던지, 또는 時調였던지, 뭐 그런저런 비슷한 것을 읊어내기 시작해 있었는데 그날도 물론, 안개비가 묻어내리고 있었는데, 젖은 沙漠이 떨며 흐느끼고 있었는데, 조반을 가져온 밖의 火巫가 들었기로 그 흐느낌은, 흐느끼는 그 목구멍에서 목젖을 뜯어내고 있었는데, 그러나 물론 그뿐만은 아니었고, 그 흐느낌을 좇아 沙漠에는 글쎄, 짙은 안개비의 그늘이 졌다, 희부연히 그늘이 졌다, 어둑스레 그늘이 졌다. 그러니 自鳴鼓가, 그 無音의, 그리고 非音의 잠을 깬 것이다, 그 '꿈(夢片)'은 소리(音), 깨인 잠, 나비, 아으, 나비.
밖의 火巫는 그래서, 되도록 기척을 내려 하지 않으며, 그 안개비 속에 우뚝 멈춰 서, 그 自鳴鼓가 왜 우는가, 그 울음의 내용을 귀담아 들어보려 했는데, 그랬을 것이 「呼龜歌」로 알려진 이 노래는, 자기에게는 수십 년 舊面의 노래였는데도 불구하고, 오늘 촛불중을 통해 邂逅하잔즉은, 初面인 듯하고, 그러자니 새로운 신명을 불러내는 것이 분명해, 그 唱巫的 귀가, 아침 빛에 닿은 蓮봉오리모양, 열려지고 있음을 느낀 것이다. 그 읊조림이랄 것은, 암수의 용이, 서로의 꼬리를 물어 구름 속을 휘뒤집어지듯, 노래의 꼬리가 드러났다 싶으면, 다시 대가리가 시작되고 하여, 끝이 없이 휘뒤집어지기를

반복하고 있었다. 그 가락 속에 섞인 사설이랄 부분은, (이 火巫는,) 전에 자기 함께 세 해 살고 떠난, 어떤 비리데기한테서 배웠었는데, 그 巫氣女는, 자기의 하초를 쥐고 있을 때마다, '검은 송장을 디뎌, 벗고 춤추는 흰 滿月' 같은 舞鬼女가 돼, 그 노래를 불러, 검은 그늘 속에서, 뻐둥한 수캐를 불러일으키고 있었다. 헌데 그러던 날, 이 火巫는, 자기가, 火葬불 가에 서 있으며, 그 불을 다스리려다 보면, 자기도 모른 새, 자기가 그 노래를 읊조리고 있다는 것을 발견하고는, 체머리를 흔들고 했었다. 헌데 오늘 아침에는, 羑里의 七祖라는 사내가, 수세기 전에 떠나버린 潮水가, 그런 이후 돌아올 줄을 몰라, (아으, 떠난 비리데기!) 鹽分 찌들린, 형태만 남긴, 무변의 사막 가운데서, 呼호, 홋, 호호, '거북님'을 불러내고 있다. 그래서 처음엔, 이 火巫님은, 자기의 귀를 의심하며, 그 사설을 분별해내려 귀를 기울였었으며, 다음으로, 경이감으로 전신에 경직감을 느껴, 섰던 자리에 모래기둥인 채 박혀 있었던 것이었으며, 그러는 중에도 반복되는, 그 어째선지 넘새스러운 듯하며, 얼굴이 붉혀지려 하며, 토역질까지도 일으켜내는 그 목소리에, 자기가 칭칭 감겨지고 있었는 듯했는데, 감겨지고 있었고, 그러자, 뜨거움으로 얼(凍)었던 몸에서 경직이 풀림과 동시에, 오소속이 무너지는 느낌이 드는가 하자, 무너져내려 앉아버렸다. 그때는 물론, 가져왔던 음식바구니는 모래 위에 흘려놓아둔 뒤였는데, 늙은네는 그리고는 덜덜 떨며, 자기의 모든 관절이 어긋나는, 그 격렬한 아픔을 느끼고, 땀을 뻘뻘 흘려내고 있었다. 늙은네는 그럼에도, 그것이 이상한 일이라거나, 그런 것까지도 생각을 해내고 있지는 못했지만, 그런데도 이상할 일은, 땅꾼의 피리젓대 소리에 춤을 깨워내는 독사 얘긴데, 뱀은 귀가 없어, 우주란, 沈黙이 굳어지다 굳어지다, 굳어지는 중에, 그 內熱이 극한 점에 달해, 터뜨려진, 沈黙의 夢片들로 이뤄졌다고 알면서도, 땅꾼이 부는 피리젓대 소리에 의해서는, 별스럽게도 冥耳가 깨어, 그 沈黙의, 無音의, 冥途를 길다랗게 사뤄 오른다는, 그 일이다. 피리젓대 소리에 冥耳를 깬 땅꾼의 독사모양, 이 늙은네의 전신에서는, 무슨 주리틀기가 있었으끄나, 이번에 일어난 바람은 헌데, 오소록이 무너졌던 것들을, 하나의 오동의 실(絲)에 꿰어 뻐둥이 일으켜내는, 트리바람(회오리바람) 같은 것, 三月에 분다, 옷속으로만 스며드는 바람, 분다, 으스스한 바람, 분다, 트림(꼬임)이 인다, 뱀트림, 땅꾼의

피리의 呪音에 冥耳 열어 일어나는 鶴九님 독사의 뒤틀어오르기도,
대답해 보내는 '소리'라면, 이 火巫의 틀어오르기도, '소리'일 것이다.
춤(舞)의 형태를 취한 소리, 대가리 내놓은 거북님입지.

　그리고, 그런 후 나중에 나중에, 이 火巫가 고려해보는 것이 이것
이지만, 귀는, (이 경우는 물론, 자기의 귀를 가리켜 말하고 있겠지
맹.) 반드시, 그것 속에 '意味'를 포함해 있는 '소리'만을 이해하는 것
은 아닌 듯하다는 것이고, 그래서 그는, 그런 '소리' 말고, 다른 '소
리'를 하나 더 상정하게도 되는데, 꼭히 '意味'를 함량해서만, 그 '意
味의 法輪'으로서 구르는 '소리'(는, 말〔言語〕의 형태를 완벽하게 구
비해 있는 '소리')는, 먼저, 그것을 들은 자의, 머릿속부터 바퀴 자리
를 내고서야 심정에 닿는 소리인 반면에, 심정에다 바퀴 자리를 내
고, '머리'에가 아니라, '魂'의 깊은 데로 여울져가는 '소리'가 또 있다
고 한 것이다. 물론 그는, 원래는, '意味'로 만삭이 되어 있던 '소리'
가, 반복을 통하는 사이, 그 '意味'를 流産해버리고, 그 '意味'를 임신
했었던, 빈 껍질만 남은 그 '소리'도 놓치지는 않고 觀했으며, 그런
뒤, 그것도 종내, 형태상에 있어서는, 아예 '意味'를 胚胎해본 적이
없는 그런 '소리'들과 다름이 없다고 해서, 그것도, 자기가 '상정한
소리'科에 소속시켜버리는 데 주저하지 안했다. 이 語巫가 오늘 알
게 되었기로는, '말(言語)'인데도, 그래서 그 깊은 구실을 다 하고
있어 魂까지도 전율케 하는 데도, '意味를 함유치 않는 말'도 있던
것이다. 심지어 새 우는 소리도(왜냐하면 그것들은 "님이 그리워
운다"잖더냐?), 또는 귀뚜라미 찌르륵이는 소리까지도(그것도 글
쎄, "생식기가 가려워 긁는다"든가, 달빛이 좋아, 날개를 비빈다든가
하잖더냐?) '意味'를 주성분으로 한, 그것들만의 方言이라고 이르는
데, 하물며 만물의 영장이라는 것들의 목구멍을 긁으며 나오는 소
리에, 하필 '意味'만이 死産되어져버리고, 落胎한, 빈, 핏덩이만이 있
을 수 있다?

　　리로 리런나
　　로라리 리로런나
　　로라리 리로 리런나
　　오리런나
　　나리런나
　　로런나

로라리로 리런나
——?

("거북님입지 거북님입지"로 시작된 辭說도, 반복을 겪고 겪는 사이, 〔어떤 '意味〔로고스〕'가 자기를 化現케 하기 위해 빌었던 몸〕 '소리,' 그것이 맷돌이 되어, '意味'를 갈아치워〔磨滅〕, '意味의 껍질,' 즉슨 '소리'만 남게 되었을 때는, 그것도, 아예 '意味'를 함유치 안했던 소리, 예들어진 것과 같은 그런, 그럼에도 어떤 聲帶를 겪어 나오는 그런 소리들과, 결국엔 조금도 다름이 없는 형태를 드러내게 된다는 것 같은 것도, 잊을 일은 아니다. 그러고 이것은 또한, 어떤 '소리'가 과거의 어느 시절에는 '意味'를 胚胎하고 있었으나, 歲月과 聲帶들을 겪는 중에, '意味'만 잃고, '소리'라는 빈 고둥껍질만 남게 된 경우에도, 그대로 적용될 터이다. 이것은 왜냐하면, 畜生道〔프라브리티 宇宙〕는, 아으, 바위를, 무덤을 볼지어다, '몸'을 입어 있는 것들의, 重力의 宇宙에서, "몸을 입어 있지 안해, 重力을 벗어버린 것"들은, 부착해 있을 자리가 없는 까닭이다. 이런 견지에서는, '重力이 쏟겨드는 中心'에 있다는 '地獄'이란, 그러니 '몸—重力'과 관계된 '場所'일 수 있으되, '天國'도 또한 '場所'라고 상정하는 것은, 잘못된 '文學的 想像力'의 결과인 것을 알게 한다. '天國'은 왜냐하면, '거듭 태어 낳은 자,' 즉슨 '重力'을 벗은, '靈'들만이 가는 꼿〔이것은 '것'이어야만 옳은데도, '國'이라거나, '가는……' 따위가 섞인 修辭學이 가하는 압력을 좇다 보면, 저렇게 '것'과 '곳'의 合成語라도 쓰게 한다는 것도, 관찰해둬야 할 것인데, 바로 저 '修辭學的 압력'이, 말하자면, 〔헤헤헤, '無門'까지도 여는〕 '요술 열쇠'여서, '잘못된 文學的 想像力'의, 잘못된 門의 자물쇠를 열어, 그 속에 갇혀, 천년 굶주려 왔던 魔力, 즉슨 '잘못된 文學的 想像力'을 해방시켜준, 그 장본인이 었던 것도 관찰해두면 좋을 것이다. 그래서 "地獄은 場所"일 수 있어도, "天國은 狀態"라고 이르는 것일 것이다.〕 보다 소탈하게 말하기로 하면, "잘못 운영된 살〔肉身〕이 地獄이던 것이며, 잘 운영된 마음이 天國이던 것"이다. 그래서 만약, 허기야 어찌 저런 話尾에서도, 뽑아낼 부수수한 털이 없을 수 있겠는가, '마음'이라는 것이 있는 것이라면, 보게여, 그것은 무엇에 의지해 있는 '상태'인 것인가? 만약 그것도, 결국은 "살에 의존한다"고 한다면, 보게, "天國도 場所에 의존된 狀態" 이상의 아무것도 아니라는 결론이 도출되는 것이

아니겠는가? 허, 헛헛, 허, 허기는 그것은 부수수한 터럭 뭉치로구나. 그것쯤 빗질해 내버릴 수만 있다면, 그 話尾는 매초롬해질 일이겠느냐? 글쎄 그것은, 매우 정당한 의문인 것이 분명한데, 그 ‘빗질’의 시작으로써, ‘마음’이란 ‘두 종류’쯤이 있다는 假設을 세우기로 한다면, 저항감부터 느끼겠는가? 근본적으로 ‘마음’은, 한번도 태어나 본 적이 없다고 하는데, 그것을 ‘밖〔바깥 마음〕’이라고, 또는 ‘큰 마음’이라고 假設하기로 하면, 이것이 ‘두 종류’의 ‘마음’ 중의 하나가 될 것이다, 그래서 ‘밖’이 있다고 한다면, 化現해 있는 것으로서 ‘안〔쪽 마음〕,’ 〔‘큰 마음’에 대한〕 ‘작은 마음’이 있다는 假設은 저절로 따르는데, 이것이 다른 한 종류의 ‘마음’이 될 것이다. 이 자리에서 회피하여, 그 머리칼도 보려 하지 말아야 할 것은, 저 ‘밖,’ 또는 ‘큰 마음’인데, 그것부터 쳐들기로 한다면, 새로 六祖的 修辭學的 暴力을 휘두르게 되어, 그것이 비록 우주적 실다움이라 한다 해도, 아직 그 상태에 미치지 못한 有情들을, 모두 곪은 禪卵으로 만들어버릴 위험성이 크다. 이 ‘큰 마음’이야말로, 궁극적 肯定인데도, 그것은 모든 것을 否定하는 형태로 나타나 보이기 탓에, 氣가 약한 정신으로서는, 그것의 솜털 하나도 감당해내지를 못할 것이다. 그리하여 이 자리에서 따져보려 하는 ‘마음’은, ‘안,’ 또는 ‘작은 마음’에 한정되는데, 이것을 두고는 무슨 긴 말을 소비해야 할 필요도 없을 터이다. 비유든, 아니든, ‘存在’를 ‘링가’로 삼으면, 앞서 말해온 ‘場所’란 ‘요니’라고 觀하게 될 것이다. 그렇다면 ‘狀態’란 다름아닌, 이 性交에 있어서의, ‘絶頂’이랄 것인데, 이 ‘絶頂’에서는, ‘요니’도 ‘링가’도, 모든 것이 ‘狀態’化해버린다는 것이 관찰되어진다. ──그리고도 더 할 말이 있을 수 있겠는가? 허기는 그렇다, 어떻게 그러면, 이 ‘안/작은 마음’은 그러면, ‘밖/큰 마음’에 귀의귀속할 수 있는지, 그것은 밝혀져야 될 것이다. 아서라, 그러나 마러라, 네 이눔 그리 마러라, 저렇게 해서 “상사라가 니르바나와 다름이 없으며, 니르바나가 상사와 다름이 없다”고 알았으면, 그것 자체가 그냥 ‘안/밖’도 없는, ‘한마음’인 것을, ‘마음’이 아닌 것을, 뭣을 더 말하라 하느냐.)
　──“소리가, 어떤 一律性, 또는 定型性을 획득하면, 말(言語)이 되기도, 또는 音樂이 되기도 한다”고 이른다. 이런 觀法에 의해, 저 돌무덤 속에서 울려나오는 ‘소리’들을 이해해보기로 한다면, 다시 본 덧자리로 되돌아와, 저것은 다시 ‘말’이거나, ‘音樂’이라고 定義해야

된다는 그 자리에 닿는데, 저 語巫가 들어 심정으로 느끼기로는, 저 것은 '말'이라도 '같잖은 말'이어서 '말' 같지 안했으며, (그러니 여기 에는 꼭히 否定한다는 의미는 없는 듯하다.) 그래서 '音樂'인가 하 면, 다른 귀들은 어떻게 들을라는가 몰라도, 이 박수 자신의 귀는, 그렇다고 수긍하기가, 어째선지 삘그렇고, 넘새스럽다고 하고 있다. (여기에도 그러니, 꼭히 否定하는 의미는 포함되어 있지 않은 듯하 다.) 그렇다면, "말이나 音樂이 되기에 충분한, 一律性이나, 定型性 을 가진 소리"가, '말'이라고 하기도 거시기한 데다, '音樂'이라고 하 기에도 머시기 하다면, 저런 제장 복상사라도 헐누무 '소리'는 무엇 인가? 그렇다면 무엇인가? 그래서 저 늙은 時調쟁이는, 체머리를 흔들다, 그것이 그러면 혹간, '呪文'이라거나, '呪音,' 또는, 이 경우는, '呪文을 섞은 呪音'이나 아닌가, 했다가, 머리 썰레질을 멈추고 말았 다. 과연이나갖다가시나 그는, 저을 수도, 끄덕일 수도 없는, 꽤는 딱한 입장에 처했던 것이다. 그래서 그러면, 아무 '소리'라도, 반복 반복되어지면, '呪文'이나 '呪音'으로 변해지는가?

헌데도 세상, 제기럴, 그런 '소리'도 있다는 것을, 그런 '소리'를, 이 말(言語)의 당굴은, 알아내고 있으며, 경험하고도 있다. 그리고 그 꽤는 생경한 '경험'을 통해 이 박수는, 어떤 일종의 法悅이랄 것의, 無縫의 法衣의 속곳이라도 떠들고 들여다보는, 그런 어지럼증에 흔 들거리고 있다. '말'이 말이 못 되는 듯한 말(言語), 그러니 송장, '音樂'이 音樂이 못 되는 音樂, 그러니 송장―그 송장에서 헌데 무 엇이 일어나 있다, 춤(舞), 그렇다, 발기한 하초, 열엿새 달 같은, 실 한 가닥 걸치지 않은, 홀딱 벗은 처자, 아으, 그 요니로, 저 송장의 불(意味) 꺼져 시꺼매진, 그러니 숯, 그것을 물어, 비벼, 불, 불을 끄 나 일으켜세우는, 춤, 춤인가, 춤.―어떤 '無意의 소리'는 헌데, (이 魔職語), '反復法'(을 잊지 말 일이다.)을 통해, (원래 '意味'를 지니 고 있던 것이면, 그것에서는 그 '意味'까지 磨滅시켜서까지 '無意'化 해서는) 그 '無意'를 發顯하는데, 그것에 어떤 심정이 열리면, 그 '無 意라는 송장'에서, '춤(舞)'이 일어난다? 만약 그렇다면, 이 '無意'는, ('反復法'을 통해 '無意'를 성취해서는,) '反復法'을 통해, '無意라는 송장'性을 극복해내는 듯이도 보이는데, 이 '無意의 意'라고 이를 수 도 있을 듯한, 이것은 그러면 무엇인가? (이것을 '話頭'라고 친다면, 이런 '話頭'는, 이것이 처음 쳐들고 일어난 것은 아니라는 것은, 밝

혀두자. '한 손뼉을 쳐 내는 소리'라든가, '천둥 같은 침묵〔또는 無
音〕' 같은 것들이 있어오는 것을, 아는 이들은 알고 있겠거니와, 이
것은, 그것의 反極 쪽에서, 즉은, '色即是空'的 관찰법에 의해 드러나
진 것이니, 말하자면 이것은, 이차적 話頭랄 것이다.)
　——어떤 종류의 물음(話頭)은 헌데, 딴으로는, '선취덜미, 후취복
장'의 손찌검질에 이력이 났다고 쳤던, 삼남의 강쇠가, 버릇 없이 뽑
아다, 도끼로 쪼개 구들막을 데운, 어디 동네 서낭당 장승 같은 것
이 있다. 강쇠가 그냥, 등 따스운 것만 좋아해버리고 말았더라면, 글
쎄 등이나 뜨뜻해서 좋았을 일을 두고, 옥문치기 초저녁 번을 치르
고 난즉, 별다른 할 일이 없는 데다, 잠이 오잖는다고 해서, 이것 저
것 생각을 하기 시작하면, 처음 뜨뜻해 좋던 등에서 가려움증이 일
어나기를 시작한다. 이러면 이제 사탈이가 나는 것이다. 이런 생각,
저런 걱정, 저런 분통터지는 일들이, 느닷없이 擬人化를 치르기를
시작하는데, 이거 사람이 칵 썩어문드러질 일이지, 못살 일이나꾸
나. 생각해보거라, 원래는 한 토막 잘 돼진 나무였던 것이, 별로 큰
솜씨랄 것도 못되는 장공의 손의 온기에 닿아설람엔, 통째로 한 '마
을'이 擬人化를 치러 '장승'이 되었더니, 그 '擬人'이, 色氣하여 눈망
울을 부릅뜬다고, 그 얼굴에다 흙발을 디뎌 문지른 그 무례방자함
은 얼마나 크며, 불을 토해내라고, 도끼로 그 창자를 터뜨리게 한
무도함은 또 얼마며, 자기 등판 좀 따뜻하게 데우자고, 무고한 擬人
을 焚死케 한 그 악행을 두고는 또 뭣이라고 해야겠느냐. 무렴함이,
擬殺(도 殺害는 殺害인 것.)行에 따른 공포가, 죄악감이, 그러자부터
한 가지씩 반 가지씩 擬人化를 치러설람엔, 요것 좀 보아라, 萬洞
서낭당 끌끌한 '擬人'들이 되어, 애이고 요것이 무신누무 사탈이끄
나, 애이고 대고, 일제히 내닫는다, 저 쳐쥑이뿌릴 놈을 향해, 손바
닥에다 病을 침 뱉아, '선취복장, 후취덜미'하여, 내닫는다, 일제히
내닫는다, 쳇, 놈은 굽도 잦도 펴도 못하고, 꼼짝없이 뻗게 생겼구
나. '물음(話頭)'에도 글쎄, 그런 것이 있는 것을 모르고시나, 말하자
면 저 강쇠네 사돈쯤 되는, 羑里의 말(言語) 巫堂이, 흐흐흣, 그 '장
승'을 뽑아 가슴에 안았느냐. 그런 후 가맜자, 뽑아 안기는 火巫 자
기가 안았는데, 떼어내려 하니 얼라 요것바라, 저것이 떨어지지를
않는다, 더욱더 들러붙는다, 파고든다, 재수없는 날이다, 옴鬼에 붙
었구나, 살다가 중년에 이런 일도 이꾸나 야단이 나따

여긔여라가리질
춘풍에져나부가
향닉만츠자가다
거무줄을몰나시며
山陽에져장세가
쇼리만차자가다
포슈우레몰나쑤나
어긔여라가리질

挿腰語

　일어나는(化現) 것은 어떤 것이나, 그것의 會陰 속에, 쿤다리니
(Kundalinī, Skt. 뱀, 또는 蛇力)라고도 이를, 어떤 힘을 숨겨갖고 있
는다고 한다면, 예를 들면, '불' 속에는 '(불)도마뱀(사라만더)'이 되
사리고 있는 것모양, 그렇다면 '소리(音. vach, Skt.)' 속에도, 무슨
그런 '(소리의) 쿤다리니'가 또아리쳐 있다고 이해하는 것은, 결코
틀림이 없을 것이다. 空大와 관련을 갖는, 이 '소리'의 쿤다리니는,
그렇다, 누구나 다 알고 있는 바대로, '振動(vritti, Skt.)'이라는, 이름
으로 불리우고 있는, 그것이 아니겠냐. '불도마뱀'의 잠이 깨어 일어
나지 않는 곳에는, 불의 일어남이 없듯이, 그러니, '振動'이라는 쿤다
리니가 잠을 깨이지 않는 곳에는, 소리도 있을 수가 없을 것이다.
물론, '불도마뱀'이 '불'은 아니다, 마찬가지로, '振動'이 '소리'는 아니
다. 그러나 '불도마뱀'이 없이는 '불'이 일어나지 않는, 그런 불가분
의 관계는, '振動'과 '소리'에도, 그대로 적용된다. 그러면 이 '불도마
뱀'은, '불'을 일궈내지 않을 때는, 어디에 숨어 되사려 잠을 자고 있
는가? 그리고, '소리'를 이뤄내지 않을 때 '소리의 쿤다리니'는? (그
대답은 어쩌면, 두 가지쯤으로 요약될 수도 있을 것인데, 그 하나
는, 미리 되어져 있어오며, 그 다른 하나는, 해보려 애쓸 필요도 없
이 자명할 것이다. "불은, 모든 物質의 會陰 속에 되사려 자고 있으
며, 소리는, 空間의 子宮 속에 또아리쳐 자고 있다"는 것, 그것은 미
리부터 되어온 그 대답이며, 아직 되어져본 적 없이도 자명한 대
답이랄 것은 이렇다, "[불]도마뱀과 [소리의] 쿤다리니는, 그것 자

310

신을 일으켜세우지 않고, 자고 있을 때는, 서로 다른 둘이 아니라, 같은 하나이다.”——이래서, ‘말과 불’이 같은 元素라고 이르는 것인 게다.)

“태초에 말(vach, Skt.)씀(manas, Skt.)이 있었다.” (그러니 이 ‘말씀’은, ‘소리’와 ‘意味〔理性〕’의 合成一體인 것이다. 여호와는 ‘signifier’이면, 예수는 ‘signified’이다. 「舊約」은 ‘記號’役이며, 「新約」은 ‘意味〔理性〕’의 役이다. 여기 ‘神의 成肉身—말씀’이 있다. 이 한 言語〔말씀〕의 宇宙는 그래서, 基督에 의해 完成된다. 그래서 그는, 보디사트바였기뿐만 아니라, 붓다이다, ‘말씀의 宇宙를 개벽한 佛.’ 이런 관점에서는, ‘아도니스〔肉身〕의 宇宙’는, 불원간 ‘意味〔로고스〕’를 姙娠하게 될, 玄牝〔記號〕的 宇宙라는 것을 알게 된다. 畜生道.)—— 저것을, 단계적으로 살펴보기로 하면, 처음(우주적 소리의) 쿤다리니의 잠 깨임이 있었다. (그 ‘잠’을 누가 찌럭대 깨이게 했는지는, 神도 말하지 안해, 神만 알거나, 神도 모르는 것을, 狗子여, 누가 안다고 말하겠는가. 人間이 알 수 있는 것은, “태초에 말씀이 있었다” 부터인 것을.) 그런 뒤, (히히히, 쾅——!) 소리가 있었다. (그리고 추측할 수 있는 것은,) 그렇게 한번 일어난 소리는, 이제는 스러질 수가 없는 것, 끝없이 반복 반복되어졌을 것이다. 그리고 그것은 아직도 반복되어지고 있을 것인데, 그것은 그리하여 宇宙의 脈搏(vritti)이 되었을 것도 쉽게 짐작된다. 처음 그 ‘소리’에는 ‘意味(마나스)’가 사려들어 있지 안해, 말하자면 그것은 공허한, 無意의 소리였을 것이지만, 無意의 소리도, 반복되다 보면, 얼마 동안 그것은 混沌狀態에 머물 것이라도, 불원간 그 反復에 反復的 가락이 잡히게 되고, 그러면 거기, 反復의 一律性, 또는 定型律이 드러나는 것은 자명할 터이다. (그것이 ‘秩序’일 터이다. 다시 반복해두거니와, ‘混沌’은 ‘混沌’인 채 ‘混沌’이라 한다 해도, 그것이 반복을 겪으면, 그 ‘反復’ 자체는, 어떤 날 一律性을 얻어, ‘秩序’가 된다는 것이다. 동시에, 영구한 混沌은, 그것 자체가 秩序라고까지도 주장할 수 있을 것이다.) 그것이(란, 저 ‘振動의 一律性,’ 또는 ‘定型態’를 가리킨 말인데) ‘形態’를 이루는 것이 아니겠는가! 그것이 六祖가 ‘양극을 갖는 타원형’이라고 만져낸 그것일 것이다. (이 ‘形態’가 ‘실다움’인가, 아닌가, 하는 문제는, 方言마다 그 해석이 다르므로, 이 자리에서 거론할 것은 아니라도, 저것이 어쨌든, 〔莊子의〕 ‘나비,’ 〔촛불중의〕 ‘夢片’인

것은 분명하다는 것은 밝혀둘 수 있을 것이다.) 그 ‘振動’의 폭이라
든지, 두테, 높낮이며, 거리, 그 속력의 빠르고 늦기 등에 의해, 밝기
(明)와 어둠(暗), 그러니 해, 달, 별 무리가 있기 전의, ‘빛’도 드러났
을 것은 매우 용이하게 추측되려니와, (그리하여 ‘양극을 갖는 타원
형’이라는, 이 한 원전으로부터, 그 원태를 결코 교란하는 법이 없
이,) 팔만사천 각양각태의, ‘振動의 形態’가 드러나게 되었을 것도
물론, 어렵잖게 추측된다. (‘양극을 갖는 타원형이라는 생명의 本態’
는, 왜냐하면, 프라브리티 宇宙의 有爲法의 象徵化, 또는 形象化로
서, 始作이 있는 것에는 반드시 끝이 있는데, 그 ‘끝’이 다시 ‘始作’에
로 이어지는 運動은 圓을 이루되, 圓 자체는 ‘無始無終’의 영구한 動
〔이런 動은, 니브리티와는 무관한, 靜止와도 다를 바 없다는 것도
고려되어져야 할 것이다.〕이기 때문에, 六祖가 그 ‘圓’에다, ‘始/終’의
개념을 도입해 圖式化한 그것이다. 六祖는 그리고, 저 ‘뿔돋은 圓을
가리켜, ‘生命’이 象徵化할 수 있다면, 그런 꼴이 될 것이라고 했는
데, 허기는 저것은, 그 밖을 보기로 하면 ‘링가’의 형태인데, 그 안을
들여다보기로 하면, ‘요니’의 형태여서, ‘生命’과 큰 관련을 맺고 있
는 것쯤 짐작해내기는, 조금도 어려울 일은 아닌 듯하다.)
 (‘振動’이 물론, 神일 수는 없어도,) 神은 振動(vritti)이다, 宇宙的
振動. 그런고로 “神의 運命은 프라브리티(pravritti, 有爲法)”라고
하는 것일 것, 끝없이 創造하고, 아으 꽃도 피는고야, 피어 흐트러지
는고야, 끝없이 破壞하기, 아으, 바람도 맵고야, 찬 눈이 내리느냐.
創造——꽃신발 신은 오른발, 높이 딛기, 破壞——무쇠신발 신은 왼
발, 낮게 딛기, 神은 그래서, 별수없이 절뚝인다, 神은 절뚝인다.

 ——續

 ‘無意의 소리’가, 反復을 겪게 되자, 그것에 접한 귀, 그 심정에다,
일종의 呪術이랄, 어떤 신명, 어떤 열예, 어떤 현기증을 일으키게 되
는 것도, 결국은 저 ‘소리의 쿤다리니’가, (열린 심정이라는) 그 空
間 속을 틀어오르는 중에, 그 틀어오르기의 一律性, 또는 定型態를
형성하기 시작했다는 것이며, 그리하여 거기, 그럴 일이다, 한 創造
가 있기 시작했다는 것이며, 동시에, 破壞가 자행되기 시작했다는

312

것이다. (創造와 破壞 사이의 時間的 거리는, 비교적으로 긴 것이 있고, 짧은 것이 있을 수 있을 것이라도, 創造되어진 것은, 破壞되어진다. 그리고도, '有爲'가 그 '運命'이 되어 있는 자들은, 有爲키 위해, 創造해야 할 것인데, 그렇게 본다면, 創造가 目的이 아니라, 破壞가 目的이어서, 神들은 創造한다. 이것은 有情들께는 비극이다, 그리고 '절뚝이는 자'들께는 더욱더 큰 비극이다.) 그 '創造와 破壞'의 뜻이, 그것이 자행되고 있는, 그 심정에서 이해되고 있거나, 말거나, 그렇다면, '定型態'를 얻었다, '混沌'化하는 저 '振動'은, '말(言語)'이다, 그렇다, 흰(白) '아—'語, 그리고 (그 裏面의) 검은 (黑, 또는 無色의) 括弧語. (例를 들면, 〈 〉, ( ), 〔 〕따위.)

이 '括弧語'에, 그것이 어떤 것이든, 內容(意味, 運命)이 채워들어지면, 修辭學的 宇宙, 그 六道가 요연해지는 것일 것인데, '아—'語를 성취치 못하면, 사람이라는 有情도 그리고, 畜生道라는 우리에 갇힌, 짐승 말고, 다른 아무것도 아니다. 그리고 무엇이, '이름'이든 '몸'을 입어나와('이름'과 '몸'은, '記號'인 것.) 이룬 宇宙는 '修辭學'이며, 그 '이름'과 '몸'이 섞이고, 부딪쳐 이루는 세계는, '敍事詩'이다.

—續

"神酒(암리타)를 걸러내기 위하여, 神들과 魔鬼들이 합동하여, 젖의 바다를 휘저은 일이 있었다. 그러기 위해서 그들은, 거북의 왕의 등에다, 만다라山을 받쳐, 그것으로 휘젓는 굴대를 삼았으며, 그 굴대를 젓는 동앗줄로는 蛇王 바수키의 도움을 얻었다. 그러니 바수키로, 저 만다라山을 휘감게 한 것이고, 그런 뒤, 神들은 바수키의 머리 쪽을 붙들고, 魔鬼들은 꼬리 쪽을 쥐어, 구호에 맞춰, 그 동앗줄을 잡아당기고, 놓아주고 했다. (「마하바라타」에서)"

神話가 전하는 대로 좇으면, 이때 이 '젖바다 휘저어지기'를 통해, 그 '젖바다' 속에서, 한 우주를 채울 有情, 無情이 솟아올랐다고 이르고, 물론 '神酒'도 걸러져나왔다고 이른다. 분명히, 이 '젖바다'는 그리고, 아직도 휘저어지고 있으며, 이 마야(宇宙/幻)가, 그것을 꿈꿔낸, 그 어떤 잠(비슈누의 잠)속으로 침몰해 돌아가기까지는 휘저어질 것이다.

이 ‘젖바다 휘젓기’에 쓰여진 도구들, ‘거북’이며, ‘만다라山,’ ‘바수키’ 등은, (‘神話’에서 ‘歷史’를 엮어내려 한다면,) 비유나 상징들인 것이 분명한데, 이 ‘비유나 상징’ 풀이를 두고는 그러나, 왜냐하면 그것이란 도대체 무용하기 때문인데, 아직까지는 平典化된 것이 없어, 그것은 누구나의 의견대로일 터이지만, (그의 불머슴도 포함하기로 하여 말이지만,) 촛불중의 의견에는, 저것은, (‘修辭學的 宇宙’에 있어) 어떤 ‘秩序體制(文法)’에 의해, ‘意味’는 어떻게 ‘記號’를 입는가, (이 경우는, “알보다 닭이 먼저 있었다.”) 또는, 어떤 ‘意味’는 어떻게 ‘記號’를 입었으며, 그리하여 그것(單語)들은, 어떤 秩序體系를 갖는가, (이 경우는 그러니, “닭보다 알이 먼저 있었다”) 하는, ‘말의 형성의 과정’과 관계된 神話였다. (“알이 먼저냐, 닭이 먼저냐?”를 따지는 일은, 장차 ‘學者’를 낳게 하는 일일 것이지만, 헤, 헤헤, 헤응야헤, 울 오매 요런 걸 날라 말고, 배나 낳드면 개용을 쓸걸, 헤, 헤응, 헤, 돌팔이라도, ‘중’은 중인 자가, 촛불중이다.) ‘말(言語)’에 있어 척추가 되어 있는 것이 ‘意味’라고 한다면, (왜냐하면, 촛불중이 젓줄을 이어왔었던, ‘手淫派’네 늙은네들에 의하면, ‘우주의 중심에 서 있는 山’ -그것이, 人體에 있어서는 ‘척추’라고 하고 있기 때문인데,) ‘굴대’로 쓰여진 ‘만다라山’이, 그 ‘意味’의 역할을 담당하는 것은 분명하며, 그렇다면 ‘젖바다’란, 아직 ‘意味’를 못 입어 홍그렁해 있는 ‘소리, 원초적 소리’ 말고 무엇이겠느냐는 것이, 촛불중의 해설이다. 그런즉, ‘바수키’란, ‘文法體系’에 대한, 神話的 이름이라는 것은, 저절로 도출되는 결론이랄 것이다. 이때, 그중 난삽한 도구 하나는, ‘거북’인 듯한데, 그 神話가 그 중요성을 밝히고 있는, 神話的 사실 하나는, 化現의 宇宙를 경영하는 神(비슈누) 그 당자가, 그 ‘휘젓기’를 위해, 그 ‘거북’에로 轉身해, 그 ‘굴대받침’으로, 자기의 등을 내주었다는 점이다. 그러니, ‘바벨탑’과 달리, 이 ‘거북’은, ‘言語의 基本’이 되어 있다는 것을, 먼저 알게 한다. “땅 위에 세워져, 하늘에 닿으려 했던 그 바벨탑”도, 그렇다면, 이 ‘거북’의 등에 그 기초를 뒀던 것을 알게 한다. (비극적이게도, ‘바벨탑’이라고 불리우는, 한 종류의 言語로 된 ‘辭典’은, 完成을 못 보고, 전능한 자의 훼방 탓에 중단되어져, 하나의 ‘혀’였던 것이 그 이후, 여럿으로 짜개어져, 그 ‘탑’쌓기를 시작했을 때는 한형제였던 자들이, 그때에 당해서는, 서로를 알아들을 수가 없이 되어버렸다. 그래서 인류는, 바벨탑을 쌓으려 했었던 그들의 선조들처럼, 소박하게만 꿈꾸어, '한형제, 한가족'이 되려 해서는 안 되었던 모양이었다. 그것은 왜냐하면, 어떤 한 종류의 '꿈〔인류〕'이, 그 '꿈을 꾸고 있는 자'에 대고, 반란을 일으킨 결과가 돼서일 것인데, 아으, 神은 複合的이니라, 그러니라, 둘러보아라, 한 우주는, 거기 비둘기만 있는 것은 아니며, 피 빠는 박쥐도 있고, 꽃사슴만 있는 것이 아니라, 배고픈 이리도 있고, 천사뿐만 아니라, 사탄도 있다. 아으 잊지 말지니, 天國과 地獄의 중간〔이 셋의 총계가 '프라브리티 宇宙'일 것이다.〕에 자리잡아 있는 세계는, 不純한 곳이거늘, 畜生道, 不純한 곳에 처해 있는 것들도 그러니 不純한 것이거늘, 그 不純한 자리에다 不純한 것들이, 天國이나 理想鄕을 세우려는 꿈은, 헛되고 헛되니라, 헛되고 헛되니라, 꾸려할 일은 아니다, 글쎄, 天國을 不純한 자리에 세우려 하기는, 외양간의 짐승의 똥 자리에다 아랫목을 정하려 하기와 다름이 없는 것일 것을. 거기에 처했거들랑은, 똥누고 지나갈지니라, 모든 不純함을, 삶을, 짐승을, 똥누고 지나갈지니라, 거기는 다만 지나가야 되는 곳이지 머무는 곳이 아니잖느냐. 프라브리티 宇宙를 꿈꾸는 자는, 그 宇宙에 화평을 주려, 스스로를 나타내는 자가 아니니라, 그는 차라리, 그 宇宙를 파괴하기 위해, 나타낸 자니라. 그 宇宙의 이름은 '畜生道'인데, 그래서 그는, 畜生道를 고집하는 자들께는, 극난한 장애이다. 그럼에도 세상은 언제든, 그 세상을 고집하는 자들에 의해 잘 운영되는 듯한데, 그럴 수밖에 없는 것은, 獸皮를 입은 것들의, 獸皮에의 집념이 그러해서 그러하고, 그래서 畜生道는 극복하기가 어렵다. 그곳에서 '苦痛'까지 덜려 나가버리게도 된다면, 반세기의 이쪽 저쪽 길이의 삶밖에 안 되는 삶이라 해도, 얼마나 달겠냐, 그 한 삶이 왼통, 성교의 절정이나 같을라. 〔마는, 자벌레는 어느녘에나, 겨드랑 밑에 잠들어 있는, 그 날개의 잠을 깨워낼 일이냐? 허, 허지마는, 자벌레로서의 한 삶도 충분히 좋다면, 그까짓 날개의 잠은 깨워서는 어쩌자는 짓이냐? 그 잠 한번 깨우기가 어디 쉬운 일이어야 말이지.〕 그런즉, 순진무구한 자들이여, 小子들이여, '바벨탑'이란, 이제도, 흙 위에 쌓으려 할 일은 아니다, 아닌데〔그것 하늘 탑인 것을!〕 하늘 탑을 흙 위에 세우려 하면, 흙부터 말끔히 없애 치우고서야 볼 일이 아니겠느냐.) '암리타(神酒)' 걸르기에 쓰여진, '거북'이라는 도구를 보건대, '言語' 이전에, 그렇다, 言語가 아닌 것을 言語

이게 하는, 言語가 아닌 言語가 있었다. 그것의 이름이 '거북'이었을 것인데, 히, 히, 히, 거북님입지 거북님입지, 머리를 내어놓으십습지, 만약 내어놓지 않으면입지, 구워 살라 먹겠습지. ('言語' 이전의, 言語가 아닌 言語'에 관해 얘기가 나온 데다, '젖바다 휘젓기'의 목적이, '암리타'를 구하려는 것이었다는 얘기도 되어진 바이니 말이지만,) '言語' 이후에, 言語를 言語 이상이게 하는, 言語가 아닌 言語가 있는데, 그것의 이름이 '암리타'일 것이라고, 그리하여 촛불중은, 관찰해내기에 이른다. '頌歌,' '梵唄' 등을 例로 들어본다면, 그냥 그런 '例'를 들어보이기만으로도, 많은 말을 생략하게 하는 것을 알게 되는데, 그것을 '듣는 귀'들은, 시작에 있어서는 물론, 그 노래의 '(歌詞의) 內容'이나, '(소리의) 曲調'(이 경우는, 본디 'signifier'이던 것들이, 變身을 당해 'signified'가 되어버리는 현상을, 주목해야 할 것이다. 비유로 말하면, 이런 '轉移'는, '밤숭어리 속의 알밤'과 같다고 할지도 모르는데, 먹을 수 있도록까지 준비된 알밤은, 그 껍질을, 두 번에서 세 번을 벗기워져야 되던 것이다. 이 '껍질'들은 '記號'라고 환치하기로 하면 '頌歌'나, '梵唄'를 '듣는 귀'들이, 즐기는 '內容'이, 어떤 것인지를 알게 될 것이다.)를 통해서겠지만, 종국엔, 그런 노래를 바치는 자들의, 그 '祭心의 祭酒'에 취하게 되는 것이다. 땅의 어휘로는 '禮拜'일 터인데, 그것이 오르며, 月宮도 지나고 하는 사이, 익어져, 높은 데 닿으면 '암리타'라고 이를, '不死酒'로 변해져 있는다. ('神과 人口數'라는 문제로, 촛불중이 이미, 저런 주제에 관해서는 說한 바가 있었으니, 그것을 새삼스레 되풀이할 필요는 없겠지만, 어쨌든 그러니, '禮拜者'의 수가 더 많으면 많을수록, '암리타'의 분량도 비례할 것은 분명하고, 그것에 의해서만 神들은 존재하기뿐만 아니라, 팔다리의 힘도 건강해진다는 것도 분명할 터이다. 〔앞으로 기회가 닿는 대로, 닿지 않으면 만들어서라도, 살펴보아야 되는 話頭 중의 하나가 이 '암리타'이지만, 바위에 대고는 오백세를 다 새우며 일러준다 해도 귀가 열리지 못할 것이 저것이며, 開明한 精神들을 상대로 하여서는, 이미 해버린 말도, 너무 많았다고 여기니, 이 話頭는 이런 정도에서, 바랑 속에다 구겨 처넣어두기로 할 일이다.〕──이렇게, '말〔言語〕'의 한 宇宙는, '거북'의 등에 초석을 놓아 개벽했다가, '암리타'를 거두기로, 닫힌다.)

('거북'이라는 暗號와 관계되어, 이것도 잊은 건 아니라는, 그 중

316

거를 삼아두기 위해, '뱀 그림'에다, '다리를 붙이기'가 된다 해도,)
'易'門에서는, 저 고요함을 지켜 머물러, 그 위쪽의 어떻게나 거세고
도 무거운 흐름에도 불구하고, 움직임을 드러내지 않는 움직임, 저
'거북'이, '易' 자체, '變化의 構造'로 이해되어져 있을 뿐만 아니라,
'物質로 된 宇宙,' 또는 '易의 宇宙'로도 이해되어져온다는 것도 첨부
해두기로 해야겠을 일이다. '道'가 活形을 입는다면, 우주의 重力이
쏠기는, 그리고 變化의 소용돌이, 그 中心에 기복해 꿈쩍도 없는
'거북'쯤이나 안 되겠느냐. 이 '거북'은 그리고도, 좀체로 자신을 드
러내보이지 않는데도, 그 위쪽에서, 時節은 되어가고 있는다. 이래
서도 '거북'은, 言語의 非化現 쪽의, 言語 아닌 言語, 그럼에도 그것
에 의지해서만 言語는 言語로써 化現을 성취하는, 꼭히 이름을 붙
여야 한다면, '니그레도(黑)'의 言語인 것을 알게 한다, 여기 어디에
그러니, 言語의 바르도는 있음에 분명하다. (그래서 '거북'은, 그 자
신을 드러내보이지 않는다 해도, '物質로 이뤄진 宇宙,' 즉슨, '프라
브리티'의 '니그레도 상태의 프라브리티'이지, '니브리티'와는 관계가
없다는 것을 觀해둘 필요가 있을 것이다. '거북'에 관해서는, 대개
이런 정도로만 말해둔다 해도, 별로 부족함은 없을 듯하지만, 재미
있는 '거북' 얘기가 있다면, 그것 하나쯤 더 얹어둔다 해도, 해스러
울 일은 없을 터이다. 라는즉슨, 흐, 흐흐, 흔데, '易'이 이뤄지던 시
절엔, '도마뱀'과, '거북'이, 혹간 똑같은 有情들이나 아니었는가, 하,
하는, 그 얘기다. 글쎄 '易'이라는 글자는, 누구나 알다시피, 〔사라만
더가, '불' 속을 무릉도원쯤으로 쳐, 불 속을 한유하듯이, 물 없는 沙
漠을 살 만한 곳으로 쳐, 沙漠을 유영하는〕 '도마뱀'을 그림〔文字〕으
로 그려놓은 것이라고 하거니와, 그렇다면, 저 '易'이란 沙漠〔羑里〕
에서 이뤄진 言語인 것이 분명한데, 문제는, 나중에, '洛水'라는 깊은
'물'에서 올라왔다는, 어떤 '거북'의 등에, 저 '도마뱀〔洛書〕'이 업혀
있었다는 데 있고, 그것은 무엇을 고려하게 하는가 하면, '沙漠의 거
북'은, '도마뱀'이라고 부르며, '물 속의 도마뱀'은, '거북'이라고나 일
렀던 것이나 아니었는가, 그러니 그 당시에는, 그 둘은 같은 것들이
나 아니었는가, 하는 그것이다. 아으, 沙漠에서 '거북'을 낚아 올리려
는 者여, 厥者여, 沙漠에서도 그러면, 溺死키가 쉬운즉, 沙漠을 航海
할 때도 公은, 밀초로라도, 귀 막을 것을 잊지 말구라, 목마름이 부
르는 소리를 한번이라도 듣는다면, 안되게도 公은, 항거치 못하고,

沙漠의 밑으로 가라앉아들고 있을 것이다.)

　그러면, '神'들과 '魔鬼'들의 暗號는 무엇인가,──그것이 궁금해지지 않을 도리가 없게 된다. 헌데 저들은 각각, 양지 쪽(肯定的) 우주와, 응달진 쪽(否定的) 우주를 담당하여, 운영하는 힘이라는 것을 감안한다면, 저들이 곧장, '말(言語)'의 (肯/否) 두 국면에서, 저절로 化生한 것들임을 알게 된다. 저 神話가 膾炙하는, 그 꼭같은 人口에, '神' 들과 '魔'들의 있어짐의 얘기가, 이렇게 膾炙한다, "한 聖人이 낮에 發音한 말(言語)들은, 밝은 天空 속으로 스며들어 神들이 되었으며, 밤에 發音한 것들은, 어두운 地下에로 스며들어 魔鬼들이 되었다."──하나는 創造하며, 하나는 破壞한다.

　──이렇게 되면, '말(言語, 修辭學)'에도 분명히, '六祖의 時間'과 같이, '五頭'가 있다는 것을 觀하게 되는 자리에 이르는데, (그러기 전에, 그러면 저 '五頭'의 몸뚱이라든, 꼬리 등은 어디에 있느냐, 는, 아직은 일어나지는 안했으되, 미구에는 일어나게 될 수도 있는, 의문이 있을 수도 있다면, 그 뿌리부터, 이 자리에서 아예 솎음을 해버리는 것은 필요하지 않겠는가. 그 대답은 이렇게 될 수 있을 것이다, 라는즉슨, '알베도〔白〕'라는, '五頭'가 合一하여 一頭化하는, 그 일점 말고, 또 어디에 있어야겠느냐.) 그 '五頭'의 이름은 이렇다, '거북,' '암리타,' '創造의 말,' '破壞의 말,' 그리고, '神과 魔'들이 태어나는 일점 '휘저어지기.' 말(言語)의 現場的 말, 즉슨 通話 중의 말로써 '휘저어지기'의 말을 좇으면, 저 '五頭의 말'이, 자연히, 하나의 圖式을 형성하는데, '거북(니그레도, 黑′)'과 '암리타(루베도, 亦′)'가 縱軸(만다라山)이 되고, '創造의 말(黑)'과 '破壞의 말(赤)'이 橫帶(바수키)가 되는 것을 보게 되어, 그 軸/帶가 교차하는, '白'의 일점에서, '젖바다'가 휘저어짐을 또한 보게 된다. 헌데, 저 橫帶 '바수키'의 머리 쪽에는 神들이 서 있고, 꼬리 쪽에는 魔들이 서 있는 것은, 神話가 드러내보이는 배치인바, 그렇다면 '神, 머리' 쪽이 당연하게 '赤'을, '魔, 꼬리'가 '黑'을 담당하고 있다는 것을 인정하지 않을 도리가 없게 되는데, 난한 문제는, 그렇게 圖式을 좇으면, '魔'가 '創造' 쪽을, '神'이 '破壞' 쪽을 담당해 있는 것으로 되어, 모든 것이 전도전복해 있는 현상을 드러낸다는, 그것에 있다. 常識은 물론, 宇宙的 眞理는 아니라도, 저런 의견은, 常識으로부터는 너무 멀리 떨어져 있어, 常識을 常食하는 자들의 위장에는, 달군 쇳덩이 같을 뿐만 아니

라, 비계와 살의 위치가 바뀌느라 전신이 뒤틀리는데, 그리하여 비계가 뼈 위에 끼고, 살이 가죽 밑에 올라 있다. ('개'라는 한 有情의 비계 조직이 그렇게 되어 있다는, 「夜話」가 있느니라, 그러니 '사람'이 '개새끼'에로 둔갑을 치렀느냐) 허으, 험에도 그만 떨어두어라, 숭푹(凶暴)을랑 그만 떨어둬라, 개자슥 겉으니! '創造의 말'이 어째서 '니그레도'며, '破壞의 말'이 어째서 또 '루베도'일까부냐(?)고, 하는 모양인데, '거북'이를 한번 어미 삼은 것마다, 그런 후부터는, '거북'의 뱃속을 못 벗어나, 딴에는 벗어난다고 잠시, 출렁이는 羊水 위쪽에로 떠올랐다가는, 조악한 물질로 입은 몸이 무거워, 별수없이 가라앉고, 하으, 저 비린 쓴물 먹기의 괴로움, 잠시 떠오른다, 다시 가라앉는다, (여기, '말'의 '逆/順調'의 어지러운 變轉이 있다.) 다시 떠오르기, 가라앉기, 떠오랐기, 는 輪廻──이렇게 보면, '거북'은 망할녀러, 有情에 대해서 詛呪일 뿐인 어머니, 그렇다, (프라브리티는) 어머니. 그래서 그러면 이 어머니는, 남정네가 없이도 혼자서 임신하는가? 그런 건 아니다, 글쎄, 이 어머니의 子宮 속에다, 무시로 夢精을 흘려 넣어주는 아버지가 있다, 그렇다, 이 아버지야말로 그렇다면, '創造'의 힘이다, 그렇지 않는가. 제길헐, 니브리티를 성취하지 못한 有情께, 그러면 이 아버지는 '魔'일 뿐이겠느냐, '詛呪'가운데다, 새끼들을 버글 버글 갈겨넣는, '魔'일 뿐이겠다. 야 '새끼'들, 되돌아오고 싶어하지 않거든, 되돌아오지 않으려거든, 아으 '새끼'들이여, 발톱이든 자지든, 하다못하면 먼지털까지라도 뾰족하게 동원해, 어미년 저 '거북'의 천정 되는 데든, 옆구리 되는 데든, 찢든 구멍을 내어, 그 구멍을 통해, 쏟겨나와야 된다. ('새끼'여, 그것이 '밖을 깨우기'라고, '解脫'이라고, 이르는 것인 것이네.) 그러기 위해서는, '새끼'여, 그 한 마리의 '거북'을, 그 장애를, 무슨 수로든 쳐부숴 없애야겠는가. 아흐, 에미를 살해한, 호로노모새끼!
 '말(言語)'을 극복한 '말'은, 허기는 그런 것이다.

──續

 거북님입지 거북님입지
 로라리 리로런나

대가리를 내어놓습지
오리런나
나리런나
만약 내어놓지 않으면
구워살라 먹겠습지

　아 시님 말이시온디, 제복갖다가시나 개좆노래꾼이었던개빈디, 앉기만 허먼 워디서라도 고렇게, 노래를 삘그렇여쌀 만허다먼, 실멩 (신명)이 솔찮다고 히어야겠제요. 헌디도 허기는, 고것도 참말로 실멩이라고 허야흐까 어쩌까, 고건 알 수가 없기는 없제마는. 글매 고랄 것이, 羑里 한나잘 반시라도 살라고 히어본개시나, 고 반대시 무신 실명 탓도 아닌디, 차꼬갖다가시나, 무신 소리가 웅얼거리 나오기는 나와쌌는개 말여. 첨에는, 고 웅얼거리기에 무신 넉살 겉은 것, 새살(辭說) 겉은 것도 쉐이고 히었었는디, 그러장개 무신 時調라든동, 타령 겉은 것들이었을 것인디, 고런 것들이, 삼꺼불맹이, 목구먹에서 꺼불 꺼불 뽑히나오고 히었는디, 그라다 문뜩 깨닫고 본개시나, 아요런젠장홀, 걸 누가 들어줄 사램이 없다는 걸 알겠음시롱, 내가 노파맹이 영 실답잖드라고, 그랄 것이, 혼차 말허고시나는, 혼차 들을라고 허든 짓이 그짓 겉였은개. 그렇다면, 머슬 머시라고, 고시랑 고시랑 새살을 짜넣을라고 해쌀 일도 당최 없는 것 겉드라고. 그람선도 요 늙은탱이는, 웅얼거리는 짓을, 도저히 워처키도 멈추덜 못히었소이. 아침에 시작헌 콧노래가, 왼종일 안 떨어져나가는 것맹이, 웅얼거리기 鬼神 하나가, 내헌티 딱 들어붙어뻐렸드라고 흐, 훗, 흔다, 요것 참 넘새시런디, 그라다 워짜다 월듯 월듯 들어본개, <u>흐흐흐</u>, 요 늙은네가 글씨 거, 「呼龜歌」를 읊조리고 있습디다, 그라고 있드라고. 말헌 것 겉지만, 고것은, 조 워떤 비리데기, 火葬터 들려 세 해 살고 감시롱, 屍灰 속에서 舍利를 줏음시나 불르던 노래였었소이. 넘새시런 대로 솔찍허게 말씸디리먼, 조 火葬쟁이의 根에서, 꼿꼿함을 일으켜내던 노래였더라고여. 비리데기 떠난 후로는, 비리데기 그립운 정으로 허는, 용두질 노래가 됐었는디, ……火葬터에서는, 생각히어보먼, 떠난 비리데기, 이 손으로 열두 번도 더 火葬허고, 고 뻬만 줏음선 비리데기 불러 살았었는디, 그러장개 ‘비리데기 舍利’라고, 말(語)만 생각허다 해를 저물리고, 또 저물리고

해 왔었는디, 여그(羑里) 와서는, '비리데기의 뼈'를 줏을 자리가 없다 본개, 차채로 차채로 말을 잊어뻐림선, 말도 아닌 소리만 고시랑거림선, 그라기로 말을 비워뻐림선, 속을 저물리고, 글씨, 속을 저물리고 헌 것 겉은디, 하기는 워짜먼, 火葬터에서 줏어 모다 온 말을, 여기 워디 모래 속에다 다 묻어뻐렸는지도 몰루기는 몰루겄는디⋯⋯ 그라고도 남아, 쎄끝에, 목구먹에, 각혈모양 비린내를 이르키는 말 한자리, 노래 한 구절은, 그것이었드라고, '거북 불러내기 노래.' 어 젯밤에도 요 늙은탱이는, 잠을 디리덜 못해, 몇 화리(화로) 숯불만 다북 다북 고봉 담아 다 퍼 먹고, 그람선 머슬 머시라고, 많이도 고 시랑거려쌌는디, 귀신이 돼각고 딱 붙어버린녀러, 다시 고 '거북노 래'였더라고 불러쌌다 본개, 노래 지 쪽에서 고 뜻(內容)을 다 파묵 어뻐릴 뿐만 아니고 말요, 고 노래 속에 숭키져 있던, 요 늙은네의, 워떤 추억끄장도 다 골빨아 묵어치워뻐리는 걸 알았는디, 가빴습시 다, 요랑개 요것이 똑, 엇저녁 처음 시작된 얘기겉이도 듣게 생깄습 닌다, 마는, 엇저녁도 그랬드라고 고렇게만 들어 주십사여, 그러쟝 개 저것은, 인재는, 노래도 아니고이, 말(言語)도 아니고, 넋살도 아 니라고 본디는, 참 호꼰험시롱도 아프던, 무슨 고런 내력이 있던, 무신 고런 말 한마디가, 차꼬 되풀어짐선, 속을 뽑히고 난개, 고 빈 자리로, 무신 '소리'의 귀신이 하나 쳐들었는 것 같소이, 왼통 괴로 움배끼더라고 그란디도 떠낼 수가 없었을 뿐이었는디, 흐, 흙큼, 훗, 홋, 흔데, 바로 고 귀신이, 요 늙은탱이헌티서 싹 떠나뻐렸다먼, 시님은 놀래시까, 놀래끊냐고? 사, 사연이랄 것이 있다먼, 이렇소, 아까, 시님헌티 디릴 공양밥을 각고 오다, 워디서 무신 소리 겉은 것이 난다고 들어, 귀를 자울이다, 본개, 시님 들앉은 요 돌무덤이 어깨를 떨고 있는디, 바로 고때였겄제라우, 요 늙은탱이의 쎄빠닥에 서, 들러붙어 있던 소리鬼가, 손톱을 뽑아 나가뻐리는 것을 보았구 만이라우이, 고 소리鬼는 다른, 비슷한 소리를 찾아, 떠나뻐린 것이 었더라고 그런 뒤부텀은 이 늙은네는, 자기 부르던 노래를, 남의 입 으로 부르게 해갖고, 듣게 되는디, 헌디, 요상해서 도저히 이해할 수 가 없는 것은, 그 같아야 할 노래가 조금도 같덜 안허다는, 고것이 라고 요 늙은네의 귀가 알기로는, 고것은 같은 노래인디도, 심젱이 알기로는, 그 둘은, 가령 말해, 하나가 목탁을 쳐 나는 소리라먼, 하 나는, 해금을 타서 나는 소리맹이, 고렇게 같지가 않다고 허고 있소

비록 그렇다고 히어도, 심정은, 해금맹이, 소리를 울려낼 줄(琴)만 있고, 쎄(舌)를 갖고 있덜 못허다 본개, 조 '다름'이 뭣인지는, 말하지는 못헐 배끼 없다고 허고 있소 그러장개 요런 소린디, 시님 부르는 고 소리는, 결단코 時調는 아니라도, 時調라고 히어야끄요, 아니먼, 祝手허며 허는 '비빔 소리'라고 히야끄요, 고것도 아니먼, 시님 자기 송장 닙히놓고, 지가 자기 송장을 디더, 송장을 깨와낼라는 넋살이라고 해야끄요, 글씨, 머시래야끄요? 고것이, 말해, 時調랄작시먼, "라라리 라라라라 라라라라 라라리라"라는 투의, 말(斗)로 말(語)을 되어내야만 되는 形式이 있다고 허는 것인디, 形式만 갖고도 안 되고, 靑山 碧溪水며, 두리둥실 空山明月, 찬비바람에 四君子며, 솟으란 달 水石과 松竹, 가랑닢 진다, 지는 해, 휘파람 부는 잔내비, 오실 이도 없는디 찌끄덕이는 柴扉, 아이 子規는 어찌도 저리 울어쌌는다, 야삼경에 우는 子規의 도움도 받아야 되고 말이제, 그 子規 울음 당과 익은 술니얌 복송꽃 향내인디, 체장사도 지내가야 되고 말이제, 그 술에 어지럽은 머리를 저승 마당에 궁글이야 風流가 있다고 허는 것인디, 암만 귀를 땎고 들어바도, 시님 부르는 소리에는 조런 것이 없다 본개, 時調는 아닌 것도 겉고여, 흐훗훗, 흐람선도 요상헌 것을 두고 말해볼작시먼, 앞서 말씸디린 고런 재료들이란 것들이, 거 모도 말이제, 선조 대대로 시험히어본 곌과로써나, 듣는 이들이 그중 크게 즐겨 받아딜이는 것이 알리져각고, 누구든지 時調거나, 노래를 헐라 허믄, 조런 재료를 써서 허는 것인디도, 암따나, 수수백세나, 수수백천의 騷客들이 吟風咏月을 해왔단다 해도, 고 탓에 달이 닳아져, 보름이 돼도 달이 찰(滿) 줄을 모루던 것은 아니며, 고 탓에 바램이 줄어져, 春三月에 桃花를 다 붙어가덜 못해, 여름 오기가 동지끄장이나 더디더라는 말도 못 들었는디, 하상이면 고런 좋운 것들을 다 놔두고 시님은, 해필이면 모래밭(沙漠)에서, 있도 안헌 물 속을 딜이다봄시나, 흐흐훗, 허다못해 고것이 鰍魚만 된 대로 가실 풍미가 있어, 시좆상(時調床)에 올를 만허기도 허다고 헐 턴디도, 디도, 디도 못허게, '거북'은 웬, 아닌 밤중의 홍두깨디야? 시님께도, 무신, 그럴 만한, 무신, 아으 비리데기, 내력이라도 있습? 그랬거나 어쨌거나, 허, 허기는, '거북'이라도 한 마리 보둠아다, 詩會자리 아랫묵에 앉히기로 하잘작시먼, 시님도 아실 것맹이로, 「鼈兎歌」를 으뜸으로 칠 것인디, 그 이약을 따르면, 물

속로 가라앉은 산그림재 속으로, '거북'이 들어가, 그 산속 사는 토생원의 그림재를 꾀어내, 간을 꺼낼라다 실패헌 것으로 되어 있는디, (흐, 훗훗, 어느 보살니미 行道中, 너무 배가 고파, 사냥도 못 하고 죽어가는, 호랭이를 만내잔개, 大悲心이 발동을 헌지라, 해를 등져 자기의 그림재를 호랭이의 입에 물리줌선, "니 묌이 幻인즉, 니 고통도 幻이니라, 그럼에도 幻이 못 먹어 고통인즉, 주는 幻食을 먹어 힘내어, 사냥커라." 히었다던가, 워쨌다던가 허는디, 설사가 매럽덜 안히었더먼, 고 뒷이약을 좀 들어보는 것이었는디,) 헌디 시님헌티서는 요것이 꺼꿀로 돼각고, 요번에는 '토생원'이 물 속을 딜이다 봄시나, '거북'님을 불러내, 고 대가리라도 뽑을라고, 꾀기도 허고, 엄포를 놓기도 허고, 벨 수상헌 짓을 다 허고 있는디, 그렇담은, 저 '꾀이기' 새살이 小說이라고 히어도 쓰까? 헌디도, 고것을 고렇게도 보이잖는디, 그래서나 요것도 조것도 아닌즉, '넋살'이라 해보기로 하자 해도, 고것을 두고도 얼렁 고개가 끄덕여지덜 안헌다고. 그것에도 근엄한 것이 있는 걸로 보건대는, 근엄해야 되는 듯헌디, "원형이정은 천도지상이요, 인의예지는 인성지강인디……"로 머리를 삼고, "옴급급에율령사바하"로 꼬리를 삼아야, 조렇거나 근엄헌 것이 대체 무신 옴병에 쓰는 方文이냐 싶어, 삼세의 정령들이 귀라도 한번 짜웃해볼 것이 아니겄냐고. 워쨌든지간에 시님께서는, 심심헌 디다 외로운 것맹이라, 무신 冥力이거나, 허다못해 明斗라도 하나 불러, 벗을 삼을라거나, 가두고 있는 벡이라도 헐어낼라고, 그러장개 시린 白手에 토시(套袖)라도 삼아 찌고 싶은맹인디, 여보쎠 시님, 그럴라고 헐라먼, 말이제, 東에 대고, 그렇제, 요것은 철이 아니다 본개, 해 뜨는 바닷속 깊은 데 돌아가, 잠만 자댐시롱, 철 오기만 지다리는 天力, 靑龍님의 잠을 깨우던, 그렇게도 안 되먼, 그 잠을 들쑤셔 꿈이라도 한 개 덱고 오든 허든지, 또 아니면, 뜬 해 돌아오기 지다려, 고 사립짝에서 虎視眈眈하는 地力, 白虎의 쉬염이라도 하나 뽑아오던지, 고것도 안 되먼, 人肉으로만 祭祀 받아, 눈이 붉고, 왼 몸뎅이는, 훨훨 타는 불길로 깃털 해 입은, 火力, 南녁 茶毘所에 사시는 火天님, 朱雀의 깃터럭이라도 하나 뽑아내올 일이었는 것을, 것을 말여, 그런다먼, 아 글씨 시님도 알고 있덳기, 고 하나하나가 모도, 如意珠 겉은 것이었을 것인디, 체헤헹이쏴, 고것덜 모도 납두고, 해필이먼, 黃泉이며 九泉이 발원헌다는, 응달만 응달만 둘러쳐진 디, 고 짚은 冬至 겉은 잠의 고장 北녘, 잠하고 어둠이 얼어 굳어 '거북'이 돼, 엎드려 자는 네 발로 받친 잠 만년, 억만년, 자는 힘(力)을 깨울라고, '거북'을 불러대는 뜻은 알다가도 몰루겄고, 또 말해, 고것이 '거북 잠 깨우기'허고는 상관이 없는, 무신 呪文 읊기란대도, 고것도 그렇다고, 그럴 것이, 「다라니」에 「진언」 「심경」도 있고, 그것뿐인가, 「산왕경」에, 「오작경」 「축학경」 「축사문」 「지신경」 「불정경」 「안목청정경」 「명당경」 「안택경」 「도액경」 「칠살경」 「해원경」 「삼재경」에 「간귀경」도 있는데, 道家네 축귀경으로는 「옥추경」을 으뜸으로 치거니와, 俗經・俗呪로는, 히히히, 「적벽가경」 「변강쇠부처사랑타령주」 「튠향모탄식주」 「심봉사한탄경」 「홍부박타령경」 「별퇴가경」 등, 요런 경, 조런 주, 쌔뻐리기도 쌔뻐려, 고 수를 다 히아릴 수가 없을 지경인디도, 워째 하상이먼, '呼龜呪'일까 보냐고, 요런 말인디, 또 말해서, 시님 말입제, 시님 읊는 고것이, 經도 呪도 아니라고 허는 경우가 있다먼, 그때 당해서는 고것을 머시라고 해야꼬? 저승 쪽에다 살콤 싸립짝 열어놓고, 저승 암캐 불러딜이는, 홀애비 중놈의 워리謠? 아니며는, 시름에 서름에 슬픔에 슳음에 자지러짐선, 쪼들아지고 쪼들아지는 곡조로 따지건대는, 사내 맛 짚이 아는 중년 과택, 바늘로 지 호복지에 침놈시나 허는 한숨歌? 쌍씨런 제집년이로고, 못 참고시나 음탕한 년이 장옷을 걸쳐입는다, 장옷 밑에는 빨개 벗은 뜨겁은 몸, 문 열고, 고개 숙이고 고샅으로 나슨다, 아랫도리에 바람쐬러 나슨다, 눈 낮추고 고개 숙여 고샅을 나아간다, 동네서 보기에 제집은, 찬 바램이 돌도록 정숙허다, 고 장옷 아래 숨어든, 동네 수캐가, 그 음수를 핥고 있음을 뉘 알 일이드냐, 허흐— 구천에서, 귀두나 한 개 실막하게 불거져나옵수사, 오런나 나리런나, 그라먼 고것 오굼쟁이에 잡아넣고, 독한 열로 써나 꾸어묵어 봤이먼, 허혹, 뙤년이로고, 쩟일년아, 발길년아, 대동통편에 목빌 년아, 차라루 사내키(새끼줄)나 열돠 발 씸어 묶어뻐릴지언정, 워째 이승 둔덕에 앉아 봄씨블 해발씨구, 황천에 당군 발모가지를 후적꺼림선, 귀두를 구한다 허느뇨? 낭군 뒤에 가차이 둬 보는 디서, 짐(김)수로 부인네 山鬼 더불어 春情낸 얘기——허기는 말이제, 가매 타고, 또는 소의 등에 앉아, 봄날 먼 질을 가자먼, 멀고도 먼 질을 가자먼, 봄이 春情이라, 튠뎡이 저절로 익어 일는 것을, 누군들 워짤겨? 봄은 紅燈, 여그서 저그서 뿕게 타네, 山鬼새끼

324

들은 크거나 짝거나 바빠, 이쪽서 궁벅, 음수에 적신 대가리로 봄니 암을 핑김시롱, 저쪽서 궁벅, 궁벅궁, 벅궁, 산이 왼통 찌끄떡 삐끄떡 씨끄떡인다, 수로 부인네는 히히 상내낸 암소, 빨솜하여, 저쪽 산 언덕에 한 쉥이 잘 핀 紅燈, 첸장 하필이면 山鬼 중에서도 늙은 것 이 하나, 고 암소 고삐 잡아 올라타고, 궁벅 찌끄덩, 궁벅 삐끄덩, 궁벅 미끄덩, 水路를 따라, 골이 깊은디, 암소가 짚은디, 찌끄덕총 찌꾹총 어사와, 낭군이사, 알라믄 알구, 모를라믄 모르구, 나중에사 대동통편에서 목을 베이는 한이 있더라도, 쳇, 목숨이 살먼 오늘 살 제 니얼 살드냐, 오잖은 일, ……요 늙은탱이가 요거, 시님을 오널 은, 다시 바디리야 겠습닌다. 늙은네 생각에 시님들이란 것들은, 모 도가 하나겉이, 뜻도 내력도 몰룸선, 기양갖다가시나 입으로만 염불 해 묵고 사는, 고런 족속들로만 알아 왔었는디, 듣고 본개, 헤음, 시 님의 넋살에 청승도 제복이거니와, 풍류끄장도 썩 질척허다 싶은즉, 다시 바디리야, 대접이 될 것 겉다고, 허겁넨다. 큼, 易理에, '雷在地 中'이라고 주해가 붙은, '復卦(☷)'가 있다고 히어, 포복절도치 않는 이가 없었거니와, 시님의 처지가 또 그러하거늘, 하, 하거늘, 한데 도, 요번에는 웃을 수가 없음은 웬일일다? 저 '卦'란, 시절로 따진다 먼 분명히, 동지쯤이나 될 턴디, 그랄 것이, 해가 늙어, 죽어, 조 짚 은 디 워디, 묻히들어 있는 형상이 조러허거등. 동지 질고도 진, 찬 밤 속으로 니리간, 죽은 해 불러내기 노래──呼龜歌. 듣고 본개, 먼 디, 가차운 디 동네서들은, 새복 닭들이 울고 있습메. 흐훗, 내 몸을, 지 살 속에 섞어 살던, 고 비리데기, 내 머리통을 베혀내, 고 골을 빰시롱, 제년 왼발로 내 가심팍을 딛고, 오른다리는 구부려 쳐듬시 나, 부르던 춤노래가 그러혔었더라고 용두질頌. 公은 시방 手作질 에 바쁘신가? 죽은 해가 되살아 떠오르먼, 글매 말이제 봄 되먼, 羑 里가 羑里에다 떠내다 심근, 죽은(黑) 뿌렝이에서, 보리며, 밀싹이 트겄제맹.

　　얄리 얄리 얄라
　　얄라셩 얄라
　　꿍그락꿍
　　꿍그락꿍
　　꿍그락꿍 헤폐!

黄　色

제 1 장　觀夢品

話說 이때라. 本者稗官, 이 저녁에는, '목젖 아프기' 얘기나 한 자리 팔아봤으면 싶으고만입지. 헌데 稗官이라고 자칭하는 자가, 稗說이라는 이름의 말을 몇 마디 팔아, 남의 밥상 어깨 너머로 연명도 하고, 또 남의 구둘막에 (왜냐하면, 그것이 稗說을 짐 실어 나르게 하는 것이다 보니, 稗官치고라면 아끼게 되는) 뒤꿈치라도 묻어, 얼어 뒈지기는커녕, 딴의 처지로는 피둥피둥하게 한겨울을 지내려 하거들랑은, 말입지, 말인 것입지, 七年大旱에도 그 水根이 마를 줄을 모르는, 生水處 玉畓 얘기도 좋고, 또, 비구니네 뒷간 老松 그늘에서, 백년을 굳은 송이버섯이, 아래 동네 淫氣 독한 과부네에 팔려, 그 저녁 그 淫氣에 담겨지자마자, 發力한, 그 고을 山仙네 수캐좆이 되어, 비록, 천의 淫女들이 그것을 씹어 단물을 뽑고, 그 뼈가 아닌 데도 뼈인 것을 녹이려 한다 해도 (——이눔 강쇠야, 너는 한 개 입으로써 동시에 두 가지 것을 말하여, 한 가지 것으로 만들어설람에, 듣는 이의 정신을 교란하고 있는데, '수캐'를 말하여, '뼈 아닌 뼈'를 말하고 있는 것이 그것인바, 이눔, '수캐'란즉슨, 글쎄 말이지, '뼈'로 되어 있다고 일러지는 말도 들은 바가 없었더냐?——아흐, 훗, 흐러한가, 여 자네, 익은 민들레꽃의 대가리여, 그러한가, 하다면 자네야말로, 이상한 데서 우회를 겪어, 저 '發力한 송이버섯, 山仙네 수캐'를 잘 이해하기에 이르렀다고, 해야겠는다.) 그누무 것은 글쎕지, 녹여지다니, 커녕은, 럴수록 더욱더 꾸둥거려져, 에헹이쑤아, 여부 사둔, 까짓 부엌칼 따위로 그것을 동강내보려 내닫는, 대장간장이나 좋은 일 시키는, 그런 어림없는 짓일랑 하지도 말라구여, 흐, 흐, 훗, 그런즉, 그것으로갖다가시나, 저런 따위 심통내는 남정네들의, 싯누런 뼈드렁니 한벌쯤, 새로, 가즈러히 정돈해주는 일쯤 문제도 아닐 것인데, 듣기로는, 그 風流도 그러해서, 말한 바와 마찬가지로 글쎕지, 천 개의 가마솥에다 그득 그득 물을 부어 천 번을 삶는다 해도, (그 맛에) 옅어짐이 있다거나 하기는커녕, 오히려 더더욱 농후해지는 데다, 그 김을 구름기둥 삼아 틀어오르면, 굵은 소나기를 쏟고 하여, '德巨動'이라는 이름을 얻은 神物이 되었다고시나 인구에 회자커늘, 그렇다면 그런 神物 얘기도 좋을 것인데, 허이 여 稗官나으

리여, 나부럭지엽지, 들어서 귀가 피어, 무궁화쯤으로 활짝 피어버
릴, 그런 좋은 것들을 다 놔두고, 시나놔두고, 에끼순, 어째 하필 '목
젖' 얘길까부냐, 그것도 '아프기' 얘길까부냐? 헛, 헛, 그러구 보니
公들은, 서낭당 고수레를 잘못 핥아먹다, 귀신을 서넛쯤 삼킨 개상
판들로서, 허기는 목젖도 아픈 듯해 뵜다. 허기야 그럴 일입다, 公
들이 가렵다는 데는 긁어주고 간다 해도, 이 밤 하나 혀(舌)로 걸어
새우려면, 아직도 만리도 멀리 남은 것, 쉬엄쉬엄 가잤세라. 안방마
님까지도, 이쪽 사랑방에로 귀 마을을 와, 꾸리 감던 삼실 끊긴 지
가 오랜데도, 꾸리만 그냥 주무르고 있는뎁지, 보겝지, 저러다 저 마
님께 胎氣 있어, 달 차, 애를 낳는다면, 다른 데는 다 귀모양 벗었어
도, 그 조그만 잠지에만은, 석새삼베에 풀먹여 만든, 匣이 씌워져 있
겠을 일입지. 匣 중에서는 鹿皮匣을 으뜸으로 치되, 여름날 당해, 그
皮匣 속에서 뭘 좀 꺼내 써먹으려 하면, 팩 썩어 문드러져, 골개탁
주가 되는, 바람직하잖은 일도 있을 수 있으니, 조심하게. 나왔으니
말이지만, '生水處 玉畓'을 두고라면, '월경촌 옹가년'의 것을 상품으
로 치고, 말입지, '德巨動'을 두고라면, 本雜說꾼도 나았으라 하면 섭
섭할 일이라도, '삼남 변가놈'의 것을 으뜸으로 친다는 것쯤 말해둬
도 이의는 없을 터입지. '三南좆'인즉은, 바위까지도 그것으로 찌르
건대, 흙벽에다 못 박기와 같은 일이 일어나, 鬼槍 같은 것으로 알
려진 것이며, '옹가년'인즉은, 地獄西門 지키는, 三頭犬의 毒齒를 조
론히 해박아 있어, 뼈로 된 탓에 삘그렇다는, 色骨까지도, 저누무 毒
狗를 한번 잘못 쏘고 들었다가는, 그 당장, 그 독구의 이빨에 짤려,
무참히 짤려, 누런 김이나 한 줄기 솟과낸 뒤, 패싹 녹아, 黃泉黃水
를 보탠다 이릅습. 이누무 독구야 짖지 마라, 독구는 짖지 마라. 이
런즉 년은, '靑孀煞이 겹겹이' 비계처럼 쌓인 것으로 알려져, "이년
을두어짜는자기네고디에좃단놈다시업고여인국이될판이었다." 이런
즉은, 저 어떤 원나으리가, 나으립습지, 저누무 '德巨動'이 버릇없이,
나으리의 後門을 강짜로 치고 덤빈 일로 벌하려 했거든, 장도 써
그것을 두 동강내려 했거나, 불에라도 태우려 했기 전에, 저녀러 독
구에게나 워리 돌돌 던져줬어야 했었돕다. 헌데도, 그것도 그렇다
말입지, 말일 것이, 中年에 山東場에서 맹랑한 일이 있었더라 말입
습, 한 奇人이, '창'과 '방패'를 들어 팔려 하며, "이 창으로 찌른즉,
세상의 어떠한 방패로도 막지를 못하며, 이 방패로 방패한즉, 세상

의 어떠한 창도 뚫지를 못한다."고 하여, 듣는 이들께, 경탄과 경이감을 자아냈더라니, 저놈 싹수 없는 놈이지, 놀롤한 놈이지, 그런 어떤 아해놈이 내달아, "그런즉, 그 창으로 그 방패를 한번 찔러본다면, 보고 믿을 일일놀."랬다더라구엽. 야 독구야, 도꾸야, 워리— 그러면 '옹가년'인즉은 어떠한 물건이었관대, 저런순 공동묘지 같은 년을 상등품이라고 일렀으며, '三南좆'은 또 어떠하였관대, 으뜸이라고 했던 것이었던지, 그 略篇 終尾라도 들어볼라믄 들어보시라곱.

"천싱음골강쇠놈이여인양각번듯들고옥문관을구버보며……곡감잇고을음잇고죠기잇고연계잇고제스장은걱정없다,"

"져녀인반쇼ㅎ며가품을ㅎ노라고강쇠긔물가르치며……물방아결구더며쇠곱비걸낭등물세근사리걱정업닉,"

홋홋홋, 이런즉 계집이 '祭祀'床이 되어 있고, 사낸즉은, 그렇습, 이 세상 살기의, 그 주춧돌에, 기둥에, 상량이 되어 있은즉, 이러한 둘을 제외하고, 무엇이 또, 으뜸스러우며, 상품스럽겠습? "오, 고타마여, 계집의 玉門關은 祭祀 火爐이다, 사내의 陽物은 祭火이다. ……이 祭祀에 神들은 祭酒(精水)를 바친다." 헌데 고타마여, '祭祀 火爐'만 있고, '祭火'를 얻지 못하면, 그 '祭爐'는 骸骨'일 터, 그와 반대로, '祭爐'를 얻지 못한 채 타는 불은, 고자일 터.——이 宗敎에 의해, 사람이라는 有情은, '살기'라는 畜生道를 벗어나 오고, 들고, 또 벗어나오고 있습.

헌데 公들입습지, '말(言語)'과 관계된 '玉門關'과, '陽物'이 또 있음을 아시는갑? 그래서 민약, 이 '말'과의 관계에서는, '玉門關'은 '배꼽'으로 알려져 있으며, '陽物'은 '목젖'으로 알려져 있다고 한다면, 本者 자칭해 稗官이라며, 稗說을 基業삼은 자가, 稗說이 아닌, 悖說 따위의 雜種職에 종사하고 있다는, 悖說을 悖說할 자는 없겠습지? 그런고로 本者稗官, 이 저녁에는 '목젖' 얘기나 한자리 해보려는데, 눈 온 뒤 달이 밝으니, 우리들의 '목젖 아프기' 얘기를 훔쳐듣는다고, 매화나무가 황소만큼씩한 꽃귀를 열어 梅窓에 구멍을 내는돕다, 梅耳 한 개, 梅耳 두 개, 梅耳 열 개, 梅耳白開, 滿開, 동자야, 아까 눈 실은 바람 불기 시작했을 때(나뭇잎이 지기 시작했었더냐?), 本稗官이, 벗어 윗목에 놓아뒀던 길목버선이, 어지간히 말라 꾸둥해져 있는지, 그것 좀 보아 뒤집어놓아라, 梅月 梅窓에 지고, 이제 날이 새거든, 또 桃花가 밟아보고 싶을 것이거든, 桃花가 밟아보고 싶을 것이라고여. 人世冬房事 너무 알아, 알 배, 그 탓에 시어진 梅實맛은 보려잖느니, 동자야, 그것 따다 술이나 담가 익혀놓으면, 때맞춰 本稗官, 미어진 체 테 매러 올 것이다, 우리들 얘기 어떻게 익었는지, 그러면 그때 술맛으로 알 일일 것. 어르신께서는 어디를 가느냐고, 아으 동자는 묻지 말 일이다. 꽃들은, 잎들은, 눈 실은 바람은, 어디서 와서 어디로 지드냐? 그런 것임세.

却說 이때라. 때일랑은, 옛날엣적, 호랑老 담배 먹던 시절이라도 되고, 또는, 요 중년, 섬동지 천지조판하던 시절이라도 안 될 것은 없으며, 곳일랑은, 十地九陵 너머, 그곳의 풀은, 얼룩소가 먹으면 가죽을 얼룩지게 하고, 두 뿔 짐승이 먹으면 뿔을 둘씩이나 돋게 하는, 그런 풀이 푸른 언덕진 데라도 되고, 또는, 七海의 한가운데, 泡沫石으로 된 외딴섬, 그곳의 물은, 人魚가 마시면 반신에 비늘을 돋구며, 당나귀가 멱감으면 馬脚을 드러내게 하는, 그런 푸른 물이 넘실거리는 데라고 해도, 안 될 것은 없는뎁지, 그런 시절, 저런 어디에, 이마에 山염소 뿔을 붙여 왕관하고, 山염소 가죽을 벗겨 용포로 입었으며, 앞 두 다리는, 詩저(笛) 불기가 아니면 마시는 데 손하고, 두 뒷다리는, 바람 일구기와 춤추는 데 썼드랬는, 주야장취에 눈이 붉은, 詩王 하나가, 그 소리에는 바람까지도 묶이는 詩저로 詩治턴, 詩王國이 하나 있었더니, 中年에 거기 참 맹랑한 일이 한 가지 있었더라 헙썹닌다. 헌데러라, 가맜습지, 달이 그저 조금만 밝아도, 멍멍 짖지 않고는 못 견뎌하는, 그 詩民 중의 누구 하나도, 그 詩王의 후궁에 관해서는 詩한 바가 없으니, 그 詩王妃 내력은 알 바가 없어도, 그 詩王께는, 詩王子는 없이, 詩公主들로만, 하나도 말고, 둘도, 셋도 아니고, 칠선녀보다도 훨씬 많았으며, 오구대왕네 구 공주보다도 세 공주는 더 많아, 글쎕지, 모두 그저 고만고만들 하여, 그 詩母 매달마다 産氣 있어, 매달마다 하나씩 詩玉들을 낳기라도 하였던지, 보름달 열두 덩이 같은, 玉詩들이 자그마치, 열둘이나 있었다 합습. 一母 十二玉이었는지, 多母 十二玉이었는지, 그것까지도 분명치는 아니하였어도, 어쨌든 사람 월골(詩骨)의 詩王, 저 山염소 뿔사니가 부는 피리 소리에, 누구의 귀가 접했다 하면, 하는 소리로는, 사내에게서는 느닷없이 羊脚이 드러나기뿐만 아니라, 羊

角이 돋고, 꽃과 열매에는 忘憂汁이 괴일 뿐만 아니라, 계집이라고 치고, 첫 경도의 경험을 가진 후, 아직 그 閉期를 겪지 않은 계집에 게서는, 비록 민들레꽃까지라도, 胎가 뒤틀리는 아픔에 당하지 않을 수가 없다고 했으니, 詩母에 관해 특기했어야 할 詩句도 없기는 없었겠습지. 그 중 큰딸은 정월 대보름 같았다 했으며, 둘째는 이월 매화, 셋째는 삼월 도화, 다섯째는 창포 같고, 여덟째는 추석이며, 아홉째는 국화여라, 열두째 딸은 백설공주——이름들도 그러하여, 그렇게, 그러니 둘째 玉詩는 '영등,' 여섯째는 '유두'라는 식으로 불렀더라 합습지. 이 詩玉들은 참으로 精粹하여, 그 투명한 살 속의, 뼈 속의, 맑은 골까지 환히 들여다보이도록, 아른아른하고 고왔더라 이르는뎁습지, 그 중의 아무도 아직 결혼을 했더라는 얘기는 없습지.

헌데 그 넓으나넓은 궁궐에, 방이 모자라 그랬었을 것이라고 생각하는 자가 있다면, 그것은 그 소가지가 좁은 탓이랄 수밖에는 없을 것인뎁지, 그 詩玉들은, 열두 개가, 한 깍대기 속의, 여른 열두 강낭콩모양, 한 寢宮에 열두 잠자리를 놓아, 한 방에 열두 잠이 눕고, 열두 꿈이 깨어 일어나고 했었다는뎁지, 그것 말고는, 아직도 이 詩玉들은, 끈에 꿰어진 구슬들이 아니라서, 이제 그 구슬들을 꿰미에 꿰일 손이 기대되고 있다고 해야겠는갑? (그러면 하나의 詩나, 또는 이야기詩가 이뤄지겠음?) 이제 들어들 보시면 아시겠습메도, 매우 중요하다고 일러지는 것 한 가지만 미리 귀띔해드리기로 한다면, 저 詩의 구슬들을 꿰미어 꿰어매는 장공은, 기대와 달리, 그러니까 선비라든 學士들이 아니라, (일설에는,) 武夫(라고 되어 있으되)라거나, (이 詩說 속에 나오는 바와 같은) 無學꾼 속에서 나타나는뎁지, 그런 애긴즉슨, 그렇다면 이 '열두 詩玉'을 꿰는 손은, '韻文'이 아니라, '散文'이라는 것인 듯하여, 그리하여 그것은, '散文的 形式'을 취하기 시작한다는 뜻인 듯이도 풀이됩습지. 요컨대 그것은, '얘기'를 갖는다는 그런 얘기기도 하겠는갑. 헌데, 그것이 늘 그런지 어떤지, 그것을 장담해 주장할 수 있기 위해서는, 이것과 관련하여, 세상 펴진 데, 주름진 데, 를 좀더 열심히 들여다보아야겠습지만, 어쨌든 이 저녁, 이 마을의 귀를 모으고 있는 바의 이 경우(는, 그 무대가 아예, 어느 나라 王宮으로 되어 있다는 점에 유의하십습지.)를 통해서 본다면, 그 體가 적지 안해, 集團性을 띠어 있는, 어떤 韻文的 質

料가, 散文的 形式에 제휴하면, 그것은 다분히 密宗性을 드러내게 되는 것이나 아닌가 하는 것을 고려하게 되는바, 크게는, 宇宙的 '말씀의 成肉身'도 그런 것이며, 작게는, '바르도/逆바르도'로 나아간, '念態들의 모험' 같은 것도 그런 것입습지. 여기서 '散文性'을 제거해 버리려는 것, 그래서 모든 것을 幻化하고, 그 실다움을 空化하려는 것, 그것이 '空'的 투쟁이며, 반대로, '韻文性'을 제거해버리려는 것, 그래서 '말씀(로고스)'까지도, 可觸的 物質을 입은, 견고하다고 여겨지는 '몸'으로 만들려는 것, 그것이 '色'的 투쟁일 것입습지. (바로 이 일점에서, 꼭같은 한 主題가, 두 입에 의해 해석을 입을 때, 두 다른 형태를 드러내고, 나뉘어지는뎁지, 탁 털어놓고 말하면, '一元論'과 '二元論'의 분계점이 여기에 있다는 얘깁습지. 童話 속에는 노상 나오는, '바보王子와 영특한 公主의 결혼' 얘기를 들어 예를 삼기로 하면, 그것이 대번에 밝혀지는바, 한쪽에서는 그것을, 〔한 求道者가〕 마침내 無知를 극복하여 成道키에 이르렀다"기도 하고, 또는, "空과 知慧가 合一하였다," "니르바나와 상사라가 다르지 않다" 따위로 해석해내는 데, 반하여, 다른 쪽에서는, '魂과 肉의 결혼,' 또는 '兩性 一體의 탄생' 따위로 해석해냅습지. 잘 들여다보지 않는다면, 얼핏, 저 두 이해 사이에는, 별로 다름이 없는 듯하여, 무슨 차이를 지적해낼지를 잘 모르게도 될 터입지만, 권고해두고 싶은 것은, 세상이 이미 다 잘 알고 있는 뱀의 그림에다가는, 멀 더 붙이려 할 일은 아니라는 것입지. 그러려다 보면, 뱀을 달팽이로도 만들기가 쉬우며, 千足의 자벌레로 만들기도 쉽거든입지.)

가맜쓥, 쓥, 本稗官이, 갖다가시나, 무, 무슨 얘기를 하다가쓥, 쓥지, 이쪽으로 나서게 되었었쓥, 쓥? 「장끼傳」 속의, 까토리가 喪당한 대목쯤? '배꼽 만지기 얘기'? 아, 알겠쓥, 쓥 '목젖 아프기 얘기,' 그렇쓥, 洞洞 마은은 잔에 띄워, 어으 목도 컨컨허다 만입쓥, 洞洞酒 한잔 내십습, 요거 만인뎁쓥, 'ㄹ' 소니는 내녀는데도, 'ㄴ' 소니가 나는 것은, 혀가 유연치 못함의 소치인 것, 조넌녀너 혀바닥에는 洞耳 洞耳 넘치게, 동동주밖에는 변 약이 없다굽. 하으 그너고 본즉은, 그냈쓥, 쓥, 연(열)두 詩玉든(들), 아직 詩集 가본 적 없어, 염분(불)에 못 묶인 연(열)두 선(說) 법도 같으며, 백합화 곤(골)짜기에서 꼰은 (꿀을) 뜯는, 여섯 쌍태 노루도 같고, 해돋이 동산에 몬(몰)아내온, 무니(리) 염소도 같으며, 첫 암내 내기 시작한, 흰 암톳든(들)도 같은, 그냥쑵, 쑵, 그 연(열), 연, 여, 열, 열두 公主들 얘기를 하던 중이었었습지. 그 노루새끼 같은 것들의 나이들이 그래서 그랬었을 것인데, 그것들은, 자기들도 모르는데, 자꾸 속만 뜨겁고, 연기도 없이 속만 달아오르고, 그러자니 그 詩宮의 하늘은 붉고, 그 성곽은, 쫓기던 암노루의 가슴모양, 그것들 내쉬고 들이쉬는 숨에 좇아, 불었다 줄었다, 생 야단이 나고 있었습. 그러다가는, 그 뿜어올리는 열 탓에, 하늘 어디에 구멍이 뻥 뚫리거나, 땅 밑 쪽에로, 굴뚝이 하나 뻗쳐내려갈 일이었습. 詩의 忘憂汁에 대취해설랑, 꽃 속에 자빠져 누운 새들은, 하늘은 무슨 볼 일도 저렇거나나 훤히 열려 있는고, 범이나 살쾡이들은 또, 그늘진 데 목을 늘이고 누워, 어떻게 저 암 노루들은, 풀만 먹고도 저렇거나나 肉德이 좋은가,——대체로 이러 는 세상에, 헤잉, 변괴가 일어난 것입쑵, 쑵.

  ……아, 헌데, 本稗官, 말입습지, 오늘 저녁 稗說 품은 요만쯤만 팔았으면 싶습메. 내일쯤, 말입습지, 오는 눈도 좀 개이고, 녹아, 山 野가, 本稗官 입은 헌 중우모양, 여기로 삐끔, 저기로 빼꿈, 삐죽 빼 죽, 하늘이라도 내어다볼라는가, 하매 는가, 할 것인데, 그러면 또, 本稗官 말입습, 벗어놓았던 감발 매고, 또 떠나보아야 헐 것인즉, 이 저녁엘랑은, 일찍, 좀 누워 편히 자고, 氣 같은 것이라도 좀 모아둬 야겠군만입지. 남은 이약은 언제나 다 끝내려 하느냐 말입습? 허 웃, 아직 하잖은 얘기에 좀먹을 까닭 있을라굽? 이 三冬 말고도 三 冬은 또 올 것, 그런즉 여 善男子 善女子들은 죽지만 마십습, 그러 는 어느 三冬에는 어쨌든 끝날 얘긴 것. 헌데, 이 三冬도 아직 중간 토막에 들어스지도 안해, 오잖은 三冬 약속을 하느냐고, 핀잔이십 다? 아직도 그러고, 밤이라고 치고는, 初夜라, 삼경 되려면, 석 三冬 만큼은 더, 불접씨의 기름을 태와야 되는 夜頭에, 이게 대체 무슨 말쌈이냡다? 허허, 그, 그럴걸랑, 여러 善男女들께설랑은입지, 稗說 값을 先拂하기라도 하신 일이 있습납? 그런즉 本洞 善男女께서는 입지, 本稗官을, 한 막대기에 매매 쳐 쫓아내시든, 아니면, 들은 얘 기 값부터 내시든, 알아서들 하십습지. 들을 얘기 값을 先拂하겠다 면 말인뎁습, 듣자니 本洞에는, 이름하여 '玉門'이라 하는, 희한한 물 건이 많다고 하며, '玉門三德'이 논의되어오는즉, 이 남은 三冬, 그것 이나 하나, 本稗官께 빌려준다면, 그것으로 稗說 값을 삼겠습지. 듣 기대로 좇는다면, 本洞 '玉門三德'이란, 첫째, 썩는 살에서 틉틉한 고

름을 훑어빼내고, 새 살을 채워주는, 그 藥力을 친다고 하며입지, 또, 밥상머리 매달아놓은 굴비만 해도, 한번보다 더 쳐다보기로도 입이 너무 짜와진다 하되, 本洞 玉門이란, 보면 볼수록, 그 맛이 더욱더 돈독하여, 혼자 먹다 그 혼자 돼진다 해도, 그 맛을 버릴 수가 없는 것을 第二德으로 삼는다고 들었으며, 第三德으로는, 그것인즉은 다름아닌 明堂이라, 그 속에 묻힌 뼈는, 미구에 金이 돼, 金테를 두르는지라, 최판관 어르신께서 그 테를 좇아 판결키는, 이자는, 세상 나가, 제가 했어야 할 일을 하기로써 몽다리를 면했은즉, 심히 다루려 하지 말라, 한다 헙데습. 그런즉 洞流들은, 게다가 그것도, 本稗官이 그것을 소유하자는 것도 아니고, 아껴 쓰다 돌려주겠다는 것이니, 그것 하나 내는 데 인색해하지 마십습지들, 그런다면 本稗官 또한, 本洞에 어찌 三德을 베풀지 않을 수가 있겠습? 풀어 일러 드린다면, 第一德인즉슨, 비록 本洞의 이삭으로 연명해왔다 하되, 本稗官의 뱃속에 채인 糞尿에는 客性이 다분해, 봄 모자리에 그 客糞을 약간이라도 섞는다면, 해스러운 洞毒을 中和하게 되어, 나락 모가지를 튼튼히 할 것인바, 그것이며, (堆肥보다도 먼저 써야 되는, 이 中和藥力糞을 얻기 위해서는, 누구든, 구들막을 뜨끈하게 데우고, 冬山 색깔로 끼끗한 밥 키 높이 담은 뒤, 本稗官을 초청하는 일이겠습지맹.) 이런 의미에서는, 本稗官은, 本洞에 대해, 怪氣와 같으되, 특히 財富의 얼굴을 드러내고 있는, 그러니 財富鬼와 같으다는 것을 부인할 도리는 없겠습지. 그럴 것이, 원래 '財富,' '幸運' 따위를 담당해 있는 鬼들은, 땅을 기름지게 하는, '糞尿'를 宿主로 태어났기 때문인뎁, 그 중 잘 알려진 이름으로만 한둘 예를 들어 보인다면, 이렇습지. '똥파리의 大王'으로 알려진, '바알세붑(Baalze-bub),' '幸運을 갖다주는 女神'으로 예배받는, (비슈누神의 마누라) '락쉬미(Lakṣmī).'——아으, 이런즉 洞流들은, 이 똥으로 누런, 그 웃음을 더 웃지 못하놌답? 부디 洞流들은, 그 웃음일랑 참아뒀다가, 농사철 당해, 벼 포기에 대고, 또는 감자눈 묻는 데 대고, 누렇게 웃어줄 일이겠어랍, 그런다면 그 벼 포기에서는, 감자만큼씩한 나락이 열리고, 그 감자눈 묻힌 데서는, 호박만큼씩한 감자들이 데글거리고 있을 것인뎁, 그보다 더 좋은 거름이 또 있을 듯하잖돕다. 其二德으로설랑은, 本洞에 先塋을 둔, 本洞의 물것들, 이란즉슨, 빈대며, 이, 벼룩 따위를 두고 하는 말인뎁, 그것들께 本洞民만이 바쳐야 할 血

稅를, 本稗官, 客으로서도, 本洞民들과 같이, 또는 보다 많게, 분담하려는 것인뎁지, 그런즉, 그렇게 절약한 血稅로써나, 本洞의 건강한 남자분 여자분들끼리는, 몇이나 더 으앙 삐약 장래를 구워 묻어놓겠는갑, 이로 보건대는, 本稗官은, 血稅에 시달리는, 本洞 중생들을, 도탄에서 구하려는, 그런 菩薩로서 왔거늘, 이후에라도, 행여 혹자가 發心하여, "저누무 胡僧은, 무슨 까닭으로 東에로 왔느냐?"라고 묻지 말지업답. 그러구서나 第三德은일랑은, 초저녁엔 등을 못 대게 뜨겁고, 새벽에도 또 등을 못 대겠는 것은, 너무 썰렁해서 그러는뎁, 그런 本洞 안방 구들막 荒地를 지켜 누워, 本洞 잠의 발았개를 삼아주는 것으로 쳐야겠습, 씀. 이는 다름이 아니랍, 本稗官이, 本洞 서낭당鬼神 같음일렙. '안'과 '밖'되는 그 가운데 떡 버텨 있음시롱, 雜鬼惡疫은 막아 못 들게 하굽지, 東에서 뀐 새댁의 방구는, 西에로 몰래 새나가게 해설람에, 일동의 화목을 지키는 자, 장수, 만세. 本稗官의 稗說의 德은 아예 거론치도 아니했으려니와, 本稗官이 베푸는 三大德이 저러하거늘, 함에도 불구하고, 胡奴의 兒孫들의 고장에서는, 저런 大守護神將 같은 자에 대한 대접이, 떠도는, 한갓 稗官나 부렁이에 대한 대접 같은즉, 이누무 '운봉'들이, 나귀를 꺼꾸로 타든, 뒤집어 타든, 삼십육계로 바삐 생똥을 싸도록, 어디로 벼슬하러 갔다는, 헌 중우 입은 '몽룡'이를 불러내려야겠는갑, 헌 중우 속에서 내닫는, 홍건적은 到處러랍. 코흘리개 주무르며 먹다 남긴 썰렁한 고구마 반 개, 콩나물죽이라고, 콩나물 시루에 물 주자 흘러내려 다시 괴인 썩은 물을 덥혀, 소금 두 통을 아끼느라, 머슴놈 밥 비벼 먹은, 씻잖은 뚝배기에다 퍼찌뜨려주어, 그것을 손님 대접이라고 이르는, 이런 동네 胡孫들이, 어딜 가면 이런 菩薩을 만나겠느냐. 이런 인연을 두고설랑, 행여나 道流들은, 에끼, 쌓은 일 없는, 道流들 前生의 功德의 힘이라고, 헛되이 자부치 말지어랍, 그런 대신, 本稗官 菩薩인 자, 그의 慈悲心의 덕으로, 이런 만남이 이뤄진 것. 그것을 알아야겠는갑. 그런즉, 용수 질러, 가운데 괴인, 물 안 둔 동동酒는 물론이려니와, 그것 안주로, 玉門이라는 것이 쫀독 쫀독하여, 씹할수록 그 맛이 더 좋아진다 하니, 그것도 한점 잊지 말고, 한상을 채려낼 일일렙지. 만약 그러지를 못하겠거든입지, 이런 菩薩니미께도, 배痛머리 터질 일은 있는 것엽, 끔짝시럽게 배나 아프고 말 일엽. 이눔 동자여랍, 너는 말입지, 글쎕지, 짤갠 똥에 젖고, 마르고, 젖고

마르기 여러 성상, 헌데도 입을 것이라고는 입은 것밖에 없이, 못
벗어 못 빤, 本稗官 어르신의 똥중우를 한번, 저 큰 늪 물이 다 구
려지도록 매매 치대 헹구고, 바람 잘 다니는 울타리에 걸어둬, 이따
두견이쯤 울면 입어 돌아, 돌, 돌아가게, 동자는 손을 아끼지 말구
랍. 菩薩니미는 배가 아픔셉, 벗고, 뜨거운 구들막에 깔아, 배꽃 피
기까지나, 진달래꽃 지기까지나 뭉개야 나을라는가, 끄닐거리는 배.
이런녀러 客鬼가 밉고, 싫거들랑은, 洞流들은, 그를 배굶겼다 오구
라지고 나면, 거적에 싸은 뒤 바지게에 얹어다, 他洞으로 이어지는
동구에 버려, 이 이훌롤랑 그런 짓이 다 없도록, 경계삼아, 만방에,
그 뱃병을 고하든집지, 그 짓인즉 이 마을 인심이 어쩐지, 그것까지
도 고하는 일이 된다고 忌하여, 깨끗이 냄새도 없애려 하거든입지,
두텁게 언 얼음 깨려 애쓸 일도 없이, 그 위에 크게 화톳불 하나 피
우고, 배곯아 뒈진 송장 열명길에 손이나 쬐라고 해두면, 그 밑 잠
든 용의 밥이 돼버릴 것, 아으, 아윽, 하윽, 本稗官은 배만 아프다굽,
육시러게 배만 아프다 말입쑵.

　어? ㅁ, ㅜ, ㅓ, ㅅ, 이라굽지? 本, 稗, 官, 어르신은, 魚物廛에 와서
狗肉을 구하려 하고 있으며, 개장국 전문집에 가서 生蛇湯을 주문
하고 있다, 이, 이런 말입습지? 이 마을에도 물론, 本稗官이 말하고
있는 것 같은, 그런 비슷한 것이 없는 건 아니지만, 이 동녯 것은,
썩은 것도 아닌 것이 썩은 냄새를 풍기는고로, 똥파리며, 개새끼들
이나 즐겨 파먹되, 사람이라고치고서는, 장차, 자기 제삿날 굶지나
않기 위해, 그 목적 한 가지로서나, 한 번씩 떠먹어보는뎁, 것두갖다
가시나 여벌은커녕, 洞用에도 부족해서, 本洞民으로서도, 몽다리 못
면할 것들이, 덕산 크기만한 실한 황소 젖꼭지를 수판삼아 헤아린
다 해도, 그 젖꼭지가 모자랄 터여서, 그 일은 참 딱하게 되었다고
하는 모양이곱, 本稗官께서는, 어디 딴 마을 얘기를 듣고, 틀린 마을
행차를 한 듯하다고 하고시나는, 그런다 해도 손님에 대한 대접을
그렇게 할 수는 없어 말인뎁, 그런즉 마을에서 첫상내낸 암툿 한
마리를 몰아다, 돗틀에 묶어놓아드릴 터인즉, 그것으로써 '玉門'이라
는 물건 대신을 삼아 술을 드시면 어떻겠느냐고, 이르놌답? 그리곱
습지, 당신네들이 들어 알기로는입지, '玉門'이란 것이, 본디 人世의
물품이 아니고, 風流한다는 바람잡이 손(客)들이, 바람잡는 손(手)
으로, 여기서, 저기서, 어디서, 뭣이 흥취를 돋굴 만한 것이면 끌어

다, 자기네 주안상 앞에 앉혀 상을 두드리게 했던바, 주로는 달네
가, 그런 손에 치마꼬리를 잡혀, 그네들 시좃상(時調床)에 올랐던
것을 이른 것이나 아닌가 하며, '달'이 풍기는 암내가 취흥이며 땅의
바람에 군자 '玉'이 된 것이 아니었으끄납, 그렇게 짐작하고 있다 홋
홋, 말입습지? 그리고 또 일르기는, 本稗官이 밖의 어디서 들었다
는, '玉門三德'이란, 분명히 저 '달네'의 德을 두고 만들어진 말 같으
담시나, 그렇잖는다면, '三德'은 무슨 오랭이 물어갈녀러 '三德'일까
부냐고, 커녕은, 三災에 三難이 저것인즉, 客公은 삼가하여, 비록, 주
으려 들면, 바람 세게 불고 지난 아침, 밤나무 밑 떨어져, 벌어져 있
는 밤송이만큼이나 많다 해도, 행여 신발끈이라도 욱죄이려, 허리라
도 굽히는 일까지라도 하지 마십스라, 말입습? 먼데서라도 누가 보
면, 저런순, 大洞이 大同하여 깝데기를 베낄 客鬼가, 벌어져 있는 밤
송이 속에서, 本洞 공알을 빼내고 있다고 보게 될 수도 있으니 그
러하다며입지, 한 알밤 까먹기의 三難을 말씀하시는군입지. 찌르는
송이 벌리기, 쇠가죽 같은 껍질 까기, 그리고도 한 거풀 더 입혀 있
는, 떫기 이를 데 없는 비늘 벗기기. 계집이 '찌르는 밤송이' 같다는
것이 잘 믿겨지지 않거들랑은, 고슴도치를 생각해보라고도 이르신
는뎁, 허기야 淫女가 아닌 이상 계집은, 외간남자에 대해, 무슨 그런
쏘는 털을 세워놓고 있기는 있습지. 그 '쏘는 털' 밑에는, '밖에로 쳐
들고 다녀야 되는 낯'이 있어, 그것이 또한, 벗겨내야 되는 한 난관
인 것은 분명하며, 그 '낯' 밑에는, '貞操帶'가 채워져 있습지. 그 '貞
操帶'란, '마을'을 사는 엔네가, '娑女,' 또는 '淫女,' '화냥년'과 자기를
분리하기 위해서, 그 계집 당자가 채워놓은 것이라, 그 열쇠로 물
론, 그 계집의 손에 쥐어져 있겠습. '三難'은 그러하려니와, '三災'인
즉은 그러면, 어떠한 것들이겠습? 첫째것은, '시집 안 간 처자'와,
'有夫女'라는, 두 경우로 나뉘는데, 그 처자께 장가를 들려 하지 않
으면서도, 처자로부터 누가 공알을 빼먹었다는 경우는, 그 순결을
더럽힌 그 더러움을, 사내 쪽에서 묻혀가진다는 것이며, 그런 결과
로 따르는 '災'에 관해서는 한두 마디로 요약할 수가 없으되, 어쨌
든, 금으로 테를 둘러도 모자랄 자리에다, '더러움'을 둘러 있다는
것 자체가 '殃'인 것, 그리고 有夫女의 경우는, 그 계집의 남자가 벌
써 빼먹고, 後孫의 (先祖를 듣으려는) 귀를 심어놓은 자리를 침노
하려 하면, 그 자리에다 자기의 '불알(넋)'의 무덤을 만드는 결과가

되어, 이후 사내는 '불'이 없어, 인두겁을 쓰고 있으되, 사람이 아닌 것, 이보다도 더 큰 '殃災'가 또 있을 수 있을 것인가, 其二災는, '玉門'이란, 한 남정의, 神에 대한 '祭壇'이라고 알려져 있는즉, 神聖해야 되는 것, 그런 자리에, 불쑥, 客鬼가 쳐들면, 건강했던 몸에 상처가 생겼을 때처럼, 그 '門' 안쪽에서, 감춰져 있었던 '이빨'이 일어나, 쳐든 것을 물어 끊거나, 아니면, 그 祭爐에서 타고 있던 陰火가, 모두 가늘은 살모사가 되어, 저 客鬼의 열려진 요도를 좇아 쳐들어 오르는데, 陰火에 불알이 타기, 척추가 타기. 第三災랄 것은 그리고, 後生에 이어지는 것으로서, "소매끝 한번 스쳐 지나기만도, 여러 겁의 인연의 결과"라고 이른다면, 모르는 이들끼리, 몸까지 섞기는, 얼마나 큰 인연을 이룰 것인가, ——後生의 한 運命을 수놓을, 前生의 姦通으로 이뤄진, 인연의 어지러움, 착란스러움, 어휴, 아으 그런즉 客公은, '玉門'이라는 소리를 듣기만 했다 해도, 速去千里萬里하여, 정화수에 소금 많이 풀어, 그 물에 귀를 씻되, 들었던 소리는 물론, 그 소리의 그림자까지도 씻어낼 일. 허기야, 本洞의 암소까지도 알아들어, 公이 지나면 소까지도 곁눈질을 하기에 이른, 稗官公과 관계된 소문이 하나 없잖아 있어, 일동에서 그중 실하다는 황소까지도, 公을 저어하거늘, 소문이란 뭣인가 하면, 公이 本洞엘 들었기 전에, 물 건너 皮革장이네부터 들른 일이 있던바, 鹿皮줓匣이라는 것을 하나 만들게 하여설라무네, 그것으로시나 허리에다 단단히 둘러 묶고, (여기 어디에는, 박아져 들어가 들어가 있었어야 할, 박달나무 홍두깨 도깨비 옴 붙은, 主役스런 단어가 하나 빠져 있지만, 왜냐하면 그것은 지금, 저 鹿皮匣 속에 감금된 탓이지, 멋모르고, 그것을 여기 어디 빈자리가 있다고 해서 꼬나넣었다가는, 훗, 훗, 훗, 이누무 도깨비가, 이런 얘기를 듣는 귀며, 심정이며, 어디며 할것없이, 마구잽이로 대들어 양각을 쳐들어 댈 것이니, 어허쑤아, 그런 봉변이 또 있을 수 없을 터——) 그런 뒤, 本洞 문을 들어섰더라는 그런 말인데, 그런 얘기를 속닥이기로 외양간 암소까지도 알아듣게 소리를 퍼뜨린 아낙네(란 그 皮革장이 마누라 말고, 또 누구겠느냐고) 덧붙였다는 소리는, 公이 '얹어 싣고' 다녔던, 나귀가, 그 무게에 지쳐, 거품을 물고 쓰러져 못 일어나고 말아, 그 이후론 다른 수 없이, 公 자신이 메고 다닐 수밖에 없이 되었다는데, 츠츳, (여 톤 생〔村生〕입습지, 마빡 밀물〔滿潮〕은 머리뿌리〔毛根〕가 눈썹자리까지

덮어버린 툰생이엽지 자칭하여 '稗官'이라고 이르는 자가입습지, 그
것을 좀 뜯어 씹어 뱉아내어 연명을 한다면입지, 그가 몰고 다니는
나귀에 실린 것이 과연, 무엇이어야 옳다고 믿는곱지? 도깨비 같은
'밤중의 홍두깨'이겠습? 아니면 그 '홍두깨 도깨비'를 깨워 일으키
는, 무슨 그런 呪文 같은 것이기라도 되겠음? 그 '呪文 같은 것'이란
그리고, 稗官의 것은, 稗說, 淫談悖說 말고, 또 다른 무엇이나 되겠
습? 툰생은 그런즉, 툰생용 玉門에 빗장을 걸고, 그것도 모자라 褙
接을 하고, 그리고도, 그 褙接 위에다, 누워 자는, 이마 좁은 노루를
환쳐놓으려 했기 전에, 귀를 그래뒀었어야 옳았었돕다. 헤엥, 이 稗
官이, 어떻게, 환쳐진 노루가, 누워 자고 있는 것을 아느냐구 묻놉다?
헤헤헤, 겨울 소들을 보니, 겨울 노루도 그러할 것이라고 여긴 것입
습지. 어쨌든, 이렇게 저렇게 어떻게 되다 본즉, 洞流들 想念에, 이
상한 椿事가 일어나버린 것을 알게 되는 뎁습지, 그냥 '談說'이던 것
이, 이곳 동구를 들어서는 어느 대목에서 轉身遁甲을 하여, '옴 붙
은, 홍두깨 도깨비'가 되어버린 것을 관찰해보십습지. 이런 현상은,
誤傳된 事實, 또는 귀의 誤讀 등에 의해 일어나는뎁습지, '말〔言語〕'
의 이런 轉身, 이 경우는, '談說'이 '陽物'化를 겪었는뎁지, 그것이 분
명히, '稗說'이라는 말로 本稗官이 휩싸아잡아버린, 民譚, 妖精譚, 童
話 등의, 論理/非論理를 떠난, 呪術的 분위기를 이루는, 말의 脫/合
現象인 것일 것이라는 것이, 稗官의 관견입습지. '脫/合現象'이라는
말이 나왔으니 말입지만, 그것은, 말씀드린 바와 같은, 그런 예측할
수 없는 형태의 轉身을 치러 나타나는 경우도 있지만, 그와 맞먹게
중요한 다른 한 경우로는, 어떤 우발적 椿事를 겪어, 하나의 '말〔言
語〕'이, '몸〔記號〕'과 '魂〔意味〕'으로 나뉘지 않으면 안 되었을 때,
〔이것은 모두, 자기가 알고도, 모르고도, 그런 椿事를 경험한, 그 심
정을 통해, 그 심정 속에서 일어나는 일이지만,〕 그런 乖離 脫落을
일으킨 말들은, 〔대체로는 再生을 성취하지 못하되,〕 그것 자체만으
로는 독립해 존재할 수가 없으므로, 짝을 찾거나, 맞아들이는 경우
도 있다는 것을, 암시해둬야겠군입지. 이 경우의 특징은, 왜냐하면,
그 本態가 파괴되었으므로, 變態나 異常態랄 것일 것으로, 예를 들
면, [2]커다란 물고기의 상반신을 해갖고 있는 것의 하반신은, 벗은
人間女의 것을 해갖고 있다거나, 풀잎들이, 날으려는 새의 모습을
해갖고 있다거나, 기다란 구렁이가, 두 발, 두 박쥐날개를 가져, 날

으고 있는 것 같은 것들이랄 것입습지. 이렇게 예를 들고 나자, 입에 못 참아둘 것이 하나 있는뎁지, 예든 세 가지 것 중에서도, 마지막의, "두 다리 두 날개를 가져 날으는, 기다란 뱀"은, 가짜배기 상상력을 아비로 하여, 혀쩲배기 어미의 목구멍에서 기어나온, 似而非言語라는 그것입습지. 프라브리티 우주에서 도태치 않고 생존하는 것은, 그 우주의 法尺으로 재단한 몸을 입는 것들뿐이거든입지. 혹자는 말하기를, 그래서 저것은 실제로 있는 새가 아니라, 사람의 상상력 속을 날으는 새라고 할지도 모릅지만, 喝, 이눔, 네 에미가 무덤 아래 누웠거든, 무덤에 가서라도, 젖 좀 더 먹어라, 現實이 神話化〔그렇다, 잎들은 끝없이 날아오르는 '새'들이다, 그리고 불이다. 그러던 날, 더 날아오를 수 없을 때, 그리고 더 타오를 수 없을 때, 그것들은 조락한다.〕할 수 없거나, 반대로 神話가 現實로서 通譯〔〔羑里의 六祖의〕 '양극을 갖는 타원형'이라는 '생명의 상징'이, 살을 입는다면, 그것은 '물고기의 상반신의 女人'으로 나타날 터이다. 저 '女人'의 상반신은, 거대한 '男根'인 것을.〕이 되지 않는 것이 있다면, 그것은 조작되어진 '가짜'거나, 달을 다 못 채운 '팔삭둥이'라는 것이, 本稗官의 주장이거든입지. 어떤 '현실'은 그럼에도, 이것도, 저것도, 아닐 수가 있는 것도, 있다는 것도, 本稗官도, 모르는 것은 아니라도, 그런 현실은 매우 주의깊게 들여다보아야 되는뎁지, 그런 현실은, '神話'를 잉태하고 있는 '子宮〔니그레도〕'이 되어 있다고 믿게 되니 그렇습지. 그것도 아니라면, 안됐습지만 善男善女분들께서는, 부디, 입은 살이라도 보시하러, 배고픈 호랑이라도 찾으러들 나섭지들, 왜냐하면 그것은 末世거든입지, 末時거든입지. 허나 그 배고픈 호랑이까지도, 자기의 가죽을 차지해줄 이를 찾아, 보시에 나서는 길이라면, 이제는 뭐든, 자기의 魂의 무게를 좀 줄일 일을 하고 싶어해도, 그럴 시간이 없군입지. 안됐습지, 한 天國과도 바꾸기 싫었던 그 몸을 포장지로 하여, 어딘지도 모르겠으되, 그저 암흑하게만 여겨지는 곳으로, 送魂을 해야겠는갑. 안됐습지, 안됐다 말입습지.)

징, 징, 징——(동네 귀들을 모으러, 치는 징 소리. 헛헛, 嘉山洞事되어가는 것을 보그랍, 보그락 뽀그락 風聞이 끓더니, 생난리가 날 것이라는구납. 호호호, 헌데도, 그런 風聞을 만들어낸, 그 사타구니 밑에 생亂離를 깔고 앉은 놈은, 그 마을 아랫목에, 그 마을 百眼이 지켜보는 한가운데, 그 굵으름한 視線 백 겹으로 꼰 동앗줄에 열두 매

로 殲되어, 꼼짝도 못함시롱, 작껏 지랄한다고 혀로나 힘써보고 있
는데, 바로 그놈이 찬, 홍두깨 도깨비가, 도깨비모양 나타날 것이라
고 하눘답, 모든 玉門들께마다 쳐들어 도리깨질을 할 것이라고
하눘답, 생난리가 날 것이라고 하눘답, 이를 어째야겠는가, 징 징
징— 本洞에 글쎄, 도적이라도 홍적이라, 玉門만 훔치고 들 것이라
는즉, 징—징— 여게라여들, 모이게라여들, 本洞 좋단 것치고서, 하
다못해, 언청이에, 꼽추에, 앉은뱅이까지 겸한 데다 (계집)고자인 것
이라도, 玉門 비스름한 것을 가진 것을 데리고 사는 사내라면, 에히
키, 이거 坐視할 수 없도다, 모이게라여들 징— 모여설람엔 징—
이 난리에 징— 어떻게 대처해얄지 징— 그 의견들을 내게여라
들 징 징 지잉.

　우리가 모두 나서, 열흘 품도 들이고, 날품도 들여설랑은, 여러 천
발 새끼줄을 꼬고, 그런 뒤 그것으로 그물을 만든 뒤, 동서남북 네
귀퉁이에 말뚝 세워, 차양 치듯, 그것을 하늘에 띄운다면, 충분하게
도 볼 내력이 있을 듯싶으요.

　듣자건대는, 암토끼는, 달빛만 엉덩이에 쐬고서도 새끼를 밴다고
하는즉, 만약 그 그물로서나 빛까지도 걸리게 한다면 모르거니와,
그렇치 못하다면, 결과는, 그물로 물을 가둬, 소를 만들자고 하기나
다름이 없거나, 더 나쁜 결과일 것,

　우리가 모두 나서, 모두 아시다시피 이게 이제 겨우 겨울의 시작
이니, 땅이 아직 덜 얼어 덜 굳을 때, 저 덕산 뿌리에, 커다란 굴을
파고, 일동 玉門이라는 모든 玉門을 거둬, 그 굴속에 넣고, 스무 명
정도 장정의 合心合力이 아니면, 도저히 비시기지도 못할, 바위 문
을 닫아, 빛이고 난리고, 아무것도 얼씬도 못 하게 한다면,

　사돈네의 그 고견인즉은, 우리네 남정네가, 안댁들께 끼니를 지어
바치되, 그것도 하루 세 번씩이며, 그뿐만도 아니라, 크큿클, 마님들
젖은 개짐은 또 어쩌고,……얼음 톡톡 깨고, 맑은 물에 매매 치대
빨고, 잘 헹구게,

　나는 이거참, 사둔네들의 그 "산 등만 찾고, 헛되이 땀만 흘리는"
「癡郎失穴」(「古今笑叢」 同題章 참조)行에는 웃도 못하겠는데, 이게
농사철도 아니고 말이제, 자기 소유의 玉門인즉은, 자기가 소유해넣
고, 진득허니 있음시롱, 저 소문의 '난리'가 지나가버리기를 기다리
고 있다 보면, '난리'의 소문 탓에, 세상은 자욱하게 '雲雨'가 아니겠

는가. 이를 두고 일러, '眞境宜從山面得'이라고 허는 것이니,

  그러다 농사철 당해서도, 헤어나오지 못하면 어쩌려 하난다? 일러, '郞復得穴, 溺而不返'이라거니,

  농사철 당해서도, 돌아오지 못함은 둘째 문제거니와, 그러고 있는 중에, 대소변이 급하다든, 줄 빚이야 말할 것이 없으되, 빚 받아야 될 날이라도 오면 어쩌려는 것이여,

  큰머슴놈을 부를 일이고, 큰머슴도 제놈의 玉門지기를 갔다면, 애머슴이라도 부를 일이겠는가,

  玉門 도적이란 그러고 본다면, 따로 어디 있는 게 아니라, 저놈의 애머슴놈이 아니겠는가,

  쇠인놈 쇠견에는 이러헙습메다, 서너 필 생베에, 서너 말 밀가루로 풀을 만들어서, 그 틈간 곳을 단단히 배접해 봉해놓는다면, 모두 말씀허신 것 같은, 그런 아무런 수고를 할 필요도 없거니와, 저녁에로는, 이렇게 마을 와, 稗官 어른의 稗說을 듣는다 해도, 아무 일이 일어날 듯도 싶잖쑵메다, 그러다, 나중에, 稗官어른, 두견이며, 뻐꾸기 울음 따라, 기약이 있는 길이거나, 없는 길이거나, 열두 굽이 멀리 돌아가버린 것 보고, 봉해놓은 우물을 열어서는, 진하게 익은 술에 취해본다면,

  거 제법임세, 제법은 호책이라, 헌데도 걱정은, 배접이란, 솜씨 좋은 음녀에게는, 서답 한번 찼다, 갈아차기만큼이나 쉬울 일,……누가 바위 그늘 속으로 지나간 뱀의 자취를 알 수 있으며,

  여기까지나 얘기가 나오고 나니, 요 튠생이, 가전비전의 비밀이라도, 그것을 밝혀내지 않을 수가 없는데 말입지요, 요 튠생의 어르신께서 운명하시기 전에, 요 자식만을 곁에 남게 하여 일러주신 말씀이, 계집은 간사한 물건이라, 잘 지키지 않으면 패가망신하기가 쉬우니, 네 아비가 어떻게 네 어미를 지켜, 이 나이까지 살고 죽기까지도 아무 탈이 없게 했던지, 그 비결을 배와, 소홀히 말고, 이행커라, 는즉슨, 네 처가 목물을 하고 났다던지, 또는 네가 처와 더불어 희롱을 하고 났다고 하면, 그런 뒤에는 잊지 말고, 먹물 진하게 갈아, 처의 陰戶에다, 뭐든 네가 좋아하는 형상을 그려놓아, 표를 삼아놓을 일인디, 이 애비는, 푸른 풀이 우거진 사이에 한가히 누워 있는 사슴이 좋아, 노상, 니 에미께는, "兩岸에 누워 있는 사슴 한 마리를 그려놓아 표를 삼고"(「古今笑叢」 '雛民辨鹿'章 참조) 했었더

346

니……사슴도 물론 풀을 뜯기 위해, 때로 서기도 해야 하고 할 것 이어서, 누워 있는 사슴 그림이 서 있는 것을 두고는, 陰戶에서 發 하는 生氣를 찬양할지언정, 흠잡을 수는 없을 듯했더라,

허헛헛, 허, 허기야 그러는 중에, 누웠던 사슴 그림이 벌떡 일어나, 무성하다 못해 검어진 풀을 뜯는 철이 오면, 저 稗官도 떠날 일입습. (그때쯤은 그리고, 일동 사내들이 하나같이 입을 모아 하고 있던 소리는, "글쎄 나두 말이지, 누이어 그려놓은 노루가, 서서 풀을 뜯고 있는 것을 보구서야, 稗官도 떠날 때가 된, 봄인 줄을 알았더라고"랬다.)

然이나, 本稗官의 이야기는 그리하여설라무네, 곬으로 곬으로 들어감신다. 이거 전만 사부작 사부작거림시롱, 삼동을 다 새울라는 짓은 아니겄는디, 아따 이거, 때아닌 워짠 쉬파리가 임자네 엉뎅이를 빨고 든다는겨, 철썩부덕, 한 매디진 것 한 매디진 만큼, 당고추 당차게, 히히히, 얘기는 쑥, 곬으로 미끄러져 들어감신다. 라는, 라라랏따 따라라라는즉슨, 한 깍대기 속 열두 붉은콩 같은, 이 玉詩 열두 公主님들 詩房에서, 어쩌면 그 막내 公主님 첫경도 비치기 시작한 때부터였을 것이라는 추측이 있는데, 별 이상하고도 해괴하여, 詩王께서 웃기로 하자면 一笑나 멋지게 그셔부치고 말아도 그뿐이되, 울기로 하자면, 석삼년을 一夜로 삼아 울어, 몇 석삼년을 울어도, 울음이 모자랄, 그런 일이 일어나 오기를 시작하여, 계속되었더랬는뎁지, 라는 그 까닭인즉슨, 입지, 매일 아침, 그 公主님들의 詩(侍)女들이, 그 詩房에서 거둬내오는 詩(쓰)레기 속에, 바로 저 맹랑한, 그러니 그것은 難解詩랄, 정체가 있었더라, 요런 얘긴심다. 아시겠다시피, 부자어르신이, 끄적끄적거리다 퇴한 밥상은, 일년 힘을 모아 한번 차린, 가난한 집 큰 제사상보다 아직도 기름져 있는뎁지, 詩公主님들 버린 詩레기인즉은, 그 하나하나가 모두, 만약 詩宮 뒷문으로 빠져나갈 수가 있다면, 가난한 詩民들께는, 큰딸 시집 보내겠다고, 아끼던 문전 개똥밭을 팔아 쥔 것을 다 주고라도 사기가 어려울, 그런 것들이었더니, 예를 들면, 그것이 아무리 정순한 옥으로, 명인장공이 공력을 들여 만든 빗이라 한다 해도, 한번 빗질에 어느 公主의 머리칼을 훑쳐 매, 조금이라도 띠끔한 아픔을 일으켰다고 하면, 그 당장 그 옥빗은, 詩레기통에 내던져져버리는 것이던 것. 개짐만 하더라도 그렇다, 그것들 모두, 명주폭 중에서도 그중 가

늘어 부드러운 곳으로만 잘라 썼던고로, 누가 그것을 얻을 행운만 있었다면, 잘 빨아, 다림질만 잘 하고 보면, 딸의 혼수감뿐만 아니라, 노인네의 수의감으로 쓰기에도 너무나 좋던 것이다. 매사 모든 물건에 대한, 저 玉詩님들의 태도는 저러했던 것인데, 그 詩레기통 속에 변괴가 담기기를 시작했다면, 그것은 변괴라잖을 수가 있겠심다? 사단은 이렇습메다, 어제 아침 말고, 그저께 아침도 말고, 그그저께, 아 그게 며칠 전 아침부터였던지, 손가락 열 개 갖고는 이제는 헤아리지도 못하게 된 듯한뎀시, 사단은 그랬음메다, 그런 어떤 아침부터 시작해, 말한 바의 저 詩레기통 속에는, 품바꾼이라고 이르는, 맨발의 吟誦詩乞까지도 일별하기를 아끼게까지나, 그렇게까지나 쓸모없도록 해지고 떨어진 신발이, 스물네 짝 담겨, 詩玉들답지 않은, 그녀들도 숨겨가졌던 것이 분명한, 들일에 뼈가 녹는, 여염집 아낙네들의 그것들과 똑같은 발을 가져, 그런 발의 땀냄새를 시지 큰하게 풍겨내기를, 하루 아침도 걸르지 않고 반복해댄 거기 사단은 있었음메다. 누구든, 신발이라는 것을 몇 켤레쯤 떨어뜨려볼 사람이라면, 다 아는 사실이 이것이지만, 신발이란 신어놔싸야 편해지는 물건이던 때문에, 전 같았으면, 저 玉詩님들 詩레기통에, 버린 신발이 담겨지기란, 그렇게 매일 아침 다반사도 못 되었는 데다, (앞서 말씀드린 바 있듯이) 아무리 해져, 버린 신발이라 해도, 신기료 장수네만 한번 들렀다 나오면, 서민 아낙네의 발을 여러 해나 편하게 해줄 수 있는 그만큼의 德까지도 닳아져 없던 것은 아니었는데, (앞서 말씀드린 바 있듯이) 그러나 이 신발들은, 헤헤, 諸聖節 前夜에, 여기 저기, 들러볼 데가 너무 많은, 마귀할미가 타고, 너무 혹사를 한 탓에, 팩 꼬꾸라져 뒈져버린, 검정고양이 껍데기거나, 몽생이 부러져나간 빗자루보다도 형편은 나빠, 쓸모란 없었음시다. 거기에다 보태서 또 이해할 수 없는 것은, 뒈진 고양이 껍질만큼이나 참혹한 저 신발들에는, 흙이나 모래는커녕, 먼지 한톨도 묻어 있는 법이 없는 그것이었는데, 그 왕국의, 그중 존경받는 賢者에게도, 그 한 매듭의 詩句는, 難解하기만 했은즉, 중년에 참 맹랑한 일이 있었다고 해야겠음메다. 그 玉詩들의 詩房은, 御命에 좇아, 그런 얼마 후부터, 드나드는 큰문들은 물론, 크고 작은 창들이며, 구멍이 없으면, 틈 벌어진 데를 파서 구멍을 만들어서까지도, 모두 밖에서 닫고, 밖에다 빗장을 걸어됬을 뿐만 아니라, 그것으로도 충분치가 못했던지

왕은, 파수보는 자들을 여럿씩이나 두고, 누구든, 남 다 자는 밤중에 무슨 일이 일어나는가를 알아내는 자에게는 상이 크되, 반대로, 졸기라도 했다가는, 그 눈알을 도려파낼 것이라고, 賞罰則을 엄정히 해놓았으니, 어둘녘의 玉詩房의 바깥쪽은, 詩情이란 없어, 삼엄한데다 살벌하기까지 했더라 합십다. 문제는 그러했음에도 입습메다, 불구하고, 公主님들 아침 詩레기통 속에는, 어제 저녁 새로 신었던, 그 신발 밑창들에, 예의 그 참혹한 구멍들이 나 있는 데다, 예의 그 畜生道的 냄새, 散文的 냄새랄 것을 풍기고 있었다는 그것에 있었음신다. 父王殿下의 자애에 넘치는 물음에도, 노기에 서린 힐문에도, 玉詩들은, "자기네들도 모를 뿐"이라고 하는 데다, 詩王 그 자신, 밖에서, 안을 (훔쳐)들여다본 바에 의해도, 자기의 珠玉篇들은, 잠의 살랑거리는 水面에 자리 깔고, 베개 놓아, 그보다도 더 부드러울 수 없는 저녁을 한 자락 끌어덮어 자는, 연못의 蓮송이들, 모양, 봉오리 봉오리져, 곱고도, (그럼에도 비밀을 송이해 싸아안은,) 깊은 잠들을 자고 있던 것밖에, 아무것도 예사스럽지 않은 일은 본 바가 없다 보니, 자기가 治理하는 詩域內인데도, 자기의 詩笏이 닿지 못하는 부분도 있다는 생각으로, 괴롭고, 그리고 逆鱗이 일어섬을 느꼈습메다. 했으니, 그런 왕의 번민을 살피고, 賢者가 위로했던 소리는 이랬드랬습다, "전하께서는, 저 뜰 가운데, 연못의 蓮꽃을 보시나니까, 왼종일 펴 있다, 저녁들자 오므라들어 닫기는 것을 보시나니까, 이제 저 봉오리가 완전히 닫기고 나면, 저 봉오리의 안쪽은, 저렇게나 곱게 詩뻘건 하늘도, 그 붉은 혀로 언저리만 핥다 저물어야 될 뿐만 아니라, 全能하다는 神들까지도 그 안을 들여다보지를 못하니이다. 그런즉, 그 닫긴 蓮봉오리 안쪽에서 무슨 일이 일어나는지, 또는 무슨 꿈이 꾸어지는지, 글쎄니다 그것은, 저 하늘도, 저녁도, 神들까지도 알 수가 없을 뿐일 것이오니다. 왜냐하면, 꿈들이 밤에 나들이를 하는 곳은, (무슨 다른 어휘를 찾아 대용할 수가 없어, '곳'이라고 썼으되,) '곳'이라고 이를 수가 없는, 그러니 '場所'가 아니기 때문이오니다." 그리고 賢者는, 龍顔을 우러러보고, 도대체 그것이 뭔지 모르되, 매우 무엄하게 스쳐지나, 떨기를 시작했던 逆鱗이, 얼마쯤 진정하여, 눕기 시작하고 있음을 보았심다. (賢者들이 알기로는, 王들의, 당나귀귀'들은, '하늘'과 '神'들 쪽에로 뻗어올라 있는 것들인 것. 것?) "닫힌 蓮은," 賢者는 그리고도, 몇 마디쯤 더 이었더랬음신다. "'닫힌 마음'의 비유가 아니면, 또 무엇이겠나이까? 그래서, 이 '닫힌 마음'을 열기 위해서, 神은, '진노의 철장'을 높이 들고, 魔는, 심신이 그 황홀함에 녹을, '유혹'의 꽃다발을 안는다고 하옵니다. 殿下는 그리고 笏을 쥐고 계시옵나니다." 그리고 賢者는, 詩王의 逆鱗이 눕고, 龍鬚가 흔들리는 것을 보고, 어전에서 물러나, 부지런히 할멈께로 돌아가서는, 할멈의, 사근거리는 늙은 허벅지를 베고 누워, 늘 그랬던 것은 아니었지만, 젊었을 때는 할멈도, 아직 하루치의 일도 시작되기 전 아침에, 그러니 그때부터 그 신발을 신어야 될 때로, 커녕은, 버렸던 일이 가다끔 있었다고 기억해내고, 빙그레 웃었음메다.

물론, 무사들로 하여서는, 그 玉詩房을 지키게 하면서, 그런 후로부터 詩王은, 번연히 눈앞에 있음에도 없는, 그리고 자면서 한 켤레 신발을 무참히도 닳구어대는, 저런 玉詩들의 잠의 문제는, 선비들께도 떠맡겨, 연구하게 할 것이라고 믿어, 한림원을 차려 열기에도 이르렀음메다. 그리하여, 구름떼로 모여든 詩學士들로, 한림원에는 아닌 성시가 이뤄졌는뎁지, '신발論,' '신발學' 등이 대두하는가 하자, 老論/小論이라는 투로, 그 파가 나뉘기 시작하여, 異見이 구구하였더니, (이 고장의 기후는, 常春的이라는 것을 염두하고 들어야겠습닌다, 마는) "신발이란, 걸을 때 발을 보호하기 위하여 고안된 매우 유용한 물건이다"라는, 少論派의 '신발 效用論'으로부터, "신발이란 柩匣과 같은 것으로, 신발 속에 담기면, 馬脚足도 馬足으로 보이지 안해, 사악한 것들이, 자기네들의 치부를 은닉하기 위해 고안했던 물건이, 장차 凡用化하기에 이르자, 신발이라고 불리워진 것인데, 이런즉, 신발의 기원은, 그것의 實用性과는 다른 데 두고 있다"는, 老論派의 '己物即是馬足學'이 대두하였으며, 그러자니 中道派가 생기잖을 수가 없어, (이들을 黃論이라고 부르기도 하는데) 그들에 의하면, "신발이란 權威와 支配力의 象徵일 뿐만 아니라, 동시에, 謙卑와 服從의 象徵"이었음신다. 그 이론적 받침으로 그들은, 잘 알려진 古事 같은 것을 내세웠드랬는뎁습, 예로서, 王이나 村長이 苦行길에 올랐다거나, 또는, 이웃 정복 길에라도 올라, 그 龍床을 비우지 않으면 안 되는 경우, 그 왕의, 평소 신었던 신발 한짝을 그 용상에 모셔, 그 '御鞋'를 왕인 듯이 뫼시는, 어떤 國俗(天竺俗, 「라마야나」 참조)을 들었으며, 해석하여, 그러니, 용상에 모셔진 저 '御鞋 한짝'

은, 같은 자리에 모셔올린 '王冠'과도 같으되, 그것에다 '支配力'까지 합친 것을 나타내는바, 비유로 말하면, '王冠'이란 수탉에 있어 '벼슬'과 같은 것이라면, 이 '御鞋'는, 병아리들을 거느려, 몹시 거드럭거리며 한 마당을 다 파헤치는, 씨암탉들을 누르고, 그 날갯죽지들을 움켜쥐어, 꼼짝도 못하게 하는, '억센 발톱' 같은 것이랍습닌다. 이 '발톱'이야말로 그러니, '權威'와 '支配力'을 과시하는 것입는뎁, 그럼에도 '암탉'편에서 觀하기로 한다면, 그 '權威'와 '支配力'이 뒤집히는 것을 보게 되는바, 말씀드린 대로, '謙卑와 服從'만을 드러내게 된다는 것입신다. 이렇다는즉슨, 이런 의미에서의 '征服'이란, 보다 억센 발을 가진 자가, 보다 유약한 자의, '王冠'쓴 머리통들을, 그 '신발' 밑에 깔아뭉갠다는 것인 듯한뎁습, 저 '보다 억센 발'을 가진 자의 '모자'나 '신발'이란, 다름아닌, 아무도 어거치 못할, 거대한 황소의 뿔에 씌워진 '花環'이며, 하루 천리를 달리는 불말의 발굽에 박힌 '편자' 말고, 무엇이겠습, 읍, 泣. 그리하여 詩村國에로도, 저 野性의 황소와 말의, 똥오줌 냄새가 덮이기 시작했음? (에덴이 무너나고, 그 자리에로) 畜生道가 猖獗함? 泣. 詩湖의 둔덕에 앉아 詩王이여 詩淚를 떨구고 있는 자여, 그 눈물의 짜가움에 장차, 그 호수가 죽겠으며, 호수가 죽은즉 또한 大地가 황폐해지겠으니, 자여 궐자는, 눈물을 흘리더라도, 그 마음까지는 그렇게나 짜게 먹지 말지랍. 그, 그래도, 그, 그 뒷일이사, 아직도 좀, 허기는, 두고 봐야겠습는 갑? 그, 그러는 중에 헌데, 그럴듯하게 詩民들을 웃음웃게 할 일이 일어났었더니, 그것은 다름이 아니라, '中道'에도 다른 '中道'가 있다는, 새 이론이 일어난 그것이었던바, '黃論'이라는 中道派에서, '新中道論,' 또는, '新黃論'이 분파, 대두한 것이었음메다. 웃음웃던 자들은 그런 후, 저 두 中道論을 분명하게 가름해 부르기 위해, '古中道論'을 '西論'이라고 했으며, '新中道論'을 '東論'이라고 하기로 하자고 했드랬심다. '新中道論' 또는 '東論'이 분파하지 않으면 안 되었던 까닭은, 그들, 즉슨, 東論에 의하면, "西論은, 장닭의 '발톱'에 대해서는, 매우 좋은 설명을 하고 있으되, 아직 시집 가잖은, 처녀닭의 '발톱'에 대해서는, 아무것도 설명하지를 못하고 있거나, 하고 있다면, 그 범한 오류의 무게가, 一國의 무게와도 맞먹는다고 생각했기 때문"이랍심다. 그들도 물론, 古事에서 例를 꺼내들기를 잊지는 안했을 뿐만 아니라, '學文'에다, 누를 끼치지 않을 줄도 알아, 자라는 세대

의 선망의 대상이 되기도 했임다. 그들이 쳐든 古事란, ‘碧眼胡僧’이
라는 별칭 法名으로도 불리웠던, 西域의 어떤 比丘의 一代記와 관
계된 부분으로서, 저 胡僧이, 딴에는, 무슨 뜻을 흉금해 있던 모양으
로, 東域에로 移民을 했었더니, (그럼에도 그는, 뭣 때문엔지 그 ‘뜻’
을 펴지를 못했던 듯하여, 東域 童子들이 모이기만 하면, “저 푸른
눈의 蠻人은, 무엇을 하러, 東域에로 왔어야 했는가?”라고, 고개를
꺄웃거리고, 꺄웃거리기를 오늘날까지 꺄웃거려온다 함십다. 헌데
듣자면, 나중에, 그런 비슷한 蠻人 하나는, 이번에는, 東域에서 西域
에로 갔다는 풍문이 있었더랬는뎁, 그러면 이제, 푸른 눈의, 그쪽 兒
孫들이, 모이기만 했다 하면, 고개를 꺄웃거릴 일이 아니겠습? “아
으, 지는 해를 보기 위해서, 해 지는 데를 보기 위해서, 해 지고 난
뒤를 보기 위해서……” 서근의 삼! 이자는, 風聞에 의하면, 저 혼자
중이 되기를 작심하고, 저 혼자서 중이 된 자여서, ‘돌중’이라는 별
칭 法名으로도 불리웠는뎁습, 그런 그가 헌데, 어느 村의 일곱번째
어른이 된다던가, 어쩐다던가, 그런 風聞도 있고 해서, 듣는 이마다
웃었더라고도 했습닌다. 사람들이, 저 ‘風聞의 村長’을 두고 웃은 까
닭은이랍습지, ‘風聞의 村長’은 風聞이어서, 風聞일 뿐인데, 어떻게
그 風聞이 실제적 村長이 되겠느냐고, 그 탓이라고 했습메다. 여기
어디에는, 웃고 싶어하는 자들의, 말놀음도 약간량 함량되어 있지
않은 것은 아니라도 말입습, 일반적 정신에 대해서는, 있음직한 의
문일 수도 있겠음다. 허나, 나온 말이니 말입지만, 歷史 속에서 實物
이었던, 實在的 村長도, 바로 그 꼭같은 歷史라는 흐름 속에서, 얼마
의 흐름이 지나고 난 뒤에는, 그 實物, 實在性을 捨象당하고, 傳說만
남기게 된다는 것을 觀하고시나는, 그런 뒤, 다름아닌 이 ‘傳說’이
그제쯤은, 實物, 實在性을 잃어, 歷史에다 흐릿한 括弧만 남긴, 어떤
傳說的 인물에다 實物, 實在性을 부여하게 되는 것을 觀하십습지,
그리고는, 어떤 ‘風聞만의 村長’이, 어떤 風聞의, 또는 어떤 인연에
의해서든, 말한 바의, 저런 어떤 ‘傳說’ 비슷한 것을 남겨둘 수도 있
는 경우가 있다고 할 때의, 歷史 속에서의 그의 實物, 實在性을 고
려해보기로 하십습지. 어차피, 오랜 세월 전에, 이 땅에를 왔다 갔다
는 이들은, 實際였는지, 아니면, 어떤 이름 없는, 그러나 실제로 땅
을 살고 간, 이름모를 인물의 虛構였는지, 그것은 아무도 장담하여,
말못할 것은 사실이겠습지. 일례로 ‘모세’를 보십습지, 그럼에도 그

는, 그가 기록하여, 남긴 것으로 되어 있는, 「五經」에 의해, 어느 누구보다도, 더 진한, 史實在的 人物로 여겨잖는갑?) 그가 그때, 헌 보자기에다 싸아갖고 온 그의 전재산이란, 西域에서 東域으로 오려며 신었다가, 걷는 중에 밑창이 해질 듯하므로, 벗어 싸아 들고 온, 신발짝(그것이 나중에 '法輪'의 이름으로 전치됩습지.)이었다고 했음시다. 移民을 하고서도, 몸은 산에 있어도, 마음은 콩밭에 내려가 있다는 비들캥이모양, 그도 자기 몸 빌어 입은, 그 흙을 못 잊어했던 모양이었음시다, 그럴 것이, 그가 죽었다고 하여설람에, 사복이며, 원효들이, 그의 장례를 치르려 하여, 그의 시체가 누웠다는 자리에 당도해, 棺 속을 본즉, 그의 시체 대신, 그가 西域서부터 가져왔다던, 그 신발 한짝이, 동구맣게 담겨놓여 있었을 뿐이라고 했는데, 그 즈음, 어디서 불려온 소식대로 따르면, 죽었다던 그 사내가, 한짝 신발만 머리에다 얹어 이고, 히히, 西川을 건느고 있더라고 하니입습 메다. 어쨌든, 본디 그 西輪의 이름은 '佛'이라고 했었다는뎁, 그런 후, 저 빈 棺槨 속에 남겨져 있어, 東輪이라고 부르게 되어진 것은, 아마 '禪'이라고 불리우기 시작했다고 이릅습. '빈 棺槨'이라는 暗號 는 그러면, 무슨 의미를 내포해 있다고 해야겠는지, 다른 派 學士들 이 물은즉, "三十輻共其轂, 當其無, 有車之用……故有之以爲利, 無之 以爲用."의 그 '無'나, '靜爲躁君'의 '靜'은 그런즉 무엇이라고 일러야 겠느냐고, 되 힐문한 뒤, 棺에 안겨들면, 비록 단단하여 금강석이라 도 실다움을 잃거늘, 어쩌쓴 연고뇨, 그런 棺이 어미가 되어, 分娩해 낸 자식도 있도답, 자식도 있돕다.

그 자식이 어떤 것이료, 詩民이 물었음시다.

禪이롭세.

禪이란 무엇이료?

棺槨 속에 담긴, 한짝 신발.

이 '신발(禪)'과, 저 '신발(매일 아침 玉詩들이 벗어버리는 그것.)' 간에는 어떠한 관계가 있다 하료?

하윽, 동자야 동자야, 거 물 한 그릇 깨끗하게 떠오련, 귀를 좀 씻 을 일이 있돕다. '學文의 神聖'함을 모독하는 혀는, 그렇다, 당강내 잘라, 지옥 문전 지키는 개 한 마리, 세 대가리씩이나 가졌다는 놈, 毒狗에게나 던져줘버릴 일입도답. 그, 그럼에도 가맜거라, 그랬다가 는, 바룬다새가 그랬다던가 어쨌다던가 하는 古事대로, 저누무 개도 또한, 대가리들끼리, 저그들끼리, 다투게 된다면, 몸 하나가 세 쪽이 나버리게 되거나, 잘못도 없이 창자만 고프게 될 일이 일어날 듯도 싶으되, 그럼에도 그것은 그 독구의 문제겠어도, 이쪽 書堂까지도 시끄러워, 學童들이 개울음을 울라.

그리하여, 詩民들 중에서, 에라, 저 누무 書堂개들이야 짖을라믄 달을 우러러 짖을 일이되, 당면한 문제는 무엇인가 하면, 공중 높이 떠 있는, 저 고고한 달이 아니라, 이쪽 흙탕 위에 어린 달이, 도대체 그 정체도 알 수 없는, 무슨 오랑캐(蝕)에게 먹히우고 있는 그것이 라고 하여, 그런즉 좌시만 할 수가 없다고 하여, 그 이마빡에다가 든, '合論'이라는 글자를 쓴, 흰 수건들을 동여매고, 한떼의 젊은 詩 人들이 일어났음메다. 그들의 얼굴은 붉고, 그들의 목소리는 우렁찼 음시다. '合論'이 일어남신다. (이, 이렇게 되면 이제, 聽衆 속에서 박 수 소리가 폭죽처럼 일어날 듯도 싶은 차례인 듯도 싶습지만, 잠, 잠깐들, 고정들 하십습지, 진, 진정들 하시라굽습지. 왜냐하면, 세상 은, 방금 전에 일어난 것과 같은 詩人들에 의해서도, 그 많은 부분 이 誤讀되어, 誤導되어오기도 했습는뎁지, 우리는 무조건적으로, 박 수갈채를 보내기에 앞서, 무엇보다도 먼저, '예수의 正義와 바라바 의 正義'에 관해 깊은 이해를 갖지 않으면 안 되고, ──그 양자의 공통점은, 양자는 공히, 자기네들의 당대의 衆心的 아픔에 깊이 가 담해 있었다는 그것이겠습지. ──그런 다음에는, 저런 식의 사건, 또는 얘깃거리가 일어나는 곳마다, 코를 밝혀 달려가, 그 일어나는 일들을, 눈을 밝혀 잘 보아두었다가, 또는 써(記)두었다가, 세상 돌 아가는 얘기에 흥미를 가진, 많은 사람들이 모인 데 같은 데 가서, 자기가 목도한 사실을 얘기해준다든지, 또는 읽어주는 者──앞으로 우리는, 저런 役을 담당하고 있는 자를 짧은 이름으로 나타내기 위 해 '記者'라고 해두기로 하십습지.──, 그런 자들의 正義와, 〔앞서 말 한 바와 같은〕詩人들의 正義에 대해서도, 심각하게 고려해보고, 그 런 뒤, 아직도 박수갈채로 찬양할 수 있으면, 그때 하시기로 하십습 지. 本稗官의 관견에는, '記者'는, 저 '꿈꾸고 싶어하는 이상한 잠, 즉 슨 衆心, 또는 集團'이, 무슨 꿈을 어떻게 꾸고 있는가, 그것을 열심 히 들여다보며, 그 '꿈이 구현하려는 正義,' 그 正義는 다음 순간, 다 른 正義에 의해 대치될 수도, 또는 不義化할 수도 있는, 그런 正義 라도, 그것을 위해, 殉敎까지도 감행하지 않으면 안 될 때, 殉敎도

354

해야겠지만, '詩人'은, 말한 바의 저 '꿈꾸고 싶어하는 잠'의, 그 '꾸는 꿈'도 열심히 들여다보고, 그리고 그 '잠'의 어떤 불편함이, 저런 꿈을, 그것도 혜설픈 꿈을 꾸어내게 하고 있는가,——그렇습지, 저 '꿈꾸기 좋아하는 이상한 꿈'은, 이상하게도, 凶夢〔이것을 우리는, 被虐的 국면을 담당하는 꿈이라고, 가정해두기로 하십습지.〕이나, 惡夢〔은 그렇다면, 加虐的 국면의 꿈이랄 수 있겠습지.〕을 꾸기를 좋아합습지. 그것이 왜 그런 경향만을 드러내는지를 알아보려면, 六祖의 '遺傳된 陰氣論'을 재거론해 보아야겠습지?——그것을 알아보기 위해, 저 '잠'의 뿌리랄 것에로까지 내려가, 그 '아픔'을 진맥해낸 뒤, 할 수 있으면, 그 '잠'에다 재갈을 물리고, 고삐를 씌워, 그 '잠 머리'를, 밝은 쪽에로 돌리도록 해야 할 것으로, 詩人의 '正義'는 그래서, 비유한 바의 '재갈'이나 '고삐' 같은 것이어야 하는 것이 아니겠는가, 합습지. 그럴 때 '詩人'은, '記者'와 달리, '記者'가 보는, 어떤 당대적 '凶,' 또는 '惡'까지도, 그것은, '遺傳되어온, 나쁜 陰氣'의 除毒, 中和로도 이해하기도, 또는, 당대적 어떤 好, 善 같은 것도, 장차는 어떤 '陰毒'을 이루게 될 것으로도, 통찰하게 될 것입습지. 化現 쪽의 세계는, 나타난 그대로보다, 훨씬 더 복합적이거든입습지. 그러니까, '記者'도, '詩人'도, 자기의 당대의 아픔에 같이 앓되, 〔이것을 本稗官은, 달마의 構造라고 이릅습는뎁,〕 '記者'는, 그 '化現 쪽의 세계'를 보다 열심히 보아야 하고, '詩人'은, '나타난 그대로보다, 훨씬 더 복합적'이라는, 그 氷根 쪽의 세계를, 보다 더 열심히 보아야겠습지. 이런 말은, 달마〔임무, 사명〕의 構造는 그렇게 이뤄져 있다는 것이며, 그런즉은, '記者'는, '詩人'이 보는 쪽을〔反之亦然〕 외면해도 된다는, 그런 뜻은 없다는 것은, 이 자리에다, 분명히 밝혀두기로 해야겠군입지. 그래서 그러면, '記者의 正義'는, 常加變的이므로, 그것은 '正義'가 못 되거나, 무의미한 것은 아니겠는가, 그렇다면, 그런 '正義'를 위해 殉敎까지도 감행했다면, 그것은 개죽음은 아니겠는가, 하는 의문도 없을 수는 없겠습지, 마는, 하려 하면, 그 대답쯤이야 어렵잖게 할 수 있을 것이므로, 〔만약 그렇게 쉽게 만들어질 수도 있는, 그런 대답이라면, 그것을 만들기 위해, 뭣 때문에 도로를 바쳐야겠습늡?〕 그러려 하기보다는, 차라리, 그 '의문'에 동의하기로 하고, 그런 뒤, 거기서 무슨 현상이 일어나는지, 그것을 보기 위해서, "詩人의 正義도 그렇다면, 無意味할 뿐이다"라고, '詩人의 正義'를 부정해

버리려는 짓이나 해보기로 합습지. 그럴 것이, 한쪽의 正義가 무의
미하다면, 다른 쪽의 正義도 의미가 없어야 한다는 것은 논리적 귀
결이거든입지. 어쨌든 그래서, 앞서 밝힌 '詩人의 正義'를, 이 당대적
어휘로 번안하기로 하여, '보다 나은 세계의 구현'이라는 식으로 바
꾼다면, 그에 따라, 무슨 反論이 제기될 수 있는가 하면, 有情은 보
다 나은 곳에 처하게 되면, 투박하게 말해서, 타락한다라는 것 같은
것입습지. 글쎕지, '프라브리티 宇宙'는, 저주의 장소가 아니라, 不完
全한 有情으로 하여금, 進化의 正道에서, 게을러지거나, 쉬지 말고,
니브리티를 성취할 때까지 달리라고, 그렇게 주어진 進化의 장소인
바, 그렇다면, 그 프라브리티 宇宙에 나타난, 어떠한 나찰도, 나찰은
아니라, 보살이 쓴 나찰의 얼굴 이상, 다른 것은 아니라는 것을 부
인할 수가 없게 되고, 그러자, 부정당하게 되는 것은, '詩人의 正義'
라는 것임을 보게 됩습지. 그건 이렇게 되면, 무의미하기 짝이 없을
뿐입습지. 참말입습, 누구든 바로 이 '無意味'를 깨닫기만 한다면, 그
당장 그는, 다른 아무데도 말고 니르바나에서 자기가, 왜냐하면 좋
지 않은 羯磨의 눈가림 때문에, 타는 불바다, 저 괴로운, 상사라에의
凶夢을 꾸어왔음을 알 것인뎁. 아항, 本稗官은, 괴롭다는 그 상사라
의, 옴팡하고도 호꼰한 아랫묵에 배를 깔고 누워, 육시러게 입만 까
서는, 비록 말해, 당신네들이 마을을 꾸미고, 삶을 영위하는 그곳이,
잠시 그 등이라도 볕에 쪼이려 떠올라온, 무슨 바다 괴물의 등짝이
라 한다 해도, 거기다도 꿈을 심고, 꽃을 가꿔, 나중에야 어찌되었
든, 글쎄, 때가 차면 한 우주 자체도 無 속에 침몰되어버린다고 하
거늘, 어찌 되었든, 이 당장은, 조금이라도 살 만한 곳으로 만들어보
려는, 그런 약간의 꿈, 그런 正義까지도, 모두 빼앗아, 당신네들이
그 등에 밭갈이하는, 그 惡魚의 아가리에다 던져 줘버리려고 하고
있다고, 있놨답? 헤헤, 本稗官께 여겨지기로는, 저것이야말로 궁극
적 진리인 듯싶은즉, 本稗官께도 그럴 능력이 있기만 하다면야, 어
찌 그러려 하지 않겠습? 그러나, 本稗官이 노리고 있던 것은, 정작
에 있어서는, 肯定性을 획득하기가 쉬운 쪽의 眞理를 否定해 보이
기로서, 쉽게도 否定당할 수 있는 쪽의 眞理를, 肯定 속에로 再召喚
해내려는 것이었었습지. 그럴 필요를 느꼈던 까닭은, 本稗官의 믿음
에도, 말한 바의 그 '見性'을 하지 못하는 한, 그런 중생에게는, '正
義'라든, 뭐라는 그것이야말로, 환하게 켜진 燈이어서, 굿고 어두운

험로에서, 절망이나 좌절로부터, 다시금 다시금, 그 등뼈를 곧게 펴고, 다리 뼈를 일으켜세우는, 그렇게나 濃艷한, 天女의 부르기 같은 것이더군입습지. 그런 '正義'는 그리고, 언제든, 곧 따라 잡는다면, 곧 잡힐, 그만큼의 거리를 두고, 앞서가는뎁지, 그것의 어떤 것을 좇다 보면, 魔女네로 이어지고, 어떤 것은 魔術師네로도 이어집습지.)

 '合論'의 주장은, (「신데렐라」 얘기를 그 이론적 바탕을 삼아서) '신발'이란, 諸論이 說破하고 있는 바와 같은, 그런 성격들을 갖지 않은 것은 아니라도, 지금이라도 탁 깨놓고 말하면, 그것은 무엇보다도, '玉門'의 상징이라는 것을 잊어서는 안 된다는 그것이었음시다. 그런 견지에서는 그러니, '해진,' 그래서 '벗기워져, 버려진 신발'은, 비유로 말한다면, '落花'나, '落葉' 같은 것이람시롱 갖다가시나, 이 비유를 다시 다른 비유를 들어 비유한다면입지, 그것은 계집의 사태기를 시나브로 흘러내리는, 월후나, (사내 치른 경험이 있는 여자에게 있어서라면) 정액 같은 것이랬습신다. 그런즉, 열두 玉詩들 침방에서 버려져 나오는, 스물네 짝의 해진 신발이란, 비단서답 같은 것 말고 무엇이겠느냐며, 만약에 國母가 계셨더면, 國母만 가만히 아시고, 웃음 지으신 뒤, 王婿감들을 물색하셨을 일을, 國父께서 당하게 되시니, 그것이 심려의 대상이 된 듯하다고 했심다. 이어서는입습지 그리고, 그것이 다름아닌, 物質로 이뤄진 세상의 법칙이라고 목청을 가다듬은 뒤, 열두 玉詩들도 이제는, 散文과의 결합을 통해, 그 精身(이 '精身'이란, '妖精들이 입은 몸' 같은 몸이란 뜻일 것이웝다.)에 質을 입어, 그 精身에 重力을 受胎치 않을 수 없는,── 빈 것에는 채우고, 찬 것은 비우는──'歲月'이 부르는 소리에 귀를 연 것이 분명하다고 했음시다. 곁들여 그리고는, "魂은 苦痛 속에 거처를 둬 있다."는, 매우 묵은 명제를 들춰내, 그것에 덮인 먼지를 털어 윤나게 했음시다. "妖精들이, 魂을 갖기를 바라면, 그 妖精的 무장애와 무고통의 날개를 벗고, 땀냄새와 苦痛뿐인 살, 그것도 사람이라는 有情의 살을 입지 않고서는 안 되는데," 그것이 詩村國에로 수입되어지면, 어떻게나 天上的 詩想이라 한다 해도, 그것이 한 편의 詩로써 成肉身을 하려 하면, 修辭學的 달마를 좇아야 하는바, 보다 투박하게 말하면, 땅에서 만들어져, 땅냄새를 풍기는, 땅의 言語(그래서 人間은, 이 言語로, 땅이나, 땅과 관계된 곳, 地獄 따위,

에 관해서는 잘 말하되, 땅을 벗어난 곳이나, 것에 대해서는, 잘 말하지를 못하는 것이나 아닌가, 그들은 그렇게 고개를 갸웃거립습지.)와의 결혼을 겪지 않으면 안 된다고 飜案된다고 했더랍심다.

물론, 저런 주장에 대해서도, 어찌 反論들이 없을 수 있었겠습닌까마는, 그 反論들을 다 열거할 수도, 필요도 없는즉, 여기서는, 그 중에서도 재미있다고 여겨지는 것으로 한 가지만 들어보기로 하면, 단연 '黃論'을 들어야겠을심다. 이 문제를 두고는 그들도, '東論'이며, '西論'이라는 식으로, 갈렸던 파까지도 단합을 하였으니, 그들의 믿음에는, 왜냐하면, '合論'派에서, "익힌 계란은, 이쪽이나 저쪽, 뾰죽한 부분들을 위나 아래로 하여 세우려 하면, 못 먹고 마는데, 결국 그 계란은 세워지지를 않게 되기 때문이다."는 주장을 하고 있었기 때문에, "愚公이여, 愚公이여, 우리가 말하는 이 '계란 세우기'란 어디, 평평한 상판 위에 세우기래야 말이지," 하고, 야유한 것에 의해 보면, '合論'의 주장은, 어리석은 독단론 이상의 아무것으로도, 여겨지지 않는 것이 분명할심다.

'黃論'의 反論은, '權威'와 '支配力'의 상징이며, '禪'인, 저 '신발'은 헌데, '두 짝—한 켤레'가 아니라, '한 짝—반 켤레'의 신발이었다는 점을 밝히고, 그리고, 한 여인은, 하나의 玉門을 갖는 것이 우주의 법도이거늘, 어찌 '열두 玉詩의, 스물네 짝 신발'을 운위하여 간접적으로는, 둘씩이나 되는 玉門에의 소식을 퍼뜨릴까 보냐, 라는 것이 었는뎁지, 그것에 대한 '合論'의 대답은, '두 짝 신발'이란, 사실로는, '한 짝'이 부족하다고 하여, 여성의 品性〔입, 玉門, 肛門〕을 들어, 여성이야말로, 지옥 문전 지키는, 三頭犬이라고 할 것이라고 했드랬심다. 그리고 이어, 만약 저 '세번째 신발짝'을, '한 짝'이라고도 볼 수 있다면, "愚者들이여, 愚者들이여, 그것을 일러 合論을 合論이라고 이르는 것이 아니겠습?" 했더랬심다.

그런 후, '신발論,' '신발學'은, '신발道'에로 나아갔다가, '한 짝 신발'이냐, '두 짝 신발'이냐의 문제로, 그들간에는, 아직도 論爭이 區區節節한데, 더러는 주발을 날리고, 더러는 그 날으는 주발에 이빨을 깨이고, 그러구 구구 구구하고 있다구 구구 구구헙심다. 그러느라 여태껏도, 書院에서는, 신발學 硏究報告書가 작성도 되잖고 있는데, 그러는 중에도, 玉詩房에서 버려져나와 쌓이는, 해진 신발은, 언덕을 하나 이뤄가고 있더라고 합심메다.

武夫들이 보기에는, 혀가 너무 길어, 혀에다 영양을 다 빼앗겨, 몸을 혀로 지탱을 못 해, 차라리 몸이 혀 밑에 빌붙어 살고 있어 보이는, 저 書生들은, 후핫핫, 玉門 맛을 본다며, 핫핫핫, 그 긴 혀는, 입맛 다시라고 한옆에 사려놓고, 후핫핫캭, 하필 옻칠한 숟갈로, 이리저리 긁어, 떠서, 그런 뒤 혀로, 그 뜯어낸 것을 찝찔 건것찝찔거리고 있읍시다. 작것들은, 호미로, 닭의 목을 자르려 하며, 부엌칼로, 밭의 잡초를 쳐눕히놨슴. 그뿐만은 아니어서, 이거 뭐 흉보자고 하는 소리로도 들릴지도 모르겠으나, 野史에 기록된 얘기를 한 자리 빌기로 하면, 城 밖에는 해적선이 닻을 내려 있으며, 젊은 남자로부터 까낸 불알 천 개와, 까지 않은, 싱싱한 것으로, 오백 개의 공알을 내보내지 않으면, 성채를 태워버리겠다는 위협을 한고로, 왕께서, 書院에, 그 火攻에 대처할 계책을 물은즉, 여럿이서 이마를 모두어, 여러 낮 여러 저녁을 새워 심사숙고한 끝에, 해올리는 소리는 이랬드랬음시다. "전하께옵서는, 조그만 바닷도적들의 火攻 한 가지를 두고, 어찌 심려를 하신다 하옵시나이까? 소신들이, 이 자리에서도, '火攻'이라고 發音해보았삽도, 소신들 중의 어느 누구의 혀나 목구멍을 태워 연기를 내거나, 기름 끓는 냄새를 올리는 법도 없삽나니, '불'이란 결코 '태우는 것이 아닌 것'을 증명하는 것이옵나니, 만약 '태우는 것이 아닌 것'이 그것이라 하온다면, '火攻'이란, 무슨 잡스런 개구장이들의 수작이겠나이까? 그런즉 어찌 이를 두고, 심려를 하신다 하시리까?"——헌데, 그들이 그렇게 불철주야 계책을 논의하던 중에, 바닷오랑캐가 주었던 時日이 다 되었던지, 이미 '火攻'이 시작되어 있었더라 했으며, 성내 집들이 타느라, 오른 연기가, 날빛까지 가리기에 이르렀더람시다. "경들의 계략인즉은, '火不熱'에 근거해 있는 듯함에도, 그 '뜨거움'이 극하여, 오르는 연기가, 경들의 눈에는 보이지가 않는단 말이냐?"라고, 왕이 연기 오르는 곳을 가리키는즉, 大學士가 揖하고, 목청 가다듬어, "불은, 옛부터, 맞불로써 소진케 하는 것이오니, 城外 火攻을 진압하시고저 하실진대, 전하께서는 武夫들을 부르시고, 그들로 하여금, 火攻으로 대전케 하명하옵소서. 城內의, 불에 탈 수 있는 모든 것에다 불을 지르라 명합소서!" 한즉, 왕께서는, 용포를 벗어, 龍顔을 가리며, "수치로 얼굴을 들 수가 없도다. 그런즉, 경들이 갈 곳은 짐이 걱정할 것은 없겠으나, 경들이 걱정해야 될 일은, 그러면 짐은 어디로 가야겠느냐?"라며, 龍

淚로 한 왕국 넓이의 용포를 다 적셨읍시다. "난하옵나이다. 전하께오서 소신들께 하문하셨삽기는, '火攻에는 어떻게 대처해야 되겠느냐'고 하신고로, 소신들은, 그 계책만 강구했던 것이었삽는데, 딱하기는 이 처지에, 어찌 전하뿐이시겠나이까?"라고, 저 書師들은, 뿔뿔이, 자기네들 권속들에 대한 걱정으로, 헤어져 달려갔드랬는뎁슙, 달려가다 그들의 머리가 하나같이, 흙밭에 구르게 되었더라고 합슙메다. 野史 記述者는 기린다, "비록, 저들의 머리를 디뎌, 바닷오랑캐들이 獅子吼를 내질렀다 하되, 賢者들이여, 그를 두고 羞辱이랄 것은 아니다, 하물며 수인씨, 복희씨, 신농씨도 흙에 머리를 굴려 흙에로 돌아갔음을. 公들의 처자식들이, 오랑캐의 진흙발이며, 까내린 누른 바짓가랑이 밑에서, 신음하는 꼴도 恥辱은 못 된다, 서시나 양귀비 같은, 큰나라의 國母되는 이들도 그렇게 당했거늘, 하물며, 제 구들막을 데우는 불과, 제 목구멍에서 발음되어나오는 불과의 다름도 모르는, 우물 속 개구리좆만도 못한 公들의, 처자식이야 일러 뭣하리."——그 난은 어쨌든, 깐 불알 백 개와, 싱싱한 공알 오십 개에다 얹어, 성내의 곳간 속 곡식, 금은 패물들을 모두 바치고 면해, 끝났더라 합심메다. 그런즉, 아마 오십 명이나, 그보다 숫자가 적은 해적께, 한 왕국이 몽땅 유린을 당했던 모양이었읍시다. 그 이후, 폐지된 한림원이, 헌데, 근래 다시 열린 바 되어, 해가 중천일 때쯤은, 少論의 기가 승한 듯하여, 國事國權이 그들 장중에 드는 듯하다가도, 오후 중참을 먹고 궁중 있는 데를 보면, 黃論이 그 少論의 머리를 흙밭에 굴려 딛고 있고, 이러고 있읍시다. 이런 야단이 또 없겠읍시다.

'신발學 研究'에 관한 報告書를, 하나만 작성해 제출하기란, 현재 상태로서는, 어느 '論'에서 짐작하기에나, 몇 년의 세월이 더 걸리게 될지도 모르겠을 뿐만 아니라, 그런다 해도, 그 세월이 어떤 식으로든 기적 비스름한 것이라도 일으키지 않는 이상, 세월이 흐른다는 이유만으로는, 여러 異見들이, 한 못의 智慧로 녹아, 신발 닮은 蓮꽃이라도 하나 피워낼 수도 있다는, 아무 보장도 할 수가 없어, 老少東西 슙쳐, 어느 '論' 하나 제외할 것이 없이, 모두 편안스럽지 못한 아침을 맞고, 저녁을 저물리는 중에, (이것은 그러자니, 저절로 일어난 의견이랄 것이어서, 그것을 주장하고 나선, '論'이나, 인물을 지적해 말할 수가 없는데) 이거 이럴 일이 아니라, 各'論'은 따로따로,

자기네의 '硏究'의 결과를 작성해 제출하면 어떻겠느냐는 의견이 돌아, 그렇게 하기로 했더니, 그리고도 꽤 많은 날수를 더 헤아린 뒤, 書院에서는, 드디어, '報告書'들이 작성되어, 御前에 받들어 올려졌십닌다잉. 各 '報告書'들은, 입싼 아낙네 중, 그중 입싼 아낙네를 시켜 읽힌다 해도, 족히 두세 시간씩은 걸리는 분량이었습닌다, 마는, 왕께서는, 詩宮 광대게 명하여, 읽되, 그것도 지루하지 않게, 멋지고도 낭랑하게 읽으라 하여, 一日一論식으로, 그러니 닷샌가를 걸려 다 청취하싰음신다. 그러는 동안 왕께서는, 詩民들이 잘 알아 오는 바 대로, 大道스러워, 편견 없는, 활달한 정신을 갖고 있었음에도, 때론, 용안에 울그락 푸르락함을 감추지 못하였으나, 그 두세 시간 동안에, 일년쯤 나누어 했어도 좋을 하품하기와, 봄날, 볕이 좋고도 좋아, 볕밭에 나앉지 않을 수가 없어 나앉았다 보면, 누구나 영락없이 고개가 떨구어져 떨구는, 그런 어떤 좋은 봄날 하루치 고개떨구기를 떨구었드라 하니, 다른 얘기를 하지 않는다 해도, 그 硏究書들이 함량해 있는, "(누구는) 잠만 자는데, 그 밑창이 닳아지는 신발"에 관한, 지혜의 총계를 알 만하실 일입심다. 울그락—하아—꿋떡—푸움—푸르락—푸우—꿋—. (本稗官이 비록 稗官職에 있다 해도, 촌놈들 상대로 촌으로만 굴러먹거늘, 일국의 일등가는 흥행사로서, 그것도 왕의 상에서 던져지는, 御食에 사는 자에, 언감생심, 비교라도 해보려 했다가는, 우물을 떠나기 싫어하여 지켜 사는, 어떤 어미 개구리가, 우물 밖 구경에서 돌아온 새끼들 앞에, 새끼들이 보았다는 그 암소를 꾸며 보이려다, 쉿 펑— 배통이 터져버리고 만 것 같은, 그런 일이나 한번 더 일어나고 말 일이므로, 어떤 경로를 좇아서든, 저 '報告書'들이, 비록 本稗官의 소장품이 되어 있다 해도, 本稗官으로서는, 그 어느 學論의 첫 글자에라도, 혀 대보려 하지 않을랍닌다. 그럼에도, 저 論學에 대한, 궁금증이 돌이 된 것들이, 本洞 고막들 밑바닥을 떼그륵 떼그륵 굴르고 있어, 불편스러운 듯하니, 그런 대신, 本稗官이갖다가시나, 그 御學會에서 문제삼았던, 그런 한두 문제점들만, 그래보았자 두 가지 정도밖에 안 되겠습지만, 범주별로 묶어, 지적해두기는 해보기로 할랍닌다.)

　'신발—效用論,' '신발—權威論,' '신발—法輪論'者들이 당면해야 했던 난제는, 무엇이었는가 하면, 말입심메다, 누구나 다 어렵잖게 짐작하겠는 바와 같이, '잠자기'와 더불어, '신발'이란, '개발의 편자'며,

‘황소의 젖꼭지’ 같은 것인데, “대체 어떤 경로로, 그 신발 밑창에 구멍이 날 수 있는지, 그 이름으로 그것을 설명할 수 있느냐?”는 공박에, 대답을 할 수가 없던바, 御會가 끝나는 대로, 그래서, 이 ‘學論’에 속한 書生들은, “돌아가, 붓에는 녹이 스는 한이 있더라도, 보습과, 마누라들의 음호에는 결코 녹이 스는 일이 없도록 하라.”는, 御意를 받잡아, 귀향길에 올랐으며,

　그 대답은 헌데, ‘신발-좆匣論,’ ‘신발-玉門論’者들이, 딴에들은 명료하게 해냈다고, 매우 色氣한 얼굴로 주장했음에도, 詩王의 이해에는, ‘명료하다는 대답’까지도, 畜生道用 方言으로, 짐승의 똥밭色鬼들께 똥을 맥질해 형상을 드러나게 하기로써, 詩를 모독하고 있어, 詩王 자신, 馬脚을 해갖고, 詩音에 좆아, 당나귀춤을 추고 있는 것이 백일하에 공개되는 결과여서, 그 변명을 하느라 왕께서 御鞋를 벗어보기에까지 이르렀던바, 사실로 詩王 자신이, 馬脚을 해갖고 있음이 드러났드랬음시다. 저 書生들에 의해, 詩村國의 발이, 흙 속에 묻혀, 짐승털을 돋과내고 있던 것입슴메다. 그래서 저 일군의 書生들은, 그 혀에 돋은 터럭의 길이에 좆아, 그 터럭으로 꼰 밧줄에 목을 매이기도, 손발을 묶여, 짐승들이 우글거리는 들에 던져지기도, 불알이나 하초를 묶여, 연자방아 돌리기에 그 精力을 써야 했기도 했음시다. 글쎕슴, 그들에 의하면, (이것은, ‘신발-玉門論’의 주장입지만,) ‘침실에서, 밑창에 구멍이 난, 땀 젖은 신발’이란, 무엇이겠슴, 다름아닌, 그 玉詩들 잠의 꿈속으로 쳐든, 어떤 馬脚을 가진 夐精께 찢기고, 짓밟힘 당한, 저 玉詩들의 순결성, 처녀성 말고, 또 무엇이겠느냐고 했으며, (‘신발-좆匣論’者들에 의하면) 말한 바의 저 어떤 夐精이, 玉詩들의 꿈을 노략질한 데까지는, 의견을 같이하되, ‘순결성, 처녀성’이란, 매일 저녁마다, 새로 한 벌씩 짓밟힐 수 있는 성질의 것이 아니라는 전제에서, 예의 저 夐精이, 玉詩들과 지내기만 하고, 애를 배게 한다거나 해서, 그렇게 되면 그 情事가 탄로나지 않을 수가 없게 됨으로 일어날, 그 뒷 사태를 두려워하여, 미리 회피하기 위하여, 玉詩들께 접근하기 전에마다, 그 馬脚에다, 신어, 습기를 새지 않게 하고, 그리고는 벗어버리는, 그런 신발들일 것이라고 했음시다. (아까 말씀드린 바 있는, 御鞋 속에서, 임금의 馬脚이 드러나 보인 일이 있는 것이, 이 대목인뎁슴, 들어봅슴,) 때에, 임금의 코가 크흐흥 맡았기로는, 자기의 왕국이 왼통, 당나귀똥과 오줌 냄

새로 가득찬 듯한 데다, 상에 그득 쌓인 육미나, 해산물보다도, 푸른 풀이 더 입맛을 돋구는 듯하게 눈을 끌어, 스스로도 의심스러운지라, 용포를 끌어올리고, 시녀들로 하여금, 御鞋를 벗기게 하여, 본즉, 아흐후후흥, 이게 어찌된 일입메, 털난 馬脚이 비어져나왔음메다. 알다시피, 백성이 보게 되는, 왕의 당나귀귀라거나, 나귀의 발 같은 것은, 그 백성께 아무 잘못이 없음에도, 그 현장에서 그것을 목도했다는 다만 그 한 이유만으로도, 말하자면 天罰 같은 것이어서, 구름이 지나며 오줌누는, 그런 소나기 속에서는 혹간 소나기를 피할 수는 있어도, 회피할 수가 없는 것은 저것입심메다. 이건 참, 아닌 한낮 푸른 하늘에서, 벼락이 쳐 내리기여서, 書生들의 얼굴은 질려 푸르고, 사지에서는 경련 탓에 휘파람 소리가 날 지경이었는데, 그들 중에서 그중 날렵한 꾀를 가졌다는 그 書生이 그때, 갑자기, 두 팔을 뻗쳐올리며, 狂人인 듯이도, "햇님 만세! 天陽 만세! 太陽 만세!" 삼창을 해대더니, 그 馬脚 아래, 그 몸을 내던졌음시다. "하으, 어찌 땅의 賤生으로써, 天陽이 人肉을 입어, 賤生들의 복지를 위해 하강하신 줄을 알 수가 있었겠사오니까?" 그리고, 馬脚의 왕을 우러러보며, 그 馬脚 하나를, 제 가슴에 올려, 딛게 하며, 그 왕을, 큰 한 광명으로 찬송하고, 땅의 모든 영광을 그에게 돌려, 그 광명에다 광명을 더했음시다. 그리하여, 馬脚의 왕이, 점차로 하나의 宗敎를 이뤄가고 있었는데, 그 敎義 大要는 이러합심메다. 해의 운행을 열심히 살펴보던 先人들에 의하면, 해는, 열두 필의, 처녀 같은 말들이 끄는, 수레에 타고, 아침에, 그리고 正初에, 하늘을 올라, 저녁에, 그리고 歲末에 내리는데, 이런 해의 운행을 좇아, 하루는 열두 點, 일년은 열두 달로 나뉘어지는 것이라고 하지마는, 실제에 있어서는, 저 해 자신이, 그 영광스러운, 찬란한 빛의 갈기털을 세우고, 하늘을 달리는, 빛의 말(光馬)로서, 꼭 한 마리의 말로서, 그 한 마리의 宇宙馬의 운행을 좇아, 하루 열두 點, 일년 열두 달이 나뉘는 것을, (先人들은) 그 點과, 달의 분위기와 성격의 다름에 착안하며, (한 마리의 말을) 열두 필의 말로, 나누어보기에 이른 것뿐이었다고 하며, 그런즉, 저 우주적 빛의 말은, 당연히, 그 너무 찬란하여 肉眼으로서는 도저히 마주볼 수 없는, 그 빛 속에, 말의 발을 감춰놓고 있는 것은 분명하다고, 그리고 그로 인해(라는 말은, 왕이 드러낸 馬脚에 인해, 라는 말인데) 자기네들은, 비록 땅의 賤生임에도, 자기네의 聖君이, 天陽, 太陽임을 알겠다고 했음시다. 그리고 새로 "햇님 만세!" 삼창을 했는데, 이번에는, 그 자리에 있던 시녀들까지도 합세해 있어, 궁전 지붕이 三天까지나 떠들려 올랐드랬심다. 嗚呼痛哉, 그러했음에도, 저 꾀 많은 書生의 머리는, 그 馬脚이 짓밟는 자리를 못 벗어나, 깨뜨려지고 말았음다. "간악한 자가, 더 보태, 이번에는, 한갓 땅의 人蟲을 天陽에 견주어, 성스러운 天體까지 모독하기에 이르렀으니, 그 죄가 적잖으리라."——헌데, '더 보태'라는, 말이 뒤에 숨겨놓고 있는 뜻은, "저 간악한 書生들은, 입에 담기는커녕, 그러기 전에, 생각까지도 일으켜서는 안 되는, 近親相姦이라거나, 또는, 무슨 獸姦 관계라도 있었다는 듯, 허위 사실을 진술, 고발하여, 詩道를 문란하게 하고 있다"는 그런 것이었음시다. 글쎄, 왕 자신도 모르다 발견해낸 사실이 그것이었지만, 그 왕국에서 '馬脚'을 갖고 있던 자는, 왕 말고는, (다른 누가 더 갖고 있다는 보고도 소문도 없었으니,) 아무도 없던 것이니 그럴심다. (왜냐하면, 精粹한 詩行 속에, 짐승의, 터진 똥창자 냄새나, 따인 목에서 뿜어나는, 피비린내가 섞이는 것〔은, '詩'에 대해 '歷史'랄 것입습지만,〕을 피하기 위해, 저 書生들의, 그 뒷일에 대해서는, 언급하지 말기로 해야겠음시다. 그 머리통 가득찬, 지혜의 삼거불이며, 긴 혀로도, 馬脚 하나 옭감을, 올가미 하나 만들지 못하였음을.)

그리고는, 별다른 도리도 없는 듯하여 詩王께서는, 하다못해, "玉門까지 흘러드는 치질이라도, 자주 햇볕에 내말려라, 그러면 그 냄새를 좇아, 藥이 걸어든다."는, (어쩌면 그것이) 胡醫鑑(일 것입지.) 序說도 좋아, 宮內事를, 그러니 詩王네 家事를, 보다 정직하게 말하면, 그의 恥病을, 만방에 고해 밝혀, 和劑를 구할 수밖에 없었음다. 그런 짓이란, 사실 말이지만, 詩王 자기의 馬脚을 끊어, 성루에 매달아놓기나, 벌거벗은 玉詩들을, 성밖 네거리에 세워놓아, 나무껍질이나, 풀옷 입은 자들의, 거칠은, 시뻘건 눈으로 쏘아던지는, 돌팔매 밑에 둬두기보다도, 더 아프고도, 부끄러운 일이었으되, 그렇다고 하여, 쉬 쉬 그냥 덮어두고, 세월이 해결해주기를 기다리기로 하면, 왕의 막연한 느낌이기는 하지만, 막내公主까지도 노파가 되도록, 짝을 못 맞춰줘, 일국의 公主가 손말명 팔자를 면하지 못할 듯하니, 그런달 수도 없는 것은 분명했음다.

——그리고, 이런 투의 이야기는, 이런 대목쯤에서는, 밖에다 "勇

士나, 꾀 있는 자의 도움을 필요로 한다"는, 榜을 내붙인다는, 그런 일정한 절차를 갖고, 발전해가는 것을 아는 이라면, 이제 저 詩王國에서도, 모든 詩場통에다 詩榜을 내붙였을 것이라는 것은, 미리 짐작하여 알고 있을 것입슴메다. 그 詩告인즉도, 뻔히들 짐작하고 있을 터여서, 뭔 詩랄(지랄)한다고, 이 자리에다 그것을 새로 게워내야 할 필요도 없을 것입슴메다. 그럼에도, 이 자리에 삽입해두어, 행여라도, 이후의 혈기에 넘친 젊은네들이, 경거망동하여, 不歸客이 되는 비극이 없도록, 村家事와 宮中事의 다름을 밝혀 경계를 삼기로 한다면, 이보다 더 좋은 얘기도 없을성부른즉, 그것 한 자리 섞어넣을랍니다. (헤로도투스가 전하는 얘긴데) "어느 나라의 임금 얘기로서, 이자는, 자기의 왕비의 몸보다 더 아름다운 몸을 구비해 있는 여자는, 이 땅 위에는 없다는 믿음에 들려 있었던 자라고 이릅슴메다. 그 생각은 그에게, 그것을 증명해보이고 싶은 데로 발전을 해, 종내, 자기가 그중 신뢰하는 신하를 하나 불러 어명을 했기를, 저녁에 內宮에 숨어들어, 왕비가 옷을 갈아 입을 때, 그 벗은 몸을 보라고 한 것입닌다. 거기까지는 좋았으나, 정작의 문제는 이제, 거기서부터 시작되었음닌다. (여기 어디에, 村家事와 宮中事의 다름이 있음에 분명할심다.) 왕비가, 그 사실을 알게 된 것이고, 당연한 결과로, 자기의 몸을 훔쳐본, 그 신하를 불러내기에 이르렀을 것임신다. 왕비는 손에 비수를 들고 있다가 그에게 건네주며, 신하된 자로서, 國母가 되는 여자의 벗은 몸을 훔쳐본 자가 있으면, 그 죄벌은, 두번 물어볼 필요도 없이 죽음인데, 그럼에도 이 경우는, 경우가 매우 미묘한즉, 선택을 주겠거니와, 스스로 죽기가 싫으면, 그 같은 몸을 보아오며, 즐긴, 다른 이, 즉슨 왕을 살해치 않으면 안 된다는 것이었음신다."——이것이, (물론 저런 매우 미묘한 경우에 한해서 말이겠지만,) 宮中의, 어떤, 덮여 감춰져 있어야 되는 부분, 또는 患部 같은 것, 백성에게는 다만 聖스러운 禁忌여야 되는 것, 그런 것이, 어떤 백성의 눈앞에 드러내져, 보여졌을 때, 백성에게 주어지는, 운명보다도 더 회피할 수 없는, 괴로운 한 선택이겠음시다, (宮中의 正義에 의한,) 죽음이냐, 아니면, 叛逆이냐, 말입신다.

어쨌든, 그런 詩告가 나붙고, 詩鼓가 詩둥둥 詩(十)方에 울려퍼진 후, 詩村地는 바빠졌더니, 삼남의 강쇠 같은 걸물들이야 아예 말할 필요도 없겠거니와, 좆차고, 불알 매단 것이라면, 팔순에 접어든 것

들까지도, 王婿의 꿈을 한짐씩 짊어지고, 王道엘 올랐더라고 일렀던
즉, 詩城 안쪽 대리석 바닥이, 어용 修理꾼에 의하면, 백년 세월에
닳아져야 할 만큼의 두께가, 지난 몇 개월 동안에 닳아져버렸더라
고 하면, 할 말 다해버린 것이지 뭣이겠음나. 헌데도 그 城門은, 아
자가라라는 이름의, 巨蛇의 아가리가 아니었으면, 火天의 창자에로
이어졌으며, 그것도 아니면, 靑孀煞이 덕지덕지 낀 월경촌 옹가년의
毒口이었거나 어쨌거나 했습는데, 一方通行路여서, 무엇이 들어갔다
하면, 결코 돌아나오는 법이 없었으므로 하는 소릴심다. 예든 바의
저 세 가지 것은, '넋'들에 대해 '이승'이나 같아서, 밑 없는 독 모양,
채우려 채우려 하여, 장차 칠해의 물을 다 부어넣기에 이른다 해도,
밑이 젖기라도 하기는커녕, 여전히 비어 있다고 이르는 것들입신다.
배고픈 巨鯨의 뱃속을 들었다 나온 것들이 있다는 소문은 있어도,
아자가라뱀의 아가리를 넘어간 것치고는, 심지어 빛까지도 되돌아
나온 법은 없으며, 게글거리는 火天은 에뤼직톤, 三世를 다 태와 먹
고도 모자라, 그 자신까지 먹어치우는 자, 또, 물론 모든 玉門들이
다 그런 것은 아닐 터이지만, 靑孀煞 끼인 그것은, 아자가라의 아가
리에다, 불의 창자를 갖고 있는 것으로까지 알려져 있는 것,——저
세 가지 것이 地獄門前에 있어, 도망하려는 넋들을 잡아먹는, 一身
三頭 毒狗의 각 머리의 역할들을 나타내는 것들일 것입습닌다. (특
히, 이런 이야기 속에서는 그리고, 三, 四, 七, 九, 十二 등은, 어떤
한 숫자의 원전에서, 童話的 필요에 의한, 여러 형태에로의 둔갑이
라는 것을 관찰해두고 있으면, 童話的 數理의 이해에 도움이 될 것
입습다. 이 이야기 속의 기후는 말한 바대로, 常春的이어서, 이 이야
기 속에서는 계절에 대한 상상력이 자극되지는 않지만, 만약 말해
서, '열두 公主'가, 일년 열두 달의 상징일 수도 있다면, 한 철이 석
달씩, 사계가 되어, '열둘'이 '넷'과 같은데, '사자의 머리, 염소의 몸,
뱀의 꼬리' 같은 것이 月歷의 상징이 되어 있는 고장에서는, 일년이
세 철로 나뉘어 있는 것을 알게 되는바, 그때는 '열둘'이 '셋'과 같다
는 數理가 형성될 것입습다.) 詩宮에는, (詩의 迷路에 처해, 못 벗어
나는, 意味〔公主〕의 탐색꾼들께는, 그것의 아름다움도 아름다움이
못 되어) 그런 열두 마리의 암놈 아자가라(메두사), 독아를 숨겨놓
고 잇는 열두 毒口(이빨 달린 요니), 火天의 샘 많은 마누라 스바하
(일곱의 혀), 낮에는 또아리쳐 등을 굽고, 밤에는, 불알이 여문 것들

의 불알을 까(夢精을 받아), 기름하여, 어두움 쪽에로 눈떠,(라는 말
은, 이쪽 편에서 보기에는 자고 있어 보이되,……) 푸륵 쓰륵 타고
있었음메다. 어찌하여 그러면 부나비들은, 그 징그러운 죽음에 항거
치 못하고, 오히려 호탐하여, 저 '일곱의 혀'에 감겨, 전신을 빨리기
를 바라, 달려드는 것입메? 어찌하여 좆찬 것들은 또, 옹가년의 새
끼손가락만도 못한 것까지라도, 急煞에 急死를 무릅쓰고라도, 옹가
년한테, 하다못해 눈흘레라도 한번 하려 하여, 저리도 물이 못나게
발광들입메? 니르바나의, 無業의(그러니 이것들은 하는 일 없이, 놀
고만 지냅심?), 無法無道한,(그러니 이것들을 무엇이라고 불러야겠
슴?) 濁流들까지도, 아으 그러면 어찌하여(란, 故意的 엇이빨 물린
글귀인 줄 아씹스라.) 비린내나는, 누른 물에 머리를 잠가, 계집의
아랫두리를 빠져, 상사라엘 오느메? 이것은남이아는지동서방그남은
간부이부거드모리시호루기입한번마춘놈젓한번쥐인놈눈흘네흔놈손
만져본놈심지에치마귀에상척자락얻는한놈쓰지더고결단을너는듸한
둘에뭇을넘겨일년에동반한동일곱뭇윤속든히면두동뭇슈더고셜그질
제엇더케씰어썬지삼십니안팟긔상토올인사나히는고소흐고열다섯너
문총각도업셔게집이밧을갈고쳐녀가집을이니이년을두어짜는좆단놈
다시업고여인국이될판이었다.

  (반복되는 듯하지만,) 그런 제기랄, 약골들의 격에는 맞지도 않
을, 王婿에의 헛부풀은 꿈의, 날으는 毯子에 타고, 그 城門을 통과해
들어간 것 치고는, 그러잔즉 나오는 것이란 없었음시다. 그래서 모두
수군대기로는, 저들은 어떻게 올라타기는, 저 날으는 毯子자에 올라
탔으나, 어떻게 내릴지를 몰라, 그 위에서 굶어 죽고, 백골이나 얹고
있거나, 뛰어내린다고 하다가, 어느 벌판이나 골짜기에다, 백골만
쌓아놓았을지도 모른다고들 했음시다. 밖에서, 그런 식으로까지 수
군대기에 이르기까지는, 제법 여러 詩節이 지났었는데(는 '읽혀졌었
는데'로 변해져야겠음다.), 그러기 전까지는, 밖의 아무나의 짐작이
든 다 그랬었지만, 저들은, 宮城 안의, 저 푹신한 富饒를 안고, 앉고,
베고 누워, 公主들이 따라주는 잔에, 취해, 세월을 잊고, 지내고 있
을 것이라고 했음시다. 허허헛, 허, 허지만, 저런순 별 볼 내력 없는,
뻘건白手(이눔, 테쌀리의 에뤼직톤 같으니!)들이, 저그 동네 잡년들
을 끌럭 끌럭하다, 콧구멍을 파고, 그러다 그 창자에도 뭘 좀 밀어
넣겠다고, 그 코딱지를 감자에 발라 먹던 白面赤手들이, (이눔 에뤼

직톤, 어디다 色氣하여 눈을 부릅뜨고, 도끼를 꼬나쥐놨다? 그리고
는,) 훗훗훗, 그 손을 내밀어, 저 公主들의 玉手를 잡으려 덤비놨
다? (〔데메테르女神의,〕 聖樹의 숲을 잘라 눕히놨다? 그런 방자함
탓에, 번가 강쇠놈은, 萬病에 굽도 잦도 못하다 뻗고, 에뤼직톤은,
배고픔으로, 하다못해, 제 허벅지 살을 제 이빨로 물어뜯어 먹기에
까지 이르렀드라는데, 그 음식으로도 어쨌든지간에, 제 허벅지에 새
살도 찼을 것이며, 그러면 또 그것을 뜯어먹고 했을 것임신다. 妖精
들처럼, 그러나 그는 物質의 국면에서, 그렇게 자신을 조금씩 조금
씩 지워갔더렜는데, 까닭은 그것이었을시까, 한번 宮城으로 들어간,
털난 손들이, 되돌아나오지 못한 것은?)

　　사태가, (사태라니, 무슨 사태 말인가?) 이런 지경에까지 이르자,
(저 고을에, 좆단 놈 더 없기에 이르렀다는, 그런 말이겠지맹.) 시나
브로, 그렇게나 법석대던 王道가, 밤중보다도 더 조용해져버리는 날
이 왔드렜음시다. 이런 지경에 이르자, 세상 살기가 원통하고 맹통
하고 절통한 데다, 서럽고, 배고파 못 살겠어서, 어디에 목을 매든,
떨어져 죽자고 마음을 정해 나선 놈까지도, 그 발길을 王城에로 디
더들려고 했기는커녕, 그 문을, 멀리 건너다보려고도 안 했으니, 제
목숨 제가 끊기의 어려움도 어려움이겠으되, 남에게 맡겨 끊기는
더 어려웠던 모양입심다. (아무도 천년을 사는 사람이 없는데도,
'死刑'이 벌이 되는 것은, 그러니 그런 이유겠음?) 죽음을 누가, 象
徵化하려 한다면, 용암이 벌겋게 고인, 火山口일 수도 있으며, 배고
픈 毒龍일 수도, 무저갱의 암흑뿐만 아니라, 큰 물고기일 수도 있을
것인데, (저 영상들은 어쩌면, 부정적 국면만을 압도해놓은 듯이 보
일지도 모르되, 죽음은 어쨌든, 삶에 대해 否定입슴메.) 이 경우, 自
殺을 도모하기 위해, 용소를 향해 걸어가고 있는 사내가, (이 '죽음'
은, 순전히 풍문으로만 이뤄져 있는 것이지만, 그리고 어쩌면 그렇
기 탓에, 누구나의 凶夢에 의해, 象徵化했을지도 모르지만,) 王城門
쪽에 대고는, 눈길도 보내려 하지 않는다면, 그를 통해 짐작하여 알
게 되는 것은, 사람은 누구나 없이, 象徵性이 개입되어 있지 않은,
그저 凡俗한, 또는 일방적 죽음은 수락할 수 있으되, 무슨 象徵으로
쌈을 해, 그 쌈에다 죽음을 쌈싸아 죽는 죽음은, 두려워하는 것이나
아닌가 하는 그것입슴메다. (아도니스의 宇宙에 대해서 말이지만,
그럼에도 인간은 어찌되었든 意識하지 않을 수가 없어, 죽음에다가

도 어떤 식으로든 의상을 입히지 않을 수가 없는데, 〔이것이 人間인 것들의 비극이며, 또한 은총인데,〕 그리고 죽음에다 의상을 입히는 재단사는, 宗敎라고 이르는데, 여기 어디에, 宗敎들의 成과 敗의 갈림목이 있는 듯함시다. 요컨대, 살기뿐만 아니라, 죽기도 쉽게 해주는 宗敎가 있다면, 그것은 성공적 宗敎라는 것일 것임시다.) 그런 까닭일 것으로, 별로 다른 것은 생각할 틈이 없어, 생각하기를 미뤄두고, 밭갈이나 열심히 해먹고 살던 자가, 죽음에 당해서는, 오히려 초연한 모습을 보이게 되는 것은, 그는, 자기의 죽음을 象徵 따위에 쌈싸아서, 그런 무슨 象徵 속에로 죽어들어가는 것이 아니라, 그것이 自然의 循環이던 것이니, 그것을 좇는 것은, 산 것들의 임무(달마)라고만 알고 있는 탓인 것입습메다. (그러나 부디, 이런 죽음을 찬양하려 하지는 말기로 해야 되는데, 그러려 들면 人間은, 古木에로까지나, 역행, 소급하기를 궁극으로 삼아야 할 것이기 때문입습메다. 그럼에도 물론, 잊기 전에 지적해둬야 되는 것은, 이 '古木'에도, 두 종류쯤의 한 古木'이 없는 것은 아니라는, 그것이겠음메다. "道에 入門도 해본 적이 없는 자에게는, 山은 山이며, 江은 江이라도, 道通直前에 있는 자에게는, 山이 山으로도, 江이 더 이상 江으로 보이지 않게 되었다가, 道通을 하고 나면, 山은 다시 山으로, 江도 물론, 다시 江으로 보인다."고 이르거늘, 거늘…… 더 붙일 말이 있겠습는가?)

御用 신기료장수만, 달마다, 삭마다, 개똥밭으로만 골라 골라, 한 되지기, 다섯 되지기, 열 되지기로, 섬지기로도 사들이기에 이르고 있었음시다. 씨부랄누무 세상 참, 큰일이 나고 있음다.

……이제쯤, 동동주 한주발 내십습지. 이제야 겨우, 우리들의 敍事詩는, 이만큼이나 풀어(誦)왔음에도 불구하고, 그 序章이 맺음된 듯하군입지. 이제쯤은 그러니, '바보 王子'라도 나타나야 할 때쯤인즉, 술 한잔 내시라고 하는 것, 本者粺官 어르신네 말씀은, 어렵게 어렵게도, 까스르한 옥문두덩은 벗어나, 그 한가운데에, '賢者의 돌'이 숨겨져 있다는, 大地의 비밀스런 소로에, 그 '숨겨진 돌'을 찾기 위해 나선 걸음의, 그 龜頭만큼은 밀어넣어놓은 셈이거든입습지. 아헌데 헤매는 자여, 公은, 公의 오구등이 쥔 손 속에, 公의 陽物을 쥐고 있으며, 말하여, 陽物을 찾으러 陰地 가운데를 헤매고 있다고 하거니와, 그렇걸랑은, 公의 손에 쥐어진 그것은 누구의 것이뇹? 아

항, 그럼에도 허기는, 童貞을 씻어버린 陽物과, 그것을 씻지 못해 허
옇게 곱껴 있는 陽物은, 같은 陽物이로되, 같은 陽物은 아닌 것이구
나. (말이 나왔으니 말이지만, 童貞의 곱에 덮여 있는 陽物은, '원초
적 질료'라고 이르고, 곱이 뜯겨 생살이 뻘건 것은, '현자의 돌'이라
고 일러오기는, 일러오니라.) 그렇걸랑 小子놈이여, 公은, 부지런을
다 해 달릴 일놀답. 그 문전에서, 그 문이 스스로 열려, 公을 미끄러
져 내려들게 하기를 기다려, 너무 어물쩡거리면, 不漏가 두렵돕답,
失泄이 두렵놉답.

却說 이때라.

갖다가시나 헌뎁슴, 그 詩宮으로부터서는, 몇 재를 몇 재를 몇 재
씩이고 넘어야 되는, 골짜기도 골짜기도 삼수갑산 골짜기에, 羅卜이
라는 이름의 양치기가 하나 살았던 모양인데, 이 총각님은, 그누무
정신머리를 어디쯤에나 푸르릉 푸릉새 푸르릉 풀날려 푸릉새였던
지, 누가 뭘 물어도 뻔히 건너다보기가 아니면, 어만 소리나 실실
하고, 걸을 때도 뭘 보며 걷는 것 같지도 않는데, 몇 마리 양을 몰
고 풀 좋은 데 나가서는, 양들이야 먹을라믄 먹구, 놀라믄 놀구, 잘
라믄 자구, 할라믄 멋대로들 하라구 내버려두고시나, 제놈은, 비스
듬히 언덕진 데, 보리수 그늘 아래 같은 데 팔베개하고 누워, 눈 번
히 뜨고 자며, 한낮에, 히히히, 별이나 헤아리고 하는 통에, 동네서
는 놈을 '별보기놈'으로 불렀드랬음시다. 마는, 아무도 놈을, 달 채운
놈으로는 여기지를 안해, 아무도 그 총각님 더불어서는, 날씨 얘기
라거나, 안부 따위, 그런 일동 살기에 긴요한 수속들은 몽땅 생략해
버리고 지나는 터였드랬심다. 그도 그럴 수밖에 없었을 일이, 가령
누가, "여, 별보기총각, 자네네 양들은, 독 없는 풀만 알아, 가려, 잘
먹고, 똥 잘 누며, 암내라도 내, 불원간 새끼를 칠 기미라도 보이는
댜?" 묻기라도 한다면, "허히, 요노무 새깽이는 어제, 꽃을 많이 먹
더니, 저녁에 뭘 우물우물 해쌔 들어보니, 달을 보고, 꽃노래를 하고
있다누요. 꽃만 뜯어먹을 때 알아봤더라누요."라는 통에, 거 도대체
어떻게 의사를 소통해얄지를 모르겠을 뿐이던 것입심다. '별보기총
각'이란 그러자니, '바보,' '얼간이,' '칠푼이,' '많이 간 놈,' '빙 돈 놈'
따위라는, 좋잖은 誤稱에다, 금박 포장을 한 별명이라고 알아두면,
틀림없음다. 허나, 이런 얘기를 하려 하면, 한도끝도없을 터인즉, 대
략 이런 정도나 해두려 합습지만, 거긴들 어찌, 말한 바의 그 '榜'이

나붙지 안했을 까닭이 있었겠씹나? 허, 허기야, 그 동네에 그 '榜'이 내붙여지고 있었을 때쯤 해서는, 정작 王城길은, 한때 와자지껄함이 있었던 모든 것들이, 해져 벗어 던져버린, 쉰 땀내 나는 신발들만, 언덕으로, 숲으로, 밤으로, 가시숲으로, 잠으로 덮여, 어쩌다 바람이라도 불 때로만 한 번씩, 그 땀내들이 일어나 수런수런하다가는, 소롯해져, 언덕으로, 숲으로, 가시숲으로, 밤중이 돼가고 있던 중이었심다.

　물론이나 말입씹지만, 그 榜이 나붙은 처음 며칠 동안은, 어찌 榜의 내용이, 마을 인구에 膾炙치 않을 수 있었겠슘나, 마는, 이건 농번기인 데다, 宮城길은 멀기도 멀기도 하 멀기도 멀다고 하는데, 길은 험악하여, 전갈이며 독사가 득시글거리는 것뿐만 아니라, 그 잇몸에 人肉맛이 밴, 날개 달린 호랑이는 물론, 최소한 몇쯤의 毒龍도 맞아, 싸워 이기든, 무슨 꾀로든 피해야 되고, 빽빽한 가시숲의 잠, 노한 불(火)의 호수, 해도 달도 뜨잖는 어둠의 고장도 지나고, 지나서, 지나야 宮城에로 이어진 큰길에 닿되, 거기까지 닿기만으로 그렇다고 公主의 섬섬옥수를 덥석 끌어쥐는 것도 결코 아닌 것, 거기서부터 公主의 손을 쥐기까지, 그것이 그제부터 봉착해야 되는, 勇士의 (自招한) 과제로서, 그 王城까지 닿기에 겪은 곤난을, 가령 말해, 코끼리 크기만 했다고 하기로 한다면, 그제부터 맞닥뜨려야 되는 난관은, 팔공산보다도 더 클지도 모른다고 하여, 저 좋은 회(膾)와 구운 고기(炙)를, 츠츳, 저런 아까운 것을갖다가시나, 마을에서는, 멀찍이 건너다보고, 손도 대려 하지를 안했었음시다. 그러는 중에, 그 榜이, 바람에 퇴색하고, 이슬이며 비에 젖었다 마르고 하여, 글자도 알아볼 수가 없을 때까지도, 저 별보기총각님은, (쳇, 꼽추에다 겹쳐, 째보에 곰보라는 식으로, '빙 돈 놈'에다 겹쳐 文盲이기도 했던 모양인데,) 그런 내용은 전해들은 바도 없어, 늘 그런, 그 엉뚱한 白日夢이나 꾸고 있었다눕쇼 그리. 까짓 洞事야 어찌되었든, 이 총각님은 혼자서는 늘 바빴다눕쇼. 그때쯤은 그러니, 동네 사람들 입으로 까불던 바람에, 두둥실 중천에 떠올려졌던 詩宮이, 하루 지내 올려다보면, 서발은 내려와 있고, 일곱 발은 내려져와 있고, 아홉 발 열두 발은 내려와 있고 하더니, 종내는, 땅 아래로 꺼져내려가, 세 발이, 일곱 발이, 아홉 발이, 열두 발이 흙 속에 묻혀들어 있더라 헙슴메다. 그 동네에는 그러자니 좇단 놈이란 없더란 말이꼬, 무슨 말이꼬?

별보기총각 羅卜이는, 그러면 대체 무슨 별들을 그리도 헤아려쌌다고 허늡셔? "헥, 저 씨앙녀러 촌가시나들이란 것들은," 보리수 그늘에 누운, 羅卜이의 낮꿈의 내용은 대개 이러헌 듯히었습닌다. "모가지는, 백년짜리 참나무만큼썩이나 굵은 데다, 시꺼먼 때를 소나무 껍질모양 얹고 있는데, 저녀러 손들을 또한 보아라, 동네서 제일 큰 황소가, 마음 한번 크게 먹고, 힘써 누어놓은, 그 한바지기 정도의 쇠똥 한 무더기보다도 더 큰 것이 아니냐. 그런데도 얌전한 구석이란, 병아리 발톱 속의 때만큼도 없이, 새벽부터 늦저녁까지, 지치지도 않고 시들거리다, 목이 쇄, 늙은 나귀 울음 소리를 내거늘, 비록 말해, 개똥밭으로만 석섬지기에, 이마 넓은 암소 삼백 두를, 가마에 싣고, 끌고 시집을 온다 한다더라두, 헤잉, 내 입에 맞는 떡은 못 될 터인개여. 분명히, 암믄이지, 저 영 너머 어디, 저 하늘 아래에는, 흰 학 모양으로, 가늘고 긴 모가지에, 손은, 수선꽃 속에 괴인, 아침 이슬 방울만큼만 큰, 이쁜 계집아이들이 있어, 그 말소리로 따지건대는, 늙은 나귀까지도 늦바람이 들어, 그 소리 흉내 좀 내봤으면 싶어, 이슬만 먹기의 고행도 마다잖을, 그리고 여치까지도 부끄러워 울도 못할……소리의……그런 계집아이들이 있을 것인데, 있을 것이라 하더라, 함시롱, 그 가시나들의 이름은 '公主'라고, 또는 '玉詩'라고 한다고도 하던데, ……백합이며, 장미, 蓮 같은 것들에서, 그중 이쁜 부분만 취해다, 빚어내놓은 가시나들이 저것들이라고 하는데…… 나, 이 羅卜은, 히, 히, 히, 그런 것 중에서도 그중 예쁜 것으로갖다가시나, 각씨를 안 삼고는, 암만 저승 차사가 와 날 끌어가려고 해도, 여기 보라구여, 이런 羅卜이가 끌려갈 성싶으냐?" 허으, 별보기총각 羅卜은 저렇게, 한낮 하늘에다 손을 집어넣어, 별을 움켜쥐어 내려서는, 야금줄금 씹어 돌리느라, 입 귀퉁이로, 별汁을 누렇게 흘려내던 것입심다, 그러기로 송세월을 헌 것입심다.

그러던 어떤 날은, 저 별보기총각님이, 별을 너무 따먹었던 모양입슴메다, 뽕 따기를 하다 말고, 오디를 너무 따 먹은 아이들이, 부른 배에 부달리면, 뽕나무 아래 내려, 그 그늘에 한 소금 꼴딱 졸듯이, 羅卜이도, 그 별이 총총 오디처럼 붉은 그 하늘 아래서, 한숨 꼴딱 넘어가게 졸았던 듯합심메다. 그랬으니, 그 한낮에, 별보기놈은 꿈을 꾸기에 이르렀을 것인데, 그러나 전에는 안 꿨던 꿈을 꾸게 된 일을 두고 따지면, 이 특정한 잠은, 그런 어떤 꿈의 개랄 것을 데리고 다니는 누가, 자기를 나타내기 위하여(現夢), 글쎄, 사냥꾼이 개를 앞장세우듯, 그 물어뜯는 잠을 앞장 세워, 와, 저 총각놈의 목줄기를 물어 쓰러뜨린 것이나 아니었는가, 하는 것을 추측해보게도 합습메다. (다시 얘기고, 다시 얘기지만, '꿈'은 그리고, 말〔言語〕의 쿤다리니가 잠들어 있다고 여겨지는, 목통〔聲帶〕 부위에서 일어난다고 알려져오는즉, 그것을 상기합습사.) 이러고 본다면, 그역 '이승과 저승의 中間狀態'라는, 바르도와 反極되는 데쯤에, 이승인데 이승도 아니며, 저승일 터인데도 저승도 아닌, 그런 어떤 '中間'이라고나 불러야 될 듯한 '굣(곳+것)'에, 그런 어떤, 그것대로의 한벌의 世上이 또 있어, 그런 거기 어디서, 저런 '잠'의 사냥개를 데린, 그 정체는 분명히 그림자(幻·夢)인데도, 그들의 魔術지팡이가 닿는 자리에서는, 實相的 變化가 일어나는, 앗따나, 神祕스럽습, 그런 어떤, 超越과 俗의 中間的('굣'에, 이를테면 中間的) 有情이랄 것들이 살고 있는 것이나 아닌가, 하는 것을 생각해보게 하며, 그들이야말로 그래서, 이승에서 '運命'이라고 이르는, 그 베틀질을 하는 자들이 아닌가, 하는 것도, 또한, 고려해보게 합습메다. 바르도가, 六道(옴마니팟메훙)內에 있음에도, 그 어디에도 소속되지 안 해, 그 이름이 끼어 있지 않되, 그래서 허기는 '中間,' 또는 '過渡的 狀態'일 것이지만, 어느덧 뒤집혀, 全六道가 그것 속에 싸여 있듯이, 이 '中間的 굣'도, 六道와의 관계에서, '바르도'와 다름이 없을지 모르겠음다. ("羑里의 八祖가, 經을 짊어지고 간 '굣'이 이런 데겠느냐?" "錯! 看, 看脚下!") '中間狀態(바르도)'와 '中間的 굣'은, (양쪽의, 아무데도 막힌 데가 없는, 그러니까 휑하게 구멍이 트여진) 套袖의 안팎 같은 관계가 아니겠는가, 그런고로, 뜨거운 몸을 입어, 땀내를 풍기며, 살아 있는 자의, 그것도 훤한 한낮의, 꿈속에 顯現하는 것이나 아닌가, 하늡습메다. (洞流들입습, 이 저녁, 本者稗官의 稗說이, 바로 이굣, 저승도 아니며, 이승인 데, 그렇다고 꼭히 이승도 아닌 세상, 한 세상, 그 세상 얘기를 들으면, 누구라도 이미 다 잘 알고 있어온 듯하되, 사실은 그럼에도, 그 너무도 달콤한 잠의 운무 속에 감춰져온 세상, 그 한 세상에서 일어나, 이뤄진, 한 토막 史記인즉은, 三冬 속의 三伏, 일년 중의, 낮이 그중 짧은 시절의 그중 긴 한낮, 이쪽 세상에서 늙어, 困乏함으로 자꾸 잠속에 얼굴을 감추는 해가, 저쪽 세상에서는, 젊고도 억센 사자가 되어, 오랑캐〔蝕〕의 혀를 빼먹고 창자를 터뜨리는, 그 無爲〔冬〕 속의 爲〔伏〕를 이해코저 하거든, 아으 洞流는, 대나무숲에로, 측백나무 마을로, 그리고 梅花나무의 뿌리가, 産氣로 몸을 뒤트는 梅花네로, 가보아랍, 가보구랍. 그리하여 우리는, 스승과 제자들을 한 禪褓에 싸잡아 말이지만, 그리고 그 길에 나서 있놨답.) 그래서나, 羅卜이가 그 어떤 특정한 꿈을 꾸었는지, 아니면, 그 꿈이 羅伏이를 꾸었는지, 그것은 이제는 어째도 좋은데, 들어보셉습, 들어보시라굽, 그 별보기놈의 낮잠 속에, 금의를 입은, 아마도 사랑 탓일 것이지, 그 눈이 너무 깊어 검고도 부드러운, 그런 눈의 옌네 하나가, 나타나서는, "얘야, 어찌 너는, 누워 낮잠만 자놨다? 일어나 詩王宮에라도 가볼 일일 것을. 그러면 뉘 알게, 너 노상 꿈꾸는, 그 玉詩에게 장가라도 들게 될지 뉘 알아?"라고, 가볍고 부드러워 새털 같은데도, 그것이 납덩이나처럼, 羅卜이의 가슴 밑바닥에로 무겁게 가라앉아드는, 그런 소리로 일러주더라 헙습메다. 그리고는 사라져버렸는데, 자기가 데불고 다니는, 魔術褓, 거기 싸이면 神들까지도 못 보는, 그 잠속에로 들었을 것인데, 그런 그 잠이 걷혔으니, 총각님은, 잠을 깨었습겠지메. 그랬어도 총각님은, 자기가 잠을 깬 것인지, 아직도 자며, 잠속에서 깨어 있는 것인지, 그 분간을 할 수가 없어, 어물쩡대는 중에, 일락서산이었더라고 헙습메다. 그날 오후 내내, 저 별보기총각님은, 아마도 사랑 탓이었을 것이지여, 눈이 너무 깊어 밤하늘 같은, 그 금의의 옌네에의 영상을 고수하여, 놓치려 하지 안했었는데, 한번도 본 적이 없는, 그러니 기억에라고는 없는 그 얼굴이, 어째선지 조금도 낮설지 않다고, 너무 친근하다고, 그렇게 알고, 눈물도 조금은 빈적여냈드랬더라고 헙습닌다. 羅卜이 생각에는 그래서, 그 옌네가 어쩌면, 자기가 품에 안겨, 그 아낙네의 젖을 물고 있었을 때, 눈에 조름이 겹도록이나 올려다본, 그러나 그 젖먹이에게 젖을 물린 채 타계해버렸었다는, 기억에는 없는, 자기의 어머니였다는 그 옌네는 아닌가, 아닌가, 그러느라 해를 저물린 듯헙습메다. 그런 후, 이 별보기총각님은, 송장이 된 어머니의, 솔은 젖꼭지로, 저승 샘물을 길어올려 마시며, 울다 자다, 자다 울다, 새어미를 맞았었을 것이었는데, 일락서산, 그 저녁 동네로, 두둥실 시리시리둥둥 떠달려오는, 저 羅卜이님 좀 보시겨유들, 나보기가 역겨워유, 羅卜이가 역겨워서유, 가실 적에는유, 말없이, 고이 떠나시어유. (헌데, 그 나이 또래의, 그렇게나 많은 총각들을 다 놔두고, 어째 하필 별보기총각에게만, 누구에게나 낯설었으며, 누구에게나 낯익었음에 분명한, 그 눈 깊은 엔네가 現夢했느냐고는 묻지 말기로 하십슙. 그러기 전에, 물어야 되는 것이 있다면, 저 다른 총각들은, 그들의 눈으로, 하초로, 별을 몇 개쯤씩이나 따내렸는지, 그것일 것이겠슙. '꿈꾸기'의 문제입슙.)

어쨌거나, 저 별따기총각님은, 연 사흘을, 대략 그 같은 시각에, 그 같은 보리수 그늘에서, 그 꼭같은 꿈을, 그러니, 세 번씩이나 꾸었더라고 합슘메다.

　　라리오우 라리 오우
　　양들은 잘 있거라

그 세번째 꿈을 깬 낮에는 헌데, 저 별보기님은, 아닌 뻘건 대낮에, 양들을 몰고 돌아와, 목책 안에 가둬넣어버리고는, 가다 배고프면 꺼내 떼어먹을, 몇 개 별을 따, 괴나리봇짐에 싸고, 신발은 벗어 쥐어든 뒤, 살던 마을을 떠나기 시작하여, 훨씬 떠나버리기를 시작하였음메다. 그런 그 별보기총각님의 등에다 대고, 빨래터 촌가시나들은, 킬킬거리며, 늙은 당나귀들처럼, 노래하기는 이러했음신다.

　　나보기가 역겨워
　　가실 적에는
　　말없이 고이 보내드리오리다

답하기는 이러했음시다.

　　라리오우 라리 오우
　　개짐 빨기가 역겹걸랑은
　　야 이녀러 가시나들아
　　떡두께비나 밸 것을

그런 가시나들을 둔 집마다 헌데, 그날 저녁밥이 늦다고, 그런 가시나들을 둔 집에서마다, 짜증내는 소리들이 여러 울을 넘었드라

고 했음메다. 그 가시나들은 그날따라 어째선지, 무슨, 키우던 푸릉
새라도 푸르릉 날라가버려, 새장이라도 비어져 있는 듯도 싶은, 그
런, 사실로는 스스로들도 잘은 모르겠는, 얄궂은 느낌 탓에, 무슨 일
감을 손에 잡아도, 잘 추어지지도 않고 하여, 앉은 자리 퍼내질러
앉아, 해를 저물린 탓이었는데, 오사힐놈, 그날따라, 훌훌 떠나던 그
羅卜이가, 그렇게나 육시러게 정답고, 아름다워 보일 수가 없더라
고, 그랬음시다. 씹이도 못 해서 발병날 누무 새깽이! 누구나 알겠
다시피, 山田水田 다 겪은 부모들이 보는 별보기총각과, 치마폭에,
그래도 약간의 푸른 구름 조각을 싸아갖고, 山田水田을 내어다보는
큰애기들이 보는 별보기총각은, 반드시 같은, 한 총각은 아니었을심
다. 그 羅卜이는, 익은, 가을 석양, 들에 부는 바람보다도 굽슬거리
는 머리칼을, 왼 들에다 왼통 가을모양 깔며, 눈은 하늘 높이 별 박
아놓고, 라리오우 라리 오우 노래하며 떠나고 있었는데, 십리도 못
가 발병날 누무 새깽이, 구름밭을 강보 삼아 태어나듯, 썩을놈, 이
싱싱한 村별 하나는, 그날따라 육시러게도 더 커 보이고, 오사하게
도 더 번쩍여 보이더라고, 저녀러 가시나들은, 퍼내질러 앉아 한숨
을 쉬느라, 번져나는 개짐이, 흙버무리가 된 것도 모르더라 협습메
다. 그러니, 이런 가시나들의 손을 두고, "황소가 누어놓은, 한 무더
기의 똥만큼이나 넓적하다"는 투의, 羅卜이의 묘사에다, 이것들의
한숨의 내용을 보태기로 한다면, 羅卜이가 지나는 골목 어귀에마다
는, 이녀러 가시나들이 지키고 서 있다가, 지나는 羅卜이의 팔목을
나꿔채, 그 손에, 누룽지도 쥐어주고, 젖도 한번씩 쥐어주고 했던 것
을, 짐작할 듯도 싶음메다. 山田水田을 겪는 중에, 그 눈이 흙이, 물
이, 돼버린 자들께라면, 저 촌가시나들의, 떡두께비 같은 손이며, 굵
은 목은, 그 위에다, 크거나 작거나, 한 가정살이의 주춧돌을 올려놓
기에 너무도 충분할 만큼 좋은 터인 것을 알아, 거기 자식 심고, 미
래도 심궈, 살기(삶)를 가꿔, 한번 살이(삶)를 도모하려 할 터인데,
쯧쯧, 아깝도다, 어쩔겨, 안 보이는 것을, 그러니 그놈은 별수없이,
바보 얼간이에, 별보기놈이었겠지만, 羅卜이 놈은, 그런 좋은 터전
을 다 버려두고, 안개밭에 주춧돌 놓아, 구름을 지붕 삼는 누각이나
지으려 하고 있어, 둥둥 놈은, 떠버린 놈이었을심다. 그런 놈은, 여
부 사돈네서는, 당최 사위 삼으려 마오 아 물론, 눈이라는 것을 얼
굴에다 찢고 박아뒀을 때는, 모난 돌은 물론, 가시쟁이도 피하여 걸

을 뿐만 아니라, 사람 걷는 길이라면, 어디에나 그런 횡재의 가능성이 있는 것이거늘, 걸어도 고개를 숙이고 걸어, 누런 동전 한닢이라도 찾아, 주워오리라고 한 것을, 그런 눈으로 어느 별볼일없는 놈이, 먼데 눈이나 판다면, 두번 일러드리지만, 사돈네서는, 이런 놈을 사위 삼으려 당최 마오. 사돈네, 서푼 재물도 생각해보아야 될거외다, 저눔, 구름숲 안개밭 정자에 누워, 사돈네 씨나락까지 까먹는 것을 생각해보시구료. 헌데 말씸입지, 수세기, 또는, 뒤수십세기 가다 하나씩, 이상스러운 '별보기님'이 나오는 수가 있어서 말입씹지, 이제껏 정연하여, 그것대로의 화평이 지켜오던 세상에, '劍'이 되는 수가 있는데, 그 탓에 화평이 깨어지는 것은 물론, 이제껏 방향을 정해 흐르던, 歷史라는, 그 흐름의 진로가 바뀌어지기도 하는바, 사돈네서는, 이런 자를 사위 삼으려 하지도 말려니와, 이런 자와, 동시대에 태어나게 된, 그것까지도 고통으로 알아, 할 수 있거든, 時流를 비키도록 하시오. 그러니, 사돈네의 시간을 늦추든, 빠르게 하고 볼 일이겠소 사돈모양, 누런 동전 한닢이라도 횡재하려는 바람(願)으로, 땅만 보고 걷는 자에게, 이런 한 세계의 요동은, 말하자면, 물결에 휩쓸리던 개미가, 떠흘러오는, 복사꽃잎을 하나 발견하여, 올라 타고, 처음엔 일진이 나빴으나, 다음엔 좋다고 여기고 있는데, 소용돌이에 휘몰려들게 되기나 같은 것이거나, 그보다도 더 難事일 것이라고, 여기게 되다 보니 그러하오. 그러한즉, 할 수 있거든, 그 소용돌이를 피해, 그런 후, 그 수로야 어떻게 바뀌었든, 그것은 사돈네가 알아봐도 별볼일없는 일이외다, 다시, 새로운 和平이 자리잡히게 될 때, 모든 다른 이웃 사돈들과 같이, 그 和平의 그늘에 구들 놓고, 하다못하면 서낭당 지키는 장승이라도 뽑아다, 패, 때어, 데운 뒤, 고쿨이에는 작은 魂을 하나 밝혀놓고 지낸다면, 다복일시외다, 사돈은 다복일시외다. (가, 가맜습지, 사돈은 지금, 童話야말로, 한 世上事를 童話的 言語로 굴절하여, 세상의 아무것 하나도 숨기려 한다거나, 禁忌로 삼는 것이 없이, 모두 밝히는 것이라고 하며, 그것을 前提로 삼아서는, 힐난하듯 묻기를, 그래서 만약, 歷史라는 흐름의 進路가, 어떤 개인에 의해서도 바뀌어질 수가 있다면, 좋은 방향으로 바꾼 경우야 더 말할 것도 없겠으나, 비록 나쁜 방향에로라도, 그 進路를 바꾼 그는, '영웅'이나 '현자'의 범주에서 논의하여야 할 것임에도, '별보기님'이라는, 童話的 言語를 차용하기로써, 그들을

'바보'와 유사하게, 또는 동일하게 취급하고 있는데, 그것은 무슨 까닭이냐고, 하쟀다? 그래서 童話 쪽 言語의 가치를 믿기로 한다면, 실제에 있어 저들은, '바보' 이상의, 다른 아무것도 못 되는 자들이냐고, 말입지, 내달아 힐문하쟀다? 흐, 흐, 흣, 아으 사돈은, 한두 오라기 남은, 그 눈썹까지도 다 뽑아, 말〔言語〕만 먹고 사는, 童話 속 毒龍의 아가리에다 던져넣으려 하고 있쟀다. 그, 그렇거들랑 사돈은, 고막을 꺼내놓아보알시라, 그러면 本稗官이, 홉으로, 되로, 말로, 섬으로, 그 대답을 채워 돌려줄시라. 그러기 위해서 사돈은, 앞서 씌어진 바 있는, '和平'이라는 한 단어에 주목해주시고, 이해심을 넓혀서는, 저 '和平'이란, 식량 뺏기, 땅 뺏기라는 식의, 무슨 전쟁이 끝난 후에 오게 된, 잠시의 잠잠한 상태를 의미한 것이었기보다는, 어떤 고장의, 한번 확립되어진 기존 제도, 질서, 가치 등, 그 시대만의 집단적, 공동적 '日常'性 따위 같은 것이, 별로 아무것으로부터도 도전받음이 없이, 지켜지고 있는 상태를, 의미한 것이었다는 것을, 살펴주십습지. 왜냐하면 本稗官은, '劍' 쥔 자의 '별보기님'性을 말하기 위해, 그런 '和平'을 前提삼아 두려 하기 때문인데, 누구도 만약에, 定義되어진 저 '和平'에 대해서 이의를 제출하려고만 하지 않는다면, '劍을 주러 온 자의, 별보기님'性은, 바로 그 자리에서, 두말할 필요도 없이, 대번에 밝혀집습지. 요컨대는, '바보'가 아닌 자치고라면, 저런 '和平'을 깨뜨리려, '劍을 주러 올 자'는 없다는 얘긴 것입지. 本稗官 자신을 거울로 삼아, 거기 비춰진 것을 얘기로 풀어내보기로 한다면, 어느 시대든, 앞서 말한 것과 같은 '和平'이 지켜지고 있는 한은, 그 시대의 당대민들은, 자기들의 시대는, 어쨌든 전시대보다는 낫다고 믿어, 그 '和平'이 깨어지는 것을 두려워하고 있다는 것입습지. 〔그 시대가 반드시 이상적인 시대라거나, 세계까지는 아니어서, 조금쯤 더 나아질 수도 있다고, 자기의 세계를 내어다볼 수 있는 자가 있다면, 그는 새로, 하나의 '별보기님'이 되겠습지.〕 그런 '和平'을 깨뜨리려는 자가 있다면, 그 당대민들께 이해되어지기에 그는, 자기들의 당대의 조류라는, 희망과 행복 따위를 잘못 들여다본 결과로, '曲解'하고 있음에 분명하겠습지. 그렇습지, '曲解'라 말입습지. 그도 만약, 그 당대의 모든 다른 사람들과 마찬가지로, 자기의 시대를 이해하고 있었다면, 그런 그 '和平'을 깨뜨려야 될 아무 까닭이나 의미도 모르고 있을 뿐이겠습지. 그러니, 결론삼아, 그리고 강조하기 위해, 한번 더 반복해둔다면, '보다 더 나은 세계의 구현'을 위해, 당대적 '和平'을 깨뜨리려는 자가 있다면, 그는, 그 당대민께 이해되어지기에는, 당대의〔투박하게 말하면〕眞理를 曲解하고 있다는 것이며, 그런 의미에서 그는, '별보기님,' 또는 '바보'로밖에, 달리 부를 수가 없게 된다는 것입습지. 첨부해둘 것이 있다면, 이런 '별보기님'이 어느 날, 童話的 '毒龍退治'에 나서게 되기에는, 언제든, 미리 준비되어 온 '召命〔어른용 童話的 어휘로는 '豫言'〕'이 있는 그 것에 접하자, 그 귀가 열린, 그런 인연의 결과라는 것을 지적해둘 수가 있는뎁지, 이 '召命'은, 말하자면, 그 혀에 고막을 핥이면, 三世 의 言語를 다 알아 들을 수 있다는, 어떤 푸른 뱀의 혀 같은 것으로 비유되는 것이 분명합습지. 이 뱀은, 세계의 아이들이 깊은 잠에 들어 있을 때, 하나도 빼놓음 없이, 그 모든 귀의 고막들을 핥아주며 지날 것입습지, 그러며, 그 아이들의 이름을 불러내겠습지……그리고도, '召命'에 관해 더 말씀을 드려야겠는갑? 그리고도 뱀그림에다 그려붙인 다리〔첨부〕에다 신발〔더 첨부하기〕까지 신기기로 한다면, '召命'과, '運命論'은, 그때부터 시작된다는, 그 애기겠습지. 그러니까, 어떤 '召命'이 있었을 때, '누구네 家系의, 몇 代 後孫 중의, 누구의 이름'을 불러낸 그런 것은 아니며, 그 '이름'은 原型性을 띠고 있어, 누구나의 이름이로되, 동시에 어떤 누구의 이름도 아니던 것이었던 것을, 앞서 비유한 그 뱀, 푸른 뱀,〔어쩌면, 왜냐하면 '고막'을 '핥'기로, 三世를 환하게 하기 때문인데, '言語'라는 뱀,〕'고막을 핥는 뱀'이, 어떤 '고막'에 대고서나처럼, 누구나의 '고막'을 핥으며, 그 이름, 原型性을 띤 그 이름을 불렀을 때, 고막을 핥이던 어떤 젊은네가, 어떤 느낌이나 경로에 의해서든, 그것이 자기를 부르는 소리〔핥음〕라고 깨우쳐 들었다면, 그리하여 뜨겁게 대답하고 나섰다면, '召命과 運命'의 결합이 그때 이뤄진다는, 그런 애긴 것입습지. 그 '召命〔豫言〕'이, 과거의 시간 속에서 울려왔으니, 그것에 결합된 '運命'도, 그렇다면, '결합'된 그 순간, 그 '召命'이 이뤄지던 그 過去 에로까지, 대번에 脈絡이 이어지는 것일 것입지. 이제 그 '運命'은, 하나의 '必然'이 되어, 未來에로 그 脈을 이어낼 차례인뎁지, 그러면 이제 혹자는, 어찌하여 그러면, 어떤 젊은네의 귀는 열려 대답하고 나서고, 어떤 젊은네는 절벽이어, 혀까지도 바위스러운가, 하고 물을지도 모르겠군입지. 왜냐하면, 그 대답은 이렇게밖에 할 수가 없겠는뎁지, 그 '召命'은, 그것에 대답하고 나설 자[그 개인으로서는, 세계를 '曲解'하고 있는 자,]를 불러내기 위해서, 고안되어졌던 그 까닭이겠습지. 그러니, 그것에 대답하고 나설 고막을 가진 자의 대답이 없는 한, 그 '불러내기[召命]'는, 그 대답을 하고 나서는 자가 있을 때까지 계속되겠습지. 그리고, '原型性을 띤 이름'들이 어떤 것인지, 궁금해하시는 이들이 있는 듯한뎁지, 생각나는 대로, 몇 예만 들어 보이기로 합습지. '毒龍을 退治해줄 王子,' '정도령,' '救世主,' '오실 이,' '어린 羊,' '萬國活計南朝鮮,' '七祖,' '미륵.') 사돈일랑 그러니, 사돈네 家事를 꿈쩍없이, 더 번영하게 되기까지는 바라지 못한다 해도, 이제껏 사돈이 운영해온 그만큼이라도 이어가려 하면, 情보다는 먼저 利를 취하는 젊은네로서, 그것의 크고 작고를 가리지 않고, 和를 위해서라면, 소보다도 더 성실하고, 눈에 가리개를 쓰고, 연자방아를 돌리는 말보다도 더 먼눈 팔 줄을 모르는 녀석을, 구할 수 있거든, 구해, 그놈을 데릴사위 맞는 일에, 사돈은 서슴지 맙습지. 세상은, 여전히, 땅을 열심히 보아, 살펴 걷는 자들에 의해 운영될 때, 덜 위험하거든입지. 天國을 짓는 木手와, 지어진 그 天國을 사는 자는, 눈 떠 보는 자리가 같지가 않더라 말입지. 가, 마, 가맜 쑵지, 우, 우리는, 라리오우 라리 오우 노래하며 떠나는, 별보기총각의 싼 걸음을 따르다, 도중 해찰을 좀 부리느라, 뒤처지고 만 듯한데, 이제라도 걸음을 싸게싸게 해서, 저 총각님을 따라붙여보기로 해야겠습지?

　누가 보기에는 버그르하여, 깡보리밥보다도 형편은 더 나쁜, '낮꿈' 세 뭉치를 괴나리봇짐에 싸고, 별보기님총각은, 거기로 들기만 했다 하면 아무것 하나 되돌아나온 일이 없는, 아자가라의 아가리를 향해, 그것도 경쾌한 걸음으로, 거의 달리다시피 걸어들어 가고 있는데, 우리는, 이 너풀머리 총각의, 내일에로 보낸 눈을, 피해, 보지 말기로 해야겠음나, 어쩼음나? 눈뜨고 보다가는, 영 울게 되고 말지, 울게 되고 말거람.——이 저녁은, 죽순이며, 매화네서 켜 내걸 꽃등에 기름 채우는 소리로 수렁거려, 별랑도 꿈자리가 덥군입지, 그런즉은 이 봄은, 오기가 좀 더뎌도 좋을 터, 이 稗官은, 이제 겨우, 本洞 아랫목에 시린 발목 하나 집어넣었거늘, 봄은 이젠, 훨씬 더뎌도 本稗官 코방귀 한번도 꿔잖을텝.——보시와들, 보, 보시와들, 저 羅卜이를 보시라고들, 우리들 동네 風俗을 벗어, 훨훨 날으는 듯

이 걸어가는 타조, 羅卜이를 봅시사구. '우리'네 村俗의 알,에서 깨인
새, 그 새는, 저 어디 깊은, '안쪽의 밖'에서, 어미새가, 그 알을 쪼으
는 '소리(召命)'를 들었드랬심다, 그래서 귀를 깨워서는, ('밖'에서)
'밖'에의 타는 그리움을 느꼈드랬으며, ('거듭 태어나기'!) 그리하여,
뭔가가 자기를 휩싸아안아 구속하는, 그것은 알 벽일 것, 그것을, 그
'바깥쪽의 안'에서도, 대답하여 쪼아, 깨뜨렸드랬심다. 그리고 빼틀빼
틀 일어섰다가, 그 날개에 아직 바람은 얻지를 못했음다, 마는, 그
다리에 용수철의 跳躍力을 용수철로 또아리해갖고, 저승까지라도
건너뛰려 하고 있음시다. (허긴 만약, 어느 새가, 하늘을 날으려는
것이 아니라, 이승에서 저승 같은 데라도 건너뛰려 한다면, 필요한
것은, 바람의 날개가 아니라, 용수철의 건각 같은 것이 아니겠음
나?) 이 새는, 어떤 꿈의 암놈새(夢鳥)가, 숫놈새의 도움도 없이,
(허긴 뉘 알 것이겠냡, 저 새끼새가, 그 자신의 아비새였던지도, 글
쎄, 뉘 알 것이겠냡?) 혼자서 낳아, '우리'네 風俗의 그중 옴팡한 데
묻어놓았던, 그것이 깨어(孵化)난 그것인데, 훗, 훗, 훗, 無精卵이 새
끼를 쳤을 것이끄냡? ("無精卵이 새끼를 치눘다?"──羯磨를 여읜
佛者'는, 무슨 인연으로 상사라에를 온다눘다? '한 손벽 쳐 나는 소
리'?)

 "無精卵이 새끼를 쳤든," 어쨌든, '우리'네 '風俗' 속에서, 새가 한
마리 벗어나간 것임시다. 그리고는, 어미소의 젖냄새도 같으며, 羊
水 냄새도 같고, 마늘 냄새인가 精水 냄새인가, 그런 저런, 밀큰하고
도 비리지근한 누린내를, 풀풀 풍겨 왼 천지에 깔며, 라리오우 라리
오우, 걷기를 학이 날으듯 하고 있는데, 그런 걸음으로 그가, 그 王
宮 큰문 앞에 닿았기는, 그날 해질녘이었다던가, 그 이튿날 아침이
었다던가, 한 달인가 석 달 걸음을 더 걸었다던가, 어쨌다던가 했음
시다. (그러면 이제 本稗官은, 촌놈 羅卜이, 저렇게도 으리으리한 궁
궐에 첫 시선이 묶이었을 때, 그 村心에 입혀졌던, 火傷이라고도 이
를 만한, 그런 아픔, 뜨거움으로 지져대는 아픔에 관해, 말해야 되는
차례인데도, 그러려니, 귀를 마을보낸 梅花네가, 얘기에 귀를 팔다
보니, 꽃 준비가 늦다고, 부지런히 자아올리라 불이 나게 물이 나게
요분질인즉, 싸게싸게 길어올리고 볼 일이겠슴다.) 그리고는, 큰기
침 한번 한 뒤, 저 촌놈 하나는, 서스름도 없이, 저 큰대문 안으로
걸어들었심다. (듣는 자들이 살펴둬야 할 것은, '召命'과 '運命'이 일

단 한번 결합하고 나면, 왜냐하면 그 '연극'은, 그 '召命'이 이뤄지고
있었을 때, 그 각본의 槪要가 이뤄져 있었으므로〔그것이 '運命'化하
는 것〕, 이제부터 그 연극을 행하도록 되어 있는 자는, 그 연극을
물론 자기대로는 행하되, 그 '槪要'로부터는 어긋나지는 않는다는
것, 그것이겠습지. 그래서 그는 그러면, 어떤 '必然'이 쥔 끄나풀에
매달려, '必然'이 조종하는 것에 좇아 춤만 추면 되는, 망석중인가,
하면, 그 대답은, '그렇다,' '그렇지 않다'라는, 둘쯤으로 나뉘겠습지.
'그렇다'는 경우는, 그 대답의 배후에 '二元論'을 거느리고 있으며,
'그렇지 않다'는 경우는, 한 정신이, '밖'을 다 깨웠음으로 하여, 그
'놀리는 줄'을 쥐고 있는 손도 자기의 것이거나, 반대로는, 그 '춤을
추고 있는 망석중이'도 자기는 아닌, 그 '끈을 쥐고 놀리는 자 자신'
이라고 보아, 알게 되어, 自/他 사이의 구별을 할 수 없게 되다 보
니, 그런 대답이겠습지. 이 後者의 상태에 이르기까지는, 어쨌든 巡
禮者에게는, 누구에게나, 運命의 槪要가 마련되어져 있을 것인바,
누구든, 자기의 삶에서, 혼돈을 피하려 하여, 질서를 부여하려는 노
력을 바치기만 하면, 그 당장, 그는, 저 '槪要'로부터, 자기만의 한
'運命'을 형상화하게 됩습지. 그리하여 듣는 이들은, 이 대목쯤에서
는, 童話 속에서는 법칙적으로 등장하는, '도움 많은, 현명한 노인'쯤
을 기대하기 시작할 것인뎁지만, 그 기대는 기대대로 둬두기로 하
되, 저 별 보기놈의, 한낮 꿈에 세 번씩이나 현신한, 그 눈 깊은 옌
네도 잊을 일은 아닙습지.) 그리고 몇 발자국 걷지도 안해, 저 별보
기놈은, 詩宮의 園丁 늙은네와 마주치게 되었심녠다. (그래서 과연,
이 원정 늙은네가, 저 '현명한, 동안백발의 노인'인가, 하면, 아닌 듯
하지 않은 것은 아니라도, '羅卜'이와의 관계에서는, 저 '눈 깊은 옌
네'께 자리를 내주어, 羅卜이의 運命에 대해 주역을 담당하지 못하
고, 조역에 머물렀다가, 어느덧 퇴장해버리고 만다는 것을, 알게 되
겠습지. 그러고 본다면, 이 「羅卜傳」은, '自我 찾기'의 애기이기보다
는, '魂 찾기'의 애기가 아닌가, 하는 것을 추측하게 하는데, 이렇게
되면, '自我'와 '魂'은 그래서 그러면, 서로 어떻게 다른지, 그것이 물
어져야 되고, 대답되어지는 것이 옳게 되겠습지만, 글쎄지, 그런다
해도 될 듯하지도 않는 그 대답을 만들려 한다 하면, 이 몇 마디 남
지도 않은 三冬이, 다 새어버리지나 않을까, 그 걱정이 드누만입지.
그럼에도, 이 어는 밤에, 저 눈벌에 나가, 배고파 짖어대는 野狐되기

를 두려워하지 않기로 하여, '修辭學的 맺음'에의, 修辭學的 요구를 들어주기로 한다면, 그 둘〔'自我,' '魂'〕은, 같은 '하나'인데, 그 '하나' 속의 '魂'은, '陰'의 국면을 드러내는 것임에 반해, '自我'는, '陽'面性을 드러내고 있는 것이나 아닌가, 하는 소리를 하게 되게도 됩지. '어머니魂, 아버지靈'이라고 일러, '魂'이 '女性,' '靈'이 '男性'을 담당한다는 것은, 주지하는 바대로입습지. 이, 이렇게 되자, 가, 가맜습, '自我'가, 말입지 갑작스레, 〔魂에 대해〕 '靈'과 같은 것으로 轉身을 치러버리는 것을 관찰하게 되는데, 〔이 '自我―靈'이, 다른 方言에서는, '푸루샤'라고 부르는 그것일 것입지.〕 이것은 분명히, 修辭學이 끌어들인, 의외의 수확이겠군입지. 어쩌면, 그런 變容, 轉身의 過程〔天路歷程〕을 통해서, '自我'라는 것이, 여러 여러 모습들을 취해, 〔소, 개, 고양이, 개구리, 상어, 두루미, 올빼미, 등, 化現한 모든 것뿐만 아니라, 非化現 속의 化現性 등,〕 여기저기 나타나는바, 앞서 얘기된 '도움 많은 賢老'도, 그래서 다름아닌, '自我의 象徵'이라고 解夢되어오는 것도 알 만합지. 그래서 '自我'는 늘 그렇게, '도움 많은, 인자한 노인'이기만 한가, 말입지, 말이냐구 말입지, 하면 말입지, 말되어진 '인자한 노인네'는, 말입지, '陽地' 쪽에 나앉아, 볕을 즐기는 졸음 많은 늙은이인 데 반해, '응달' 쪽에도 또, 그런 늙은네가 있는뎁지, 그는 잠이 없어, 뻘건, 미친 눈을 하고서는, 벼룩의 뒷다리, 이의 간, 거머리의 빨대, 용의 거슬리는 비늘〔逆鱗〕, 계모의 손톱, 혀, 빠진 머리칼, 계부의 눈썹, 거웃, 똥꽃 등을 솥에 넣고 끓여, 증오와 惡心을 돋우는 媚藥을 만들어, 누구든 젊어지고 싶은 자들을 만나면, 그것으로 그들의 '魂'을 사들이려 합습지. 그것(魂)이 그를, 영겁의 소멸에 마주한, 그의 삶을 연장해주는, 다만 한 약이 되어 있는 것일 것인뎁지, 이쪽 '응달' 쪽 늙은네의 이름은, '僞邪道'라고 알려져 있습지. 이 '僞邪道'는, "끊을 수 없는 쇠사슬에 묶여, 천년을 굶주리며, 암흑한 방 속에 갇혀 지낸, 魔鬼," "公主들만 잡아 먹는, 외눈박이 거인이나 毒龍," '멧돼지'나, '늑대' 따위의 모습을 취해 있는뎁지, 예든 〔僞邪道의 變身들을 찬찬히 살펴보면,〕 저것들은, 모든 童貞的인 것들에게서, 그 童貞性을 욕심내는 것들이라는 것을 알게 되어, 치를 떨게 됩지. '아버지'란, 딸이나 자식들에 대해, 자애 깊은, 도움 많은, 보살이기만 한 것이 아니라, 그와 반대편에서는, 딸과 자식들이 극복해야 되는 붉은 龍, 그런 나찰이기도 하다는 것입습지. '自我'란 그러고 본다면, 그 陰性的 국면에서는, '自我'를 인식하는 모든 有情들께는, 하나의 우주적 승리며, 동시에, 우주적 난관이며, 치유키 어려운 病인 듯합지.)

('魂'은 또, 羅卜이의 꿈에 現身한 바 있는, '눈이 깊은, 어머니 같은 엔네'모양, 늘 그렇게 〔女性化를 치른〕 觀音菩薩만 같은가, 〔알다시피, 이런 식의 묻기란, 뻔히 아는 얘기를 꺼내기 위한, 稗說꾼의 시침떼기인 것입습.〕——그런 건 아닙습지. 사실에 있어서는, 本稗說의 주인공 羅卜이에게 나타난 것과 같은, 그 '어머니 같은 엔네'란, 그렇게 흔하지가 못한 듯하기 탓에, 本稗官이 그 이야기를 골랐거니와, 사실은 그 반대로, 세상의 젊은네들의 꿈을 그중 많이 괴롭히는 것은, '응달' 쪽 어머니들이던 것이습지. '상사라〔苦海, 輪廻〕,' '늙은 魔女,' '妖鬼,' '암구렁이,' '〔못 헤어나올〕 숲,' '〔거머리가 득시글거리는〕 늪,' '이빨 가진 요니,' '독거미,' '지네,' '계모' 등등, 모든 음침하고, 질척하며, 깊은 것,——어머니는 그래서, 자식에 대해, '저주'며, '위험'이라고 일러옵습지. 몸은 셋씩이나 되는데도, 눈은 한 벌밖에 못 구비해 있는, 巫女들, 〔이 '三位一體'는, '巫三位'랄 것으로, '세 따님'의 모습으로 神話化해 있습지. '따님〔大地〕/따님〔달님〕/따님〔땅님—運命을 땋는 님. 땋님—모인 것은 흩트리고, 흩트린 것은 따붙게 하는 님. 歲月.〕〕' 어머니들. 이런 어머니들은, 자식들에 의해, 그 '女性'性이 극복될 때, 어머니가 되며, 그리고 은총화하는 듯합습지만, '魂'이란 그래서 '自我'에 대해, '위험'인 것을 알게도 하는군입지. '魂'은, 깨어날 때, 대체로는, 그 손발에, 털과 굽을 달고, 魔力과 부정한 관계를 맺고 있다는 것을 알게 합지. 그러면, 어떤 경로로, 羅卜이께 現夢한, 그 '금의의 엔네'는, 첫 경도의 경험과 함께 시작되어졌을, 魔力에의 그리움을, 즉슨 '自然'이, '살〔肉身〕'이, 畜生道에로 불러내는, 畜生道를 벗어났는가, 훨씬 벗어났는가, 그것이 새로 궁금해지는뎁지, 그런 궁금점을 풀기 위해서라면 道弟들은, 자기네들의 의사에 반해, 어떤 魔力의 毒龍께 바쳐지는 祭物로서의 公主들과, 반대로, 자기들의 願望에 좇아, 그런 毒龍께 먹히워지기를 바라, 스스로 祭物이 되는 公主들, 그 양자의 다름을 상세히 살펴보지 않으면 안 될 것입지. 〔이거 뭐, 成年이라면 누구나 뻔히 아는 사실을, 새로 말하기는 넘새스럽지만, 저런 얘긴즉은, 나쁜 아비가, 어린 딸을 해치려는, 近親相姦行이, 童話化를 치르면, 저렇게 된다고 하거니와,〕 싫

어하며, 도망치려는 公主를 먹으려는 魔力은, '自我'가 타락하여, 地獄에로 떨구어져내릴 그 직전에 있어, 저 타락한 自我를 극복해낼〔毒龍退治〕, '씩씩한 王子'가, '劍'을 갖고 오기를 기다리게 되며, 〔그리하여, 毒龍退治가 성공적으로 이뤄졌으면, 그것은, '짐승'에 대한 '사람'의 승리라고 이르겠습지.〕 반대로, 그 스스로 그런 毒龍께 먹히우기를 바라, 그 毒龍 앞에다, 자기의 전신을 벗어 던지는 公主의 경우는, '自我'는 물론, '魂'까지도 타락해, 그 양자가 함께, 畜生道로 떨어져내리리려는 그 직전에 있어, 저 '毒龍退治'를 위해서는 이번에도 물론, '劍'을 가진, '王子'가 오기를 바라기와 더불어, 벗은, 저 불쌍한 '魂'을, 부드러운 치마폭에 감싸아 들어올려줄, '자애의 어머니'가 오시기를 바라게 됩지. 커흐, 이만큼이나 혀를 놀리고 나니, 목도 갈하구만입지, 아 거, 마늘이든, 玉門이든 그런 것 안주하고, 고량주 좀 내십습지. 그러면 힘내어, 싼 걸음으로, 별따기놈이 어디만쯤이나 갔는지, 뒤따라붙이려 해볼 것입습지.)

連이나, 그래서 글쎄, 羅卜이가, 그 詩宮 안으로, 들었더라는 데까지는 얘기가 되잖았었음메? 그래서 사실로, 羅卜이가 거기 도착한 때가, 城內에서도 조반이 시작될 때쯤이었는지 어쨌는지는, 羅卜이 자신밖에 모르지만, 얘기꾼에게는 그런 것이 문제가 아니며, 어떻게 하면, 자기가 알고 있는 얘기를, 으시락딱딱하게 꾸며낼 수 있을 것인가, 그것만 문제겠심다. '運命論'이라는 것은 그래서, 고래로부터, 누구보다도, 얘기꾼들에 의해, 그중 잘 說法되어져오고 있는 法일심다. 누가 만약, '얘기' 속에서, '運命'을 제거해버리려 하면, 그 얘기는 말하자면, 저녁밥을, 기름지게 너무 많이 먹고, 그것을 소화했기는 커녕, 식곤증 탓에 퍼져 자는, 그런 무슨 탐욕스러운 사내의 잠에 나타나는, 말할 수 없이 어지러운 夢片들모양, 또는, 구할육부쯤이나 미친놈이 부르는 노래모양, 거기 어디에고 일정한 질서랄 것이 없어, '봄씨비' 끊어먹다 버글여내놓은, '서른 발 새끼줄,' 또는, 새끼들께 먹이려고, 먼 길을 되날라온 부엉이가 게워내는 무자치나 같아, '辭典'보다도, 형편은 더 나쁠 것임시다. (이런 것은, 설명을 하려 하거나, 주석이라도 붙이려 하면, 구차해지므로, 그것을 생략하려 하고 말이지만, '얘기 속의 運命'은, 그러나 '修辭學的 秩序'와 같은 것은 아니라는 것은, 덧붙여 밝혀둬야겠음메다.) 그뿐만 아니라 세상은, 센 회오리바람 부는 날, 바람에 뿌리를 뽑혀 한 마을이, 구름 위

에로 떠올라진 것보다도 더 어지럽게 될 일입심다. 稗說客들의 고
뇌는, 거기 어디에도 있는 듯함시다. 기름진 음식으로 부풀은 위장
이, 그 불편함을 꿈으로 鳶 날려올리는, 바람 어지러운 날 같은 세
계에다, 질서를 부여하려 하면, '運命'이라는 독룡이 쳐들고 일어서
고, 그것을 제거해버리려 하면, 실다움으로 보였던 그 독룡은 없어
지되, 그런 대신 그것의 그림자(幻)가 일어나, 바람으로 어지러운
날, 어지럽게 펄럭이다, 스러지는 광경을, 虛無하다고 이를 광경을,
목도하게 됩심다. 그래서 本稗官이, '애기'와 '運命'論을 통해, 무엇을
말했으면 싶은가 하면, 헤, 헤, 헤, 그 왕궁에 도착한 羅卜이의 애기
를 하고 싶은 것입메다.
　然이나, 별보기님이 그 성안으로 들어서고 있었던 그날은, (사실
은 어제 저녁부터) 궁중 花童이의 종적이 묘연했는데, 그 시각은
또, 열두 公主들의 起枕을 즐겁게 하기 위하여, (물론 궁중 악사들
이 연주하는 詩樂도 있으되), 열두 묶음의 꽃다발이, 花童이의 손에
바쳐지는 그 시각이 조금 늦어져가고 있는, 그런 시각이어서, (玉詩
房 문앞에 대기해 있는 악사들이며, 시녀들은, 들은 바가 없어, 花童
이의 실종도 모르고,) 모두가 하나같이 초조로이, 정원 쪽 복도 끝
에로 눈을 보내고, 花童이를 기다리고 있던 그런 시각이었던 것임
시다. 그러자니 궁정 늙은 원정만 혼자서 애가 타, 새벽 일찍부터
손싸게스리 열두 묶음의 꽃다발을 만들어놓고, 얼마나 간절히 花童
이를 기다리며, 여기 그늘, 저기 구석으로, 얼마나 졸인 가슴으로 찾
아다녔겠는지는, 잘 짐작들 헐 것임메다. (이렇게 本稗官은, 羅卜이
의 얘기를 하고 있는 중일시다.) 하다못해, 때에는, 늙은 원정은, 종
적을 알 수 없는 꽃머슴놈의 대신이라도 할 만한, 젊은네가 있는가
하여, 꽃다발인지, 호미인지, 뭔지, 그 자신도 자기가 손에 뭘 쥐고
있는지도 몰라, 쥔 채, 궁으로 나서려 하고 있었는데, 에케(ecce)!
별보기놈, 가을 석양 같은, 타오르는 머리칼의, 반짝이는 눈의, 억센
골격이 약속되어 있는, 村童이가, 붉은 볼, 붉은 입술을 능금모양,
능금꽃모양 해갖고, 늙은네 곁을 지나려 하며, "호미와 꽃모종을 함
께 들고 계신 걸로 보니, 정원을 가꾸시는 것을 알겠습니다. 아, 안
녕하십세유? 아, 요즘 햇볕이 잎에 좋습니까? 아, 요즘 바람이 꽃술
에 좋습니까? 아, 여기 흙은 뿌리에 좋습니까? 우리 동네도, 금년에
는, 햇볕이 좋고, 비가 적당해서, 임금님 덕이, 산모양 높고, 늪모양

깊다고 일르고들 있습니다. 우리 동네 초목들은요, 목이 굵고, 그 잎이 쇠똥 한 무더기만큼씩이나 되게, 풍더분하고 하여섭죠, 암소 한마리씩은 족히 되고 했는데요, 여기 초목들은, 얼른 한번만 보고, 눈을 감아 안 본다 해두, 두루미라든, 백조 같은, 무슨 그런 새님들이, 죽지가 피곤해지면, 여기 와, 꽃나무님모양 쉬고 있는 것을 환하게 볼 수가 있습니다. 우리 동네서는, 초상이 날 때마다, 하는 소리가 있는데유, 늙고 피곤해지면 사람들은, 어디 서쪽 하늘 가운데 있다는, 좋은 고제 가서 쉬었다 돌아오려고, 새가 돼 날라간다는 데유, 노인장께서 가꿔놓은 이 정원을 보고 생각이 난 것인데, 그 새들이, 노인장의 푸른 손가락에 닿기만 닿았다 하면, 그 당장, 고흔 꽃나무가 돼, 깃을 접어 쉴 것이라고 합니다. 아, 안녕히 계셔유, 이 羅卜이놈은, 임금님이라는 어르신을 좀 뵙고, 뭐 좀 도와드릴 것이 없는가 하여, 오는 길입니다. 라리오우 라리 오우……” 그리고 젊은네는, 꿉벅 절을 하여, 늙은네께 닦았어야 되는 인사는 다 닦았다는 얼굴로, 늙은네를 뒤에 두고, 안쪽으로 걷다가, 그때에사 생각이 났던지, 바닥을 아끼느라고, 어깨에 대룽 대룽 매달아 메고 왔던, 모양이야 어찌 되었든 발만 편하라고 지은, 신발을 꿰어신었음다. 늙은 원정은, 그때까지도 자기 것인 혀 한번 움직여보지도 못하고, 처음 만난 젊은네의, 묘한 다변 때문이었는가, 뭣 때문이었는가, 일종의 失語症이랄 것에 당하고 있다가, “여— 여—” 하고, 황급히, 손짓까지도 섞어, 별보기놈을 부르기에 이르렀음시다. 물론 그 젊은네의, 묘한 다변도 그 까닭이었지만, 늙은네를, 경한 失語症 같은 것에 굳게 한 보다 큰 이유는, 늙은 원정이, 눈을 가늘게 해서 건너다본 젊은 놈은, 어디 거친 들 가운데서 파 뽑아온, 제멋대로 자라, 어떤 원정의 손도 닿아본 적이 없는, 실한 보리수 한 그루도 같았던 그것이랄 것이었음메다. 이제 처음으로 암컷들의 냄새를 분별하기 시작하는, 숫코끼리. 그렇게 된즉, 그 늙은네 느낌에는, 한 정원의 文化가, 그 야생적 날것인 바람을 맞아, 된통 흔들려지고 있다고, 보고 있었던 것입심다. 솔직하게, 그 늙은네의 심정을 털어 밝혀놓기로 하자면, 이런 제멋대로, 그럼에도 아직 돋아나지 않은 가지들의 우람함을 꾸며 자라고 있는, (자기가 오늘 만나게 된 이 野生木은, 그것대로의 어떤 불균형의 균형이랄, 野生的 균형을 잡고 있어, 剪枝나, 接木이라는 투의, 원정의 손끝 재주로) 그 아무 未來에도 손을

댈 수가 없다고 알게 되자, 원정께는, 무엇보다도, 그것이 충격이 아
닐 수가 없었겠었음시다. 그러고 보면, 때로 숲에는, 궁정 원정 같
은, 國手까지도, 어느 가지를 어떻게 하겠다고, 가위 든 손을 뻗쳐내
지 를 못하게 하는, 그런 불(火)가지(枝)나무가 있는 듯함시다. 어
쨌든, 그 충격이 지난 뒤, 어째선지는, 그 자신도 잘은 모르면서도,
늙은 원정은, 어떤 이상스러운 열예에 들떠, 요 며칠 왠지 그리고
까치가 울어쌌으며, 바람도, 지나며, 귀에다 무슨 말을 속삭이는 듯
이 했더라는 생각도 한 데다, 이 젊은네가 오느라, 본디 있던 花童
이 놈이, 마을 갔다가, 분명히, 설사병이라도 얻게 되었을 것이라고
했음시다. "까치가 울면, 무슨 호소식이 있을 것"이라고 이름메다.
그렇다면, 이 원정 늙은네는, 삼대째인가, 사대째 궁정 원정이어서,
게다가 늙을 만큼 늙어 있어, 밖으로부터 올 수도 있을 좋은 소식
이라거나, 뭐 그런 것을 기다릴, 바깥에 대한 아무 인연도 까닭도
없었는데, 그러했음에도 그랬었다면, 이런 늙은네에게도, 자기도 모
를, 무슨 '기다림' 같은 것이 있기는 있어왔다는, 그런 말밖에 더 되
겠느냐 말입심다. 헌데도 혹간, 원정은 생각했었음시다, 자기가 뭘
기다려왔다면, 어찌 되었든, 우는 까치 소리에 귀를 묶였었다면, 혹
간, 이런, 너무도 싱싱해, 비린내까지 섞은, 풋내의, 푸렁한 코끼리,
원정의 손이 닿아본 적 없는 보리수, ──그러며 늙은네는, 자기에게
는 있어본 적이 없는, 자식의 나세기까지 했음다. 자기에게도 자식
들이 있었다면, 또는 좀 늦게라도 하나쯤 두었더라면, 요만한 낫살
의 자식이 있었지 안했었을 것인가, 훗, 훗, 훗, 늙은네는 그래서 또,
때로 그런, 없던 자식 나세보기 때마다, 그리고는 웃었던, 그 조금은
서거픈 웃음을 웃었드랬심다. 글쎄, 자기가 이 나이 되도록, 무엇을
기다려왔다면, 그것은 훗훗훗, 아무 옌네의 배에도 실어줘본 적 없
는 자기의 자식이, 이 세상 어디에서 훤출하게 자라다, 자기를 아비
라고 찾아와주기 같은, 그런 것이나 아니었겠는가, 참으로 그런 것
이나 아니었겠는가, 했음다. 허, 허허기야, 뭐라 꼭히 끄집어내 말
할, 대상은 없는, 그런 그리움이라든, 기다림 같은 것은, 이성적 판
단의 결과로 이뤄진 지혜라든지, 그런 것과는 다를 것임다. 그럼에
도 늙은네는, 여기서 저기서 귀담아들은, 園藝와 관계된, 古事도 몇
가지, 기억하고 있지 않은 것은 아님다. 잡초를 뽑다 어떤 늙은네
는, ('라마의 아내 시타'는 그렇게 태어난 것임시다.) 잡초 뿌리에서

딸을 얻었었으며, 어떤 임금은 또, 연꽃을 즐겨했더니, 연꽃 속에 담겨 있는 (파드마삼바바) 사내아이를 얻기도 했던 것임다. "여, 여어, 초, 총각님은 어디를 간다 지금?" 늙은네는 그래서, 뒤늦은 걸음 따라잡기로, 바쁘게 물었드랬심다. "임금이라는 어르신네를 만나러 가는 길이라고, 말씀드리잖았던가유?" 바쁠 일 없는 羅卜이가, 고개를 돌리며, 경쾌하게 대답함녠다. "헥, 그, 그런 일이라면, 아직 시간이 너무 일르겠네. 총각 말하는 그 어르신네는, 아직 起枕을 안 하셨다구. 내 그 적당한 시간을 가르쳐주지." 그러자, 羅卜이 좀 낭패한 얼굴을 짓다가, 원정 늙은이께로 되돌아오며, "우리 동네서는," 이라고 시작해, 큰 소리로 이럼다. "노인네들이, 젊은네만 만났다 하면, 이러십니다, '게으른 자여, 개미에게로 가서, 그 하는 것을 보고, 지혜를 얻으라. 좀더 자자, 좀더 졸자, 손을 모으고 좀더 눕자 하면, 네 빈궁이 강도같이 오며, 네 곤핍이 군사같이 이르리라.' 이거 우리 동네 해로 치면, 똥꾸녕을 세발이나 빠져나왔겠는데요." 그러며 젊은네가 해를 우러러 가리키니, 나룻배 떠나고, 나루에 손님 도착하기로, 늙은네가 "쉬, 쉬잇!" 젊은네의 입을 막으렸음다. 그로부터도, 늙은네와 젊은네간에서는, 무슨 얘기든, 얘기가 더 오고 갔을 터이지만, 本稗官은, 羅卜이를 좇아, 대체 무슨 일이 일어나는지, 그것 좀 보고 싶어, 따라붙이는즉, 저들간에 주고받았던 얘기의 내용이 궁금한 이들은, 도시락을 해서 들고, 그 왕궁 정원, 그들이 말을 주고받았던 자리로 가, 거기 서 있었던, 기화요초들의 귀를 열고 들여다보고, 읽어들 보실 일이겠음시다. 그런 대신 本稗官은, 무슨 얘기를 하려는가 하면, 저 별보기총각님이 저 궁정의 급조 花童이가 되어, 열두 公主들께, 바쳐올리는, 그 열두 詩다발을 들고, 원정이 가르쳐주는, 정원 사이의 소로를 따라, 그 玉詩房 문전에 서 있게 된, 거기서부터 일어난 일에 관한 것이올심다. 새로 꽃머슴이 된 羅卜이는 물론, 본디 꽃머슴이 입었다 벗어놓았었을, 그 궁중용 옷으로 갈아입었을 터이며, 볼태기에 묻었던 무슨 검정도 벗겨낸 뒤, 속성으로, 獻花用 예절도 배웠겠음다. 늙은 원정은 오늘, 花童의 대리를 하나 얻었을 뿐인데, 어째 콧노래가 혼전만전이어서, 주체스럽다고 알고 있었음시다. 어쨌든, 누구의 눈에나 낯이 선 젊은네라도, 花童이라는 것이, 열두 꽃詩의 다발을 들고 왔으므로, 雅樂이 일기 시작했을 것이며, 시녀장이, 花童이를 위해, 玉詩房의 히히히 玉門을 열었겠음다. 그러나 本稗官은, 그때 저 羅卜이가 느꼈었을, 한 하늘 은하수가 한꺼번에, 왼통 자기 위에로 엎질러져, 숨도 못 쉬고 허우적거리게 되었었을, 羅卜이의 그 느낌에 대해서는 말 못 할시다, 羅卜이 밖에 말 못 할시다, 羅卜이도 말 못 할시다. 이것은, "人類가 최초로, 자기들께 부여된, 永生, 또는 불멸성을 잃고 있는, 그 장면"의, 한 개인에게의 再現, 그것이어서, 이제 羅卜은, '낮별보기놈,' '바보'라고 일러져온, 그 우멍거지 덮인 잠을, 더 이상 덮어쓰고 있을 수만은 없게 된 것이올심다. 그리하여, 한 '원초적 질료(아담)'에, 불치의 병독이 침투해들기 시작하여, 종내 그 '질료'의 죽음을 부르게 될, 그런 뒤에는, '니그레도(黑)'에로 退調하든, '루베도(赤)'에로 順調하든, 어쩌든 하게 될, 은총과 저주의 갈림목에, 그 '질료'가 처해 있는 것임메다. 그리하여 저 '질료'에 어떤 변화가 일어났었던지, 그 얘기를 하려 하고 있지만, 이 위험하고도, 중요한 일점을 통과하고서도, 저 '질료'는 전과 같을 수는 도저히 없을심다. 이제 저 '질료'는, 글쎄 羅卜이는, 運命이 내려친 벼락에 후들겨 맞아버린 것이고, 그러니 이제, 이 아침 이전까지의 별보기놈은 죽어버린 것이라고 해도 되겠을 일입다. 羅卜이는, 그 내디딘 발걸음을, 이제는 되돌릴 수가 없게, 그 運命의 함정에 빠져버린 것입슴메다. 그는 이제, 저 아자가라뱀의 목구멍을 넘고 싶어 못 살게, 그렇게 그 독에 쐬인 자, 그래서는 어쩌면 죽고 싶음으로, 羅卜이는 현재(서민의 자식을 公主께 접붙이기 위해서는, 강쇠적 문자가 제격인데,), 특히 섣달 公主와 눈흘레를 하고 있는 중입씸닌다. 그러는 그 어느 순간, 羅卜이의 눈 속에, 그 눈의 하늘에 쪽쪽하게 박혀 있었던, 그 별들이 일시에, 유성 모양 떨어졌다가는, 순식간에 또, 그 본덧 하늘 자리로 돌아갔었겠음다. 그러자니 花童이의 눈이 일순 비어버리고, 가슴도 일순 비어버렸을 것이었는데, 花童이는 불쌍하게도, 눈을 잃고, 가슴을 잃어, 아무것도 보지도 느끼지도 못하기에 이르렀으니, 벼락맞은, 젊은 보리수 같았음다. "하이——저앤 새 花童인가 본데, 얼마나 예쁘니!" 막내 公主는, 羅卜이 바치는, 한다발의, 사랑의 詩를 받으며, 눈은 羅卜이에게 고정해놓고, 철이 없는 듯, 저렇게 씨부렸음다. 그 막내 公主의 그런 欸辭는, 다른 언니 公主들을 킬킬 웃게 했었음은 물론이었겠거니와, 그중 큰언니 公主로부터 질책을 샀음도 물론이었겠음다. 제길헐! 별로 꽉 찼던, 한 젊은 가슴은 비고, 그 비인 자리에는, 느닷없는, 이제껏 타인이어서 본 적도 없는, 그런 타인이 하나 쳐들어, 저 빈곳에 출몰하여, 찌꺼기 별도, 고향에의 그리움도, 이것도 저것도, 모든 것을 쫓아냈심다. 그러면 이 羅卜이를 두고는, 누가 과연 타인의 잠속에 출몰하여, 그 꿈을 凶家로 만드느냐, 그런 것은 묻지 말기로 해야겠슴? 羅卜이는 그 순간, 그로서는 도저히 이해할 수 없는 통증이, 횡경막 부위에 노도모양 치받쳐오르고, 사태모양 뭉개어누르고 덤비는 통에, 참을 수 없는 건구질에나 비교될, 그런 울렁 울먹한 느낌을 어쩌지 못하고, 뛰어나온 길로, 그 원정 늙은네가 기다리고 있는데로도 말고, 궁정 한 모퉁이에 우람히 선, 보리수 밑으로 달려가서는, 드러난 뿌리들 아난타뱀(蛇)모양 꿈틀거리는, 그 어느 틈새에 얼굴을 묻고는, 울었드랬음시다, 아니 울고 글쎄, 羅卜으로서는 어찌할 바를 모르겠을 뿐이던 것임시다. 그러나 羅卜이는, 울음이 거의 다 빠져나가고 있었을 때쯤엔, 고향 언덕의 보리수 밑에서의 한낮 때처럼, 졸음을 느꼈드랬심다. 늙은 원정은, 그 젊은놈은 멀찌감치서 건너다보며, 만약 저 젊은놈이, 자기가 짐작하고 있는 것과 같은, 그런 병에 벼락맞고시나 저러고 있다면, 그 병이야말로, 약이 없는 것은 아니라도, 그 약은 한낮 별보다도 더 지고한 데 있어, 들일에 바쁘다, 하초까지도 흙에 범벅이 된 사내가, 그역 들일에 바쁘다, 흙을 먹어 질푸덕이는 마누라께다, 진흙 밟기를 하고서 얻었었을, 저런 흙의 자식이 얻어내기에는, 가망도 없는 것으로 알아, 몹시몹시 체머리를 흔들며, 아까는, 어째 까치가 울어쌌더라고, 노래가 혼전만전이었었는데, 글쎄 근래, 바람이 불어도, 뭔지 시석거리며, 뜻모를 얘기를 하고 가고 했더니, 그 내용은 이런 것이나 되었었던 게라고, 늙은 눈을 흐려했음다. 연전에도, 그런 놈이 하나 있었더니, 그놈의 어미되는 아낙네가, 심지어 원정 자기 같은 사람에게라도 청을 넣어, 자식 하나 살려달라고 애원한 일이 있었더니, 나중에 그 어미로부터 듣자한즉, 놈은, 삐들어지고, 시들어지고 곯다가, '뜨거운 송장'이 되었다고 하며, 자식놈의 마지막 소원이, 제놈의 혀를 잘라, 그것을, 궁정 정원의 어디쯤에나 좀 묻어줬으면 하는 것이라고 했담시나, 뚜껑 덮인 조그만 항아리를 하나 내밀며, 부디 어디에든 좀 흙 파고 묻어달래서, 그것까지는 거절을 못 했던 것을, 원정 늙은네는 기억해내고 있었심다. 원정은, 그 어떤 젊은네의 혀가 담겼다는 그 항아리를, 열어볼 필요란 느끼지를 안했으므로, 그냥 그채로 저 열두 公主네 남창 밑에다 묻어줬드랬는데, 어느 흙에서나처럼 그 흙 위에서도, 꽃은 붉었드랬음다. 오늘 아침, 羅卜이에 의해, 열두 公主께 바쳐졌던, 그 꽃다발 속에도, 그 흙위에 폈던 꽃이 한 송이, 섞여 있었드랬는데, 원정 늙은네는, 그 흙 위의 꽃이 말하는 소리를 들어보지를 못해서, 사실로 그 흙 위에서 핀 꽃이, 사랑스러운 눈으로 그 꽃송이를 바라보며, 내음새를 맡는, 저 어떤 公主께, 뭐라고 속삭이는지, 그것은 알 수가 없었으되, 어쨌든 꽃보다도 더, 사랑과 (이울어 헤어지기의) 슬픔에 대해, 잘 말할 수 있는 것은 없다는, 그것은, 늙은네도 알고 있었음시다. 늙은네는 그래서, 본딧 꽃머슴놈이 오늘 오후든, 저녁녘에라도, 어디로부터 털씬 털씬 돌아온다 해도, 이 새 젊은네를 돌려보낼 수는 없다고 알고 있었음시다. 그런다면, 연전의 어느 젊은네처럼 이 젊은네도, '삐들어지고, 시들어지고 곪다가, 뜨거운 송장'만 남길지도 모르지만, 자기 밑에 둬두고, 꽃머슴으로 쓴다면, 뽑으라는 잡초야 키로 자라든 말든, 용두질로 용두질로 하루에도 열두 번씩 죽었다 깨어나고 하다가는, 어느 날, 구릿빛으로 시꺼먼 처자가 한번 웃는데 보니, 그 가즈런한 이빨이, 어떤 公主의 그것처럼 희다고 알아, 이빨만 좋아, 그 그 큰애기에게 장가들어, 자식 낳고, 자식의 감기를 두고라도 속을 끓이고, 그렇게 저렇게 살면 되잖을 것인가, 그런데도 그런 언제까지도 그 사랑이, 그리움이 남는다면, 그것은 그냥 하나의 따뜻함으로 간직한 채, 찬 흙 밑에 누워도 좋을 것, 그러면 그 따뜻함이, 허리가 굽는 탓에 할미장꽃이라고 이르는, 옛일을 뒤돌아보는 꽃이라도 피울 터인데, 그렇잖은가, 그런다면, 저 젊은네는 오늘, 그 젊음을 失泄하지 않아도 좋을 것──늙은네는 그랬음다, 생각했음다. 왕궁에서야 까짓녀러 꽃머슴 하나 얼굴이 보이지 않게 된 일로, 누구 하나 궁금해할 일이야 없었겠지만, 원정 늙은네가 수소문해서 알아낸 바에 의하면, 그 본딧 花童은, 보다 넓은 천지로, 무슨 행운 같은 것이라도 찾을까 하여 그런다며, 그 왕국을 떠났다고 헙습닌다. 마는, 시녀장되는 노파가 혼자만 알고, 입귀퉁이로 흘려내는 미소의 내용은 그와는 닳습닌다. (그리고 아까는, 主人公과 관계된 '運命'이 논의된 일이 있었습닌다마는.) 라는 말은 뭣인가 하면, 놈은, 스스로 賤生으로 알아, 한번도 경거망동한 일이 없었으니, 언감생심, 어느 公主에 대고도, 눈 한번 쳐들어 바로 보지를 못해

왔었드랬는데, 무슨 魔가 들씌웠든 그날따라, 公主님들의 해진 신발짝에 色慾이 일어 그랬겠음다, 그랬을 것인데, 그것 한짝을 훔쳐, 품에 넣어, 정원에 나와, 보리수 그늘진 데 쪽에 뻗어 앉아, 빠르게, 몹시 빠르게 손놀리기를 하며, 그 신발짝 속에다 精水를 뿜어넣고 있는 그때, 花童이놈은, 불을 켜고 자기를 태우려고 보는, 눈 두 개가 중천에 떠 있음을 본 것임시다. 花童은 그래, 아마 무슨 다른 좋은 방도는 없어서 그랬을 것으로, 싱긋 한번 웃어 보이고, 그리고는 바지춤을 부지런히 추수겨 올린 뒤, 내 조자 빠져라, 그 왕국의 울타리를 뛰어넘어 내달린 것입심다. 羅卜이놈이여, 羅卜이놈이여, 진흙 일하다 얻은, 자네 같은 흙의 자식에게, 왕궁의 가시나들은, 끓는 유황이며, 독사머, 타는 불이며, 수렁이며, 流沙구덩이며, 지옥이거늘, 행여나 그림자로라도, 가까이 다치려 할 일은, 천만 아닐 테네. 행여 자네가, 그 公主들의 손에도, 가락은 다섯씩이나 있어도, 새끼손가락은 별로 하는 일이 없다고 알아, 그것쯤 슬쩍 스쳐본다 한들 어쩌랴 싶어, 그러려 했다가는, 鍾 만드는 용광로에다 명복을 비는 종이를 넣으려 함 같을 터이며, 또 좀더 당돌하게 생각하고시나는, 뭣이냐면, 밭일에, 땡볕 쬐어 목덜미가 검은 계집이나, 구름낀 날 정원을 거닐려면서도 꼭히 陽傘 받들게 하여, 목덜미가 흰 계집이나, 태어날 때 파 가지게 된 穴은 穴이라 穴이라고, 그 穴을 짚으려 덤비려기라도 했다가는, 저 둘 중에서도, 밭일에 흙을 물어, 년이 걸으려면, 신고 물 건넌 고무신 소리를 내는, 흙냄새 고약한 穴은, 혹간 자네의 뼈를 물어 썩히는 대신, 싹을 틔울라는가 몰라도, 그런 것 말고, 다른 것 하나, 흙에서는 자꾸 더 멀어져, 두리둥실 떠오른다 열엿새 달 푸른 蓮, 中天에 뜬 穴은, 해(日)라도 깨물어 삼키기를, 들척지근함시롱도 매와 좋은, 마늘쪽으로나 아느니, 손톱 밑에 흙을 아니 넣고는 못 사는 자로서는, 그런 穴은, 지옥의 오랑캐(蝕)로만 여기게, 그렇지 않는다면, 자네의 형편은, 해지기 시작함으로 오므라들기 시작하는, 아홉 겹(九重) 蓮 속에다, (날개를 쉬려) 날개를 의탁해놓은 꿀벌이나, 화톳불에 내달아든 자살충보다도 나을 것이 없으렷다. 小子여, 왕국의 것은, 그것이 비록, 부엌데기가 쓰다버린 부젓가락 같은 것이라도, 만군을 거느리는 장수의 목을 버히기에 조금도 무디지 않은 것이니, 왕궁의 것은, 눈이 있어 보이는고로 보더라도, 행여 視線이라도 묶을 일은 아니네라. '불'이 아무리 태우는 것이라 해도, 그 이름을 듣기만으로, 혀를 태우는 것은 아니라도, 왕궁의 어떤 이들의 이름은, 잘못 불렀다가는, 혀며 전육신뿐만 아니라, 三族九族까지 상하게 하거늘, 小子여, 용두질이나 많이 하거라, 많이 하고서, 고름을 자꾸 씻어낼 일이다, 그러면 이 늙은네도 눈을 좀 밝혀, 여기 저기 둘러보아, 손도 발도 덜부덕 쇠똥무데기만쯤씩은 크고, 목은 실하고 굵어 암소만한 데다, 애 낳기를 닭이 알 낳듯 하는, 그런, 밭일에도 밤일에도 능하지 않는 것이 없는 것으로, 처자 하나 구해보마, 자네가 뿌리는 씨는 틔우고, 자네의 땀은 보리며 밀 알을 크고 많게 하는 밭, 자네가 宗敎인, 祭壇 같은 아낙네. 글쎄, 그러는 동안, 한낮에도 은하수가 철철 흘러내리도록, 그저 꿈꾸기로써만, 저 백합화 같은 흰 손의 영상에다, 자네의 근을 잡혀놓을 일이다, 그리고는, 말한 대로, 서너 달, 서너삼 년, 은하수를 마시다 마시다 익사할 지경에라도 이르면, 저 작은 매끄러운 손이란 다름아닌, 고추밭 독사 같다고 알 일이고, 그때쯤은, 이 늙은네를 헤벌쭉이 건너다보며, 사람은, 얼마쯤 늙고 나야, 사람 몫을 할 만하다고 알 것이다. 허헛헛, 허지만, 사람의 난제는 저것인 듯함세, 사람의 젊은 놈께 젊음은, 호랑이나 늑대가 鹿角을 해 있는 듯해, 여기에 저기에 그놈의 뿔이 걸개쳐싸서, 그 울불군거리는 힘을 갖고도, 배곯다 죽기 알맞으며, 늙은네께는, 거 꼭히 있어야 될 뿔이 없어, 뿔 없는 늙은 노루, 들에는 철 당한 암컷들이, 즐편해, 그 떡판 같은 뒤터를 흔들어도, 그림 앞에 차려놓아진 祭떡, 글쎄 말이지, 뻐등해야 할 것이, 온수에 젖은 솜보다도 부드러워, 저승 어디서 올라온, 손톱 뾰죽한 가는 손이, 불알을 뽑아가버린 것을 알게 되는데, 이렇게 된즉, 어떻게 어떻게 저녁 늦게 잠에라도 들게 되면, 노상 꾸게 되는 꿈은, 저 거칠은 들을 제압하는, 힘센 호랑이, 저 암노루들의 떡판 같은 뒤를 쫓아 근을 세워서는, 그 목덜미를 물기와 동시에, 그 뒤터를 쏘고 들기, 늙은 잠이 꾸는 약관의 꿈. 그런 꿈을 꾸고 있는 한, 그 잠은 즐겁지만, 깨어야 될 때는, 언제든, 그 억센 호랑이가, (이 것은 거대한 '물고기'였대도 상관은 없을 것이지.) '독수리'며, 개미 떼, 구더기 등에 뜯기고 먹혀, 한 무더기의 흰 뼈만 남겨놓고 있음을 보게 되고, 그 아픔을 느끼게 되지. '사람'이라는, 한 '運命'은, 저렇게 되어 있는 듯함세. 그런즉 小子는, 그 되지도 못한누무 뿔을 휘두르고 싶음으로, 결코 소홀하여 내달을 일은 아니니라. 그러지 않는다면, 자녠들, 무슨 다른 좋은 일을 기대하겠느냐, 저 북문 밑, 깊이 판 땅광 속의, 배고픈 암놈 狂犬들께나 장가보내어질 것 말고, 글쎄, 무슨 좋은 일이 있을 듯하냐. 바로 이 미친 암캐들이, 이 늙은 네가 일러, '지옥의 오랑캐(蝕)'라고 한 것인데, 오므라들고 있는 저녁 蓮 속에 일숙을 정한 벌이 있다면, 장차 저 벌에게, 저 蓮의 청순하고도 지고한 아름다움은 과연, 어떤 것이나 되겠느냐?

然이나, 羅卜이는, 원정 늙은네가, 저만쯤 그늘에 서서, 자기를 건너 내려다보며, 한숨짓는 것은 모르고,

連이나, (이 行은, "羅卜이는, 울음이 거의 다 빠져나가고 있었을 때쯤엔, 고향 언덕의 보리수 밑에서의 한낮 때처럼, 졸음을 느꼈드랬심다."에 이어지는 것입심닌다.) 흙 위에로, 그 등이 드러내져, 아난타뱀모양, 꿈틀꿈틀 그 뿌리가 휘감긴, 저 우람한 보리수 뿌리 위에 누워, 羅卜이는, 또 그 같은, 눈 깊은 자애한, 금의의 옌네의 꿈을 꾸었드람시다. 혹은 또 모를 것은, 바로 저 옌네가 羅卜이를 꿈꾸고 있었던 것은 아니었는가, 하는 것임시다. (마는, 이렇게 되면, "누가 이 세계를 꿈꾸느냐," 莊子여 羅卜이, 羅卜이가 세계를 꿈꾸느냐, 세계가 羅卜이 꿈을 꾸느냐, 라는, 그런 데까지 물음은 발전할 수도 있음메다. 그렇다면, 세계가 아플 때, 羅卜이가 앓지 않을 수 없으며, 羅卜이가 아플 때, 그 세계도 아프지 않을 수가 없을 것임시다. 그래서 그같이 아프기로, 저 금의의 옌네가 나타났을지도 모르는데,) 이번에는, 그 꼭같은, 환하고도 깊은 눈의, 인자한 옌네는, 한 손에는, 아으 관세음보살, 벗-월계수와, 장미-월계수, 월계수 두 어린 가지를 쥐고 있었으며, 다른 손에는, 작은 금갈퀴, 금으로 만든 작은 물주개(금병), 명주수건 등을 들고 있었드랬데, 그것을 羅卜이에게 건네주려 하며, "이 두 가지 월계수를, 두 큰 화분에 따로따로 심은 뒤, 그 흙 북돋기는 이 갈퀴로 하고, 물 주기는 이 물주개로 하며, 이파리들에 앉은 먼지 닦기는 이 수건으로 할 일이다. 그러는 중에, 이 두 월계수가, 대략 열대여섯 살 먹은 처녀아이 키만큼이나 자라면, 그 나무들에 대고 속삭여주기를, "아 내 귀여운 월계나무여, 금갈퀴로 내가 너를 북돋았으며, 금 물주개로 물 주고, 명주수건으로 네 잎들을 닦아줬잖니?"란 뒤, 네가 마음에 원하는 것이 있으면, 그것이 무엇이든 물어보라구, 그러면 알쪼가 있을 거니께는."라더라고 합심메다. (하나 지적해두어, 재미가 없잖을 것이 있다면,

“금갈퀴로 북돋고, 금물주개로 물 주며, 명주수건으로 잎을 닦아준다”는, 저 '속삭임의 말'일 것인데, 저것이 혹간, 草木들의 왕국의, 잠긴 城門이라도 열게 하는, 무슨 呪文열쇠나 아니겠는가 그렇게 생각하게도 되니 그렇습메. 허허허웃, 아 그래서, 여러 善男子 善女子들은, 거 呪文 하나 좋은 걸 들었다고 하여, 필요할 때마다 이제, 그것으로 '나무의 마을'을 열고 들어가, 여러분들의 利속에 맞는 노략질쯤 해보았으면 하고, 그것을 외어두려 열심인 듯한데, 여 善男子 善女子들, 말을 들어보소, 어떤 呪文을 다만 알고 있기로 하여, 그 呪文이 呪力을 발생하기만 한다면, 呪文 한 가지에, 千萬金에서 億萬金에 이르기까지의 與受가 없을 수 없을 터인데, 어떤 呪文은 글쎄, 필요할 때마다, 力鬼를 묶어내어, 그 力鬼로 하여, 王笏까지도 훔쳐내오게 할 뿐만 아니라, 어떤 呪文은 또, 그 呪文을 읊는 자의 죄가, 六道 전체의 무게보다도 더 하다 해도, 그 罰魂에다, 그 무게를 거뜬히 짊어져줄 날개를 붙여, 淨土에다 데려다줄, 그런 힘이기도 하니 그럴 것입습. 그렇다면, 世慾을 못 여읜〔그런 呪文을 많이 알고 있는〕 중들마다, 그런 呪文 하나씩 팔기로, 일세의 장자가 되어버릴 일인데, 善男子 善女子들임세, 만약에 여러분들이 원하기만 한다면, 本稗官은, 이 한자리에 앉아, 力鬼를 부리는 呪文 십여 가지쯤, 무값에 일러줄 수도 있습지. 그래서 그러면, 本稗官은 物慾 世慾이 없어 보살인 데다, 여러분들은, 그런 呪文을 짊어져도, 버텨낼 만큼 실하다고 생각해 그러는 것이겠음? 허나, 이것에 대하여 대답하려 하여, 땀낼 일도 아니겠음메. 呪文이란, 咀呪와 마찬가지로, '말〔言語〕'로 이뤄진 화살 같은 것이라면, 근사하다 하겠을 일인갑? '마음'이야말로, 저 '화살'을 그 시위에 메어 쏘는 '활'인 것이며, 〔그렇다면, 이 '활'로서의 '마음'은, '體의 국면의 마음'이랄 것이겠음?〕 그 '활'의 시위를 잡아당겨 쏘는 그 긴 팔은 '知覺者'인데, 〔이 '知覺者'는 그렇다면, '用의 국면의 마음'이라겠음?〕 그 과녁은, 어떤 자에게는 '西域淨土'며, 어떤 이에게는 '解脫'이며, 또 어떤 이들께는 世俗的 富貴榮華이기도 하겠음나. 헌데 이 '마음'이라는 활은, 어떤 이에게는 너무 유약해, 휘이려 하면, 그 당장 부러져버리거나, 어떤 자에게는, 그 무게를 측량할 수도 없이 무거워, 도저히 들어올릴 수도 없다면, 그것을 휘인다는 일은, 더욱더 엄두도 못내게 되거나, 또 어떤 이에게는, 그것쯤 집어올려, 휘어 쏘는 일은 조금도 어렵지 않는

데, 쏘아진 화살이, 어느 일점에선가 빙 돌아, 되돌아와, 바로 그 弓
手의 가슴을 꿰어뚫고 덤비는 妖弓이 되어, 그것을 어거할 수가 없
거나 하겠습지. 그런즉 이것〔마음〕은, 유연한 것 중에서도 그중 유
연하며, 강한 것 중에서도 그중 강하며, 가벼운 것 중에서도, 무거운
것 중에서도, 그것에 비교되는 것은, 없는 듯합신다. 그러면 대체 어
떤 이들이, 저 妖弓을 휘어, 그 力鬼的 화살을 그 시위에 먹여, 겨냥
한 과녁을 꿰뚫을 수가 있을 것인가,──善男子 善女子들임세, 그것
은 여러분들이, 각각 자기 자신들을 실험의 대상으로 하여, 살펴보
아, 알아낼 것이겠습. 물론, 本稗官이 일러줄 수 없는 것은 아니라
도, 그 짓이란 결과에 있어, 씨 뿌리는 자가 나아가 씨를 뿌릴 새,
어떤 씨앗은 바위 위에도 떨어졌거늘, 싹이 이내 돋는 듯하다, 말라
죽고 말아 가을이 없는, 그런, 바위 위에다 씨 뿌리기나 다를 바 없
을 것입지. 이 '바위' 같은 心田은, 世慾이 굳어 된 그것의 비유인뎁
지, 그럼에도 누구든 만약, 어떤 呪力을 하나쯤 길들여 부리기를 바
란다면, 말한 바의 저 '마음이라는 활'을 어떻게 응용하는 것인지,
그것부터 수련해보는 것이 권고되겠습지. 羅卜이의 苦行이 무엇이
었던가쯤, 여러 善男善女들도 그러면 눈치챌 만할 것인데, 눈앞에
있어, 약간의 땀을 쥔 손으로 거둬들이려 하면, 누구라도 거둬들일
것들을 거두느라, 여러분들이 나름으로는 땀을 흘리고 있었을 때,
그 손쉬운 것 거두기를 다 그만두고, 한낮에 별을 따려 하기,……
허, 허, 헌데, 여러 善男子 善女子들은, 本稗官이 이렇게 말한다고
하여, 처음에는, 그 呪文이 仙餠덩이라도 횡재한 듯이 입 속에 넣었
다가는, 砒霜이라도 되는 듯이 뱉아내려 하는데, 거 모두 無學의 소
치라고 해얄 듯합슴메. 本稗官은, 어느 마을에서든 三冬을 만나, 거
기서 그것을 나지 않으면 안 되는 때마다, 그 고장에 맞을 만하게
여겨지는 呪文을 하나씩, 그 마을 서낭당에 펄럭이는 오색헝겊모양,
그 마을 삶의, 외로 꼬여진 새끼줄에다 꽂아주기를 잊지 아니해 옵
습지. '삶의 외로 꼬여진 줄'이란 다른 것이 아니라, 여러분이 어쩌
다, 균열이 간 벽을 때우려, 흙일을 하려 해도, 또는 아침 저녁으로
측간을 오르내리려 해도, 그 탓에 부스럼이 나지 않기나, 낙상을 입
지 않기를 바라, 土鬼에게도 壁鬼에게도 빌고, 또 부적 같은 것이라
도, 허리끈 밑에 단단히 찬다는 따위, 그런 쪽으로 꼬여나간 살기를
이르는데, 그러던 날, 여러분네는, 그런 귀신들과 여러분네 사이에,

전갈 같은 것을 보내기도 받기도 하는, 하님을 두기도 하기는 하덩
구마는, 하여서나, 이 전갈하님이야말로, 이제, 한 동네 삶의 모든
비밀을, 그 외로 꼬여진 겅것줄〔禁索〕 저승에 이어진 것을 손에 쥐
어, 외로 꼬여진 마을을 주관하기는 하덩구마는. 마을은 어쨌든 마
을대로, 저런 전갈하님을 하나씩 둬두고 있기 때문에, 이해할 수 없
는 변괴 따위가 있을 때마다, 편한 것도 사실이기는 하겠습지. 어떤
수로든 영락없이, 저 전갈하님이, 어떤 불행한 사태를 '탓〔핑계〕'돌
릴 자리를 찾아내주던 것이거든입지. '땀'은 자기가 죽처럼 흘리면
서도, 그 '짐'에 대해 자기는 무고하다고 알기는, 펴, 편하다 말입지.
헌데 이 전갈하님이 만약, 여러분 살기의, 그 三世의 길목에 막아
앉아 있다가, 여러분네 삶의 불알과 공알을 훑고, 파먹는 수가 있다
고 한다면, 여러분은 놀라시겠는갑? 이렇게 되면 洞流들은, 땅에 의
지해, 그 땅의 소산으로 살면서도, 모르는 사이에 그 땅에서 격리되
어, 그 땅에 접근하고 싶어해도 그때는, 그 전갈하님을 매개로 하여
서만, 그러니 간접적으로밖에는 이루지를 못하며, 또, 自然 속에 안
겨 있어, 여러분 자신들이 그 自然〔의 일원〕임에도, 自然과 여러분
사이에는, 새나 짐승이나 초목들에게는 필요도 없는, 通譯꾼이 있어
서야, 自然이 뭐라고 여러분께 전갈을 보내는지를 알게 된다 말입
쑴. 이렇게 보면, 모든 변괴가 있을 때마다, 여러분네를 편하게 해
온, 이 전갈하님이, 사실로는, 三世에로 통하는, 여러분네 동구를 막
아 앉아, 여러분네 삶의 외로 꼰 겅것줄을 흔들고 있다는 것을, 부
인치 못할레랍. 이런 전갈하님은 그러자, 남의 夢精에서 습기를 훔
쳐, 애를 배는, 매우 요사한 계집이, 인두겁을 쓰고, 여러분네 마을
을 훔쳐가버린 것인데, 묘한 것은, 羅卜이에게 現夢한 어머니는, 저
전갈하님과 어째선지 조금도 닮아보이는 데가 없다는 것일 것임시
다. 羅卜이에게 現夢한 전갈하님은, 통로며, 은총이며, 자비일 뿐인
데, 어쩌면 羅卜이는, 그 심정이나 魂이, 世慾의 病에 굳지를 못했던
까닭에, 나무며, 산이며, 하늘이며, 冥界 속에 안겨 있었더니, 그리하
여 '나'라든, '너'라는 식으로 자기를 분리해낼 수가 없는 상태에 이
르러 있었더니, 이 상태에서는, 한 의식하는 人間이 自然化하기와
같은 경로를 거꾸로 좇아, 自然의 어느 아름다운 부분이 擬人化하
는 것을 보기는 어렵잖을 것으로, 그리하여 自然이, 그것 자신의 나
찰相을 벗고, 그 보살적 속얼굴을 보여준 것이, 저 '눈 깊은 엔네'가

아니었는가 [本稗官은 짐작]함시다. '訪內地成純得道[V·I·T·R·I·O·L——"Visita Interriora Terraei Rectificando Inveries Occultum Lapidem."]——羅卜이가 찾아낸, 그 하나의 '숨겨진 돌'——그것이 저한 구절의 呪文의 형태로, 여러분네 心床 위에 놓여져 있음메다. "아 내 귀여운 월계나무여, 금갈퀴로 내가 너를 북돋았으며, 금물주개로 물 주고, 명주수건으로 너의 잎들을 닦아줬잖았니?"——바로 이것이, 本稗官이, 여러분 마을에 줬으면 하는 呪文으로서, 그것을 통해 여러분들께서는, 만약 自然과 여러분 사이에 끊긴 데가 있으면 잇고, 막힌 데가 있으면 트며, 구겨진 데가 있으면, 펴기를 바랍 슴메다. 허, 헌뎁, 뎁, 봅습, 보, 봅습지, 저 구석의 저 늙은네는, 저승 차사편에 반 정신, 반 몸은 이미 보내버리고, 반 남은 쭈그러진 風鳶모양 이승에 남아서는, 뭐, 뭐랍신다, 本稗官이, 거 모두 뻔히 알고 있는, 옛애기 한 자리 갖고, 해찰이 많음선, 영 자아올릴라고를 안한다고, 그렇게 말하놌다? 저런순에 狗子 같으님, 이 얘기가 끝나는 대로, 이 얘기 듣는다고 해찰부리는 저승차사님들이, 남은 반 저 風鳶까지 모두 끌어내려 간다면, 그 일을 두고는 어찌 하려는구? 老弟 말대로, 모두 다 알고 있는, 그런 옛애기를, '얘기 팔아 연명한다는 자'가, 입에 물기 시작했었을 때는, 道弟여, 그 얘기꾼이, 오래 묵은 얘기로서나, 道弟의 불알이라도 긁어, 老弟네에 무슨 늙은 玉門이라도 있으면, 그것이나 한점 얻으려 하는 줄 알았더늅? [이것은, 自然的 無爲에 대해 文化的 無爲, 환언하면, 道家的 無爲에 대해, 禪家的 無爲라얄 것이지만,] 어떤 얘기꾼이 만약, 三冬을 다 새워, 혀 놀려, 무엇을 씨부렸음에도, 한마디의 말도 해본 바가 없다면, 그 稗官은 과연, 말한 바의 저 '無爲之道'에 通했다고 할 만하겠 늅, 못 하겠늅? 풍진세상 와, 눈물도 섬으로 흘리며, 배고픔 탓에 개장국집 개고기까지 훔쳐먹었으되, 業을 지은 바가 없는 이가 있다고 하면, 그이는 글쎄, '無爲之道'에 通했다고 해야겠늅, 하지 말아야 겠늅? [인구의 증가에 의해, 땅이 그 무게를 견디기에 몹시 허덕거리며 괴로워하므로, 그 인구를 대폭 삭감해버려야 할 필요가 있어, 神들의 조작하에 일어난, 그 戰爭譚이 「마하바라타」임에도, 그 우주적 살해가 다 끝나고 난 뒤에 들려진 얘기로는, "그 戰場에서 단 하나의 인명도 살상된 일이 없었다"고 하는데, 그 뜻을 알 만하늅, 못 하늅?] 그런즉, 얘기꾼이라고 자처하는 쪽에서는, 한번도, 시작도,

해본 적도, 없는 얘기를, 듣는 자 쪽에서는, 그 결말을 재촉한다면,
咄! 詩三百一言以蔽之, 佛者가 본 俗事겠음메라. 그러나저러나, 老
弟가, 저승길이 급함에도, 그 결말을 못 봐, 그것을 보려 하여 늦추
고 있다고 한다면, 싸게, 매우 싸싸게 자아올리기로 하여, 열나흘 열
명길 중 며칠이라도 절약을 해드리야겠습제? 아으 그러면 여러분
네는 지금부터, 羅卜이의 꿈속을 들여다보기로 해야겠음다. 꾸, 꿈,
속을, 그래서 타인이, 과연 타인의 꿈속을 들여다보, 볼 수가 있다,
이런 얘깁심다? 없다면, 그럴 수가 없다면 洞流들입지, 그것은 다름
이 아니라, 꿈을 꾸는 그 살이 너무 빽빽한 암흑이라 그럴 것입지.
헤헤헤, 헌데도 洞流들은, 아침 깨어났을 때부터 저녁 잠자리에 들
어 잠들기까지는, 자신인지, 또는 어떤 타인인지, 또는 세계인지, 무
엇인지가 꾸는, 그 꿈들을 보며, 그 속에 섞여 業[作爲]을 짓기로
써, 살아 있다고 믿고 있는 것, 하으, 小子여, 너는 언제나, 그 無明
으로부터, 글쎄 그 '잠의 고치'에 구멍을 뚫어, 빠져나와, 날으려 하
났다?)
　　그러다 羅卜이는, 그 잠으로부터 깨어졌드랬음메다. (이 말句가
受動態를 취해 있음에 주목하십습.) 그리고는, 당연하게 짐작되어지
기로는, 羅卜이는, 그 너무도 여실한, 그 꿈에의 기억 속에 잠시 잠
겨 있다가, 꿈에서 받은, 몇 가지 물건들에 기억이 머물렀을 때, 자
기의 현실에로 돌아왔을 것이라는 것이며, 그리하여, 자기의 주위를
두리번거리기 시작했을 것이라는 것임시다. (羅卜이를 엿보는, 여러
洞流로서는, 당연하게 그것을 기대하고 있을 것임에도, 그러함에도,
이해의 한계를, 넘는, 일은, 거기에, 일어나, 있었음시다. 이때, '기대'
와 '이해'를 비교하여서는, '기대'는 詩學的인 데 반해, '이해'는 實學
的이라고 하여, 實學 쪽에만 더 비중을 두려 한다면, 그 당장, 편견
의 毒龍에게 그 대가리를 씹히기뿐만 아니라, 조금 더 비약하여서
는, '五官'的 宇宙 이외의, 다른 宇宙의 實在性까지를 부인하기에까
지 이르는데, 그것이 '毒龍에게 대가리를 씹히기'라고 이른 그것임
신다. 이 '毒龍'은, 늘 기억해둘 것은 무엇인가 하면, '畜生道,' 또는
'三惡道'에 대한, 童話的 方言이라는, 그것입닌다. '人間'은 헌데, 이
'畜生道'로부터는, 오래 전에 벗어난 '어린 羊'이라는 것을 명심해두
기로 하면, 살다가 때로 때로, 하루에도 열댓 번씩, 野狐의 울음 소
리가 목구멍을 넘는다 해도, 그것을 '사람의 목청'으로 바꾸려기에

애를 쓰게 될 일입넨다. '人間'은, 자기의 그 獸性을 용수철 삼아, 天路를 오르는, 이율배반적 짐승인데, '오르는 힘'은 '사랑'이라는 것은, 알려져 있습나.) 羅卜이가 눈을 뜨는 그 순간, 그래서 외계의 빛이 그 안으로 스며들자, 그 '금의의 옌네'의 형체는 희미해졌다가, 지워져 없어져버렸음에도, 그 옌네가 가르쳐준 그 呪文은, 혀끝에 또렷이 남아 있을 뿐만 아니라, 꿈에서 받아뒀던 그 물건들도, 받아놓았던 그 자리에, 가지런히들 놓여 있었더라고 합심다. 童話의 宗敎性은, 이런 데도 있음다.

　──이 '두 월계수 가지'는, 非童話的 方言으로는, '세상나무,' '생명의 나무,' '순화의 나무,' '지혜의 나무,' '염원을 이뤄주는 나무' 등, 여러 이름으로 불리우는데, 그것들은, 앞으로 더 그 이름이 열거되어질 것들이, 植物化를 치러 나타난 이름들이라는 것은, 두말할 여지도 없을 듯합시다. '무지개,' '하늘에 이어진 동앗줄,' '염원을 이뤄주는 보석(如意珠)' 등도, 그것과 같은 것인데 中性, 또는 無性을 띠어 있으며, '白鳥,' '龍' '어린 羊,' '염원을 이뤄주는 암소' 등은, 動物化를 치러 있는 이름들일 것임다. 이 경우, '무지개,' '白鳥,' '암소' 등은, 잠깐만 옆으로 미뤄두고, (그럼에도 저 '눈이 깊은, 자애스러운 옌네'의 영상은, 어째선지, '白鳥'와 '암소'가 합쳐진 듯하다는 투의, 속깊은 상상을 해보는 것은, 듣는 이들의 자유며, 또한 권리겠음다만.) 다시 살펴보기로 한다면, 저 모두 얼랄랄 상사뒤야, 하필 세상의 다른 아무것도 말고, '男根(링가)'의 象徵들, 또는 暗號들이라는 것을, 부인할 도리가 없다는 것입씸다. 보다 확백하게 밝힌다면, 그것들은 '男根崇拜'에 이어진, '胎夢'이라겠음다. 헌데 그리고도 '암소'만을 제외한다면, 그리고 '무지개,' '白鳥'도, 바로 이 '男根崇拜'라는 胎夢과 결코 무관하지는 않으며, 커녕은, 종내는, 그 '男根' 자체라는 것을 알게 될 것임시다. '무지개'와 '白鳥'는, 조금도 다름이 없는, 꼭같은 한 胎夢이지만, '무지개'는, 擬人化를 치르지 않은, 그러니 보다 더 원초적 胎夢에 머물러 있음에 반해, '白鳥'는, 그리고도 複數的으로 擬人化를 치른, 그러니 매우 文化的 胎夢이라는, 차이는 있겠음시다. 무엇보다도, '무지개'가, '사람'의 夢胎를 통과하며 活性(아니마)을 얻기 시작하여 부화해나오면, '龍'이라는 動物化를 치른다는 것이 고려되어지면 좋을 것임시다. 그 양자는, 몸을 이룬 元素를 같이하고 있는데, ('龍'을 이룬 元素는, 말하지 않더라도 누구나 다 잘

짐작해 알 수 있는 것인즉, 그것 때문에는 혀를 혹사해야 할 까닭
이 없을심다.) 하늘을 건너지르는 다리(橋梁), 넋들을 上天에로 데
불어다주는 天路, 층계, 또는 동앗줄——무지개도, 그 橋脚은 '흙'에
의존해 있는바, (이 '의존'은, '불과 燃料'의 관계로 이해해야겠음다.)
이 '무지개'로부터 어쩌면, 그 "머리는 金으로 되어 있으며, 가슴 부
분은 銀으로, 하복부는 鐵로, 그리고 다리는 흙으로 되어 있다"는,
우주적 原人의 모습이 읽혀졌던 것이나 아닌가, 하는 추측도 하게
합심다. 그것은 그렇게, 그 '다리(脚)'를 '흙'에 받치고, (그 '다리와
발'은 그러니 '흙'의 元素로 이뤄졌다는 말이겠습지.) 비상에의 의지
탓에, 하늘을 가로질러 떠올라 있는데, 무엇의 肉眼에나 보이는 그
몸은, '물'의 元素로 이뤄져 있는 것은, 누구나 아는 사실, 헌데 本稗
官의 이해에는, '비상에의 의지'라고 일러진 그것은, '공기,' 또는 '바
람'의 元素를 입어 있어 보입심다. 그것만으로는 그러나 아직, 그것
이 비록 '무지개'적 모든 요소를 갖춰 있으되, '무지개'는 못 되고 있
는바, '불'의 元素의 도움을 얻지 못함 탓임시다. 그것(불)이 '빛의
魔職杖'이랄 것으로, 저것의 두들김에 닿으면, 볼작시랍, 거기 한 일
곱색 찬란한 龍의 등천이 있놌다. (龍과의 관계에 있어서의 이 '빛
의 魔職杖'은, 그것의 혀 밑에 물려 있는 '如意珠'인 것이 분명한데,
'혀 밑에 물려 있는 것'이란 '말〔言語〕' 말고 또 무엇이겠음? 創造의
말, 사랑의 말, 등천하는 말.)
　——(이 '빛〔魔職杖〕'이 그리고도, 生命 있는 것들〔有情〕 속에서는,
'情〔生命〕,' '活力〔푸라나〕' '魂,' '靈' 등의 이름을 갖는다는 것 같은
것을 염두하기로 하고 말이지만,) 헌데 集團的 胎夢이 밝히는, 生命
과 관계된 元素論은, (六祖의) '兩極을 갖는 楕圓形'을 그 宇宙的 構
造로 삼아, 일정한 몇 樣態(記號—體)를 드러내며, 運命(意味—用)
에 적응해온 것을 밝히고 있어 보임시다. '情'이 '흙'의 元素에 제휴
하면, '징그럽게 길어진다'는 것인데, 그것은 '흙'의 元素가, 그 전체
로 하고 있는 '重力'과의 관계에서 관찰될 때, 그런 형태를, 별수없
이, 그리고 저절로 취하게 된다고, 해석하기는 어렵지 않을 것임시
다. 그것(情)이 헌데, 같은 '重力의 元素'라도 '물'에 제휴하면, '비늘,'
'미끄렁거림' 등을 돋과내는 데 반해, '逆重力의 元素, 불'에 제휴하
면, (水性'이 승하다고 할 때는) '白鳥' 따위, ('용천병을 뿌리는 자,
土地의 大王'이라는 데 주목하여, '土性'이 승하다고 할 때는) '龍' 따

위, ('水·土' 兩性이, 같은 비중으로, 같이 승하다고 할 때는) 地球
를 매달고 날아오르려는, (草木의) '둥치와 가지, 잎'의 형태를 드러
내고, '공기'의 元素와의 그것에서는, '깃털,' '날개' 등이 돋아나는 것
을 보게 됩늬다. 주목을 요하는 것은, '징그러움,' '길다람,' '미끄렁
거림,' '비늘,' '둥치, 가지, 잎,' 그리고 '깃털,' '날개'라는 식의, 말하자
면 小品이랄 것을 정리하는 자리에다, '白鳥,' '龍'이라는, 각각 그 하
나하나썩이, 한 우주에 맞먹는 有情들인 것을, 섞어넣고 있다는 그
점일 것인데, 예들어진 저 두 有情들은 그렇다면, 대가리가 둘썩인
바룬다새들이라는 믿음이 듣게 됩늬다. 얘기되어진 바대로, 저것
들은, 각각 하나썩의 실한 有情들인데, 동시에, 元素와 관계된, 人間
이라는 有情의 夢想 속에서는, '情'이 담긴 小品이기도 하던 것이겠
음메다. '水性이 승한, 날아오르는 白鳥'는, '습기'로 이뤄진 '무지개'
의 變身인데, 앞서 얘기되어진 것들을 종합컨대, 그리하여 저절로
도출되어지는 결론이 있는바, 무엇인가 하면, '白鳥와 龍'은 다름이
아니라, 한 자리에 정지해 있어, 그 꽃술로밖에, 자리를 옮겨 바꾸지
못하는, 그런 '植物'의 뿌리 속에 안겨 있던, '動活에의 欲望의 알'에
서 깨어나온, '動活' 자체라는 것, 그것임시다. 그래서 '白鳥와 龍'은,
그 生態는 動物이라도, 動物이 아니라, '植物'이라는 그런 얘김시다.
그러니 그 둘은, 같은 하나가 매단, 두 대가리 새 바룬다던 것입슴
다. 흐흐홋, 그렇다면, 動物의 수컷이 달고 있는 하초는, 植物이라는
애긴 것임넨다. '동산 중앙의 나무,' '세상나무,' '(아담의 하복부에 돋
은) 생명의 나무,' '(하와의 머리에 돋은) 순화의 나무(白鳥),' '지혜
의 나무,' 보리나무, 월계나무……이러면 이제 洞流들께서는, 여러분
모두 함께 누워자며 함께 꾸는, 그 한(集) 꿈속에서 일어난 꿈 羅
卜, 이가 얻은, 그 두 그루('무지개'와 '龍,' 또는, '白鳥'와 '龍')의 '월
계나무'가 무엇인지쯤, 그 내용을 죄다 알아버린 셈입심다.
　羅卜이는, 여러분들의 羅卜이는, 여러분 羅卜이는, 그래서는, 그
두 그루의 나무를, 그 궁정 어디 후미진 데, 바람(願) 파고, 흙 파
고, 심었음다, 북돋웠음다, 정성으로 보살폈음다. 그러자 그 나무들
은, 하루에, 계집아이 한 살만큼썩 자랐음다, 이틀에는 두 살만큼썩
자랐음다, 열닷새를 자랐음다, 열다섯 살짜리 계집아이만큼 자랐음
다, 羅卜이의 바람(願)이 자랐음다, 열닷새 달이 자랐음다, (여기 어
디에 이제, 어떻게 '어머니'가, '자식'과 함께 눕는가, 그 비밀이 밝혀

지는 대목이 있을 법함시다.) 羅卜이에의 사랑이 자랐음다.

 그것이, 가르쳐줘, 배와, 기다렸던 때였던 것을 알았으므로 羅卜은, 먼저, '벗-월계수'에 대고, 배운, 예의 그 呪文을 읊은 뒤, "헌데 내게, 소원이 하나 있다누, 아 말이지, 내가 만약, 누구의 눈에도 보이지 않을 수만 있다면, 얼마나 좋겠누?"라고 속삭였던 모양이었음다. 그러자 그 속삭임의 여운이, 아직도 따뜻한 진동을 일으키고 있을 때인데도, 그 벗-월계수 가지 끝에 보름달이 떠올랐음다, 벚꽃 한 송이가 두둥실 피었음다. 그것을 대답으로 알아 羅卜은, 물론 그 꽃송이를 따내렸을 것이고, 코에 먼저 대어 냄새를 맡아본 뒤, 계집아이들은 꽃을 얻으면 머리에 꽂는데, 사내아이들은 저고리 깃섶에 꽂는 것이 버릇이니, 羅卜이도 그래보았을 터였음다. 허, 으, 혹, 크, 크참, 별 참 희한하고도 맹랑한 일이 일어나고 있었더라니, 크, 클쎄 크 칸낮의 뻘건 해 아래서, 羅卜이 자기의 몸이, 어떤 보이지 않는, 지우는 손에 쥐어진, 보이지 않는 지우개에 의해서, 조금씩 차차로, 지워져 보이지 않는 것을, 羅卜은 글쎄, 시퍼렇게 뜬 자기의 눈으로 본 것임시다. (묘하돕다, 人世의 修辭學, "보이지 않는 것을, 시퍼렇게 뜬 눈으로 보다" 말임? 헌데도 羅卜은, 자기의 몸이 보이지 않게 되었다고만 이르고, 몸이 없어졌다고는 이르지 안했으니, 이런 경우는, 혹간, '몸'이라는 대상이 아니라, 그것을 본다고 하고 있는, '視線'이 지워졌거나, 아니면, 그 '벚꽃'에 닿기만 하면 하는 대로, 거울에 비추이기처럼, 視線이 굴절 현상을 일으켜버리는 것이나 아니겠습나? 그렇건 어떻건,) 羅卜은, 먼저 쿨쿨 몇 번 웃고, 낮꿈에 본 엔네의 영상을 떠올려 감사한 뒤, 생각했기는, 자기가, 꿈에서 깨어날 때마다, 꿈속의 그 엔네의 영상이, 자기의 시야 속에서 스르름 스러져가듯이, 이번에는 그와 반대로, 자기의 생짜의 몸이 그렇게, 자기의 시야 밖으로 스름슴 스러져간다고 한 것임다. 생각하고 의문했기는, 羅卜은 그리고, 자기가 모든 사물을 뻔히 보면서, 다시 잠에나 든 것이나 아닌가 했는데, 잠에 들었을 때마다 羅卜은, 자기의 몸을 본 일이 없기 때문임시다. 아으 그러고 보면, 저 한 송이 꽃은, 羅卜이에의 사랑으로 핀 꽃은, 大地의 저 깊은 속, 거기 어디 품어져 있던 '돌'이, 가슴을 열고 날려보낸 白鳥이겠는가, 白鳥이겠음시다! 비밀한 말(言語)의 전갈하님! 모든 肉身을 잠재우고, 意識만 깨워 일으키는 말(言語), 무덤의 말. (아으, 이제는, 여러분네가 꿈

에서 얻어 實地에 심은〔이것이 '胎夢'이라고 일러지는, 그 장본인이
올심다.〕, 저 꿈나무가 일으키는, 저 자그마한 妖術이 무엇인지끔 알
만하겠습? 그것은, 한 '夢態'에서, '內容〔夢〕'만 남기고, '記號〔態〕'를
지우던 것입습. 바르도의 말.〔마야랍王의 王國, 바단이, 거기 어디
지척에 있겠음다.〕)

羅卜이가 그리하여 지금부터, 무엇을 성취하려는지, 그것을 보고
싶어하는 자들은, 羅卜이를 따라붙여, 그것을 엿보기 위하여, 엿보
려는 자들은 그러면, 옷섶에다, (검은 헝겊조각도 좋을 것이지만)
흰꽃을 한 송이씩 꽂아두기를 권해두는 바임시다. (물론 '검은색'도
포함해 말이지만) '흰색'(이란 모순어법인데)은 無色이라고 이르고,
또 색깔이 아니라고도 부정되는지라, 그렇다면 '흰색'이란 눈에 안
보인다고 해야 되기 때문임시다. 그렇게들 자기들을 부인하고서, 그
러면 道弟들은, 따를지어람. 허허으크, 거 가용주 몇 잔 내십스라,
맑은 눈에는 제기럴, 세상 아무것도 보이는 것이 없어, 말해볼 것도
없는데, 독한 술로, 서너 대여섯 주발쯤 거푸 마시고 난다면, 흥그렁
해져서 마음이, 없다가도 떠올라 보이는 것이 많아지잖겠냐 말임시,
없던 大川도 드러나 보이고, 거기 섬도 다섯 갠지 여섯 개가 둥둥
떠 있어, 징검다리로 떠 있어, 건널 데 없는 데라도, 오륙 보 건너
뛰어볼 일인 것. 런즉, 이제 모두, 羅卜이를 보십스라, 이놈은 시방,
열두 公主들 방문이 밖에서 잠기기 전에, 그 방안으로 스며들고 있
음시라. 때는 그러는 중에, 자정녘이 돼간다고 해둬야, 듣는 이들 쪽
에서, 으스스함을 만들어, 소름을 돋과낼 것임시다. 달을 우러러 울
어짖던 개들까지도 그때쯤은, 일순 꼴딱 졸게 되어 있다고, 소리라
도 으시락딱딱하게 꾸며야, 세상은 잠의 억만근 무게 밑에 짓눌려,
비직 비지직 꿈을 토해낸다고, 생각해내는 것임시다. 이러는 중임시
다, 자정이 조금 기울자, 영락없이, 저 잠의 목구멍에서, 말(言語)이
'소리' 대신 '형상'을 입어, 일어나기 시작하였음다, 그리고 그것은
꿈입심다. 몸은, 왜냐하면, 그것을 일으켜세워 놀리는, '情'이 '꿈'의
모습으로, 마을을 갔으므로, 돌아올 때까지는 꼼짝없이 누워 있어야
되는즉, 누워 있는 중임시다. "중이 염불을 할 때, 마음으로 하느냐,
입으로 하느냐?"라는 따위, 귀신 씨나락 까먹는 소리, 소리는 묻지
도 말 일임시다. 만약 '입'으로 한다고 하면, 이 잠든 입들이 모두,
자기로부터 일어난 꿈이 어디 外道에 올랐는데, 보아라, 甲놈은 處

容네 앞쪽에 누워 있는 중에, 놈의 마누라는 당나귀에 붙었다, 라는
투의 소문을, 나발불어댈 일인 데다, "밤의 넋은 낮의 몸과 같다"
이르고, "꿈은 반드시 道德的이지는 않다"고도 이르니, 헛헛, 꿈들의
마을 일로, 이쪽 동네 일이 흉흉해질 일이 아니겠습나?(헥, 거, 아까
洞流들이 바친 잔에는, 물이 좀 과하게 섞였던 듯함시, 아까는 다섯
인지 여섯인지, 여섯이 다섯인지, 삼삼하던 것이, 지금 다시 보니,
다섯 섬〔島〕이 분명하고, 또 여섯 섬도 분명하고도 분명한즉, 이래
서는 애기가 더 나아가지를 못하겠음시라, 이번엘랑 물 두지 말고,
깊어 빠져 죽게코롬이나 한잔, 더 내그라고.)
　然이나, 우리(란, 本稗官을 포함하여, 本洞 善男善女 모두를 일러
하는 말이지만) 이거, 너무 羅卜이의 그림자만 좇다 보니, 羅卜이
이전에 와서, 저렇게 열둘씩이나 혼전만전한 왕궁의 딸내미 중, 그
어느 딸내미의 손목이라도 하나 나꿔채볼까 하고, 용감히 내달았던,
그 많은 장한들이, 이런 시각에는 대체로 무엇을 했었던지, 그런 애
기를 할 기회를 챙길 수가 없었음다. 本稗官이 들었기로는 헌데, 바
로 이 시각에, 그 장한들의 운명들이, 꼭같은 곳에 닿기 위하여, 두
길로 나뉘어져 갔다고 했었으니, 이것은 그러니 말하자면, 최초의
'사람'들이 '永生'을 잃고 있던 그 시각만큼이나, 그 개인들에 대해서
는 운명적 시각이었던 것은 분명했던바, 그러자니 하루중의 다른
아무 시각도 말고, 바로 이 시각을 상기하게 됩심다. 말한 바의, '같
은 곳에로 이어지는 두 길'이란 어떤 것들이었는가 하면, 하나는, 公
主들의 유혹하는 눈웃음과, 그 섬섬옥수들로 따뤄주는 핏빛의 포도
주 맛을 본 장한들은, 그 뼈대가 아무리 참나무 백년짜리만큼씩 했
다 해도, 붉은 그 술에 마음도 붉어진다고 느끼는 그 당장, 풀기를
잃고 허물어져내려, 재(灰)보다도 더 깊은 잠에 들었다가는, 그 잠
을 못 깨본 채, 법의 공정함으로 나라를 다스린다는 자의, 몹시도
짜증난 한번 손짓에 좇아, 狂犬들의 땅굴 속에로 던져넣어졌으며,
그것이 그 한 운명이 달려간 길이었으며, 다른 하나는, 꾀스럽게도,
공주들에 대한 사랑보다도 더 붉은 그 술을, 마신 체만 해보이고
잔을 비워낸 자들이 간 길로서, 그들은, 못 깨일 잠에 떨어져 있었
어야 될 시각에도 깨어 있었으므로, 公主들을 따랐는데, 문제는 따
라붙였기 탓에 종무소식이 되어버린 데 있었다고 했지만, 그러나
그들의 뼈도 또한, 저 같은 狂犬들이, 깨뜨려 골을 핥고 있더라 했

음시다. 구멍난, 해진 신발짝들. ('구멍난, 해진 신발짝들'? 헤헤, 여기 어디에 혹간, 무엇의 性轉換이라도 있잖았습나? 봅습지, '情'이 빠져나간 '物'이란, 봅습지, 이제는 더 못 신을, 버려진 신발짝인 것, 것, 것 말고 또 무엇이겠습나? 가맜씁, 이, 이러다 이 중요한 순간에 이르러 우리는, 우리들이 '눈'삼은, 羅卜이를 잃어, 그 또한 狂犬의 땅굴에나 던지워지겠습메. 羅卜이에 대해, 이것은 위험인데, 우리는 그러면, 부지런히, 羅卜이를 따라붙이기로 합습시. 어쨌든, 저런 말의 뜻인즉은, 羅卜이를 위험 가운데서 들어올리는 것은, 결국에 있어서는, 羅卜行傳을 듣는, 모든 聽衆들이 이룬 合集力이나 아닌가, 하는 것으로, 聽衆이 원하지 않으면, 아무리 열둘씩의 九尾狐들이 악착스럽게 덤벼 물어뜯으려 해도, 한 '바보놈'의 터럭 하나도 상하지 못하게 한다는 것을, 고려하게 합습지. 이것이, 作者未詳의 民譚의 정체일 것입지. 저런 '얘기'들이란, 왜냐하면, 그것을 들어 감동하는 聽衆 각자의, 자기네 外界에 대한 覺性〔覺醒〕을 집약해놓은 때문인뎁지, 그 覺性을 통하면, 그 '얘기'들은, 그 각자의 內部로 환치하여, 그 각자의 '運命'에다 색깔을 입히겠습지. 그 '運命'들의 비슷함과 하잖음에 좇아, 그 색깔도 비슷하거나, 하잖을 것입습지. 本稗官의 관견에는, 모든, 조악한 物質을 몸이라고 해 입은 有情들의 '無意識'은, 그들의 그 '조악한 物質的 몸, 그 外界'라는 것인뎁지, 有情의 '外界에의 覺性'을 통해서, 맨먼저 '畜生道'와 '人世'가 나뉜다고 하고 있습지. 이 상태에서의 양자의 다름은, '畜生'은, 입게 된 몸, 그것이 그것의 '運命' 자체여서, 말하자면, '發音되어진 말〔言語〕'인 데 반해, '人間'은, 자기가 '짐승〔畜生〕'인 것을 깨우치기에 의해, '運命'을 '안' 쪽에다 쳐넣어놓기에 이르러, 말하자면 '文字를 입은 말〔言語〕'이라는, 그 점이겠습지. '畜生'에게 있어, 그것이 '意味'며 동시에 '記號'인 것이, '人間'에게 있어서는, '意味'의 역할만 하게 되어버렸다는 그 얘긴뎁지, 그래서 '人間'은, '人間이라는 그 記號' 속에다, '六道'는 물론, '니르바나'까지도 휩싸아 안기에 이릅습지. 첨부해둘 것은, "니르바나까지 휩싸아 안는다"는 표현은, 순전히 修辭學이며, 이 상태는, '畜生'과 꼭같이, 그러나 그 正反極되는 데서, '意味'가 '記號'며, '記號'가 '意味'라는 그것입습지. '畜生'이 이 상태를 성취하려면, 먼저, '山이 山으로, 江이 江으로 보이지 않는 상태"를 성취해야 되는뎁지, 그러기 위해서는, 그것들은, 왜냐하면 그 전체가 '밖〔記號〕'

이므로, '안〔意味—魂〕'을 깨우쳐야겠습지.)

때에는, 자정을 알리는 時鍾이, 성루에서 울려나고 있었는데, 일순 그 詩城에, 빽빽한 가시숲 같은 잠, 울리는 소리가 더불은 정적, 그런 것들이 덮어눌러, 얼음으로 된 산의 품까지도 열고 들었다 나온 왕자가 있었다 한다 해도, 이 가시숲의 어디를 열지를 몰라할 듯했는데 말임시다. 올빼미까지도, 잠 탓에 눈을 까뒤집어 올랐다면, 할 말 다 했음다. 까뒤집힌 올빼미의 눈에 따르는 연상은, 저 時鍾 소리는, 子正녘에로 비껴든, 무슨 한낮 볕살 같기도 하고 함신다. 깨었던 것들이 꼴깍 숨지는 그 시각에, 개가 짖어 부르기 때문에, 달이 초사흘로 보름으로 일어나듯, 일어나는 것들이, 희게, 희어서 物眼에는 보이지 않게 흰 것들이, 셋으로, 넷으로, 일어나는 것들이 있었음다, 일곱으로, 열둘로, 열두 夢片.

그렇게 일어난, 저 열두 玉詩들은, 羅卜이가 보고 있는 줄도 모르고, 밤나들이를 위한 치장을 했으며, 새로 지어 갖다 놓아둔, 신발들을 신었음시다. 허웃, 꿈길을 걷기에도, 이승 신발 한 켤레씩이 닳아, 구멍이 나드람? 그럼에도, 꿈에서 얻은 나무가, 이승 정원에 심겨 자라기와 저것은, 별로 다를 바가 없을 것임시다.

모두의 치장이 끝나자, 큰언니 되는 公主가, 어디라 없이 그냥 손뼉을 세 번 치자, 그 마룻바닥에, 누구도 기대치 못했을 일이 일어났던바, 글쎄, 그 한가운데 되는 데가, 저절로 스르르 열려지던 것임시다. 거기 하나의 커다랗게 입벌린 구멍이 드러나, 구멍의 밖에 있던 자들을 유혹하기 시작하고 있던 것임시다. (글쎄 '구멍'은, 그 자체가 無性이거나, 無情까지라도, 그것에 한번 눈을 빠뜨린 자를 잘 놓아주려 하지를 않습넌다. 이렇게 되면, 흐흐, '구멍의 相學'이라고도 이름붙일 만한, 무슨 그런 것쯤이라도 觀해보는 것도 좋을 듯싶음메다. 마는, 저 '구멍'의 부름이 강한 데다, 이런 때 羅卜이는, 경악으로 일순 치매 상태를 드러내 있으니, 그만두기로 하되, 그럼에도 만약 그런 것이 논의되어질 것이라면, 대체 어떤 것이나 될 것인지, 한두 마디로, 그런 것이나 암시해두기로 해야겠심다. 그러기 위해 먼저, 「바르도토—돌〔「죽음의 책」〕」 全篇을 통해, 그렇지 안 했으면, 그 매순간 매찰나가, 見性과 解脫의 위대한 기회로 주어져 있음에도, 그것 탓에 상사라를 못 벗어나는, 그중 난한 문제가 되어 있는 것이, '피난처,' 또는 '은닉처'로서 주어진 '구멍'〔에의 유혹〕이라는

것을 지적해둬얄 것이며, 그리고는, 그 '구멍'은 헌데, 바로 이쪽 物
相的 宇宙에로 이어진 '門'이라는 것, 어머니라는 것, 그것을 또한
말해야 할 것이고, 그런 뒤에는, 수컷의 암컷에 대한 '性慾,' 그리고
'구멍을 가진 암컷'의, 그 '빈곳'을 채우고 싶어함, 따위를 논의해야
겠을 일입심다. '相學'은 동시에 그 반대편 국면도 갖는데, 그것은
'想學'이라고나 불러야 할 것으로, 사람의 想像力은, '天國'도, 하늘
어디에 뚫겨진 '구멍'을 통과해야만 성취된다는 것〔이카루스는 그러
니, 아도니스가 취한 길로 하늘엘 오르려 한 것이올심다.〕 같은 것
을 들 수 있을 것임다. 그것이 下向性을 띠면, '地獄'의 想像力을 일
으킬 것으로, '오르페우스의 秘儀'를 논의해야겠을시다. '구멍'은 어
쨌든, '섬뜩지근함'을 빼꼭 채워갖고 있는, '들어가보지 않고는 못 견
딜 神祕'랄 것임다. '구멍'은 '通路'며, 동시에 '障碍'입습다. '구멍'에
대한, 어떤 식의 혐오감과 유혹을, 만약 '複合性的'이라고 말할 수
있다면, '畜生道'에서는, 저 '複合症'이 '生殖慾'의 형태로 드러나지고,
〔肉食動物의 경우, 그 否定的인 경우, '殺害를 위한 食慾'의 형태도
띠겠을 일임다.〕 '人世'에서는, 그 否定的 국면에서, '欲望'의 모습을
드러낼 것이라도, 그 肯定的인 데서는, '宗敎'에로 이어지는 것이나
아닌가, 하는 것까지를 고려하게도 하겠습지만, 저 열려져, 거기 쑤
물거리고 있는 듯한, 저 구멍의 빨아들임이 너무 억센 듯하므로,
……그래서 하초는, 짐승의 암컷을 향해서도 뻐등이는 것임다.〕 헌
데 그 구멍을 통해, 그 밑의 어디에서, 사실로 무슨 뺀한 불빛이라
도 올라왔었던지 어쨌던지는, 羅卜이도 말한 바가 없어, 알 수가' 없
음다. 그랬거나 어쨌거나, 羅卜이가, 경악으로 크게 뜬 눈을, 껌벅거
리지도 못해 있는 중인데, 큰언니公主를 선두로, 막내公主까지 모두
어느덧, 그 땅구멍 속으로 내려가버렸던지, 열렸던 마룻장이 닫기려
하고 있어, 羅卜이가 이거 영 바쁘게 된 것임시다. 그래 너무 서둘
러 따르려 하느라 하다, 말씀임시다, 앗차 이런, 막내公主의 치마폭
한 끄트머리를 조금 밟게 되었음시다. 이렇게 되면 이제, "어머나!"
"누가 이래?" "앗 저런 수가!" "야단났네."라는 따위, 감탄사가 끼일
차례입습다만, 허나 本稗官이 절시해 짐작하기로는, 이 장면은, 羅
卜이와 막내公主간에, 본격적이라고도 이를, 인연이 맺어지는 그 序
章 같아 보이는데, 이것은, 저 막내公主가 꾸는, 요 근래 아침 獻花
를 위해 오는, 저 花童이와의 젖은 꿈의 시작 같아 보임시다. 알다

시피 그러기 전에, 그 방의 한가운데 되는 데가 열렸었는데, 羅卜이
가 그 열려짐 속으로 들어간 것도, 특히 悖說을 팔아 연명하는 자
에게는, 속깊은 淫談이었거니와, 누구나 수긍하겠다시피, 치마폭이
란 '가리는 것'임에도, 또한 무엇을 '감싸는 것'이기도 한즉은, 그 '暗
號'풀이를 하기로 한다면, '치마폭'이란, 아이에게는 '母胎'며, 아비에
게는 마누라의 玉門일시다. 그래서, "해를 치마폭에 받는 꿈을 꾸고
아들을 얻었다"든지, "흰 코끼리가 치마폭에 들었다"든지, 대체로
어머니들이 꾸는 胎夢의 주된 부분은, '치마폭'이라든, '목구멍'과 같
은, 무엇을 받아들일 수 있는 것과 관계된다는 것을 알게 됩습다.
'열어 받아들이는 것'은 모두, 그렇다면, '陰'일 것인데, 그것 속에
'안기거나, 디뎌 밟거나 하는 것'은 모두 그렇다면 '陽'일시다. 헤헤,
느닷없이 왜 이런, 이빠디 없는 늙은네 식은 죽 먹는 소리인가 하
면, 羅卜이가 디뎠다는 치맛자락이나, 치맛자락 끄트머리를 '밟아
딛는 발'은, 玉門 전을 스치고 있는, 陽物인 것을 알겠다는, 그런 소
리를 하려는 것일시다. 이 '발'은 그런고로, 사내에게 있어, 감춰져
있는 허약점으로도 알려질 법함시다. 막내公主가 꾸는, 이 夢精은
그래서, 그 序章만 조금 열어 보인 것이라고 할 것임시다. 어머나!
누가 이래? 앗 이런 수가? 야단났네! 그러나, 그 열두 公主들이 아
무리 둘러보았어도, 그 땅굴 길에는, 자기네들 열둘 외에 다른 아무
것도 보이는 것은 없었으니, 그 막내公主만 핀잔에 덮여씌워졌을
터인데, 羅卜이는, 그런 뒤부터는, 큰언니 뒤에로 따라붙이기도, 막
내公主의 뒤를 밟기도 하느라, 앞으로 갔다리, 뒤에로 왔다리, 갔다
리 왔다리 했음다. 羅卜이의 저런 방황은, 뭐 여러 말 할 필요도 없
이, 羅卜이의 한 정신적 갈등을 엿보이게 함신다. 세습 제도를 따른
다면, 그래서 그것에 변동이 없는다면, 큰公主야말로, 그 王國 자체
를 玉門으로 해갖고 있는 데 반해, 막내公主는 그 王國의 어디 그
중 작은 한 고을, 그래도 忘憂愁 열매, 같은 玉門을 갖고 있을 뿐이
니, 그러한데, 그러한데, 그러함에도 羅卜이가 못 잊어 못 잊겠어서
되돌아와, 막내公主의 뒤를 밟는 것을, 그의 사랑의 편향 같은 것이
라고 보이는 것이아니심나?

　누군가가 아까부터 우리들 뒤를 밟고 있는가봐, 아까는 내 치마
폭이 잡아당겨졌었다뉴!

　그림자일 것이다 뒤돌아봐, 그림자 말고 또 뭣이겠니?

410

응달 쪽 고장에서는, 그림자가 죽어——못 사는 것은, 모두 알잖뉴?

아 그러면, 時間인게다, 둘러봐.

空間만 있고, 場所가 없는 데서도 그럴 터이지만 場所만 있고 空間이 없는 데는, 時間의 씨앗이 無時로 떨어져내려도, 싹을 못 틔우는 것은 모두 알잖뉴?

무엇이 그러면, 없는 場所를 디뎌, 또는 없는 空間 속에 머리 두고, 重力이 쌓인 곳에로 내려가고 있다네?

(그리하여 羅卜이는 생각했음메다, "그렇다면 이것은, 未來의 有情이, 過去 속의 어떤 母胎를 빌어, 이 現在에 태어나듯이 매우 다른 次元에로 나아가고 있는 것이구나. 여기서 失足이라도 하여, 저 公主님들을 놓친다면, 죽지도 못한 채, 이 迷路에서, 영겁을 헤매게나 되잖을 것인가?")

이러는 새, 羅卜이의 눈에 환하게 보이는 열두 걸음과, 그 열둘의 누구의 눈에도 보이지 않는, 羅卜이의 한 걸음은, 空中에도 아니고, 水中에로도 아니며, 앞서 羅卜이가 발견한 대로, 땅속은 아니라도 땅속이라는 데로, 아래로 트여진 길을 내리고, 내리고, 내리고, 내려, 종내, 그 길을 막아 닫은, 한 문앞에 당도했드람시다. 羅卜이 본즉, 그 문에는 헌데, 두 가지의 死語로, "訪內地成純得道," (V·I·T·R·I·O·L)이라는, 일곱 글자가 씌어져 있었는데, 빗장은 하나만 꽂혀 있었음시다. 아 그랬던 것임다, 우리네들 꿈의 뿌리가 박힌, 그 '會陰(물라다라챠크라)'에로 통한 작은 문의 빗장은 헌데, 이 쪽편에 있어, 이쪽편에서만 열게 되어 있던 것임다. 가맜어보셉습지, 얼핏 보기에 이 小路는, 모순으로 이뤄져 있어 보이는뎁지, 라는 말은, 처음, 그 통로가 열렸기 전에, 큰언니公主가 "손뼉을 세 번 치자," 거기 그 '열림'이 나타났었다는 그것을 염두하면, 그 마룻장을 열었던 그 손은 이내, 말한 바의 저 '빗장 걸린 문'을, 어떤 수로도, 넘어와 있었던 것으로 추측되기 때문에, 그것이 모순되게 이해된다는 그런 말인뎁지, 그래서 그것은, 사실로, 그렇게 이뤄져 있는가, 아니면 稗說꾼이, 자기 편리한 대로 혀를 놀린 것인가,——그렇다면 그것이 밝혀져야겠습지? 稗說꾼은 이 경우도, 아가 밝힌 바 있는 대로, 聽衆의 망석중이, 즉슨, '聽衆'이라는 '꿈꾸기' 좋아하는 '잠'이 꾸는 '꿈'을 연주해내는 자여서, 저 각본이 일점일획도 바꿀 수가 없

으니, 이 자리에서 '稗설꾼의 혀'는, 제외를 해야겠습지. 그리고 남은
의문에 대해서는, 本稗官으로서는, '빗장'이라는, 물질로 이뤄진 小品
에다가, 자유로워야 될 정신을 너무 묶어매지 말라는 충고를 해뒀
으면 싶은바, 그럴 것이, 이쪽에서의 '세 번의 손뼉치기'도, 그실은,
하나의 '빗장 뽑기' 행위로 이해되기 때문입지. 이쪽에서, '손벽치는
소리'가 울리지 않는 이상, 저 마룻장은 언제까지고 열리지는 않을
것이거든입지. 이 얘긴즉은, 그 '열리는 마룻장의 빗장'도, 저쪽에가
아니라, 이쪽에 걸려 있다는 것이겠습지. 결론적으로 말한다면, 그
러니, '빗장 저쪽의 어떤 손'은, 말하자면 어떤 '요술반지'에 묶인 怪
力 같은 것으로, 그것 자체로서는 거의 全能的 힘을 가졌음에도,
[어쩌면 그럼에도 그것에게는 '知能'이랄 것이 결핍되어 그럴 것인
뎁] 무엇에 소속되어져서라야만 그 能力을 能하게 하는 能力, 그러
니 受動態的 能動力이라고 해야 할 것 같은 것이겠습지. 民譚이나
童話 속에는 노상 나타나는 이 '受動態的 能動力'이랄 怪力은, 本稗
官의 관견에는, 人間이 갖고 있는 畜力이랄 것으로서, 七海의 소금
물을 모두 증발시키고, 시키고, 시키고 하여, 한 모래알 크기의 소금
을 얻어낸 것에 비교한다 해도, 더 쓰고 독할 毒이며, 동시에 仙餠
입습지. '仙餠'이라는 국면에 한해서만 말하기로 하면, 한 有情이, 此
岸을 훌쩍 뛰어 彼岸까지, 거기서도 더 뛰어넘게 하는 다만 하나의
힘, 용수철다운[力動的] 힘, 우국적 힘은 저것에서 우러나온다는 얘
기가 될 것입지. 그것은 그러려니와,) '손뼉을 치는' 대신 이번에는,
앞장선 큰언니公主가, 늘 그랬었다는 듯이, 그 빗장을 뽑고, 문을 밀
어 먼저 들어갔으며, 뒤따라, 公主들이 모두 들어갔으니, 羅卜이도
뒤밟아 따라 들어갔음다. (라는, 이 '들어갔다'라는 修辭學이, 새로
다른 문제를 일으키는 것을, 이번에는 외면할 수가 없게 되는뎁지,
이것은 글쎄, 누구나를 어리둥절하게 하는 것이 분명합습지. 그럴
것이, 정작에 있어, 이 '들어가기'는, '나가기'라고 해야 할 것이나 아
니겠는가, 그렇다면 그들은, 우회하고 우회하여, 그들이 들어갔던
그 문전에로 되돌아와 서 있게 된 것이나 아닌가, 하는 의심도 들
고 하기 때문입지. 이렇게 되어, 어떤 것이 있어, 거 시원찮은 것으
로, 이녀러 玉門前을 스치려다 보면, 헤헤헤, 그역 항다반사인 것,
失足을 하여서는, 狂犬들의 땅굴에로나 보내어지지 않는다면, 거기
어디 만년을 묶여, 솔아버리고 말 것이렷답. 여기에, 저 '訪內地成純

得道'라는 글귀가, 뭔가를 그 전신으로 밝히는데도, 알아들을 수 없던 그 비밀이 있습지. 이 '門'을 여는 순간, 그 한 質料의 죽음이 이뤄지는 것은 아니겠는갑? 여기에, 모두 일러 '현실적 체험'이라고 하는 것의, '잠'속에로의 침전과, 그 침전을 통해 새로운 형태를 취해 나오는 것간의, 변질 변화의 비밀이 있겠습지. 어떠한 체험도, 그 잠 속에 들었다 되돌아나올 때 보면, 그 본딧 모습을 그대로 고스란히 간직해 있는 것은 잘 없거든입지. 있다는 경우는, 그 체험은, 구정물통 같은 데서 잘못 건져 먹기라도 한, 비곗덩이모양, 〔그래서, 당시에 괴롭던 것은, 수년, 또는 수십 년 후의 기억 속에서도, 여전히 괴롭습지.〕체해, 영 소화가 못 되고 있다고 여겨집습지. '順調/逆調轉移.' 우리들〔이란, 本稗官을 포함한, 여러 洞流들을 가리켜 하는 말인뎁지,〕모두 함께 꾸는, 우리들의 젖은 꿈속의 羅卜이는, 그리하여 그 살을 벗어야 할, 또는 입어야 할, 그 변질이 이뤄지는, 고비, 그 문턱을 넘었군입지. 그러면 羅卜이는, 자기가 애착하는 옌네의 子官에 담겼다가는, 자식이 돼 다시 태어날 것이겠납? 어머니가 매개해 있을 때, 자식은, "아비에 대해 늘, 권위와, 아비의 마누라를 찬탈하려 노리는, 누구보다도 두려운 경쟁자"인데, 동시에 아비는, 자식에 대해, 그 자식을 먹어치우려는, 극난한 '붉은 龍'이 되어 있는 것은, 아는 바대로이겠거니와, 그러고 보면, 인연보다 더한 괴로움도 또 없겠다 싶으겠음다.)

  그 門을 뒤로 닫고 그들이 나선 곳은, 작은 숲속 길이었는데, 羅卜이에게 보였기에는, 그 숲의 잎들은, 銀의 방울들을 점박아, 밝은 달빛에 쐬어, 몹시들 번쩍이고 있었음다. 그러는 중에, 그 숲을 지나 다음 숲에 들었더니, 거기의 잎들은, 金가루에 묻혀져 있었는데, 그리고도 하나 더 통과한 숲은, 잎들이 金剛石으로 되어, 번쩍였드랬심다. (羅卜은 물론, 자기가 그곳을 다녀왔다는 표지 삼기 위해, 되돌아나오는 새벽마다, 그 가지들을 하나씩 꺾어 나올 것이고, 그 가지는 매번마다, 막내公主께 드리는 꽃다발 속에 섞이게 될 것임시다.) 숲을 지난 곳에는, 커다란 湖水가 길을 끊어 삼켜 있었는데, 허기야 그 또한 통과해야 하는, '물의 숲'이나 되었겠심다. 그렇게 끊겨진 길을 이어주기 위해, 湖岸에는, 열둘의 작은 배들이 기다려 있었는데, 그 열두 구유배에는 그리고, 별보기님의 짐작이 그랬고, 그 짐작은 틀리지 않했었지만, 호수의 저쪽, 환하게 불이 켜진 쪽, 음악과 떠들썩한 웃음 소리가 섞여 나와 이쪽까지 즐겁게 하는 데서 저어왔을, 열두 王子들이, 노를 쥐고 기다려 있다가, 公主들을 반겼음다. 公主들은 서둘러 배에 올랐고, 좀 머뭇거리며, 생각해보다 羅卜도, 그 어느 배에 올랐을 것인데, 그 마지막이 되는 새벽 되돌아올 때를 제외하면, 건너갈 때에는 언제든, 막내公主가 탄 배에 타고, 되돌아올 때는, 큰언니公主가 탄 배에 합승을 했드랬으니, 이 현재 羅卜은, 막내公主를 우러러보고 있거나, 배 젓는 왕자님을 노려보고 있을 것임다. 公主는, 자기 탄 배가, 언니들 배에 뒤떨어지고 있다고 말하고 있었을 것이고, 王子는, 자기로서는 최력을 다해 젓고 있다고 대답하며, 어째 배가, 무게를 더 실은 듯하다고 생각하고 있었을 것임시다. (羅卜이의 '배 바꿔타기'는, 풀려져야 될 매듭, 무슨 暗號인 듯한뎁지, 그 정답은 알 수가 없는 듯함에도, 稗官의 짐작에는, 저 두 틀린 고장간의, 時間의 다름 때문이나 아닌가 했음시다. 말한 바의 저 '가운데 문'을 한번, '들어/나갔다' 하면, '時間'은 분명히, '逆流, 遡及'하는 듯이 이해되던 것임시다. '막내公主 쪽의 時間, 즉슨 船尾의 時間'이, 그렇다면 거기서는, '船頭'가 되어 있으며, 그래서 그것이 그편쪽 고장의 '평균적 時間'이 되어 있다고 한다면, 그 '時間의 逆行, 遡及'에 의해서만, 저들은, 출발했었던 그 본자리에로, 무사히 돌아올 수 있었던 것이 아니겠는가, 하는, 그런 짐작이 든다 말입심다. 그러던 羅卜이는, 그 넷째 새벽, 그것이 그러니, 그 下界에로의 마지막 여행에서의 歸路였을 것이었는뎁지, 큰언니公主 타는 배를 타지 않고, 막내公主의 배를 탄 것은, 뭣보다 먼저 이해되는 것은, 羅卜이의 방황은 멈췄다는 그것이며, 그리고는, 羅卜이는 죽은 것이나 아닌가 하는 것임넌다. 자기의 평균적 時間에 逆行하는 時間 속에 억류되기는, 그 夢態의 죽음 같은 것은 아니겠는갑? 그렇다면, 막내公主의 배를 타고 건너, 닿는 호수 둔덕 쪽에서, 그 땅을 디더 내리고 있는 자는, 말임시다마는, 자기를 실었던 그 배〔船, 胎〕 속에서, 그러니 '막내公主'의 産痛을 통해, 다시 태어나는 자 아니겠습나? 그렇다면 洞流들입습지, 洞流들은, 무슨 이야기를 더 들어보자구시나, 아직도 더 자리를 지켜앉아 있어야 되겠습? 그리하여 그는, '두 眞理의 동등함'을 깨우치기로부터, '自我'를 '眞理'化하기, 또는 '眞理'를 '自我'化하기에 이른 것입습다. '프라브리티'라는 子宮, 그리고 그 産痛을 통해, 그것의 '옆구리를 터' 태어난 니르바

나입습다.〔傳統의 다름 탓에, 그런 결과를 초래하겠습지만,〕 어떤
‘傳統의 聲帶,’ 즉슨 ‘말과 꿈이 일어나는 子宮’을 통과하면 헌데, 이
꼭같은 禪料가 ‘性別’에 제휴하는데, 그 ‘一元化’는 ‘王과 王妃의 結
婚’으로서, ‘不滅의 自我의 誕生’으로서 이해됩닌다, 마는, 이렇게
되면 우리는, 꼭같은 한 ‘어린 羊’을 통해, 두 다른 ‘실다움’을 보게
됩습다. ‘傳統의 다름’이란 무슨 말인가 하면,〔그 까닭에 의해, ‘실다
움’이 두 개로 나타나 있는데,〕 한 ‘傳統의 聲帶’ 속에서는, 말한 바
의 저 ‘性別’이 ‘象徵性’을 띠어 있고, 다른 傳統의 그것 속에서는,
‘事實性’을 띠어 있다는 그 말인데, 이렇게 밝히면, 조금만 귀가 깊
어, 심정에까지 닿아, 심정을 길어올리는 귀를 가진 자라면, 後者的
승리는, 아직도, ‘프라브리티내에서의 승리’라는 것을 대번에 짐작해
내고, 어째서 ‘실다움이 둘씩이나 된다’고 하는지, 그 까닭도 동시에
짚어내게 될 것임시다. 그리고는 고개를 꺄웃거리기 시작할 것인데,
그럴 것이 後者的 ‘실다움’은, 어째선지, 어느 일점을 벗어나자, 바로
그 순간, 그 ‘事實性’을 탈락하고, 그리고는 기묘하게도, 새로 ‘象徵
性’을 띠게 된, 그 轉身을 보게 되는 때문일 것임다. 獸性的 欲望의
바람, 부는 대로, 여기, 로 저, 기로 궁글어대던, 우리들의 禪料 羅卜
이의, 자기 부정의, 자기 극복의, 苦行, 독거미와 전갈의, 魂까지 말
리고 드는 여리고는, 그렇게 끝난 것인데, 그를 끌어올린 손은, ‘막
내公主’ 얼굴을 한 ‘智慧,’ “송장을 디뎌, 벗고 춤추는, 열여섯 살 먹
은 처자〔는, 다름아닌, 宇宙的 ‘말씀의 成肉身’에 대해 말이지만, 人
間의 ‘말씀의 成靈身’인 것, 言語의 擬人!〕” 횐 ‘아’語. ——그, 그러나
이거, 이거 말입습지, 羅卜이를 호수 둔덕에 세워, 동동거리게 해놓
고, 이거 말입습지, 말입습지 이거, 우리는 어쩐다고, 또박또박 羅卜
이를 따르며, 또르락딱 또드락딱 읽었어야 할, 羅卜이의 運命册 한
帙을, 우리끼리서만 먼저, 휘딱 읽어치우려 하였습나? 그래도 아직
은 물론, “잘 살았더래누.”라는, 밑닭이 말은 하잖습제?

　　——“오 그리하여 지금, 꿈 바르도가 내 위에 내리고 있음! (羅
　卜이는, 저 ‘눈이 깊은, 금의의 옌네’의 영상을 떠올려, 혼잣말하고
있었음다.)
　　뒈진 송장이 자는 것과 같은, 그런 無明의 잠을 회개하려느니,
　意識은, 흐트러짐 없이, 그 본디 상태를 유지할지어다.

꿈의 실다움(은 '幻'인 것!)을 포착하여, 나 자신, 어떻게, 맑은
빛에로의 기적적 轉身을 성취할지, 그 修業을 하려느니,
　(그러기 위해서는) 포만에 게으른 맹수와 같이 행동하지 않고,
　잠의 禪定(의 修業에서 경험한 것)과, 깨어 있기의 경험의 혼
합에서, 法恩이 충만케 하라. ('꿈'도, '깨어 있기'도, 다름아닌 '幻'
임을 깨닫게 하라.)

　羅卜이는 물론, 조금 멈칫거렸겠으나, 막내公主의 뒤를 밟아, 그
배에 올랐겠음다. (우리의 짐작이 이것이지만,) 羅卜이도 물론, 한
뭉텅이 실한 살덩이를 아랫도리에 달아, 그 무게 탓에, 그것 좀 훨
씬 벗어부치려, 그 무게를 싸아안고, 이 먼길까지 왔거늘, 질투심에
대고서는 존엄이란 없는 것, 어찌 저 열두 王子들의, 영광에 넘쳐
번쩍이는 얼굴들에 대해, 질투심이 일어나지 않을 수가 있었겠습
나? 그럼에도, 혈통 없는 서민의 자식으로서, 公主에게 염통을 빼앗
기기의 지옥이 또 어디에 있을 것이며, 왕자들에 대해 질투심을 일
으키기보다, 더 잔인한 유황불이 어디에 있겠음나?
　羅卜이가 얻어탄 배는, 그 沙工이 이해할 수 없다는 얼굴을 짓고,
어째 이 저녁엔 배 젓기가, 어제 저녁과 같지 않다고 하고, 자기가
젓는 배 위에 앉아 있는 公主의 腹部될 데쯤을 유심히 건너다보곤
하였는데, 흐흐흐, 그 눈 가려진 王子놈의 생각에는, 이 公主가 못
본 낮 사이에, 滿朔이나 되잖았는가, 그런 의심이라도 하는 듯했임
다. 그런 의심이 우스워서였을 것이지만, 王子는, 저 혼자 싱긋 웃
고, 그리고 놋좆에도, 제 손바닥에도 침 뱉아, 깜냥으로는 근육을 쓰
느라, 찌그덩 지국총 찌끄덩 어사와 생조슬내고 있었음다. 유감인
것을, 어느 先人稗官도, 羅卜이는 그러면, 그 배의 어디쯤에 타고 있
었는가, 그것을 밝히지 않아, 그 얘기를 드릴 수가 없는 것이올심
다. 本稗官의 짐작에는, 羅卜이는 어찌되었거나, 막내公主를 가까이
해 있었을 것이라는 것이며, 허허웃, 네 이눔, 어디라 色氣하여, 어
느 궁둥이에 뽈딱 슨 근을 대어 문지르눴다? 삼족, 육족, 구족을 모
두 능지처참하고도 모자라, 위로 구대조까지의 무덤을 모두 파헤쳐
다시 능지처참하고, 아래로도 구대손까지, 뱃속들을 뒤져 또한 능지
처참을 해도 모자랄!
　그러는 중에, 막내公主를 태운 배를 그중 꼴찌로 하여, 열두 구유

416

배들은, '이쪽'에서 '저쪽'이라고 부르는, 그 湖岸에 닿았으며, 그랬으니 王子들이 먼저, 그 뱃머리에서 언덕에로 뛰어내린 뒤, 公主들의 배 내리기를 도왔음다. 그 맨 뒤를 따라, 무엇이 어떻게 되어가는지 알아보자는 멍텅구리가, 한 손에는 구족의 운명을, 다른 손에는 위아래로 각각 구대에 이르는 운명을 쥐고, 칼날 위엔지, 잉걸불 위엔지, 지옥의 지붕 위엔지, 아무것도 모르고, 덥벅대고 내렸을 것임다. ('지옥의 지붕'은, 새의 깃털 하나가 내려얹혀도 답박 무너나는 것일 것. 번거로울! 煩說! "걸었다, 내렸다, 지났다, 담겼다, 저었다, 닿았다, 내렸다, 걸었다,……" 咄, 時間의 불알이나 훑어먹기! 듣는 이들의, 귀에다 손을 집어넣어, 그 안쪽에서, 불알을 빼내먹기, 공알을 숫과 먹기! 咄, 詞煩! 얘기는, 저런 투의 '時間의 불알을 훑어내는 소리'를 섞지 않고는, 얘기일 수가 없습남? 점잖은 풍모를 꾸며갖고시나는, 손톱 밑에 흙 한톨 집어넣는 법이 없이 양발 개고 앉아, 얘기꾼이라는 자는, 남들 말하는 소리, 눈 꼬리치는 짓, 손 젓는, 웃는, 우는, 일어나는, 앉는, 서는, 어느 쪽으로 向面하는, 여는, 닫는, 신는, 咄, 그런 모든 것 흉내내며, 흉이나 보고, 그것으로, 손톱 밑에 흙 집어넣지 않으며 지내려 하늤다? 헤이크! 허, 헛, 험에도, 사실로는, 稗說이 그 力根으로 삼는 것을, 本稗官은 개구리뿔로나 삼고 있으니, 그렇다면 本稗官은, 그렇게도 종류는 많은 妖術帽子 중에서도, 어쩌면 그 둘레가 매우 솔아, 머리통을 우그려서야 한 뿔 씌워지게 되는, 맞잖은 것을 썼음에 분명할씨라. 문제는 그러면, 聽衆이, 저 말〔言語〕을 불어내는 자의 頭痛을 분담해야 되는 데 있는바, 그런 얘기를 들으려다 보면, 한 우주가 아파진다 말입씨다. 하나의 우주가, '化現'이라는, 매우 좁은 妖術帽子 속에 덮어씌워졌을 때, 일어나는 想念은, 말씀은, 病苦인 것! 그 '想念'들에 살이 입혀진 것들은 그래서 病苦인 것. 것? 것!)

[5]空中에도 아니고, 色(地)中에도 아니다,
水中에로, 그럼에도 조금도 젖음이 없는 길을 좇아서, 그대
그곳을 통과하지 않으면 안 된다——
그러면 그대는 그곳에서, 잃었던 것을 되찾게 될 것이다.

(羅卜이는, 오래오래 잊고 있었던, 옛노래 한 가지를 기억해내고

있었음시다. 마는, 羅卜이 스스로도, 자기가 그 노래를 알고 있었다는 믿음은 없었음시다. 마는, 전에는 가졌었다가, 잃어버린 뒤, 자기가 그런 걸 가졌었다는 믿음이 들지도 않게 되는 어느 날, 그것을 되찾기처럼, 그 노래가 떠올랐음다. 마는, 羅卜이임세, 羅卜이는 무엇을 찾으러, 이 길에 올랐는지 모르되, 그것이 만약 公의 하초라면, 羅卜이임세, 흐흐흣, 公은 그 구둥이해 있는, 公의 그 손에, 뭉실뭉실 넘치도록이나 무엇을 한줌 아름하고 있음메? 마는, 자기의 손에 쥐어져 있어도, 그것이, 자기의 손에 쥐어져 있음을 모르고, 그것을 찾아 밖으로 헤매기 시작하면, 그는 그것을, 자기의 손 속에서 잃고 있음셈. 마찬가지로, 짐승들을 내어다보면, 그것들은, 그것들의 全身을, 그것들 입은 獸皮 속에서 잃고 있는뎁, 짐승 하나 羅卜이는, 흣흣흣, 제것인 하초를 찾으러, 제 獸皮 속에로의 탐색에 올랐다넵.——우리들 羅卜이의 '꿈 바르도'에 오르기, '잠의 禪定'行은, 아마 이렇게 하여, 대략 第二禪쯤에 돌입하고 있었는데, 이 禪定은 성공적이라고 알 만합다.)

글쎄 저 성안은, 村牧童 羅卜이가 꿈꿀 수 있는, 그 가장 멋들어지고도 흥겹고도 아름다운, 그 한계를 열배나 백배를 넘어, 천의 횃불이 타고 밝고, 천의 흥이 타고 밝고, 천의 잔치가 타느라 밝고 있었음다. 羅卜이야 더욱더 알 수가 없었겠지만, 그 당자들도 이제는, 잊어, 자기네들이 전에 누구였던지 모르고 있으되, 저 열두 王子와 公主들을 위한 잔치 준비를 하고, 그들의 시중들기를 바라 대시해 있는 종자들은, 다른 누구들도 말고, 바로 저 열두 公主 중의 누구의 손이라도 잡아보겠다고, 먼 길을 왔다가, 실종해버린 자들로서, 王子인 자들이었음다. 밤에는, 열두 王子와 公主들 상에서 내밀어지는, 忘憂藥에 취하고, 公主들이 떠나고 나면, 그때부터서는, 어째선지 몸이 가렵고, 추워, 어제 저녁 벗어놓았던 獸皮들을 입어, 들로 나가 지내기로, 새로운, 그러나 어째선지 그들의 것 같지는 안해서 남의 것인 듯한, 運命의 연자방아를 돌리고 있던 중임시다. (부디, 이 일점은, 여러 善男善女께서 주목해주십습지. "누구든, 죽음이라는 과정을 겪어, 잠을 깨이고 나면, 天國에 누워서, 풍진세상을 꿈꾸었다는 것을 발견하게 될 것이다."라는, 쿳, 쿳, 쿨쿨, 〔아흐, 세상이 만약, 저런 순박한 童子들로만 가득차 있다면, 얼마나 좋으랴,〕 그런 소리도 있거든입지. 〔저런 의견을 발표해낸 자를 일러, '순박한

童子'라고 한 것은, "天國은, 모든 불순물을 다 순화한 것"들께만 성취되는 '○'이랄 때는, '풍진세상'이라는 식의, 소화불량이 일으키는 것 같은, 불순한 꿈이 꾸어질 수가 없기 때문인뎁지, 보다 정직하게 말하면, 人間은 地獄[입어진 獸皮]에 누워, 天國을 꿈꾸기로, 그 地獄에다 해진 자리, 구멍을 드러냅습지. 그렇게 人間은, 縱立을 성취합습지.]) 자기네의 고장에서는, 저들이 하늘 아래 얼굴을 드러내면, 해며 달까지도, 눈을 내리뜨지 않으면 안 되었던, 그렇게나 존엄스럽던 자들이, 여기서는, 신분도 이름도 주소도, 열두 公主들에 대해 품었었던, 그 은밀한 사랑들까지도 잊고, 그리고는, 그 자신들의 의지라거나, 목적 의식 같은 것에 의해서가 아니라, 몽유병자들모양, 자기들께만 보여지거나, 느껴지는, 어떤 부름에 좇고만 있었음다. 뭣인지, 누군지도 모를 어떤 '意志'가, 어떤 '情'들을 가두려 한다거나, 그 전신에다 끈을 묶어 망석중이를 만들려 한다거나 한다면, 그 '情'을 둘러, '獸皮'를 입히기보다, 더 나은 방법은 뭣이나 되겠음나? 그 獸皮를 짜은 올은, 배고프기이며, 性慾, 그 날은, (그것 자신 백년을 사는 것은 아니라도, 현재 살아 있다는 것은, 초상집 개의 몸을 입고 있다더라도, 관 속에 누운 정승보다 좋다는, 비록 지렁이라도 결코 그 몸을 벗고 싶지 않다는,) 생명에의 모지른 집착과, 죽기에의 공포 같은 것들임시다.──아으, 곁길 쪽에로 펼쳐져 있는 꿈바르도.

   그리고는 포도주.

   ⁽⁶⁾半白으로 히끗이는 머리칼이 뺨에 닿기
   주름살이 얼굴을 덮기
   몸이 뼈무더기의 자루가 되기
   아으 그러기 전에,

말소리,

   빠지는 이빨
   휘인 등
   아으 그러기 전에,

웃음 소리,

　무릎까지 늘어진 손에
　지팡이를 쥐기
　아으 그러기 전에

떠들썩한 음악,

　나이가
　아름다움을 좀먹기
　아으 그러기 전에

광분한 춤,

　저승차사가 오기
　아으 그러기 전에.

⑺가죽줄에묶인아홉마리의암캐——肉身의欲望들——부르짖어——풀
어다오——부르짖는마음의欲望들——풀어다오풀어다오——한마리
토끼를두고그리하여줄이풀렸음.

　그러는 중에, 새로 신었던, 公主들의, 비단신발 바닥들은 땀에 젖
고, 열에 뜨고, 춤의 방향에 좇아 늘어지고, 희열의 무게에 눌려 엷
어지고, 급기야 구멍이 나고 했음다, 밤이 젖다, 뜨다, 늘어지다, 엷
어지다, 구멍이 난 것이올씀다. 새벽이 올 것이고, 그러니 열두 公主
들도 되돌아올 채비를 하기 시작했을 것이고, 그 열두 王子들은, 그
네들을 건네주려, (배의) 노질에 나섰을 것이며, 이쪽 湖岸에 닿았
을 때는, 저녁되면 서로들 다시 만나게 되기를 약속한 뒤, 자기들
하나씩만 그 배들에 태우고, 서둘러 되돌아갔을 것임다. 왜냐하면
이제 그들은, 서둘러 獸皮를 입어야 할 시각인 것이기 때문임다.
　돌아오는 배에는, 앞서 말씀드린 바와 같이, 羅卜이는, 큰언니公
主 탄 배에 합승했으며, 銀葉숲을 지나고 있었을 때는, 자기가 이곳
을 다녀왔다는 표지로, 뭐든 하나 이곳의 물건을 가져가야겠다는

420

생각을 해내고, 銀가지 하나를 꺾어, 품에다 넣었는데, 그 나뭇가지 꺾이는 소리까지는, 예의 그 '흰 벚월계꽃'이, 無形의 襟로도 가려둘 수가 없었던지, 그 조용한 새벽 숲을, 매우 공포스럽고도 음울한 소리로 깨워냈더라고 이름시다. "이게 무슨 소리야?" 막내公主가 기급해 부르짖었으며, "뭘 갖고 그리도 호들갑이니?" 큰언니公主가 핀잔하듯, 달랬음다. "아마 저 성탑 꼭대기에 둥지었은, 올빼미가 깃치는 소리나 되었을 터이지."

그 '銀가지'는 헌데, 그날, 詩王께도 말고, 큰언니公主께도 말고, 그중 작은 玉詩께 바쳐질 꽃다발 속에, 숨겨 꽂혀져, 바쳐졌었더라고 함신다. 물론, 막내公主의 경악은, 여러분네가 짐작할 수 없으리만큼 컸었을 것인데, 그리고도 그런 일은, '金가지,' '금강석가지'라는 순서로, 연이어 두 번이나 더 되풀이되어 일어났었음다.

그제 이르러서까지도, 막내公主는 침묵만을 지킬 수가 없다고 알았는데, (그 침묵을 지키기는, 숨을 쉬어야 될 시간이 지났음에도, 잠겨앉은 물 속에서, 머리를 쳐들 수가 없는, 그런 상태와도 비교될 지경이었을 것임다.) 그럴 것이, 이 花童이는, 자기네 密行을 너무 많이 알고 있어, 자기 혼자만의 비밀로 해둘 수는 없다고, 결정을 내린 것임다. 그러했음에도, 언니公主들께 그 비밀을 밝히기 전에, 어쨌든 한번은, 저 花童이에게, 그 내력을 알아보기는 해야겠다고 하여, 언니公主들이 서둘러, 조반식탁에로 가고 있었을 때, 막내公主 자기 혼자만 잠시 뒤처져, 花童이에게 물었음다.
"花童아, 이 가지들은 어디서 꺾어왔다뉴?"
"公主님께서 잘 아시고 계시리라고 사료하옵니다."
"그럼 우리들을 따라왔었다뉴?"
"그러하옵니다, 公主님."
"어떻게 그렇게 할 수가 있었다뉴? 아무도 보지를 못했는데……"
"………"

公主도 잠시 침묵을 지키다 이었음다. "우리들의 비밀을, 소상히 알고 있다 말이뉴? 그 비밀을 밝혀내기에 약속된 상금이 어떤 것인지쯤도 알지뉴?"
"알고 있사옵니다." 羅卜이는, 눈도 들지 않고, 정중히 대답했음다.
"그러하다면 花童이는, 어째 父王님께 고해올리지 않뉴?" "그것이

저의 의도는 아니옵니다." 羅卜이는 여전히, 눈을 들지 않고, 정중하
게 대답했음다.
"겁이 나서 그러나뉴?"
"아니옵니다." 羅卜이는 눈을 들지 않고, 정중히 대답만 했음다.
"그럼 花童이는 왜 비밀을 지키고 있뉴?"
"………"

公主가 이어 말했음다. "그 비밀을 밝히지 않는 값을 주겠다뉴!"
그리고 公主는, 한 주머니 가득찬 금화를, 花童이 앞에 던져주었음
다, 마는, 花童은, "저는 침묵을 팔지는 아니하옵니다." 라고 대답하
고, 그 금화 주머니는 그 자리 놓아둔 채, 그 자리를 정중히 떠났음
다. 그런 후로도, 왜냐하면 해는 뜨고 지고 했으니, 밤도 오고 가고,
낮도 가고 오고 했음다. 그렇게 시간이 경과할수록 막내公主는, 침
묵을 지키기 속에, 더더욱 가라앉아 있을 수만은 없게코롬이나, 가
슴이 터져나가려 해, 혼자 감당할 수 없는, 그 근심을, 언니公主들께
털어놓기에 이르렀던 모양이고, 이 발설은 그들께, 늦은 봄에 내린
폭설 같았거나, 잠푹한 동네로 덮어내린, 사태나 같았던 듯함시다.
"뭐라구, 이 맹랑한 멍텅구리 녀석이, 우리들의 비밀을 알고 있다
구?" 큰언니 公主가 노발대발했으며, "너는 어째서, 이런 얘기를 진
작 하지 않했었지? 이 맹랑한 녀석을, 대번에 처리해버릴 터이다!"
"어떻게?"
"어떻게라니? 저 땅굴 속에다 처넣을 것이지, 어떻게라니?"
헌데, 매우 이상하고도, 놀라울 일은, 저 막내玉詩가, 그 의견에
조금도 찬성하는 빛이 없는 데다, 도리어, 만약 언니들이 그 花童이
의 머리칼 한 오래기라도 상하게 하려 한다면, 차라리 자기 입으로
직접, 아버지 임금께 자기들의 비밀을 모두 고해바치겠다고, 나선
그 일임시다. (우리들은, 무엇을 짐작해야 하는가 하면, 이런 자리에
도, 옷섶에, 그 월계수 흰꽃을 꽂은 羅卜이가 뒷전 어디에 서서, 公
主들의 분노와, 한숨과, 괴로움을 지켜보고 있을 것이라는 것임다.)
막내公主의, 점점 이상스러운 반응은, 다른 언니公主들을 모두 놀라
게 했을 것은 물론이되, (우리들의) 花童이를 더욱더 놀라게 했음
은 분명할심다. 羅卜이의 가슴은 그 순간, 마시기는 仙酒를 마셨는
데, 뱃속에 가라앉기는 벌겋게 녹은 쇳물 같은 것인 듯한, 그 헛갈
린, 종잡을 수 없는, 아프기만 한 느낌으로, 몹시도 불편했었을 것임

다. 사랑과, 그리고 슬픔. (이 '슬픔' 속에는, 서민의 피가 섞였었음다.) 羅卜이는 그래서, 그 '仙酒'와 '녹은 쇳물 같은 것'이 괴로움의 솥에서 울음이 된, 그 울음을 참을 수가 없이 되어, 그것을, 저 두 그루의 월계수들 뿌리에라도 토해버리려 나오려 했을 것인데, 그러는 중에도 물론, 저 열두 公主간에서는, 그 일을 두고, 의논이 많았을 터이고, 그러나 하나에로 모두어진 의견은, 그럴 일이 아니라, 花童이는 王子는 아니라도, 다른 王子들과 같이 취급하여, 그 무도회에 초청하여, 花童이도 거기에 머물려 둬버리자는 그것이었음메다. 라는 의미인즉슨, 죽이지는 않는 대신, 이 花童이에게도 忘憂酒를 먹여, 모든 것을 망각하게 해버린다는 것일 것이었음다. 이 의견에 대해서는, 막내公主도 다른 말은 없이, 함구해버렸는데, 여러 말 해 볼 필요도 없이, 그녀의 심정은 밝히 알아볼 만함시다. 화동은 그만 큼까지나 듣고, 그리고는 정원에로 뛰어나왔을 것이고, 흐득임을 흐득여냈을 것이며, 그런 뒤, 얼굴을 말끔히 씻고는, 늙은 원정을 돕기 시작했을 것임시다.

花童은 물론, 그날 저녁이 되었기 전에, 큰公主로부터, 무도회에의 초청을 받았을 터이고, 그 하명에 영광스럽게 복종치 않는다면, 狂犬들의 땅굴에로 보내어졌을 터이니, 저녁되면 公主들을 따르게 되었음메다.

왜냐하면 羅卜이는, 스스로 결정하여, 그날 해를 자기의 마지막의 것으로 삼았었으므로, 그날 花童은, 사랑 탓에 슬프고, 슬픔 탓에 녹고 있었을 것임다. 글쎄 花童이는, 저 막내公主에의 사랑 탓에, 그 忘憂藥을 마시려 작정한 것임다.

해가 지고 난 뒤 羅卜은, 자기의 남루함 때문에, 그 무도회장에 남루함이 끼쳐질 것을 바라지 안했으므로, 다시 그 월계수들 기다려 있는 데로 갔음다. 그리고, 슬픈 목소리로 속삭여, "내 사랑스러운 장미월계수야, 금갈퀴로 내가 너를 북돋고, 금물주개로 물 주었으며, 명주수건으로 네 잎을 닦아주었잖니? 제발 부탁이니, 나를 한번만 왕자처럼 꾸며다우." 했더랍심다. 그러자마자, 그 장미월계수 끝에, 아름다운 분홍꽃 한 송이가 톡 터뜨려져 피었더라고 함신다. 花童이는 물론, 그 분홍꽃을 따냈을 것이며, 그것을 또한, 그 초라한, 花童服 깃섶에다 꽂았을 것인데, 에케 이 사람 좀 보십스람, 花童이는 갑자기 어디를 가고, 그 꼭같은 자리에 나타난, 저렇게나 늠

름하고, 저렇게나 아름답고, 저렇게나 준수한 젊은네는, 무슨 精靈 들의 나라에서 온 王子란댜!(그리하여 羅卜이는, 새로운 運命의 記號를 한벌 입은 것이겠습나?) 헌데도 그의 미소는, 어째선지 슬프구람.

　──이만쯤에서는 그리고, 羅卜이가 비밀리 가꿔온 나무는 두 그루 다 '월계나무'인데, 한 낡에서는 '흰 벚꽃'이 피고, 다른 낡에서는 '분홍의 장미꽃'이 피었다는, 이 매우 생소한 植物의 詩學이, 대체 무엇에 근거를 두었던 것이었는지, 헌데 그것이 간략하게라도, 밝혀지는 것이 필요할 듯합시다. 이때 여러 善男善女들께서는 무엇을 고려하고 있어야 하는가 하면, 이런 이야기가 '들려지고' 있는 고장의 '벚꽃'이나 '장미꽃'은, 이런 이야기가 '만들어졌던' 고장의 그것과 반드시 같은 것도, 같은 것이어야 할 필요도 없다는 그 점일 것인데, 각 方言들이, 그 方言들 나름으로 달리하고 있는, '宗敎'들이, 극명히 하고 있는 것을 척도나, 시금석으로 삼고 본다면, 어떤 方言을 통해서든, 고압적으로 充電되어 있는 精神이 '닿는 점'에 있어서는, 별로 차이를 찾을 수가 없다 해도, 그런 充電의 시작이나, 과정도 그래서 같은가, 하면, 꼭히 같다고 장담할 수가 없는 것을 고려한다면, 하나의 方言은, 그 言語體系와 관계가 있는 想像力體系를 계발하는 것이나 아닌가, (뒤집으면, 어떤 하나의 言語는, 그 어떤 특정한 고장, 또는 집단의 想像力體系에 의해, 그런 특정한 言語, 즉슨 方言을 이뤄냈다는, 그런 얘기가 되겠심다.) 하는 것을, 고려하게 하더입심다. 먼저, '벚꽃'에 관해, 들어둔 바 있는 말씀을 옮기기로 한다면, "벚꽃은, 잎이 피기 전에, 잎보다 먼저 핀다"는 이유에 의해, 마찬가지로 "사람도, 태어날 때, 가졌거나 입은 아무것도 없이, 벗은 몸으로 태어나, 돌아갈 때도 그렇게 돌아간다"는, '空手來空手去'論 같은 것이 될 것임다. 그런 까닭으로, 羅卜이가, 그 꽃을, 그 옷섶에 꽂자마자, 그의 몸이 지워져 보이지 않게 되었을 것이라고 해석하는 일은, 별로 어려운 것은 아니라고 알게 함신다. '장미꽃'은, 道流에 고장에서는, 이상한 매듭에서, '蓮'과도 동일시되고, '붉은 포도주빛의 장미꽃'은, 입으로가 아니라, '눈과 코로 마시는 포도주'라고도 취급되어오고 있는데, 그 중에서도 특히, 네 이파리짜리로 붉은 것은, 어떤 '寶血'을 흘러내리게 한 '十字架,' 또는 그의 '염통,' 그 '寶血'의 象徵으로서, '殉敎'로 이해되어지는바, 이 '殉敎'는 헌데, 보다

424

거룩한 이와의 '秘儀的 結婚'으로서, '重生,' '復活,' '永生'의 성취 등
의 의미를 띤다고 해석해옵슴다. 한마디로, 이 핏빛으로 붉은 장미
란, '피'와 '새로운 生命,' 즉슨, 어떤 '宇宙的 産痛'과 관련이 있잖겠
슙늡?

　——이리하여 우리는, 羅卜이가, 어떤 옌네, 눈이 깊은, 금의 옌
네의 滿朔을 통해, 그 뱃속('訪內地成純得道'라는 門의 안쪽〔이란 왜
냐하면, 이쪽에서 '빗장'을 뽑아 연 門이었으므로〕)을 벗어나기로,
일상적 自我로부터의 탈바꿈이라는, 그 殉敎를 감행하려 하고 있음
을 알게 됩심다. 이때, 이 '産痛을 겪는 어머니'는, '흰장미,' 그것도
'가시 없는 흰장미는, 宇宙的 어머니(聖母)'로 알려져 있으니 말인
데, 저 '흰장미'일심다. (羅卜이가, 그 흰꽃을 옷섶에 꽂자마자, 羅卜
이가, 해 아래에서도 보이지 않게 된 이유는 어떤 것이었는지, 그러
면 알쪼가 없잖아 있기도 함심다. 한마디쯤 더 해야 알아들으실 것
이라면, 羅卜이는 그때, 저 '어머니'의 '배' 속에 들어 있었다는, 그
애길 것임다.)

　——그리고도 입김도 닿아본 적이 없는, 실제적 문제의 하나는 무
엇인가 하면, '검은色'을 비유로 든다면, '灰色'이라고도 이를, 羅卜이
가 두번째 따 들었던, '붉지도 희지도 아니하여, 분홍색'이라고 이르
는, 그 색깔을 띤 장미, '분홍색 장미'라는 暗號일습시다. 本稗官으로
서는 헌데, 깜냥으로는 閱世를 해본다고 해보며, 깜냥으로는, 모을
〔蒐集〕수 있는 만큼은 稗說을 모은다고 함시롱도, 아직도 물론 閱
世가 충분치 못한 까닭이겠지만, 그것〔분홍색〕이 性的 어떤 感興에
대한 俗語이기도 하다는 투의, 상식적 이해밖에, 그것에 대한 象徵
이라거나, 衆念 같은 것에 대해, 별로 드릴 말씀이 없어 유감인데,
그래서 생각하게 되는 것은, 그렇다면 사람들은, 이런 문제 같은 것
들에 대해, 자꾸 입을 열어야 한다는 것입슴다. 그렇게 하기로써만
輿論이랄 것이 이뤄지고, 그런 결과로 衆念이라는 것이 응집하게
될 것이 아니겠느냐는 것이, 本稗官의 소견이거니와, 그러기 위해서
는 어찌되었든 누구인가가, 그런 문제의 발기는 하고 보아야 된다
고 해오는 중인데, 마침 그런 적당한 자리를 만났은즉, 그것을 알고
있는 자가, 어찌 혀를 사타구니에 사려넣고, 뒤물러 앉았을 수가 있
겠음나? 그 시작으로서 그래서 本稗官은, 무엇에 대해서 논의를 일
으켰으면 싶은가 하면, (앞서 말한 바의 그) '殉敎'와 관계된 '피'라

도 혹간, 매우 진한 것과, 덜 진한 것의, 두 종류쯤이 있는 것이나 아닌가 하는, 그 점에 대해서입습다. 그 '진한 것'이란, 通念的으로 이해해오고 있는 그런 '殉敎'에서, 그 殉敎를 감행한 자가 흘리는 것 같은 그런 것이 분명하며, '덜 진한 것'이란, 이것은 나중에 약간의 보완 설명이 필요한 듯하지만, 예의 그 같은, 모난돌 든 군중이, 자기들 가운데, 그 쏘아질 돌의 표적이 되어 서 있는 자를 향해, 돌 쥔 손을 쳐들어 막 치려는 중에, 그 이유야 무엇이 되었든, 못 치고, 돌을 떨구어뜨리고들 있을 때, 어깨도 떨구어짐, 눈도 떨구어짐, 魂도 떨구어짐, (클클, 돌과, 어깨와, 눈과, 魂?——아직도 거기 殉敎 者는 있는데, 그 殉敎者로부터 '피'를 요구하는 편 사람들은 어디를 갔습늅? 한마디의 말에서, '소리〔記號〕'만 捨象되어져버리고, '뜻'만 남기? 아으, 이런 殉敎가! '껍질〔記號〕'을 벗기운, 시뻘건 '알몸〔意 味〕' 위에 쏟겨내리는 폭양, 또는 폭한, 또는 소금.——) 그 '殉敎'에 서, '갑자기 나타난 殉敎者'들이 흘리는 것(은, 그러니, 그 殉敎者의 '안'쪽되는 데라고 이르는, 그쪽으로 방울져 내리겠습늅?) 같은 것이 아니겠는가 합습다. 후후, 훗, 후자는 헌데, 앞에서 분명하게 밝혀둔 바대로, 그 '儀式(記號)'의 결함을 보이고 있어, '殉敎'의 조건이 충족 되어 있지 않으므로, '殉敎'랄 수도 없음도 분명합습다만, 이 후자의 경우는, 늘 그런 것은 아니지만 그럼에도, 그것도 '殉敎'였다고 定義 해낼 수 있는 경우는, 뭣보다도 '對象의 轉置'라는 문제를 觀해볼 필 요가 있으며, 그러고 난 뒤 '殉敎'라는 주제를 다시 본다면, 가령, 공 중 앞에서 죄인을 처형하는 것 같은 행위는, 그 '儀式'的 국면에서 는, '殉敎'라는 것이 갖춰야 할 (外的) 조건을 충족해 있음에도, 그 '義意'的 국면에서는, 결코 '殉敎'라고 할 수 없는 것과 같이, 그러나 그 正反極되는 데에, 그런 外的 조건이 모두 결여되어 있음에도, 그 內的 국면에서, 충분히 '殉敎'일 수 있는, '殉敎'가 있다는 것을, 부인 치 못하며 될 것이다. '對象의 轉置'란, 다름이 아니라, 저 모난돌을 쥐고 있는 군중 가운데 서 있어, 그 돌을 회피할 수 없이 된 자가, 돌 쥔 손을 쳐들어올리기 전까지는, 그 돌에 맞을 만한 과오를 저 질렀었다고 믿어온, '남'이었었는데, (보라, 누구든 죄 없는 자가 먼 저, 그 돌을 던질지어다!) 그 돌을 막 쏴던지려는 그 찰나에 다시 건너다보니, 이제껏 그 모두에게 '남'이었던 자가, 어느 순간, 느닷없 이 얼굴을 바꿔달아, 그 모두를 이룬 하나하나의 '자기'가 되어, 그 자리에 서 있어 보였다는, 그런 얘긴 것입습다. (군중은, 그런 순간 에도, 그렇게 자고, 그 "잠은, 꿈을 꾸고 싶어하는 잠"인데, 그렇게 꿈꿔내던 것입습다.) 이렇게 되면, 그 결과는, 그 자리에는, '殉敎者' 들밖에, 그 殉敎者를 박해하던 자들도, 박해받던 자도없는, 반복되 지만, 그럼에도, '殉敎者'들만, 남아 있음다. 그 '殉敎者'들을 分娩한, 어떤 어머니가 강물처럼 터뜨려낸 피와 羊水가 어울려, (앞서 '灰 色'에 관해 말했잖았습?) 분홍색의 장미가, 한 봄만큼이나 다북이 우거져 펴 있음다.

　──간략하게 하기 위하여, 매우 투박하게 말하기로 하면, 이렇게 하여 알게 되어진 것은, 어떤 '殉敎'는, 그 殉敎를 감행한 자가, 자기 편 쪽의 正義를 수호하려 했거나, (보다 더 나아가서는) '짐'을 대신 짊어주려 하여, 피 흘리기이며, 반면에 어떤 것은, 가해하기 위해 그 자리에 참석했던 자들이 모두, 어떤 계기에 의해서든, 殉敎者 당자 에로 환치해버리기로, 어떤 하나의 我執이랄 것을 벗어나, 다른 탄 생을 가능하게 한 것이라는 것임다. 後者의 경우는, '對象'이 '自我' 를 타도해버린 것에 의해, 그것이 '殉敎化'한다고 주장하는 점인데, 때로는, 어떤 종류의 '革命'이, 그런 형태를 띤다는 것도, 고려해둘 만할시다. 이러면 우리는, 왜냐하면, 사랑 탓에 감행하려는, 羅卜이 의 殉敎를 외면할 수가 없으므로, 羅卜이의 얘기를 조금만 더 들어 봐야겠음다. 그는, 저 분홍색 장미 가시에, 자기의 두 눈을 스스로 찔러 터뜨려, 자기를 부정하기로, 존재하는 모든 것을 부정하려 하 고 있는데, 흰벚꽃을 옷섶에 꽂기에 의해 그는, 남들 가운데 가담하 기 위해, 자기를 지웠었는데, 이번에는, 그들 속에서 빠져나오기 위 해, 자기를 지우려 하고 있음시다. 이루려면, 지금이라면 이룰 수도 있게 된 사랑을, 지금 와서는 이루려 하지 않기──六道 중에서도, 人世에만 있는, 이 '自己否定'이라는, 그 한 씨앗이 터, 지금, 그 꽃을 피워내려 하고 있는데, 六道간, 이 한 꽃은, 천년의, 빈 욕망의, 가물 음에 불타는 사막의, 그 비임 속에서, 그리고, 만년의 고뇌의 동 결에, 흐름까지도 굳어버리는, 그 얼음 속에서만 피어오르는 것임 메다.

自己를 否定하기라는, 이상한 방법으로 이 한 꽃은, 六道를 싸아들 입심다.

'自記否定'이야말로, 흐르는 바람까지도 굳혀 금강석을 만드는, 그런

苦行이며, 그런 힘일씨다.

그것에 비교될 아름다움도, 그것에 비교될 힘도, 그것에 비교될 熱도, 이 六道間에는 없다고 이름시다.

이것은 다만, 人間 속에서만 곰 피는 누룩이라고 함메다.

神들까지도 그리하여, 인연이 멈춰진 곳에의 성취를 위해서는, 人身을 고집해서는, 그런 뒤, 그것을 否定해야 된다는 소이가 거기에 있음다.

'自己否定'이라는 苦行에 의해서만, 묘하게도, 모든 '抑壓'이라는 그 사슬은 스스로 끊김다.

道流들은 그리하여, '自己否定'이라는 그 苦行을 수행하기 위하여, 극락정토며, 천국까지도 그리워할 일은 아니람. 그렇잖으면 道流들은, 본의 아니게도, '偏見'의 거위(蛔蟲)를 살찌우는 바 되었다가, 그 거위에게 넋까지 다 빨리운 뒤, 그 거위의 뱃속에 뭉쳐 있기가 쉬운데, 이 '거위'란, '畜生道'의 別稱이라고 해야 할 것이러람.

希望인들 어찌, 넋을 먹여 살찌워야 할 것이라겠습늡? 그 또한 '거위'인 것, 넋을 먹는 거위인 것.

徹底히 벌거벗기, 위해서 입은 살, 넋, 을 벗기, 벌거벗기, 徹底히 벗기.

　그리하여 庶童 羅卜이의, 한 公主에의 사랑으로 행한 自己否定이, 어떤 결과를 불러냈는지, 그러고 보니 우리는, 그것 좀 빨리 보았으면도 싶으구람.

　羅卜이는 그런 뒤,(란, '분홍장미'를 옷섶에 꽂은 뒤) 정도를 밟아(란, 저 公主들의, '해진 신발창의 비밀'을 알아보겠다고 나섰던, 모든 다른 용사들이 밟았던 그 절차라는 말인데,) 御前에 들어 왕을 배알키에 이르렀으며, 이제는 왼 세상이 다 아는 바의, 그 '비밀'을 밝히러 나서는 일에, 御許를 받자왔음다. 왕도, 이 준수한, 그러나 아직도 능금 볼을 하고 있는, 이 젊은네가, '花童'이라는, 그 御用 賤役꾼이었었다는 것은, 알 도리가 없었음다. 왕으로서는 물론, 한번도 花童이놈을 주의깊게 본 일도 없었으니, 더욱더 그랬을 터이지만, 짐작들 하시겠다시피, 그 동안 이 花童이는, 宮中用으로, 예법도 몇 가지 눈여겨둔 데다, 연습도 해둔 것이 있다 보니, 아무도, 매우 예절바른 이 준수한 젊은네가, 밤에는 마을 사랑방에서 자고, 낮에는, 바깥 거칠은 쐐기풀 우거진 데 같은 데 자빠져누워, 꽁보리밥이나 먹고도, 하루에도 열두 번씩이나 손장난이나 하여 자랐었던, 그런 젊은네였었다고는, 생각할 수가 없었을시다.

왜냐하면, 해는 뜨면 지는 것이라, 아침이 왔으면, 저녁은 오는 것이며, 그날도 저녁은 왔으며, 그랬으니 羅卜이도, 그 앞서, 그 모험에 올랐던, 다른 모든 장한들이 인도되어졌던 바 그래도, 인도되어져, 열두 公主들 침실 옆에 딸린, 그 방에 들게 되었음시다. 이 羅卜이에게만은, 저 公主들이, 한번 마시면, 狂犬들의 땅굴 속에서나 깨어나는, 그런 포도주를 먹이려거나 하는 짓은 하지 안했음다. 그래서 저녁이 왔었으면, 깊어지는 것이고, 그래서 깊어졌으며, 매일 밤마다 그 시각이면, 公主들을 침상에서 일으켜, 새 신발을 신게 하는, 그 같은 시각이, 이 밤에도 와 있었으며, 그래서 公主들은 일어났으며, 羅卜이 든 방에도 똑 똑 두들김을 보내, 자기네들을 따라붙이려 하면, 따르라고 하였을 터이며, 그래서 羅卜이는, 모든 공손함을 다해, 뒤를 따랐음다. 本稗官에게 이 얘기를 전해준, 先稗官께서는, 羅卜이가 차려입은 입성을 보자마자, 그 열두 公主들이 놀랐음에 분명한데도, 그런 일에 대해서는 일언반구도 없이, 이번 길에는 갈 때, 큰언니公主가 탄 배를 타고 그 호수를 건넜다고, 배 타고 호수 건너듯 건너버리고 있어, 本稗官도, 그 일을 두고라면, 창작을 하지 않는 이상, 되풀어드릴 말이란 없음시다.

羅卜이가, 몸을 숨기고 참관했던, 전날 밤들과 마찬가지로, 그리하여서는 무도가 시작되었으며, 羅卜이의 첫 춤추기는, 큰언니公主와 짝지어졌었는데, 그로부터는 순서적으로, 그러니 영등公主 단오, 추석이라는 식으로, 그 한밤, 가슴에는 조락의 계절을 품고, 겉으로는 삼복답게 우거져갔드람시다. 羅卜이는, (本稗官의 짐작에는, 그역 그 분홍장미꽃의 도움의 덕일 것이라고 하고 있지마는,) 암놈을 후리려는 숫학이었으며, 가시나무숲 가운데 우뚝 솟아오른 우둠바라나무였음시다. 심지어 저 열두 王子까지도, 질투와 선망으로, 羅卜이의 아름다움을 건너다보았드랬심다. 흐흣, 羅卜이의 신발 밑창도 나른나른해져가고 있었을 것입슴다.

마침내야, 막내公主와 춤출 차례가 되어, 둘이서 마주하게 되었는데, 公主가 알아내기로는, 이 花童이야말로, 그 어느 王子보다도 월등하게 훌륭한, 춤의 상대자라는 것이었담시다. 쳇, 한 村童이가 숫학 같았음, 우둠바라 같았음.

그러는 새, 그 춤도 끝나, 羅卜이가 公主를, 公主의 자리에 모셔다 드리고 있을 때, 公主가 羅卜이에게, 놀리는 투로 이러더라고 합심다. "花童이는, 원하던 최상의 영광을 누리고 있잖다뉴? 우리 열두 公主가, 花童이를, 王子처럼 대접하잖았다뉴?"

"염려하실 것은 없으시옵니다." 羅卜이는, 公主의 말에 대해, 할 수 있는껏 정중하고도, 부드럽게, 그렇게 위로의 말을 했드랬심다. "공주님께옵서는 결코, 한 花童이의 아내는 되시지 않으실 것이옵니다." 그러자 公主는, 놀란 눈으로, 花童이를 빤히 건너다보았음다마는, 둘 사이에, 더 다른 말은 없었음. 羅卜이는 그리고, 公主의 허락을 얻어, 그 자리를 비켜, 다른 이들의 눈에, 자기의 그림자가, 그 公主께 덮였거나, 닿아 있어 보이지 않게 하였음.

때쯤, 모든 춤꾼들의 신발 밑창에 구멍이 나고 있었을 그때쯤, 음악이 멈추이고, 큰언니公主의 분부에 좇아, 검은 종자를 위시해, 다른 젊은네들이 밤참을 준비해, 차려내놓기에 이르렀음.

우리들의 花童은, 큰언니公主 곁에 자리가 정해져 좌정했는데, 花童과 마주보이는 건너편에, 막내公主의 자리는 정해져 있었드랬심다. 출출하고 컬컬한 판에 참은 참으로 달았을 터입니다만, 花童이는, 그 달콤함을 즐기지를 못해하고 있었음. 모든 입들이 한가지로, 羅卜이의 춤솜씨에 대해 칭찬을 자아올리며, 돌아가며 한잔씩 두잔씩, 羅卜이를 겨냥해 술잔을 돌렸음다만, 羅卜이도 그들의 그런 의도를 잘 알고 있었으니, 그들의 찬사는, 羅卜이의 귀에는, 끓는 중에 부어넣어지고 있는 毒이었으며, 달콤한 포도주는 혀에, 끓는 유황 맛이었음. 이 자리는, 그랬음. 한 가난한 賤童이가, 자기의 晩餐을 먹고 있는, 그런 자리던 것임.

그러는 그 참이, 참으로 무르익어가고 있는 참에, 드디어 큰언니公主가, 검은 종자께 눈짓을 하자, 그가, 미리 준비되어 있었음에 분명한, 가득 채워진 큰 금잔을 하나 내오는즉, 그 잔을 羅卜이에게 권하며, 말하기를, "이 비밀의 성은, 이제, 당신 용사에게는, 더 이상 비밀이 아니게 되었습니다. 당신 용사의 승리입니다, 그 승리를 위해 그러면 우리, 축배를 들기로 합니다."랬음.

그 잔을 정중한 태도로 받고 羅卜은, 막내公主만을 제외한다면, 다른 누구도 별로 눈치채지 못했을, 그런 짧은 한 순간, 몹시 머뭇거리는, 슬픈 눈으로, 막내公主를 건너다보다, 그러는 중에, 한번 더 마음을 다졌던지, 그제는 아무 주저함이 없이, 그 잔을 입술에다 댔음다. (花童이의 귀를 통해 엿들어, 우리도 알고 있듯이,) 글쎄, 그 금잔 넘치게 담긴, 그렇게나 유혹적으로 붉은, 그 수분의 정체가 무엇이었던지는, (그러니) 花童이도 잘 알고 있었음다. 글쎄, 그 잔 가득히 넘실거리는 그 붉은 수분은, 죽음의 빛깔만큼이나 아름다운 그 붉은 술은, 그것을 마신다면 얼마 안 있어, 羅卜이가 토해냄에 분명할, 그 殉敎의 피가 담겨 있었던 것임다, 사랑의 빛으로 붉은 죽음. 羅卜은 미소하며, 그 술잔을 기울이려 하고 있었는데, 그 미소에서는 슬픔이 모두 순화되어 있어, 슬프도록 아름다웠드랬음다.

그러는 그 한 순간, 헌데, 羅卜이의 입술에 그 술이 닿으려는 바로 그 한 순간, 누군가가 부르짖어 말하는 소리가 났드랬음다, "아 제발, 그, 그것을 마시지 마셔요!" 막내公主였드람다. "차라리 나는, 花童이와 결혼하겠어요!" 막내公主였드람다. 이와 동시에, 羅卜이가, 제 등 너머로 내던진, 그 큰 금잔이, 어디에 부딪치는, 쩽그렁 소리가 났드랬음다. 그리고는 羅卜이는, 한달음에 내뛰어, 막내公主 앞에 무릎을 꿇었으며, 그러자 막내公主가, 손을 내밀어, 花童이를 일으켜세웠더람시다. 히, 히런, 히쁜, 히런!

그걸 본 다른 王子들도, 각기의 가슴이 시키는 대로, 그 公主들 앞에 무릎을 꿇어, '손 잡기'를 바랬었드랬는데, 말씀드릴 수가 없이 안 된 일은, 그러면, 이 느닷없는 花童이가 나타났었기 전까지, 막내 公主와 짝지어 춤추어왔던, 그 王子의 행방에 관해서이지만, 本秤官 도 아직껏 들은 바가 없어, 말 못 할시다. 허기는 제기랄, 또 뉘 알 람, 이 밤 내도록, 저 鐘樓 꼭대기서 "베에—베에—베에" 울어대던, 저녀러 부어이였었기라도 했는지, 알기는 뉘 알람? 베에—베—베—부엉이는 우눴다. 부엉이가 우는 중에도, 호수 저쪽, 詩城에서 는, 時間이 여전히 흘러가고 있었던지, 닭이 두 홰쳐 울고도 있었음 시다. 새벽.

그리하여 그들은, (이 시각이면 늘 마음이 무겁고, 몸이 무겁고, 마음이 구멍나고, 신발이 구멍나 있곤 했드랬으나, 오늘은,) 매우 큰 까닭이 있는 즐거움으로, 시새우며 그 성을 뒤로 하고, 호수를 건넜 으며, 그리고 '訪內地成純得道'의 門을 뒤로 두고, 손에 손을 잡아, 오르는 길을 올랐드랬음다.

그들의 뒤쪽에서는 헌데 그때, 화산이 터져오르거나, 지진이 있을

때와 같은, 그렇게나 무서운 굉음과 동요가 있었드랬는데, 그래서
놀란 그들이 뒤돌아보고 안 것은, 그들이 뒤로 닫았던 그 문도 떨
어져나가버렸었거니와, 자기네들을 환희로 들끓게 했던, 그 城이,
그 호수 속에로 폭삭 가라앉고 있었다는 그것이었음다. 그리고 그
들이 마지막으로 본 것은, 그 큰 금잔을 머리 위에로 쳐든 '검은 종
자'가, 그 뻘이 된 호수의 가운데 빠져, 헤어나오려 애쓰면 애쓸수록
더욱더 빠져내려가며, "베에—베에—베—" 숨 때문에 괴로워하던
그 광경이었는데, 그의 쳐든 손이 쥐고 있던 그 금잔만, 할미장꽃
모양, 또는 蓮꽃모양 뻘 위에 남겨져 있다, 종내 그것까지도 파묻혀
들고 있던, 그 광경이었음메다.
　한 詩의 王國이 올려져 있던, 狂犬들의 우리, 그 畜生道가 꺼져내
린 것입스람. (히, 히, 히, 王의 발목에서도, 장화모양, 馬脚이 벗기워
져 버렸음?)
　그런 후 물론, 저 열두 쌍의 결혼식이 거행되어졌을 것인데 말이
람, 羅卜이야말로, 저 畜生道의, 그 '無明'의 呪術을 풀어, 그 한 王國
의 발목(이 자꾸 "흙 속에 묻혀들고 있었음을!")을 수복해낸 자였
으니, 당연히 그가, 그 왕위를 계승했을 일이지만, 그뿐만도 아니라,
글쎄, 다른 公主들은 모두, 다른 王國의 王子되는 자들과 결혼을 했
으니, 그들은, 그 公主들의 손을 잡아, 자기네들의 王國에로 돌아가
야 되는 까닭도 있던 것임스람.
　그래 모두 잘들 살았더라고 함심다.
　아으 헌데, 그 두 월계나무도 지금쯤은, 속에 구멍이 나도록, 늙어
버리지만 안했겠느냐 말씀이시람? 헌데람, 花童이에게 손을 잡힌
그 막내公主가, 매우 애교 있는 질투 탓에, 그 뿌리를 파내버린 지
가 썩 오래 된다고 이름시람.

　　우리들은 그런 뒤 더 이상 숲에로 내달리지 않음메,
　　두 월계수는 버혀져 아무데도 없음메.

　——이건 여담이지만, 저 뽑힌 월계수는, 뽑혀서는, 어쩌면 혹간,
우리들 모두의 심정 속에 옮겨 심겨진 것이나 아닌가, 그것을 짐작
해보게도 합슴메다. 그렇걸랑, 善男子 善女子들이람, 道流들은, 그것
을 찾든, 적어도 그런 노력이라도 바쳐보아야 되잖겠슴늡?

아으, 금갈퀴로 북돋고, 금물주개로 물 주고, 명주수건으로 그 잎들을 닦아주어, 道流들이 정성을 바친 그것이, 대략 열대여섯 보름달만큼 자라거든, 道流들은, 道流들의 염원을, 그 요니 속에다 묻어둬볼 일이 아니겠늡? 염원을 이뤄주는 '암소'

목젖도 아프구만입지. 게다가 또 말입지, 이만큼이나 겨울도 새이었겠는갑, 어느덧, 닭이 세 해째를 치고 있다 말입지.

(9)쳌— 쳌— 쳌—

제 2 장   觀語品

지놈의 붕알을, 지 손 속에 쥐고시나, 워떤 실없는 개백정뇌미, 지
붕알을 잃어뻐렀다고, 간밤 샜던 객주집으로, 고것을 찾으러 되돌아
간다는 일은, 헤헤헤, 肉味를 질김시나, 고 맛만 따지고, 무엇의 송
장을 으득으득 뜯거나, 씹어묵고 있다는, 고런 생각은 못 일으키기
만침이나 요상헐 일인디, 누구는 또, 쳇, 귀를, 그것도 한쌍으로 짜
란히해, 旗맹이 높이 달고, 바로 그 귀를 찾는다고, 안개밭을, 소리
가 없어 적막한 데를, 沙漠을 헤매다닌다면, 고것도 요상헐 일이 아
닌 건 아닐 기구만. 고런 똑겉이 요상시런 짓에, 요 羑里가 전에는,
물로, 소금물로, 바다가 뽕밭맹이 푸렀었다고 히어서는, 진주잽이가,
여그서 뭐 고런, 무신 진주라도 하나 줏어보까, 그래갖고, 사막 한
이파리를, 누에맹이, 다 갉아묵어 댕기기도 그짓이랄 것인디, 그러
장개 작것, 시님이 요상시럽고, 요 늙은 화라지가 요상시럽심닌다.
요 화라지는, 여그 와갖고, 며칠 지나도 안해서, 어느 날 아적(아
침)에던가, 저녁에던가, 아니먼 한낮이 땔랑가도 몰루제, 안개 속에
서는 모룬다고, 워쨌던지간에, 요 몸 속에서, 마지막 쇠주 방울 氣끄
장도 빠져나가고 있었을 때인디, 본개, 글씨 그래서 내어다본개, 저
승인디, 안갠디, 무덤 속인디, 그러장개 요 화라지는, 저승 바닥진
데를, 옆으로만 댕기는, 무신 게, 고것도 속빈 고동껍데기를 집 삼
아, 몸삼아 지고 댕기는 게, 저승게만 싶으다 허는 생각을 허게 되
었었는디, 치랄맞을, 그라고 말먼 좋았었을 일을, 거그서 끔재기, 살
음(삶)을 만내뻐린 것이라고, 글씨 그랬었다고, 그러장개, 고것모냥
알궂임선 요상헌 일도 또 없었는디, 그람선부터는, 무섭어라우, 눈
뜨고 내다보기가 무섭고, 부연 숨을 내뱉기가 무섭고, 안개 소리를
듣는다는 것이 무섭고, 볼에서 썰렁함을 느낀다는 것이 무섭고, 요
것조것 모든 것이 무섭운디, 살아 있다는 것이 무섭드란 말이제여.
요보씨요 시님, 요 화라지가 말이요, 살고 있다는 것이 무섭고, 전디
기가 에럽어 못 살겄다는, 고런 이약을 하고 있다고 시방. 그런즉은
요 화라지가 시방, 죽고 싶어 환장을 하기 시작한 것이끄요? 처,
처, 천만에, 그, 그런 것이 아니요, 절단코 아니라고 요, 요건 머시라
고 말을 헐지를, 잘 모르겄는디, 모, 모르겄는디도, 말을 해보자면,

요것은, "죽기가 겁난다, 그라면 살고 싶은 것이다," 또는, "살고 있
다는 것이 무섭다, 그라면 죽고 싶은 것이다," 무신 그런 투로갖다
가시나, "요것이 아니먼 조것이다, 조것이 아니먼 요것이 아니겄
냐," 허는 고런 것과는 달븐 것인디, 첸장헐, 시님이며 안개비사 듣
고 알아묵을라면 알아묵고, 말라먼 말 일이지마는, 참말로는 죽기가
싫다 본개, 요런 팔자로도 죽기는 켤단코 싫다 본개, '살음'이 겁나
고, 뒤렵드란 요런 말인디, 글매, 그게 어느 날 아적에던가, 저녁에,
한낮에, 안개를 내다보다가, 요 화라지는, 아 내가 워니쩍 곱다시 죽
었다가는, 워떤 암컷을 어미라고 잘못 알아, 그 뱃속에 댕겨 있는
것이기는 아니까, 아니먼, 이승서 니리는 비가 거그서는 안개나 되
는, 그러장개 일르기를, 목마른, 으슴푸레(冥)한 고장(途)이라고 허
는 그런 어디, 열명길에나 올라 있는 것이기나 아니까, 그런 것들을
생각허잔개, 요보쩌 시님, 말인디라우, 요날 요때껏, 꿈 안 꾸고 잘
때사 모릉개 몰르제만, 고랄 때만 빼놓고는, 그림자보당도 더 뽀짝,
가찹게 살아왔었음선도, 몰루고 지냈든, '살기'하고시나 끕째기, 써늘
허게끄장 이망을 맞대뻐리게 되더라고여, 고것은 글씨, 써늘허다고
요렇게 되먼, 뒤늦게 요 화라지가 이망을 맞댄, 조 '써늘한 살음'이
란 머시나 되겄을 것맹이네, '죽음' 말고, 또 다른 머시나 될 것맹이
냐고? 이망이 식고, 볼타구가 식고, 가심도 식고, 아랫배도 식고, 사
태기가, 호복지가, 무르팍이, 발꼬락이 식는디, 써늘해지잔개, 고런
몸 속에서 鬼神끄장도 더 안 전디고, 떠나뿌릴라고 허드라고. 요라
장개, 말인디요, 요 화라지는 죽덜 못 허겄소이, 글씨, 요래갖고 워
쩌키 죽겄냐고? 안개비가, 사막이, 아무 소리도 없음이, 羑里가, 밤
이며, 낮이며, 죽음이, 모도 이빠디를 누렇게 세워갖고시나는, 요 빼
마른 몸에도 아직은 온기가 쬐꿈은 있다고, 고것을 빨아낼라고 목
덜미를 물고는, 시간마동 빨아대는디, 이라먼 겁이 안 날 수가 없음
선도, 쉽게는 내던질 수가 없겄어서, 앉은 자리라도 좀 후비파고, 땅
에 뿌렝키라도 내맀으먼 하다 보면, 씨버갈, 그라먼 그랄수록, 세상
만 자꼬 차꼬 멀어져 뵌다고. 이빠디들만, 안개밭보다 한 수풀 더,
까시쟁이라고. 어제부텀은 헌디, 새로 걱정이 하나 더 생기갖고시
나, 고것헌티 골을, 생골을 빨리기를 시작하였소이. 고것은 머시냐
먼, 요라다 요 화라지가, '自殺'을 해뻐리잖으까, 고 걱정인디, 글씨,
'살음' 때문에 '죽음'이 겁나, '살음'이 공포로 바뀌먼, 조노무 '공포'를

이기덜 못 허겄어서, '自殺'을 해뻐릴 수도 있겄다는 생각이 들어서
는, 믿기를 시작해뻐리기끄장 됐다먼, 시님은 웃으끄요, 웃으시끄냐
고? 가만히 내뻐리놔둬도, 니얼이나 모레쯤, 제절로 뒈질지도 모를
늙은탱이가, 헤, 헥, 自殺을 허게도 생깄는디, 요런 것도 일러, 무신
녀러 解放 겉은 것이라도 이뤘다고 말헐 수도 있으끄요? 헤, 헤헤,
헨디, 조 늙은탱이는, 한쪽에서 푼다고 풀어, 거그 찌었던 발꾸락은
뽑아냈는디, 다른 쪽에서 홀매쳐, 이번에는 그 홀매에다, 지놈의 모
가지나, 아니먼 붕알을 단단히 물리놓고 있게 된 것은 아니까? 하
으, 발꾸락 해방, 만세? 이라장개 나는 것은 생각뿐인디, 그래 생각
이 나서 말인디, 羑里에서는, 누구든지, '살음'을 만냈다 허먼, 羑里
를 못 떠나, 되돌아오고, 또 되돌아오고, 그러는 것 겉습데다. 이만
콤이나 이약을 디렸으먼, 허기사, 머슬 숭키고 자시고 헐 것도 없겄
는디, 그래서나 말인디, 요 늙은탱이만 해도, 고 동안에, 몇번이나
羑里를 도망쳐, 읍내로 가다가는, 가는 중에 되돌아오고, 오고 히었
다 본개, 고런 소리를 헐 수도 있던 것이라고 발목에고 어디에고,
아무 족쇄 겉은 것도 안 차고시나, 요렇게 조렇게 워떻게, 羑里에
묶있다고 그런개 인재, 솔직헌 이약을 하나 히어디리야겄는디, 요
화라지가 羑里를 떠날람선, 시님헌티 냉기놓은 음석 속에는, 누구든
쎄끝만 한번 거기에 적셨다 하먼, 그 당장 그 쎄끝서부텀 썩어 발
꾸락끝까장 문드러질, 그만큼이나 많은 비상을 넣어두고, 그라고시
나는 요 화라지는, 귀를 틀어막고 대략 백 걸음 정도를 뛰달려도
보고, 오십 보도 물러나보고 히었었다는, 고런 애기요. 읍내 가서는,
친구헌티는, (요 화라지가 '친구'라고 부르는 이는, 장로네서 청치기
로 늙어온 그 늙은네 말이요만,) 시님이 죽었다고, 여러여러 날 전
에 죽었다고, 고렇게 일러줄라 히었었드랬소이. 워쨌든 지끔은, 요
늙은탱이가 주저앉아 있소마는, 산 것이 죽고 싶어하기나, 산 것이
살고 싶어하기도, 羑里에서는 꼭같이, 치유키 어려운 병이 되고 있
다는 것도, 알고는 있으요.
　──저런 삶은 그렇다면, 宗敎化, 또는 祭祀化하기 시작하는 것이
라고 촛불중은 알았는데, '살기'라는 祭爐에서, 저런 식으로 늦게라
도, 자기의 '삶'이, 또는 '죽음'이 香木이 되어, 祭火가 일어나면, 그때
저 祭爐 속에서, 저런 경험이 익는다고 했다. 그럼에도 촛불중은, 羑
里에 새로 또, 하나의 改/開宗이 있었다고 선언하기에는, 아직도 어

쩌면 좀 너무 성급할지도 모른다고 하기는 했는데, '소주'가 덮어 있
던 자리에 열린 저런 '傷處'는, 다시 소주가 덮이게 될 수 있으면,
그 소주에 덮여 그 아픔을 모르게 될지도 모른다고, 건너다본 것이
다. (저 늙은네를 두고는, 이 현재는 '소주'를 들춰낼 수 있으되, 어
찌 하필 '소주'뿐이겠는가, 알려지기로는, '재물'이며, '명예,' '계집' 등
도 그런 것이지만, 어떤 경우에는, 심지어 '宗敎'까지도 그런 것이던
것을.) 그 '傷處'에 덮을 것을 갖지 못해, 치질모양, 그 '傷處'를 빼내
문 자들이, 그렇다 그런 자들이, 눈뫼를, 운산을, 비골을, 羑里를 찾
아들던 것이다. 항간에서는 자기네들끼리 고개를 갸웃거리며, 그들
을 '求道者'라거나, '修道者'라는 투로 이르고시나, 그렇게나 많은 젊
은네들이, 그 '道'라는 것을 찾아 떠났으되, 그 중의 누구 하나도, 그
것의 머리칼 한 가닥 뽑아내오지도 못한 것으로 보건대, 있지도 않
는, 허황한 것을 찾는다고, 아버지로부터 뼈 받고, 어머니로부터 살
얻은, 그런 귀한 한 목숨을, 호기스럽게 금싸라기를 뿌려보는 짓까
지는 그만두더라도, 노상 남의 땀의 곰팡이나 핥기로 허비해버린다
고, 연민의 정까지도 느끼기도 하거니와, 말한 바의 저 '道'란, 짐승
이나 神들처럼, 행복으로 포만해 있어, 좀체로 '傷處'를 열어볼 기회
를 가질 수가 없는 자들께는, 돼지우리에 던지워진 진주며, 개발의
편자 같은 것이다. 어느 때에나 돼지가 깨어, '아름다움'에 목말라하
겠으며, 개는 또, 저런순 개새끼 같으니, 도척이의 상에서 뼈다귀를
얻는다고 안회를 무는, 저런순 개새끼, 안회의 상에서 食物을 빌고
는, 안회가 보는 자리에서, 안회의 안댁을 향해 조슬 세우는, 천하에
개새끼, 언제나 저놈은, 제놈의 '馬脚'을 깨달아, 편자를 신고, 주인
의 짐을 나눠 지겠느냐.
　부달리다 본개, 쇠주에 껄떡이는 마음이, 시달리다 본개, 전에 워
떤 시님헌티 들어뒀던, 워떤 師弟間의 問答 한 가지가 새로, 새로
곰, 생각이 나고 히었는디, 거 왜 있잖습뎌, 제자놈이, 지 마음의 앙
구찮음을 두고, 투덜대잔즉은, 스승님이 가로되, "너는 이눔, 당강
내, 괴로움으로 시달린다는, 고 마음을 끄집어내놓아봐라, 그라먼
내가, 고 괴로움을 털어내줄구마." 랬다는, 고 問答 말일씨라. 듣잔
즉은, 고 제자는, 그런 후, 홀연히 道를 깨달았더라고 히었습니다마
는, 요 화라지는, 귀가 엷었든, 심젱에 쥔비가 안 돼 있었든, 고 똑
겉은 이약을 듣고도, 道를 통하던 못 히었었는디,…… 그…… 그라

고도, 요 늙은탱이는, 왜냐먼 요번에는, 글씨, 요 늙은탱이의 믿음에
는 그려요, 귀도 짚어졌을 뿐만 아니라, 심정도 쮠비가 되어 있는
디, 道라는 것에는 가찹아져보도 못 하고 있다고, 글매, 찾아서, 내
놓아볼라면, 찾아, 내놓을 수도 있는, 시달리는 마음 겉은 것은 없는
것 겉은디도, 그런디도, 그런디도, 그, 그런디도, 그 시달림은 퐥 없
어져뻐리거나 허든 안했는디, 그것이 문제드라고 그러장개 웃음이
나오는디, 그러장개, 들끓는 이를 잡자고 옷을 벗었는디, 이만 지 몸
의 털 속에다 굼실굼실 붙이놓고, 옷만 벗어, 이왕이먼 캐칼하게 소
탕하자고, 불에 던져 태와뻐린, 고런 느낌이 들잔개 웃음이 안 나올
수가 없드라고 '마음'이라는 것허고, '시달림'이라는 것이, 아니 그래
서 말씸이요, 서로 고렇게 제금날 수도 있다는 말이요? 그래서 또
말해, 혹간 그렇게 제금을 날 수는 있다고 헌다 해도, 고 '시달림'을
알아낼 '마음'이 없다먼, 이야 백 마리 천 마리가, 조 몸뎅이 하나를
다 으드득 뜯어먹는다 해도, 세월이 바위 뜯어묵기맹이 그럴 것, 개
럽거나, 피 나거나, 어지럼병 들 일도 없을 것, 것인디도, 개럽고, 긁
으면 피 나고, 피 나고 나면 어지럽드란 말이라먼, 여그 워디, 글씨
누군가가, 한벌의 六道를 잘못(誤) 읽고(讀) 있다고밖에, 달리 말헐
길이 없는 것맹이라고. 생각해보먼, 그래서 생각해보먼, 스승의 조
한마디로 得道를 해버렸다던 고 제자는, 스승의 조언을 눈 삼아, 한
벌의 六道에서 '말(言語)'만 읽었고, 道가 갈겨대는 오줌 삼천대천세
계로 퍼뜨려지는, 그 이슬에도 젖어본 바가 없는, 요 화라지는, '몸'
만 읽은 것이나 아닌가, 고런 생각도 들게 되더라고 글씨, '부달림'
은 여전히갖다가시나, 몸에 남아 있었다 본개, '몸'만 읽다 보면, 六
道야말로 참것(實)이던개, '말'만 읽다 보면, 六道가 헛것(幻)으로
보일 것이라고 하게도 됩데다. 이렇게 되는개는, 제기럴, 녀러, '마
음'이라는 것이 있는지 없는지, 고까짓 것은, 아무 문제도 안 되는
것만 싶습디다여. 고것이사 워찌 되었던, '괴로움'이 있는 곳에는
'몸'이 있고, '몸'이 '六道'란개시나는, '六道'는, '괴로움(苦)'을 터전으
로 해서, 그 위에서 場서는 것이라는 생각입디다. 짐승(畜生道)을
보씨요, 고것들은, 어디다 '끄내놓고' 어쩌고 할 '마음'이란 것이 있
는가 없는가, 고런 생각은 허도 안 허잖소이? 참말로는 워짜먼, 고
것들이 '마음'이 있는가 없는가, 고런 문제를 생각허들 안 헌다먼,
고것들헌티는 '마음'이란 아직 없다고 봐도 안 되든 안 헐 것인디,

고 '마음'이란 것이 없어도, 저 '제자'되는 놈헌티는 어쩔랑가 몰라
도, '짐승'헌티는 '짐승'이 없는 건 아니잖냐고이? 실답잖다고 헐라먼
허쑈마는, 한번 더 말허먼, '마음' 따우를 거론찮는 '짐승'헌티는, '짐
승'이라는 것이 '참'인디, 그럴랑개시나, 심지어는 하루살이끄장도,
그 대를 안 끊기고, 씨를 안 없앨라고, 그 하루 내내 씨 잇는 일 허
느라고, 살잖소? 요라먼 별수없이, '살음(삶)'을 만낸다고.
   ——"칼리유가(末世)에는, 그것으로 니르바나를 여는 열쇠 삼으
라."고 有情께 준, 根(링가/요니) 때문에, 차라리 末世가 재촉되어진
다고 하더니, 저 화라지는, 그것을 아프게 핥기로 肉身(畜生道)을
뛰어넘어야 할, 그 '傷處' 탓에, 肉身 속에로 무겁게 떨어져내리고
있다고 알고 촛불중은, 슬퍼했다. 그러나 촛불중은, 바르도에 처한
한 念態를 구하기 위해 千佛이 동원돼도, 그 한 念態가 눈뜨지 않
으면, 어찌할 수 없다는 것도, 알고 있다. 肉身(畜生道)이 '참'이냐
아니냐, 그런 것이 문제인 것이 아니라, 肉身을 입었기의 까닭이 무
엇이며, 그것으로 더불어 무엇을 성취할 수 있는가, 그것이 문제던
것이다. "肉身이 없으면, 進化가 성취되지 않는다."는 명제는, 그것
(畜生道)이 "실다움인가, 아닌가," 같은 문제를 검토해본다는 짓거
리란, 무의미하고도, 불필요한 노력이라는 것을 가르쳐주고 있다.
'手段'이어야 할 것이 '目的'化하면, 본디의 '目的'이었던 것은 별수없
이, 그 達成이 자꾸 보류, 유예될 수밖에 없어, 본디는 없던 '輪廻'
가, 그렇게 하여, 그 회전의 바퀴를 얻는다.
   쇠주 탓이겄제, 겄제, 마는, 여쑈 시님, 살 것 다 살아삐린 요 낫
살에, 요 늙은탱이헌티 큰 삥이 돋았소, 삥이 돋았다고 쳇, 요노무
삥이, 심지어 天刑으로 치기도 허는 용천삥이라고 한대도, 요만침이
나 늙고는, 한숨이나 몇 번 쉬고 말고, 사니라고 살아온 질갓에다,
한 매듸 발가락이란동, 뒤 매듸 손가락 싱궈, 배고픈 지렁이라도 파
묵으라고 허고, 못 해본 身布施라도 허고 말아삐리겄는디, 훗, 훗,
큿, 큼, 요 늙은탱이는, 오늘 밤중엘지, 니얼 아적엘지, 또는 죽어 불
을 벽(火壁)해 묻혀서일지, 그 시간은 모르겄음선도, 죽기가 싫다
본개, 참말로 싫다 본개, 살았다는 것이 무서워, 도저히 '살음'을 마
주할 수가 없어, 비상이라도 묵을지, 아니먼, 한 용쏘 깊이 불을 피
우고, 뛰어들지, 그걸 몰루겄소이. ……아흐럴, ……참, 참말이제 사
막이란 건……요롷게나 최용헐 수가 없소이……몇천만 년이나, 요

런 최용험이 굳었으먼, ……고것이 부스러져……요러커니나 사맥
이 되었으꼬? 참……말이제 사막……이란 건……요렇거니나……
최용헐 쑤가 없다고……조개껍데기라도 하나 줏어보까……귀(耳)
라도 두엇 줏어보까……소리라도 몇 줏어보까……그래서나, 아매
어젤꺼시요, 그젤꺼시요,……하루도 안 빼놓고일꺼시요,……마실
것이 없다 본개, 뭐든 허기는 히어야겠었은개,……요 늙은네는, 남
쪽으로, 서쪽으로, 동쪽으로, 모래밭을 헤매댕깄드라고……그, 그랬
으나, 소리가 죽어, 귀가 죽어, 뜻이 죽어, 모래가 되어, 아무껏 하나
도 되살아나덜 안히었었소, 숭한녀러 骸骨의 꼴째기, 헌디 고 짓도
지치게 하드라고. 쳇, 그래갖고시나 알게 된 것은, 지칠 수도 있다는
것은 좋은 일이라는 것이며, 그럴 때 돌아갈 디가 있다는 것도 좋
은 것이라는 것이며, 그리고 잠들 수 있다는 것은 더욱더 좋은 일
이라는 것이었씸넌다. 안개 속을 헤매다, 더 깊은 곳으로 파고들어,
웅숭크리기, 잠자기. 그라고는, 소리라는, 귀라는, 무슨 뜻이라는, '나
부(나비)'를 날리보내기. 그러다 화라지는, 쪼꿈은 생소허다고 히어
도 좋을, 고런 무신 경험을 히었드라고 클, 클, 클씨, 아랫배 쪽에서
머시갖다가시나, 뿌시제기 일어서길래 쥐어보닌깨, 클, 클, 클, 크렇
게나 쭈구렁지고, 보드랍기만 했던 하초가, 매꼼허게 주름을 피갖
고, 몹시도 뻣시어져 있더란 요런 말이라고. 흐흐훗, 고것을 주먹에
벗나게 쥐고시나는, 워디선지 잊어뿌렀다고, 댕겼드랑개, 찾을라고
말여라우, 고것을 말이랑개, 소, 손안에 쥐어 있는 것을, 갖다가시
나, 말이랑개. 워쨌거나 고것은, 그때 니낌만 말허기로 헌다면, 꿉재
기갖다가시나, 한 六道만침이나 소중허다는 생각이 들었더라고, 말
입씸넌다, 시님, 한 六道, 그라고 난개 한 의문이 일어나기를 시작했
는디,—'밖'을 말헐랑개, 요것은 '안'이라고 말이 허게 되는디,—그
래서 요 화라지는, '안'에 있던 것을 '밖'에서 찾았으끄냐, 아니먼,
'밖'에 있는 것을 '밖'에서 찾아내고 봤더니, 어느 틈박에, 고 '밖'이
뒤집히갖고, '안'이 됐으끄냐, 글씨, 고런 의문이드라고 그러장개, 큰
한 소리가 목구먹을 비어져나옵씹디다, 喝!
　　—말(語) 배우기(觀). 여 화라지엽습, 童貞 한번 떼기가, 그렇게
쉬운 것은 아니라는 얘기겠다 말입지. 語巫여, 老巫는 이제, 그 지랄
헐누무, 곱만 끼어 畜生道 냄새만을 풍겨쌌는, 童貞을 떼어내버렸는
뎁, 지금부터는, 만약 老巫가 소주에다 그놈의 하초를 담궈 절이지

않는다면, 그 하초의 뻐등거림 때문에 새로 공포를 느끼게 될 터인 덴지, 글쎄ㅂ지 老巫는, '소리'를 찾는다고 하다가, 아으 오르페우스입지, 道流는, 저 두려운 '無音,' 또는 '沈黙' 속을, 귀를 틀어막고 지나와버린 것이랍, '귀'를 찾는다며 말입지. '소리'들의 '子宮'은, '無音'이던 것, '沈黙'이던 것. 그리하여 이제 道流가 한번 지났기로 하여, 저 '沈黙'의 천정에 발톱을 박고 거꾸로 매달렸던, 아으 그것이 老巫에의해서는 '나부'라고 일러졌던 것, 그 천의, 만의, 吸血天鼠들이, 일시에 잠을 깨, 老巫의 모든 혈관에다, 그 뾰죽한 이빨들을 찔러넣어, 老巫를 빨아들일 것인데, 그러면 오르페우스여, 道流는 '發音'당하기 시작할 것입습. 있는 것(存在와 事物)이라고 일러지는 것은 모두, 저 '無音'에 의해, '發音'당해진 것들일 것이기는 합습지만.

헌디 귀에서는, 요 화라지의 귀에서는, 귀좆이 흐르드라고, 피가 흐르고 있드라고, 소리들이 흐르고 있드랑개로. 큰 산이라도 한꺼번에 무너지는 듯하는 소리, 한 들이 타는 듯하는 소리, 한 바다가 엎질러지는 듯한 소리, 소리, 소리, 한 세상이 불리워 가버리는 듯하는 소리, 귀에서는 소리들이 흐르고 있드라고, 피가 흐르고 있드라고, 귀좆이 흐르고 있드랑개로. 羑里가, 沙漠이, 소리의 큰 한바다가, 이승이며 저승이, 안개비가, 요런 것이, 조런 것이, 요 화라지의 귀 속에 우겨넣어져, 우거져서, 버그르 버글, 버글 버그르, 무너나기를 시작허고 있드라고 낭구(낡)가 돼서, 새가 돼서, 바우가 돼서, 풀꽃이 돼서, 짐승이 돼서, 시꺼먼 羑里의 하늘을 날으다가시나는, 그 공중에 심궈져뻐렸소 고것들은, 요 화라지가 불어낸 '숨'이, 여러 색깔의, 모양의 '숨'이, 숨을 쉬어감시롱 히었던 여러여러 '雜想'들이, 조 안개비 속으로 스며들었다가는, 더 갈 데가 없다 본개, 고 습기를 입어뻐린 '雜相'들이었을 것이요이.

── 여 늙은 詩꾼입지, 여 詩巫엽지, 그녀러 '하초'를 너무 주물르다 道流는, 그녀러 것이 道流의 '목구멍'에로 까뒤집혀 오른 줄을 몰랐었돕다. 당연한 결과로 道流는, 홀까당 뒤집힌 것인데, 그러자니, 한벌의 六道를, 그 가죽 속에 넣어 싸고, 밖에다 六腑를 드러내게 되어, 똥창자 냄새로 三世를 오염하고 있돕다. 道流여, 이렇게 되면, 詩巫가 뒤늦게 삶을 해후하고, 걸터탄, 그 살기의 鞍裝이 편할 수가 없게 될 것입습다. 아으, 道流는 하초를 찾았을 때, 찾았기 탓에 새로 잃었습나? 아으 그렇걸랑 道流는, '열두 公主'들이, 밤마다 어디

가서, 새로 신은 신발 한 켤레씩을 다 닳게 하는지, 거기로 찾아들어볼지어랍. "空中에도 아니고 色中에도 아닐레랍/水中에로, 그럼에도 젖음이 없는 길을 좇아서 그대/그곳을 통과하지 않으면 안 될레랍/그러면 그대는 그곳에서, 잃었던 것을 되찾게 될 것일레랍."——하항, 그리하여 '촛불중'이라는, 羑里派 沙彌 하나는 오늘, 삼가, 羑里의 第一祖村長이었다던, '하초 잃었던 늙은네'를 받들어뵙고 있는 중이겠습는갑? ('하초'란 헌뎁습지, '羅卜, 오르페우스'라는 이름에 불리우는, '下界의 하늘'만을 날으며, 그곳에다 꿈(夢)의 씨앗을 비뿌리는 새인 것을, 앗차, 잘못, 저 어두움의 동굴을 벗어나, 빛 가운데로 나섰다가는, 그 순간, 그 빛에, 그 날개를 태우이는 것읇. 제기럴, '하초'의 還俗은, 늘 저렇게 비극으로만 끝나던 것이던 것?)

——續

애기를 쑹얼거리다 말고, 소주를 생각하고, 눈물로 코를 훌쩍이다 말고, 소주 같은 어떤 주모할미를 생각하고, 한숨도 썩어져내릴 열 뒤 번 거퍼거퍼 쉬어내다 말고, 주모 같은 소주를 생각하고, 불알을 주물러까다 말고, 소주며 주모, 주모며 소주를 생각하고, 저 늙다리 화라지는, 켠 등을 하나 챙겨들고, 엉거주춤 허리를 굽혀, 바닷게모양 걸어, 급기야 羑里를 뒤로 두고, 떠나고 있었다. 읍에서는 그때쯤, 닭이 두 홰째를 쳐 울고 있었던가 했는데, 그러니 새벽이었는데, 이 새벽도 안개비는 궂고, 으슴푸레 했으며, 늙은 삭신에는 진눈깨비나 같았는데, 그 두 홰째 닭이 우는 데를 겨냥해 늙은네는, 깜냥으로는 부지런히, 허부적 터부적, 발걸음을 떼어놓으며, 이 야음을 탄 자기의 還俗의 탓을 모두, 어떤 주모할미 같은 소주, 소주 같은 그 주모할미께 돌리고 있었다. 이 새벽도, 羑里를 휩싼 안개비는 궂어 저승이며, 으슴푸레해 저승이며, 차가워 저승이었다. 그런 새벽의, 안개비의 바다, 밑쪽에도 있는 水面에, 글쎄, 켜진 하나의 흐린 붉은 등이 떠, 한 송이 복사꽃모양 스름 스름 맴돌기도 하여, 진양조로 흐르고 있었는데, 잠자리로 돌아가던, 장난꾸러기 夜鬼들께 눈아피病을 뿌렸다, 고소하다.
　이러는 중에도 촛불중은, 저 늙은 말(語)의 화라지(巫)가 앉아 있으리라고 생각되어지는 방향에 대고, 합장하여, 머리를 조아리며, 그가 베풀(說)었던, 法에다 마음을 모으고 있었다. "……헌디…… 요 화라지의 귀에서는……귀좇이……피가……소리들이 흐르고 있드라고……羑里가, 沙漠이, 소리의 큰 한바다가……요 화라지의 귀속에 우겨넣어져, 우거져서, 버그르버글 무너나기를 시작하고 있드라고……낭구가 돼서, 새가 돼서, 바우가 돼서……이것이 돼서……저것이……돼서, 羑里의 하늘을 날으다가시나는, 그 공중에 심궈져뻐렸소 고것들은, 요 화라지가 불어낸 '숨'이, 여러 색깔의, 모양의, '숨'이, 숨을 쉬어감시롱 히었던, 여러여러 '雜想'들이, 조 안개비 속에서 '雜相'을 입어버린 것이요"——이런 말은, (촛불중은 생각하고 있었다,) 촛불중 자기도 결국은, 저 늙은네가 꿈(雜想)꿔가며 불어낸, 그의 '숨'의 하나가, 안개비에 젖어, 흐르릉이 몸(相)을 입었다는 그런 말이 아니겠느냐고 했는데, 그래서 촛불중은, 저 火巫께 師父에 대한 예를 다하고 있는 중이다. 그리고도 촛불중은, (이것이 가능한 것은, 그의 '無意識'論의 法恩을 입어서인데,) 어떻게 '自/他' 사이의 간극과 거리를 없애거나, 좁힐지를 알고 있었으니, 그렇다면 이 입장에서는, 저 '화라지'란 다름아닌, 촛불중의 '숨' 하나가, 그 자신의 어떤 '法心'의 한 조각과 제휴하여, 그 결과로 나타난 것 말고, 다른 것은 아니라고 주장한다 해도, 거기 과오는 없는 것이 분명하다고 알게 된다. (촛불중투의 '無意識'論이 밝혀내는 것은, 대체로 저러하다. 그러한즉, 누가, 촛불중의 목구멍을 열고 들여다보았더니, 거기도 한벌의 六道가 고스란히 있어, '陽/陰,' '善/惡,' '안/밖,' '높은 것/낮은 것,' '이것/저것' 등등, 무엇이든 그것은 '짝'을 갖지 않는 것은 없다 해도, 다시 말하면, 한우주는 '二元的'으로 구성되어져 있다 해도, 이 '二元論' 탓에, "色은 色"이며, "空은 空"이어서, 서로 같은 것들일 수는 없다고, 또는, '色과 空'은 상대적이며, 二元的이라고, 그래서 '色'만이 '실다움'이라는 투의, 輪廻의 족쇄에 끼인 幻足의 아픔을 더하게 하는, 그런 편견에 떨어져내리게 되지는 않게 된다고, 알게 된다. '幻의 秩序'는, '二元論'에 의존되어 있다는 것을, 그러면 알게 된다.) 촛불중은 그리고는, 편안한 자세로 척추를 펴고 누워, 한 ⁽¹還俗을 위한 잠을 자려고 했는데, 한 화라지가 자기에게 연결되어 있는 한, 莊子의 봄잠을 내어다볼작시라, '나비'를 그 뜰에다 풀어놓아둔 채, 여게, 莊子여, 公만 먼저 잠을 깨서

는 어쩌자는 일이겠느냐, 그랬을 것이, 촛불중 자기에게는, 끝을 내
둬야 할 俗事가, 최소한, 아직도 한 가지쯤이라도 남아 있는 것이
분명하다고, 믿어, 그런 것이다. 바람 좋은 날 鳶 날리기. 그리하여
촛불중은, 자기가 發音해낸, 저 한마디 말(言語)에다, 하나의 比喩의
살을 입혔다. 어떤 '鶴女'의 '鶴衣'——이승 연못에 목욕 한번 하러,
鶴衣를 입어 날라내려왔다, 벗고 목욕을 끝냈을 때는, (누구나 다
아는 바의 그런 이유로,) 그것을 잃어, 못 날아, 못 돌아간, 어떤 天
女 하나, 이승에 억류된, 슬픈 鶴·펜릴(Fenrir).* 글쎄 그 飛翔 자
체이던 것, 그것에다 새로 '飛翔'의 날개를 달아주기. '鶴衣'를 꺼내
입혀주기.

　　바람 좋은 날, 鳶 날리기.——(禪法).

　　그럼에도 물론, '天女'의 사타구니에도 곱이 끼이는가, 하는 따위,
물어보면 法恩이 많을 물음이라도, 물을 일은 아니지만, 그러려 하
면, 이제까지 높은 데 있던, 거룩하기만 했던 '하늘(天)'이 낮게 내
려와버리기 때문인데, 라는 까닭은 왜냐하면, 인간은, '하늘'을 꿈꾸
면서도, 폭신한 物質的 想像力을 동원해, 말하자면, 그 '하늘'에도,
땀냄새를 풍겨버린 그 까닭인데, 그러나, 그러나 촛불중은, 자기가
상정해낸 그 '譬喩' 탓에, 그 '譬喩' 자체의 정당성에도 불구하고, 그
것 속에 매복해 있던, '反意性'이라는 복병을 미리 보지 못해, 그 복
병에 당해, 안됐게도, '失語症'에 걸리고 말았다. 그리고 그렇게 촛불
중의 혀가 굳어져 있는 동안은, 저 늙은 화라지는, "들을 훨훨, 즐겨
날으는, 저만의 나비"일 수 있을 것임은 분명하다.

　　——저 '譬喩 속에 매복해 있던, 反意性의 복병'이란 무엇인가 하
면, 일반적으로는, '벗기'가, '解放,' '自由의 성취,' '解脫' 등의 의미로
통역되어져오는 데, 반해, 이 '鶴女'의 경우는, '벗기'가, '묶이기,' '監
禁,' '拘束'의 형태를 취해 있다는, 그것이다. '벗기기'라는, 무엇의 속
박으로부터 풀려나기가, 무엇에 억류되기? 헌데, 그런 유사한 범주
의, 다른 民譚들이 시사하는 바에 의하면, 바로 그런 獸皮('들돼지'
라든가, '구렁이' 따위,)를 벗기워, 그 '獸皮'를 불에 태움을 받고 나
면, '짐승(畜生道)'에 억류되어 있었던 사람(王子)이, 그 본딧 모습,
즉슨 '사람'의 모습을 취해 돌아오던 것이 아니던가? (이 범주의 民

---

*Fenrir: Norse Myth. 이 Fenrir을 묶은 끈은, "고양이가 움직일 때 내는 소
　리, 여자의 수염, 山의 뿌리, 곰의 力根, 물고기의 숨, 새의 침"으로 꼬여진 것.

譚이, 宗敎로까지 승화, 고차화한 것이 '熊女神話'인 것은 주지하는
바대로이지만, '鶴女譚'도 물론, 저런 범주가 아닌 것은 아닐 것이라
도, 이 후자는, 정직하게 觀한다면, '바르도'에 속한, '원초적 質料(念
態)'의, '順調/退調轉移'의 과정을 밝히는 것이나 아닌가 하는 것을
고려하게 한다. 그리고 어쩌면, 이런 觀法이 옳을 듯한데, 그렇다면,
'熊女神話'와 '鶴女譚'은, 매우 같은 얘기라도, 그것이 얘기되어진 고
장이, 상반적이라는 것을 알게 한다. 그렇다면, 촛불중의 '失語症'은,
바로 여기 어디에 연유해 있음을 짐작키는 어렵잖은데, 그의 넋은
바르도를 헤매고 있으되, 그의 몸은 아직도, 逆바르도의 물밥에, 오
줌이며 똥누기라는, 그 신진대사를 원활히하고 있기 때문이다. 훗,
훗, 훗, 그렇기 탓에 돌팔이랄 것인데, 중 하나는, 한 '還俗을 위한
잠'을 자려 하며, 그런 한 '還俗에의 꿈'을 꿔낸다고 한 짓이, (꿈은
목구멍에서 발원한다는 것.) '鶴'을 날려보내려다, '곰'에 목이 메어
버렸다. 말한 바의 저 '譬喩(話頭)'라는 것은 그러고 본다면, 흉악한
잡종이었다, 여읰, 돌팔이 같으니, 대가리는 '鶴'인 것이, 어떻게, 히
히히, '곰'의 아랫두리를 해갖고 있다는댜. (촛불중 바룬다새.) 이러
고 보면, 저 잡종은, 이쪽이든, 저쪽이든, 아니면 그 양쪽을 다, 벗
든, 입든, 프라브리티에 물려 있는, 그 '껍질'을 어떻게든 해야겠는
것이다.*

---

*作者의 생각의 흐름을 잘 진맥해나가는 讀者라면 그리하여 이 「進化論
(pravritti)」은, 그 중도쯤에 와 있거나, 그보다 좀더 나아가 있거나 하는 것
이라고 짐작하고 있음에 분명하다. 사실로 이것은, 대략 그만쯤 되는 데에
와 있는데, 밝혀둘 필요를 느끼는 것은, 脫稿된 「進化論」은, 初稿의 그것에
비해 많이 짧아졌다는 것이다. 예를 들면, '觀相品', '觀物品'이라는 식으로
촛불중의 상사라 읽기(觀) 章(品)들이 대폭 삭제된 것인데, 첫째는, 讀者들
의 인내심에도 한계는 없을 수 없다는 이유 때문이었으며, 둘째는, 그것들
이 비록 촛불중의 말(言語)의 化身들이라고 한다 해도, 그것들은 보다 더,
隨想錄이라거나, 夢想錄 쪽에 가까운 듯하다고 판단하는 때문이다. 그것들
을 쓰고 있었을 때 필자는, '촛불중의 傳記'를 쓴다고 생각했었으며, 그것을
베끼고 있었을 때는, ('歷史'를 捨象해버린다면, '架空'과 '實際' 사이에 무슨
구별이 있어 보이는 것은 아닐 것이지마는, 그리고 '歷史'란 '詩〔敍事詩〕'에
비해 畜生道的이지마는,) 이 '傳記'의 人物은 架空的이라는 생각을 했었던
것이다. 그럼에도, '歷史'라는 무대 위에서, 어떤 식으로든, 한번 형상화된 人
物은, 그 형상을 입은 직후부터, 그도 歷史的 人物이 아닌 것은 아닐 것이
다. 이 「進化論」은 물론, 아직 끝난 것은 아니고, 그의 상사라 읽기(觀) 얘
기(品)도 그러니, 좀더 계속될 것이다. 그러나 이 끝나지 않는 부분은, 앞으
로 한 권만 더 쓰려고 (베끼려고) 하는, 「逆進化論(Nivritti)」의 前半部를
차지하게 될 것이다.

448

그리고도 보태둘 말은, 아직도 좀 더 있다.

주지하는 바와 같이, '法(Dharma)'을 실어나르는 '乘(yāna, skt.-vehicle)'
에는, 세 가지 것이 있다. '小乘(Hinayāna, skt.-Small vehicle),' '大乘(Mahā-
yāna. skt.-Great vehicle),' 그리고 '金剛乘(Vajrayāna, skt.-Diamond ve-
hicle)'이 그것들이다. 그 중에서도, '金剛乘'을 修業중인 修道者는, 동시에
'小乘-大乘'을 兩乘을 함께 修業할 수 있다는 것도, 아는 이들은 알고 있다.

'羑里派' 중들은 헌데, 본디 '金剛乘'을 修業하는 자들이었으되, 필자가
敬慕했던 친구, 故김현의 분류에 좇으면, 「六祖傳(「죽음의 한 研究」)」은
'小乘,' 『七祖語論』 중의 (哀哉, 저 어질은 친구는,) 「中觀論(mādhyamika)」
(까지밖에 더 못 읽고, 涅槃을 해버린 것이다!)은 '大乘'을 취급한 것으로
되어 있는데, 세목적으로는 필시, 그렇게도 분류될 수 있을 것이라고, 필자
도 십분 동의하고 있거니와, 보태두고 싶은 것은 그러자, 이 「進化論」「逆
進化論」은, 한 修道者의 '金剛乘' 修業의 얘기가 되는 것이라고, 해둬야겠
다는 것이다. 그리고도 반복 강조해두고 싶은 것은, '金剛乘'을 修業하는
중은, 동시에 小乘-大乘도 함께 修業한다는 그 점이다.

보태둘 말은, 그리고도 아직도 좀더 있다.

세계가 '떡'만으로 운영된다면야, (그것이 畜生道일 것인데,) 까짓것 달
마(Dharma)는 해서 뭣하겠는가, 마는…… 이것은 사실, 作者 쪽에서 물어
서 될 의문이 아닐 것인데도, 물어졌어야 되었을 것이, 물어져 있지를 않
고 있으니, 슬프지만 어쩌겠는가, 그래서 묻게 되거니와, 라는즉슨, '羑里'
라는, 한 특정한 고장 일을 두고 말이지만, 한 沙彌가 그래서, 원하기만 한
다면, 그곳의 '村長'되기는, 그렇게도 쉬운 일이겠는가?(라는 것이다.) 알려
졌기로는, 한 沙彌가, 그곳에서 '村長'이 되기 위해서는, 그 儀式(ritual)的
부분에서는, 現村長인 자로부터 '침'과 '바리때(해골바가지)'를 전수해야 하
며, 그 敎義(doctrine)的 부분에서는, 그곳의, "물이 없는, 마른늪에서, 싱싱
히 살아, 펄펄 뛰는 물고기를 낚아올려야 된다."는 不文律이 있는 데다, 그
곳의 風俗은 또, '變節과 改宗'이 찬양되고 있다. (이 '물고기'는 그러니, 앞
서 얘기된 그 '떡'과 대비되는 것이겠는가. 그리고 저 '變節과 改宗'이야말
로 어쩌면, '마른늪에서 생선을 낚아내기'에 버금갈 苦行이 될지도 모르는
데, 그럴 것이, '羑里'라는 그 空門의, 헤헤, 俗談에, "제자는 스승과 비슷하
면, 스승의 반밖에 못 되고, 스승의 두 배는 돼야 스승과 비슷해진다."고
하는 것이 있던 것을 감안하면 그렇다. 스승과 엇비슷해지기도 어려운 일
이거늘, 스승을 뛰어넘어, 그만의 한 촌락을 꾸미려 하면, 한 제자는, 스승
의 몇 배나 돼야 되겠는고?) 그 '儀式'的 조건은, 미리 충족되어 있던 것은
주지하는 바와 같거니와, 그래서 그러면, '七祖'라고 이르는 촛불중은, 어떻
게, 어떤 종류의 '물고기'를 잡아 보여주었으며, 또한 어떻게 '變節·改宗'
을 했는가? 「中觀論」이 만약에, '七祖宣言'으로서 說해진 것이었다면, 「中
觀論」에서 첫째로 읽혀졌어야 하는 것은, 그것이 아니었겠는가? (사실에
있어, 七祖村長이 된 중은, 돌팔이라도, '물고기'를 낚는다며, 송두리째 '바
다'를 끌어올려 놓아버린 듯하지만,) 그리하여 그가 잡아올린 '물고기'가
있으면, 그 '물고기'를 저울에 올려보고, 그것이 한 '村長'값을 하기에 충분
했는지 어쨌는지, 그 (저울) 눈금이 읽어졌어야 했으며, 그것은 그래서, 羑
里民에게 어떤 意味가 있으며, 새로 '村長'이 오기에 의해, 금후의 羑里의 한
우주는, 어떤 희망을 갖게 되었는가, 그런 것도 밝혀졌어야 할 것이 아니었겠
는가? 왜냐하면, 헤헤, 특히 人間이라는 有情은, '떡'만으로는 살지를 못하여,
'물고기'도 먹어야 하기 때문이다.

구차하구나, 에익, 구차하다. 凸!

주

〈序〉童話 한 자리

(1 *TIBETAN YOGA.* “피를 뚜둑이는, 쉰 개의 人頭骨”은, 서장
사람들의 alphabet의 숫자; ‘송장’은, 종교적으로는, ‘상사라’ 또
는 ‘無明,’ 또는 ‘幻’의 상징이랄 하지만, 언어학적으로는, ‘意味’
가 아직 확연하지 않은, ‘記號’의 상징이랄 것이다. 이렇게 이
해한고로 필자는, 기회가 있을 때마다, 저 ‘춤추는, 바즈라요기
니(vajra-yoginii)’의 영상을 떠올린다.

綠色 —— 배꼽 만지기 1

(1 필자의 『雜說 *MADHYAMAKA*(中觀〔道〕論)』에 선보인, ‘煙色’
이라는 제목 때문에, 독자들은 물론, 필자가, 六字大明呪(옴마
니팟메훙)가 나타내는, 색깔의 이름들을 빌어, 자기 책의 各部
의 頭題를 삼으려 하지 안했는가 하는 것을, 어쨌든 어렴풋이
라도 짐작했었을 것이었다. 그리고 그것이 필자의 의도였던 것
이다. 누구나 알다시피, ‘煙〔黑〕色’은, ‘나라카 로카’의 색깔인
데, 그렇다면, 발전의 변증법에 좇아서는, 그 바로 윗녘의 ‘프
레타 로카’의 ‘赤色’이 本册(部)의 頭題가 되어야 옳을 것인데
도, 느닷없이, ‘아수라 로카’의 ‘綠色’이 그 자리를 차지하고 있
어, 이 전도가, 뜻있는 독자들을 어리둥절하게 했음은 분명하
다. 이것에 대해서는, 필자의 석명과 사과가 따붙어야 할 듯하
다.
  필자도 물론, ‘사탄의 宗家’에서, 예의 저 大明呪를 거꾸로
뒤집어, 자기네 呪文을 삼아오고 있는 것을 몰랐던 것은 아니
었음에도, (솔직한 심정을 밝히자면, 그 탓에 약간 忌한 느낌
을 갖지 안했던 것은 아니었음에도, 다른 한편으로는, 그렇다
고 어찌 그런 따위 邪道的 忌感에 억눌릴 필요가 있겠느냐고
하여설라무네) 저승간 羅卜이의 天路에의 역정이 그렇게 보이
는 대로, 발전의 변증법에 좇기로 했었던 것이다.
  그러다 새로 생각하게 되었기는, 저 明呪는, 발전의 明呪가
아니라, (그런 어떤 우주적 순례에 오른 羅卜이의) 자기 뒤쪽
의 母胎(界)들의, (자기를 유혹하는) 門을 닫으려는, 그런 出
家의 明呪라고 하게 되었고, 그러자 저 明呪는 (한 넋을 위에
어디에다 올려주려는 목적의) 사닥다리이기보다는, (디뎌온 족
적까지도 지우려는) 빗자루 같은 것이다. 이해키에 이른 것이
다. 이렇게 되자, 이미 읊어진 『雜說』의 頭題로 등장한, ‘煙色’

까지도, ‘白色〔옴〕’으로 수정할 필요를 느끼게 되며, (그리고
기회가 주어지는 대로 그렇게 수정하려 하는데) 자연적 결과
로, 本雜說의 頭題인즉, ‘綠色〔마〕’化하던 것이다. 필자는 그리
하여 지금부터라도, 明呪의 순서를 좇으려 한다. 독자들께, 심
심한 사의를 표한다. (옴−白−제바界. 마−綠−아수라界. 니−
黃−人世. 팟−靑−殺生界·獸界. 메−赤−鬼界. 훙−煙黑−지
옥界.)

(2 ‘배꼽’은, 요기들이 轉身轉移, 遁甲術이 가능한 일점으로 치는
기관인 것은, 알려진 바대로이다. 비슈누의 ‘배꼽’에서 돋은 蓮
이, 마야(幻·宇宙) 자체라는 것도, 아울러 염두해두는 것은,
권고해둘 만하다.

(3 自我(purusha)는, ‘엄지손가락보다 크지 않다’고 알려져온다
(“KATHA UPANISHAD” II, iii, 17).

(4 “一切 有爲法 如夢幻泡影 如露赤如電.”「金剛經」,〈應化非眞分
第三十二〉.

(5 “THE RAMAKYEN”(태국판 “RAMAYANA”).

(6 “VISITA INTERIORA TERRAE; RECTIFICANDO INVENIS
OCCULTUM RAPIDEM”(땅의 깊은 속에로 내려가보라, 純化
를 통해, 그러면 그대, 숨겨진 돌을 찾게 될 것이다).

(7 “There is one unborn〔prakrit-Nature〕−red, white, and black−
which gives birth to many creatures like itself.”
“ŚVETĀŚVATRA UPANISHAD”(IV. 5).

(8 “THE GOLDEN BOUGH.”

(9 ‘들이쉬는 숨’은, 언제든 ‘새 숨’이다. 저 천공을 빽빽히 채운
그 공기를 살펴보라. 그러나 일단 한번, 한 비구의 콧구멍에
잡혀들어, 발가락 끝까지 내려간 숨은, 이름은 여럿이라도(prā-
na, apāna, vyāna, samāna, udāna), 같은 숨이다. 그리고, ‘색깔’
이란, 우주용어휘사전에 있어서는, ‘肯·否’를 나타내는 어휘인
데, 人世의 ‘善·惡’‘好·惡’‘삶·죽음’ 따위를 그렇게 定義하
는 모양이다. 그럼에도 그 색깔은, ‘白·黑,’ 또는 ‘白·赤’의 둘
뿐이다. 문제는, 저것이 색깔을 나타내는 이름들이되, 헌데도
그것이 그 색깔까지 드러내고 쓰여지고 있는 것이 아니라는
데 있다. 저것은, ‘모자’나 ‘신발’이, ‘쓰는 것’‘신는 것’이 아니
라, ‘머리’와 ‘발’의 뜻을 갖는 식의, 이상한 이름들이다. 우주
나, 달마 자체는, ‘선악’‘호오’ 따위의 구별을 못 하는 때문인
듯하다. 같은 하나인 것이, (우주나, 달마가) 드러내는 얼굴은
그런데, 그렇게 다른 듯하다. 白·黑.

(10 前生엔 ‘사람’이었던 것이, ‘소’로도, ‘개’로도 환생하였음은.
‘숨’은 같은 숨.

(11 “BRIHADĀRANYAKA UPANISHAD”(VI, ii, 16)에 의하면,
輪廻가 物理的으로 이해되어져 있다. (火葬을 통해, 그 시체가

탄 연기 오르기⇄내리기.)

"……From 〔those〕 months they go to the World of the Manes, from the World of Manes, the Moon. Reaching the Moon they become food. There the gods enjoy them……. And when their past work is exhausted they reach this very ākāśa, from the ākāśa they reach the air, from the air rain, from rain the earth. Reaching the earth they become food. Then they are again offered in the fire of man, and thence in the fire of woman. Out of the fire of woman they are born……"

(12 preta-Loka(餓鬼道), 거기서는 죽기가 태어나기, 태어나기가 죽기, 태어나기-죽기-태어나기-죽기, 의 악순환이 계속된다고 이른다.

(13 「三國遺事」, 〈地福不言〉.

제 1 장

(1 이 '山'은, 그 '山'(六祖가 '山'化해 있음에 주목할 일이겠거니와,)을 매단 '나무'와 동일한 것인데도, 修辭學에 의하면, 두 다른 사물로 나타나 있다는 데에, 修辭學의 오묘함이 있다. (文學하기의 즐거움은, 이런 데도 있는 듯하다.) 上界에의 꿈은, 또는 춤(舞)은, '나무'며 '山'(그리고 물론 '불')이다. 縱流하는 氣. 스바이얌부(쉬바의 링가). 아으 허지만, '스스로 된 고자'도 있느니라, 있느니라.

(2 '스바이얌부(Svayambhū)'의 뿌리는 얼마나 깊이 박혔으며, 그 끝은 얼마나 높이 올랐는가를 알아보기 위하여, 비춰주는 멧돼지의 모습을 꾸며, 뿌리 쪽으로 내리고, 브라흐마는 백조의 날개를 달아, 위쪽을 향해 오른 古事는, 잘 알려진 바대로이다.

　헌데 羑里에서는, 六祖가 그 '오르기'의 禪定을 行했으며, 七祖가, 그 '내리기'의 禪定에 잠겨 있는 것으로 알려지고 있다. 바로 이 禪定行 자체가 그리고, 다름아닌 '法輪 굴리기'로 이해되거니와, 七祖(촛불중)의, 저 '無空間으로 알려진 곳에로 떠난 閱世'(註6 참조), 즉슨, 그 나름의 '法輪 굴리기(雜說行)'는, 그런 까닭으로, 그 '法輪'이 '크다(Mahāyāna)'에나, 또는 '작다(Hīnayāna)'라는 투로 말해버리-기에는, 매우 난하다는 느낌을 갖게 될 것이다. 이것은 그리하여, '金剛乘(Vajrayāna)'에의 이해를 필요로 하는 듯하다. 그렇다, 향후의 촛불중의 '雜說行'은, 바로 저 '金剛乘'이 구르는 방향에 좇아 이해하는 것이 권고된다.

(3 道家네 瑜伽를 참조할 일이다(그림 참조).

(4 「이솝 우화」.

(5 '불의 물고기'에서, 비늘을 떼어내고, '벙어리뱀' 속에다 감금하

기――이것은, (前册 「間場」에서,) 숲의 靈室에서, 七祖가, 六祖의 미망인(九祖)의 後門을 열어, '빛돌'을 사정해 넣기로써, 그 '敎義(doctrine)'的 부분이 說해졌었다고 할 수 있다면, 이제부터 邑이 行하는, 산 七祖의 葬禮式은, 그것의 '祭儀(ritual)'的 행사라고 이해해야 할 것이다. 저 '불의 물고기'는 그러니, 羡里의 一祖가 잃었던 그것(性器)인데, 六祖에 의해 낚여졌다가, 모두 다 아는 바의 경로를 좇아, 七祖의 法根을 통해, 九祖의 後門(벙어리뱀―用, 骸骨―體) 속에 移轉된다. 해골 속에 돋은 나무가 八祖이다.

(6 촛불중은, 자기가 한 '代贖羊'으로서가 아니라, 雜根 같은 것으로서, 骸骨 속 같은 데 묻히는 것을, 셈해 알고 있다. (그리고 九祖에 의해, 이 '雜根'의 의미는 해석된다.) 되풀이 되풀이 인용해온 것이 이것이지만, (錬金術的으로는) 이 '낚'이, 아담에게서는, 하복부에서 자라고, 하와에게서는, 머리에서 자란다. 바로 이 '낚'이, '개'의 이름을 입기도 하는데, '해골 속에 돋은 나무'와, '솔에 누운 개'는 그렇다면, 꼭 같은 것이, 이름만 달리 입고 있는 것은 아니겠는가. 그것은 'prima materia'가 입은 여러 이름 중의 하나일 것이다.

배꼽 만지기 頌 2

(1 "The ṚG VEDA," 「埋葬頌」 11절.
(2 "The ṚG VEDA," 「埋葬頌」 3~4절.

제 2 장

(1 "ṚG VEDA," 「火葬頌」 1~4절.
(2 "ṚG VEDA"-"purusha-Sūkta"(사랑頌).
(3 이 요가를 '둠모(GTūm-mō) 요가'라고 하는 듯하다. 라는 이 요가는, "추위를 견디고, 이기기 위하여, 內熱을 일궈내는 것"

인데, 알겠다시피 필자는 책에서 읽은 요가를 소개하려는 목적
으로 雜說을 抄하고 있는 것은 아니며, 그리고도 구태여 꾸역
꾸역 말해야 한다면, 차라리 그런 요가가, 文學化를 치르면, 어
떤 형태를 취하게도 되는가, 그런 것을 시험해보고 있다고 알
면 좋을 것이다. 人體 속에, 무슨 電池라고 부를 수도 있는 기
관이 있다면, 그것은 '會陰'으로 알려져 있고, '電流'는 하필 '性
力'으로 알려져 있는데, 같은 電流가, 조절하기에 따라, '熱'로
도, '빛'으로도, '動力'으로도 그 모습을 바꾸는 것을 잘 관찰하
는 이라면, '會陰 속의 性力(쿤다리니. 샥티)'이 '熱'로 바뀌는
과정도 잘 알 것이다. '외로운 白鳥'는 'golden person'으로도
불리우는데, "Brihadaranyaka Upanishad"에 나온다. '빛'의 '熱'
化를 관찰컨대, '새'의 모습이 드러나진다.
(4 'Mundulum'이라는, 그 뱃속에 '세상의 불'을 감춘, '벙어리뱀'
의 神話는, 프레이저의 「불의 기원」에서 읽고, 그런 뒤, 필자가
걸핏하면 되풀이 되풀이 인용하는 것인데, 그것은 여러 가지
의미에서 매우 중요해 보이는 神話라 그렇다. 本章에 나오는,
'소리'와 관계된, '영겁의 空間의 子宮,' '빛'과 관계된 '영겁의
黑暗의 子宮'도 물론, '會陰' 속에 '불'을 감춰놓고 있는 '男根'
도 그것이며, 아담 이전의, 그러니 아직 아무것도 '이름'을 입
지 않은 상태에 있는 세계도, 그리고 그 세계의 모든 사물, 비
사물도 그것일 뿐만 아니라, 莊子의 '낮잠'과 '나비'도 그것인
데, 요컨대 저것은, '非化現'이 '벙어리뱀'으로, '化現'이 '불'로,
의인화, 의물화되어 나타난 것이라는 것이, 필자의 생각이다.
　이 부분에서, 촛불중은 혹간, 精水를 쏟아내지 안했는가, 의
문할 독자도 없잖아 있을 것이라도, 저 '새의 날아오르기'는,
그의 몸으로 열이 퍼져 오르기라고 이해하는 것이 권고된다.
　그리고, 이만쯤까지 읽은 어떤 독자들은, 중도 역시, 여전히
인간이므로, 읽은 바와 같이, 生埋葬을 당한 처지에서라면, "神
의 시험에 처해, 자기의 낳은 날까지 저주하는 욥"다운 고통을
드러내는 것은, 당연하거나, 사실적이라는 것인데, 그렇지 않다
고 하여, 작자에게 힐문의 눈초리를 보내려 할지도 모르겠다는
생각이 있어, 덧붙여두려고 하는바, 잊지 말아야 할 것은, '욥'
은 어쨰도 "땅을 고집하는 사람"이며, 중은 "땅에의 집착을 여
의려는 사람"이라는 것이다. '중'도 그럼에도, '욥'이 그런 처지
에 있었더라면, 울부짖어 갈구했을, 빛을 갈구하고 있으며, 괴
로워했을, 음부나 사망과도 같은 암흑을 괴로워하였으므로, 하
여서나, '빛의 탐색'에 오른 것이었을 것인데, 그가 찾아냈다는
빛은 그럼에도, 그의 肉眼을 위해서는, 한 방울의 水分도 공급
할 만하지 않다. 이러고 보면, 그도 人肉을 입은, '욥적 절규'는
시작도 못된 것이나 아닌가, ──그러면 그도, 肉眼에 즐거운
빛에의 그리움으로, 빛이 있는 곳에로나 떠돌지 않을까, 그것

은, 두고, 기다려 보게 한다.
(5 다음 章의 '註3' 참조. 필자는 그를, "남의 꿈을 도둑질하는,
치사한 계집 두룩"(「죽음의 한 硏究」'註47' 참조.)의 男性 쪽
얼굴로 이해하여, 이 얼굴을 촛불중게다 씌워주려 하고 있다.
이 '마야랍'이 '羅卜'의 이름을 입을 때도 있다는 것 같은 것을
말하려 하면, 눈썹이 헐겁다는 느낌에 당하게 된다.

배꼽 만지기 頌 3

(1 이 章은, (천축국 사람들의 "The Ramyana"의) 泰國판 敍事詩
"The Ramakien"(J. M. Cadet 英譯, *Kodansha International*,
Tokyo, 1971, pp. 174~76) 중, 「마야랍이 魔職祭를 지내다」에서,
필자에게 필요하다고 여겨지는 부분을 번역(重譯)한 것이다.
(2 Totsagan은, "The Ramayana"의 Ravana. (Ravana는, 스리랑
카의 왕으로서, 十頭를 해갖고 있다.)
(3 Maiyarap: 下界의 王.
(4 Ram: Ramy.
(5 Bardan: Maiyarap의 王室이 있는 도시인 것은, 읽어 아는 바
대로일 것.
(6 '요염한 계집': 중 修業과 더불어서는, '요염한 계집'이 노상,
'훼방꾼'으로 나타난다는 것은, 널리 알려진 바대로이다. 아마
도, 중 修業이라는 苦行 쪽에서 본다면, 俗世살이란, '요염한
계집'으로 나타나는 듯하며, 동시에, 중의 최후의 난관은, '性'
인 듯하다. 그래서 魔羅(性器)가 魔羅(惡)이다.
(7 '코끼리'는 분명히 禪力(yogie power)의 상징인데, "두 마리의
코끼리가, 나타나자마자, 맹렬한 싸움에 붙었다."는 의미는, 그
禪力이 어거되지 못하여, 否定的 국면만을 드러낸 것으로 이해
된다.
(8 '사자'는, ('Leo−해') '金'인데, 그것들 역시 '싸움에 붙은 것'을
보건대, 이 鍊金術은, 두말할 필요도 없이, 否定的 성공을 보이
고 있다. '요순'이 나타나야 될 자리에 '걸주'가 나타나 있어,
'실패'라고 말하기보다, '부정적 성공'이라고 말한 소이가 거기
에 있다. Maiyarap의 이 鍊金術 솥은, (촛불중이 누누이 주장
하는) '꿈꾸고 싶어하는 잠으로서의 衆心'과, 그리하여 '꿈꿔진
者(召命되어진 자)' 사이의, 그 '부르기와 대답하기'가 어떻게
이뤄지는지, 그것이 잘 들여다보여지는 것이어서, 일별만 던지
고 잊어버리기에는 너무도 아까운 재료이다.

제 3 장

(1 "ALCHEMY, MEDICINE, AND RELIGION IN THE CHINA OF

A.D. 320."

(2 "THE TIBETAN FOLKTALES."

(3 우리는 다시, 촛불중이 '手淫派'네 사미였던 것을 기억할 필요
가 있다. 저 "송장을 디뎌, 벗고 춤추는, 열여섯 살 먹은 처자"
는, (필자가 되풀이 되풀이 차용하는 秘儀인데,) 서장 禪師들
의 요가에 있어, "Vajrayogini"로서, 한 비구의 '정신력과 지혜
의 의인화'("TIBETAN YOGA" 참조)인데, TANTRA派 중들
에 의해서는 그것이, "mūlādhāra-cakra(會陰)" 속에 또아리쳐
잠든, 우주적 陰力(shakti)으로서, 蛇力(Kundalini)이라고 이르
는 것은, 알려진 바대로이다.

(4 "THE BARDO THÖDOL" 참조.

제 4 장

(1 "ṚG VEDA" 10.58. 「招魂呪」(Penguin Classics).

(2 Ibid., 10.16. 「荼毘火」: "이 특정한 경우, 암개구리는, 비와 풍요
의 상징이 되어 있다. 그렇게, 葬禮가 끝나고 나면, 새 생명이
싹터오른다." 산스크리트 대신, 다른 方言을 쓰는 고장에서도
'개구리'는, '비와 같은'의 상징인데, '달과 관계된 동물'이며,
'흙의 元素가 물의 元素에로'(反之亦然) 轉身을 치르는, 그 '과
도적 존재'를 대표한다고 알려져 있다. 그런 까닭으로이겠지만,
'개구리'가 그래서, '창조'와 '부활'의 개념을 띠어도 있다. 〔註 6〕
에서, 이 '개구리'는 다시 논의되어질 것이다.

(3 아이스킬러스의 「개구리」라는 희곡 속의, 개구리의 울음 소리
는, 들어본 자가 많을 것이다. "BreKKEK……Ko—ax, Ko—
ax……"

(4 '아크흐크할라'는, 산스크리트를 쓰는 귀에 들려진, 개구리 울
음 소리의 의성어일 것인데, 秘呪라고 이른다. ("ṚG VEDA"
「개구리」, Penguin Classics).

(5 「荼毘火」頌, ("ṚG VEDA" 10.16).

(6 저 '불〔말〕화라지'의 '말'의 이해는 저러한데, 특히, 그가 애써
밝혀보려는 부분은, 발음되어졌다가 죽어진 말(言語)의 되돌아
오기, 즉슨, 바르도에 처한 念態의 새 살 입기까지의 과정인
듯하다. ──물론 〔註 7〕도 함께 거론해야겠지만, 말한 바와 같
은 暗示만 거듭해두기로 하고, 장황스럽게 되어질 수도 있는
〔註解〕는 생략해두는 것이 어쩌면, 읽는 이들의 '말(言語)'과
관계된 상상력을, 더 많이 자극하게 될지도 모른다고 여겨, 일
일이, '불' '屍灰' '숫말' '암깨구락지' '用' '體' "signifier" "signi-
fied"라는 식으로 예들어, 작자의 의도를 드러내 보이려는 짓
은 회피하기로 해야겠다. 그러면 우리는, 저 건조하기만한 '말
(言語)學' 같은 것을 두고도, 젖은 꿈을 꿀 수 있는 듯하기 때

문이다. 羑里에서는, 모두가 하나씩의 아라핫둘인 자들이 살고 있는 듯하다.

(7 이 「呼龜歌」는, ‘비구름(좆집)’ 속에, ‘비(숫말의 根에서 쏟겨 날 것)’를 숨겨놓고 있는, ‘거대한 숫말’에게 하는 ‘秘呪’이기도 하다. (저런 것은, “RG VEDA”的 詩興이다.) 동시에, 굴 속에 앉나, 아무 기척도 내보내지 않는, 촛불중을 상대로 한 招魂歌 이기도 하다.

제 5 장

(1 「韓國民謠集」, 任東權편.
(2 티베트의 禪僧 「미라레파의 十萬頌」 三十一曲(Grama, C, C, Chang 英譯).
　　“bīja”—씨앗, 생명의 씨앗; “Pad”—喝; “Tig Le”—精水; 〔“Las. Kyi. Phyag.r Gya”〕; “Las—羯磨, Action”; “Kyi—(전치 사) ‘~의’; “Phyag. rGya”—Mudra, gesture.(“Ph”는, “Ch”로 발음한다고 들었다.)
　　(——“Action of Symbolic Teachings Practiced Through Con-crete Actions.”)
(3 짐승은, 자기가 ‘자기’를 핥되, 여기 선보인, ‘蛇圓會陰’(‘花陰會 陰’의 두 禪定法〔瑜伽〕)은, 짐승에게는 문제도 되잖겠으나, 일 반적 인간에게는, 불가능할지도 모르겠다는 것이 필자의 짐작 이기도 하지만, 또 한편, 중국 曲藝師들을 거울로 삼아보면, 일 찍부터 수련을 쌓은 요기(yogi)라면, 꼭히 불가능한 것만은 아 닐지도 모르겠다는 것이 또한, 필자의 짐작이기도 하다. 앞으 로 이제, 말한 바의 저 두 禪法이, 촛불중에 의해 수행되는, 그 런 얘기를 (독자들은) 읽게 될 것인데, 문제는, 그것의 가능, 불가능이 아니라, 그것의 象徵主義에 있다는 것에 주목해야 할 것이다.
(4 “THE ZEND—AVESTA” ‘The Vendîdâd,’ Fargard V, IV.
(5 同書, ‘Sirôzah’ I, 7.(‘비구름’을 ‘암소’ ‘황소’로 비유하는 것은, “RG VEDA” 속에 되풀이되어 있는 詩想이다.)

黃色—— 제 1 장 觀夢品

(1 「춤추는 열두 公主」라는 童話도, 그 ‘줄거리’는 비슷함에도, ‘主 人公’으로 등장한 자가, ‘병사’라든지, ‘바보놈’이라는 식으로, 신분을 달리하고 있어, 종류도 한 가지만은 아니라고 알게 된 다. 그 중에서도, 필자가, 그럴 필요에 의해 빌어쓴 것은, An-drew Lang이 수집한 것으로, “The Red Fairy Book”에 수록된 것임을 밝혀둔다.

(2 인도敎 神話에는, 어떤 계기에 의해, 어떤 왕비의 부군(王)과,
오빠의 얼굴이 바뀌어 붙게 된 얘기가 있다. 이 얘기를 염두하
고, 아래의 얘기를 읽을 일이지만, R. Magritte의 그림들은, 讀
者에게(필자는 ‘讀者’라고 쓴 것인데, 필자는, 그의 ‘그림첩’을
‘읽는’ 재미를 발견한 것이다.) 이상한 감명을 준다. 그의 超現
實的, 抽象的 그림들을 이룬 言語들은, 실제에 있어서는, 어느
것 하나도, 現實的, 具象的이지 않는 것은 없음에도, 그런 (言
語)記號들이, 어떤 想念 속에서 어긋나, 서로 다른 것들끼리
야합했을 때, 거기 매우 생소한 意味가 형성되어서는, 그것을
읽는 자들의 想念에다 椿事를 일으킨다. 그러니까, 讀者들의
想念도 ‘어긋나’버린다. 예를 들면, ‘나뭇잎’은, 불과 같이 上昇
의 의지를 드러내는 것에 착안하면, 날아오르는 ‘것’은 ‘새’에로
변형을 치르는 것은 당연하며, Magritte의 ‘잎’은 그러자니 ‘새’
의 모습을 떠어 있게 되는 것 같은 것이다. 정작에 있어 그래
도 그것은, “잎은 아니다,” “새도 아니다.”──여기 어디에서
그러자니, 讀者의 想念에 椿事가 일어나게 된다. 무엇보다도
헌데 나쁜 경우는, 매우 具象的 ‘파이프’나 ‘능금’을 매우 具象
的으로 그려놓고, 그 화면에다, “이것은 파이프가 아니다,” “이
것은 능금이 아니다”라고, 부정해놓고 있다는, 그런 것이다. 그
‘否定’에 의해서 그러자, 具象的이던 것이, 갑자기 抽象化, 超現
實主義化하는 반응을 보게 되는데, 이것은, 讀者가, 눈 뻔히 뜨
고 있으며, 저 화가에게 코를 베어먹히우고 있다. ‘그림’ 속에
다 그는, ‘소리’를 도입해들이고 있는데, 이짓이란, 그 ‘signi-
fied’가 ‘上昇의 意志,’ 또는 ‘새’였으면, 그 ‘signifier’가 ‘나뭇잎’
이었던 것의, 똑같은 되풀이일 뿐인데, 이 경우는 ‘파이프’ 또
는 ‘능금’이라는 具體的 事物이 ‘signified’이면, “이것은 ～이
아니다”가, 그 ‘signifier’의 역인 것이다. 앞으로 얘기하게 될,
그의 人魚의 문제에 이르면, 이것이 더 역력해지겠지만, 그가
만약에 ‘파이프’를 그림으로 그렸으되, 그의 ‘잎’이나, ‘人魚’와
마찬가지로, 담배를 담는 통의 부분만 ‘파이프’로 남겨놓고,
(또는, 그 부분을 ‘어머니의 젖통이’라고 가정하고, 그 아랫부
분, ‘빨대’ 부분은 ‘파이프’로 남겨뒀대도 마찬가지였을 것이
다.) ‘빨대’가 되어 있는 부분은, 왜냐하면 오늘날엔, 담배 연기
가, 癌毒과 마찬가지로 이해되어지고 있으니, 가령, 클레오파트
라를 물었던 ‘毒蛇’ 같은 것으로나 해뒀더면, 그는, “이것은 글
쎄 파이프가 아니올시다, 헤헤”라고, 매우 불필요한 肉聲을 도
입했었어야 할 이유를 갖지는 못했었을 것이다. (“이것은 〔인
류에게 죽음을 가져온〕 능금이 아니다”도 마찬가지일 터이다.)
그러니 ‘파이프’는, ‘人魚’의 경우, 그 상반신이 되어 있는 ‘물고
기’의 부분이며, “이것은 파이프가 아니다.”라는 肉聲의 부분
은, 그 하반신이 되어 있는, ‘여자의 하반신’ 같은 것이다. 그는

그렇게, 具象的인 것은 抽象化하여, 讀者들의 日常的 觀念에다 椿事를 일으킨다. 이런 경우는, "이것은 파이프나/능금이 아니다."라는 肉聲은, 이제는 '言語'가 아니라, '그림'이다. 반대로는, '파이프/능금'이라는 '그림'은, '그림'이 아니라, '言語'일 것이다. 그런고로 필자는, 그의 '그림첩'을 '읽는다'고 이른 것이다.

주지하다시피, Magritte의 '人魚'는, 古典的 人魚가, 그 上半身/下半身을 바꿔 입기로, 새로이 조립된, 또는 Magritte의 '목구멍'을 비어져나온 '人魚'이다. 그런 식으로, 반복되는 듯하지만, 이왕에 정착해 있는, (言語의) 記號들을 새로 '배치'하기, 그것이 Magritte 특유의 聲帶인 듯하다. 그러니까 어떤 것이라도, 그의 聲帶를 통과하면, 조각조각 토막토막 나뉘어져, 팔만雜幻으로 떠흐르다, 어떤 자력에 의해, 모서리들이 맞기만 하면, 서로 붙어버린다. (그렇걸랑, 세계가 아무리 조각이 나더라도, Magritte에게는, 〔그것을 붙이라고〕 맡기지 말지어다, 조각난 그림을 맞추는 데는, 그보다 더한 백치가 없기 탓이다. 우리는 이제쯤, 앞서 밝힌, 인도敎 神話 중의, 저 가련한 왕비에 대해, 자비를 좀 표시해도 좋을 때쯤에 온 것인데, 밤마다, 저왕비는 타는 욕정 때문에, 그럼에도 어느 방에를 들지를 모르겠어서, 자기의 남편과 오빠가 들어 자고 있는, 두 방 사이를 오락가락하며, 한숨짓기가 그 얼마냐!) 具象的인 것들이 그리하여 非具象化를 치른다. 그러나 그것은 우회하여, 새로 具象化하는 것도 관찰할 수 있게 된다. 흐훗, 그는 깜냥으로는 그렇게, 創造主에게 반란을 도모한다. (전에 우리들, 서로 '有識하게 웃느라'고, 만들어낸 글자 중에, 아래와 같은 것이 하나 있었는데, 그것이나 하나 덧붙여두기로 할 일이다. 저것은, 누구나 놀라게 되면, 눈이 뚱그렇게 커진다고 하여, '놀랠 놀'字라고 일렀었다.) 嬰－히, 히, 히, Magritte가 우리를 嬰라게 한다. 嬰夫 Magritte가 우리를 嬰리놨다. 雜種 같애!

(3 「티베트인의 요가」 참조.

(4 (티베트인의) 「죽음의 책」 참조.

(5 태국인들의 敍事詩 「라마키엔」에 포함되어 있는 노래.

(6 천축국 詩人 Basavaṇṇa의 "Vacana 161."

(7 同詩人의 "Vacana 36."

(8 "공중에 날으는 독수리가 큰 소리로 이르되……禍, 禍, 禍 (vae, vae vae, 또는 ve, ve, ve)가 있으리로다." 「요한계시록」 8장 13절.

(9 "'PHYAK' is the union of the Bliss and Void"(Milarepa). "Bliss"－Linga; "Void"－yoni. (필자가 이해했기로는, 티베트語의 'p'와 'H'의 합성어는, 'CH'음을 낸다고 했으나, 그렇지 않고, 씌어진 그대로, '퍅'음이 난다 해도, 필자의 의도에 어긋날 일은 없는 것이다.)

(1 ‘還俗을 위한 잠’은, 印度敎 神話에 근거해서 엮어진 것이다. 땅 위에, 무슨 그럴 만한 일이 있어, 우주적 大力까지라도 내려오지 않으면 안 되게 될 때는, (‘化現의 宇宙’를 주관하는 자는 비슈누이므로, 이때도 물론 그가 내려오는데, 현재까지 그는, 아홉 번에서 열 번 가량, 어떤 母胎를 빌어, 四大를 입어왔었다고 이른다. 이승엘 오는 다만 하나의 출구는, ‘어머니’라고 이르는 性別을 가진 것의 아랫배밖에는 없는 것이 아닌가. “神도 四大를 입으면, 四苦八苦에 당한다. 어떠한 고난에 처해서도 그러나, 그 고통을 못이겨, 神이라고 하여, 그 全能力에 의존해, 그 고난을 극복하는 짓은 금지되어 있다”고 이른다.〔어리석은 자들이 그러므로 ‘十字架’에 못박힌 이를 향해, “그대가 神의 아들이어든, 거기서 걸어 내려와보라!”고 조롱하여 종용한다.〕 저런 말은, 존재의 形而下的 原型이 ‘양극을 갖는 타원형’이라고 한다면, 形而上的 原格은, ‘神’ 말고, 다른 아무것도 아니라고 이해하는 것을, 가능케 한다. 땅 위에는, 神인 것들이, 짐승들의 모습을 하며, 치사하게들, 히큼 히큼 히큼, 서로의 똥꾸녕 냄새를 맡고 있다.) 헌데 그 大力은, 떨치고 일어나는 대신, 편안히 누워(이래서 ‘神은 非化現’이라고 이르고, 얼굴은 ‘검다’고 이르는데, ‘非化現’의 색깔로 ‘검〔黑〕’기 때문이다.) 꿈꾸는 잠을 잔다고 이른다. 그리하여 그는, ‘꿈’을, 四大를 입은 것들의 고장의 어떤 子宮에다 꿈꿔넣는 모양이고, 그것이 촛불중에 의해 ‘바람 좋은 날 鳶 날리기’ 禪法으로 이해된 모양이다.

문학과지성사에서 펴낸 박상륭의 책

죽음의 한 硏究(1986, 개정판 2020)
열명길(1986)
七祖語論 1, 2, 3, 4(1990~1994)
아겔다마(1997)
잡설품(2008)

박상륭 장편소설
七祖語論 3

초판 1쇄 발행__1992년 9월 25일
초판 5쇄 발행__2020년 11월 11일

지은이__박상륭
펴낸이__이광호
펴낸곳__㈜문학과지성사
등록번호__제1993-000098호

주소__04034 서울 마포구 잔다리로7길 18(서교동 377-20)
전화__02)338-7224
팩스__02)323-4180(편집) 02)338-7221(영업)
전자우편__moonji@moonji.com
홈페이지__www.moonji.com

ⓒ 박상륭, 1992. Printed in Seoul, Korea

ISBN 89-320-0571-0
ISBN 89-320-0429-3(전4권)